Dans la tourmente du désir

J'AI LU

FERN MICHAELS

Passions captives	*J'ai lu* 3492/**7**
Dans la tourmente du désir	*J'ai lu* 3575/**8**

Fern Michaels

Dans la tourmente du désir

Traduit de l'américain
par Catherine Monroy

Éditions J'ai lu

Pour Mary.

Titre original :

CAPTIVE EMBRACES
Ballantine Books, a division of Random House, Inc., N Y

1

1628

Le soleil de fin d'après-midi descendait sur l'horizon, baignant l'île tropicale de Java d'une lueur incandescente. Filtrée par les fenêtres étroites, cette lumière rouge chatoyait sur le corps magnifique et svelte de Luanna.

Tandis qu'elle levait les bras pour retirer les épingles qui tenaient son chignon, les rayons de soleil jouaient sur ses hanches ; des hanches étroites comme celles d'un jeune homme. Ses cheveux d'ébène retombèrent en cascade sur sa taille fine. Ses petits seins étaient fermes et hauts. Son corps était glabre, comme c'est la tradition à Java.

Luanna connaissait pertinemment l'effet que cette sensualité provoquait chez Regan Van der Rhys ; la prostituée la plus prisée de l'île savait aiguiser l'appétit d'un homme.

Regan observait les préparatifs de Luanna, la féline. Elle s'approcha du lit où il l'attendait puis se glissa à ses côtés, pressant ses hanches contre lui de manière suggestive. Lorsqu'elle sourit, ses yeux noirs et bridés pétillèrent de malice. Regan l'attira à lui. La peau de Luanna était fraîche et parfumée, ses cheveux de soie embaumaient le soleil. Elle effleura ses lèvres d'un petit baiser taquin, et il l'embrassa à son tour, fiévreux de désir. Quand ses mains rencontrèrent les seins de Luanna, il entendit une légère plainte qui ressemblait au ronronnement satisfait d'un chat. Il n'avait envie que d'une chose : se perdre en elle pour oublier.

Bientôt, le désir fut si violent qu'il la renversa et se coucha sur elle. Le visage noyé sous les cheveux de la jeune femme, une onde de chaleur le dévorait à mesure que Luanna accompagnait les mouvements rythmés de son corps. Elle caressait l'imposante musculature de son dos, le serrant de plus en plus fort, exaltée par son plaisir grandissant. A présent, elle l'enserrait de ses cuisses, faisant de lui son prisonnier.

— Regan...

Elle gémissait suspendue à sa bouche gourmande et exigeante, au goût de vin et de miel. Elle sentait la toison dorée du buste de Regan effleurer et durcir la pointe de ses seins, les muscles plats de son torse contre son corps, la force de ses mains et de ses bras, le parfum savoureux de cet homme qui avait le pouvoir de combler chacun de ses sens. Cet homme capable, comme s'il avait été son premier amant, de lui donner l'illusion qu'elle avait été créée juste pour le plaisir.

Les doigts de Luanna parcoururent les lignes de son visage. Les traits de Regan étaient gravés dans sa mémoire. Ses cheveux étaient clairs tels des rayons de lune se reflétant dans l'eau, épais, et blondis par le soleil comme le sont les herbes de la colline en été. Ses sourcils épais donnaient à son regard bleu agate emprunt de froideur une expression déterminée et méfiante. Ces yeux pouvaient percer le cœur d'une femme et en faire son esclave. Sa peau burinée par la mer avait la couleur du bronze. Et enfin ses lèvres sensuelles, son sourire sévère et la fossette de son menton, conférant une certaine vulnérabilité à ses traits magnifiquement sculptés, lui donnaient un air enfantin.

Il suffisait à Luanna de toucher ses larges épaules et son torse pour mesurer la force de cet homme et sa propre faiblesse. Elle devinait aussi sa gentillesse, son attention. Chacune des caresses de Regan le lui rappelait et la rassurait, tout en exaltant sa jouissance jusqu'au seuil de l'extase. De ses mains il empoigna ses hanches ; déjà elle suffoquait. La bouche de Regan se referma sur la sienne et il la transporta dans un monde de pur émerveillement. Ensemble, tourbillonnant dans un roulement de tonnerre...

Dans le calme de la pièce, elle entendit sa voix grave et profonde :

— Sirena.

Luanna passa ses doigts le long des sourcils froncés de Regan. Elle embrassa doucement les lèvres tristes de son amant. Elle l'avait déjà vu ainsi de nombreuses fois au cours des derniers mois. Il ne venait la voir que lorsqu'il avait besoin des bras d'une femme afin de soulager ses peines et assouvir son désir.

— Il fut un temps, Regan, où je n'aurais pas

hésité à te tuer si tu avais prononcé le nom d'une autre femme alors que tu étais dans mes bras, dit-elle tendrement, lisant l'amertume dans ses yeux.

— Je ne sais pas de quoi tu parles, grommela-t-il, ébauchant un mouvement pour s'éloigner d'elle.

— Non, reste avec moi, murmura-t-elle en le retenant par la main. Il est temps que tu m'expliques ce que tu as sur le cœur.

— Je n'ai rien à te dire.

Il se dégagea de son étreinte, se leva du lit et se dirigea vers ses habits. Luanna était assise, ses longs cheveux sur ses épaules voilant quelque peu sa nudité.

— Tu mens ! Chaque fois que tu viens me voir, tu prononces son nom. Tu me prends pour une imbécile ? Ce n'est pas mon corps que tu caresses, c'est le sien.

— Laisse-moi tranquille, Luanna. Tu dis n'importe quoi.

Il parlait d'une voix monocorde, les dents serrées, avec dans le regard une intensité inquiétante. Cependant Luanna insista :

— Je ne suis pas stupide. Quand tu es revenu à Java avec ta femme et ton fils, tu n'avais plus besoin des bras de Luanna. Tu ne voulais plus qu'une femme : Sirena. Mais depuis que ton jeune fils est mort, c'est vers Luanna que tu viens avec cette solitude dans le regard.

— Ce sont des idioties, marmonna Regan en boutonnant sa chemise et en attrapant ses bottes.

— Non, et tu le sais très bien. Tu penses que

Luanna est la seule à voir ces changements? Vous les hommes, vous vous croyez toujours si forts. Mais une femme est capable de lire dans le cœur des hommes.

— Ce n'est que le fruit de ton imagination, rétorqua-t-il, irrité de la tournure prise par la conversation. Je ne suis pas venu ici pour recevoir tes conseils, Luanna.

— Inutile de me raconter des histoires. Ce n'est pas pour moi que tu cries quand le plaisir te submerge, c'est pour ta femme, cette Sirena! Pars la retrouver. Je ne peux plus supporter de te voir ainsi, le cœur brisé. Crois-en mon expérience, je sais reconnaître un homme assoiffé d'amour. Ouvre-lui ton cœur. Fais-toi aimer d'elle. Force-la si tu le dois. Brise son chagrin, convaincs-la qu'elle a besoin de toi et qu'elle t'aime.

Regan était déconcerté par les larmes sincères de Luanna. Grâce à son intuition féminine, elle avait immédiatement compris l'origine de sa souffrance.

— Suis-je devenu un homme qui inspire la pitié d'une prostituée? demanda-t-il doucement.

— La plus grande des prostituées des Indes orientales, rectifia-t-elle fièrement. Va-t'en d'ici, Regan. Retourne vers ta Sirena. Rentre chez ta femme.

Regan quitta la pièce sans un mot et ferma silencieusement la porte derrière lui.

Le crépuscule tombait sur la vaste prairie qui entourait la villa des Van der Rhys et s'étendait jusqu'à la lisière de la forêt vierge. L'agitation qui régnait à Batavia, principal port de Java, était loin : seuls le bruissement des arbres et les chants des oiseaux rompaient le paisible silence. La splendide villa et sa plantation attenante : voilà à quoi se réduisait l'univers de Sirena depuis la mort de son fils Mikel. Ce soir-là comme tous les soirs, Sirena s'installa près des portes vitrées qui menaient au jardin et monta la garde.

Les domestiques de la maison Van der Rhys, autrefois exubérants, avaient perdu leur vivacité et leur entrain ; pourtant Sirena ne le remarquait pas. Leur pas fougueux s'était transformé en une démarche traînante ; elle s'en moquait. Et si Regan l'observait, guettant chez elle un signe d'affection ou une parole tendre, elle ne le voyait pas. Les pensées de Sirena étaient toutes à Mikel. Avec le décès de son enfant, le monde entier avait sombré dans la nuit.

Regan regardait sa femme debout, près des portes. Lorsque, les épaules basses, elle se tournait à nouveau vers la forêt, scrutant la prairie au loin, il sentait les muscles de ses mâchoires se crisper. Il regrettait d'avoir autorisé Sirena à placer la tombe de Mikel si près de la maison. Il aurait dû insister pour que l'enfant fût enterré auprès de son grand-père sur le petit terrain au bout des bocages de muscadiers.

Pourquoi Sirena ne se tournait-elle pas vers lui ? En quoi avait-il manqué à ses devoirs vis-à-vis d'elle ? Etait-elle incapable de comprendre que la perte de leur fils était un fardeau aussi difficile à porter pour lui que pour elle ? Ne pouvait-elle comprendre que partager ce poids à deux l'aurait rendu moins pesant ?

Où était la femme qu'il avait connue autrefois ? Elle avait disparu avec le dernier souffle de Mikel. Devant la vision lugubre que lui offrait Sirena, il ferma les yeux. Dans ses souvenirs, il la voyait à nouveau grande et élancée. Sur ses traits délicats, une expression fière, orgueilleuse, et dans son regard, le défi. Une fois encore, il songea à sa longue chevelure noire comme le jais balayée par les vents marins, à ses épaules altières et à son menton volontaire. Il l'imaginait les cheveux recouverts d'un manteau d'écume, la peau douce et tannée de ses longs bras sensuels habillée d'une robe d'eau salée. Il se souvenait d'elle comme d'une ensorceleuse des mers : debout, avec cette épée pointée sur le pont, elle riait à gorge déployée d'un rire qui, ricochant sur les flots, l'avait séduit aussitôt.

L'attention de Regan s'était alors concentrée sur ce morceau de tissu qu'elle portait en guise de vêtement et qui cachait à peine sa poitrine voluptueuse et ses jambes fines et galbées.

Jamais il n'avait vu une femme aussi belle que la Sirène des mers. Il prit soudain conscience que sous les étoffes lourdes et sombres avec lesquelles Sirena s'habillait désormais, cette beauté était toujours présente, à l'abri des regards.

Elle possédait toujours autant de charme et même bien davantage. Sa peau avait toujours la couleur dorée de l'ivoire. Ses yeux autrefois étincelants comme deux émeraudes, à présent ternes sous la frange noire de ses cils, gardaient, immenses et obliques, un charme oriental. Et ses lèvres sensuelles, autrefois sans cesse en mouvement, qui s'ouvraient sur des dents brillantes lorsqu'elle souriait, se plissaient maintenant en une ligne sévère.

La maternité avait épanoui sa beauté et l'avait adoucie. Bien qu'elle fût aussi mince qu'une jeune fille, une impression de plénitude émanait d'elle.

Il aurait voulu la prendre dans ses bras, presser sa tête contre sa poitrine, emplir sa vie d'amour et de tendresse, partager à nouveau avec elle ce désir ardent qu'ils éprouvaient autrefois l'un pour l'autre.

Cependant, Sirena était restée de pierre. Elle avait repoussé ses avances et l'avait renvoyé. Et, sot qu'il était, il n'avait pas protesté. Par respect pour son chagrin, il avait réfréné le désir physique qu'il éprouvait à son égard.

A présent, s'enfonçant dans le fauteuil, Regan prit conscience que cette situation était devenue insoutenable. Il voulait la posséder, tout de suite. Mikel était mort, et personne n'y pouvait rien.

La nuit était tombée rapidement et il était difficile de discerner l'extrémité de la prairie. Il n'y avait pas de lune pour éclairer le chemin argenté qui menait à la tombe de Mikel. C'étaient les moments que Sirena redoutait le plus : quand Mikel était enveloppé dans l'obscurité.

Le bruit que fit Regan en changeant de position dans son fauteuil attira son attention. Dans les portes vitrées, elle distingua son reflet. Une profonde rancune lui consumait le cœur. Cette émotion était la seule expression de vie qui subsistait en elle.

Elle se retourna vers la pénombre happée par un souvenir terrible, ce jour où peu de temps après la mort de Mikel, Regan était allé la rejoindre sur la tombe de l'enfant alors qu'elle y installait une lanterne.

— Mikel aura de la lumière lorsque les nuits seront longues et obscures, lui avait-elle expliqué, en larmes.

Elle pensait que Regan comprendrait. Au lieu de cela, il lui avait arraché la lanterne des mains et avait envoyé l'objet se fracasser contre la pierre tombale. Une expression de folie avait traversé ses yeux bleus et elle avait vu les muscles de ses mâchoires se contracter.

— Mikel est mort ! avait-il hurlé, enragé. Il n'existe plus aucune lumière au monde qui puisse l'éclairer. Que faites-vous de votre foi chrétienne, Sirena ? Ne vous a-t-on pas appris que tous les petits enfants ont leur place auprès de Dieu ?

— Mon fils avait peur de l'obscurité.

— Votre fils ? N'était-il pas aussi le mien ? Etes-vous incapable d'imaginer que moi aussi j'ai du chagrin de l'avoir perdu ?

— Vous ensevelissez vos sentiments dans votre entreprise de malheur. Vous quittez la maison sans une seule pensée pour ce petit être qui repose ici. Dites-moi, Regan, est-ce vous que Mikel appelait dans la nuit quand le vent éteignait sa lampe ? Vous leviez-vous en courant pour le bercer et chasser les cauchemars qui l'effrayaient ?

Le visage de Sirena exprimait une sauvage fureur.

— Plus d'une fois vous m'avez attirée contre vous, m'assurant que sa peur disparaîtrait plus vite si je n'y prêtais pas attention. Quand je pense au temps où je vous écoutais, où je restais dans vos bras, sourde à ses gémissements pour entendre les mots d'amour que vous me murmuriez ! Et maintenant, vous voudriez lui retirer ce dernier repos que nous seuls pouvons lui offrir : une lanterne sur sa tombe.

Immobile comme s'il venait d'être frappé au visage, Regan était livide, les traits déformés par le chagrin.

— Vous cherchiez à me faire croire que Mikel pleurait de peur, rappelez-vous, Sirena. Quand Mikel faisait des cauchemars, personne d'autre que vous ne pouvait aller le voir. Je suis certain que parfois vous gardiez vos chaussons aux pieds au cas où. Et ces gémissements. Des rêves d'enfants ! Dès qu'il se tournait ou soupirait, vous vous précipitiez sur son berceau. Vous semblez oublier que si parfois j'ai réussi à détourner vos pensées de lui, ces moments furent très rares !

— Voilà ! Vous avouez donc que vous étiez jaloux de votre propre fils !

— Non, Sirena, répondit Regan d'une voix calme. Vous savez comme moi que nous exagérons. Nous avons été tous deux de bons parents. J'espère que le Ciel nous permettra d'avoir un autre enfant afin de soulager notre peine.

Les yeux de Regan brillaient de gentillesse. Son visage doré était encadré par le bleu du ciel, la profondeur de ses yeux faisait pâlir les cieux. Il prit Sirena dans ses bras et la serra fort contre lui. Il sentait ses seins fermes et voluptueux, sa taille fragile…

Sirena avait été comblée par Regan, cet homme toujours capable d'assouvir ses désirs. Une chaleur intense irradia son corps tandis qu'elle s'abandonnait à la douceur de ses baisers.

Les mains de Regan explorèrent ses seins, puis il lui empoigna la taille pour se presser contre ses hanches. Leurs cuisses s'enchevêtrèrent et leur respiration, après ce désir si longtemps refréné, devint saccadée. Elle revenait à la vie, la vie qui était si merveilleuse dans les bras de Regan. Elle sentit soudain l'étau de son vêtement se desserrer puis la main de son mari sur sa peau nue. Alors elle lui offrit sa bouche, ses seins, son extase. Le souvenir des doux moments partagés ensemble était à nouveau là.

Submergé par le regain de son ardeur, Regan sentit le désir de sa femme s'épanouir comme une fleur. Il goûta les larmes salées qui, coulant le long des joues de Sirena, noyaient leurs baisers.

Sur le point de se donner à lui, Sirena entendit alors les bottes de Regan écraser les éclats de verre de la lanterne. Dévastée par la colère, elle se dégagea brusquement de son étreinte :

— Seriez-vous prêt à me prendre sur la terre qui recouvre le petit cercueil de notre enfant ? N'avez-vous donc pas la moindre décence ?

Vous n'êtes qu'une bête en rut ! Quand je pense que j'ai failli céder à votre perfidie !

Le regard de Regan était plongé dans celui de Sirena. Doucement, de manière délibérée, il écrasa du talon un autre débris de verre.

— Où donc accepterez-vous d'être mienne, Sirena ? demanda-t-il, tentant de maîtriser la colère qui grondait en lui. Nulle part près de ce lieu, ni dans notre chambre, pas même sur une île déserte loin de tout... Où accepterez-vous de vous donner à moi ?

Les yeux de Sirena lançaient des éclairs. Si elle avait été un dragon, ses narines auraient craché le feu ; si elle avait été un ange, elle aurait foudroyé Regan. Elle parlait d'une voix basse, menaçante, et les veines de son cou se tendaient sous la rage.

— Je ne m'appelle pas Gretchen Lindenreich. Cette poule allemande, cette cocotte parfumée incapable d'avoir du respect pour les choses sacrées. Elle aurait accepté de s'allonger avec vous sur n'importe quelle tombe, sur n'importe quelle île déserte, même sur l'avenue des Lions en plein cœur de Batavia, devant tous les habitants de Java !

Regan serra les poings, ivre de fureur.

— Comment osez-vous salir le nom de Gretchen ? Maintenant qu'elle est morte, vous n'avez plus rien à craindre d'elle. Laissez les morts reposer en paix.

— Vous trouvez encore le moyen de la défendre ! Si elle était en vie nous ne serions pas là, à nous battre comme chien et chat, vous seriez déjà dans son lit !

— Si seulement vous m'apportiez le centième de ce que Gretchen m'offrait !

— Oui, à vous et à n'importe quel homme !

— Gretchen était toujours là quand il le fallait.

Regan avait prononcé ces paroles en baissant la voix. Ses yeux haineux foudroyaient Sirena. Elle lui renvoya son regard assassin avant de lui décocher une gifle magistrale. Sans hésiter, Regan lui rendit la monnaie de sa pièce en la poussant rudement, ce qui lui fit perdre l'équilibre. Elle s'affala sur le petit remblai de terre de la tombe de Mikel, criant et sanglotant...

Cela faisait bientôt six mois que cette sinistre scène avait eu lieu. Regan se leva et s'approcha d'elle. Elle faisait toujours le guet près des portes. Lorsqu'elle remarqua l'expression de sa bouche et la lumière de ses yeux, Sirena devina quelles étaient ses intentions.

D'un pas rapide, elle s'éloigna des portes et passa derrière une petite table afin de le tenir à distance.

Pourtant, il continua de s'avancer vers elle, doucement mais avec détermination. Elle était assaillie par le souvenir lointain du jour où de la même façon il s'était approché d'elle avec cette même lueur dans le regard. Il l'avait ensuite prise contre son gré.

En proie à une terrible angoisse, Sirena parvint tout de même à murmurer :

— Donnez-moi plus de temps, Regan. Pas maintenant.

Regan la suivit sans se presser, comme s'il

traquait une proie. Ses épaules massives, contrastant avec ses hanches étroites, paraissaient encore plus imposantes. La chemise blanche qu'il portait renforçait la couleur dorée de sa peau. Son vêtement ouvert jusqu'à la taille laissait voir la toison blonde de son buste. Il se tenait les mains le long du corps, attirant les yeux de la jeune femme sur son haut-de-chausses. Sirena ne pouvait détourner son regard de cette virile protubérance qu'elle observait maintenant sous l'étoffe ivoire.

Dans le regard sauvage de Sirena, Regan lisait l'appréhension et à chaque pas qu'il faisait, il la sentait de plus en plus inquiète. Au fond de lui-même, il avait envie de mettre fin à son angoisse, de lui avouer le désir ardent qu'il éprouvait à son égard, sa souffrance à vivre loin d'elle, et combien il avait besoin d'elle. Il avait besoin de sa femme parce qu'elle était la seule à pouvoir combler le vide de sa vie. Pourtant, il était incapable de prononcer ces mots. Il savait qu'elle lui rirait au nez et qu'il passerait une autre nuit seul. S'il souhaitait que Sirena devînt sa femme à part entière comme elle l'avait été par le passé, il devait recourir à la méthode forte.

— Vous m'avez longtemps évité, Sirena. Vous m'avez demandé d'être patient mais depuis ce temps, chaque jour nous éloigne davantage. J'ai respecté votre requête. Le temps est venu pour vous de vous soumettre à la mienne.

— Je vous en prie, Regan, attendez encore un peu, fit Sirena, haletante.

— Vous m'implorez ? La Sirène des mers supplie ?

— La Sirène des mers est morte. Elle existait dans une autre vie, il y a longtemps. Avant Mikel, avant tout cela.

Regan continuait à avancer vers elle. Dans ses yeux, Sirena décelait une froide détermination. Avec ironie, elle se souvint qu'autrefois ses yeux bleus étaient capables de la paralyser et de la soumettre à tous ses désirs. Regan fit un autre pas tandis que, passant derrière la table, elle mettait une nouvelle distance entre eux.

— Combien de temps devrai-je encore attendre ? lança-t-il d'un ton sec. Un jour, une semaine, un mois ? Combien de temps ?

— Je ne sais pas, encore un peu de temps.

— Ma patience est à bout. Six mois, c'est plus qu'un homme peut supporter. Vous êtes mon épouse. Il est temps que vous assumiez vos devoirs de femme !

— J'en suis incapable... pas encore... je vous en prie.

— Mikel est mort, vous ne le ferez pas revenir ! Le passé est le passé. Si vous refusez de vous tourner vers l'avenir, nous sommes tous les deux condamnés... Nous devons faire un autre enfant.

— Pour vous, c'est facile à dire. Vous ne comprenez pas combien je souffre. J'étais sa mère, il était ma chair et mon sang. J'ai perdu tous les êtres que j'aimais : Tio Juan, Isabella et maintenant... Mikel. Cette terre abandonnée par Dieu m'a pris tout ce que j'avais de plus cher.

Le regard de Sirena était embrumé et ses mâchoires tremblaient de larmes retenues. Regan était ému. Elle semblait si vulnérable, si désespérée.

— Que faites-vous de moi ? Je suis toujours là. Etes-vous incapable de trouver un réconfort dans notre union ?

Les mots de Regan allèrent droit au cœur de Sirena et elle cessa de s'apitoyer sur son sort. Regan était un homme viril, plein de vitalité. Il devait lui aussi endurer un terrible martyre. Elle savait que même si elle avait l'impression que son cœur était gelé, elle l'aimait encore. Prenant soudain conscience de la solitude de Regan, elle sentit une douleur profonde lui nouer la gorge. Pourtant, ses bras n'avaient pas la force de l'enlacer. Ses pieds refusaient de faire le premier pas vers lui.

Regan vit l'émotion traverser le visage de Sirena. Il devait à tout prix assouvir cette faim qui le tenaillait. Les lèvres humides et entrouvertes de Sirena paraissaient appeler ses baisers. Laissant grandir son désir, il était à nouveau fasciné par cette déesse vivante à qui autrefois il avait donné le nom de « Sirène des mers ». Cette princesse qui l'avait choisi parmi tous les hommes pour lui offrir son amour. Il insista :

— Dois-je en conclure que je ne compte pas ?

— Ce n'est pas ce que j'ai voulu dire, balbutia Sirena. Je parle de ce qui m'appartenait, ma chair, mon sang...

— Vous m'avez dit un jour qu'aucun être ne peut prétendre en posséder un autre. Nous étions tous les deux les parents de Mikel.

— Mikel était à moi. Je lui ai donné la vie et maintenant il est mort. Cet imbécile de médecin l'a tué et vous l'avez laissé faire !

— Il y avait deux médecins et ils ont tous deux fait le même diagnostic. Même les gens d'ici qui connaissent la fièvre depuis la nuit des temps étaient de leur avis. Il était impossible de sauver Mikel. Ne m'accablez pas. Si c'est un enfant que vous souhaitez, vous serez enceinte neuf mois par an, conclut-il méchamment.

— Pour que vous alliez voir toutes les prostituées de Java à Sumatra, non merci.

— Vous m'en demandez trop, rétorqua Regan, s'efforçant de paraître serein. Je suis un homme, et six mois...

— C'est trop long pour que vous restiez fidèle, termina Sirena. Dites-le, Regan. Vous vous moquez de ce que je peux ressentir ou penser. La seule chose qui vous importe, c'est d'assouvir votre appétit bestial. Allez le satisfaire ailleurs, murmura-t-elle, les yeux brillants de larmes.

— C'est exactement ce que je vais faire, grommela Regan. Mais pas avant que...

— Rappelez-vous bien une chose, Regan, l'interrompit doucement Sirena. Je ne serai à vous que si je veux me donner à vous. Je n'ai pas l'intention de jouer à ce jeu du chat et de la souris. Je sais ce que vous voulez de moi. Je sais à quoi cela nous mènera. Je vous ai donné ma réponse et je ne la répéterai pas. Je ne partirai pas d'ici. Je reste avec Mikel. Je serais incapable de vivre en imaginant sa tombe envahie par la jungle. Je ne bougerai pas d'ici. Quand je vous ai imploré pour que nous partions, lorsque Mikel était encore en vie, vous avez refusé. Maintenant, la situation s'est inversée : je reste ici ! Partez pour l'Espagne et veillez sur mes biens. C'est ce que vous voulez. Prenez tout ce qui m'appartient, je m'en moque éperdument !

— Votre héritage est le mien mais seulement aux yeux de la loi, se défendit Regan. Vous parlez comme si c'était pour vos biens que je vous ai épousée. Quelqu'un doit s'en occuper, voilà tout.

— Et naturellement, vous êtes le mieux placé pour le faire. Je connais les lois. C'est vous-même qui m'avez appris leurs terribles rouages, il y a longtemps... Prenez tout ce qui m'appartient, moi je réussirai à survivre pour entretenir la tombe de mon fils.

— L'enfant est mort, il faut cesser de souffrir, à présent. La vie est faite pour vivre, dit-il en esquissant un geste vers elle.

— Laissez-moi tranquille, s'exclama Sirena en empoignant, menaçante, une bouteille de vin.

— Et si je refuse ? Vous vous battrez contre moi alors que je ne fais que réclamer mon dû ?

— Pourquoi n'acceptez-vous pas de patienter encore un peu ? Pourquoi vous comportez-vous comme une bête ? Ecoutez-moi, Regan, il m'est arrivé beaucoup de choses, trop de choses pour oublier. Mes bras souffrent de ne plus pouvoir tenir Mikel, et mes yeux de ne pouvoir regarder son visage si doux. Mon cœur est mort, asséché comme le lit d'une rivière. Je finirai par en faire mon deuil, mais ce moment n'est pas encore arrivé. Je vous aime. Je vous ai toujours aimé et je vous aimerai toujours, mais vous ne pouvez remplacer mon fils. Pourquoi ne voulez-vous pas le comprendre ?

— C'était aussi mon fils, Sirena. Nous ferions mieux de partager notre chagrin, de nous consoler l'un l'autre. J'ai cherché à soulager vos souffrances mais vous m'avez rejeté comme vous avez rejeté Caleb. Imaginez-vous ce que cet enfant a ressenti ?

Sirena baissa le bras et la bouteille qu'elle brandissait. En songeant au jeune Caleb, sa gorge se serra. Elle l'adorait. Caleb était un frère pour elle. Mais il ne pouvait remplacer Mikel.

— Vous, vous avez Caleb. Il est votre chair, votre sang. Moi je n'ai plus rien, j'ai perdu le seul fils que j'avais. Je n'ai plus rien...

Regan l'agrippa par les bras, l'attirant vers lui.

— Laissez-moi, reprit Sirena, glaciale. Aucun homme ne pourra jamais me prendre contre mon gré, pas même vous ! Il faudra bien à un moment ou à un autre que vous lâchiez une de mes mains et à ce moment-là, je vous crèverai les yeux !

Regan faillit éclater de rire. Sirena sentit un frisson parcourir sa nuque.

— Allez au diable ! hurla Sirena en donnant des coups de poing sur sa robuste poitrine.

Regan avait beau tenir le bras de Sirena avec la force d'un étau, elle continuait à se débattre.

Et, bien qu'entravée par sa robe encombrante, elle lui envoya des coups de pied.

Regan prit ses deux poignets dans une main tandis que de l'autre il maintenait son visage à quelques centimètres du sien. Il regarda fixement les yeux révoltés de Sirena avec un sourire narquois. C'était la Sirena qu'il connaissait et aimait. Cette femme impétueuse et pleine de vitalité, capable de se battre et de tourner toute situation à son avantage. Capable de l'enflammer et d'éveiller son désir, Sirena, sa Sirène, maîtresse de sa propre destinée...

Il rapprocha encore son visage du sien et l'embrassa de force.

— Vous êtes le Diable en personne! cria-t-il en reculant d'un pas: du sang coulait de ses lèvres.

Elle l'avait mordu!

Il lâcha Sirena qui s'enfuit par l'escalier en colimaçon et se dirigea vers sa chambre. Enragé, Regan monta l'escalier quatre à quatre et tenta de s'agripper à ses jupes. Mais elle lui échappa et, le souffle coupé, atteignit le sommet des marches. Regan n'était pas loin derrière elle. Elle gagna sa chambre et, après avoir claqué la porte, s'enferma à l'intérieur. Ses yeux étaient grands ouverts, abasourdis. Elle se maudissait d'avoir fait preuve de tant de témérité.

Jamais une porte en bois n'arrêterait Regan. Elle aurait dû se sauver par le jardin pour se réfugier dans la jungle. Dans l'obscurité, cachée, elle aurait pu attendre que la colère de Regan s'apaisât.

Il s'élança contre la porte. Une fois, deux fois.

A la troisième le bois céda, volant en mille morceaux. Sirena frissonna des pieds à la tête. Il la toisa avec détermination.

— N'avez-vous donc aucun respect pour le deuil ? N'avez-vous aucun respect pour la mort de votre enfant ni pour sa mère ? Etes-vous incapable de penser à autre chose qu'à ce qui pend entre vos jambes ? Allez-vous-en ! Allez satisfaire votre lubricité ailleurs !

Malgré ces paroles il avançait pas à pas, la tête dans les épaules, les yeux enflammés.

— Laissez-moi à mon deuil. Je vous avertis, Regan, dit-elle d'une voix rauque en reculant afin de mettre l'espace du lit entre eux deux.

L'instant d'après, il était de l'autre côté du lit, essayant de l'attraper. Sirena tenta de se libérer et sentit le tissu de sa manche se déchirer.

— Ordure ! hurla-t-elle. Déchirez mes habits pendant que vous y êtes.

Elle lui jeta la lampe à la figure, ratant sa cible de quelques millimètres. Puis ce fut le tour d'une bouteille de parfum en cristal. Regan toussa à cause de l'odeur qui imprégnait désormais ses vêtements.

— Maintenant vous sentez la même puanteur que les bordels que vous fréquentez.

— Comment pouvez-vous connaître l'odeur des bordels ? gloussa Regan.

— Fils de traînée, vociféra Sirena. Vous parlez dans votre sommeil. Tout ce que je sais de vous, je l'ai appris quand vous dormiez. Je vous pose des questions et vous, sot que vous êtes, vous me répondez.

Soudain elle se mit à rire, d'un rire métallique qui fit tressaillir Regan. Malgré cela, il se jeta sur elle. Elle lui échappa puis lui envoya un petit coffret à bijoux au visage.

— Si vous aviez atteint votre cible, vous auriez pu me blesser grièvement.

— Je sais, répondit-elle d'un ton ironique. Vous avez engraissé. Vous êtes lourd et maladroit comme tous les Hollandais. Une nourriture trop riche et trop de rhum. Je n'ai pas envie de me retrouver au lit avec un obèse. Débrouillez-vous sans moi.

— Vous ne vous en tirerez pas aussi facilement. Je vous veux et je vous aurai. Venez, nous allons faire un nouveau fils.

Il regretta aussitôt d'avoir prononcé ces paroles. Il n'avait jamais vu une telle furie. La pièce se transforma en champ de bataille. Les tiroirs et tous les objets à la portée de Sirena volaient dans tous les sens.

Esquivant une chaussure, Regan se couvrit la tête, injuriant du même coup tous les Espagnols et toutes les femmes. Sirena, elle, lui renvoyait ses insultes avec la même violence et la même véhémence.

— Tout ce que vous voulez faire de moi, c'est une femme laide et adipeuse qui porte votre enfant.

— Je suis un homme, dit Regan en grinçant des dents. Et vous êtes une femme.

— Puis-je savoir ce que cela signifie ?

— Je suis le plus fort. Car les hommes sont plus forts que les femmes.

— Rappelez-vous ce que vous avez dit : Chaezar Alvarez a commis l'erreur de croire la même chose, rétorqua Sirena en estimant la distance qui la séparait de la porte.

— Chaezar était un animal, pas un homme, dit Regan d'un ton méprisant. Je suis un homme, Sirena, votre mari. Et si je décide de vous avoir, je vous aurai. D'autre part, vous m'accompagnerez lorsque je partirai pour l'Espagne. J'en ai assez de ces caprices, ajouta-t-il, se précipitant vers la porte : il avait deviné les desseins de Sirena.

Avec brutalité, il l'empoigna par les épaules en enfonçant cruellement ses ongles dans sa chair, puis la jeta sur le lit. Le souffle coupé, Sirena haletait. Debout, Regan l'observait.

— Je vous aurai d'une manière ou d'une autre. Et que vous le vouliez ou non, vous serez à bord de mon navire lorsque je lèverai l'ancre. J'ai avancé la date de mon départ et vous ferez partie du voyage.

Silencieuse, Sirena était allongée, les yeux clos. Elle ne manifesta aucune réaction à ces paroles.

— Debout, ordonna-t-il.

— Non.

Regan la tira par les pieds.

— Retirez vos vêtements ! Vous avez toujours eu un penchant pour les habits de deuil. Quand vous êtes arrivée ici, vous vous cachiez derrière vos prières et votre chapelet. Même lorsque vous commandiez un navire en jouant à la lady pirate, vous ne ressembliez pas plus à une femme que les singes dans les arbres. J'en ai assez de cet attirail sinistre. Ôtez-le.

— Non.

— Alors je vais le faire à votre place, lança Regan d'un ton hargneux en lui arrachant sa robe de la gorge au nombril.

Ses seins étaient tendus et dressés sous la chemise fine qu'elle portait.

— Retirez le reste! intima-t-il durement, les yeux fixés sur la poitrine tremblante de Sirena.

— Non.

Le regardant droit dans les yeux, Sirena sentit sa robe glisser jusqu'à ses pieds. Alors qu'il l'embrassait, elle demeurait impassible, les yeux écarquillés. A mesure qu'il la caressait, Regan sentait le désir monter en lui.

Dévoré par cette soif qu'il avait de la posséder, il murmura des mots d'amour tandis que ses lèvres fiévreuses allaient à la rencontre de sa bouche, de sa gorge, de ses seins.

Il aurait aimé qu'elle lui répondît, il en avait besoin. Il l'embrassait doucement, avec délicatesse, presque avec vénération. Sa bouche se posa tendrement sur celle de Sirena; il goûta enfin à cette douceur qu'elle seule possédait. Leurs respirations se mêlèrent. Il la sentait chaude et souple sous son corps.

Elle laissa échapper un petit cri lorsque son baiser devint plus exigeant. Regan se sentait emporté dans un tourbillon. Il était ivre d'une joie frôlant l'extase. Sirena l'attira à elle, toujours plus près.

Elle mendiait ses caresses, le goût de sa bouche, le parfum de sa peau. Elle avait été privée de lui et elle ne s'était pas rendu compte combien cela lui avait manqué. Ses pensées pour Mikel l'avaient tellement envahie qu'elle en avait oublié ses propres sensations.

Elle s'était éloignée de Regan parce qu'il lui rappelait qu'elle était vivante : elle aurait préféré être morte. Elle avait renié Regan et elle s'était reniée. Cet homme à qui elle vouait une adoration sans limites la désirait, avait besoin d'elle. Elle aussi avait besoin de lui.

Maintenant qu'il l'avait ramenée à la vie, elle souhaitait se donner à lui, lui offrir son cœur et son corps. Regan répondait à son étreinte sensuelle avec autant d'ardeur.

Gémissant d'extase, elle se tourna vers lui, se soumettant à ses caprices, libérant cette sensualité qui sommeillait en elle. Une sensualité trop longtemps réprimée…

Puis Sirena se mit à le caresser à son tour et, enivrée par la jouissance qu'elle suscitait en lui, sa bouche contre la sienne, elle murmura :

— Prenez-moi, prenez-moi maintenant et pour toujours…

Ensuite, ils demeurèrent enlacés pendant un long moment, l'un et l'autre en paix.

— Mon amour, avez-vous changé d'avis ? Vous viendrez avec moi, n'est-ce pas ? Dites-le-moi… J'ai besoin de vous l'entendre dire.

— Chut, répliqua-t-elle en posant délicatement un doigt sur sa bouche. Nous en parlerons plus tard.

— Non. Nous devons en discuter maintenant. Je veux que vous partiez en Espagne avec moi. Caleb est au collège en Hollande et nous serons plus proches de lui là-bas. Dites-moi que vous m'accompagnez. Il faut mettre de l'ordre dans vos affaires de famille. Vous avez toujours désiré revenir dans votre pays natal, et à présent je suis prêt moi aussi.

— Mais je ne peux pas laisser Mikel! s'exclama Sirena, éclatant en sanglots.

— Sirena, Mikel est mort. Cela ne changera rien de rester ici.

— Je ne peux pas partir... Je déteste cette île pour tout ce qu'elle m'a volé, mais je ne peux pas partir. Vous seriez inhumain d'exiger cela de moi. N'avez-vous donc pas de cœur? Comment pourrais-je abandonner le fruit de notre amour? Vous êtes pourtant son père.

— *J'étais* son père. Jour après jour, vous passez votre temps près de sa tombe pour éviter que la jungle ne recouvre sa tombe.

— Je ne peux pas, répéta Sirena en cachant sa tête sous l'oreiller. Ne m'obligez pas à partir avec vous.

— Non, je n'irai pas contre votre volonté, répondit Regan avec tristesse. Mais j'ai décidé de partir demain matin. Si vous changez d'avis...

Pour toute réponse, Sirena s'effondra en sanglots. Regan la prit dans ses bras, la réconforta. «Dieu, comme je l'aime, songea Sirena. Pourquoi suis-je incapable d'exaucer son vœu?» Comment pourrait-elle survivre sans lui? Mais comment pouvait-elle abandonner Mikel?

Au cours de la nuit, Regan se leva sans bruit. Debout, il l'observa pendant un long moment: il souhaitait garder au fond de sa mémoire l'image de ce visage qu'il aimait tant.

Sirena remua comme si le regard de Regan la caressait tendrement. Réveillée, elle s'assit sur le lit. Dans l'obscurité, ses cheveux ressemblaient à une couronne d'ébène.

— Regan, votre navire n'est pas encore prêt. Vous aviez prévu d'embarquer à la fin du mois. Pourquoi me quittez-vous si vite ?

— Vous connaissez la réponse, mon amour. Vous devez faire un choix : c'est Mikel ou c'est moi. La nuit dernière, une fois de plus j'ai compris à quel point je vous aimais. Je vous aime, j'ai besoin de vous. Mais il n'y a pas de place dans ma vie pour une demi-femme. Partez avec moi, Sirena, maintenant. Soyez mon amour, ma femme, et emportez Mikel dans votre cœur.

Elle baissa les yeux, incapable de supporter la tristesse qui se lisait dans le regard de Regan. Quand elle les releva, l'expression de son mari était devenue froide et amère.

— Il ne me reste plus qu'à vous dire au revoir, Sirena. Si d'aventure, vous changiez d'avis, vous pourrez me rejoindre à Cadix. Mais je ne vous attendrai pas éternellement.

— Je comprends. Faites bon voyage, murmura-t-elle, la gorge nouée.

— Sirena, je...

Les mots étaient vains, et quand elle se rallongea sur le lit, ses larmes étaient sèches. Il semblait qu'elle était déjà morte et que son âme s'était envolée de son corps.

Une fois Regan parti, Sirena demeura couchée sur les draps en désordre. L'émotion l'étreignait au point de l'étouffer. Regan, Regan... son cœur pleurait. Elle pleurait l'amour qu'ils avaient partagé et la vie qu'ils avaient construite ensemble, le fils qu'ils avaient perdu.

Puis Sirena se leva et enfila son peignoir et ses pantoufles. Un sourire éclaira son visage quand elle découvrit le carnage de la veille. Il avait été magnifique. Il avait réussi à annihiler le sentiment de vide qui la dévorait.

Il lui avait demandé de l'amour et il l'avait obtenu. Il avait eu raison. Elle aussi désirait son amour. C'était une femme pleine de vie, une femme qui n'était comblée que dans les bras de son amant, lorsque la jouissance les emportait tous les deux.

Tout à coup, la maison semblait désespérément vide. Plus encore que lorsque Caleb était parti pour la Hollande. A cette époque, il lui restait encore Mikel et Regan... A présent, elle était seule comme jamais elle ne l'avait été. La disparition de Mikel, si douloureuse, avait été difficile à accepter, mais le départ de Regan détruisait l'âme de la maison.

Elle descendit l'escalier en courant et se dirigea vers le jardin. La rosée brillante sur les prés trempa ses pantoufles et le froid matinal la fit frissonner.

Sans même prêter attention à l'humidité, Sirena s'agenouilla à côté de la tombe de Mikel. Le souvenir du visage souriant de son fils revint à sa mémoire.

— Mikel, Mikel, pleura-t-elle, s'allongeant sur la petite motte de terre.

Mais, pour la première fois, elle ne put sentir la présence de son fils. Cette fois-ci, il lui semblait distant. De ses doigts, Sirena creusa la terre. Elle refusait d'être séparée de son enfant. Son corps était secoué de lourds sanglots et ses larmes se mêlaient à la rosée. Son chagrin était comme un monstre solitaire qui l'étranglait. Il avait brisé sa vie et la transformait en une morte-vivante.

A son grand étonnement, le nom qu'elle cria ne fut pas celui de Mikel, mais celui de Regan. Elle le répéta à plusieurs reprises. Dieu que son absence était déjà terriblement douloureuse. Puis une image vint à son esprit : celle d'une vieille femme, seule sans amour, pleurant sur la tombe d'un enfant mort un siècle auparavant...

Elle ne trouverait aucun réconfort près de la tombe. Mikel n'était pas vraiment ici. Il était dans son cœur. Il était aussi dans le cœur de Regan. Où que Regan allât, quoi qu'il fît, Mikel demeurerait toujours avec lui. Elle aussi pouvait quitter Java et emporter Mikel avec elle.

— Regan, Regan, appela-t-elle, trébuchant sur l'herbe.

Courant rejoindre son amour, elle gravit l'escalier à toute allure et dans sa chambre enfila sa robe et ses chaussures. Elle irait à Batavia lui dire de l'attendre. Elle irait n'importe où avec lui maintenant et pour toujours. Regan l'attendrait, elle en avait la certitude. Il fallait faire les bagages et Frau Holtz avait besoin de temps pour rassembler ses affaires.

— Frau Holtz, hurla-t-elle du haut des marches. Où êtes-vous ?

La réponse vint des communs alors qu'elle s'apprêtait à monter au second étage :

— J'arrive !

— Non, restez en bas; nous n'avons pas le temps. Faites-moi apporter un cheval sellé devant la maison!

La vieille dame s'inquiéta de l'empressement de Sirena.

— Quelque chose ne va pas?

— Pas le temps de vous répondre, faites ce que je vous dis, ordonna Sirena, exaspérée.

— *Ja,* acquiesça Frau Holtz avant de se diriger vers l'arrière de la maison.

Un sourire illumina le visage desséché de la vieille femme. Elle alla trouver le garçon d'étable. Décidément, ce changement dans l'attitude de Sirena relevait du miracle. Hier seulement, elle pensait encore qu'elle ne verrait plus jamais une lueur de vie dans les yeux de sa maîtresse, sa *Mevrouw,* comme disaient les Hollandais.

— *Ja,* se répéta-t-elle. Je ferais n'importe quoi pour que vous retrouviez goût à la vie.

Au galop sur la route poussiéreuse qui menait à Batavia, Sirena riait, fouettant sa monture pour aller plus vite. Sa longue chevelure noire flottait derrière elle. Ses yeux étincelaient et ses joues étaient empourprées d'excitation. Regan et elle s'appartenaient. La force, la magie de leur amour les protégeraient. Avec frénésie, elle frappa le flanc du cheval. Plus vite, plus vite!

Toujours au galop, elle descendit la prestigieuse avenue des Lions et emprunta les petites rues qui menaient au comptoir de la Compagnie hollandaise des Indes orientales. Une cacophonie sans nom régnait sur ce quai investi par les négociants et les dockers. Admiratifs, ils se reculèrent afin de lui laisser le passage. Les sabots du cheval frappaient sur les planches tel un tambour. Le bureau de Regan était au bout du quai ; Sirena aperçut au loin sa monture piaffant devant l'officine. Elle accourut, haletante et échevelée, plus belle que jamais. Les clercs de la Compagnie en firent tomber leur plume et restèrent bouche bée. Sirena ne s'arrêta pas et se précipita vers le bureau de Regan. Le visage arborant un sourire radieux, elle murmurait :

— Regan, mon amour, je viens.

Les mots s'entrechoquaient dans son esprit. Au lieu de Regan, elle se trouva nez à nez avec leur ami, le capitaine Dykstra.

— Peter, demanda Sirena le souffle coupé, où est Regan ? J'ai une merveilleuse nouvelle à lui annoncer. (La mine du beau capitaine se renfrogna. Ses yeux bleus et froids effrayèrent Sirena.) Peter, où est-il ?

— Il est parti, Sirena...

— Parti, parti, balbutia-t-elle, incapable de comprendre le sens de ses paroles. Mais c'est impossible ! Je suis venue lui dire que j'avais décidé de l'accompagner. Où est-il parti ?

Peter Dykstra avait la gorge nouée par l'émotion. Il connaissait Regan et Sirena depuis leur mariage. Il avait vu leur amour grandir et le chagrin qu'il lisait désormais dans les yeux de la jeune femme lui était intolérable. Sans voix, il prit Sirena par le bras et la conduisit à la fenêtre qui donnait sur la mer. A l'horizon, elle aperçut une voile qui se dressait fièrement contre le vent.

Ses yeux verts interrogèrent ceux de Peter. « Il est parti sans moi ? » Elle n'avait pas besoin de réponse. Elle la lisait sur le visage du capitaine.

— Les vents étaient favorables. Il a dit qu'il ne fallait pas repousser la date du départ. J'ai tenté de le retenir car son navire n'était pas encore prêt pour un tel voyage. Mais il n'en fait toujours qu'à sa tête, grommela Peter.

Sirena s'effondra sur une chaise et prit son visage dans ses mains. Ses ongles étaient noirs, incrustés de la terre de la tombe de Mikel. Parti, Regan était parti...

— Peter, il faut que vous m'aidiez. Je dois le rejoindre. Aidez-moi, implora-t-elle, le saisissant par la manche.

— Hélas, je ne peux rien pour vous. Il n'y a pas un vaisseau dans le port. Et même s'il y en avait, ils sont d'habitude tellement chargés de marchandises que jamais vous ne pourriez le rattraper. La meilleure chose que vous ayez à faire, c'est d'attendre le prochain bateau pour l'Europe.

— Le *Rana*, peut-être...

— Non, c'est impossible: le bateau est en cale sèche. Soyez raisonnable.

Sirena tourna son regard vers la fenêtre. Elle ne voyait sur l'horizon que la pointe des voiles du navire de Regan. Peter avait raison. Inutile de songer à le rattraper.

— Sirena, laissez-moi vous raccompagner chez vous, poursuivit Peter en lui prenant les mains.

— Chez moi? Où cela peut-il bien être?

2

Pendant des mois, l'existence de Sirena se limita au pèlerinage quotidien qu'elle effectuait sur la tombe de son fils. Après cette visite, elle s'asseyait dans le jardin jusqu'à ce que la pluie tombât puis rentrait à la maison continuer son ouvrage de broderie. Les joues de plus en plus creuses, elle se décharnait de jour en jour. Ses yeux autrefois éclatants étaient devenus aussi ternes que son esprit.

Cinq mois s'étaient écoulés depuis le départ de Regan ; Frau Holtz observait Sirena du seuil de la pièce. Elle n'oublierait jamais le matin où le capitaine Dykstra l'avait ramenée du port. « Regan est parti... » Sans cesse, Sirena, les yeux brillants de larmes, avait murmuré ces paroles.

Le départ de Regan avait ôté toute vie à sa Mevrouw. A la tombée de la nuit, Sirena avait été prise d'une forte fièvre et il lui avait fallu plusieurs semaines avant de s'en remettre. Supporter l'absence de ceux qu'elle aimait le plus était au-delà de ses forces. Elle n'avait même plus reparlé de rejoindre Regan. C'était presque comme s'il était mort et enterré. De temps à autre, Frau Holtz tentait d'aborder le sujet afin d'encourager Sirena à quitter Java pour retrouver son mari. Mais la jeune femme lui répondait invariablement :

— Si Regan m'aimait, il m'aurait attendue. Il

savait que je ne souhaitais pas quitter Mikel et il comptait sur cela pour que je reste ici. Non, je ne partirai pas à sa recherche. Je n'ai rien à faire avec un homme qui ne veut pas de moi.

De l'endroit où elle se trouvait, Frau Holtz aperçut au loin une silhouette à cheval qui se dirigeait vers la maison. Elle plissa les yeux, éblouie par le soleil : c'était Peter Dykstra.

S'essuyant les mains à son tablier, la servante alla à sa rencontre. « Très bien, songea-t-elle, Sirena aura de la compagnie. »

— La Mevrouw est dans le jardin, capitaine Dykstra. Venez, je vais vous conduire à elle. Elle sera contente de vous voir. Nous n'avons pas beaucoup de visites.

Lorsqu'il aperçut Sirena, Peter retint son souffle. Que pouvait-il bien lui être arrivé ? Elle semblait malade, fatiguée. Ennuyé, il hésita un instant avant de s'asseoir près d'elle.

— Peter, comme je suis heureuse... dit-elle en soupirant.

L'expression de Sirena était tellement austère... Pourtant, il devait lui exposer la raison de sa visite.

— Comment allez-vous, Peter ? vous avez l'air en pleine forme.

— Sirena, j'ai une mauvaise nouvelle à vous annoncer.

— Je vous écoute, Peter. Y a-t-il un problème au bureau ?

— Non, la Compagnie marche toujours très bien. J'ai des informations concernant le navire de Regan, le *Spanish Lady*. Ce que j'essaie de vous dire, reprit-il, c'est que le *Spanish Lady* s'est abîmé au large des côtes espagnoles. On ignore si les membres d'équipage ont été faits prisonniers par un bateau pirate ou s'ils ont été jetés par-dessus bord. Il y a eu un violent orage, c'est tout ce que je sais. J'ai appris la nouvelle aujourd'hui. Je suis désolé, Sirena. Si je peux faire quelque chose pour vous...

Peter Dykstra s'épongea le front, soulagé mais surpris : aucune émotion ne filtrait du visage de Sirena. Il se tourna vers Frau Holtz puis à nouveau vers Sirena.

— C'est affreux, mais... vous avez l'air de bien prendre la nouvelle. C'est quand même de votre mari qu'il s'agit !

— Vous avez perdu Regan aujourd'hui ; moi cela fait des mois que je l'ai perdu, depuis le moment où il est parti en me laissant ici. Pardonnez-moi si je ne réagis pas comme vous l'escomptiez, Peter. Je suis morte depuis un an et personne n'a eu la décence de m'enterrer. Je vous remercie de votre visite. Maintenant, si vous voulez bien m'excuser, je souhaite rester seule.

Dykstra se leva du banc. Elle avait raison : elle était morte depuis longtemps. Il l'avait compris dans son regard et dans sa voix. Regan était peut-être mort mais sa femme l'avait précédé. Elle paraissait ne plus exister. Il posa tendrement sa main sur l'épaule de Sirena.

— Rappelez-vous que si vous avez besoin de moi...

Il savait qu'elle ne l'écoutait pas.

Frau Holtz regarda le capitaine Dykstra s'éloigner en direction de Batavia. Elle s'approcha de Sirena, elle aussi étonnée de l'impassibilité de sa maîtresse.

Soudain, Sirena se mit à rire.

— C'est un mensonge, ne comprenez-vous donc pas? Regan espère ainsi me voir partir pour l'Espagne. Il doit avoir besoin de ma signature au bas d'un document. Ce n'est pas moi qui l'intéresse, c'est mon argent. Je ne pensais pas qu'il irait jusque-là. Le marin le plus expérimenté, faire ainsi couler son vaisseau... Le *Spanish Lady* est capable de faire face aux orages les plus violents.

— Mevrouw, je me souviens que lors du départ de Regan, le capitaine Dykstra a dit que ses voiles n'étaient pas prêtes pour naviguer. Deux jours avant, je les ai entendus se disputer à ce sujet. Le capitaine Dykstra a averti le Mijnheer qu'il fallait faire réviser le *Spanish Lady*. Mais il lui a répondu qu'il n'avait pas le temps.

— Pauvre Frau Holtz, excusez-moi. Je sais que vous vous êtes occupée de Regan depuis sa naissance, et vous l'aimez comme s'il était votre propre fils.

Elle enlaça tendrement la gouvernante et tenta de la réconforter.

— Frau Holtz, croyez-vous vraiment qu'il soit arrivé quelque chose à Regan?

— Je peux seulement vous répéter ce que j'ai entendu de mes propres oreilles. Je serais incapable de vous mentir, ajouta la vieille femme en sanglotant. Je connais Regan comme si je l'avais fait; jamais il ne vous mentirait aussi cruellement. Pour quelle raison agirait-il ainsi?

Pour avoir votre signature au bas d'un document ? Non, il se débrouillerait autrement. Pour vous faire quitter Java ? S'il désirait une femme, il y aurait toujours une beauté prête à partager son lit. Non, vous avez beau être sa femme, je connais mon maître mieux que quiconque. Quelque chose de terrible s'est produit, je le sens.

Alors qu'elle tentait de consoler sa servante, Sirena sentit son propre cœur défaillir. Si Frau Holtz avait raison, cela signifiait que Regan était mort... Non, elle ne pouvait pas le croire. Jamais elle ne croirait une telle chose. Pas Regan...

Une semaine puis deux passèrent sans que Sirena se rendît à la petite tombe. Du balcon, elle pouvait voir la jungle prendre lentement possession de la petite motte de terre. A la fin de la troisième semaine, les vignes avaient déjà recouvert l'épitaphe. Elle savait désormais que bientôt, sous cette végétation luxuriante, il ne resterait plus aucune trace du petit corps.

Les yeux séchés, elle appela Frau Holtz en montrant au loin la tombe de Mikel.

— Vous voyez, je peux m'en aller à présent : je vais demander qu'on prépare le *Rana* et partir pour l'Espagne. Je vous laisse libre de rester ici ou de m'accompagner.

— *Ja*, répondit gravement Frau Holtz. J'ai commencé à faire mes bagages après la visite du capitaine Dykstra, vos malles sont presque prêtes. Jacobus et votre équipage ont déjà mis le *Rana* à l'eau. Le navire sera bientôt chargé de provisions, prêt pour votre départ. Nous n'attendions plus que vous.

— Je reste persuadée qu'il s'agit d'un stratagème de Regan. Pourtant, mon cœur pense le contraire. Débauchez les domestiques et donnez-leur de bons gages. Fermez la maison, nous partons.

— *Ja*, acquiesça Frau Holtz, gaie comme un pinson. Si quelqu'un peut retrouver le Mijnheer, c'est vous, Mevrouw.

— Oui, répliqua Sirena en la taquinant, c'est moi.

L'équipage du *Rana* accueillit Sirena avec enthousiasme. Tous les visages rayonnaient de bonheur. Le vieux Jacobus lui tira sa révérence, la prit dans ses bras et la fit glisser sur le pont ciré du bateau. Sirena souriait pour la première fois depuis des mois. Ses yeux étincelaient.

— Ramenez-moi au pays, mon bon Jacobus, cap sur l'Espagne.

— Capitana, pour sûr nous rallierons les côtes de votre pays, mais c'est vous qui allez nous y conduire. Il n'y a pas de capitaine parmi nous. Si Caleb était là, ce serait différent. Avez-vous eu des nouvelles du capitaine ?

— Qu'attendons-nous pour quitter le port ? s'exclama Frau Holtz. Plus nous partirons vite, plus nous aurons de chances de trouver le Mijnheer.

— Messieurs, je vous présente mon second, dit Sirena en s'amusant du regard ironique des marins. Vous avez entendu la dame. Levez l'ancre et hissez les voiles. Jacobus, au gouvernail. Je viendrai bientôt vous remplacer.

— Oui, Capitana, répondit Jacobus.

C'était le nom que son équipage lui avait donné lorsqu'ils avaient parcouru les mers ensemble afin de venir à bout de Hook, le pirate. C'était lui qui avait tué Isabella, la sœur de Sirena. Cette mission les avait conduits vers de nombreuses aventures, toutes plus invraisemblables les unes que les autres. Ensuite, elle était devenue Sirena Cordez. Fière et belle comme toujours. Des pirates sans pitié l'avaient humiliée et avaient abusé d'elle. S'évadant avec le jeune Caleb, ils s'étaient emparés d'un vaisseau que personne n'avait pu rattraper; une prouesse qui avait valu à la jeune femme le nom de « Sirène des mers ».

C'était Isabella que Regan Van der Rhys devait épouser. Après sa mort, Sirena avait pris la place de son aînée aux côtés de l'être sans passion au visage buriné par le soleil qu'était le directeur de la Compagnie hollandaise des Indes orientales. Connu pour son appétit sans limites des femmes, il avait malgré tout épousé cette Sirena aux allures sages.

Le couple avait passé longtemps à se déchirer avant de se rendre à l'évidence: ils se désiraient et s'aimaient.

Jacobus souriait. Rien au monde ne le mettait plus en joie que l'idée de repartir sur les mers avec elle, vers de nouvelles aventures.

Frau Holtz s'affairait autour des cabines, vidant les malles et rangeant, pestant contre le laisser-aller des marins et la rouille qui déjà gagnait les cales du navire.

Sirena réprima un rire tandis qu'elle nouait les deux pans de sa chemise sous sa poitrine.

— Je vous laisse aux travaux ménagers, Frau Holtz. Je vais prendre le relais de Jacobus.

Sur le pont, Sirena eut le sentiment d'être revenue à la vie. Pour la première fois depuis de trop nombreux mois, elle se sentait sereine et savourait ce bien-être retrouvé.

Des trombes d'eau s'abattaient sur les grandes fenêtres étroites de l'immeuble gris qui surplombait le canal de La Haye. Mais aujourd'hui, Caleb Van der Rhys se moquait bien du mauvais temps qui traversait la Hollande. D'habitude, à mesure que les nuages devenaient bas et menaçants, son esprit s'assombrissait. Invariablement, il s'abandonnait à la nostalgie des jours emplis de soleil des Indes orientales. Il détestait ce pays plat, le collège, cette existence ennuyeuse. La discipline qu'il supportait ici était loin de l'excitation et du danger qu'il avait connus lorsqu'il était garçon de cabine de Sirena Van der Rhys, sa belle-mère. A cette époque, on l'appelait la Sirène des mers et il avait toujours été à ses côtés pour l'aider à se venger de ceux qui avaient transformé sa vie en enfer. Avant de la rencontrer et de devenir son ami, de contrat d'apprentissage en contrat d'apprentissage, de navire en navire, il avait été l'objet de tous les mauvais traitements imaginables.

Il avait cru son père mort pendant de nombreuses années. Grâce à Sirena, il l'avait retrouvé. Regan était tout ce qu'un enfant pouvait espérer d'un père et Sirena, qui avait réussi à apaiser l'appétit insatiable de son père, était bien plus qu'un jeune garçon pouvait attendre d'une belle-mère.

Caleb se leva, se regarda dans le miroir et, après avoir passé une main dans ses cheveux bruns, réajusta sa cravate de soie blanche. Il épousseta nerveusement les manches de sa veste et, sur un pied, frotta son autre pied sur son pantalon pour redonner du brillant à sa chaussure. Satisfait du résultat, tentant de maîtriser son émotion, il prit lentement la direction du parloir où patientait Regan.

Caleb était en train de se battre avec la terminologie latine quand le surveillant était venu lui apporter un message : monsieur Van der Rhys l'attendait au bas de l'escalier. En proie à la plus vive excitation, Caleb n'espérait qu'une seule chose : que Regan fût venu le chercher pour rentrer à Java. Il pensait aussi à la réaction de Regan quand il découvrirait que son fils était devenu un adulte... En passant devant une glace, Caleb s'inspecta une dernière fois, se redressa et releva son menton. Il n'était plus l'enfant que Regan avait laissé derrière lui en Hollande ; cela ne faisait aucun doute. Les traits de Caleb s'étaient affinés. Ses joues avaient perdu leur rondeur enfantine et il se rasait désormais régulièrement depuis six mois. Son manteau ajusté à ses larges épaules mettait sa musculature en valeur. Dans quelques mois, il aurait dix-huit ans : l'âge de trouver sa place en tant qu'homme.

Il descendit les marches quatre à quatre, serrant les lèvres afin de contenir son émotion. Puis il traversa le parloir où les visiteurs étaient admis. Le lieu froid ne comptait que quelques meubles. Un éclair de joie éclaira son regard dès qu'il aperçut son père, éclair qui disparut aussi vite.

— Sirena n'est pas avec vous ? demanda Caleb vindicatif.

— Non, répondit Regan dans un grognement sourd. Dans la lettre que tu as dû recevoir, je te dis de ne pas t'attendre à la voir. Pourquoi te fais-tu souffrir en imaginant qu'elle pourrait être ici ? Regarde-toi plutôt, ajouta-t-il joyeusement, tentant de le distraire de ses sombres pensées. J'ai laissé un petit garçon et je retrouve un homme !

Debout face à son père, Caleb en était, hormis pour ses cheveux, la parfaite réplique.

— Je suis content que vous acceptiez que je sois devenu un homme et que vous soyez venu me chercher.

— Non Caleb, telle n'est pas mon intention, répliqua Regan dans un profond soupir.

Pourquoi fallait-il que tout allât contre sa volonté ? Caleb avait beau être son propre fils, il possédait le caractère de Sirena. Parfois il en arrivait à penser que Caleb n'avait jamais eu d'autre mère que Sirena. Que Tita, la Javanaise qui l'avait enfanté, n'avait jamais existé. C'était Sirena qui avait formé son esprit. Et comme elle, Caleb disait ce qu'il avait sur le cœur, toujours prêt à se battre pour obtenir ce qu'il voulait.

— Père, je vous ai donné ma parole que je resterai jusqu'à la fin du semestre. Mais quand il s'achèvera, je partirai. Je quitterai ce pays obscur qu'est la Hollande, mais je ne viendrai pas non plus avec vous en Espagne. Je regagnerai Java.

— Tu veux rejoindre Sirena, c'est bien cela? J'ai toujours su qu'entre elle et moi, ton propre père, c'est elle que tu choisirais.

— J'ai seulement dit que je souhaitais rentrer à Java. Je signerai un contrat avec le capitaine Dykstra. Je veillerai sur Sirena. Vous n'auriez jamais dû la laisser seule sur l'île, observa-t-il d'une voix monocorde.

— Tu refuses de comprendre pourquoi je suis parti. C'est toujours moi qui ai tort, c'est bien ce que tu penses?

— Non père, je n'ai pas dit cela. Mais je n'ai aucune envie d'étudier ni de devenir un gentleman. Je veux repartir en mer, le seul endroit où je me sens moi-même. Et si retrouver mes racines signifie perdre mon père... conclut Caleb en haussant les épaules, mimant l'indifférence.

— Je n'ai pas fait tout ce chemin pour discuter de cela, lui objecta Regan, s'asseyant sur une des chaises au dossier dur.

Il fouilla dans sa poche et en sortit un petit cigare.

— Quand j'ai vu que Sirena n'était pas avec vous, je me suis douté...

Caleb parlait plus doucement. Le feu ne parvenait pas à réchauffer l'atmosphère de la pièce humide. A son tour, le jeune homme sortit un petit cigare brun de sa poche et l'alluma à l'aide d'une bougie. Après avoir proposé du feu à Regan, il lança la bougie dans le feu et s'installa en face de son père.

C'était la première fois que Regan voyait son fils fumer. Etrangement, il en était ulcéré, regrettant presque que ce dernier fût désormais un homme. Observant l'élégance du fin rouleau de tabac noir dans les grandes et habiles mains de Caleb, Regan poursuivit :

— Pourquoi m'es-tu si hostile, Caleb ? Je pensais avoir été clair dans ma lettre. Si tu veux vraiment devenir un homme, tu dois faire l'effort de comprendre et d'accepter qu'entre Sirena et moi, c'est fini.

— Etre un homme ne signifie pas admettre la cruauté. C'est pourtant comme cela que vous vous comportez. A présent, Sirena a dû apprendre que le *Spanish Lady* a coulé au large de l'Espagne. Elle doit vous croire mort et être désespérée. Je souhaite seulement que ma lettre lui disant que vous êtes bien vivant lui parvienne avant qu'il ne soit trop tard. Je me demande vraiment pourquoi vous êtes venu me voir, ajouta-t-il avec insolence.

— Nous avons à parler. J'espérais que nous pourrions le faire calmement. J'ai quelque chose à t'expliquer.

Les yeux de Caleb étaient froids et sombres. Il fit quelques pas et jeta la cendre de son cigare sur les bûches rougeoyantes.

— Assieds-toi, Caleb. Nous devons discuter.

— Je préfère rester debout, merci.

Regan ne parvenait toujours pas à s'habituer à ce que son fils fût si grand, si fort. Il parlait d'une voix hésitante qui soudain s'accéléra. Il s'arrêta un moment lorsqu'il vit les yeux de son fils passer de la colère à l'incrédulité.

— Quand j'ai quitté l'île, je savais au fond de moi que Sirena ne partirait jamais avec moi. J'étais persuadé qu'elle ne pourrait jamais abandonner la tombe de Mikel. Il faut que tu comprennes que j'en étais vraiment convaincu. Je le suis toujours. Notre vie ensemble est terminée. Quand j'ai été repêché par le bateau qui nous a sauvés, je suis allé en Espagne rendre visite à la personne qui s'occupait des affaires de la famille Cordez pour lui exposer les circonstances de ma séparation d'avec Sirena. (Regan s'éclaircit la gorge comme s'il lui était pénible de continuer.) J'ai repris en main toutes les affaires de la famille Cordez. (Puis sa voix se fit grave et ses yeux bleu agate devinrent lointains.) Je sais que je dois refaire ma vie. Et c'est ce que j'ai déjà commencé à faire : j'ai divorcé de Sirena, conclut-il d'une voix rauque.

Caleb resta silencieux mais ses yeux jugeaient et accusaient. Sans même regarder son père, il quitta la pièce.

— Caleb, reviens ici ! cria Regan. Cette vie-là est terminée. Terminée, m'entends-tu ? Nous devons recommencer une nouvelle vie ici !

Il scruta du regard le long couloir, espérant voir son fils réapparaître. Puis il retourna au parloir et s'assit lourdement. Caleb était parti, comme Mikel et comme Sirena.

Caleb ne lui pardonnerait jamais et ne reviendrait jamais vers lui. Cette femme qui lui avait rendu son fils le lui arrachait à présent. Que lui restait-il désormais? Il s'était séparé de la femme qu'il chérissait et une jeune lady de la haute société le demandait en mariage, lui offrant sa richesse et sa vertu. Dieu, qu'avait-il fait?

Ses larges épaules musclées s'affaissèrent, il avait l'estomac noué. Sirena avait-elle ressenti la même chose lorsqu'il l'avait quittée? Vivait-elle avec ce même vide infernal, ce désespoir insurmontable?

3

Neuf semaines après avoir quitté Java, le *Rana* accostait au port espagnol de Cadix. Habituellement, le voyage durait entre douze semaines et cinq mois; mais ils avaient bénéficié de vents favorables et d'un temps idéal. Depuis que le bateau avait atteint la côte nord de l'Afrique, empruntant la route maritime la plus fréquentée, Sirena avait renoncé à ses atours marins: sa tenue légère, composée d'un pantalon et d'une chemise nouée sur ses seins généreux, n'aurait pas manqué d'attiser les regards. Pire encore, elle craignait que sa réputation de Sirène des mers ne précédât son arrivée dans cette partie la plus civilisée du monde: elle serait alors la proie idéale des marins en mal d'aventure. Ils se feraient un plaisir d'inscrire l'abominable femme pirate à leur tableau de chasse.

Le plus ancien port espagnol grouillait d'activité. Les dockers chargeaient et déchargeaient les bateaux et l'horizon était obstrué par une forêt de mâts.

Quand Sirena se pencha sur la rambarde à l'arrière du navire, elle fut saisie d'une terrible angoisse. Tout au long du voyage, elle avait cherché à se convaincre : Regan ne pouvait avoir péri dans le naufrage de son bateau ! Il avait imaginé ce stratagème pour lui faire quitter Java.

Mais au fil de la traversée, le doute s'était emparé d'elle : elle avait peut-être tort. Elle savait que malgré l'expérience de Regan, la mer était une maîtresse toute-puissante, sans merci pour les vaisseaux qui s'aventuraient dans son domaine. Et quand ils avaient aperçu les hautes falaises de Gibraltar, elle s'était surprise à plusieurs reprises à murmurer des prières silencieuses, afin que Regan eût été retrouvé sain et sauf. Elle l'aimait, Dieu qu'elle l'aimait !

Sirena fut interrompue dans ses pensées par une voix aigre venant de l'*Atracar Obreros*. C'était l'un de ces dockers à la carrure imposante qui gagnaient leur vie en déchargeant les richesses du monde.

— *Holà !* capitaine, cria-t-il, le front ruisselant de sueur. (Il s'adressait à Jan, l'un des matelots, qu'il prenait pour le capitaine du *Rana*.) Que transportez-vous dans vos cales ?

— Ce n'est pas un cargo, *amigo*, répondit Jan. Pas de travail ici.

— D'où venez-vous, capitaine ?

— Des Indes orientales.

— Et vous ne transportez pas de marchandises ? demanda le docker, incrédule.

Sirena se mit à rire.

— Ils pensent que vous êtes *loco*, Jan. Comment pourrait-on être assez fou pour faire le tour du monde sans le rentabiliser par le transport de marchandises ?

— J'aurais peut-être dû lui dire de s'adresser à vous, Capitana, dit Jan d'un air taquin. S'il apprend que c'est une femme qui dirige ce bateau, il comprendra mieux que nous naviguions à vide mais pensera que je suis fou à lier de m'être engagé dans une telle galère, sous le commandement d'une femme !

— Une femme affamée ! renchérit joyeusement Sirena. Je me demande si Jacobus a encore des biscuits et du café. Venez avec moi, Jan. J'aurai besoin de votre aide pour intervenir auprès de Jacobus s'il a déjà nettoyé les cuisines et fermé le garde-manger.

Malgré les protestations du vieux Jacobus, ils s'accoudèrent sur la table de cuisine et burent leur tasse de café bouillant.

— Dites-moi, Capitana, depuis combien de temps n'êtes-vous pas venue à Cadix ?

— La dernière fois, c'était quand nous sommes partis, mon oncle Juan, ma sœur Isabella et moi vers les Indes. D'après ce que je vois d'ici, Cadix, comme toutes les villes anciennes, n'a pas beaucoup changé.

— Alors vous connaissez bien la ville ?

— Très bien, répondit Sirena. C'est un endroit magnifique que j'aime depuis mon enfance. En fait, ma famille possède toujours une merveilleuse villa pas très loin des docks. Elle a été construite sur une colline qui domine le port. Elle appartenait à mon oncle Juan, et maintenant elle est à moi. (Les yeux de Sirena s'assombrirent de tristesse.) Lorsque j'étais enfant, j'adorais rendre visite à mon oncle. Dans la cour pavée, nous faisions la course avec Isabella. La maîtresse de maison, notre tante, levait les bras au ciel en nous traitant de petits diables. Notre oncle Juan écoutait aimablement les plaintes de Magdalena et faisait semblant de nous gronder. Dans ces moments, il avait du mal à dissimuler le sourire qui pointait sous sa moustache.

— Vous aimiez beaucoup votre oncle, Capitana, je le lis dans vos yeux.

— C'est vrai. Isabella et moi l'adorions. Mais mon plus grand héros, c'était mon père. Il était grand, plein d'allant et toujours très soigné de sa personne. J'étais persuadée que c'était l'être le plus parfait au monde. Il était respecté et craint de tous. Mais pour ma sœur et moi, il fut le plus doux et le plus aimant des pères. Pour nous, ses bras étaient toujours grands ouverts. Nous courions vers lui et il nous soulevait au-dessus de sa tête. Il nous aimait à la folie.

— C'est lui qui vous a appris les secrets de la mer ?

— Oui, Isabella et moi, nous étions très différentes...

— Capitana, si cela vous fait trop mal d'en parler, ce n'est pas la peine.

— Non, Jan, cela fait trop longtemps que je n'ai pas parlé d'Isabella... Mais elle est toujours dans mon cœur. Quand nous avons eu l'âge d'aller à l'école, notre père nous y a toutes les deux envoyées. Isabella était ce qu'on appelle une petite fille modèle, tandis que moi...

— J'imagine que les nonnes ont eu du fil à retordre avec vous..., fit Jan en souriant.

— C'est vrai, reconnut Sirena. En fait j'étais si désagréable qu'elles ont fini par implorer mon père de me retirer de l'école. Isabella y est restée pendant que moi j'ai fait le tour du monde à bord des navires de mon père. Il m'a appris à naviguer, à m'occuper d'un bateau. Il avait embarqué des tuteurs, insistant pour que j'excelle dans mes études. Tout en m'entourant de son amour, il pouvait se montrer implacable : si mes résultats scolaires étaient médiocres, j'étais privée de mon quart au gouvernail ou de ma leçon d'escrime. J'aimais tellement ces activités que je m'évertuais à satisfaire mes tuteurs. L'été, Isabella voyageait avec nous. Elle essayait en vain de m'apprendre les bonnes manières. Pauvre Isabella ! Combien de fois l'ai-je entendue dire que je lui donnais des cheveux blancs alors qu'elle avait douze ans à peine ! Vous voyez, j'ai eu une enfance très heureuse...

— J'imagine. Etait-ce lors d'un voyage avec votre père que vous avez débarqué aux Indes ?

Le visage de Sirena s'assombrit à nouveau.

— Non. Si mon père avait été sur ce bateau, nous aurions sans doute échappé au sort terrible qui nous attendait. Mais il était déjà mort à cette époque. Mon oncle Tio Juan était un homme d'affaires et connaissait peu de choses sur l'art de commander un équipage. C'est à cause d'un capitaine ivre que le *Rana* a été attaqué par des pirates et que Juan et Isabella ont péri.

Sirena prononça ces derniers mots à mi-voix, d'un ton chargé de tristesse. Jamais elle n'oublierait ce jour maudit qui avait changé le cours de sa vie.

Frau Holtz fit irruption dans la cuisine.

— Mevrouw, si vous avez l'intention d'aller à terre, il faudrait vous habiller. La robe que vous portez ne convient pas à une personne de votre rang.

Sirena baissa la tête sur cette robe grossière de laine qu'elle avait enfilée par-dessus sa tenue légère avant d'arriver au port.

— D'accord, Frau Holtz. Pendant que je me prépare, poursuivit-elle à l'intention de Jan, allez faire un tour dans les docks et tâchez d'obtenir des informations sur le bateau de Regan. Je ne sortirai pas du *Rana* avant votre retour.

Quand Sirena eut enfilé la délicate camisole en dentelle sur son corset, Frau Holtz alla chercher ses chaussures et ses bas.

— Croyez-vous que Jan obtiendra des informations sur le Mijnheer ? interrogea la gouvernante.

— J'espère. J'ai demandé à Jan d'interroger le responsable du port. Si quelqu'un est à même de nous donner des informations, c'est bien lui. C'est seulement une question de temps : bientôt je serai face à face avec mon mari, dit Sirena d'une voix qui trahissait mal son inquiétude.

— *Ja*, certainement. Le responsable du port sera au courant, acquiesça Frau Holtz. Dois-je en conclure que vous n'avez plus de soupçons à l'égard du Mijnheer, Mevrouw ?

— Oui. Après y avoir réfléchi pendant de longues heures, un tel mensonge de la part de Regan me paraît invraisemblable. Mais je suis aussi persuadée qu'il est sain et sauf. Il connaît trop bien la mer. Lui qui se vantait toujours d'avoir autant de vies que les chats !

— *Ja*, marmonna Frau Holtz, les sourcils froncés.

Les chats n'avaient que neuf vies et Regan, tout au long de ses innombrables aventures, les avait peut-être déjà toutes utilisées.

Au bout de trois jours, ni Sirena ni l'équipage n'avaient réussi à glaner la moindre information concernant Regan. On savait seulement que le *Spanish Lady* s'était abîmé en mer au large des côtes alors qu'il ralliait Cadix. A chaque fois qu'elle s'était lancée sur les traces de Regan, Sirena était partie enthousiaste, certaine d'obtenir des résultats. Elle était revenue chaque soir plus dépitée. Les membres de son équipage se démenaient pour en découvrir davantage mais eux aussi étaient rentrés bredouilles.

L'optimisme de Sirena commençait à s'éroder. Elle avait essayé, en vain, de retrouver señor Arroya, l'oncle Esteban, chargé des affaires de la famille Cordez. Elle savait que si Regan était venu à Cadix, il n'avait sûrement pas manqué de contacter Esteban Arroya au sujet de l'héritage des Cordez. Mais Tio Esteban était quelque part aux alentours de Salamanque et ne rentrerait pas avant plusieurs mois.

Sirena envisagea tout d'abord d'aller à Salamanque à la recherche de Tio Esteban, mais le risque de le manquer était trop important pour se lancer dans une telle aventure. Il était d'ailleurs fort possible que son oncle rendît visite à sa fille qui venait d'épouser un banquier milanais. Les employés du bureau du señor Arroya ne pouvaient l'en assurer. Sirena était hors d'elle à l'idée d'avoir à attendre son oncle à Cadix.

A mesure que le temps passait, tout portait à croire que Regan avait péri avec son navire. Le désespoir et l'inquiétude de Sirena grandissaient au fil des heures. Regan, Regan... son cœur pleurait. Souvent, elle fermait les yeux et priait.

— Mon Dieu, ayez pitié, murmurait-elle les yeux chargés de larmes. Je vous en prie, laissez à Regan la vie sauve. Il ne doit pas mourir. Je vous en prie... Je me suis comportée comme une idiote, j'aurais dû l'écouter, j'aurais dû quitter Java avec lui. Pardonnez-moi d'avoir fait passer le chagrin que j'éprouvais pour la mort de mon enfant avant l'amour que je voue à mon mari. Nous avons souffert, Regan, Caleb et moi.

Ne me laissez pas perdre le seul amour de ma vie, je vous en supplie !

Toute une nuit durant, Sirena pria ainsi. Le lendemain matin, Frau Holtz la trouva le visage bouffi par les larmes, assoupie à côté de sa couchette étroite. Elle dormait enfin d'un sommeil paisible, le rosaire d'Isabella serré dans ses poings.

Sirena refusa de prendre son petit déjeuner et son déjeuner. Elle demeura cloîtrée dans sa cabine, pensant sans cesse à Regan. Elle se souvenait de leur dernière nuit ensemble, de la manière dont ils s'étaient battus pour imposer l'un et l'autre leur volonté. Elle versa des larmes amères en songeant à cette longue période pendant laquelle elle avait repoussé Regan. Combien de nuits, allongée seule sur son lit, avait-elle passées à le maudire, refusant de comprendre qu'il avait besoin d'elle et qu'elle aussi avait besoin de lui. Et lorsque enfin ils s'étaient retrouvés, leur étreinte avait été comme gorgée d'eau dans un désert aride. Ils avaient bu avidement au puits de l'amour et de la tendresse. Puis, après avoir fait l'amour, ils étaient restés allongés dans les bras l'un de l'autre, enfin apaisés.

Et maintenant, elle était en proie aux pires tourments. Si seulement elle avait pu savoir s'il était vivant ou mort. Le fait de ne pas savoir la meurtrissait autant qu'une flèche reçue en plein cœur. Et elle n'avait personne vers qui se tourner ! Elle n'avait pas seulement repoussé Regan mais aussi Caleb. Comment avait-elle pu se montrer aussi injuste et égoïste ! Caleb était plus qu'un fils pour elle. Il avait été son meilleur ami, son petit frère. Pourtant, elle se souvenait d'avoir souhaité un jour qu'il fût mort à la place de son fils, Mikel.

— Caleb ! s'exclama-t-elle soudain, le visage rayonnant. Caleb ! Regan sera certainement allé le voir ! Frau Holtz ! Jacobus ! Jan ! appela-t-elle exaltée en sortant de sa cabine. Préparez le bateau, nous partons pour la Hollande.

4

— Mijnheer Van der Rhys, dit le directeur de l'école d'une voix impérieuse. Je suppose que vous savez qu'une femme vous attend au parloir. Vous ne pouvez pas prétendre ignorer comme vous l'avez fait avec le messager qui est venu vous rendre visite au dortoir, lui rappela-t-il sévèrement. Un gentleman ne fait jamais patienter une lady. Mettez-vous en route si vous ne voulez pas passer pour un goujat.

Caleb fronça les sourcils.

— Je n'ai envie de voir personne.

Depuis la visite de Regan, quelques semaines auparavant, Caleb s'était isolé de ses meilleurs camarades. Il imaginait que cette visiteuse était la sœur d'un de ses amis qui souhaitait l'arracher à son humeur noire.

— Ai-je bien entendu vos propos, jeune homme ? Bien sûr, je ne vais pas vous forcer à voir cette femme, mais elle prétend avoir fait le voyage de Java pour venir vous voir...

Caleb se redressa, ses yeux noirs soudain illuminés d'étonnement.

— Vous avez dit Java ?

Sans même attendre la réponse, il se leva précipitamment et courut vers le parloir.

— Sirena ! cria-t-il, débordant de joie. C'est vraiment toi ? (Il la serra dans ses bras et la souleva.) J'étais prêt à te rejoindre à Java dès que j'aurais terminé le semestre. Les jours passaient et j'en arrivais à me dire que je ne te reverrais plus jamais. Comme tu es belle ! Comment es-tu arrivée ici ? Laisse-moi deviner... Le *Rana* ! (Brusquement, son exubérance retomba et il s'écarta légèrement de Sirena.) Tu as appris la nouvelle, dit-il doucement. C'est la raison de ta venue. Tu as parlé avec mon père...

— Tu sais donc où se trouve Regan ?

Caleb opina du chef. La joie de Sirena était à son comble. Elle le prit par le cou et le serra très fort.

— Caleb, je suis si contente de te voir. Et Regan, où est Regan ? Il faut que je lui parle, je n'en peux plus d'attendre. Il faut que je lui dise que j'ai agi de manière insensée, que je l'aime. Il va bien ? Où est-il ? demanda-t-elle fiévreusement.

— Père est en Angleterre.

Qu'allait-il faire ? Comment lui dire ? Cela faisait bien longtemps qu'il ne l'avait vue aussi heureuse. Il ne pouvait la laisser rejoindre Regan sans l'avertir. Il devait lui avouer la vérité.

— Je suis si heureuse de te voir, reprit Sirena. Enfin nous allons pouvoir redevenir une famille unie. Je suis désolée d'avoir mis si longtemps... Peu importe, c'est le passé. Imagine, Caleb, avec le *Rana* il ne me faudra que quelques jours pour retrouver Regan. Je sais qu'il a perdu patience mais je lui ai dit que je quitterais Java dès que j'aurais trouvé la paix en moi. Sais-tu, Caleb, qu'au dernier moment, je m'étais décidée à partir avec lui mais quand je suis arrivée à Batavia, son bateau venait de partir ? J'ai été idiote mais je lui expliquerai. Je me le jure et je te le jure !

Sirena bredouillait tant sa joie était grande, sans remarquer le regard terrorisé de Caleb.

— Dis-moi petit frère, t'ai-je manqué ? (Là encore, elle n'attendit pas de réponse.) Comme tu as grandi ! Tu es un homme à présent ! s'exclama-t-elle ébahie. J'ai toujours su que tu deviendrais un bel homme. Mais je ne pensais pas que cela viendrait si vite. Et si je t'annonce que Frau Holtz a fait le voyage avec moi ? Ça relève de l'exploit, je peux te l'assurer ! (Elle se mit à rire mais pour la première fois, elle prit conscience du silence de Caleb.) Je suis désolée, je ne t'ai pas laissé prononcer un mot. Assieds-toi, nous allons discuter. Parle-moi de ton collège. Ça se passe bien ? Raconte-moi tout en détail.

— Tu n'as donc pas reçu ma lettre, Sirena ? demanda Caleb en passant sa langue sur ses lèvres desséchées.

— Une lettre ? Non, j'ai dû quitter Java avant qu'elle me parvienne. Ce n'est pas grave, je suis là en face de toi, tu peux tout me raconter.

Caleb commença d'une voix hésitante :

— Je déteste l'école. Je déteste ces chaussures et je déteste la Hollande. Je déteste aussi ces pluies interminables. Je déteste même les livres. Je déteste tout... et je déteste mon père!

Les yeux de Sirena s'assombrirent.

— Caleb, je ne t'ai jamais vu ainsi! Que t'est-il donc arrivé? Regan souhaite seulement que tu aies la chance de recevoir une bonne éducation. Il ne t'a pas envoyé à l'école pour te punir. Je ne veux pas t'entendre parler de ton père comme cela! Maintenant, raconte-moi ce que tu as sur le cœur. Nous pouvons peut-être trouver une solution.

— Il n'y a pas de solution, répondit tristement Caleb.

— Approche-toi, petit frère, ça ne peut pas être bien grave. Ne garde pas tes soucis pour toi.

— Tu arrives trop tard, Sirena. Tu arrives trop tard, répéta-t-il en chevrotant comme si ses cordes vocales étaient sur le point de se briser.

— Il n'est jamais trop tard. Je sais que nous avons perdu le contact depuis que tu as quitté Java pour venir dans cette école. Mais nous sommes toujours amis comme par le passé.

— Tu ne comprends pas! s'exclama Caleb. Regan a divorcé de toi. C'est pour cela que je le déteste!

Soudain devenue livide, Sirena sentit la pièce tourner autour d'elle. Caleb se précipita afin de la soutenir, croyant qu'elle allait s'évanouir. Il s'en voulait de s'être montré si direct. Il éventa son visage à l'aide de son mouchoir.

— Ça va? Excuse-moi, je ne voulais pas te dire cela aussi brutalement. Je t'expliquais tout dans ma lettre. Sirena, je ne pouvais te laisser partir rejoindre Regan sans que tu saches...

Battant des paupières, Sirena le dévisageait, abasourdie. Caleb l'aida à se redresser et s'excusa encore.

— Je voudrais être certaine d'avoir bien compris. Regan a vraiment divorcé ?

Caleb opina du chef, les yeux fermés.

— Non, ce n'est vrai ! Regan est venu en Espagne pour reprendre en main les affaires des Cordez !

Ses yeux imploraient Caleb de revenir sur ses paroles. Pourtant, au fond d'elle-même, elle avait perdu espoir. Elle savait que Caleb n'aurait jamais menti pour une chose aussi grave. Sirena, les yeux écarquillés, sentit ses mâchoires et ses poings se crisper.

— Regan a divorcé !

Caleb, de nouveau, acquiesça tristement.

— Mais pourquoi ?

— Père pensait que tu ne quitterais jamais Java. Que c'était fini entre vous, murmura Caleb.

— Je lui ai pourtant dit que j'avais besoin d'un peu plus de temps. Tu as entendu cela de sa propre bouche ?

— Oui, il est venu me l'annoncer ici. Si je ne lui avais pas promis de rester là jusqu'à la fin du semestre, je serais venu te rejoindre à Java...

— Mais comment est-ce possible ? demanda Sirena haletante, en s'enfonçant dans le fauteuil inconfortable où s'était assis Regan quelques semaines auparavant.

— Rien n'est impossible pour ceux qui ont de

l'argent. En Hollande, les divorces sont courants. Il suffit de se montrer généreux avec ces messieurs de l'administration et de verser une somme importante au clergé pour annuler un mariage...

— Ton père a-t-il dit autre chose lorsqu'il est venu te voir ?

La voix de Sirena n'était plus qu'un murmure. Ses mains, paumes tournées vers le ciel et posées sur ses cuisses, semblaient supplier.

— J'ai honte de te l'avouer, Sirena, mais je me suis comporté comme un enfant. J'ai refusé de lui parler davantage et j'ai quitté la pièce en courant. Je me moque de ce qu'il peut bien faire. En ce qui me concerne, il n'a plus de fils. Sirena... reprit-il, inquiet, que vas-tu faire ?

— Combien de jours te reste-t-il avant la fin du semestre ?

— Dix.

— Veux-tu que je t'attende au port afin que nous y réfléchissions ensemble ?

— J'aimerais partir avec toi immédiatement.

— C'est peut-être possible. Allons voir ce que le directeur du collège en pense.

Le ton de sa voix était calme et ses mots étaient précis ; elle maîtrisait son émotion. Seuls ses yeux brillant d'un éclat meurtrier trahissaient ce qu'elle ressentait au fond d'elle-même. Le directeur d'école souscrivit à leur requête : Caleb lui causait des ennuis depuis son arrivée au collège. Qu'aurait-il pu apprendre en dix jours, dévoré par l'impatience d'en finir ?

— Je t'attends dehors, Caleb. Dépêche-toi de faire tes malles.

Délivrée du regard de Caleb, Sirena, fronçant ses yeux vert émeraude, se détendit. « Il veut le divorce pour me dérober mon argent. Jamais de la vie ! Fils de traînée... » Dès qu'elle avait le dos tourné, il entrait dans un autre lit. Il ne valait pas mieux qu'un porc. Elle serra les poings. « J'aurais dû le tuer quand j'en avais l'opportunité, songea-t-elle. Le divorce ! Chien de Hollandais ! »

Il allait le lui payer. Elle le ferait marquer au fer rouge de deux « S » sur le corps. Un sur son fessier et un sur la poitrine. Elle lui réglerait son compte avant qu'il ait pu dépenser son argent.

— Je graverai aussi un S sur votre front, murmura-t-elle, haineuse, en donnant un coup de pied sur le banc en fer qui se trouvait à côté d'elle. Vous auriez voulu me laisser mourir sur cette satanée île. Eh bien je suis là maintenant, prête à me battre ! Pour vous, Regan !... Je me battrai pour que vous reveniez vers moi. Je ne vous laisserai pas m'échapper car je vous aime...

5

La couleur rougeoyante du crépuscule était voilée par les gros nuages menaçants qui flottaient au-dessus du port. Çà et là, la lueur jaune des lanternes se détachait des façades des immeubles et illuminait les fenêtres huileuses des échoppes des marchands réunis sur les docks.

Jacobus et l'équipage du *Rana*, accoudés au

bastingage, virent Sirena et Caleb descendre de la calèche. Les yeux de la Capitana lançaient des éclairs, sa mâchoire aux traits si délicats était crispée. Malgré la distance qui les séparait, Jacobus comprit que quelque chose clochait.

Caleb marchait à grandes enjambées, tentant de suivre le pas furieux de Sirena. Il était aujourd'hui un homme calqué sur le modèle de son père. Il en avait la taille imposante, la largeur d'épaules. Leur seule différence tenait à ses cheveux bruns : ceux de Regan avaient la couleur du blé en hiver.

Frau Holtz se précipita à la rambarde afin d'apercevoir Caleb. Il ne lui fallut pas plus de temps pour remarquer l'étrange attitude de Sirena. Tremblant au fond d'elle-même, la vieille femme porta sa main à sa bouche. Sirena marchait telle une marionnette, comme si chacun de ses membres était actionné par des fils invisibles.

Elle monta sur la passerelle, regardant droit devant elle. Jacobus la considéra avec circonspection, et d'un geste de la main, fit signe aux autres de ne pas bouger. Il connaissait ce regard embrasé : c'était, il le savait, un signe d'avertissement.

— Levez l'ancre ! annonça Sirena, laconique. Nous partons pour l'Espagne.

Après un signe de tête vers Caleb, elle gagna précipitamment sa cabine afin de se changer.

Caleb, le visage austère, fit un petit signe en direction de l'équipage et tendit la main à Franco, le second du vaisseau.

— Comme vous avez grandi ! s'exclama

Franco, admiratif. L'école a l'air de vous avoir réussi !

— Ça fait plaisir de vous revoir sur le bateau, lança Jan en l'accueillant.

— La dernière fois que mes yeux de vieillard vous ont vu, vous n'étiez qu'un enfant. Et maintenant vous êtes devenu un jeune homme costaud. Vous nous avez manqué. (Jacobus arborait un large sourire.) Je suis content que nous ayons désormais deux mains de plus à bord. Soyez le bienvenu !

Frau Holtz le serra fort contre sa poitrine comme si elle était sa mère. Elle eut un moment de surprise : Caleb avait tellement grandi que c'était désormais elle qui posait sa tête sur le torse du jeune homme et non l'inverse. Sur la pointe des pieds, elle murmura :

— Il faut que je vous parle, tout de suite !

L'équipage, qui avait déjà embarqué les provisions le matin, s'affaira à la préparation du départ. Et dès qu'elles prirent la brise, les voiles de la frégate, puissamment bordées, se gonflèrent bruyamment.

Frau Holtz invita Caleb dans sa cabine. Sa voix était empreinte de gravité :

— Que se passe-t-il ? Qu'est-il arrivé au collège ? Et ne me racontez pas d'histoires !

Pendant un moment, Caleb hésita à parler. Il avait la gorge nouée, cherchant à trouver le mot juste pour expliquer la situation à la gouvernante.

— Sirena, Sirena... Non, Frau Holtz, ce n'est pas à moi de vous annoncer cela. Il faudra que vous en parliez directement avec elle.

La vieille femme examina Caleb en grimaçant :

— Je vois qu'ils vous ont appris beaucoup de choses dans cette sacrée école. Je respecte votre loyauté pour la Mevrouw, mais si vous me disiez ce qui la trouble, les hommes d'équipage et moi pourrions peut-être l'aider.

— Hélas, Frau Holtz, il n'y a personne qui puisse aider Sirena. Vous devez me croire quand je vous dis cela. Pour le moment, il faut qu'elle réfléchisse, seule. Ni vous ni l'équipage n'y ferez rien.

— Vous avez appris cela dans les livres ? demanda la gouvernante, blessée de ne pas être dans la confidence.

Caleb eut un large sourire.

— Non, pas dans les livres. Vous ne devez pas oublier que Sirena a été mon professeur pendant très longtemps. J'ai appris beaucoup d'elle, des choses que... Mais arrêtons là cette discussion.

— Vous avez peut-être appris beaucoup de choses, mais celle que vous maîtrisez le mieux, c'est l'arrogance... comme votre père. Prenez garde jeune homme, refrénez votre insolence, insista-t-elle en pointant un doigt contre son torse.

Caleb éclata de rire.

— Ne vous méprenez pas, Frau Holtz, je ne suis plus un enfant et, ajouta-t-il froidement, je suis mon propre maître. Je prends moi-même mes décisions et je fais ce que je veux de ma vie.

— En voilà des paroles ! rétorqua Frau Holtz d'un ton irrité. J'imagine que vous allez me dire que vous êtes passé maître dans le maniement des armes comme le Mijnheer et la Mevrouw ?

— Mais bien sûr, la taquina Caleb en affichant un air prétentieux propre à agacer la gouvernante. J'ai gagné plusieurs médailles en escrime au collège. Je suis considéré comme un expert en la matière!

Frau Holtz sentit ses cheveux gris se dresser sur sa tête. Les Van der Rhys étaient décidément tous les mêmes, ils prenaient un malin plaisir à la mettre en rogne. Même si elle savait qu'il la faisait enrager exprès, elle croyait sans hésiter à son histoire de médailles. Le fils de Sirena et de Regan pouvait-il être médiocre au fleuret?

— Si vous le voulez bien, nous en reparlerons plus tard, Frau Holtz. Je ne pourrai jamais monter au mât dans cet accoutrement ridicule.

La vieille gouvernante le regardait, maintenant émerveillée par sa beauté. Caleb possédait les traits rudes de Regan mais il avait également les yeux et la chevelure noire de sa mère javanaise. En plus de la couleur exotique de sa peau, il avait hérité de ses yeux bridés et sa moue sensuelle.

La beauté de Regan et le charme de Tita se traduisaient chez Caleb par une élégance raffinée qui, bien que parfaitement masculine, n'en était pas moins émouvante.

Grand et large d'épaules, il avait le ventre plat et les hanches étroites des jeunes gens. Sa tête altière était portée par une nuque bien charpentée et ses épais cheveux noirs aux reflets dorés étaient en désordre. Ses sourcils haut placés accentuaient la délicatesse de ses yeux. Frau Holtz, le temps d'un instant, fut prise de compassion pour toutes les femmes qui ne tarderaient pas à se jeter aux pieds de Caleb. Et s'il suivait les traces de son père — ce dont Frau Holtz était persuadée — ce cœur sauvage prendrait au piège les créatures les plus éblouissantes. « Aussi éblouissantes que la Mevrouw », pensa Frau Holtz en esquissant un sourire.

La voix de Caleb l'arracha à ses pensées :

— Frau Holtz, je suis tellement content que vous ayez accepté d'accompagner Sirena.

Son ton était doux et amical. Il se pencha soudain vers elle pour l'embrasser chaleureusement sur les joues avant d'aller se changer.

— Jeune oiseau... marmonna la gouvernante.

Ne sachant que faire, Frau Holtz partit à la recherche de Jacobus l'édenté. Elle lui confia son inquiétude au sujet de sa Mevrouw.

— Moi aussi, j'ai remarqué cette expression étrange sur le visage de la Capitana, répliqua Jacobus. Ça ne sert à rien de s'inquiéter et d'en faire des montagnes. Chaque chose en son temps. Si elle a besoin de nous, elle le dira. Elle sait que nous sommes là et qu'elle n'a qu'à demander pour être servie. Qu'est-ce qu'il a grandi, le gamin ! C'est un homme maintenant, le portrait de son père.

— Sur bien d'autres plans aussi, commenta Frau Holtz. J'aimerais bien savoir pourquoi nous faisons route vers l'Espagne. J'ai l'habitude d'une vie calme et ordonnée, pas de cette vie de sauvage. J'ai l'impression d'être une bohémienne des mers. Je suis trop vieille pour ce genre d'aventures.

— Nous vieillissons tous, ma pauvre dame. Si j'avais pu imaginer qu'un jour j'éprouverais le désir de marcher sur la terre ferme. Mes articulations me font souffrir et mes yeux ne sont plus ce qu'ils étaient. Je pense souvent à me reconvertir en marin d'eau douce. Si ça vous chante, nous pourrions nous installer sur une petite île et proposer nos services de gens de maison, ironisa Jacobus.

— J'aimerais bien voir ça, répondit Frau Holtz en riant. Que ferait une femme distinguée comme moi avec un édenté ?

Elle joignit le geste à la parole par une gifle qui frôla ses oreilles mais qu'il esquiva.

— Qui sait ? reprit-il. Si vous changez d'avis, tenez-moi au courant. Je veux avoir le temps de me préparer pour la cérémonie...

— Occupez-vous du bateau, intima-t-elle, rouge de colère. Je n'ai pas envie de finir ma vie dans ces eaux-là.

— Je ne suis pas marin, je suis cuisinier !

— Alors retournez à vos fourneaux, lança-t-elle avant de se précipiter dans sa cabine.

Sa première demande en mariage ! Il fallait qu'elle vînt d'un vieillard édenté ! Observant ses cheveux grisonnants, elle fit la moue devant sa glace et arrangea les tresses qu'elle portait en couronne sur le haut de sa tête. Un sourire éclaira son visage : au moins, elle mourrait avec la satisfaction d'avoir reçu une proposition.

Seule dans sa cabine, Sirena refusait de s'appesantir sur la nouvelle qu'elle avait apprise en début d'après-midi. Elle concentrait ses efforts pour se débarrasser de cette longue robe qui l'entravait.

Lorsqu'elle était allée rendre visite à Caleb, elle avait soigné son apparence : elle souhaitait qu'il gardât toujours la même image d'elle.

Après un bain bien mérité, elle s'était consacrée à sa toilette. Frau Holtz avait passé des heures entières à repasser les pans de sa robe couleur or ornée de fine dentelle aux manches et à l'encolure.

Jupon après jupon, le fer à repasser de Frau Holtz crachait une vapeur chaude qui faisait rougir les joues de la gouvernante. Pendant ce temps, Sirena avait coiffé ses cheveux d'ébène, les relevant sur le haut de sa tête, laissant une longue mèche bouclée tomber sur son épaule. Ensuite, non sans mal, la gouvernante l'avait parée d'un voile vaporeux qui féminisait quelque peu le chapeau à large rebord que Sirena avait choisi de porter.

Elle lança sa coiffe sur la couchette d'un geste nonchalant. Son voile mousseux s'était flétri au contact de l'air humide et froid, et ses plumes ondulées semblaient aussi fatiguées que Sirena elle-même. Après avoir troqué ses vêtements contre son habituelle tenue légère, nouant sa chemise sous ses seins voluptueux, elle attrapa ses bottes à hauts talons en chevreau noir. Elle les fit glisser sur ses mollets vigoureux jusqu'en haut de ses cuisses fines et souples. Elle s'interdisait de songer à ce que Caleb lui avait dit. Elle concentrerait son esprit sur le bateau et l'équipage. Dès qu'elle aurait le *Rana* en main, elle retrouverait la vie.

Quelles souffrances la vie lui réservait-elle encore ? Comment Dieu avait-il pu laisser cela lui arriver? Etait-elle responsable de son propre malheur? Ou était-ce la faute de Regan? « N'y pense plus, se dit-elle en arpentant sa petite cabine. Cela n'a plus aucune importance. Regan ne t'aime plus et a obtenu le divorce, voilà tout. »

Ses épaules frémirent et les larmes lui montèrent aux yeux. Regan ne s'était-il pas rendu compte qu'elle l'aimait à en mourir? Il avait si souvent prétendu l'aimer. Comment pouvait-il maintenant la rejeter comme un vieux cigare? Bien sûr, Regan en trouverait une autre. Et c'est à une autre qu'il murmurerait ses odieux mensonges.

Un sanglot s'étrangla dans sa gorge. Comment un amour comme le leur pouvait-il mourir? La vision d'une femme sans visage dans les bras de Regan lui arracha un gémissement.

— Non! cria-t-elle en serrant les poings. Non, non, non!

La douleur qu'elle ressentait dans sa poitrine était plus forte que n'importe quelle blessure.

Ce fut Caleb qui le premier entendit son cri aigu. Et ce fut lui qui retint le bras de Willem, prêt à se ruer dans la cabine de la Capitana.

— Elle ne court aucun danger, laissez-la. Elle viendra sur le pont quand elle aura recouvré ses esprits. Elle a besoin d'être seule pendant un moment.

Willem dévisagea Caleb, muet d'étonnement.

Un peu plus tard, le jeune homme traversa le pont la tête haute sous les regards médusés de l'équipage. Son attitude assurée ne leur était que trop familière. Mijnheer Van der Rhys avait eu la même le jour de l'incendie du bateau : debout, nu jusqu'à la taille, son haut-de-chausses remonté jusqu'aux genoux, ses traits coupés au couteau possédaient cette même expression sévère et déterminée.

Loin des côtes nuageuses de Hollande, les vents marins chassèrent peu à peu le brouillard bas et la lueur rouge du soleil se réfléchissait à nouveau sur la mer étale et bleue à travers les fenêtres à meneaux.

Sirena balaya l'horizon du regard et se dirigea vers le pont. Elle prit la relève de Jan au gouvernail et lança des ordres à l'équipage.

— Regardez le ciel, un orage nous vient de l'ouest. Toutes voiles dehors. Si nous avons de la chance, Caleb, nous pourrons le prendre de vitesse en changeant de cap. Qu'attends-tu pour te mettre au travail ! hurla-t-elle furieuse.

Occupé à enrouler une longue corde, Caleb se redressa et considéra fixement Sirena. Elle bouillait de rage et de détermination. Elle ne s'était pourtant jamais vengée sur lui. Cette note amère dans sa voix lui transperça le cœur. Il serra les dents et s'attela à sa tâche. Après s'être assuré de la solidité des cordages, il alla se réfugier sous le hauban, à l'abri du regard de Sirena.

De l'endroit où il se trouvait, Caleb pouvait cependant l'observer au gouvernail. Quel fantastique marin elle faisait. La mer et l'orage qui couvaient ne pourraient jamais venir à bout de ses forces. A une époque, Caleb pensait que rien n'était susceptible d'ébranler Sirena. Mais c'était avant la mort de Mikel et la trahison de Regan. Sirena répétait toujours qu'aucun homme ne pourrait lui prendre le meilleur d'elle-même. Le divorce lui avait prouvé qu'elle avait tort : sans Regan, Sirena n'était plus qu'un coquillage vide.

Et que deviendrait Regan sans Sirena ? S'en relèverait-il indemne ? La vie sans elle serait-elle à son goût ? Pendant un court instant, Caleb eut pitié de son père. Puis, serrant les dents, il se jura de ne plus jamais prendre parti ni pour l'un ni pour l'autre. Qu'ils se débrouillent seuls !

Observant l'orage qui se rapprochait, Sirena s'empara de la corne de brume et ordonna :

— Tout le monde sur le pont !

Le vent s'engouffra en mugissant dans le gréement alors que les membres de l'équipage prenaient plusieurs ris. Sirena faisait de son mieux pour garder la proue du navire face au vent. De gigantesques vagues fouettées par le vent, transformées en rouleaux écumeux, se brisaient sur la coque à bâbord. Les embruns éclaboussaient et piquaient le visage de Sirena qui avait toutes les peines du monde à maintenir le cap.

La colère de la nature exigeait toute son attention. Les mains agrippées au gouvernail, elle ne pensait plus à rien d'autre. Des éclairs illuminaient l'horizon. Des nuages spectraux aux formes inquiétantes se faisaient de plus en plus menaçants. Il ne pleuvait pas encore à torrents mais cela n'allait pas tarder. Sirena savait que la pluie était son ennemie, tout comme l'écume mousseuse des rouleaux, tout comme Regan à présent. La pluie était capable de venir à bout d'un homme, en l'épuisant et en détruisant sa vitalité petit à petit, tel un vampire assoiffé de sang. La pluie pouvait arracher un timonier à son gouvernail et le vent entraîner le navire à sa perte.

Pendant un instant fugace, elle se demanda lequel des deux, entre Regan et l'orage, était le plus dangereux. « Pour le moment, la tempête », décida-t-elle. Redoutant le pire, elle s'arrima au gouvernail à l'aide d'un morceau de voile.

La pluie s'acharna sur le navire. Aveuglée par l'averse, Sirena réussit cependant à maintenir son cap. Ses cheveux finirent par se dénouer, fouettant ainsi son visage et l'étranglant comme des mains assassines. Quand ses forces s'évanouirent, sa volonté de fer prit le relais. Elle voulait revoir Regan. Elle voulait l'entendre lui dire qu'il ne l'aimait plus de ses propres lèvres. Elle voulait voir son visage, le toucher.

— Allez au diable, Regan Van der Rhys ! cria Sirena. Vous êtes à moi, à moi !

Son hurlement se noya dans le grondement de l'orage.

Les vents envoyèrent Caleb valser contre la rambarde à l'arrière du navire. Il rejoignit Sirena en s'accrochant tant bien que mal au gréement.

— Je suis venu te donner un coup de main, hurla-t-il pour qu'elle l'entendît dans ce vacarme.

— Je n'ai pas besoin d'aide, lui cria à son tour Sirena sans quitter la mer houleuse du regard.

— Tu t'épuises. Ce n'est pas le moment de jouer au héros. Donne-moi le gouvernail. Je vais passer derrière toi et défaire tes liens. Tiens-toi prête !

— Regagne ton poste. Il suffirait que tu commettes l'erreur de laisser la frégate mettre sur la tranche et ce serait la fin pour nous tous. Nous ne pouvons pas changer de poste maintenant. Ecoute-moi bien, Caleb, je suis le capitaine de ce bateau. Quand j'aurai besoin de ton aide, je t'appellerai, compris ? Et ne te mêle plus de mes affaires !

Caleb la regarda longuement puis regagna son poste. Des trombes d'eau se déversèrent sur le pont du navire, menaçant de s'engloutir dans les cales... Il eut juste le temps de s'agripper au gréement quand l'eau s'abattit sur lui.

Sirena l'appela mais il était trop tard. Elle vit l'eau balayer Caleb et le faire glisser sur le pont. Elle hurla tout en sachant que l'équipage ne pouvait entendre son cri.

— Mon Dieu, je vous en prie, ayez pitié de lui, implora-t-elle. C'est à cause de vous, Regan, que je suis là en train de me battre contre la tempête avec votre fils. S'il se noie, vous aurez sa mort sur la conscience, pas moi !

Il fallut près d'une heure à Sirena pour réussir à mettre le bateau sous le vent et atteindre des eaux plus clémentes.

— Caleb, Caleb, où es-tu ?

— Ici en haut... lui répondit une voix faible. Tu t'es inquiétée pour moi ?

— Bien sûr que j'étais inquiète. Je suis responsable de tous les hommes de mon équipage.

— Ah? J'espérais que c'était pour moi personnellement... rétorqua Caleb d'un ton amer.

Sirena garda le silence, se contentant de défaire les liens qui la maintenaient attachée au gouvernail.

— Maintenant, prends le relais, dit-elle calmement, jusqu'à ce que je trouve quelqu'un pour te remplacer.

Elle l'observa tandis qu'il s'approchait : il était trempé jusqu'aux os et ses cheveux retombaient sur son front. Comme il ressemblait à Regan... Il s'installa à la barre bien campé sur ses pieds. Lorsque en se redressant, il saisit le gouvernail avec assurance, ses muscles d'acier se contractèrent. Il était presque aussi grand et musclé que Regan. A la vue de sa bouche insolente et de ses yeux noirs en colère et provocants, Sirena sentit sa gorge se nouer.

Caleb la suivit des yeux quand elle s'éloigna. Sirena marchait les épaules affaissées et ses mains pendaient mollement le long de son corps. Elle trébucha mais refusa l'aide que lui proposa Willem. De son poste, Caleb la vit essuyer ses larmes du revers de la main. Il ne pouvait pas l'aider. Seul Regan en avait le pouvoir mais il était à mille lieues d'ici et avait commencé une nouvelle vie.

Frau Holtz gloussait et fredonnait en aidant Sirena à étendre ses habits trempés. La vieille femme enveloppa les cheveux mouillés de sa maîtresse et l'installa confortablement sur son étroite couchette.

Comme par magie, Jacobus apparut alors sur

le seuil de la cabine avec deux tasses de café bien chaudes à la main.

— J'y ai mis une pointe de rhum. La Capitana a l'air d'en avoir besoin, déclara-t-il de son sourire édenté.

Et, se retournant vers Frau Holtz à qui il tendit la seconde tasse, il ajouta :

— Voici un cadeau d'amour. Le premier d'une longue série, railla-t-il en se dépêchant de quitter la pièce avant que la gouvernante ne lui envoyât sa tasse à la figure.

Confortablement installée et séchée, la tasse à la main, Sirena se tenait adossée au mur de sa couchette, ses jambes musclées et galbées repliées sous elle.

— Je lis l'inquiétude sur votre visage, Frau Holtz.

— Et moi, je lis d'étranges choses dans vos yeux, Mevrouw. Si vous avez besoin de parler à quelqu'un, allez-y. Je ne vous poserai pas de questions.

Sirena avala une gorgée de café et commença en faisant attention de ne pas laisser paraître ses sentiments : cette peine était la sienne et celle de nul autre, elle n'avait besoin de personne pour la partager.

— Regan est parti pour l'Espagne. Il a repris mes affaires en main et il a gagné la Hollande où il a obtenu le divorce. Je n'ai plus ni héritage ni mari. Il a l'intention de me verser une pension en se servant de mon argent.

— Mevrouw ! De quoi parlez-vous ? s'exclama Frau Holtz saisie d'effroi.

Soudain, Sirena perdit contenance :

— Ne m'avez-vous pas entendue ? Regan a obtenu le divorce.

— Hum, on ne me fera jamais croire une chose pareille. Il vous aime comme aucun homme n'a jamais aimé une femme. N'a-t-il pas fait le tour du monde pour vous le prouver ?

— C'était il y a très longtemps. Aujourd'hui c'est différent.

— Alors pourquoi naviguons-nous vers l'Espagne ? Que comptez-vous faire ?

Sirena but une nouvelle gorgée avant de lui répondre :

— Je suis au bord du dénuement. Il ne me reste plus que ce bateau et mes affaires personnelles. Il faut que je voie mon avocat et le responsable de mes affaires de famille.

— Mais, Mevrouw, vous venez de me dire que le Mijnheer avait tout confisqué ?

Pauvre Frau Holtz, Sirena ne l'avait jamais vue aussi désemparée.

— C'est vrai, Frau Holtz, selon la loi Regan a droit à mon héritage. J'espère seulement que mon oncle Esteban aura eu la présence d'esprit de conserver l'intégralité de la fortune de ma mère. Car selon la loi, Regan est l'héritier des Cordez mais pas des Valdez. Pauvre oncle, j'imagine le choc qu'il a dû avoir lorsque Regan est venu réclamer son bien.

— Pardonnez-moi, Mevrouw, mais les biens de la famille Valdez sont-ils aussi importants ?

— En effet, la fortune des Valdez est aussi grande et même plus importante que celle des Cordez. Car mon père a toujours refusé de recevoir une seule peseta de ma mère. Il a toujours dit qu'un homme devait être capable de subvenir à ses besoins et de bâtir une fortune personnelle.

— Qu'allez-vous faire alors ? Allons-nous rester en Espagne ? insista la Frau en se tordant les mains.

Elle savait bien que d'avoir perdu ses propriétés n'avait aucune importance aux yeux de Sirena. Mais le fait d'avoir perdu l'amour de Regan pouvait l'achever.

— Tout m'est indifférent, excepté le divorce de Regan. Je ne peux pas voir plus loin. Quand j'aurai parlé à mon oncle Esteban, je prendrai ma décision. N'ayez aucune crainte, nous n'établirons pas notre quartier général à bord de ce navire. Je sais à quel point vous avez envie de revenir sur la terre ferme.

— Et Caleb ? Où ira-t-il ? Que fera-t-il ?

Frau Holtz vit les yeux verts de Sirena s'assombrir.

— Je suis certaine que Caleb trouvera sa voie. Il prétend être un homme, laissons-le agir de la sorte.

— C'est un jeune homme splendide, le portrait de son père.

— Oui, approuva Sirena. Il nous a vus, son père et moi, sous nos meilleurs et nos pires aspects ; espérons qu'il en tirera une certaine sagesse.

— Il est allé bien au-delà, déclara Frau Holtz d'une voix respectueuse et intimidée en se souvenant de la conversation qu'elle avait eue avec Caleb. Il connaît les livres et il prétend qu'il est devenu un maître en escrime et qu'il a gagné beaucoup de médailles.

— Vraiment ? Peut-être pourrons-nous faire une petite démonstration devant l'équipage. J'aimerais bien me rendre compte de ses progrès.

— J'ai le sentiment, Mevrouw, que vous aurez peut-être une surprise. Il est plus sûr de lui que son père au même âge. Je sais que c'était une erreur de l'envoyer à l'école. Je l'avais dit au Mijnheer. M'a-t-il écoutée ? Pas le moins du monde. Il m'a répondu que le garçon avait besoin de recevoir une éducation, et certainement il y a réussi.

— Frau Holtz, il faut vous rendre à l'évidence : Caleb n'est plus un enfant mais un homme. Je sais que vous souffrez de ne plus pouvoir le porter dans vos bras... (La voix de Sirena devint plus douce, se réduisant presque à un murmure : elle pensait à Mikel.) Mais pour le bien de Caleb, se reprit-elle, acceptez qu'il soit maintenant devenu un homme.

— Je crois que je l'accepterais plus facilement s'il ne ressemblait pas autant et dans ses moindres gestes au Mijnheer, dit Frau Holtz d'un ton aigre, formulant sans le vouloir les pensées de Sirena.

6

Le voyage de Hollande en Espagne fut une véritable torture pour Caleb. Lui qui au collège avait si souvent rêvé de sentir le pont sous ses pieds. Lui qui pendant si longtemps avait songé au visage de Sirena et au plaisir de revoir ses yeux splendides. Lui qui s'impatientait également de revoir son père... Désormais tous ses rêves, par la faute de Regan, s'étaient transformés en cauchemars.

Jour après jour, Caleb observait Sirena, debout, les mains cramponnées au gouvernail. Ses yeux verts semblaient féroces et sur son visage, elle portait le masque de la folie. Bien qu'elle parlât calmement, sa voix avait une sonorité métallique et froide. Personne ne se risquait à l'interroger de peur de la mettre en colère. Même Frau Holtz préférait demeurer silencieuse et en retrait.

Que ferait Regan lorsqu'il se trouverait nez à nez avec Sirena ? Caleb imaginait leur duel. Car il ne pourrait en être autrement.

— Mon Dieu, non, je vous en prie, murmura-t-il pour lui-même.

Il ne voulait plus voir Sirena et son père se battre. Cette fois, Regan la tuerait. La maternité et le chagrin avaient dérobé une partie de son énergie à cette créature longiligne. Elle ne serait pas à la hauteur d'un Regan Van der Rhys en pleine force de l'âge.

Un oiseau volait à côté du *Rana* qui voguait désormais à vive allure. Ils apercevraient bientôt les côtes espagnoles et arriveraient au port de Cadix. Alors, les véritables ennuis commenceraient pour Sirena. Finies les longues heures épuisantes passées debout au timon et finie la fatigue qui la plongeait dans un sommeil salvateur dès qu'elle s'étendait sur sa couchette. Lui aussi — il en avait le sentiment — devrait faire face à des choses désagréables. Comment réagirait Regan lorsqu'il découvrirait qu'il était aux côtés de Sirena? Se sentirait-il trahi, serait-il furieux ou secrètement soulagé de savoir que Caleb veillait sur son ex-femme? Ce dernier mot lui donnait la nausée. Il rejeta sa tête en arrière; il se moquait bien des états d'âme de Regan.

— Caleb, prends le relais, appela Sirena.

Caleb se hâta d'obéir à son ordre, content de s'extraire de ses pensées nébuleuses.

— Bientôt, sauf en cas de mauvais temps, nous devrions voir l'Espagne. Le pays où je suis née, dit-elle s'abandonnant à la nostalgie. (Elle se reprit brutalement.) Tu resteras trois heures au gouvernail et ensuite Franco te relèvera. Puis je te donnerai une leçon d'escrime après le repas. Qu'en dis-tu?

Caleb sentit son pouls s'accélérer. Souhaitait-elle se préparer avant d'affronter Regan? Avalant sa salive, Caleb acquiesça. Bien qu'ayant pratiqué ce sport avec les plus grands maîtres de l'escrime en Hollande, il savait qu'une Sirena au meilleur de sa forme pouvait terrasser n'importe lequel de ces professeurs.

Il esquissa un sourire en se remémorant Sirena autrefois: le pied léger, des réflexes rapides, hargneuse et audacieuse, bien décidée à ne jamais laisser un homme la mettre dans une position de faiblesse. Il lui faudrait batailler ferme pour ne pas paraître ridicule devant elle.

Sur le pont, Sirena sortit son fleuret de son fourreau, l'observant pendant un moment. Elle passa doucement ses doigts le long du manche en acier et fit plier la lame fine. Soudain, d'un geste fluide, elle planta lestement la pointe de son arme sur le sol. Elle se mit à rire en apercevant le regard choqué et le visage empourpré de Frau Holtz.

— Je suis encore alerte. Qu'en dites-vous, Frau Holtz ?

Elle éclata à nouveau de rire en retirant l'arme du sol, agita son épée et vint poser l'extrémité de la lame sur le ventre corpulent de la gouvernante.

— Extrêmement habile, approuva Frau Holtz en grimaçant.

— De simples exercices, un peu d'entraînement avec Caleb et je retrouverai la forme, ajouta Sirena à voix basse.

— Et ensuite ? demanda doucement la vieille femme.

Sirena secoua ses épaules avec grâce :

— Jusqu'à ce que ma forme revienne, répéta-t-elle d'un ton désinvolte. Vous savez très bien que je n'ai jamais tué qui que ce soit pour le plaisir, Frau Holtz, précisa-t-elle en riant. Je vais me reposer jusqu'au repas. Appelez-moi quand ce sera prêt, voulez-vous ?

— *Ja,* je vous réveillerai, Mevrouw, vous pouvez dormir tranquille.

La gouvernante s'assit sur une chaise en bois et attendit que Sirena s'assoupît. Ses yeux d'un bleu passé étaient tristes et tendres. La Mevrouw avait eu plus que sa part de malheur : si elle trouvait quelque répit dans son sommeil, personne n'avait le droit de lui voler cet instant de sérénité.

En regardant Sirena, Frau Holtz avait le

cœur lourd. Sa maîtresse avait souffert plus que toute autre femme. Elle avait tout perdu. Sa richesse, ses biens, l'homme qu'elle aimait et le fils qu'elle adorait. Seul Caleb, le fruit d'une autre femme, était encore là. Mais la ressemblance du jeune homme avec son père finirait sans doute par devenir insoutenable pour Sirena. N'avait-elle pas remarqué une certaine froideur dans les yeux de Sirena lorsqu'elle regardait Caleb ? Frau Holtz secoua la tête, tentant de chasser ces idées noires.

Jacobus s'était surpassé en préparant le repas du soir et ce fut très fièrement qu'il présenta à Frau Holtz un poisson fraîchement pêché et grillé. Il avait conçu pour elles un menu spécial grâce aux pommes de terre qu'il avait réussi à dénicher et qu'il avait fait frire avec des oignons. Les légumes frais constituaient toujours un luxe sur un bateau ; pourtant, il avait réussi à confectionner un délicieux ragoût de choux avec des morceaux de porc salé assaisonnés au vinaigre.

Frau Holtz huma ce petit miracle de manière hautaine et commença à piquer délicatement dans son assiette. Pour le plus grand plaisir de Jacobus, elle finit son assiette en un rien de temps. Les membres de l'équipage furent plus éloquents et leurs compliments allèrent droit au cœur du cuisinier édenté.

Seuls Sirena et Caleb mangèrent sans faim. Personne n'osa faire mention de leur manque d'appétit. Tous savaient qu'ils s'évaluaient l'un l'autre avant le combat et qu'il valait mieux avoir l'estomac vide pour une telle performance.

Une brise vigoureuse se leva en début de soirée. Caleb attendait Sirena à l'arrière du bateau. Tout l'équipage était réuni : les uns adossés à la rambarde, les autres se prélassant contre les portes des cales. Caleb sentit l'ivresse monter en lui.

Enfin, elle apparut sur le pont, vêtue comme toujours en mer de son haut-de-chausses en lambeaux et de sa chemise à manches longues nouée sous sa poitrine haute et fière. Elle avait attaché ses cheveux avec une écharpe en soie multicolore afin d'éviter qu'ils lui volent dans la figure. Lorsqu'elle s'avança vers lui, Caleb admira cette fierté qu'il connaissait si bien. Il lui était facile d'imaginer qu'elle ait pu fasciner Regan. Ni le temps, ni la maternité ne l'avaient changée. Elle était toujours aussi agile qu'un singe, et se déplaçait avec la grâce d'un félin. Ses jambes étaient mises en valeur par les cuissardes en veau noir qu'elle portait. En marchant, elle balançait ses hanches, toujours aussi fines, avec séduction. « Dieu, pensa-t-il, comment mon père a-t-il pu s'éloigner d'une créature aussi fabuleuse ? »

Le regard de Caleb était dépourvu de lubricité. Il aimait Sirena, mais comme une sœur. Et il espérait qu'un jour, lui aussi aurait la chance de trouver une femme aussi attirante et exaltante que Sirena... si toutefois il en existait une autre.

— Es-tu prêt, Caleb ? demanda Sirena les yeux brillants de défi.

— Oui, je suis prêt et je t'attends, répondit-il en grimaçant.

— Alors choisis ton arme, dit-elle en lui présentant les gardes de deux épées.

Caleb en sélectionna une et testa la lame en la pliant sur le pont.

— Comme tu peux le constater, la pointe de l'épée est recouverte d'un embout. Je ne voudrais pas que tu en profites pour te venger d'offenses réelles ou imaginaires. (Elle se mit à rire, un léger ton aigre dans la voix.) Les belles-mères ont souvent la réputation d'être le diable incarné. L'arme est-elle à la hauteur de ce qu'un expert comme toi est en droit d'attendre ?

— Plus que tu n'es en mesure de l'imaginer, chère belle-mère, répliqua Caleb avec méchanceté, en faisant siffler la lame de son épée.

— Si tu es prêt, alors en garde ! ordonna-t-elle, brandissant son épée et conservant un pied en arrière afin de garder son équilibre.

Caleb attendait qu'elle assenât le premier coup et effectivement elle attaqua, plaçant le bout de sa lame entre son bras et sa taille.

Puis Sirena leva son bras et fléchit les genoux, croisant l'épée de Caleb qui manqua de perdre prise. Mais il la maintint fermement. La force de Sirena le surprenait et quelque chose dans ses yeux l'inquiétait. L'aurait-elle blessé si la pointe de l'épée n'avait pas été protégée, lors de la première touche ?

Caleb prit l'initiative, tentant d'atteindre la taille de Sirena. Elle para le coup et s'écarta très agilement, brandissant à nouveau son arme. Il battit en retraite, une fois de plus surpris par son adresse.

Caleb para la touche, feignit de se diriger vers

la droite et toucha son épaule de la pointe de son épée.

— Touchée ! triompha-t-il.

— Je vois que les leçons de tes instructeurs ont porté leurs fruits. Tu es devenu très adroit ! observa-t-elle, essoufflée. Tu es un adversaire plus difficile que je ne l'imaginais. (D'un geste rapide, elle le toucha au niveau de la cuisse.) Tu as cependant encore du mal à te concentrer : ça pourrait te perdre un jour.

Caleb plissa les yeux. La voix de Sirena et son regard furieux et hostile lui glacèrent le sang. Ne laissant pas à son adversaire le temps de réagir, elle plongea en avant, obligeant Caleb à reculer contre le bastingage. Par moments, l'épée de Sirena était sur le point de le toucher, à d'autres il parait le coup, et échappait à ses dangereux assauts.

De fines gouttes de sueur perlaient sur les lèvres de Sirena. L'équipage comprit qu'elle était pressée d'en finir. Elle évoluait avec la grâce d'un félin mais Caleb s'était rendu compte que son rythme s'était ralenti. Sa tactique offensive cherchait à masquer sa fatigue.

Pendant un instant, Caleb envisagea de la laisser gagner. Il avait le sentiment qu'il apaiserait sa peine et réussirait peut-être à lui redonner confiance en elle-même. Une petite voix lui chuchotait : « Laisse-la gagner, laisse-la gagner. C'est ce qu'elle veut, c'est ce dont elle a besoin ! Epargne-lui ce déshonneur devant l'équipage... »

Mais ces pensées étaient contraires à ses principes. Caleb se redressa pour assurer sa propre défense. Ses mouvements étaient ceux d'un danseur, légers et assurés. Il savait qu'il pouvait la vaincre à n'importe quel moment. Son cœur battait la chamade mais sa respiration demeurait légère. Il s'était presque décidé à lui laisser un nouvel avantage quand il aperçut un sourire sur son visage. Un sourire qui tenait plus de la grimace. La haine se lisait sur le visage de Sirena. Ce n'était pas lui, Caleb, que voyait Sirena, mais son adversaire éternel, Regan.

Le cœur de Sirena cognait dans sa poitrine. Il lui était difficile de lever son bras qu'elle sentait comme engourdi. L'épée qui quelques instants auparavant semblait faire partie de son corps était devenue un lourd fardeau. Elle continua cependant à faire reculer Caleb. Son épée monta et à la vitesse de l'éclair, vint frapper la poitrine de Caleb. Elle ne pouvait détacher son regard du sien, étudiant ses feintes et sa manière d'esquiver les coups.

La nuit tombante agrandissait les ombres et dans cette pénombre entre chien et loup, Caleb prenait les traits de Regan. Le Regan qu'elle détestait ; le Regan qu'elle aimait. Le vêtement que portait Caleb ajoutait encore à cette ressemblance : la chemise ouverte jusqu'à la taille laissait apparaître une partie de son torse.

Elle fut prise d'une effroyable fureur, oubliant toute raison. Elle reprit l'avantage, lui envoyant un coup près de la garde. L'arme de Caleb vola sur le pont.

Inquiets et silencieux, les spectateurs ne bronchèrent pas, suspendus au prochain mouvement de Sirena. Son humeur était désormais devenue meurtrière. Jan se tenait prêt, si nécessaire, à intervenir pour prendre la défense de Caleb.

— Ramasse ton arme, ordonna-t-elle d'une voix dangereusement calme. Ce combat n'est pas terminé.

Caleb traversa le pont. Il fut saisi d'un frisson lorsqu'il atteignit son épée. Il était conscient du changement qui s'était opéré en elle depuis le début de leur duel. Elle était à nouveau la Sirena d'autrefois, celle qui se battait sans merci contre ses ennemis. Mais lui, Caleb, n'était pas son ennemi ! Stupéfié de voir à quel point ses sentiments envers lui avaient évolué, Caleb se campa presque mécaniquement en position de défense.

Horrifiés, Caleb et l'équipage regardèrent Sirena ôter l'embout qui protégeait la pointe de sa lame. Lui lançant un regard furieux, elle l'avertit :

— Tu as vu ce que j'ai fait. Protège-toi, retire l'embout de ton épée !

L'assistance était abasourdie. Frau Holtz retint son souffle, n'en croyant pas ses oreilles.

— Non, non ! cria-t-elle, épouvantée.

Caleb regarda Sirena venir vers lui. Les yeux de la jeune femme le transperçaient et le paralysaient. Sa lame étincelait. Elle fit un brusque mouvement en avant, cherchant à atteindre son cœur.

Lorsque Caleb eut esquivé son offensive, son regard s'assombrit.

— Tue-moi s'il le faut, Sirena. Je cesse le combat, murmura-t-il en lâchant son arme.

Ses mots et sa voix la désarmèrent. Elle avait

déjà entendu ces paroles, mais où ? Qui les avait prononcées avec cette même douceur ? Regan ! Regan, bien sûr. Il lui avait dit ces mots en plein duel. Il faisait nuit noire exactement comme maintenant. Elle avait trouvé le pirate Blackheart à bord du bateau de Regan et s'était battue au fleuret contre le pirate anglais. Puis elle l'avait exécuté. Combien d'hommes avait-elle tués ainsi ?

Dick Blackheart, la plus ignoble créature des mers... Il avait assassiné son oncle Juan, égorgé Isabella, violé Sirena et l'avait offerte à son immonde équipage.

La nuit où elle avait tué Blackheart, Regan lui avait dit :

— Tuez-moi, je cesse le combat. Même si vous m'accrochez à la drisse, vous serez bien obligée de me tuer. Avez-vous la force de le faire ?

Ses yeux s'étaient assombris et brillaient d'admiration en regardant Sirena.

Même si plus tard elle l'avait regretté, elle ne l'avait pas tué. Cette nuit sanguinaire s'était achevée dans la passion.

Ils avaient dormi à bord du *Rana*, appelé auparavant *Sirène des Mers*, pour panser leurs blessures respectives. La cabine était faiblement éclairée ; il n'y avait plus beaucoup d'huile dans les lampes. Regan avait remarqué une tache sur le dos de sa chemise.

— Un peu de pommade ne vous ferait pas de mal. Venez ici ! lui avait-il ordonné.

Ce ton autoritaire avait hérissé Sirena qui avait failli le remettre à sa place. Mais elle était si fatiguée. Avec lassitude, elle avait rejoint Regan sur la couchette.

Ensuite, il lui avait demandé d'un ton bourru de bien vouloir se tourner et Sirena s'était surprise à lui obéir. Puis il l'avait déposée sans ménagement sur le lit et avant qu'elle pût protester, lui avait arraché sa chemise tachée de sang.

— Du calme, Sorcière des mers. Je ne vais pas vous faire de mal.

Regan avait alors lavé le sang, nettoyé et soigné la blessure. Petit à petit, Sirena s'était détendue. La sensation de ses doigts sur sa peau était apaisante ; elle s'était sentie douillettement soulagée.

De caresse en caresse, il lui avait fait l'amour. Il avait réveillé ses sens en couvrant sa poitrine, son ventre et ses cuisses de baisers. Elle avait gémi de bonheur et l'avait accueilli en elle, cédant à ses exigences. Ils s'étaient aimés dans l'obscurité, ici, à bord de ce même bateau, dans sa propre cabine, sur sa couchette. Même encore maintenant, elle se remémorait sa propre voix quand elle l'avait supplié, imploré :

— Prenez-moi, prenez-moi, maintenant...

Sirena vit Caleb faire un signe à peine perceptible vers quelqu'un qui se trouvait derrière elle. Puis il se dirigea vers le milieu du navire et leurs épées s'entrechoquèrent. La bouche de Sirena était sévère, ses yeux ténébreux et des larmes coulaient le long de ses joues empourprées. Caleb la comprenait. Et dans ce moment de compassion soudaine, il aurait donné sa vie pour mettre fin à la peine de Sirena.

A nouveau elle l'attaqua, faisant dangereusement siffler son épée près des oreilles de Caleb. L'équipage attendait dans un silence de mort. Frau Holtz couvrit ses yeux pour ne pas voir. Jacobus se rapprocha de la gouvernante afin de la réconforter.

Sirena faisait à présent reculer Caleb vers l'artimon et il se retrouva bientôt acculé contre le solide mât.

Sans un mot, elle exprima clairement ses intentions : de la pointe de son épée elle déchira le tissu blanc de la chemise de Caleb. Il entendait sa lourde respiration, des larmes coulaient silencieusement le long de ses joues.

A sa merci, Caleb sentait les nœuds du gréement dans son dos. Elle était si proche que sa respiration effleurait sa joue. Mais il avait pris la décision de ne pas se défendre.

Sirena leva son épée et posa la pointe sur le cou de Caleb. Poussant un cri endiablé, elle fit un pas en avant : la dernière once de raison qui lui restait la fit dévier de sa cible. La pointe de l'épée alla se ficher dans le mât d'artimon à quelques centimètres de la gorge de Caleb.

Pendant un long moment, leurs regards restèrent rivés l'un à l'autre. Sirena était effondrée, elle frissonnait de honte. Caleb tendit ses bras en guise de pardon.

La serrant fort contre lui, il murmura :

— Sirena, pardonne-moi de ressembler tant à mon père.

Tentant de maîtriser le flot de larmes qui lui brûlait les yeux, Sirena tremblait de tout son corps. Sa tête altière était basse. Accablée par la honte, elle tourna les talons et s'en fut en silence dans sa cabine, sous le regard atterré de tout l'équipage.

Sirena passa les trois jours suivants confinée dans sa cabine, refusant même d'ouvrir sa porte à Frau Holtz. Elle ne toucha pas à la nourriture que la gouvernante lui laissait devant la porte. Et lorsque cette dernière appuyait son oreille contre la serrure, aucun bruit ne lui parvenait. Seule la lampe allumée avait quelque chose de rassurant.

A plusieurs reprises, Frau Holtz implora Caleb d'enfoncer la porte.

— Je ferais n'importe quoi pour vous, Frau Holtz, répondit-il calmement. N'importe quoi... sauf cela. Je connais bien Sirena et elle a besoin d'être seule pendant un moment.

Caleb était convaincu que Sirena s'était enfermée car elle ne voulait plus le voir.

— Je sais ce que vous pensez, Caleb, dit la gouvernante avec douceur. Vous avez tort, Sirena vous aime.

— Non, Frau Holtz, plus maintenant. A chaque fois qu'elle m'aperçoit, elle a l'impression de voir mon père et elle ne peut pas le supporter. Si j'étais persuadé que cela pourrait la soulager, je me jetterais par-dessus bord pour en finir.

La vieille femme le serra fort contre elle.

— Ne dites pas des choses pareilles. Sirena serait perdue sans vous. Tout ce dont elle a besoin, c'est de temps pour reprendre ses esprits.

Caleb lui caressa tendrement le visage.

— Oui, je sais que vous avez raison. Il y aura bien un moment où elle finira par accepter ce divorce. Elle s'en sortira, j'ai confiance en elle.

Au bout du quatrième jour, la gouvernante fut surprise de ne pas trouver porte close en actionnant la poignée de la cabine de Sirena. Calant le plateau du petit déjeuner sur sa hanche, elle ouvrit toute grande la porte. Sirena était assise au fond de sa cabine, échevelée et vêtue d'habits sales et chiffonnés. A en juger par l'expression résolue et fatiguée de son visage, elle avait fini par s'apaiser.

L'arôme délicieux du café attira immédiatement l'attention de Sirena.

— J'aurais besoin de prendre un bain, Frau Holtz, pouvez-vous vous en occuper?

— Oui, bien sûr, je vais y veiller, répondit la vieille femme en esquissant un sourire alors que Sirena étalait du miel sur les biscuits confectionnés par Jacobus.

Sirena mangea voracement et but son café jusqu'à la dernière goutte tandis que Frau Holtz s'en allait demander à Jacobus de faire chauffer de l'eau. Jan et Willem apportèrent la baignoire en cuivre puis les seaux d'eau. Ils saluèrent Sirena joyeusement et, après une conversation sur la position du navire, elle les congédia.

Frau Holtz observait sa Mevrouw du coin de l'œil: l'eau chaude et les sels de mer possédaient le pouvoir magique d'éclaircir les esprits. Les yeux verts de Sirena retrouvaient leur brillant et sa bouche oscillait entre le sourire et la moue.

Quand Sirena fut sur le point d'enfiler sa

tenue légère, Frau Holtz lui demanda innocemment :

— Cela fait plaisir de vous voir vous-même à nouveau. Dois-je en conclure que vous avez réussi à surmonter votre peine ?

— Oui, Frau Holtz, on peut le comprendre comme ça. Désormais, je sais exactement ce que je veux.

Sirena enfila prestement ses cuissardes de veau. « Il veut le divorce ! songea-t-elle. Me verser une pension ? Ah, le chien ! »

Elle fit glisser une chemise de soie imprimée sur ses douces épaules et la noua sous ses seins généreux.

— Me jeter comme un vieux cigare, voler mon héritage, le bâtard ! jura-t-elle au grand étonnement de Frau Holtz. Il se repentira d'avoir quitté Java !

— Que comptez-vous faire ? interrogea la gouvernante, inquiète.

— Je vais tout récupérer et même Regan ! Il ne s'en sortira pas si facilement.

— Mais Mevrouw, répliqua Frau Holtz d'une voix apaisante. Au regard de la loi, un mari est propriétaire des biens de sa femme. Vous avez renoncé à votre héritage en l'épousant. Ce n'est pas du vol !

Sirena se retourna vers elle, les yeux brillants de colère.

— Moi, j'appelle ça du vol. Ecoutez-moi bien, ma vieille amie. Lorsque j'étais la femme de Regan, tout ce que je possédais lui appartenait, et avec ma bénédiction. Quand j'ai compris qu'il m'aimait, je me suis donnée à lui et je lui ai confié toute ma fortune. J'avais foi en lui, mais il a trahi cette confiance! Je sais que les hommes se lassent de leur femme et finissent par aller chercher dans d'autres lits l'enthousiasme qu'ils ont perdu. La seule chose que ces femmes puissent espérer, c'est qu'ils le fassent discrètement, à l'abri des railleries. Regan n'a pas eu cette élégance. Il m'a traitée avec le plus total mépris!

— Non, je ne peux pas croire cela, protesta Frau Holtz. Il y a un malentendu. Je n'ai jamais vu deux êtres qui s'aiment autant... si bien ensemble... Le Mijnheer est...

— Le Mijnheer est un imbécile! décréta Sirena. Il devrait pourtant me connaître. Croit-il que je vais rester sans rien faire pendant qu'il court les jupons et dépense mon argent? Il pense que je suis toujours à Java. Il imagine qu'il est libre de faire ce qu'il veut... avec mon argent! Ecoutez-moi bien, Frau Holtz, je lui reprendrai tout jusqu'au dernier sou où qu'il soit. Il est parti vivre en Angleterre. Eh bien, s'il réussit à garder une seule livre sterling, je la lui ferai recracher! Il possède toujours ses propriétés à Batavia. Qu'il y retourne et déracine ces horribles muscadiers que je me suis brisé l'échine à planter pour lui. Vous aussi, Frau Holtz, vous devriez vous souvenir des longues journées que nous avons passées à remettre la plantation en état après l'éruption du volcan! Et que fait Regan? Il part pour l'Espagne et s'approprie tout ce que ma famille s'est battue pour obtenir. Mon héritage, mon navire, tout!

Epuisée par sa tirade, Sirena se jeta sur sa couchette, les yeux rivés au plafond.

La colère de la jeune femme était un soulagement pour Frau Holtz. Trop longtemps, elle l'avait vue léthargique, l'ombre d'elle-même. Tout, même cette rage, était préférable à son silence.

Plus tard, Sirena reprit le gouvernail. C'était son univers à elle : l'odeur piquante de l'air salé, l'écume arrosant ses joues ivoire et l'interminable roulis. C'était sa maison. Pourtant, quelque chose lui manquait. Elle gardait au fond d'elle-même un profond sentiment de mécontentement. Le *Rana* était son domaine, mais bientôt elle devrait se frotter à la société. Elle se demandait s'il était écrit sur son visage qu'elle avait été abandonnée par son mari, qu'elle était rejetée, méprisée. Un éclair glacial traversa son regard. Etait-elle condamnée à vivre recluse et à errer sur les mers pour le reste de son existence comme une âme en peine ?

7

Sirena manœuvrait le *Rana* machinalement. Debout au gouvernail, elle regardait au loin les eaux claires et scintillantes de l'Atlantique. Au fil des heures, la lueur étrange qui brillait dans ses yeux semblait s'accentuer.

Caleb fit ce qu'il put pour rester hors du

champ de vision de Sirena. A chaque fois qu'elle l'apercevait, elle trouvait une raison de se plaindre de lui. Quoi qu'il fît, ce n'était jamais à son goût. Si elle lui parlait ou s'il lui proposait ses services, les yeux de Sirena se teintaient d'amertume et d'agressivité.

Une fois, alors qu'elle était presque assoupie au timon, il vint gentiment la chercher afin de la conduire à sa cabine. Elle le regarda avec tendresse comme autrefois en lui disant :

— Tu es vraiment le fils de ton père. Si c'est dur pour toi... je veux dire...

— Sirena, ce n'est pas la peine de parler. Je comprends. Ma présence t'est insupportable. Il faut que nous ayons une discussion maintenant car sitôt arrivé en Espagne, je prendrai la route de l'Angleterre. Tout ce que je te demande, c'est de ne pas me rendre responsable des actes de Regan. Je ne m'interposerai plus entre vous deux. Il est temps que je m'occupe de ma propre vie. Je travaillerai dur et j'aurai peut-être la chance de rencontrer un jour une femme comme toi, belle et intelligente. Tu vois, Sirena, je sais que tu m'aimes beaucoup. Et tu comptes beaucoup pour moi, ajouta-t-il d'une voix si douce que les yeux de Sirena s'emplirent de larmes. Maintenant, reprit-il avec une note plus légère, crois-tu que je rencontrerai un jour la femme de ma vie ?

— Si une telle femme existe, tu la trouveras. Je te souhaite bon vent, petit frère.

— Sirena, au sujet de Regan, je...

— Ne t'inquiète pas. Je me débrouillerai et je survivrai. J'ai déjà surmonté des épreuves plus difficiles. Je vais commencer une nouvelle vie et peut-être même réussirai-je à être heureuse. Tu vas me manquer. Rappelle-toi toujours que ce bateau est le tien. Je t'ai promis de te l'offrir lorsque tu serais en âge de le recevoir. Ce temps est arrivé. Je ferai le nécessaire en Espagne. Je prendrai Frau Holtz avec moi mais l'équipage t'appartient. Je suis certain qu'ils seront fiers d'avoir un capitaine comme toi.

— Tes hommes n'accepteront jamais de te quitter. En plus, j'ai l'impression qu'ils m'en veulent. Je ne suis pas aveugle, j'ai vu comment ils réagissaient à mon égard. Ils ne comprennent pas pourquoi tes sentiments ont changé envers moi et je n'ai pas envie de leur expliquer. Ce sont des gens loyaux. Jacobus serait sans doute désemparé s'il devait perdre la compagnie de Frau Holtz. J'ai entendu dire qu'il l'avait demandée en mariage.

— C'est donc la raison pour laquelle elle s'est frisé les cheveux et m'a emprunté mon rouge à lèvres, gloussa Sirena.

— Je suis heureux de constater que tu as encore le sens de l'humour, Sirena. Pendant un moment, tu m'as vraiment fait peur. Je te dois...

— Chut, murmura Sirena en posant un doigt sur la bouche de Caleb. Inutile de me remercier. Ce que j'ai fait pour toi, tu me l'as rendu au centuple. Tout ce que je te demande, c'est de t'occuper du *Rana* comme tu le ferais pour cette femme belle et intelligente que tu cherches. Caleb, tu as besoin d'argent. Pour l'instant je n'en ai guère, mais dès que je verrai mon oncle Esteban, j'y remédierai. En attendant, prends mes bijoux. Tu me les rendras plus tard en d'autres temps, en d'autres lieux... (Sirena détourna son regard.) Je te parlerai plus tard, reprit-elle, j'ai besoin de me reposer. Prends tout ce qu'il y a dans le coffre qui se trouve sous ma couchette et tâche d'obtenir un bon prix pour les perles.

— Tu peux me faire confiance, assura Caleb avec un large sourire.

— Petit frère, pourras-tu jamais me pardonner...

— Sirena, ce n'est pas la peine de t'excuser, la coupa Caleb doucement, ses yeux bruns emplis de tendresse. Le passé est le passé. Le plus important pour moi, c'est de savoir que tu m'aimes.

Il la prit dans ses bras et la serra contre lui avec chaleur.

— Sirena, murmura-t-il, je sais que tu souffres. Je sais aussi que tu as l'impression de ne plus avoir rien à offrir, ni chaleur, ni amour. Alors pour l'instant, accepte mon amour. Prends-le et garde-le comme tu l'as toujours fait. Moi, je ne te demande rien. A quoi servirait un frère s'il ne pouvait aimer sa sœur ?

Sirena avait la gorge nouée par l'émotion. Caleb la comprenait si bien, il était si généreux.

— Caleb, je n'ai jamais été aussi fière de toi qu'en ce moment. Tu es vraiment devenu un homme. Et tu me portes plus de considération que je n'en mérite.

— Chut, Sirena, tu mérites bien plus que ce que je suis capable de te donner. C'est grâce à toi que je suis devenu qui je suis. Je te dois ma vie et tout ce que je veux, c'est que tu continues à m'appeler « petit frère ».

— Tu es mon petit frère, Caleb...

Elle s'agrippa à lui de toutes ses forces, les yeux emplis de larmes. Avant le divorce, il n'avait presque jamais vu Sirena pleurer, et ces sanglots lui brisaient le cœur.

Quand il remonta sur le pont, Caleb fit signe à Jan de le rejoindre près du bastingage d'où il contemplait les remous provoqués par le sillage du *Rana*.

— Jan, dit-il d'une voix posée, il faut que je vous parle. Nous atteindrons le port demain. J'ai l'intention de remplir les cales du *Rana* de marchandises et de faire route vers l'Angleterre avec mon propre équipage. Sirena m'a donné l'autorisation de vous prendre tous avec moi et rien ne me ferait davantage plaisir. Mais je lui ai dit que ses marins préféreraient rester avec elle. Elle a besoin de vous tous.

« Je ne peux pas demeurer à ses côtés, ajouta tristement Caleb. A chaque fois qu'elle me regarde, c'est mon père qu'elle voit. Inutile de continuer à la tourmenter jour après jour. Elle va recommencer une nouvelle vie et elle a besoin de votre soutien.

Jan détourna le regard. Le chagrin de Caleb était contagieux et le marin sentit l'émotion lui serrer la gorge.

— Toi et l'équipage devez vous demander ce qui s'est passé, poursuivit Caleb. Mon père a divorcé de Sirena. Elle l'ignorait avant de venir me voir au collège. Il a bien fallu que je le lui dise. Je ne voulais pas qu'elle l'apprenne de la bouche de quelqu'un d'autre, vous comprenez ?

— J'ai rarement vu un amour comme le leur. Je suis désolé pour la Capitana. Bien sûr, nous resterons avec elle. Nous sommes tous très inquiets à son sujet. Elle a un drôle de regard, depuis quelque temps.

— L'avez-vous déjà vue ainsi, Jan ?

— Non, je n'en ai pas le souvenir. Et vous ?

— Moi si, répondit Caleb sans hésitation. Une fois, il y a de cela très longtemps, quand les pirates de Dick Blackheart ont pris d'assaut le *Rana*. Ils ont violé Sirena et assassiné sa sœur et son oncle. L'expression que vous lisez dans ses yeux est celle de l'humiliation et du mépris. Elle a été rejetée par l'homme qu'elle aimait, par l'homme qui lui a donné un fils. Il faut que vous l'aidiez. Si je pensais pouvoir lui être utile d'une quelconque façon, je ne partirais pas. Hélas, je suis la seule personne qu'elle ne puisse supporter. Il faut que je m'éloigne.

Jan acquiesça. Il savait à quel point les liens qui unissaient Caleb et Sirena étaient forts. Il savait aussi combien ce départ lui coûtait.

— J'ai une faveur à vous demander : je souhaiterais que ce bateau change de nom et devienne la *Sirène des Mers*. Pourrez-vous vous en occuper pendant que je ferai les provisions à terre et que je trouverai un nouvel équipage ?

— Je le ferai de mes propres mains. (Jan attrapa Caleb par l'épaule et le secoua gentiment.) Nous veillerons sur elle, n'ayez aucune crainte. Si par hasard je passe par l'Angleterre, je ne manquerai pas de venir vous saluer.

— Faites-m'en la promesse et parlez-en aux autres. Il faut que je relève Willem au gouvernail. Rappelez-vous, Jan, veillez sur elle.
— Comptez sur nous, Caleb.

Le soleil était haut dans le ciel quand le *Rana* accosta au port de Cadix. Debout sur le ponton, Sirena observait ce lieu qui avait été son pays natal d'un air frustré. Elle ne se sentait proche ni de l'Espagne ni de Java. Comme si elle n'appartenait plus à rien.
— Voilà, nous y sommes, murmura Caleb doucement. Il est temps de se dire au revoir, petite sœur. Je te souhaite bon vent et bonne chance. Tu trouveras le bonheur, j'en suis persuadé, ajouta-t-il d'une voix bourrue en l'enlaçant.
Sirena le regarda sauter à quai. Il portait sa chemise à la main. Il mit sa main en visière sur son front afin de s'abriter du soleil et la salua d'un air enjoué avant de partir en courant à la recherche de son équipage.
— Tu as la rapidité de l'éclair, petit frère, observa Sirena d'une voix rauque.
Derrière elle l'équipage était réuni, vestes et sacs de marins sur l'épaule. Suspendus à ses lèvres, ils attendaient qu'elle donnât les premiers ordres.
Sirena leur jeta un regard amical empli de compassion. Ils l'avaient conduite à Cadix et parce qu'ils avaient refusé l'offre de Caleb, ils n'avaient plus de navire. Elle ne pouvait les laisser partir maintenant. Où iraient-ils? La mer était leur seule patrie.

— Willem est parti louer une carriole pour aller chez mon avocat. J'espère que Tio Esteban sera rentré de voyage. Pour le moment, j'ignore encore ce que je vais faire. Mais je vous invite dans ma maison. C'est à vous de prendre votre décision : je n'en voudrai pas à ceux qui préfèrent ne pas rester avec moi.

Sirena se tut, osant à peine espérer que les marins accepteraient son offre. Quand elle entendit un oui unanime s'élever, elle dut contenir ses larmes. C'étaient ses amis, ils étaient tous liés à elle par une loyauté indestructible.

Frau Holtz et Jacobus marchaient chacun à ses côtés lorsqu'ils empruntèrent la passerelle pour descendre.

— Ne vous retournez pas, Capitana, suggéra Jacobus. C'est juste du bois et un peu de voile.

Sirena avala sa salive et se mordit la lèvre. Elle hésita l'espace d'un instant puis redressa son buste et continua son chemin, suivie par les hommes de son équipage qui chantaient des chansons grivoises à tue-tête.

Willem retira sa cape et s'inclina très bas devant Sirena et Frau Holtz en les invitant à grimper dans la calèche qu'il avait été chercher. Après avoir noté le nom des bars où il serait possible de retrouver les marins, la Capitana leur promit que Jacobus viendrait les retrouver aussitôt qu'elle aurait réglé les formalités pour occuper la maison des Cordez donnant sur le port.

L'imposante Frau Holtz s'installa auprès de Sirena, écartant avec soin la fine et vaporeuse robe de taffetas noire et gris perle que portait sa

Mevrouw. Observant sa maîtresse en secret, elle appréciait l'élégance de la délicate encolure qui mettait en valeur le cou svelte et les rondeurs de la poitrine de Sirena. Sous son chapeau de cavalier, qu'elle portait sur ses cheveux bouclés, la jeune femme contemplait le paysage par la fenêtre.

C'était toujours le Cadix de son enfance et elle ne pouvait imaginer le voir changer. Ici, le soleil embrasait les façades blanches et l'ombre offrait un répit rafraîchissant. Les enfants couraient dans les rues, jouant avec une pierre et un bâton, s'appelant les uns les autres de leurs voix enjouées.

Les étroites rues pavées se réunissaient toutes au sommet de la colline par une sorte de chemin de ronde qui donnait sur le pont. Les toitures refaites dominaient des cours en terrasse, avec leurs pots de fleurs en boutons. De temps en temps, entre les allées, on apercevait des fils où étaient suspendus le linge et les draps caressés par le soleil et la brise océane.

Sirena se rappelait avoir dormi sur des oreillers qui, après avoir séjourné à l'air, possédaient une merveilleuse odeur. Depuis qu'elle était enfant, Sirena avait posé la tête sur beaucoup d'oreillers, mais il y avait quelque chose de spécifique aux vents de Cadix. Ils étaient une partie de la cité.

— Où allons-nous ? demanda Frau Holtz, arrachant Sirena à sa rêverie.

— Nous allons prendre des nouvelles de mon oncle Esteban, señor Esteban Arroya. La dernière fois que nous sommes venus à Cadix, il n'était pas dans ses bureaux. Il se trouvait aux alentours de Salamanque. Il s'est toujours occupé des affaires de la famille Cordez, et Isabella et moi le considérions comme notre oncle.

Frau Holtz opina de la tête, admirant le superbe paysage.

8

La calèche emprunta une rue adjacente et les chevaux traînèrent leur fardeau jusqu'en haut de la colline escarpée. Sirena tendit le cou, cherchant des points de repère familiers, et désigna du doigt le bâtiment qui abritait les bureaux de l'oncle Esteban.

Elle fit signe à Frau Holtz de la suivre et pénétra à l'intérieur de la maison, clignant des yeux dans la pénombre après avoir été éblouie par le soleil. Tout était conforme à ses souvenirs d'enfance : des chaises aux coussins d'un vert passé, rangées le long d'un mur, et un tapis de moutons de poussière qui toujours la faisait éternuer.

Frau Holtz fronça le nez : elle brûlait d'envie d'aller chercher un seau d'eau mousseuse et de s'attaquer au ménage. Une grille ciselée séparait la pièce en deux et au bout, derrière un bureau en désordre, un vieil homme dormait paisiblement.

Sirena enjamba la grille et tapota doucement l'épaule frêle de l'homme.

— Réveillez-vous, oncle Esteban. C'est moi, Sirena Cordez. (Elle se pencha pour déposer un baiser sur ses sourcils.) Oncle, c'est vraiment moi, ne prenez pas cet air surpris.

— Surpris ! Mon enfant, j'ai l'impression de voir une revenante. Je savais bien que tu finirais par venir même si ton mari m'a juré le contraire.

Sirena observait son visage et fut attristée de voir à quel point il avait vieilli. Ses joues autrefois rondes étaient creusées et ridées. De sa chevelure drue et brune, il ne restait plus que quelques touffes blanches près des oreilles.

Même s'il n'avait jamais été un homme très grand, il semblait avoir rapetissé et ses veines autrefois fines saillaient aujourd'hui sur ses mains. Seuls ses yeux étaient toujours les mêmes, brillants et perçants.

— En rentrant d'Italie, j'ai appris que tu étais venue à Cadix. Depuis, je t'attends tous les jours. Hélas, cela fait longtemps que j'ai confié mes responsabilités à d'autres. Il n'y a personne qui veuille d'un vieillard gâteux pour s'occuper de ses affaires.

Ses yeux sombres fixaient la silhouette effrayante de la gouvernante.

— Frau Holtz, je vous présente le señor Esteban Arroya, l'oncle Esteban.

Frau Holtz le salua discrètement et fut quelque peu troublée lorsque l'avocat se pencha afin de lui baiser respectueusement la main. Le señor Arroya disposa les fauteuils autour de son bureau et fit signe aux dames de bien vouloir prendre place.

— Assieds-toi, mon enfant, nous avons tant à nous dire. Je sais peu de choses de ta vie depuis que ton mari s'occupe de tes biens. La dernière fois que j'ai eu des nouvelles de toi, c'était lors de la naissance de ton fils Mikel.

Les yeux de Sirena se voilèrent de larmes. Le vieillard le remarqua et reprit :

— Oh, je ne voulais pas te faire de peine. Ton mari m'a appris la triste nouvelle. Mijnheer Van der Rhys m'a aussi raconté une autre chose, aussi étrange que scandaleuse...

Ses yeux brillaient d'une étrange lueur. Ils se tournèrent vers Frau Holtz avec méfiance.

— Tu peux parler librement, mon oncle. Il y a bien peu de choses que ma brave Frau Holtz ne sache de ma vie. Elle prétend même qu'elle me connaît mieux que moi-même ! dit Sirena en riant. J'ai parfois du mal à l'admettre mais je dois reconnaître que c'est souvent la vérité. Que vous a raconté Regan ?

— L'histoire d'une femme pirate que les hommes appelaient la Sirène des mers, murmura-t-il comme s'il s'agissait d'une conspiration. Et il m'a dit que l'ensorceleuse avait quitté la mer pour devenir sa femme. Quel scandale ! Quel blasphème !

— Oui Tio, mais un scandale nécessaire ! Après tout ce que nous avions subi, Isabella, mon oncle Juan et moi ! *Comprende usted ?*

Le vieil homme passa affectueusement sa main sur celle de Sirena.

— Je comprends, ma fille. Ton mari a eu la gentillesse de me donner tous les détails. Oui, tu as beaucoup souffert, dit-il en poussant un long soupir. Et la nouvelle que je vais t'apprendre ne va sans doute pas alléger ton fardeau.

— Toi, ce n'est pas la peine de m'épargner. Je préfère connaître toute la vérité.

— Je n'ai pas pu faire grand-chose, expliqua-t-il. Selon la loi, je devais lui céder tous tes biens. Pardonne-moi, *niña*.

— Toi, je ne vous en veux pas. Je sais que tout ce qui s'est passé entre mon mari et moi, nous en sommes tous les deux responsables. Ce qui est fait est fait. Maintenant, je dois rassembler ce qui me reste et recommencer une nouvelle vie.

— Tu l'aimes toujours, je le vois dans tes yeux. Ça mon enfant, c'est quelque chose qui te perdra. Même quand tu étais gamine, tes yeux reflétaient déjà tes émotions. Que s'est-il passé, dis-moi ?

— C'est fini entre Regan et moi. Il ne m'aime plus et il a divorcé. Mais ne me posez plus de questions, Tio. Dites-moi seulement ce qu'il en est de l'héritage que je tiens de ma mère. J'imagine que les circonstances ont changé depuis la mort d'Isabella. Qu'en est-il de la maison de Cadix ?

— Oui, tout est prêt pour t'accueillir. Mais en ce qui concerne tes autres biens, ils ont été transférés en Angleterre.

— En Angleterre ? Pourquoi en Angleterre ?

Le visage de Tio Esteban s'était voilé de mystère.

— Parce que je me disais que c'est ce que tu finirais par faire. J'ai choisi de t'en épargner le souci. Je te connais bien, tu sais. Tu as toujours eu en toi le feu et l'esprit combatifs qu'un homme souhaiterait voir en son fils et se désespérerait de voir en sa fille. Mijnheer Van der Rhys avait un drôle de regard en parlant de toi.

— Mais Tio...

Il rejeta ses protestations d'un geste de la main.

— Non, Sirena, laisse-moi finir. Je lui ai dit que je te connaissais bien et que j'étais content d'avoir fait ce que j'avais fait. Je savais que tu n'aurais jamais accepté d'épouser un homme que tu n'aimais pas et que cet amour entre vous durerait toute une vie. Je savais aussi que tu ne prendrais jamais à la légère quelque chose d'aussi important que le mariage... Et apparemment, Regan non plus. (Sa voix s'assombrit.) Quand j'ai tenté de le convaincre d'oublier vos différends, il est entré dans une rage folle. La colère d'un homme qui se sent rejeté par la femme qu'il aime.

— Je ne souhaite pas entendre la suite, Tio, implora Sirena dont les yeux verts trahissaient le chagrin. Frau Holtz, dit-elle en se retournant vers sa gouvernante, faites-le taire. Je ne veux plus entendre parler de cela.

— *Nein, nein*, ma chérie, l'apaisa Frau Holtz. Le señor Arroya est en train de vous dire ce que j'ai toujours cru. Ecoutez-le, écoutez-le.

Sirena soupira, tentant de se maîtriser.

— Je suis désolée, Tio. Vous ignorez certains détails. Dites-moi pourquoi vous avez transféré mes maigres économies en Angleterre.

— C'est très simple, répliqua Esteban avec un sourire angélique. C'est là que ton mari...

— Ex-mari.

— ... ex-mari, s'excusa le señor, va désormais vivre. Je pense qu'un jour ou l'autre, tu prendras la décision de le rejoindre et que vous reviendrez tous deux sur votre erreur.

— Et naturellement, vous avez voulu m'épargner la peine de prendre la décision moi-même, c'est bien cela ?

— Oui, et parce que je suis un vieillard, je savais que tu me pardonnerais ce caprice...

Sirena sourit en hochant la tête.

— Si je comprends bien, il ne me reste plus rien en Espagne ?

— Exact, plus rien, confirma Tio Esteban d'une voix douce. Ce que tu cherches t'attend en Angleterre.

Se tournant vers Frau Holtz, Sirena soupira :

— Il y a de grandes chances pour que nous partions pour l'Angleterre.

— *Ja*, pour l'Angleterre, répéta Frau Holtz d'un air rebuté, peu enthousiasmée à l'idée d'un nouveau voyage, car son estomac et ses jambes n'étaient pas encore remis du précédent.

— En ce qui concerne la fortune que tu estimes bien mince, tu auras sans doute une agréable surprise. Tu ne dois pas oublier que la part d'Isabella te revient. Cet héritage ne faisait pas partie de ton contrat de mariage et il ne t'a pas non plus été attribué avant le divorce de ton mari.

— Quel renard vous faites ! lança Sirena en riant.

— Un simple détail technique mais, tu peux

me croire, indiscutable aux yeux de la loi, assura señor Arroya avec un clin d'œil.

Sirena le serra chaleureusement dans ses bras.

— Maintenant je sais ce que voulaient dire mon père et l'oncle Juan quand ils prétendaient que vous étiez un véritable trésor. Quand puis-je prendre le bateau pour l'Angleterre ?

— Nous allons nous en occuper. Je souhaiterais tout d'abord discuter avec toi de tes affaires. (Attentive, Sirena vit l'homme fouiller dans les papiers entassés sur son bureau pour en retirer un dossier jaune et épais cacheté à la cire.) Tout est à l'intérieur. Lis-le en prenant soin de bien comprendre tous les détails. Tu vas découvrir que tu es devenue une femme très riche. Je ne suis pas certain qu'une vie te suffira pour tout dépenser.

« J'ai envoyé les documents nécessaires à un cousin éloigné de ta mère installé en Angleterre. Il m'a contacté depuis pour me dire que tout était en ordre. Il est maintenant âgé et son fils Tyler prend une part de plus en plus active dans les affaires de son père. Ils sont tous les deux, je puis t'en assurer, dignes de ta confiance.

« D'après ce que j'ai pu comprendre, Tyler est un peu fripon... Très séduisant, un homme à femmes, paraît-il. Mais il est intelligent et rusé. Tu ne pourrais trouver mieux pour te conseiller. Il y a une lettre de lui dans le paquet que je t'ai donné. Il propose plusieurs investissements. Je lui ai répondu que je m'en remettais à son jugement. Comme je te l'ai dit, ce Tyler Sinclair est plutôt attirant et, ma foi, je ne serais pas surpris que tu le trouves à ton goût, ajouta l'Espagnol d'un air entendu.

— Inutile de chercher à me marier, Tio. Regan vous a-t-il parlé de ses projets ?

— Il avait l'air intéressé par l'import-export et, à en juger par la santé de la Compagnie hollandaise des Indes orientales, il m'a paru capable d'arriver à de bons résultats. Vous finirez un jour ou l'autre par vous rencontrer.

« Il a l'ensemble de la fortune des Cordez à sa disposition et quand tu arriveras à Londres, il aura déjà établi ses bureaux. Tu as droit à une partie des dividendes. J'ai tenté de négocier vingt-cinq pour cent pour toi mais il m'a fait descendre à vingt pour cent. Ces sommes doivent être versées tous les trois mois à Tyler Payne Sinclair. Si le señor Van der Rhys manque à sa parole, tu hériteras de tous ses biens.

— Tio, comment avez-vous réussi à obtenir tout cela ? demanda Sirena incrédule.

— Tu t'imagines bien que ton mari n'est pas un imbécile en affaires. Mais j'ai tenu bon en le menaçant d'entraver le transfert des propriétés de la famille Cordez. Sachant que ce retard l'aurait obligé à remplir les poches des magistrats véreux de la cour de justice espagnole, il a préféré céder.

— Les menaces n'ont jamais été efficaces avec Regan, fit remarquer Sirena désorientée.

— Le comprendrais-tu mieux si je t'expliquais que j'ai menacé de le tuer avec cela ? (Tio Esteban sortit une vieille espingole rouillée du fond de son tiroir.) Il savait que je ne plaisantais pas. Ces vingt pour cent seront un handicap pour lui au début, mais dès qu'il commencera à faire des bénéfices, il s'en sortira très confortablement. J'imagine qu'il aimera mieux se priver de manger plutôt que de ne pas honorer ses paiements. Au début, il te concédait royalement trois pour cent! gloussa-t-il joyeusement.

— Tio, vous êtes merveilleux! s'exclama Sirena en entourant le cou décharné du vieillard de ses bras. Alors, partons tous pour l'Angleterre!

— Oui, et je suis certain que tu seras agréablement surprise par l'accueil que je t'y réserve pour ton arrivée.

— Mon arrivée? Mais comment pouviez-vous être certain que j'irais en Angleterre?

— Comme je te l'ai déjà dit, je te connais suffisamment pour anticiper tes décisions. J'ai déjà demandé au señor Sinclair de t'acheter une maison. Un lieu digne d'une femme de ton rang et de ta richesse. Elle sera meublée et préparée aussitôt que tu auras pris la décision de l'utiliser. Va voir le señor Sinclair dès que tu accostes à Londres. Une nouvelle vie t'attend. Laisse derrière toi tous ces mauvais souvenirs. Le monde est formidable, même sans Regan.

— Merci pour tout, Tio. Je ferai de mon mieux.

Le señor Esteban se leva de son bureau pour prendre sa canne et son chapeau.

— Ah oui, il faut que je te dise: il y a des histoires qui circulent en Espagne comme en Angleterre sur une sorcière des mers qu'on appelle aussi la Sirène des mers. Les marins passent leur temps à répandre des rumeurs. Je crois que le señor Sinclair a entendu parler de cette ensorceleuse. Personnellement, je pense qu'il se laisserait facilement séduire par une femme aussi provocante.

— Tio, vous ne lui avez pas raconté...

— Bien sûr que non, Sirena. Je ne propage pas de tels commérages, protesta-t-il d'un air sérieux. (Et se tournant à nouveau vers elle, il ajouta, inquiet :) Le temps des vengeances est terminé, bien terminé, n'est-ce pas ?

— Je te le promets, Tio. Maintenant, cherchons un moyen de gagner l'Angleterre.

— Je vois à ton expression que tu n'as pas l'intention de confier le gouvernail à un autre capitaine que toi...

— Non, il n'en est pas question, Tio. La dernière fois que j'ai navigué avec un autre capitaine, cet idiot s'est laissé capturer, et Tio Juan et Isabella en sont morts.

Frau Holtz frémit ostensiblement.

— Calmez-vous, ma bonne dame, l'apaisa le señor Arroya. Peut-être trouverons-nous une solution pour remédier à tout cela.

Les yeux vifs et rieurs, il grimpa en compagnie des deux femmes dans la carriole qui les attendait sous un soleil de plomb. Quand le cocher atteignit le port, Tio Esteban lui ordonna de s'arrêter.

— Suis-moi, mon enfant, dit-il à Sirena. Je voudrais te montrer quelque chose... C'est le dernier bateau que ton grand-père a fait construire. Il est presque fini, il ne lui manque qu'une dernière couche de peinture.

Sirena accompagna le vieil ami de la famille

jusqu'au poste d'amarrage. Elle emprunta les planches en bois couvertes de sciure et prit plaisir à respirer la forte odeur de vernis, de peinture et de bois. Le bruit familier des marteaux et des scies assaillit ses oreilles à l'en faire frémir. Enfant, elle était venue ici de nombreuses fois : elle se souvenait de sa fascination pour ces artisans aux mains agiles.

Esteban Arroya désigna le mouillage le plus éloigné, impatient de voir la réaction de Sirena.

— Tio ! s'exclama-t-elle, le souffle coupé par l'émotion. Il l'a fait ! Il l'a vraiment fait ! Le grand-père Cordez a réalisé son rêve...

Emerveillée, Sirena examina le vaisseau aux lignes pures qui semblait prendre vie entre les mains des artisans.

Sur la proue, des hommes étendaient des couches brillantes de vernis tandis que d'autres s'affairaient autour des rambardes et des étais ; d'autres encore, équipés de pinceaux plus fins, peignaient la silhouette d'une femme aux formes généreuses.

Intimidée, elle observa les hommes hisser le mât principal. A mesure qu'il s'élevait, il tanguait dangereusement. Elle pria pour qu'il ne retombât point. Les mâts étaient les vertèbres du bateau. Ils étaient comme la mort et la vie : essentiels.

— Tio, je n'arrive toujours pas à y croire ! Mon grand-père souhaitait tant le construire, et il l'a fait. Mes mains me démangent tellement j'ai envie de toucher le gouvernail. Regardez la quille en cuivre ! Elle ressemble au jupon d'une femme qui dépasserait de sa robe. Comment a-t-il pu dessiner un navire d'une telle grâce ?

Regardez un peu ce mât de beaupré et le gui du foc, tous deux pointés vers l'océan. Je n'aurais jamais imaginé une chose pareille.

— Je vois, je vois, dit le vieillard, riant avec indulgence. J'aurais bien aimé que ton grand-père puisse voir cela. (Puis ses yeux fatigués se rembrunirent.) Mais dans un autre sens, je ne suis pas mécontent qu'il n'ait pas été là pour entendre les sarcasmes des autres armateurs. Il en avait réalisé les plans et la construction était presque terminée lorsqu'il est mort.

« Ton père et ton oncle Juan étaient bien trop occupés par leurs propres affaires pour se soucier des rêves de ton aïeul. Alors le bateau est resté ici en cale sèche, pas tout à fait fini. Je me suis arrangé pour utiliser une partie de l'argent de leur commerce afin qu'il soit protégé et demeure en bon état. Ils s'en sont peut-être rendu compte. Toujours est-il qu'ils n'en ont jamais fait la remarque.

« J'avais une totale confiance en ton grand-père, Sirena. Je savais que ses rêves devaient juste attendre le bon capitaine. Et ce capitaine, c'est toi. Je te souhaite bon vent avec ce navire.

— *Gracias*, Tio, merci pour tout ce que vous avez fait pour moi. Vous serez là pour voir l'*Esprit des Mers* voler sur l'eau. Elle a des siècles d'avance sur son temps. Que mon grand-père soit béni d'avoir eu le courage de la faire construire. C'est lui qui avait dessiné le *Rana* pour moi, Tio ; il n'existe pas de meilleur vaisseau.

Señor Arroya sourit en contemplant la jeune femme radieuse. Sirena Cordez était passionnée par la construction des navires depuis sa tendre enfance et elle était aussi enthousiaste que les enfants à Noël.

Quand elle était entrée cet après-midi dans le bureau de Tio, son regard était sombre, marqué par la rupture de son mariage et la perte de son fils. Une amertume qu'elle portait aussi sur les lèvres et ses sourcils froncés. Tio avait eu raison de faire terminer le navire : il lui avait rendu une nouvelle raison de vivre et d'espérer.

Le vieil homme plissa les yeux et examina le temps qu'il faisait. En dehors du martèlement des charpentiers, la journée était sereine. Le clapotis de l'eau contre le quai était apaisant. Un essaim de mouettes au cri strident traversa majestueusement le ciel.

Tout, brutalement, redevint silencieux. En la regardant, Tio avait l'impression d'entendre battre le cœur de Sirena.

— C'est un navire magnifique et il t'emportera où tu le souhaiteras. Même au bout du monde.

— Oh, Tio, comme j'ai hâte de le voir à flot. (Ses yeux verts et brillants riaient.) Je crois que vous avez raison, l'*Esprit des Mers* m'emportera au bout de l'univers. Mais pour l'instant, c'est vers l'Angleterre que je désire voguer.

Sa voix devint soudain douce, se réduisant presque à un murmure. L'avocat fit une prière secrète afin que cette splendide femme trouvât ce qu'elle cherchait.

Malgré elle, Sirena suivit Frau Holtz et le señor Arroya jusqu'à la calèche. Alors qu'ils prenaient place dans la voiture, ce dernier aborda une question épineuse :

— Le navire, que tu as baptisé avec justesse

l'*Esprit des Mers*, a une réputation catastrophique. Je doute que tu puisses dénicher un équipage sérieux.

— Je n'aurai aucune difficulté puisque mes hommes ont décidé de rester avec moi.

Tio Esteban opina de la tête, un sourire sur les lèvres.

— Ton bateau est une œuvre d'art. Deux tonnes de bois taillées dans les meilleurs chênes et les pins les plus résistants. Sans parler des mètres de voiles que porte la grand-vergue. Le rêve de tout capitaine !

— Non, l'*Esprit des Mers* représente un rêve qui n'appartient qu'à moi. Un dernier petit détail, Tio. De combien de temps aurai-je besoin pour rallier les côtes anglaises ?

— Trois semaines et quelques jours, répondit-il, attendant la réaction de Sirena.

— Nous mettrons deux semaines et pas un jour de plus, annonça Sirena en souriant. Je m'y vois déjà... Quand nous larguerons les amarres et que nous nous éloignerons du quai, ses voiles étincelleront devant le regard émerveillé de la foule. L'*Esprit des Mers* est vraiment magnifique. Je sens la vie qui vibre en lui.

Le vieil Espagnol eut un rire amusé.

— Deux semaines, vraiment ?

— Pas un jour de plus, répéta Sirena avec un sourire radieux.

— Pari tenu !

Il rit à nouveau d'un rire qui ressemblait au froissement de vieux papiers. Le señor Arroya, d'habitude beaucoup plus prudent, jeta un regard sur la créature longiligne assise en face de lui. Faire un pari avec elle relevait de l'inconscience! Si Sirena Cordez disait qu'elle accosterait à Londres dans deux semaines, ce serait dans deux semaines.

— Que pensez-vous de Cadix, Frau Holtz? s'enquit Sirena. Vous n'avez pas ouvert la bouche depuis que nous avons quitté le bureau de Tio Esteban. Vous n'êtes peut-être pas tentée par un nouveau voyage. Est-ce que je me trompe?

— Ah, mes pauvres pieds ont eu à peine le temps de s'habituer à la terre ferme qu'aussitôt vous parlez de reprendre la mer. Et aussi, pour vous dire la vérité, Mevrouw, votre bateau ne m'impressionne pas autant que vous.

— Qu'est-ce qui vous tracasse? Ne trouvez-vous pas que l'*Esprit des Mers* est superbe?

Sirena sourit avec indulgence, sachant que sa gouvernante ne serait jamais sensible à la beauté d'un navire. Son jugement aurait été différent pour une maison...

— A-t-on jamais entendu parler d'un bateau dont le fond est en cuivre? Ils sont tous en bois. Au moins, le bois ça flotte, laissa échapper la gouvernante en fronçant les sourcils.

— Si mon grand-père l'a dessiné, il flottera, assura Sirena d'une voix apaisante et tapotant la main gantée de sa gouvernante. Si vous le souhaitez, vous pouvez rester à Cadix. Oncle Esteban veillera sur vous.

— Il veillera sur moi? reprit Frau Holtz d'un air hautain. Et qui veillera sur vous? *Nein*, je viens avec vous mais ce n'est pas de gaieté de cœur, croyez-moi.

Pour tout l'or du monde, elle n'aurait pas laissé

Sirena partir seule pour l'Angleterre. Même si elle devait s'embarquer à bord d'un navire qui coulerait sans doute au premier coup de vent...

Les roues de la calèche résonnaient sur le pavé usé des rues escarpées qui serpentaient jusqu'à la villa Valdez. Avant d'atteindre le haut de la colline, le señor Arroya demanda au cocher de le déposer près de sa maison. Sirena protesta pour qu'on le conduisît chez lui mais le vieillard insista : une petite promenade lui ouvrirait l'appétit.

Après de chaleureux adieux et la promesse de venir déjeuner chez Tio Esteban le lendemain, Sirena et Frau Holtz poursuivirent leur chemin.

— Vous ne m'avez toujours pas dit ce que vous pensiez de ma ville natale, Frau Holtz.

— Toutes les constructions se ressemblent, se plaignit l'Allemande. Pourquoi les maisons sont-elles si blanches ? Et les rues, elles sont si étroites et tortueuses ! Je n'aimerais pas beaucoup m'y promener après le coucher du soleil. *Nein*, je ne suis pas certaine que cet endroit me plaise vraiment.

— Toutes ces rues mènent à la mer et les lacets qu'elles font les rendent moins abruptes. Cadix est une ville ancienne et riche. Ah, ma bonne amie, vous n'êtes décidément pas romantique. Il faudra que nous arrangions cela.

« Nous devrons tout de même demeurer ici jusqu'à ce que l'*Esprit des Mers* soit prêt. Au rythme où les charpentiers travaillent, cela ne prendra pas longtemps.

— *Ja*, murmura Frau Holtz d'un air peu convaincu.

— Quand vous aurez vu le domaine des Valdez, vous tomberez sous son charme.

Sirena continua à bavarder afin de calmer l'appréhension de sa gouvernante. La vieille femme avait vécu si longtemps à Java, qu'il lui était difficile de s'acclimater à ce lieu totalement étranger pour elle.

— Autrefois, poursuivit Sirena, nous avions de nombreux jardiniers pour entretenir les jardins et les vergers. La maison Valdez était la plus belle de Cadix. Selon Tio Esteban, la maison a été maintenue en bon état, mais je suis certaine que nous aurons quelques travaux à faire. (Ces paroles semblèrent réveiller quelque peu l'enthousiasme de Frau Holtz.) Et les jardins, quand vous les aurez vus ! Des orangers, de la vigne... Et du vin pressé maison. Nous nous offrirons une bouteille de vin Valdez pour notre dîner de ce soir.

« Oh, Frau Holtz, vous ne pouvez pas vous imaginer combien l'Espagne m'a manqué. J'avais oublié à quel point je suis attachée à mon pays natal. Java me semble si loin maintenant. (Elle fronça soudain les sourcils.) Ça ne fait rien, se reprit-elle alors que Frau Holtz prenait sa main. Regardez, voici la villa !

Frau Holtz se pencha par la fenêtre. Sur le haut de la colline, s'étendait la splendide maison de Sirena. Le toit en tuiles surplombait les murs et sur ses quatre côtés étaient suspendues des myriades de pots et de jarres en céramique débordant de fleurs épanouies et d'herbes parfumées.

Les allées étaient pavées de petits cailloux blancs qui brillaient au soleil. Des meubles légers adaptés au dehors se confondaient avec le feuillage. Le bâtiment de deux étages arborait des fenêtres grillagées et un balcon tout le long du dernier étage.

L'heure suivante fut consacrée à leur installation. La gouvernante entreprit immédiatement une reconnaissance des lieux. Elle passa en revue la cuisine et le linge. Sirena salua les serviteurs et, après avoir fait le tour de la maison de son enfance, les complimenta pour leurs soins et leur vigilance.

Elle prit Frau Holtz par le bras et lui fit visiter les pièces de la demeure en lui racontant l'histoire de chaque objet. Finalement, après avoir envoyé le maître de maison à la rencontre de Jacobus avec l'instruction de les rejoindre pour le dîner, Sirena ferma la porte de sa chambre et s'installa sur le lit de ses rêves de petite fille.

« C'est vrai, songea-t-elle, alors, on ne peut pas revenir en arrière. Il faut aller de l'avant. Ce n'est pas ma maison ici. Combien de fois, par le passé, ai-je rêvé de ce lieu... Mais sans mon père, sans Isabella ni oncle Juan pour partager cela avec moi, j'éprouve un sentiment de vide. »

Elle ferma les yeux devant les teintes vert d'eau et beiges de sa chambre. « Non, ce n'est plus ma maison. La villa Valdez n'est plus qu'un amas de briques, de poutres et de vieux souvenirs. Cette partie de ma vie est terminée. Peut-être un jour Caleb viendra-t-il vivre ici avec sa femme. Sinon, la maison se décomposera et reviendra à la terre dont elle est issue... »

Sans prévenir, une boule de poils noirs sauta sur le lit à côté d'elle.

— Ne me dis pas que toi aussi tu es sans abri et que personne ne t'aime. Il n'y a rien de plus terrible dans la vie. Je l'aime tant... (Elle fredonna en caressant la tête effilée du chat.) J'ai donné tout ce que j'avais à donner et ça n'a pas été suffisant. J'ai cessé de donner et j'ai détruit le seul amour qui comptait pour moi. Je n'ai plus rien à offrir à aucun homme. J'ai tout donné à Regan.

Sirena approcha le petit chat de son nez et murmura :

— Je le ferai m'aimer à nouveau. Il le faut. Je lui dirai combien il m'est précieux. Je le supplierai, je l'implorerai, murmura-t-elle d'une voix cassée, sans s'apercevoir qu'elle serrait l'animal de toutes ses forces.

Le chat gigota et s'échappa de ses mains en la griffant au visage.

Tandis que le petit chat sautait du lit, Sirena passa son doigt sur la blessure et contempla son doigt ensanglanté. Ses yeux vert émeraude se froncèrent à nouveau.

— Et s'il n'y a rien que je puisse dire ou faire pour qu'il me revienne, reprit-elle, je le tuerai. Il m'appartient et je suis à lui. Il m'a aimée autrefois et il m'aimera de nouveau.

Quand elle cessa de pleurer, une froide colère l'envahit. Tenant son doigt ensanglanté devant ses yeux, elle repensa à la vie qu'elle avait menée depuis qu'elle avait quitté Cadix. Violée par des pirates, droguée et violée par Chaezar Alvarez. Une vie de trahisons et de mensonges, tout ça par la faute de Regan : elle le jugeait responsable de la mort de Tio Juan et d'Isabella et de tout ce qui était survenu par la suite.

Elle se rappela les muscadiers qu'elle avait plantés pour assurer l'avenir de son fils. Maintenant, son fils était mort mais les arbres étaient toujours vivants. Regan l'avait abandonnée, il avait refusé d'attendre qu'elle s'habituât à la mort de Mikel. Il s'était assuré le contrôle de l'héritage légué par sa famille. Et, insulte suprême, il avait offert de lui payer trois pour cent d'intérêt. Tio Esteban avait dû se battre pour le faire céder.

— Méfiez-vous, Regan Van der Rhys, dit-elle d'un ton menaçant. Je vous pourchasserai et d'une manière ou d'une autre, nous trouverons un terrain d'entente : le mien...

Frau Holtz apparut alors dans l'embrasure de la porte. La gouvernante prit Sirena dans ses bras afin de calmer son angoisse. En même temps, elle murmura des injures et des obscénités en allemand auxquelles Sirena répondit par des hochements de tête et par des sanglots :

— Je l'aime, je l'aime...

9

— Je n'ai jamais vu un bateau avec des lignes si pures que l'*Esprit des Mers* ! s'exclama Jan. D'ailleurs son nom lui va à merveille, Capitana.

— Ça sonne bien, n'est-ce pas ? souligna Sirena.

— Ah pour ça oui, répondit Jan rayonnant. La frégate est longue et douce, elle possède toutes les qualités que j'apprécie chez une femme, dit-il en conduisant Sirena à bord.

Sirena passa ses doigts sur la rambarde arrière et fit un signe à l'équipage. L'*Esprit des Mers* était tout à fait au goût de la Capitana.

— C'est un maître qui a dessiné ce bateau et nous devons nous montrer dignes de lui. Levez l'ancre! ordonna-t-elle avec fierté. Willem, prenez le gouvernail. Jan, occupez-vous de la drisse. Quant à vous, Jacobus, préparez-nous un repas royal. Nous dînerons au coucher du soleil.

— A vos ordres, Capitana, répondirent-ils tous en chœur.

Jan observait la Capitana avec attention. Elle avait le même regard que lorsqu'ils étaient arrivés en Hollande. Peut-être la hantise qu'il lisait dans ses yeux disparaîtrait-elle lorsqu'ils atteindraient les côtes anglaises.

Le voyage fut bien sûr sans intérêt aux yeux de Frau Holtz que cette agitation autour de la longueur de la voile et de vulgaires planches de bois laissait de marbre. Elle ne s'émerveilla pas non plus devant la manière qu'avait le fond du bateau cuivré de fendre les vagues. Elle n'était pas du tout impressionnée par la qualité du gréement, ni par la coupe du foc.

Les cabines, il est vrai, étaient plus spacieuses qu'à bord du *Rana*, le vernis frais et le revêtement brillant du bâtiment seraient plus faciles à entretenir aux yeux de cette gouvernante scrupuleuse. Mais il lui était difficile de partager l'enthousiasme de Jacobus pour la superbe galerie, parce que ce n'était pas son domaine. Toutefois, elle écouta avec tolérance les discours enflammés de Jan.

C'était Sirena qui occupait les pensées de Frau Holtz. La Mevrouw passa de longues heures cloîtrée dans sa cabine tandis que Jan et Willem prirent leur quart l'un après l'autre. Jacobus, quant à lui, s'installa devant ses fourneaux pour concocter un menu susceptible d'enchanter la Capitana. Cette dernière se contenta néanmoins de picorer le plat qui lui était offert.

Tout bien considéré, ce ne fut pas un voyage placé sous le signe de la gaieté. L'équipage fut subjugué lorsque Sirena, jouant de la guitare, leur chanta des chansons d'amour tristes à en mourir. Dans ces moments-là, Frau Holtz aurait souhaité pouvoir tordre le cou de Regan Van der Rhys.

Deux jours après avoir quitté le port de Cadix, Sirena avait retrouvé le pied marin. Observant le ciel, elle devina que le mauvais temps couvait. Son cœur s'accéléra à l'idée d'un nouvel orage. Elle pourrait enfin voir ce que valait l'*Esprit des Mers* par grand vent. Elle sentait déjà le brouillard tomber. Bientôt, il se faufilerait sur les eaux et s'installerait sur le pont.

Sirena scruta à nouveau le ciel. Elle désirait chasser Regan de son esprit. Elle devait désormais se concentrer sur l'*Esprit des Mers* et son équipage.

Elle tressaillit lorsqu'elle s'aperçut que la brume montait le long de ses bottes et de ses cuisses. Un frisson la parcourut. Elle se concentra sur son gouvernail.

— Voile à l'horizon ! lança une voix qui venait du gréement.

— Quel pavillon, Jan ?

— Aucun que je puisse voir. Mais il a affalé ses voiles.

— Tous sur le pont ! Quatre hommes sur les voiles, quatre autres à l'arrière ! Ils couperont le gréement si le navire cherche à nous attaquer.

— C'est un vaisseau en mauvais état, Capitana, vociféra Jan. A mon avis, il ne résistera pas à la bourrasque qui nous attend. Si le bateau cherche à nous attaquer, nous aurons l'avantage. Brigands, maudits brigands ! cracha-t-il de colère.

Un bruit sourd retentit lorsque un boulet de canon s'abattit sur l'*Esprit des Mers*, faisant un trou dans le pont. L'équipage courut préparer le canon du navire.

— Bâtards ! cria furieusement Sirena. Vous allez me le payer ! Je vais faire machine arrière à pleine vitesse et nous enfoncerons la poupe de ce navire. Bordez les voiles de toute votre énergie. Ne vous inquiétez pas, nous réussirons sans peine à colmater la brèche de notre pont. Nous avons de la chance dans notre malheur. Feu !

Lorsque le boulet de canon atteignit sa cible, une fumée noire monta dans le ciel, suivie par un bruit strident et assourdissant de bois brisé après le tir du deuxième boulet. Malgré le brouillard, Sirena aperçut des hommes qui perdaient l'équilibre tandis que d'autres se précipitaient vers les voiles. Sirena donna l'ordre de passer à l'abordage.

— Dépêchez-vous avant qu'il coule !

— Baissez le drapeau, cria Jan tandis qu'un des hommes se balançait avec un sabre, en poussant un hurlement sauvage.

Debout sur la proue, Sirena regardait ses hommes se battre bec et ongles avec les marins du vaisseau pirate.

— Protégez le navire, hurla-t-elle pour se faire entendre au-dessus du cliquetis des armes et du crépitement du bois qui brûlait.

D'un geste agile, elle s'agrippa à une corde et sauta à bord du navire ennemi sur le point de couler. Son épée fit un bruit métallique lorsqu'elle atterrit sur le pont.

— Qui est le capitaine ici? demanda-t-elle avec arrogance. Répondez-moi vite ou bien je vous envoie nourrir les requins!

Un homme grand et fort restait à part. Son chapeau à corne et son vêtement le désignaient. Le mépris se lisait sur les lèvres de Sirena: l'homme transpirait, haletait et ses lèvres charnues tremblaient de peur.

— Une petite erreur de ma part, s'excusa le capitaine. Qui êtes-vous? demanda-t-il alors que ses yeux ronds de fouine déshabillaient Sirena.

— La Vierge Marie, répliqua-t-elle froidement. Ça ne se voit pas? Que transportez-vous dans vos cales? Et ne me racontez pas d'histoires.

— Du cristal et de la soie. C'est à moi. J'ai volé cette marchandise loyalement, dit-il, faisant le fanfaron.

— Je veux bien vous croire, mais maintenant c'est à moi qu'elle appartient. A l'endroit où vous allez, vous en aurez peu l'usage. Par contre, ça me sera très utile. Dépêchez-vous, Jan, nous pourrons en tirer un bon prix.

— Que fait-on de ces vautours ? rugit Willem.

— Jetez-les par-dessus bord et si vous êtes d'humeur charitable, mettez les chaloupes à la mer.

— Toute la marchandise à bord !

Sirena passa lestement d'un bateau à l'autre.

— C'est bon, Jan, quittez cette coque de noix qui va couler d'une minute à l'autre. Mettez-vous sous le vent et vite.

L'*Esprit des Mers* filait maintenant plein ouest. Debout sur la proue, une main à son épée, Sirena jaugeait la mer. Les vagues furieuses fouettaient le bateau. Elle allait devoir probablement quitter la route nord-sud en attendant que les vents tournent.

Après un moment qui lui parut durer des heures, Sirena cria joyeusement :

— Le pire est passé, nous entrons dans des eaux plus calmes.

Jan regarda Willem avec un petit sourire.

— La Capitana a toujours le même doigté.

— Pour sûr, acquiesça Willem. Maintenant, nous devons essayer de réparer l'*Esprit des Mers*. Le butin nous rapportera une fortune à Londres. Ce n'est pas que nous ayons besoin d'argent, mais c'est quand même agréable...

— Bien joué, messieurs ! Vous n'avez pas perdu la main.

Jan observa Sirena. Elle arborait un joli sourire, mais pas comme autrefois. Gêné, il passa d'un pied sur l'autre. Le temps, le temps était la réponse à tous les maux. Le jour viendrait où l'éclat et la brillance reviendraient dans son regard. Pour l'instant, ses hommes se contenteraient d'attendre et de la servir le mieux possible.

L'*Esprit des Mers* pénétra dans le port de Londres un jour de pluie triste de février. Des morceaux de glace encombraient la Tamise et venaient se fracasser contre la proue du navire.

Un brouillard épais recouvrait le quai lorsque Sirena et Frau Holtz se retirèrent dans leur cabine afin de préparer leur excursion londonienne. La première chose était de se rendre aux bureaux de Tyler Payne Sinclair et la seconde de rassembler des informations concernant Regan. Après cela, Sirena tenterait de localiser Caleb afin de voir où il en était.

Au moment précis où Sirena accostait à Londres, Caleb Van der Rhys franchissait le seuil du bar *Le Sanglier et le Hibou* où il avait rendez-vous avec son père.

La pièce qui ressemblait à une caverne était enfumée par le tabac. On entendait le crépitement de la graisse d'un gigot de porc qui tournait sur une broche dans la cheminée. L'odeur rance de la bière mêlée à celle de la sciure humide assaillit les narines de Caleb alors qu'il cherchait désespérément à trouver Regan dans cette atmosphère brumeuse. Il l'aperçut enfin, installé dans un recoin sombre de la pièce devant une pinte de bière. Il discutait avec un homme élégant visiblement issu de l'aristocratie.

Caleb traversa la foule des clients aguichés

par de jeunes serveuses affriolantes. Il était tellement pressé de rejoindre son père qu'il ne prêta pas attention aux regards admiratifs des prostituées.

Le jeune homme passa sa jambe longue et musclée au-dessus du banc en bois et y prit place. Il ne fit aucun salut mais commanda une boisson à la serveuse. Ses yeux bruns étaient emplis d'hostilité. L'aristocrate comprit son regard : il s'excusa et s'éloigna.

Regan parla le premier :

— Comment m'as-tu retrouvé ?

— Cela n'a pas été très compliqué, répondit froidement Caleb. Cela fait plusieurs jours que je suis en Angleterre. J'ai vu vos bureaux près des docks et j'en ai déduit que vous fréquentiez un des bars du quartier. J'ai préféré venir vous voir plutôt que vous appreniez que je suis là de la bouche de quelqu'un d'autre.

« Je pense rester à Londres, du moins pendant un moment. Ensuite, j'ai l'intention de profiter des courants favorables et de partir pour les colonies. J'ai de l'énergie à revendre et je veux voir si je suis capable de gagner ma vie seul.

Le visage de Regan était sévère. Les manières de Caleb l'irritaient.

— Je crains que tu n'arrives au mauvais moment, dit-il brutalement. Je n'ai pas une livre d'avance pour faire le moindre investissement. Après notre dernière rencontre, je croyais ne plus jamais te revoir, et encore moins à Londres, ajouta-t-il amèrement.

Les lèvres de Caleb dessinaient une ligne austère.

— Je ne suis pas venu vous demander de l'argent, ne vous inquiétez pas.

Regan ne broncha pas, lisant l'hostilité qui brillait dans les yeux de son fils. Que pouvait-il lui dire ? Devait-il lui proposer de faire partie de la petite entreprise qu'il venait de créer ? Caleb refuserait probablement son offre. D'une voix gênée, Regan demanda :

— Avec quel bateau as-tu quitté la Hollande ?

— Je suis parti pour l'Espagne et ensuite j'ai fait route pour l'Angleterre à bord de ma propre frégate.

Regan ne le crut pas mais il n'en montra rien.

— Sirena est venue au collège pour m'interroger sur ce que je savais à votre sujet, poursuivit Caleb. Elle était catastrophée de savoir que le *Spanish Lady* s'était abîmé près des côtes espagnoles. Quand elle a appris que vous étiez sain et sauf, son soulagement — sachant les autres nouvelles que j'avais à lui annoncer — m'a brisé le cœur.

« Elle n'était pas au courant du divorce, j'ai bien été obligé de lui en parler. (Les yeux de Caleb rencontrèrent ceux de Regan : ils étaient l'un et l'autre prêts à exploser de rage.) La nouvelle lui a fait un tel effet qu'elle s'est arrangée pour que je sois autorisé à quitter l'école deux semaines avant la fin du semestre. Ensuite, nous avons rejoint l'Espagne.

« Arrivés à Cadix, elle m'a offert le *Rana* comme elle me l'avait promis il y a longtemps. N'ayant plus rien d'autre, elle m'a offert les bijoux des Cordez. Mais avant de les échanger contre de l'or, je voulais entendre de vos propres lèvres...

Caleb hésita, espérant que Regan lui avouerait qu'il renonçait au divorce, qu'il aimait encore Sirena.

— Ne tourne pas autour du pot, ordonna Regan d'une voix monocorde.

— Vous lui avez pris tout ce qu'elle possédait, alors pourquoi pas ses diamants ?

Il n'avait pas voulu le formuler si abruptement, mais les manières de Regan l'y avaient incité. Il souhaitait le voir dans le même désarroi que Sirena.

— Si Sirena te les a donnés, ils t'appartiennent, marmonna Regan entre ses dents.

Le simple fait d'entendre son nom, de la savoir en Espagne provoquait en lui une onde de choc : tout juste s'il pouvait respirer. Etait-elle venue le rejoindre après tout ce temps ? Il contint son émotion et garda un visage impassible, à l'écoute de Caleb.

Regan finit sa bière puis en entama une autre sans que son fils ouvrît la bouche. Incapable de se maîtriser davantage, il commença à se lever de table mais Caleb lui fit signe de se rasseoir.

— Très bien, père, comme vous ne me le demandez pas, je vais tout de même vous donner de ses nouvelles. Je suis certain que Sirena ne m'en tiendra pas rigueur. Tout d'abord, je veux que vous sachiez que je ne jouerai plus l'intermédiaire entre vous deux. Sirena semble avoir la situation en main. Elle sait que vous avez pris possession de sa fortune. Je serais bien resté avec elle, j'aurais volontiers travaillé pour elle mais ce n'est pas ce qu'elle souhaitait.

« La vérité, père, c'est... que Sirena ne supporte pas de me voir. Je lui rappelle trop votre absence. Cela passera, du moins je l'espère. Mais pour l'instant, je ne peux pas supporter de la voir souffrir. J'aime Sirena et vous me l'avez volée.

Regan avala une autre gorgée et reposa violemment sa chope sur la table. Il détourna son regard, cherchant à éviter l'amertume qui se lisait dans les yeux de son propre fils.

— Vous lui avez enlevé l'irremplaçable. Vous lui avez dit que vous l'aimiez puis vous avez demandé le divorce, la dépossédant de tout ce qui lui appartenait. Jamais je ne vous pardonnerai de l'avoir ainsi abandonnée.

— Nom de nom ! grogna Regan, se moquant des regards étonnés qui se tournaient vers eux. Que veux-tu dire par « jamais » ? Tu sais très bien que Sirena va s'en sortir. Pourquoi continuer cette discussion ?

Une rage intense envahit Caleb qui en oublia même que Regan était son père.

Il agrippa le bras de son père et le fixa droit dans les yeux. Puis, à travers ses dents serrées, il murmura :

— J'ai vu Sirena aux prises avec les pirates, lorsqu'ils ont mutilé et assassiné sa sœur, quand son oncle est mort. J'étais aussi là quand ils l'ont accrochée au grand mât et l'ont fouettée. C'est moi qui ai apporté ses habits sales et en lambeaux afin de cacher sa nudité. Ce viol fut pour elle une terrible humiliation. Mais ce que vous lui avez fait subir est bien pire : je ne l'avais jamais connue aussi désemparée.

Regan se recula, ébranlé par le discours de Caleb. Il lui était impossible d'expliquer à son fils ce qui s'était réellement passé entre lui et Sirena. Comment lui raconter les heures interminables qu'il avait passées à observer sa splendide femme penchée sur la tombe de Mikel ? Et la dernière nuit passée à Java, lorsqu'il avait tenu Sirena dans ses bras et avait senti renaître en lui le désir et la passion ? Comment évoquer sa joie et finalement le refus de Sirena ?

Même si elle était partie à sa recherche, il était trop tard. La vie avait tant à offrir et Regan désirait la croquer à pleines dents.

— Quoi qu'il arrive à Sirena, père, poursuivit Caleb, quelle que soit la voie qu'elle choisisse, elle la parcourra seule. Je suis curieux de savoir lequel d'entre vous s'en sortira le mieux.

Caleb but sa bière jusqu'à la dernière goutte.

— Peut-on savoir de quel côté tu te situes, Caleb ? demanda sévèrement Regan.

— Aucun. Mais quand je faisais préparer le *Rana*, j'ai entendu une rumeur qui prétendait que Sirena et son équipage avaient mis votre tête à prix. Après ce que vous avez fait à leur Capitana, pas un seul de ses hommes ne broncherait s'il devait vous trancher la gorge.

« Mais ce n'est pas ce que j'étais venu vous dire. Je jouais tranquillement aux dés dans un bar de Cadix lorsque j'ai appris que grâce à une astuce légale, Sirena avait réussi à recouvrer non seulement la fortune de sa mère, mais également les biens de sa sœur Isabella et de son oncle Juan.

« Vous voyez, père, Sirena n'est pas tout à fait démunie. Je vais vous donner un tout petit conseil, si vous le permettez, celui d'un fils à son père, ajouta Caleb calmement. Vous avez déjà commis l'imprudence de sous-estimer Sirena, vous auriez tort de ne pas la prendre au sérieux cette fois-ci.

— Et tu prétends que tu ne prends pas position ! Tu me prends pour un imbécile ?

Caleb balança sa tête en arrière et rit à gorge déployée. Effondré, Regan écarquilla les yeux lorsqu'il entendit le rire de son fils.

— Je me souviens il y a quelques années d'avoir entendu Sirena répondre à cette question. Souhaitez-vous que je vous rafraîchisse la mémoire ?

— Gardons la tête froide, Caleb. Et tenons-nous-en aux faits. J'ai certes investi l'argent que j'ai pris à Sirena, mais je me suis engagé à lui reverser vingt pour cent de mes bénéfices chaque mois…

— C'est très généreux de votre part, père. Sirena a raison lorsqu'elle dit que vous allez lui verser une pension alimentaire avec son propre argent, ironisa Caleb.

— Ecoute-moi bien, jeune entêté, si je n'avais pas récupéré l'argent de Sirena, la couronne d'Espagne se serait empressée de le faire à ma place. Ce pays est en permanence au bord de la révolte. Elle a ainsi l'assurance de percevoir une somme confortable régulièrement.

« Si le gouvernement espagnol avait confisqué

ses biens, elle aurait tout perdu. C'est moi qui vais devoir travailler vingt-quatre heures sur vingt-quatre pour que ses affaires marchent. C'est moi qui vais construire la compagnie. Mon père a créé la Compagnie hollandaise des Indes orientales mais c'est grâce à moi qu'elle a pris son essor et est aujourd'hui ce qu'elle est. Connais-tu quelqu'un de mieux placé que moi pour faire prospérer la fortune de Sirena ? Si j'ai tout mis à mon nom, c'était pour gagner du temps.

— Ce que vous avez fait serait tout à fait légitime si vous étiez encore marié avec elle, répliqua Caleb fort à propos.

Se levant et renversant presque le banc, il s'insurgea :

— Ce que je vous reproche, c'est de m'avoir volé Sirena.

Après un dernier regard sévère en direction de Regan, Caleb jeta quelques pièces de monnaie sur la table et tourna les talons.

Un peu plus tard, assis devant une nouvelle bière, Regan se remémorait son entrevue avec Caleb. Sirena était en Espagne... Elle avait finalement abandonné la petite tombe. Tous les anges de la terre ne seraient pas parvenus à le convaincre qu'un jour elle quitterait Batavia.

Il avait agi avec trop d'empressement. Pourquoi n'avait-il pas attendu comme elle le lui avait demandé ? Sirena, ses yeux d'émeraude éclatants et sa peau satinée. Sirena et ses cheveux noirs comme le jais. Il sentit soudain un immense poids lui oppresser la poitrine.

De sa main, il fouilla sous sa veste et en retira

une feuille de papier qu'il étudia de ses yeux plissés. En dehors des dividendes de vingt pour cent que le señor Arroya avait exigés de lui, Sirena devait selon ce contrat recevoir un quart des bénéfices trimestriels. Avant toute dépense, l'argent qui lui était destiné devait être déposé sur un compte séparé. L'idée était, cette fois-ci, venue de Regan. Quand cette affaire serait florissante — et il était certain qu'elle le deviendrait —, Sirena obtiendrait la moitié des bénéfices. Pourquoi n'avait-il pas montré ce document à son fils ? Parce que, se répondit-il à lui-même, Caleb ne l'aurait pas cru. Il aurait imaginé une manigance de sa part.

Quoi qu'il dît ou fît, Sirena aurait toujours la préférence de Caleb. Elle était et continuerait à être tout pour son fils. Regan savait en son for intérieur que Caleb était prêt à mourir pour elle s'il le fallait.

Les yeux hagards de Regan balayèrent la pièce faiblement éclairée. A sa grande stupéfaction, il découvrit que Caleb s'était assis au milieu d'un groupe de marins. Son fils commanda du rhum et l'avala d'un trait. Il en commanda un second puis un troisième.

Les marins se joignirent à lui avec une nouvelle bouteille tandis qu'une serveuse aguicheuse s'installait sur l'un de ses genoux et lui parlait tout bas à l'oreille. Regan vit Caleb murmurer quelque chose à la fille qui se mit à glousser. Il fut complètement estomaqué lorsqu'il vit les mains fines de Caleb se faufiler sous son corsage trop court.

Caleb termina sa chope jusqu'à la dernière

goutte puis aventura ses mains sous les jupes de la serveuse. Elle s'approcha plus près de lui et désigna au fond de la pièce l'escalier qui menait au deuxième étage. Caleb rejeta la tête en arrière et hurla de rire. Regan bouillonnait de rage lorsqu'il le vit se lever et monter l'escalier, accompagné de la voluptueuse jeune femme rousse accrochée à ses épaules.

Enragé, Regan régla sa note et quitta le bar en se demandant si tous les pères voyaient, comme lui, leur propre jeunesse à travers leur fils. Il se demanda si ce qui l'irritait était de voir Caleb avec cette serveuse affriolante, s'il regrettait sa propre jeunesse, ou encore s'il aurait préféré que Caleb ne commît pas les mêmes erreurs que lui. Quoi qu'il en fût, il avait renoncé à tous ses droits de père...

Quand Sirena émergea de sa cabine suivie par Frau Holtz, les hommes de l'*Esprit des Mers* sifflèrent d'admiration. Parfaitement au goût du jour, Sirena portait une robe de soie topaze, bordée de dentelle délicate qui accentuait encore au niveau des manches leur côté bouffant et mettait en valeur son cou.

Les bas en soie et les jarretières à fanfreluches qui maintenaient tendu le voile qui recouvrait ses jambes la faisaient presque ressembler à une femme de mauvaise vie.

Après des semaines passées en mer à porter des cuissardes en veau, ses chaussures à talons lui donnaient presque envie de danser... Comme il était agréable de porter ces vêtements de style français après avoir enduré la mode masculine de Java.

Lorsque Frau Holtz avait découvert les robes que Sirena avait commandées à Cadix avant d'embarquer pour l'Angleterre, elle avait ouvertement manifesté sa désapprobation. Pour sa part, elle continuait à arborer ses habits rigides et frustes de style hollandais.

— Ceux-là, avait-elle dit d'un ton méprisant, me rappellent trop les vêtements d'une blonde de notre connaissance.

Elle faisait allusion à Gretchen Lindenreich connue pour sa vanité et son amoralité.

— Ce ne sont pas tout à fait les mêmes que cette souillon portait, Frau Holtz. Même si elle avait tourné la tête de Regan, elle était peut-être plus maligne que je ne le croyais. Mon couturier prétend que ce sont les vêtements à la mode à Londres. Et j'ai bien l'intention d'user de tous les atouts dont je dispose.

Sirena choisit d'ignorer les récriminations de Frau Holtz. Elle torsada ses longs cheveux noirs en un chignon à la naissance de sa nuque et tira une mèche de sa chevelure qu'elle laissa retomber sur son front de manière frivole. Elle plaça ensuite un chapeau à large bord en satin couleur bronze sur sa tête et ajusta le frou-frou des plumes avant d'y enfoncer une épingle à chapeau. Elle prit enfin une paire de gants et, se tournant vers Frau Holtz, lui demanda d'un air effronté :

— Je vous rappelle vraiment Gretchen ?

— *Nein*, Mevrouw. Vous n'avez rien d'une catin, mais...

Elle sembla hésiter.

— Mais quoi ?

— Mais rien, Mevrouw. Dépêchez-vous, il est temps de partir. Vous avez passé trop de temps devant le miroir.

D'un bref regard, elle fit comprendre à Sirena qu'elle ne souhaitait pas poursuivre cette conversation. Ce qu'elle avait failli dire était que, bien que Sirena fût une lady, contrairement à Gretchen Lindenreich, quelque chose chez elle lui rappelait la première femme de Regan : un regard affamé.

Un peu plus tard, Frau Holtz grommelait et se plaignait du manque de confort de la calèche. Elle aurait préféré de loin rester à bord à se disputer avec Jacobus.

— Comment ce cocher peut-il savoir où il va dans cette obscurité ? Il nous conduit droit à la mort, maugréa-t-elle en tenant ses cheveux gris tandis que les roues passaient dans une ornière. Est-ce cela Londres ? Où est le soleil ? Tout ici est froid et humide et mes articulations me font souffrir.

Elle aussi irritée, Sirena lui répondit d'un ton sec et cassant :

— Si ma mémoire ne me trahit pas, à Cadix la chaleur et le soleil n'étaient pas non plus à votre goût. Je ferais peut-être bien de vous renvoyer à Java. Si vous continuez, je fais arrêter le cocher et vous rentrez au bateau à pied !

Frau Holtz tourna son regard vers la fenêtre encrassée : les rues étaient boueuses et avaient cruellement besoin d'être remises en état, des clochards à l'allure patibulaire traînaient çà et là. Et quand elle se pencha à la fenêtre, plusieurs va-nu-pieds s'approchèrent de la voiture à chevaux, hurlant toutes sortes d'insultes contre les passagères du véhicule.

— Voulez-vous que je fasse arrêter la calèche ? lui demanda Sirena qui avait du mal à refréner un sourire de satisfaction.

— *Nein*, marmonna Frau Holtz. La Mevrouw ne doit pas se promener dans cette sordide cité sans être accompagnée.

Elle se cala sur la banquette, plaçant ses mains sous ses cuisses, puis se balança d'avant en arrière afin de se réchauffer.

C'était le milieu de l'après-midi lorsque la voiture emprunta la rue de la Tamise parallèle au fleuve du même nom. Londres était une ville vieille et usée à cette époque. Les rues et les passages étaient étroits, dépourvus de pavés la plupart du temps et parfois encombrés d'ordures.

Les maisons étaient serrées les unes contre les autres, empêchant l'air de circuler. Le long de la rue de la Tamise, quelques poteaux endommagés servaient à séparer la rue carrossable du passage destiné aux piétons.

Les chaussées grouillaient de porteurs titubant sous le poids de leurs marchandises qui fulminaient contre toute personne ralentissant leur route. Vendeurs et marchands ambulants poussaient leurs chariots autour desquels s'agglutinaient les ménagères. D'autres attendaient les clients au seuil de la porte de leur boutique, les flattant afin de les entraîner à l'intérieur.

L'horizon était ponctué de clochers d'église qui déchiraient le ciel gris et le tintement des cloches ajoutait à la cacophonie ambiante. Le cœur de la ville se résumait aux innombrables bars et auberges indiqués par des enseignes aux peintures vives de hiboux aux yeux exorbités, de buffle bleu, de boucliers et de sabres frappés d'un lion d'or et aux marins ivres qui tenaient une chope de bière à la main.

L'air était lourd, empesté par la fumée des cheminées et l'odeur savonneuse des bains de vapeur. Insensibles à cette puanteur, des mendiants, des handicapés et des chanteurs de rue tentaient de récolter quelques pièces jetées par des dandys vêtus de soie et des ladies aux coiffures précieuses. Çà et là, on apercevait des chaises à porteur tenues avec élégance par des valets de pied en livrée, où il était parfois possible d'entrevoir quelque membre de la haute société.

Il était souvent, même si cela présentait davantage de danger, plus rapide de traverser la ville à pied. La circulation était souvent interrompue par une voiture renversée ou une procession religieuse se rendant dans l'une des nombreuses églises de l'enceinte fortifiée de la cité.

Alors que la calèche s'enfonçait dans la rue de la Tamise, Sirena tentait de glaner, au travers des vitres encrassées, l'âme de la ville. Son attention fut soudain attirée par l'enseigne d'un établissement qui faisait l'angle : *Import-Export R. Van der Rhys*.

— Cocher, cocher, appela-t-elle exaltée. Quel est le nom de la rue que nous venons de passer ?

— Ça doit être St. Dustan Hill, milady.

Il ne fallut pas longtemps à Frau Holtz pour comprendre ce dont il s'agissait et, se retournant, elle déchiffra l'enseigne.

— Restez assise, Mevrouw ! La voiture risque de se renverser !

Debout, Sirena était accoudée à la fenêtre qu'elle avait ouverte en hâte. Regan ! Regan ! Frau Holtz la força à s'asseoir. Et quand elle ouvrit les yeux à nouveau, ils brillaient de larmes.

— *Kind, Kind,* murmura Frau Holtz, cherchant à l'apaiser.

« Mon enfant, le moment viendra bien assez vite », pensa-t-elle en tapotant la main de Sirena et en la serrant fort.

Sirena garda en tête l'adresse de l'entreprise de Regan et se réinstalla sur la banquette, imperméable désormais à l'agitation de Londres.

Quand enfin la calèche cahotante s'arrêta au coin de New Queen Street et de Cloaks Lane, Sirena et sa gouvernante sortirent de la voiture, aidées du cocher à qui elles donnèrent l'instruction de les attendre. Le voisinage de la rue était ici de bien meilleure qualité.

La tête haute, Sirena gravit le large escalier en briques qui menait aux bureaux de Tyler Paine Sinclair. Elle frappa à la porte vitrée et fut parcourue d'un frisson. Que ferait-elle ensuite ? Après un long regard à la vieille femme debout à côté d'elle, elle se redressa et tourna la poignée de la porte.

Le couloir intérieur était bien éclairé et offrait une vision réconfortante après tous ces lieux crasseux. Contrairement au bureau de Tio Esteban, celui-ci était richement meublé.

A l'autre bout de la pièce, un secrétaire était perché sur une chaise haute et appuyé sur un grand livre. Sirena toussota pour attirer son attention.

— Sir Sinclair vous attend, annonça le jeune homme d'une voix précieuse. Je vais l'informer de votre arrivée. Installez-vous, je vous prie, proposa-t-il en désignant des divans en cuir.

— Non, je vous en remercie, répondit Sirena. Nous patienterons debout.

Le secrétaire sourit, l'observant des pieds à la tête. Puis son regard s'arrêta sur la sévère Frau Holtz… Il s'empressa de s'acquitter de sa tâche.

Venant de l'autre bureau apparut un homme grand aux yeux bruns, élégamment vêtu. Son pourpoint en brocart bleu laissait entrevoir un maillot de corps blanc comme la neige, lacé aux poignets et au cou. Comme c'était la mode, à la place de la collerette rigide et peu seyante, son gilet s'ouvrait sur un large col de velours indigo.

Ses guêtres étaient évasées et ornées d'éperons : c'était l'usage depuis le début du conflit qui avait éclaté entre protestants et catholiques. Limité dans un premier temps au territoire allemand, la discorde essaimait çà et là en Europe, menaçant de s'y propager.

Se tournant vers Sirena il s'exclama :

— Señorita Cordéz ! Soyez la bienvenue en Angleterre. Si j'avais su que votre bateau avait accosté, je vous aurais envoyé une voiture.

— Je vous en remercie mais ce n'était pas nécessaire. Frau Holtz, je vous présente Sir Tyler Paine Sinclair. (Sirena lui adressa un sourire fugace.) Félicitations, le señor Arroya m'a appris que vous étiez devenu chevalier…

Tyler était ennuyé car il avait manqué aux

bonnes manières en oubliant de se présenter. Lui qui était à l'aise dans n'importe quelle situation, se retrouvait désormais hésitant comme un jeune homme de vingt ans. Mais cette déesse aux cheveux de jais et aux yeux verts avait de quoi impressionner même le plus assuré des hommes.

Reprenant sa respiration, il s'inclina sur la main de Frau Holtz en s'excusant à mi-voix. Puis, paniqué à l'idée d'avoir salué la gouvernante avant sa maîtresse, il décida de passer outre les civilités et baisa la main qu'elle lui tendait.

Ni le regard réprobateur de Frau Holtz ni l'admiration mêlée d'une lueur diabolique qui éclairait le regard de Tyler Sinclair n'échappèrent à Sirena.

— Prenez place, je vous prie. Permettez-moi de vous offrir un verre de vin. Vous devez être toutes les deux terriblement lasses après un tel voyage.

Sirena acquiesça tandis que Frau Holtz rejetait son offre.

— C'est un excellent vin de Madère, peut-être en reconnaîtrez-vous le bouquet.

Sirena observa Sinclair au-dessus de son verre en cristal. Il était séduisant et bien bâti. Il aurait été magnifique, le torse nu, à bord d'un bateau, sa chevelure brune balayée par le vent. Son regard était franc et ses yeux, surplombés d'épais sourcils, avaient la couleur des noisettes quand elles sont mûres.

Ses traits étaient virils et réguliers et elle remarqua aussi une certaine sensualité sur ses lèvres et sur la fossette qui se formait sur son menton lorsqu'il souriait. Se rendant soudain compte qu'il avait remarqué qu'elle l'étudiait, Sirena sentit le rouge lui monter aux joues.

— Il est exquis, je vous remercie.

Tyler Sinclair prit une chaise et s'assit en face de Sirena, étirant ses longues jambes devant lui.

— Permettez-moi de m'excuser de ce temps déplorable, reprit-il en riant. J'imagine que les Anglais doivent s'excuser depuis des siècles. Dites-moi, quand êtes-vous arrivée à Londres et par quel bateau ? Je vais envoyer quelqu'un s'occuper de vos bagages. Votre voyage a-t-il été agréable ?

Sirena reposa délicatement le gobelet sur la table placée à côté d'elle avant de répondre :

— Nous avons voyagé à bord du *Rotterdam* et nous avons fait une traversée des plus charmantes.

Il était inutile qu'il sût qu'elle dirigeait son propre navire et son propre équipage. Il ne fallait jamais tout dévoiler. En fait, elle était arrivée à la conclusion qu'il fallait en révéler le moins possible. Elle devait faire très attention à ce coureur de jupons et à son regard diabolique. Très prudente, même si Tio Esteban l'avait assurée de l'honnêteté de Sinclair, elle continuerait à se montrer vigilante et garderait le silence sur sa vie privée.

— Vous savez que je suis en relation avec Esteban Arroya, n'est-ce pas ? Je vois au paquet que vous portez à la main que vous lui avez rendu visite. Il a dû vous informer qu'il nous avait contactés, mon père et moi, et nous avait confié la gestion de vos biens.

« Si vous en êtes d'accord, je vous ferai chercher après-demain pour que nous discutions de vos affaires plus en détail. Vous devez avoir eu une journée épuisante et je ne saurais vous ennuyer avec la paperasserie. Résumons-nous : je prends soin de tous vos biens avec votre aval.

— J'apprécie votre prévenance, Sir Tyler Sinclair. La journée a été extrêmement fatigante et je suis certaine que Frau Holtz a besoin de se reposer.

« En ce qui concerne mes bagages, inutile d'envoyer quelqu'un. Il faut que je règle les derniers détails au bateau, Frau Holtz s'en occupera. On m'a laissé entendre que vous vous étiez chargé d'acheter une maison pour moi ?

— C'est la vérité, répondit Sinclair plein d'enthousiasme. Il s'agit d'une grande demeure située dans le quartier le plus prisé de Londres. Elle se trouve sur King Street juste en face de St. James Park. L'abbaye de Westminster est en bas de la rue et vous vous trouvez non loin de Whitehall.

« La maison a été meublée pour vous, de manière exquise à en croire ma mère, la baronne, qui a un certain goût pour ces choses. Je pense que cela vous plaira.

— J'en suis certaine, Sir Tyler Sinclair. J'espère que cela ne vous a pas causé trop de soucis.

— Bien au contraire. Je me suis fait une joie d'effectuer ces achats et de marchander. Quand vous serez installée, la baronne a l'intention de vous présenter au grand monde. Préparez-vous-y, conclut-il courtoisement.

Son sourire éclaira ses yeux et accentua encore sa fossette provocante.

— Y a-t-il des serviteurs ?

— Nous avons veillé à tout.

— Peut-être resterez-vous dîner avec nous après-demain ? demanda-t-elle avec un sourire rayonnant, amusée par l'effet produit par une telle proposition.

— Ce... serait avec plaisir... (« Que cette femme aille au diable, pensa Tyler. Ce sourire me coupe le souffle et me voici bégayant comme un imbécile. ») Nous avons, reprit-il, plusieurs questions à traiter au plus vite, entre autres celle de Mijnheer Van der Rhys.

A la seule mention du nom de Regan, Sirena sentit les battements de son cœur s'accélérer. « Mon Dieu, en sera-t-il toujours ainsi ? Devrai-je sans cesse maîtriser mon émotion ? » s'interrogea Sirena.

— Comment va Regan ? interrogea-t-elle d'une voix égale.

— Il est sain et sauf. Il a établi son entreprise d'import-export et j'imagine que ses affaires sont prospères. Il a de bonnes idées et, à son actif, le succès de la Compagnie hollandaise des Indes orientales. Nous avons longuement discuté de ses projets, car votre mari doit me tenir informé de ses contrats et m'ouvrir ses livres de comptes tous les premiers du mois. J'aimerais pouvoir vous dire qu'il l'a fait volontairement mais ça n'a pas été le cas. Il s'y est même fermement opposé. Grâce à la ruse du señor Arroya, il n'avait pas le choix.

— Avez-vous prévenu Regan de mon arrivée en Angleterre ? s'enquit Sirena, évitant les yeux de Sinclair afin de dissimuler son émotion.

— Je n'avais aucune raison d'agir ainsi.

Tyler était conscient que la tournure prise par la conversation la chagrinait ; il admira la maîtrise dont elle faisait preuve.

Dieu ! Comment le Hollandais avait-il pu quitter une femme pareille ? Quel idiot ! Pourtant, à en juger par sa compétence, l'homme était tout sauf un imbécile. Le Hollandais était un homme d'affaires intelligent et d'une grande finesse. En fait, si Tyler ne s'était trouvé dans le camp adverse, il l'aurait certainement apprécié sincèrement.

— Regan n'est donc pas au courant que je suis ici, ni même que j'ai quitté Java...

Tyler fronça légèrement les sourcils et observa les lignes austères des lèvres de Sirena. Etait-il possible qu'elle aimât encore le Hollandais ? Esteban Arroya l'avait convaincu du contraire.

Sans l'ombre d'un doute, Sirena était la plus belle femme qu'il eût jamais rencontrée. Mais si elle aimait encore Regan, quelle serait sa réaction lorsqu'elle apprendrait les rumeurs qui couraient sur sa relation avec la diaphane Camilla ?

— Mesdames, le temps passe et le brouillard épaissit. Permettez-moi de vous escorter jusqu'à votre nouvelle maison. Les rues ne sont pas sûres. Vous avez dû sur votre passage remarquer la présence envahissante de toute sorte de mendiants.

« J'ai entendu aujourd'hui que le Graie Friars, l'hôpital des enfants pauvres, est plein à craquer. Ces vagabonds viennent avec leur famille entière et quand ils sont expulsés, ils abandonnent leurs rejetons derrière eux. Et quand je pense à l'état du Saint Bartholomew...

— Le Saint Bartholomew? demanda Frau Holtz, que chaque minute faisait détester Londres de plus en plus.

— Une auberge pour les démunis, expliqua Tyler. Ces va-nu-pieds apportent leurs maladies avec eux et il y a des rumeurs de choléra. Ces institutions offrent aux gens le vivre et le couvert et des soins médicaux gratuits. Mais pour le moment, il n'est pas prudent de vous promener seules dans les rues.

Frau Holtz se souvint de l'hostilité de la foule des garnements qui s'étaient pressés autour de leur calèche.

— Nous vous serions reconnaissantes de bien vouloir nous accompagner! s'exclama Frau Holtz. N'est-ce pas, Mevrouw?

— Oui, Sir Tyler Sinclair. Je tiens à vous remercier pour tout ce que vous avez déjà fait pour nous.

Elle se leva et, fixant ses yeux noisette, elle eut, pour la première fois depuis qu'elle avait quitté le port de Batavia, le sentiment d'être une femme... Une femme admirée par un homme attirant aux cheveux et aux yeux bruns.

— Devons-nous rester si formels? Je vous en prie, appelez-moi Tyler. Je ne suis pas encore habitué à mon nouveau titre. Nous avons le temps. Quand mon père s'éteindra, je deviendrai le baron Sinclair.

Sirena se mit à rire. C'était la première expression d'amusement véritable que Frau Holtz lui voyait depuis des mois.

— Alors il vous faudra m'appeler Sirena. Mon nom entier est un véritable calvaire.

— Je peux le confirmer pour avoir dû l'écrire plusieurs centaines de fois en rédigeant des documents officiels, approuva-t-il en attrapant les parchemins jaunis entassés sur son bureau. Vous vous nommez, comme il est consigné sur ce contrat, Sirena Magdelena Consuela Ramosy Cordez. Vous ne portez plus le nom des Van der Rhys, vous êtes une femme libre.

Ces mots furent un choc pour Sirena. Elle devint brusquement pâle et se sentit défaillir. Tyler se précipita vers elle et l'entoura d'un bras protecteur. Au moment où elle prenait conscience que des années de sa vie avaient été gommées, qu'elle n'était plus une Van der Rhys, elle se rendait compte que Tyler était tout prêt à lui apporter son soutien. Elle l'entendit reprendre sa respiration alors qu'il la regardait fixement. Elle le vit passer le bout de sa langue sur ses lèvres sèches.

Sirena sourit malgré elle. Elle aimait bien cet homme robuste et espiègle. Quelle était cette phrase que répétait toujours Frau Holtz, ah oui : « Un oiseau dans la main vaut mieux que deux dans le buisson. » Il ne lui déplairait pas d'apprivoiser cet oiseau. Quel beau panache. Et si Regan apprenait qu'elle était courtisée par un autre homme, peut-être…

Elle s'appuya délibérément contre Tyler et battit de ses longs cils. Elle manifesta un léger tremblement des lèvres en se dégageant de ses bras. Puis, de ses yeux vert émeraude luisants de larmes, elle soutint son regard.

Frau Holtz en fut scandalisée et frappa du pied pour attirer l'attention de sa Mevrouw. Comme Sirena continuait, elle se mit à tousser comme si elle avait avalé une arête.

Le sourire qui flottait sur les lèvres de Tyler était si communicatif que Sirena faillit pouffer. Il lui adressa un clin d'œil discret et la conduisit à la porte tandis que Frau Holtz les suivait en se mouchant bruyamment. Que penserait le Mijnheer ? La vieille gouvernante allemande en arriva à la conclusion que le Mijnheer n'aurait pas son mot à dire. La Mevrouw ne portait plus son nom et elle était libre d'agir à sa guise.

Elle éternua à nouveau, tamponnant ses yeux humides. Ce Tyler Sinclair était un homme séduisant, cela, elle était prête à le concéder. Et à ce qu'elle pouvait en juger, il était de bonne famille et possédait de bonnes manières. La Mevrouw aurait pu tomber sur pire !

10

Quand la voiture à chevaux s'engagea sur l'allée circulaire devant l'immense bâtisse en pierre blanche, Sinclair regretta que la brume épaisse obscurcît la première vision que Sirena avait de sa nouvelle maison. Il n'était guère possible de voir au-delà de quelques mètres. Tyler Sinclair la prit par la main et offrit son bras à Frau Holtz, les escortant toutes deux le long de l'allée pavée qui montait jusqu'à l'imposante porte à deux battants sur laquelle luisait un gros heurtoir en bronze. Sirena écarquilla les yeux afin de percer la pénombre, mais en vain. Une jeune domestique vint leur ouvrir et les invita à entrer. Sirena eut du mal à refréner un sourire lorsque Tyler pinça la joue des bonnes, les faisant rougir et bégayer les salutations qu'elles avaient omises.

— Peggy, veillez au confort de ces dames. Voici la señorita Cordez et sa gouvernante, Frau Holtz.

Peggy esquissa une révérence, visiblement gênée par le regard inquisiteur de Frau Holtz.

— Puis-je vous offrir une tasse de thé bien chaud, madame Holtz ? demanda Peggy en chevrotant.

— Je m'appelle Frau Holtz et non pas madame Holtz, rétorqua la gouvernante d'un ton sévère, décidée à prendre tous les domestiques sous sa coupe. Et nous souhaitons tous prendre du thé.

— Pas moi, si je puis me permettre, Frau Holtz, intervint Tyler qui se tourna ensuite vers Sirena. Vous devez être épuisées et j'ai un certain nombre d'affaires à régler. Avant de partir, j'aimerais vous faire visiter les lieux.

Tyler devança Sirena et la conduisit au parloir situé à droite de la très spacieuse entrée.

— Que pensez-vous de cette maison, Sirena ? Ai-je fait le bon choix ?

— C'est adorable, répondit Sirena, parfaitement sincère. Quel espace, quelle opulence. Même à Cadix, je n'ai jamais vu une maison pareille. Et le mobilier ! Magnifique. Des velours, des brocarts, cela est tout à fait à mon goût, poursuivit-elle en passant la main sur un canapé bleu ciel richement ornementé.

Tous les meubles du parloir étaient dans les teintes bleues : les tentures en velours des fenêtres couleur jacinthe, et les carreaux du sol comme les chaises, du même indigo. Les murs plaqués de chêne luisaient à la lumière de la pièce faiblement éclairée.

Une gigantesque cheminée au manteau finement ciselé ornait le mur du fond. D'énormes bacs de plantes vertes étaient disposés à côté du foyer, donnant une apparence douillette à ce recoin terminé par une très haute bibliothèque.

Des peintures très colorées accrochées aux murs ajoutaient à la pièce beauté et lumière.

— C'est fantastique ! s'exclama Sirena en caressant une chaise à dossier haut. Quel sentiment de paix...

Tyler rayonnait de joie.

— Ma mère sera ravie. Cela fait des semaines qu'elle meurt d'inquiétude en attendant votre visite. Si par hasard quelque chose ne vous convenait pas, vous n'aurez qu'à le dire : elle ne s'en offensera pas, vous savez.

— Si le reste de la maison est du même acabit, la baronne n'a aucune raison de s'inquiéter. Dites à votre mère que je suis enchantée et que moi-même, je n'aurais pas été capable d'en faire autant. Faites-lui savoir, je vous prie, que je viendrai la remercier en personne.

— Vous lui ferez infiniment plaisir, souligna Tyler.

Il était ébloui par son charme latin, son accent espagnol et ses yeux verts éclatants.

Quand Tyler eut pris congé avec la promesse de venir dîner le surlendemain, Sirena se tourna vers Frau Holtz :

— Avant de finir cette visite, appelez le valet de pied. Demandez-lui d'aller chercher nos bagages sur l'*Esprit des Mers* et de dire aux hommes d'équipage où ils peuvent nous joindre. Si les choses sont comme Tyler les décrit, je n'ai aucune envie de traverser la ville à nouveau.

— *Ja*. Rien que de penser à tous ces mendiants, j'en ai la chair de poule, dit Frau Holtz qui avait vraiment horreur de Londres.

Sirena abandonna la gouvernante à sa mission et partit à la recherche de sa chambre. Elle inspecta plusieurs pièces richement décorées puis, au second étage, découvrit une porte sur la gauche s'ouvrant sur une chambre et un salon qui, selon toute vraisemblance, lui étaient destinés. La suite était reposante, féminine et ornée avec soin. Le couvre-lit en satin tout comme les rideaux à franges de la fenêtre étaient de couleur abricot, tandis que le canapé bas et les fauteuils profonds étaient recouverts d'un brocart de la même teinte.

Plusieurs tables en cerisier étaient disposées dans la pièce, les une portant des vases en argent emplis de fleurs, les autres de petites figurines en porcelaine. Un cadre énorme suspendu au-dessus du foyer attirait l'attention : il s'agissait d'un paysage de la campagne anglaise en automne. Les ors riches et les orangés s'harmonisaient parfaitement avec le mobilier abricot et les teintes brunes de l'épais tapis sur le sol.

Soupirant, Sirena s'effondra sur le canapé. Comment allait-elle vivre seule dans cette magnifique demeure ? Comment pourrait-elle se faire appeler señorita Cordez comme si sa vie avec Regan n'avait jamais existé ? Pourquoi était-elle venue ? A cause de Regan. Il était à l'origine et à la fin de tout. Il hantait toutes ses pensées.

Le lendemain, aussitôt réveillée et habillée, elle irait le trouver dans ses bureaux de St. Dunstan Hill. Elle l'obligerait à lui dire en face qu'il ne la désirait plus et qu'il ne l'aimait plus. Cela, elle voulait l'entendre de sa bouche. Seulement alors pourrait-elle le croire. Mais pour l'instant, elle espérait encore qu'il ne s'agissait que d'un déplorable malentendu.

Sirena était épuisée, pourtant elle eut du mal à s'endormir. Son esprit tourbillonnait et son estomac était retourné à l'idée de rencontrer Regan dans quelques heures.

Sirena s'adossa au canapé, absorbée par son souvenir. Et quand finalement elle s'endormit, ce fut pour rêver de cet homme grand, musclé, à la chevelure couleur de blé.

Il ne fallut que quelques heures à Frau Holtz pour entrer en possession de son domaine. Elle donna ses ordres d'une voix ferme avec des gestes impérieux ; elle fit voir aux domestiques de quel bois elle se chauffait. Au bout de quelques instants, la cuisinière était en pleurs, le valet de pied bégayait et la femme de chambre était en proie à la plus vive confusion. Frau Holtz mit en garde les employés : elle ne tolérerait pas le manque de soin, le gaspillage, la paresse ni le ménage bâclé. Elle procéderait à une inspection journalière afin de vérifier que ses instructions étaient correctement exécutées, et malheur à ceux dont le travail laisserait à désirer !

Sa tirade terminée, elle exigea un plateau léger qu'elle alla porter à Sirena dans ses quartiers. Quand elle s'aperçut que sa maîtresse était assoupie, elle quitta la chambre sur la pointe des pieds et s'assit sur le haut de l'escalier. Elle mangea la nourriture avec indolence et rapporta le plateau à la cuisine. Décidément, elle n'aimait pas ce lieu ni les gens qui s'y trouvaient. Où diable Jacobus était-il parti ? Quand les bagages étaient arrivés en provenance de l'*Esprit des Mers*, elle avait été surprise de constater que Jacobus les accompagnait. Lorsqu'elle lui avait demandé comment il avait réussi à abandonner ses précieux fourneaux, il lui avait répondu avec arrogance qu'il n'aurait confié à personne les malles de la Capitana sans être certain qu'elles lui parviendraient.

Elle avait grogné, prétendant qu'elle n'avait pas besoin d'un homme traînant dans la maison, mais au fond d'elle-même, elle était heureuse de revoir son ami. Maintenant, elle le cherchait. Où pouvait-il bien se cacher ? Elle pourrait peut-être le battre aux échecs ? Mais Jacobus savait qu'elle trichait. Elle secoua la tête et décida qu'ils joueraient aux cartes.

Elle le trouva dans la serre située au bout de

la cuisine. Il se promenait, une petite truelle à la main. Ses traits desséchés devinrent rouges de confusion :

— Frau Holtz, dit-il de manière austère. La cuisine et la mer n'ont aucun secret pour moi, mais j'ignore tout des fleurs, sauf leur parfum. (Il lui tendit une fleur délicate.) J'ai pensé à vous quand je l'ai coupée. J'imagine que c'est une rose anglaise.

Frau Holtz laissa échapper un petit glapissement en prenant entre ses doigts la tige épineuse.

— Espèce de vieux loup de mer ! bredouilla-t-elle.

— Attention : j'ai juste dit que la fleur m'a fait penser à vous. Elle est épineuse et aiguisée comme votre langue, lança-t-il avec son sourire édenté. Et pourtant, elle est aussi belle que vous.

Frau Holtz s'empourpra.

— Vieux fou, malotru ! s'exclama-t-elle en secouant son tablier comme si elle cherchait à chasser des insectes. Vous n'avez rien à faire ici. Vos yeux de vieillard ne vous permettent-ils pas de voir que la nuit est en train de tomber ? Je pensais que nous aurions pu jouer aux cartes. Ou peut-être simplement nous tenir compagnie. Mais je n'ai pas envie de rester ici, conclut-elle tristement.

Jacobus se sentit fondre devant son attitude de petite fille boudeuse.

— Je suis prêt à bavarder avec vous à toute heure de la journée si vous le voulez. Pendant que nous sommes ici, expliquez-moi ce que je suis censé faire dans cette cage en verre.

Frau Holtz regarda autour d'elle et, posant un doigt sur sa bouche afin de se concentrer, répliqua :

— Jacobus, je me soucie bien peu de ce que vous fabriquez avec les fleurs. Et la Mevrouw aussi. Faites ce que bon vous semble. Personne ne verra la différence, pourquoi vous en soucier ?

Jacobus secoua les épaules.

— Je souhaitais juste me rendre utile.

— Comme vous voudrez, poursuivit Frau Holtz. Mais pour l'instant, venez à l'intérieur jouer aux cartes ou grignoter un morceau de gâteau.

Au mot « gâteau », Jacobus la suivit immédiatement. C'était le meilleur qu'il eût jamais goûté et pour sûr, la cuisinière avait du métier. Il tenterait de la convaincre de lui donner la recette...

Dès son lever, Sirena mit la maison en ébullition. Elle exigea des seaux et des seaux d'eau chaude pour remplir son bain. Elle proposa à Peggy de devenir sa femme de chambre personnelle. Elle fit paniquer la pauvre fille en lui demandant de repasser une robe, puis une seconde, pour finalement en choisir une troisième. Installée dans la baignoire, elle lui demanda d'aller chercher ses parfums qui se trouvaient encore empaquetés dans ses bagages. Peggy tendit à sa maîtresse un petit flacon d'ambre que Sirena renversa maladroitement dans le bain. En colère contre elle-même, elle éclaboussa toute la salle d'eau.

— Ai-je fait quelque chose de mal ? bégaya Peggy terrorisée.

— Vous ne pouviez pas le savoir, laissez-moi maintenant, je vous appellerai quand j'aurai besoin de vous.

La voix de Sirena était sévère et la jeune fille ne demanda pas son reste.

Sirena se laissa glisser au fond de la baignoire, et sa colère s'apaisa peu à peu. Elle avait honte de s'être montrée si brutale envers Peggy. Elle ne pouvait pas savoir que Sirena détestait le parfum qu'elle avait malencontreusement fait tomber dans l'eau du bain. Le musc de civette, lourd et sensuel, flottait jusqu'à ses narines. Jamais elle n'avait reporté ce parfum depuis sa nuit de noces.

Cette journée épuisante lui avait paru sans fin. Elle avait épousé Regan dans le seul but de venger la mort de sa sœur. A ce moment-là, elle tenait toujours Regan pour responsable des souffrances qu'elle et sa famille avaient endurées.

Tout le long de la journée de leurs noces, Regan s'était montré extrêmement attentionné, à l'écoute de ses désirs, la présentant à ses amis qu'elle n'avait pas encore rencontrés : bref, un jeune marié idéal.

Les nerfs de Sirena étaient aussi tendus que les cordes d'un violon. Elle avait vécu la cérémonie du mariage comme s'il s'agissait d'une chimère. Rien ne semblait être réel. La nourriture était insipide, le vin sans arôme, et les conversations lui avaient semblé sans intérêt.

Plus tard dans la soirée, seule dans sa chambre, Sirena s'était préparée pour aller au lit. Les fenêtres qui donnaient sur le jardin étaient ouvertes, laissant pénétrer la brise nocturne chargée des douces senteurs des fleurs et des épices. La jeune mariée avait faussé compagnie aux derniers invités afin de trouver le calme et la solitude. En montant l'escalier, elle s'était retournée et ses yeux s'étaient arrêtés sur Regan. Comme si ce regard était une caresse, il avait abandonné sa conversation et s'était retourné vers elle.

Quand elle avait atteint sa chambre, son cœur battait la chamade. Le regard furtif qu'il lui avait lancé était empli de désir, elle avait lu dans ses yeux qu'il regrettait de lui avoir promis de faire chambre à part. Elle s'était souvenue du sourire qui flottait sur ses lèvres quand il avait fait cette promesse. Se pouvait-il qu'il n'eût aucune intention de la respecter ?

Tout en réfléchissant, Sirena avait fait sa toilette avec le plus grand soin. Elle y avait ajouté la dernière touche en déposant quelques gouttes de musc de civette sur son cou. Elle s'était sentie enveloppée dans un nuage capiteux, ivre de sensualité.

Elle avait noué ses cheveux d'un ruban, laissant retomber ses anglaises sur ses sourcils et sa nuque dénudée. Satisfaite de son apparence, elle avait attendu...

Elle avait répété la scène mille fois dans son esprit. Regan frapperait à la porte, demandant la permission d'entrer. Après avoir marqué un moment d'hésitation, elle l'y autoriserait d'une voix timide. Les yeux de Regan l'embraseraient, son désir brûlerait sa peau douce. Elle se tiendrait debout devant la petite lampe pour qu'il aperçût ses formes voluptueuses à travers sa chemise de nuit couleur lavande.

Il se tiendrait à côté d'elle, envoûté par le parfum du musc exacerbant son désir. Il passerait sa main dans les boucles de ses cheveux puis caresserait la peau soyeuse de son cou. Brutalement, désespéré, il la plaquerait contre son corps musclé. Elle sentirait sa respiration parfumée au vin. La bouche de Regan irait à la rencontre de la sienne et l'envelopperait d'un long baiser. S'éloignant d'elle, de ses yeux brûlants, il l'implorerait de le délivrer de sa promesse.

Tourmentée, Sirena mit un terme à sa rêverie. C'était sa nuit de noces ! Honteuse, elle couvrit son visage de ses mains. Regan n'était pas venu dans sa chambre. Il avait quitté la maison, elle avait entendu ses pas, puis les sabots de son cheval. Il était parti rejoindre Gretchen Lindenreich. Il avait offert à cette chienne la satisfaction de savoir qu'il avait quitté son lit nuptial juste pour elle.

Sirena frappa l'eau de ses poings. Elle avait voulu humilier Regan. Au lieu de cela, il n'était jamais venu la retrouver. Un sentiment de mépris l'envahit.

A cet instant, Frau Holtz entra dans la chambre et attendit sur le canapé que Sirena fût sortie de son bain. « Tout cela pour cet entêté de Regan Van der Rhys ! » songea la gouvernante. Tous ces préparatifs scrupuleux ne serviraient à rien et la Mevrouw reviendrait effondrée.

— Avez-vous décidé de la robe que vous souhaitez porter ?

— Celle qui est en soie émeraude.

Frau Holtz était en train d'étendre la tenue sur le lit quand Sirena changea d'avis.

— Non, finalement je préfère ma robe écarlate.

Frau Holtz fit la moue et remplaça la tenue verte par la rouge.

— Après tout, reprit Sirena, la journée est tellement triste que je vais mettre la jaune. Regan aime le jaune.

Trois heures, neuf robes et quatre paires de souliers plus tard, elle était finalement prête. Frau Holtz soupira de soulagement quand elle vit sa Mevrouw frotter ses joues de rouge espagnol et tapoter ses cheveux. Elle tourna sur elle-même pour avoir l'avis de Frau Holtz qui blêmit : la robe était très échancrée.

— Qu'en pensez-vous ? questionna Sirena.

— J'étais persuadée que vous finiriez par mettre la verte. Vous êtes belle comme un cœur ! D'ailleurs, comment pourrait-il en être autrement ? Vous allez envoûter le Mijnheer.

Tandis que Frau Holtz partait chercher le valet de pied, Sirena livrée à elle-même était en proie au doute. Que se passerait-il si Regan refusait de la recevoir ? Et s'il refusait de lui parler, s'il disait que le mariage étant rompu, il n'avait rien à lui dire ? Et si... et si... ? Inutile de se perdre en spéculations. Il fallait qu'elle le vît, c'était aussi simple que cela.

Frau Holtz regarda Sirena monter dans la calèche. Jacobus était assis à côté du cocher. La gouvernante se sentait oppressée et avait du mal à avaler sa salive. Qu'adviendrait-il si Regan rejetait Sirena ? Arborerait-elle à nouveau ce regard vide et absent qu'elle avait à Batavia? Ou redeviendrait-elle la Sirena du passé, vengeresse et haineuse? Frau Holtz en était certaine: la vie de Sirena serait triste et douloureuse si Regan la repoussait.

Sirena parcourut les rues de Londres. A plusieurs reprises, elle entendit Jacobus et le cocher insulter et battre les va-nu-pieds et les mendiants qui entravaient leur route. Le chemin qui normalement s'effectuait en moins d'une heure en prit presque deux. Sirena était inquiète à l'idée que Regan avait peut-être quitté le bureau, appelé par ses affaires. Pourquoi avait-elle mis tant de temps à choisir sa robe? Regan ne s'était jamais intéressé à la toilette des femmes. S'il l'aimait toujours et était heureux de la voir, il se moquerait bien de son apparence.

La carriole s'arrêta au coin de St. Dunstan Hill et de la rue de la Tamise. La tête haute et les épaules droites, Sirena frappa à la porte des bureaux de Regan. La seule chose qui lui restait à faire était de tourner la poignée: la porte s'ouvrirait et elle apercevrait Regan. Ils se regarderaient droit dans les yeux et... et que dirait-elle? Comment devait-elle se comporter? Valait-il mieux tout lui expliquer avant qu'il pût protester, était-il préférable d'attendre qu'il lui exposât les raisons du divorce?

Vite, avant de changer d'avis, Sirena entra. Regan était debout à côté d'une grande carte, le bras levé pour placer une marque sur ce qui ressemblait à une route maritime.

A la seule vue de son dos large, elle sentit un frisson la parcourir de part en part. Elle le vit incliner la tête, comme s'il réfléchissait à un chemin différent que celui qu'il avait établi. Il eut un petit mouvement et se campa à nouveau sur ses talons. Il n'avait pas changé. Ses cheveux étaient toujours pâles et ébouriffés. Les bras de Sirena se languissaient de l'enlacer, ses lèvres brûlaient de l'embrasser. Elle se sentit ramenée à la vie par le simple fait de le voir. Depuis leur séparation, elle n'avait vécu qu'à demi. Maintenant, avec Regan si près d'elle, elle ressuscitait. Si seulement elle pouvait l'entendre lui dire que ce n'était qu'une erreur, qu'il l'aimait toujours.

— Regan, murmura-t-elle doucement.

Sans même s'en rendre compte, elle avait prononcé son nom. Elle remarqua que son dos musclé se tendait. Lentement, Regan se tourna. Ses yeux étaient emplis d'incrédulité.

Sirena, fascinée, paraissait flotter sur un nuage. Tous ses vœux et ses désirs se lisaient dans ses yeux d'émeraude. Il lui fallait dire quelque chose, faire un geste. Elle se sentit lourde, la langue épaisse et pâteuse.

— Vous avez l'air... en forme, Regan, finit-elle par articuler.

Il n'avait pas du tout changé. Ses traits fins coupés au couteau étaient les mêmes. Une touffe de cheveux blonds rebelle retombait sur son sourcil. Ses yeux agate étaient vifs et perçants, comme dans son souvenir.

Les muscles de ses bras se contractèrent lorsque Regan serra les poings le long de son corps. Son ton était froid et presque moqueur lorsqu'il s'adressa à elle :

— Vous aussi avez l'air en pleine forme,

Sirena. Vous avez donc réussi à laisser votre chagrin derrière vous ? Tiens, vous ne portez plus votre chapelet ?

— Regan, je...

— Et vous avez eu l'idée de venir me rendre visite en Angleterre. C'est gentil, mais vous arrivez trop tard. Quel que soit ce que vous êtes venue chercher, vous ne le trouverez pas. (Sa voix était dure et il la regardait fixement de ses yeux froncés.) Regardez autour de vous, je ne possède qu'un petit bureau crasseux. Je suis le seul employé de ma société mais un jour, je ferai de la compagnie d'import-export Van der Rhys la rivale de la Compagnie hollandaise des Indes orientales. J'ai accepté les conditions fixées par le vieil Espagnol. Et votre avocat reçoit votre part chaque premier du mois.

— Ce n'est pas la raison de ma visite, Regan. Je suis là parce que je souhaitais vous voir et parler avec vous. Je voulais savoir pourquoi vous avez divorcé. Je veux vous entendre me dire que vous ne m'aimez plus. Dites-moi ces mots et je partirai. Dites-moi pourquoi vous avez fait cela, continua-t-elle d'une voix cassée. Je vous aimais, Regan ! Et je vous aime encore ! Je vous ai donné tout ce que je possédais, mon cœur, mon âme et mon corps. Je vous ai donné un fils. J'aimais votre fils Caleb comme mon propre fils. Je vous aurais donné ma vie. Pourquoi ? Dites-moi seulement pourquoi ? Je n'ai plus rien... vous m'avez tout pris. Même Caleb s'est éloigné de moi.

De grosses larmes brillaient dans ses yeux

vert bouteille mais ne coulèrent pas. Elle tendit la main, mais Regan se raidit.

— Comme vous mendiez bien, Sirena ! Je me souviens quand vous m'imploriez. Vous prétendiez avoir besoin de plus de temps pour accepter la mort de Mikel. Je ne vous ai pas crue et je ne vous crois pas davantage aujourd'hui.

« Vous avez toujours mené une existence de mensonge et de tromperie. La ruse était votre raison d'être, vous avez répandu le sang et couché avec Chaezar, me faisant croire que vous aviez été droguée. Je vous ai pardonné tout cela à la naissance de notre fils, et je vous ai aimée de toute mon âme... Quand Mikel est mort, ma peine était aussi profonde que la vôtre. Mais vous n'avez pas accepté que je vous aide à surmonter ce douloureux moment. Je vous ai implorée pendant des jours, des semaines, des mois, et vous m'avez traité avec mépris. Je vous ai à nouveau demandé de partir avec moi pour recommencer une nouvelle vie. Vous avez refusé, vous étiez incapable de quitter la tombe de Mikel. Parce que je vous ai toujours pardonné et parce que je vous aimais, je vous ai crue. S'il faut blâmer quelqu'un, ce n'est sans doute pas moi !

— Oui, Regan, j'accepte vos reproches. Je les assume car je les mérite.

Les larmes ruisselèrent le long de ses joues ivoire mais sa voix demeura ferme et elle contint les sanglots qui montaient dans sa poitrine.

— Je reconnais avoir exigé de vous plus que vous n'étiez capable de supporter. J'ai eu tort de vous rejeter, je vous ai refusé la tendresse que j'aurais dû vous apporter. J'accepte de regarder la réalité en face. Je suis vraiment désolée. Je suis venue ici faire amende honorable. Pardonnez-moi, Regan, mon amour et mon chagrin pour notre fils m'ont rendue aveugle. Je dis *notre* fils, Regan, pas simplement le mien. Vous est-il donc impossible de me pardonner ?

Regan resta muet, son expression était indéchiffrable.

Une voix intérieure murmurait à Sirena : « Mets-toi à genoux et rampe vers lui si c'est ce qu'il veut. Tu sais à quel point la vie sans lui ne vaut pas la peine d'être vécue. Implore-le. N'est-ce pas ce que tu t'étais promis de faire ? » Mais elle attendit en l'observant. La bouche de Regan était empreinte d'ironie. Elle redressa légèrement les épaules. Il fallait qu'elle fût folle : les femmes n'ont pas à s'aplatir ainsi devant les hommes.

— Je vois que vous n'êtes pas disposé à prononcer les paroles que j'aimerais entendre. Pourquoi ? demanda-t-elle à voix basse.

— Inutile de continuer à discuter, répondit Regan d'un ton glacial. Nous avons divorcé. J'ai quelque chose à vous dire, moi aussi : j'ai rencontré une jeune femme que j'ai l'intention d'épouser si elle veut bien de moi. Vous voyez, Sirena, c'est bien fini entre nous.

« Dieu, je vous en prie, aidez-moi ! priait Sirena en silence. Ne me laissez pas défaillir maintenant. » Avec toute l'énergie qui lui restait, Sirena se reprit. Ses yeux émeraude étaient menaçants lorsqu'elle croisa à nouveau son regard. Les mots qu'elle prononça la surprirent elle-même :

— Je veux être certaine que j'ai bien compris. Nous avons divorcé sur votre décision. Vous avez l'intention d'épouser une autre femme. Tout ce que vous m'avez pris vous appartient désormais, enfin pour l'instant, ajouta-t-elle en baissant la voix, obligeant Regan à tendre l'oreille. Eh bien, tout cela reviendra bientôt en ma possession. Vous ne dépenserez pas un penny de ma fortune pour une autre femme. Ceci est un avertissement. Et une dernière chose... j'ai bien lu l'accord signé avec le señor Arroya. Comme j'en avais le droit, je me suis permis d'effectuer une légère modification. Je ne veux plus seulement une part des bénéfices, j'exige davantage d'actions. Arrangez-vous pour régler cette question. Dans trois jours, nous serons le premier du mois.

— Vous voulez quoi ? brailla Regan, scandalisé.

— Je veux l'argent que vous me devez pour investir dans des actions de votre compagnie. J'ai foi en vous, Regan. Je sais que vous êtes capable de travailler vingt heures par jour comme je l'ai fait moi-même dans les muscadiers. Vous ferez de moi une femme riche. Vous auriez dû apprendre à lire l'espagnol, c'est écrit à la dernière ligne de votre contrat, vous avez signé juste en dessous. Je veux ces actions, Regan, inutile de lésiner.

— La loi...

— J'en ai assez de vous et de vos lois odieuses. J'en ai assez de vous entendre me dire ce que j'ai le droit et ce que je n'ai pas le droit de faire. En l'occurrence, vous n'avez pas le choix. Voyez cela sous un autre jour : mes actions augmenteront le capital de votre entreprise, ce sera une bonne chose pour vos affaires... Soyez bon joueur, ou je vous tuerai. Je ne peux pas être plus claire, n'est-ce pas ? Et ne pensez pas que je verserai une seule larme de remords. Aucun juge de ce pays ne me mettrait en prison s'il apprenait tout ce que vous m'avez fait. Au cas où vous ne seriez pas au courant, la fortune des Valdez est entre mes mains. Avec l'argent on achète tout, même les juges... et les maris.

— Rien ne me dégoûte davantage qu'une femme jalouse, grommela Regan d'un air méprisant.

— Une femme jalouse mais riche ! s'exclama Sirena avec un rire métallique qui résonna dans la pièce. (Ses yeux verts se firent à nouveau menaçants.) Je vous conseille de vous tuer au travail, poursuivit-elle. Si je suis d'une humeur charitable, je vous permettrai de continuer... Adieu, Regan, conclut-elle en riant.

Il la regarda partir, sa démarche était souple et majestueuse. Quelle femme ! Il s'assit doucement sur la chaise au dossier dur et prit sa tête entre ses mains. Ainsi, elle était venue en Angleterre pour le retrouver. Pourquoi s'était-il montré si entêté et froid vis-à-vis d'elle ? Le simple fait de la voir lui avait coupé le souffle. Elle n'avait pas changé depuis la dernière fois. Qu'elle aille au diable. Elle était belle comme le jour...

Qu'avait-il fait ? Personne n'aurait pu le convaincre qu'elle surmonterait un jour son désespoir et reviendrait vers lui. Il l'avait crue sans l'ombre d'un doute lorsqu'elle lui avait crié qu'elle ne quitterait jamais la tombe de Mikel.

Et maintenant, elle le menaçait de le mener à sa perte. Il lui connaissait ce même regard et savait de quoi elle était capable : n'avait-elle pas massacré ce fielleux Dick Blackheart ! Pour se venger du pirate, Sirena avait attendu patiemment le moment propice.

Et maintenant, elle envisageait de détruire ce que Regan s'évertuait à construire. « Pas cette fois, Sirena, songea-t-il en serrant les dents. Je vais trouver un moyen de me protéger de toi, de m'assurer un revenu confortable qui n'ait rien à voir avec ton argent... »

Il retourna le problème cent fois, revenant toujours à la même conclusion : Camilla Langdon, la fille de Sir Stephan Langdon, riche propriétaire terrien et financier.

Depuis son arrivée à Londres, il avait vu Camilla assez souvent. Non pas qu'il cherchât à la rencontrer, mais le hasard avait fait qu'elle se trouvait à presque tous les dîners ou soirées auxquels il était invité. Elle semblait plus ou moins attachée à lui. Lorsqu'il participait à quelque manifestation officielle, la présence de la jeune femme à ses côtés allait de soi.

Un sourire forcé flottait sur les lèvres de Regan. Il aurait pu tomber plus mal que sur cette héritière, jeune et adorable. Et il avait déjà prévenu Sirena qu'il l'épouserait. C'était peut-être aller vite en besogne, mais il avait l'intuition que Sir Stephan serait ravi de cette alliance. Camilla, elle, n'attendait que cela. Quelle meilleure façon de se protéger de Sirena que de faire ce beau mariage...

Sirena s'effondra dans la voiture, suffoquant de sanglots. Jacobus la berça de ses bras décharnés et la laissa pleurer. Il fulminait en silence contre ce Hollandais : « Qu'il meure à petit feu, dans la douleur ! » Pauvre Capitana, elle n'avait pas besoin de ces souffrances supplémentaires. Si c'était ce que la terre ferme avait à leur apporter, alors il valait mieux reprendre la mer. Mais il savait au plus profond de lui-même que la Capitana ne quitterait pas cet enfer tant que le Hollandais y serait. Il se jura d'avoir une conversation avec Jan et l'équipage : peut-être réussiraient-ils à soulager sa peine...

« L'amour, décidément, est fait pour les chiens », se dit-il en lui-même. La mer et le bateau, eux, ne brisaient pas les cœurs. Si un jour la mort l'emportait, il reposerait dans les bras agités de son seul amour, la mer.

Un soleil pâle filtrait lorsque Sirena s'enferma dans sa chambre. Elle ressemblait à un animal en cage. Pourquoi avait-elle prononcé ces paroles ? Comment s'étaient évanouies ses bonnes intentions ? Quelle mouche l'avait piquée de menacer Regan ainsi ? « Parce qu'il m'a blessée, se répondit-elle en silence. Il veut se remarier. Il fallait que je réagisse. Je ne pouvais le laisser continuer à me faire du mal... »

La colère soudain monta en elle et empourpra son visage. Regan avait tout détruit. Elle leva les yeux au ciel. « Mon Dieu, je l'aime. Je veux qu'il revienne vers moi. » Mais une petite voix répliqua : « Il en aime une autre... »

La coiffeuse alla se fracasser contre le mur, les flasques d'eau de Cologne et de parfums se renversèrent sur la moquette, le miroir et la brosse à cheveux en argent furent envoyés contre la porte. Elle arracha les tentures puis passa son poing à travers l'un des carreaux. Elle regarda ensuite atterrée la coupure qu'elle s'était faite au pouce. Elle défit le couvre-lit et le lança dans la pièce.

— Vous voudriez vous débarrasser de moi comme de vos cigares puants et en épouser une autre. Vous me le paierez ! hurla-t-elle. Vous m'appartenez !

Alarmée par ses cris stridents, Frau Holtz se précipita dans la pièce, suivie de Jacobus.

Constatant l'ampleur des dégâts, ils refermèrent doucement la porte derrière eux. Ils ne pouvaient rien faire. Il fallait que la Mevrouw vînt à bout de son chagrin toute seule.

11

Sur l'avenue Pall Mall, près de Charing Cross, la demeure du baron et de la baronne Sinclair dominait les villas de ce quartier huppé. L'épais brouillard enveloppait Londres dans sa totalité, à l'exception sans doute de leur parc extrêmement bien entretenu : les passants s'arrêtaient pour contempler la symétrie des aménagements paysagers. Et, quelles que soient les saisons, le jardin semblait toujours en fleurs.

Ce petit miracle était l'œuvre de la baronne qui à ce moment très précis piaffait dans la bibliothèque, lançant à son mari un regard exaspéré.

— J'imaginais que Tyler serait ici pour nous accueillir à notre retour de vacances.

— Peut-être a-t-il eu un empêchement à cause de ses affaires, ou bien a-t-il laissé passer le temps sans s'en rendre compte... Et puis, avec ce brouillard, la circulation doit encore être ralentie.

La baronne inclina son long nez aristocrate et fronça les sourcils :

— Allez-vous enfin cesser de le défendre ? Ce n'est plus un petit garçon mais un homme. J'en ai assez de votre indulgence. Combien de fois vous ai-je répété qu'il avait besoin d'une personne à poigne ?

— Ma chère, soupira le baron, d'un côté vous me dites qu'il n'est plus un enfant et de l'autre, vous me demandez de me montrer ferme à son égard. Chacun doit faire quelques expériences avant de prendre femme. J'ai eu moi aussi, dans mon jeune temps, quelques aventures : cela m'a-t-il empêché de faire un bon mari ?

Le baron adressa un clin d'œil malicieux à sa femme, espérant faire disparaître la grimace qui enlaidissait son visage.

— Oui, vous êtes merveilleux, répondit sincèrement la baronne. Mais Charles, s'il ne s'agissait que de quelques aventures... Chez lui, elles se comptent par centaines ! Sa réputation commence à en souffrir. Nous devons nous montrer intraitables, de la même manière que lorsqu'il s'était toqué de cette Camilla Langdon. Reconnaissez que si nous n'étions pas intervenus, il aurait épousé la petite.

— Je ne pense pas, Hélène, que Tyler mette sa réputation en jeu. Vous devez lui accorder qu'il est plus entreprenant que ces dandys ridicules qui font les cent pas à Whitehall dans l'espoir d'être invités à la cour du roi. Tyler est un homme d'affaires respectable.

— Sans doute, concéda la baronne de mauvaise grâce. Mais reconnaissez que si nous n'avions pas insisté pour qu'il fasse quelque chose de sa vie, il n'aurait pas étudié le droit. Et avez-vous oublié dans quel état nous étions lorsqu'il nous a annoncé qu'il voulait épouser Camilla, cette jeune intrigante ?

— Il était jeune à l'époque. Il est facile de comprendre qu'il ait pu être attiré par cette jeune personne. C'était et c'est toujours une très belle femme.

— Une femme de petite fortune ! lança la baronne. Quand je pense que c'est moi qui l'ai fait venir à la maison avec son vaurien de père, ce Stephan Langdon.

— Ma chère, Camilla n'est pas responsable de la délicate situation financière dans laquelle elle se trouve actuellement, remarqua gentiment le baron.

— Je m'attendais à ce que vous disiez quelque chose de ce genre, grommela Hélène. Camilla et Stephan font partie de votre famille. Et ne me racontez pas que vous n'avez pas payé leurs dettes. Pourquoi ne pas se débarrasser d'eux une bonne fois pour toutes en les envoyant loin de Londres ?

— Comment le pourrais-je, ma chère Hélène ? Camilla ne pense qu'à la société londonienne et Stephan, loin de ses clubs et de ses maisons de jeu, se laisserait littéralement dépérir. Si cela ne me coûte qu'un prêt de temps en temps, je n'y vois pas de mal ! Bien, je considère ce débat comme clos.

Le ton du baron indiquait qu'il s'agissait d'une question rebattue.

— Très bien, concéda la baronne. Mais une dernière question : est-il vrai, comme le prétend la rumeur, que Camilla entretient de très sérieuses relations avec ce Hollandais, un certain Van der Rhys ? En tout cas je l'espère. Car j'aurai enfin l'esprit libre.

— Je l'ai appris de la bouche même de Stephan : il se vantait de l'intérêt que ce riche Hollandais portait à sa fille. Le bruit court que Camilla est déjà en train de monter son trousseau.

Le visage de la baronne s'éclaircit et ses yeux bleus brillèrent. Elle s'assura que sa coiffure était bien en place et sourit :

— Cela signifie que notre Tyler est hors de danger, du moins pour l'instant. Je crois que je vais m'offrir une petite goutte de vin, j'ai la gorge sèche. Attendons-le encore quinze minutes et s'il n'est toujours pas là, nous dînerons sans lui.

— Il n'est pas si tard. Dites-moi, avez-vous entendu d'autres rumeurs concernant ce Van der Rhys ? Je sais que les femmes ne peuvent s'empêcher de jouer les commères quand un homme de sa qualité arrive en ville. Toutes les mères tentent de se débarrasser de leurs filles en âge de se marier.

— Nous avons abordé le sujet, répondit la baronne malicieusement. C'est une brute séduisante qui semble remporter beaucoup de succès dans son entreprise d'import-export. J'ai tout lieu de penser qu'il a de la fortune et que c'est un parti très acceptable. Lady Constance m'a dit qu'il a été invité dans le beau monde en de nombreuses occasions pendant que nous étions en vacances. Les hommes le respectent et les femmes se pâment devant lui.

La baronne observa le visage rond de son mari. Il faisait vraiment un bon mari et un excellent père, même s'il se montrait parfois un peu trop indulgent. Il avait cependant tendance à perdre la mémoire. Elle prit affectueusement sa main et la tapota.

— Je crois que voici Tyler, déclara le baron en souriant.

Il se leva de son fauteuil pour aller saluer son fils, le saisissant fermement par les épaules.

— Bienvenue à la maison, mère, dit Tyler en s'inclinant afin d'embrasser sa joue poudrée. Excusez mon retard, mais j'avais quelques détails urgents à régler au bureau. La señorita Cordez est arrivée hier. J'irai dîner chez elle demain pour que nous parlions affaires. Maintenant racontez-moi, comment étaient ces vacances ?

— Vous nous avez manqué, Tyler, répliqua la baronne en reniflant d'un air affecté. Nous espérions avoir votre visite au moins une fois...

Tyler adressa un clin d'œil à son père.

— Mère, j'ai passé tout mon temps au bureau du lever au coucher du soleil. Les affaires de la famille Cordez m'ont tellement occupé que je n'ai rien pu faire d'autre. Père, j'aimerais discuter avec vous après dîner.

— Cela concerne-t-il la señorita Cordez?

— Oui. Ses affaires vont bien? Il y a beaucoup de capitaux à investir. C'est ce que j'aimerais étudier avec vous.

— Tyler, dites-moi, la maison et son ameublement ont-ils plu à la señorita? demanda la baronne d'un ton inquisiteur.

— Elle s'est répandue en éloges. Elle m'a dit qu'elle tenait à venir vous remercier en personne. Elle le fera le plus vite possible. C'est une femme remarquable.

— En quel sens?

— Elle est belle, féminine jusqu'au bout des ongles, extrêmement riche, intelligente, franche: je suis sûr que vous l'aimerez beaucoup.

Tyler remarqua le regard soucieux de sa mère et la rassura immédiatement:

— Mère, ne vous inquiétez pas, je n'ai pas l'intention de me marier, ni maintenant ni à l'avenir. J'irais même plus loin: je ne me marierai jamais.

— Quelle décision hâtive, observa son père en fronçant les sourcils.

— J'espère que vous n'êtes pas sérieux, appuya la baronne le souffle coupé.

Tyler eut un petit rire étouffé.

— Je n'ai pas la moindre intention de me marier. A quoi cela me servirait-il? J'ai le choix parmi tant de jeunes et désirables beautés. Calmez-vous, mère, je ferai en sorte de ne pas ternir ma réputation.

— Si ce que vous dites est vrai, Tyler, je n'aurai donc jamais la joie de faire sauter un jour mes petits-enfants sur mes genoux ?

— Vous n'avez pas tout à fait l'image d'une grand-mère telle que je me l'imagine, mais qui sait... je changerai peut-être d'avis.

La baronne fusilla son fils du regard.

— Peut-être qu'un jour vous rencontrerez la femme qu'il vous faut...

Tyler éclata de rire et lui offrit son bras avant de se diriger vers la salle à manger.

Après le dîner, Tyler suivit son père dans la bibliothèque meublée de cuir. Il se servit un verre de porto. Vautré au fond de son fauteuil, il passa en revue les étagères massives. Le baron lui tendit un cigare très fort, et ils allumèrent chacun le leur. Puis Tyler parla :

— Père, que pensez-vous de l'idée d'investir en Irlande ? J'ai entendu dire qu'il existait une forte demande sur les tissus et les dentelles. J'ai envie d'aller me rendre compte sur place des affaires possibles. Peut-être Sirena m'accompagnera-t-elle, j'aborderai le sujet avec elle demain. Si mes prévisions s'avèrent bonnes, elle pourrait doubler son capital en l'espace d'un an.

— Cela me semble pertinent, j'y ai moi-même réfléchi. Vous pourriez même profiter de votre voyage pour réaliser quelques investissements en mon nom...

— Si les vents sont favorables, il n'y a qu'une semaine de voyage. Ce qui me préoccupe, c'est son mari... pardonnez-moi, son ex-mari. Leur haine est telle qu'on pourrait la couper au couteau. J'ai l'impression que ce n'est pas un homme facile à manipuler et que l'accord du señor Arroya n'est pas fait pour lui plaire.

— Et les autres investissements ? Où en sont-ils ? demanda le baron en soufflant un nuage de fumée bleue.

— Ils ont avancé plus vite que je ne l'espérais. Les affaires de Sirena me prennent beaucoup de temps. Il faut que j'engage un associé.

— Vous ne m'avez toujours pas dit ce que vous pensiez de cette señorita espagnole ? demanda Charles avec malice.

— C'est une femme solide et une créature délicieuse, mais elle est toujours à fleur de peau, c'est là sans doute son point faible. D'autre part, elle le nierait avec véhémence, mais elle aime toujours son ancien mari.

— Votre mère prétend que Camilla Langdon est sur le point d'épouser ce Van der Rhys. Avez-vous entendu parler de cela, Tyler ?

— Oui, répondit-il calmement. Je sais qu'ils se fréquentent. Ne vous inquiétez pas, père. Camilla est très attentive à son intérêt et ce Van der Rhys est loin d'être sans le sou.

— Vous avez eu affaire avec lui. Qu'en est-il de ses sentiments pour Sirena ?

— Je n'en ai aucune idée. J'imagine que s'il épouse Camilla, il ne partage pas les sentiments de son ex-femme. Je ne comprends vraiment pas pourquoi il a divorcé. Sirena est vraiment la plus belle femme que j'aie jamais rencontrée. Mais quelle qu'en soit la raison, elle doit être fondée car ce Van der Rhys semble extrêmement amer.

— Et vous Tyler, que devenez-vous ? Votre mère s'inquiète beaucoup à votre sujet. Quand allez-vous vous installer et bâtir une famille ? Vous êtes brillant, ne gâchez pas votre intelligence. Cessez de mener cette vie de débauche. Méfiez-vous de ne pas vous retrouver un jour face au mari jaloux !

— J'ai eu de nombreuses aventures, c'est vrai. Mais lorsque je prendrai femme, j'espère qu'elle ne sera pas vierge. Je les trouve ennuyeuses. Il n'y a rien de pire que cette fausse pudeur et l'éducation d'une jeune idiote prude. Et qu'il est harassant de la conduire au lit ! Quand elle a appris sa leçon, vous en êtes déjà lassé et c'est un autre qui profite de vos enseignements. Ai-je tort ?

Le baron Charles fit de son mieux pour paraître moderne. Cela lui fut difficile, lui qui n'avait jamais connu qu'une femme dans sa vie : ses aventures de jeunesse étaient des histoires qu'il avait inventées pour taquiner sa femme.

— Certes, vous avez raison. Les vierges sont vraiment insupportables...

Sirena attendait Tyler Paine Sinclair à dîner. La robe topaze qu'elle portait, en parfaite harmonie avec sa peau couleur ivoire, mettait en valeur ses yeux profonds. Sur sa chevelure brillante trônait un peigne orné d'un coquillage en nacre. Elle savait qu'elle était attirante et que Tyler apprécierait sa toilette. « Les hommes sont tous les mêmes, songea-t-elle avec suffisance. Un joli visage, quelques centimètres de peau nue, et ils tombent à vos pieds. »

Elle sourit en se remémorant la conversation qu'elle avait eue le matin même avec cette couturière très connue, une certaine Mme Wittcomb. La petite femme légère comme un oiseau avait répondu à l'invitation de Sirena. Elle avait pris ses mesures sur un patron de mousseline. Mme Wittcomb, la bouche pleine d'épingles, avait fait quelques pas en arrière et l'avait admirée comme si elle n'avait jamais eu de modèle aussi parfait. L'Espagnole était fine, élancée, et pourtant bien en chair aux endroits stratégiques. Sa peau ivoire se mariait avec toute la gamme des couleurs et ses cheveux noirs contrastaient avec ses yeux verts, incroyablement froids.

— Je prends cela, cela et cela, déclara Sirena tranquillement. Vous m'avez parlé d'une étoffe particulière. Puis-je la voir ?

Mme Wittcomb déballa un tissu entouré dans du papier de riz. Et lui tendit la soie verte et brillante qui semblait illuminer la pièce. Sirena retint son souffle et promena sa main sur la soie.

— Parfait, Mme Wittcomb, reprit-elle, parlons désormais du style de la robe.

Après l'explication de Sirena, la petite femme la regarda bouche bée.

— Etes-vous capable de la réaliser ? demanda Sirena, un sourire au coin des lèvres.

La couturière opina du chef, les yeux hagards.

— Madame, il est de mon devoir de vous avertir que cette mode n'est pas encore arrivée à Londres.

Sirena haussa les épaules.

— Je m'en moque. Faites-la exactement comme je vous l'ai indiqué. Quand l'aurez-vous terminée ?

— Dans une quinzaine de jours, hasarda Mme Wittcomb.

Sirena serait une bonne cliente pour elle. Elle était heureuse, sur les conseils de la cuisinière Mme Wilks, d'avoir été choisie.

— Madame, insista-t-elle cependant, vous êtes certaine ?

— Sûre et certaine, répondit Sirena avec des yeux exaspérés.

Mme Wittcomb baissa la tête, marmonnant quelque chose dans sa barbe. Une si jolie jeune femme affublée d'une telle robe. Quel scandale ! Mais elle était payée pour coudre et non pas pour deviser sur les mœurs des femmes du monde.

Sirena sourit en revoyant la pauvre femme sortir de la maison les bras chargés de ses coupons d'étoffe, rouge comme une pivoine.

Le regard de la jeune Espagnole étincelait à l'idée de la sensation que ferait cette robe. Elle imaginait déjà la réaction de Tyler. C'était sans aucun doute un homme attirant. Si elle était suffisamment habile, elle saurait se servir de lui afin de rendre Regan jaloux. Elle s'en voulait de manipuler Tyler, mais à cause désespérée, moyens désespérés... Si elle était jalouse à l'idée que Regan se remariât, elle allait rendre la pareille. Sirena fronça les yeux. S'il se mariait un jour, elle se transformerait en fauve !

Chassant ses idées noires, elle se redressa et

admira le salon opulent. Tout ici avait le lustre du neuf et avait été conçu pour le confort. Le canapé pourpre et les fauteuils en harmonie étaient disposés de manière intime autour du foyer. Les peintures aux couleurs riches décorant les murs ajoutaient à la chaleur de la pièce. Des tentures lourdes tenues par des cordons pendaient devant les fenêtres et les hautes portes qui menaient aux cours latérales. Au centre du manteau de marbre italien, une fougère luxuriante trônait dans un bac en argent. C'était une pièce agréable et Sirena s'y sentait bien. La lumière tamisée de la lampe se reflétait dans une petite table en cerisier sur laquelle était posé un plateau en argent avec une carafe de vin couleur rubis. Pendant un instant, elle se sentit à nouveau coupable à l'idée de se servir de son homme de confiance. Mais après tout, si ses retrouvailles avec Regan dépendaient de Tyler…

Alors qu'elle attendait l'Anglais, ses pensées vagabondes s'arrêtèrent sur Caleb. Comment s'en sortait-il ? Elle songea à la peine qu'elle lui avait fait en le rejetant. Et lorsqu'il lui avait dit qu'il la comprenait, était-il sincère ?

Sirena fut interrompue dans ses songes par l'arrivée de Tyler accompagné par Frau Holtz. Le gentleman baisa la main de Sirena de la manière la plus galante puis la regarda fixement dans les yeux.

— Atchoum !

La vieille gouvernante fut prise d'une crise d'éternuements en se retirant de la pièce. Elle claqua bruyamment les deux battants de la porte en acajou.

Tyler admirait Sirena :

— Permettez-moi de vous complimenter : vous êtes resplendissante ce soir.

— Je vous y autorise, répliqua Sirena en riant. Je vous en prie, prenez place. Occupons-nous tout d'abord de mes affaires... Nous n'en apprécierons que mieux le dîner.

Après une heure de discussion, Tyler empila ses papiers et les rangea précieusement dans une élégante valise en cuir.

— Comme vous avez pu le constater, vous êtes une femme très riche, Sirena. Etes-vous satisfaite de la manière dont je gère vos investissements ?

— Pour l'instant, tout à fait satisfaite. Vous avez mentionné la possibilité d'investir en Irlande. Etes-vous bien certain que j'aurai récupéré ma mise d'ici la fin de l'année ?

— Sans aucun doute, mais j'aimerais que vous vous rendiez sur place. J'avais dans l'idée de partir le plus tôt possible. Mais j'ai regardé l'horaire des bateaux : les seuls à partir pour Waterford sont ceux de Regan Van der Rhys. Il nous faudra attendre le début du mois pour voir ce qui se présente.

— Je vais y réfléchir, Tyler, je vous ferai connaître ma décision, dit Sirena d'une voix calme tandis que son pouls s'accélérait.

Pourquoi devrait-elle emprunter un navire alors que le sien était à quai ? Si elle demeurait prudente, elle pourrait peut-être trouver une solution.

— Il y a encore un détail dont je souhaiterais vous entretenir avant que le dîner soit servi. Je suis allée voir mon... j'ai vu Regan hier et je dois avouer que nous ne nous sommes pas séparés dans les meilleurs termes. Je lui ai annoncé que j'étais disposée à utiliser la prérogative que j'avais en investissant l'argent qui m'est dû sous forme d'actions dans sa compagnie.

Tyler se mit à rire.

— Très intelligent, Sirena. Accepteriez-vous de travailler avec moi ? J'ai besoin d'un coup de main.

— Désolée, je ne suis pas douée pour les affaires, répondit Sirena en souriant. Parlez-moi de votre travail, Tyler. En êtes-vous satisfait ?

— Oui et non. Si j'étais aussi riche que vous, je crois que je passerais mon temps à faire le tour du monde. Mon père m'a confié son affaire il y a maintenant plusieurs années. Il s'agit d'une sorte de tradition dans la famille. C'est une manière d'éviter que les aînés deviennent des dépravés, conclut-il en éclatant de rire.

— Vous aurez un jour besoin d'un fils pour reprendre vos affaires. Dites-moi, y a-t-il une femme vers laquelle vous portez votre amour ?

Tyler garda un instant le silence.

— Une, peut-être. Pour le moment, je profite de ma vie de célibataire. Il est parfois difficile, ajouta-t-il avec un large sourire, d'échapper à ces femmes qui n'ont que le mariage en tête. En fait, j'aimerais être un escroc, un débauché invétéré qui fait l'amour à une femme et l'abandonne sans même se retourner.

— Mais Tyler, Tio Esteban m'a dit que vous aviez déjà cette réputation, gloussa-t-elle.

— Voilà qui me met du baume au cœur! Je voudrais être un bandit de grand chemin, un méchant, un hors-la-loi. Tout le monde rêve d'une vie exaltante. Quand j'étais enfant, je souhaitais devenir un grand pirate avec un bandeau sur l'œil. Malheureusement, j'ai appris que pour en porter un, il fallait perdre un œil. En grandissant, j'ai eu envie à bien des reprises de dévaliser les riches femmes que j'embrassais. Mais en devenant adulte, l'idée de me retrouver la corde au cou a calmé mes ardeurs et j'ai commencé à étudier le droit.

— Je comprends que votre travail vous paraisse aride. Ah, voici Frau Holtz! Le dîner est servi!

Elle apprécia la finesse du canard rôti et se régala des récits de Tyler qui lui conta comment il avait failli se marier. Frau Holtz qui observait la scène eut quelques inquiétudes lorsqu'elle remarqua les yeux brillants de Sirena.

Le dîner s'acheva. La vieille Allemande n'en crut pas ses oreilles lorsque Sirena proposa à l'Anglais de lui jouer quelques morceaux à la guitare. Elle se posta en retrait et écouta Sirena pincer délicatement les cordes pour vérifier l'harmonie de l'instrument. Frau Holtz comprit immédiatement que Sirena allait jouer un flamenco. « Pauvre homme, songea-t-elle, elle ne lui laisse aucune chance... »

Quand Tyler entendit les premières notes, il pensa que c'était la guitare. Le son s'épanouissait et se répandait dans toute la pièce avec une pureté parfaite. Il s'agissait en fait de la voix de Sirena.

Elle chantait le flamenco avec inspiration et le jeune homme était subjugué. Debout de l'autre côté de la porte, Frau Holtz écoutait, elle aussi fascinée par la douceur poignante de ces notes.

Après la chanson, Sirena leva les yeux et fut cruellement déçue de constater que celui qui l'écoutait n'était pas celui qu'elle aurait souhaité. Elle aurait voulu voir Regan avec sa mèche blonde sur le front, ses yeux bleu agate débordants d'amour pour elle. Au lieu de cela, elle découvrit les yeux sombres de Tyler emplis d'admiration et de curiosité. L'Anglais était un homme attirant. Si elle n'avait été amoureuse de Regan, elle se serait volontiers laissé séduire.

Elle sourit, feignant la timidité, refusant de continuer à jouer. L'enthousiasme de Tyler était sincère. Sirena se leva, indiquant par là même que la soirée touchait à sa fin. Elle lui tendit gracieusement la main qu'il porta à ses lèvres.

— Je vous remercie pour cette soirée très agréable, Sirena. J'espère qu'une telle occasion se reproduira bientôt. Bonne nuit, ma chère.

De ses lèvres il baisa à nouveau sa main, s'attardant plus qu'il ne fallait. Sirena sentit un courant d'émotion entre eux. Comme il était tentant de tomber dans ses bras et de lui offrir sa bouche. Elle était seule, si seule, et sentait que Tyler avait d'une manière ou d'une autre besoin d'une présence.

Il avait l'air un peu trop sûr de lui en répétant

qu'il n'avait aucune intention de se marier. Sirena soupçonnait Tyler d'être épris d'une femme qui ne lui rendait pas son affection. Comme c'était tentant... Mais où cela les mènerait-il ? Elle n'avait rien à lui donner, son cœur appartenait à Regan. Et si son intuition était la bonne, Tyler naviguait lui aussi en solitaire. Leurs yeux se rencontrèrent.

— Bonne nuit, Tyler. Dormez bien, dit-elle à voix basse.

Sur les docks, installé à une table du bar *Le Sanglier et le Hibou*, Caleb discutait avec un aristocrate du nom de Lord Farrington, un habitué de l'endroit. Le brouillard omniprésent entravait la bonne marche du commerce et Caleb avait choisi de tuer le temps en compagnie d'une serveuse aguicheuse que le patron de l'auberge appelait Sally.

— Ça fait longtemps que tu attends, mon amour ? demanda Sally avec un large sourire en se dandinant.

Caleb, qui avait déjà bien bu, la saisit par la taille et l'installa sur ses genoux. Il appuya son visage sur la douce peau de sa gorge.

— Cela suffit, sir ! s'exclama la serveuse, faussement indignée. Vous les hommes, vous êtes toujours prêts à profiter d'une pauvre fille. On dirait que ça fait des années que tu n'as pas fait de galipettes. Pourtant, la nuit dernière... (Sally se dégagea de son emprise en riant.) Regarde les rubans que je me suis achetés avec ton argent, poursuivit-elle. (Elle posa son doigt sur sa poitrine et se pencha pour montrer à

Caleb le ruban rose qu'elle avait passé dans les dentelles de sa chemise.) Ça ne te fait aucun effet, mon cœur ? demanda-t-elle tandis que le regard de Caleb se portait sur sa voluptueuse poitrine.

— Si, ça me plaît, grommela Caleb, serrant Sally contre lui et passant sa main dans son chemisier.

L'attention de Lord Farrington fut soudain attirée par deux malfrats qui s'attardaient près de l'escalier. Sally semblait les avoir aussi remarqués et ils gardèrent le silence un long moment. Puis, se tournant vers Lord Farrington, Sally rit à nouveau.

— Vous n'allez pas nous abandonner, moi et le jeune monsieur... Debout, marin d'eau douce ! lança-t-elle à Caleb.

— Je vous conduis à l'étage, acquiesça l'aristocrate, et Sally vous conduira sur la lune. Debout !

Ivre, Caleb se leva et tendit la main vers Sally.

Lord Farrington était stupéfait. Comment un homme qui avait bu une bouteille de rhum à lui tout seul pouvait-il honorer une femme ? Le vieil aristocrate regretta de ne pas avoir averti Caleb qu'il lui fallait se montrer plus discret lorsqu'il sortait l'argent de sa poche et plus prudent quant à la poche de diamants qu'il portait à la ceinture. Le jeune garçon ne connaissait rien des dangers de la ville. Il n'était pas rare que des bandits profitent qu'un homme avait l'esprit occupé par une femme pour le dévaliser.

Il aida Sally à conduire Caleb jusqu'à l'escalier. Quand Sally lui fit un signe du haut des marches, Farrington comprit ce qui allait se passer.

Aubrey Farrington retourna à sa table, but sa chope jusqu'à la dernière goutte, poussa sa chaise et se leva. Après avoir récupéré sa canne-épée et brossé sa chemise, il se redressa et feignit de quitter l'établissement. Alors qu'il était sur le point de s'engouffrer dans l'épais brouillard, il se retourna pour voir s'il ne s'était pas trompé : les deux voleurs se dirigeaient vers le second étage.

Ce ne fut pas par altruisme que Lord Farrington fit marche arrière et traversa la pièce pleine de monde pour rejoindre l'escalier. Il voulait protéger ses propres intérêts : Caleb s'était montré très généreux, lui payant à boire et à manger. L'aristocrate aurait été désolé que cela prît fin.

La canne à la main, il monta au deuxième étage. Marchant à pas feutrés, il sortit son épée de son fourreau. Il se cacha dans une alcôve et sourit en entendant les bruits suggestifs filtrant à travers la porte.

Soudain, il perçut des pas qui s'approchaient. Puis la porte s'ouvrit brutalement. Il suivit les voleurs dans la chambre et cria à Caleb :

— Debout, ils en veulent à votre argent et à votre vie !

Le cerveau de Caleb était encore embrumé par l'alcool et il avait du mal à garder les yeux ouverts.

— Debout, mon garçon ! répéta Farrington. Vous n'allez tout de même pas me dire qu'une galipette avec une prostituée a plus de valeur que votre vie, lança-t-il, tenant l'un des malfrats à distance avec son épée.

— Qui c'est celui-là ? rugit le second voleur qui, un gourdin à la main, tentait d'assommer Caleb.

— Dehors, dehors ! cria encore Aubrey Farrington, ou je vous règle votre compte...

Brandissant son arme, il repoussa les hommes hors de la pièce et leur fit descendre l'escalier. Sans demander leur reste, les bandits se précipitèrent vers la sortie, maugréant contre ce damné coup du sort.

Lord Farrington remonta l'escalier et trouva Caleb allongé sur le lit : il ronflait bruyamment. Il congédia Sally qui retourna à ses occupations, puis fit habilement rouler le corps de Caleb sur le sol et étendit sur lui une couverture. Dans l'état où il était, il ne s'apercevrait de rien, tandis que lui, vu son grand âge, avait besoin d'un bon matelas !

Retirant son doublet et sa veste, Lord Farrington réordonna les draps et s'allongea, plaçant sa canne dans laquelle était dissimulée son épée à ses côtés.

Comme cette nuit-là, le lord désargenté ne savait pas où dormir — car sa logeuse peu magnanime l'avait jeté dehors —, c'était après tout un endroit comme un autre. Quand le jeune homme se réveillerait, il lui raconterait comment il lui avait sauvé la vie. Il s'installa confortablement et s'endormit.

Il faisait presque jour lorsque Caleb, murmurant dans son sommeil, ouvrit les yeux.

Il s'assit, se gratta la tête et passa sa langue sur ses lèvres pâteuses. Il lui fallut un moment pour comprendre où il se trouvait. Avant même qu'il eût remarqué sa présence, Lord Farrington lui dit :

— Comme cela fait plaisir de vous voir en si bonne forme !

Caleb lui adressa un regard interrogateur. Frottant ses yeux et s'étirant après cette nuit passée sur le parquet, il finit par se lever. Il se dirigea vers ses vêtements.

— Puis-je vous demander ce que vous faites ici et comment je me suis retrouvé par terre ?

Lord Farrington informa Caleb des événements de la veille.

— ... Et quand je suis revenu pour monter la garde, je vous ai retrouvé sur le sol. Vous étiez trop lourd pour moi, je vous ai donc installé aussi confortablement que possible. Et comme le lit était libre, j'imagine que vous ne m'en voudrez pas de me l'être approprié.

Caleb palpa sa bourse de diamants et plongea dans ses poches à la recherche de ses pièces : elles s'y trouvaient toujours.

— Si nous commandions un bon petit déjeuner, reprit l'aristocrate. Il faut que je discute avec vous de plusieurs choses.

— Je prendrais n'importe quoi pour me débarrasser de ce goût que j'ai dans la bouche, dit Caleb en jetant un œil sur son pourpoint maculé de taches.

— Seuls les ruffians boivent le rhum à la bouteille, observa Aubrey d'un air hautain. Cela fait partie des choses dont il faut que je vous parle.

Au fait, j'ai laissé ma bourse chez moi, vous devrez prendre mon repas à votre charge...

Caleb opina du chef. Il aurait donné tout l'or du monde pour quitter cette pièce malsaine et avaler quelque chose.

Assis à une table du bar *Le Sanglier et le Hibou*, Caleb était impatient de savoir ce que le lord avait à lui dire. Quand Aubrey eut terminé son petit déjeuner, il tira un mouchoir sale de sa manche et s'en essuya la bouche.

— Jeune homme, j'ai l'impression que vous avez besoin de quelques conseils. Je me souviens que hier, vous m'avez parlé d'un bateau, d'une frégate. Comme je vous l'ai dit, mais vous avez certainement oublié, j'ai réfléchi à la manière dont vous pourriez faire bon usage de ce navire et qui sait... bâtir une fortune.

Caleb fit signe au tenancier qu'il désirait payer sa note. Il faisait visiblement peu confiance à ce vieux gentleman douteux.

— Si cela vous intéresse, écoutez-moi. Il n'y a pas si longtemps, j'ai entendu parler d'un bateau amarré au port de Marseille. (Aubrey Farrington baissa la voix.) Il s'agit d'une frégate reconvertie en maison de jeu. Les Français appellent ce genre d'établissements des « folies » et elles sont fréquentées par la société la plus aisée. Le propriétaire du navire fait un malheur ! s'exclama le Lord en adressant un clin d'œil à Caleb. Maintenant, voici ma proposition : pour l'instant, je me trouve dans une situation pécuniaire délicate. Je peux même vous avouer que ma logeuse m'a littéralement mis à la porte, ne me laissant que les habits que je portais et ma canne. J'ai vécu par mon esprit et grâce à la générosité de mes amis. Si nous pouvions tous les deux réussir à acheter l'équipement d'une salle de jeu et donner au navire une certaine atmosphère, nous mènerions une vie prospère. Du fait de mon titre de noblesse, qui soit dit entre nous est parfaitement légitime, je connais toutes les personnes importantes de notre bonne société. Je vous offrirai mon expérience et le bon goût qui assurera le succès de cette entreprise. Qu'en dites-vous ?

Quand Aubrey constata que Caleb ne lui répondait pas immédiatement, il ajouta :

— Tout le monde sait que les femmes de la haute fréquentent ces « folies ». Elles ne se contentent pas d'y dépenser leur argent, elles offrent leurs charmes... gratuitement. Quelle aubaine pour un jeune homme de votre trempe. Cette jeune sangsue qui était dans votre lit hier est bonne pour les hommes de basse extraction, pas pour des hommes de votre rang.

Caleb réfléchit un instant. Après tout, l'idée n'était pas mauvaise. Cela lui permettrait de garder un œil sur Sirena et son père qui ne tarderaient pas à se manifester.

— Et comment partagerions-nous les bénéfices ? demanda-t-il habilement.

— Moitié, moitié, je ne vois pas d'autre solution, affirma Lord Farrington.

— Le navire m'appartient, l'argent m'appartient, je vous logerai... Non, je ne marche pas.

Aubrey Farrington avala sa salive. Il avait sous-estimé ce petit freluquet. Feignant de se rendre, il proposa :

— Un quart pour moi, trois quarts pour vous...

Caleb secoua la tête.

— Vous serez nourri et sans doute jouerez-vous contre la maison. Vous êtes joueur, n'est-ce pas ? J'estime que dix pour cent sont amplement suffisants. C'est à prendre ou à laisser !

Le visage de Lord Farrington s'éclaira d'un large sourire.

— D'accord !

« Si ce jeune vaurien savait que j'aurais accepté deux pour cent », songea Farrington amusé. Ils se serrèrent la main : le marché était conclu. Caleb Van der Rhys et Lord Farrington ouvriraient un bateau de jeu pour distraire la haute société anglaise de son ennui.

12

Au deuxième étage de son modeste logement aux pierres grises de Lime Street, Regan Van der Rhys se préparait. Ses mouvements étaient fluides et calmes. Contrairement à son esprit. Ses pensées se bousculaient tels des oiseaux pris dans un filet. L'après-midi même, Sir Stephan Langdon était venu l'informer que la baronne Sinclair donnait une réception en l'honneur d'une jeune dame espagnole, qui venait d'arriver à Londres.

Regan passa sa main tannée sur son torse.

Pourquoi ressentait-il cette terrible douleur au fond de la poitrine à chaque fois qu'il songeait à Sirena ? Il secoua la tête et boutonna sa chemise fine. Se contemplant dans le miroir, il tenta d'apaiser la colère qu'il voyait dans ses yeux. Après avoir brossé sa touffe de cheveux, il se pencha pour enfiler ses bottes.

Jusqu'au jour où Sirena avait fait irruption dans son bureau, il y avait de cela quelques semaines, il s'était évertué à recommencer une nouvelle vie. Maintenant, son existence était à nouveau sens dessus dessous.

Peu de temps après la visite de son ex-femme, il avait demandé la main de Camilla Langdon. Elle lui avait été accordée. Regan se força à se remémorer la diaphane Camilla. Il dut plisser les yeux plusieurs fois pour que cette image fût nette dans son esprit, et quand il parvint à la voir clairement, ce furent les yeux vert émeraude et la chevelure brune de Sirena qui s'imposèrent à lui. Sa peau ivoire légèrement dorée, sa bouche charnue et sensuelle, ses dents perlées qui lui souriaient...

— Chienne ! cria-t-il furieux.

Même ici en Angleterre, elle était venue le retrouver, le menacer, le tenter. Ne connaîtrait-il donc jamais la paix ? Le hanterait-elle pour le restant de ses jours ?

Sirena réduirait Camilla en bouillie par quelques paroles acérées. Sa frêle fiancée ne lui résisterait pas. Camilla n'était pas à la hauteur. En y songeant, il se demanda si lui-même était bien à la hauteur.

Etait-elle venue sincèrement pour le voir,

comme elle l'avait prétendu, ou avait-elle d'autres raisons ?

— A présent, elle veut être actionnaire de mon entreprise ! s'exclama-t-il en se fixant dans la glace. Elle me fera travailler sept jours sur sept pour avoir sa part et elle dépensera cet argent en robes dignes d'une reine et en meubles raffinés.

Il dut se rendre à l'évidence : Sirena détenait toutes les clefs. Elle posséderait sans doute cette satanée entreprise dans moins d'un an. Il se briserait les reins afin de maintenir sa compagnie à flot et elle vivrait à ses crochets.

— Qu'elle aille au diable !

Une pensée l'apaisait : Sirena n'aurait aucune prise sur la fortune de Camilla. Mais il devrait se montrer extrêmement prudent : pas un centime de l'argent des Langdon ne serait investi dans cette entreprise d'import-export qu'il mettait sur pied. S'il commettait la moindre erreur, elle se jetterait dessus. Il avait besoin de temps pour trouver un stratagème et prendre Sirena de vitesse. N'avait-il pas fait un premier pas en demandant Camilla en mariage ?

Il s'observa encore une fois dans la glace, s'interrogeant sur l'expression amère qu'il lisait sur son visage à l'idée d'épouser Camilla.

Regan actionna le heurtoir de la demeure des Langdon qui se trouvait sur la très prisée Drury Lane. Il attendit que le domestique le fît entrer. Il se sentait impatient et peu enclin, ce soir-là, à attendre Camilla. Il espérait que, pour une fois, elle serait à l'heure.

Juste au moment où il s'apprêtait à allumer un petit cigare, il leva les yeux et la vit en haut du large escalier circulaire. Elle était vêtue d'une robe très large en soie jaune d'or qui mettait en valeur sa silhouette délicate. « Fragile » fut le mot qui lui vint à l'esprit en la détaillant : elle était sans défense et avait besoin d'un protecteur. Et il était ce héros.

Avant de descendre les marches, elle hésita un instant : elle souhaitait que Regan eût le temps d'admirer ses effets. Ses cheveux blond pâle avaient été bouclés laborieusement et cette coiffure élaborée retombait sur son visage avec un désordre étudié : elle encadrait ses traits fins tout en soulignant sa peau diaphane et ses yeux violets.

Camilla était belle comme une image : elle portait de petites perles nichées sur le lobe de ses oreilles qui ressemblaient à des coquillages, et une large ceinture en ruban serrée autour de sa taille incroyablement fine. Elle tendit la main à Regan alors qu'elle descendait la dernière marche, et son sourire dessina deux petites fossettes sur ses joues de velours.

— Vous êtes si beau, ce soir, Regan, toutes les femmes voudront m'arracher les yeux…

Regan avala sa salive en pensant à Sirena s'acharnant contre cette pauvre jeune fille.

— J'attends cette soirée avec impatience, reprit-elle. Mon père m'a dit qu'un visiteur de marque serait présenté à notre société londonienne. Une Espagnole. Elle est, paraît-il, très belle, mais attention : je vous surveillerai, dit-elle avec espièglerie.

— Vous n'avez pas à vous inquiéter, mon cœur, murmura Regan.

Lorsque la calèche s'arrêta, Regan aida sa fiancée à en descendre. Il la déposa sur le trottoir pavé. De la musique s'échappait de toutes les fenêtres illuminées de la demeure des Sinclair.

A l'intérieur, la très vaste salle de bal était ornée de fleurs fraîchement coupées et de bacs massifs de fougères. De petits fauteuils dorés et recouverts de velours étaient disposés tout autour de la pièce. Partout, des serviteurs offraient des plateaux garnis de verres de punch et de sucreries à la pâte d'amande. Les invités portèrent un toast quand Regan et Camilla furent annoncés.

Le couple s'avança vers le baron et la baronne. Un hôte corpulent fit remarquer que tout le monde était présent sauf l'invité d'honneur. Il ajouta que ce soir, c'était Sinclair qui serait le chevalier de la jeune femme.

Regan sentit son estomac se nouer. Où était-elle ? Elle ne manquerait sans doute pas de faire une entrée éblouissante au bras de cet élégant fripon de Tyler Sinclair.

Tyler s'excusa de son retard pour la dixième fois :

— C'est la faute de cette maudite chemise, expliqua-t-il. Deux de mes domestiques sont malades, et notamment mon valet. Alors, au lieu d'obéir à mes instructions pour ces habits... Vous voyez, plaisanta-t-il, si j'étais un bandit de grand chemin, de telles choses ne se produiraient pas. Ma mère doit être sur le point d'avoir une attaque... nous sommes tellement en retard.

— Vous n'avez pas besoin de vous excuser, Tyler, répliqua Sirena en souriant. Ma toilette m'a aussi pris plus de temps que prévu.

— Le résultat est splendide, c'est le moins qu'on puisse dire, commenta Tyler d'un air approbateur. Ce vert vous va à ravir. Vous allez éblouir tous les hommes du bal. Mais sachez que je veux vous garder pour moi seul !

— A votre guise, dit Sirena en se rapprochant de lui sur la banquette confortable de la calèche des Sinclair.

— Sirena, il faut que je vous prévienne : Regan van der Rhys et Camilla Langdon seront là ce soir. Vous aurez certainement l'occasion de les croiser. Je suis certain que vous aurez la force de le supporter : personne n'a besoin de savoir que vous avez été mariée avec lui. Mère et père estiment que c'est dans votre intérêt de ne pas en faire mention. En Angleterre, malgré les agissements de la couronne, le divorce est encore très mal vu. Je suis certain que Regan n'en a pas parlé. Je ne pense pas non plus que Camilla soit au courant, sinon les commérages auraient déjà traversé la ville. Elle serait bien incapable de garder cela pour elle.

— Tyler, voulez-vous dire que Camilla est une commère ?

— Oui, quand cela ne concerne pas sa personne, répondit-il d'un ton teinté d'amertume qui ne manqua pas d'attirer l'attention de Sirena.

— Sa mère aurait pourtant dû lui apprendre les bonnes manières.

— Elle l'a perdue quand elle était enfant et son père, Sir Stephan Langdon, ne s'est jamais remarié. Camilla aurait eu besoin d'une poigne ferme. (Sirena eut le sentiment que Tyler allait lui en révéler davantage quand il passa la tête à travers la fenêtre : ils étaient arrivés.) Nous y voici. Telle que je la connais, la baronne est sans doute déjà à bout de nerfs : il nous faudra marcher sur des œufs.

Lorsque Sirena et son cavalier entrèrent dans le hall de la maison des Sinclair, Tyler la conduisit directement vers ses parents. Tous les regards se tournèrent en direction de l'élégant couple. Elle observa du coin de l'œil les femmes qui parlaient à voix basse tandis que les hommes souriaient avec intérêt. Où était Regan ?

Tyler la présenta au baron et à la baronne. Sirena était au comble de la grâce lorsqu'elle murmurait à voix basse, les yeux baissés d'un air sage. Le baron Sinclair était visiblement charmé et la baronne l'apprécia immédiatement.

— Ma chère señorita, s'exclama cette dernière. Vous êtes la plus exquise créature de la soirée. Demain, tout Londres parlera de vous. Venez près de moi, mes invités meurent d'impatience à l'idée de vous rencontrer.

Un millier de saluts et de conversations polies plus tard, la baronne entraîna Sirena au premier étage dans une pièce où elle put se rafraîchir avant le début du bal. Le baron Charles prit son fils par le bras et le conduisit vers la jarre de punch. Ce dernier accepta le verre et, galant comme à son habitude, complimenta quelques dames.

— Ce Hollandais doit vraiment être aveugle, dit le baron à son fils. Sirena est délicieuse, simplement délicieuse.

— Certainement, répondit Tyler en apercevant Sirena qui descendait l'escalier avec sa mère. (Pourquoi se sentait-il si proche d'elle ? Il aurait été incapable de le dire.) Père, regardez ! Camilla entraîne Van der Rhys pour être présentée à Sirena.

— Ne vous faites pas de souci, mon garçon. Elle a la situation en main.

Regan avait un regard fatigué. Lorsqu'il croisa les yeux amusés de Sirena, il en eut la poitrine oppressée. Ses muscles se contractèrent quand elle les salua gracieusement en inclinant la tête. Sa gorge se noua lorsqu'elle lui lança doucement :

— Mijnheer Van der Rhys de Batavia, il faudra un jour que vous me parliez des muscadiers qui poussent là-bas. Car j'ai entendu l'histoire de femmes qui travaillent à mains nues dans les champs pour leurs maris. Les ingrats les abandonnent quand elles ne sont plus bonnes à rien. Connaissez-vous quelque chose de plus sordide ?

— Non, répondit Camilla, horrifiée.

— Et vous, Mijnheer, avez-vous déjà eu vent de cette histoire ? reprit Sirena ironique. J'avais toujours entendu dire que les Hollandais avaient apporté la civilisation à Java, visiblement ce n'est pas le cas. N'êtes-vous pas de cet avis, Miss... Excusez-moi, j'ai oublié votre nom.

La baronne se hâta de rafraîchir la mémoire de son invitée tandis que Camilla acquiesçait, les yeux hagards :

— Je suis tout à fait de votre avis.

— Et vous, sir ? insista Sirena avec un sourire narquois au coin des lèvres.

Regan choisit ses mots avec soin. Ses yeux ne pouvaient se détacher des épaules crémeuses et de la poitrine voluptueuse que laissait entrevoir la robe de Sirena.

— Je pense que l'histoire à laquelle vous faites allusion ne concerne qu'une seule femme. Elle était pirate dans les Indes orientales. Une menteuse chevronnée, une championne de la tromperie, une meurtrière et lorsqu'elle s'est reconvertie, elle s'est tournée vers les chapelets. (Regan redressa la tête et fixa Sirena.) On raconte que cette femme aimait l'homme pour lequel elle avait planté des muscadiers. Mais quand il est parti, elle a refusé de le suivre. Alors vous voyez, señorita Cordez, il ne l'a pas abandonnée comme vous le dites. C'est elle qui a décidé de ne pas le suivre.

— Comme c'est triste ! Vous ne trouvez pas que cette histoire est triste, baronne ? Mais j'y songe... N'y avait-il pas une rumeur qui prétendait que cet homme avait volé la fortune de sa femme en proposant de lui verser une pension avec son argent à elle ?

Les veines du cou de Regan se gonflaient de rage. Avant qu'il pût répondre, Sirena profita de son avantage :

— Miss Langdon, n'avez-vous jamais entendu parler d'actes plus méprisables ?

— Jamais ! répondit Camilla avec force.

— Ni moi ! lança la baronne. Ce rapace devrait être pendu !

Sirena esquissa un sourire satisfait.

— Nous partageons le même sentiment, ajouta-t-elle d'une voix douce. La fin de l'histoire dit que cette femme est partie à la recherche de ce gentleman... Mais je ne voudrais pas gâcher la soirée de votre invité, il a dû l'entendre des milliers de fois. Pauvre, pauvre homme, conclut tristement Sirena tandis qu'une lueur espiègle parcourait ses yeux.

Elle suivit la baronne vers d'autres invités.

— Mon chéri, quelle femme éblouissante, s'exclama Camilla en toute innocence.

Regan regarda Camilla et déclara d'un ton sévère :

— Mon cœur, elle est aussi éblouissante qu'une vipère.

Tout au long de la soirée, Regan resta aux côtés de Camilla. Angoissé à l'idée que Sirena pourrait lui voler un instant sa fiancée, il refusa même de se rendre dans le jardin pour fumer un petit cigare qui lui aurait fait tant de bien. La prochaine fois, Sirena serait capable de lui avouer qu'elle avait été autrefois sa femme. Aussi, à chaque fois que Sirena jetait un regard dans sa direction, Regan contait-il fleurette à sa douce.

A mesure que la soirée avançait, l'enthousiasme de la belle señorita s'érodait. Regan semblait déterminé à épouser cette fille. Sirena se souvint de la manière qu'il avait de danser avec elle. Le soir de leurs noces, il avait été tellement aimant, tendre et attentif. Quand il le voulait... Regan n'était pas homme à feindre de s'intéresser à une femme. Et ce soir, son comportement était presque... vigilant. Elle se répéta ce mot, et une immense tristesse l'envahit.

« Il l'aime ! Il l'aime. C'est la vérité. Regan aime Camilla ! » Vers la fin de la soirée, Regan s'assit dans un des fauteuils dorés placés près des fougères. Camilla s'était visiblement retirée pour se rafraîchir. Alors qu'il attendait le retour de sa fiancée, une rousse voluptueuse passa devant lui en se dirigeant vers le jardin. Regan lorgna la femme qui se dandina devant lui avec un regard enjôleur.

Debout près des plantes vertes, Sirena observait Regan. Et ces quelques secondes ôtèrent tous ses doutes : il n'aimait pas Camilla Langdon. Quand Regan aimait une femme, plus aucune autre n'existait. Quand ils s'étaient mariés et avaient découvert l'amour qui les unissait, il n'avait plus jamais porté son regard sur une seule autre femme.

Son cœur lui semblait plus léger tout à coup. Il y avait encore de l'espoir : l'espoir qu'il revînt vers elle, qu'il lui avouât son amour. L'espoir de l'entendre dire que le divorce avait été une erreur, qu'il la désirait encore, qu'il l'aimait encore !

Soudain, Regan se leva et croisa son regard.

— Ne me dites pas que vous me cherchiez pour me raconter la fin de cette triste histoire !

— Non, répliqua Sirena en riant. (Cela faisait des siècles qu'il ne l'avait pas vue rire avec autant de naturel.) L'histoire n'est pas encore terminée...

Sa voix était calme et surprit Regan par sa tendresse. Ce moment lui parut durer une éternité, comme si le temps s'était arrêté. Brisant le charme qu'elle exerçait sur lui, Regan demanda :

— Alors pourquoi êtes-vous venue vers moi ?

— Je suis venue vous souhaiter une bonne nuit et vous dire que votre fiancée est délicieuse.

Regan se leva. Le rire de Sirena résonnait encore à ses oreilles et faisait resurgir des émotions qu'il avait vainement cherché à endiguer. Il aurait voulu la frapper. Ses yeux verts de chat, ses yeux attirants se moquaient de lui et le tourmentaient. Dieu, comme il la désirait. Il voulait la tenir dans ses bras et écraser ses lèvres contre les siennes...

Sirena sourit : elle savait lire dans ses pensées.

— Tout ce qui irait au-delà d'une poignée de main serait considéré comme un viol, Regan. Vous avez demandé le divorce, mon cher, l'avez-vous oublié ? Peut-être me remarierai-je moi aussi. Non, pas avec Tyler. Peut-être avec quelqu'un de plus impressionnant, comme ce gentleman qui discute avec la baronne, dit-elle en le montrant discrètement du doigt.

Devant l'expression choquée de Regan, elle se remit à rire :

— Mon mariage avec Lord Langdon vous

déplairait-il ? Ah, mon pauvre Regan, la société décadente dans laquelle nous évoluons vous dépasse. (Ses yeux lançaient des éclairs diaboliques.) Si je devais épouser Sir Stephan Langdon qui semble séduit — il passe son temps à me suivre —, je deviendrais votre belle-mère. Comme ce serait drôle !

Regan bouillonnait de rage.

— Chienne ! murmura-t-il entre ses dents alors que Sirena l'abandonnait pour aller à la rencontre de Tyler Sinclair.

Au fond d'elle-même, Sirena tremblait. Avait-elle été trop loin ? Elle avait choisi un jeu dangereux. Et si elle échouait ? Il lui fallait faire en sorte de toujours rester présente à l'esprit de Regan. Et si la colère et la rage étaient nécessaires, elle devait en prendre le risque et jouer jusqu'à sa dernière carte.

Elle se retrouva à côté de Tyler. Elle lui fit part de sa fatigue et lui demanda de bien vouloir la raccompagner chez elle. Comme il l'avait vue un instant auparavant discuter avec Regan, il l'observa pendant quelques secondes. Ses joues étaient empourprées alors qu'elle prétendait être lasse.

— Vous ne pouvez pas vous en aller si vite, intervint Sir Stephan Langdon tandis qu'ils saluaient le baron et la baronne. La soirée vient tout juste de commencer, vous ne m'avez offert qu'une danse. Ne pouvez-vous rester plus longtemps ?

Bien que sa demande fût assez plaisante, il ne reçut qu'un silence pour toute réponse.

Sirena aperçut alors Regan qui entraînait

Camilla dans un quadrille. Elle se décida soudain et, souriant à Sir Stephan, le prit par le bras.

— Alors une dernière, dit-elle doucement en étudiant son beau visage coupé au couteau.

Stephan était un grand homme de cinquante-cinq ans, mais il en paraissait dix de moins. Son physique élancé avait la grâce d'un athlète et ses manières étaient élégantes. « Un homme à femmes », pensa Sirena. Il était vêtu avec beaucoup de goût et dans l'air du temps. Il portait une chemise vaporeuse blanche et un doublet gris-argent. Ses jambes étaient longues et galbées et il n'avait pas cédé à la mode de l'abondance de bijoux. Il s'était contenté d'une broche en rubis sur sa cravate et d'une bague en onyx au doigt.

Ses yeux gris étaient chaleureux et lumineux lorsqu'il la regardait. Sa bouche était charnue mais n'avait rien d'efféminé, sous une moustache grise bien entretenue. Ses bras étaient forts et ses mains, grandes et agiles. Sirena apprécia sa conversation et sa compagnie : Sir Stephan Langdon, qui connaissait tout de l'étiquette sociale, la mit à l'aise.

— Me permettrez-vous de vous faire découvrir notre belle ville de Londres ? s'enquit-il en tenant sa taille fermement. Rien ne me réjouirait davantage que de vous conduire à Whitehall. Je pourrais aussi vous montrer St. James Park.

— Cela me ferait très plaisir, Lord Langdon, répondit Sirena en souriant.

— Comme je suis parent du baron et de la baronne, je pense que nous devrions devenir un peu plus familiers. On m'a donné le nom de Stephan.

— Alors je vous appellerai Stephan. Et moi, c'est Sirena.

— Sirena, comme ce nom vous va bien. Je distingue dans vos yeux une lueur amusée. Puis-je en connaître la raison?

Sirena baissa les yeux, soucieuse de ne rien laisser filtrer du stratagème qu'elle était en train d'imaginer.

— Si je vous ai incommodée, vous m'en voyez désolé, Sirena. Un homme comme moi se trouve un peu perdu dans les profondeurs de votre regard vert. Je ne suis certainement pas le premier à vous le dire.

— Non, en effet, vous n'êtes pas le premier, confirma Sirena avec malice. Mais les femmes adorent qu'on leur répète ce genre de choses.

La musique cessa et Sir Stephan lança un regard irrité en direction des musiciens.

— J'espérais que la musique ne s'arrêterait jamais, murmura-t-il d'une voix feutrée qui fit frémir Sirena malgré elle.

La main qu'il posa sur son bras en la reconduisant vers Tyler était possessive et même lorsqu'il la retira, Sirena eut le sentiment qu'elle était toujours là.

— Permettez-moi de vous revoir, déclara-t-il en portant sa main à ses lèvres.

— Avec plaisir, Lord Langdon... Stephan, s'excusa-t-elle. Vous devez me pardonner pour ce soir. Je suis très fatiguée, je vais demander à Tyler d'avoir la gentillesse de me raccompagner chez moi... Madame le baronne, monsieur le baron, dit-elle en se tournant vers les parents de Tyler, jamais je ne pourrai vous remercier pour l'accueil que vous m'avez réservé. Madame la baronne, je tenais aussi à vous exprimer ma gratitude pour la décoration de ma demeure. Et vous devez me promettre de venir me rendre visite le plus tôt possible.

La baronne Sinclair sourit chaleureusement. Elle appréciait beaucoup cette adorable jeune Espagnole et l'intérêt que manifestait Tyler à son égard n'était pas fait pour lui déplaire.

— Bien sûr, ma chère enfant, répondit-elle d'un ton maternel. J'imagine que cette soirée a été exténuante pour vous, mais il fallait en passer par là. (Au ton de la baronne, Sirena comprit qu'elle s'excusait de la présence de Regan et Camilla.) Cependant, poursuivit-elle, je suis heureuse que vous nous comptiez, le baron et moi, parmi vos amis. Londres est une ville étrange, vous savez. (Son expression changea et son sourire disparut.) Je vous en prie, restez sur vos gardes. Ma chère, il y a dans cette ville des personnes acceptables dans les salons qui le sont moins dans d'autres circonstances.

13

Aussitôt que Tyler fut parti, Sirena se dirigea vers la porte qui menait aux étables. Serrant son manteau contre elle afin de se protéger du froid et de l'humidité de la nuit, elle frappa à la porte de Jacobus. Les yeux voilés de fatigue, il se redressa immédiatement lorsqu'il l'aperçut.

— Ah Capitana, qu'est-ce qui vous arrive ?

— Rien, Jacobus, j'ai besoin de vos services.

— Vos désirs sont des ordres...

— Allez chercher la calèche. Et prenez une couverture avec vous, la nuit sera longue.

— A vos ordres, Capitana, répondit Jacobus sans poser la moindre question. Maintenant, si vous me permettez d'enfiler mes chausses...

— Alors dépêchez-vous, gronda Sirena en riant. Et motus, je ne veux pas que tout Londres soit au courant.

— A vos ordres, Capitana, déclara Jacobus avec un sourire avant de refermer la porte.

Le marin édenté était prêt à exaucer tous les désirs de la Capitana. Etait-ce la pleine lune ou avait-il aperçu cet éclair dans ses yeux comme par le passé ?

Suivant les instructions de sa Capitana, Jacobus conduisit la voiture à travers les rues de la ville. Par chance et aussi grâce à une petite dispute, elle avait réussi à obtenir de Tyler qu'il lui donnât l'adresse de la maison de Regan sur Lime Street. Même si le brouillard demeurait toujours épais, il s'était légèrement levé du fait de la fraîcheur de la nuit. Des torches à chaque coin de rue permettaient par ailleurs de lire les panneaux. Ils empruntèrent Thames Street qui leur était désormais familière, puis St. Dunstan Hill où se trouvait le bureau de Regan et prirent Eastcheapside Street sur la droite. Après le sixième pâté de maisons, ils tombèrent sur Lime Street.

Il leur fut plus difficile de trouver le bon numéro. Mais Jacobus prit la lanterne de la calèche et fit toutes les maisons jusqu'à dénicher la bonne.

— C'est bien ici, Capitana. Mais on dirait qu'il n'y a personne.

— Très bien. Nous sommes arrivés à temps. Je vous laisse vous charger du verrou de la porte d'entrée avec discrétion. Vous pensez en être capable ?

— Pour sûr, Capitana ! Rien n'y paraîtra. Mais avant d'entrer par effraction dans cette maison, pouvez-vous me dire chez qui nous allons ?

— Seulement si vous en gardez le secret. Nous allons chez Regan. Maintenant, à vous de jouer. Je veux être à l'intérieur avant l'arrivée de Regan.

Sans un mot, Jacobus sortit quelques outils de sous le siège du conducteur.

— Avec cela, il n'y aura pas de problème, murmura-t-il en s'assurant qu'aucun agent de police n'était dans les parages.

Il ne lui fallut que quelques instants pour venir à bout du loquet.

— Et voilà, Capitana ! Tout le monde n'y verra que du feu. Voulez-vous que je vous accompagne ? demanda-t-il, inquiet.

— Non, Jacobus. Je vous ai prévenu, ce sera une longue nuit. Conduisez la calèche au bout de la rue et attendez-moi là-bas. Si tout se passe comme je l'imagine, vous ne me reverrez pas avant l'aube.

Même dans l'obscurité, Sirena eut l'impression que le vieil homme rougissait.

— D'accord. Je ne fermerai pas l'œil avant de vous savoir en sécurité à la maison, promit-il. Et surtout dans ce quartier-là ! J'imagine qu'ici, si un homme ferme les paupières, ils sont capable de voler le lit sur lequel il dort. Alors pour une calèche...

Sirena pénétra dans la demeure obscure. Son cœur battait la chamade.

Ses yeux étant accoutumés à l'obscurité, elle trouva l'escalier sans aucune difficulté et en gravit calmement les marches.

Sur le palier, elle trouva sans peine la chambre du maître, grâce au parfum de sa lotion capillaire et à l'odeur légère mais prégnante de ses cigarillos. Rapidement, avant de changer d'avis, elle tira le couvre-lit et retira ses habits. Nue et tremblante, elle se glissa entre les draps et attendit le retour de Regan.

Les minutes lui parurent des siècles. Sirena eut à plusieurs reprises la tentation de se lever, de se rhabiller et de rejoindre la calèche. Mais à chaque fois, elle se convainquit qu'elle faisait ce qu'elle avait à faire. « Il a faim de moi, je l'ai lu dans son regard, se rappela-t-elle. Il me désire comme je le désire. Si la montagne ne va pas à Mohammed, Mohammed ira à la montagne. S'il pouvait sentir mes bras autour de lui, savoir à quel point je l'aime et ce dont je serais capable... Non, il ne peut pas me rejeter ! »

Enfin, Regan arriva. Elle l'entendit claquer la porte d'entrée derrière lui et gravir les marches. Sirena rendit grâce aux mains expertes de

Jacobus. Apparemment, Regan ne s'était rendu compte de rien. Elle fut soudain prise de panique : et s'il n'était pas seul ? Et si Camilla l'accompagnait ? Elle n'imagina pas un instant que Regan hésiterait avant de coucher avec cette ravissante créature. Son appétit pour les femmes était bien trop grand pour qu'il attendît le mariage.

Paralysée sous les couvertures, Sirena ferma les yeux en priant en silence. Quelques instants plus tard, il pénétrait dans la chambre. Elle fut soulagée : il était seul.

Sans même allumer la lampe, Regan se déshabilla, posant ses habits çà et là. Sirena perçut le cliquetis que firent ses vêtements en tombant sur le sol ou bien sur la chaise. Quand ses bottes furent ôtées, le cœur de la jeune femme s'accéléra. Quelle serait sa réaction lorsqu'il se glisserait dans le lit et sentirait son corps à côté de lui ? Mon Dieu, pourquoi s'était-elle fourrée dans cette situation ? Il était maintenant trop tard pour reculer. Regan était désormais assis sur le bord du lit et elle sentait sa chaleur et l'odeur légère de son dernier cigarillo.

Quand la jambe de Regan rencontra sa chair nue, il poussa un cri et, sautant sur ses genoux, l'emprisonna entre ses jambes en maintenant ses épaules contre le lit.

— Qui êtes-vous ? rugit-il en secouant ses épaules avec force.

— J'ai toujours su que vous étiez une brute, observa calmement Sirena d'une voix aussi douce que la soie, dissimulant le frisson qui la traversait.

— Que fabriquez-vous ici ? fulmina-t-il après avoir reconnu sa voix.

— Quel idiot vous faites ! dit Sirena essoufflée en se dégageant de son emprise et en l'entourant de la chaleur de ses bras.

Regan distinguait sa silhouette contre le blanc des draps. Alors tous les désirs qu'il avait refrénés refirent brusquement surface. La simple sensation de sa peau satinée contre la sienne le conduisit à l'extase. Elle lui appartenait et seulement à lui. Comment avait-il pu se le cacher si longtemps ? Un gémissement proche de la douleur lui échappa tandis qu'il la serrait contre lui. Quand leurs lèvres se rencontrèrent, il l'entendit murmurer :

— Je vous aime tellement. Ne me laissez plus jamais. Aimez-moi Regan, aimez-moi.

Ses lèvres écrasèrent les siennes et sa tête tourbillonna alors que sous les caresses de Regan, son corps s'éveillait. Il la caressa doucement, sans hâte.

Puis, avec une infinie tendresse, Regan lui fit l'amour, tentant de maîtriser la fièvre qui montait en lui. Sirena était redevenue sa déesse païenne. Dans l'obscurité, il imaginait son corps superbe : le lustre de sa poitrine voluptueuse couleur ivoire, sa taille fine, ses hanches fermes et veloutées, son ventre plat, ses jambes effilées. Il déposa un long baiser sensuel sur le triangle soyeux de sa féminité. Et Sirena s'abandonna, haletante.

Regan couvrit sa peau de mille baisers,

éperdu de désir. Il s'attarda sur l'ombre généreuse de ses seins. Leurs pointes de corail dressées lui lançaient un appel irrésistible.

Sirena frémit : le désir de s'offrir à lui, à ses doigts, à ses lèvres, lui faisait perdre la tête. Conscient de l'émoi de Sirena, et lui-même assoiffé plus que jamais par sa sublime beauté, Regan reprit ses caresses langoureuses. De sa bouche sensuelle, il fouilla sa toison humide et soyeuse.

La respiration de Regan se fit de plus en plus saccadée et, quand elle s'allongea sur lui, elle l'entendit émettre un grognement sourd. La fourrure délicate de la poitrine de Regan taquinait la pointe de ses seins. Elle goûtait chaque détail de son corps. Elle caressa le volume de ses muscles, puis vint poser ses lèvres dans le creux de son cou et lécha la rosée salée qui s'y trouvait.

Regan, les mains plaquées sur le dos de Sirena, la pressait contre lui. Leurs jambes étaient enchevêtrées et leurs corps s'épousaient à la perfection. Elle écrasa le visage de Regan contre ses seins voluptueux et se délecta de la façon qu'il avait de la taquiner en la mordillant.

La peau de Sirena était aussi douce que la soie et tout son être se donnait à lui, promesse d'un plaisir éternel.

A travers l'obscurité, elle sentit qu'il la regardait, attentif à ses moindres réactions. Elle faisait l'amour joyeusement, sans réserve. Et lorsqu'il la pénétra, ils crièrent à l'unisson pour tout ce temps qu'ils avaient perdu, éloignés l'un de l'autre. Elle sentit une onde de chaleur la traverser de part en part, et murmura d'une voix rauque :

— Vous m'aimez, Regan. J'étais certaine que vous reviendriez vers moi !...

Un peu plus tard, allongée à côté de Regan, sa tête nichée contre son épaule, Sirena se sentait apaisée et satisfaite. Son amant, lui, demeurait silencieux. Sa respiration était régulière.

Quand elle étendit son bras pour caresser son torse, elle le sentit se raidir sous ses doigts.

— Regan, mon amour, que se passe-t-il ? N'êtes-vous pas heureux qu'on se soit retrouvés avant qu'il ne soit trop tard ?

— Il est déjà trop tard, Sirena ! grommela Regan en se levant du lit, à la recherche de son peignoir.

Perplexe, elle s'assit sur le lit, l'implorant du regard. Qu'avait-elle fait de mal ?

— Parlez-moi, Regan. Dites-moi si j'ai fait quelque chose qui vous a déplu !

Regan garda le silence. Le seul son qu'elle entendit fut celui de la pierre à briquet et de la lampe qu'il cherchait à allumer. Brusquement, la pièce fut envahie par une lumière jaune et chaleureuse. Elle leva ses yeux qui rencontrèrent le regard froid de Regan. Sa bouche décrivait une ligne fine et sa mâchoire exprimait une détermination proche de l'entêtement.

— Dites-moi ce que j'ai fait, Regan ! insista-t-elle, blessée au plus profond d'elle-même.

— Vous n'avez rien fait de mal, Sirena, répliqua-t-il enfin en mesurant chacun des mots qu'il prononçait.

— Alors que se passe-t-il ?

— Vous êtes bien trop sûre de vous, Sirena. Pourquoi vous ai-je trouvée ici dans mon lit en rentrant ? Dites-le-moi ! Ce n'est sans doute qu'un stratagème : vous voulez prouver que je peux encore être fou de vous ! Vous êtes ici pour vous venger !

— Non, Regan, non. Je suis ici parce que je vous aime. Et parce que je sais que vous m'aimez encore !

— Rappelez-vous les mots que vous avez prononcés au paroxysme du désir : « Je savais que je pouvais vous faire m'aimer à nouveau. » Pour vous, je ne représente qu'un défi ! Voilà pourquoi vous ne supportez pas ce divorce. Alors ce soir, vous êtes venue me tenter avec vos baisers. Vous vouliez me rendre fou de vous.

— Non, Regan, non...

En deux enjambées, il bondit près du lit. Il la saisit violemment par les bras, enfonçant ses ongles dans sa chair.

— Je ne me laisserai pas manipuler. Vous imaginiez qu'en venant ici vous me rappelleriez les moments que nous avons passés ensemble ? Je n'ai jamais fait confiance à une femme si certaine de son charme. Et si vous pensez que je vous laisserai vous venger de moi sans réagir, vous vous trompez, vociféra-t-il.

— Je vous en prie, Regan, croyez-moi, implora-t-elle, joignant les mains dans un geste suppliant.

— Vous croire ? Moi qui sais jusqu'où vous êtes capable d'aller ? Rappelez-vous : je vous ai épousée en pensant que j'épousais votre sœur ! Vous viviez dans ma maison tout en tentant de réduire à néant l'entreprise que mon père et moi avions mis toute une vie à construire ! Vous avez porté mon nom et couché avec un autre homme ! Vous êtes la trahison incarnée, Sirena ! Dieu m'en garde, pourtant je vous ai aimée. Et je sens que je pourrais encore vous aimer, mais je ne me laisserai plus prendre à vos pièges ! (Avec désinvolture, Regan entassa plusieurs pièces de monnaie en évidence sur la table.) Voilà votre salaire pour ces galipettes. Prenez-le, petite traînée, et fichez le camp d'ici !

Avant que Sirena eût trouvé les mots et la force de lui répondre, il avait tourné les talons et quitté la pièce en claquant la porte derrière lui.

Trop choquée pour pleurer, trop peinée pour bouger, Sirena entendit ses pas résonner sur les marches et le fracas d'un bris de verre. Doucement, avec des gestes lents, elle se rhabilla. Balayant du regard la pièce dans laquelle elle avait retrouvé goût à la vie quelques instants auparavant, elle ferma la porte. Sans bruit elle descendit les marches et s'enfonça dans la nuit brumeuse et obscure, le cœur brisé et humilié.

Les semaines suivantes, Sirena se trouva prise dans un tourbillon d'invitations. Bien qu'elle affichât une certaine gaieté, Frau Holtz et Jacobus n'étaient pas dupes de ses véritables sentiments.

Mais personne d'autre que Sirena elle-même ne pouvait mesurer l'ampleur de ses souffrances. Sa vie lui échappait, elle ne se sentait plus la force de sauver ce qui lui restait. Regan était sa seule raison de rester à Londres. Au fond d'elle-même, elle gardait toujours l'espoir infime qu'un jour leurs blessures cicatriseraient.

Dans l'obscurité des heures de solitude précédant l'aube, elle revoyait les scènes de leurs ébats. Et, à travers son demi-sommeil, elle sentait les bras de Regan autour d'elle, ses lèvres sur les siennes. C'était de ces chimères qu'elle tirait son énergie. Regan l'aimait : lorsqu'il l'avait prise dans ses bras, n'avait-il pas pris plaisir à la posséder ? « Regan m'aime, je le sais, songeait-elle. Dieu, je vous en prie, aidez-moi. Il ne veut pas l'admettre par orgueil, mais il m'aime ! »

Puis, lorsque les premiers rayons du soleil éclairaient l'horizon, elle retombait dans un abîme de désolation... Une nouvelle journée commençait sans Regan.

Un après-midi, alors que Sirena se prélassait après le déjeuner, se demandant quels vêtements elle porterait le soir, Frau Holtz frappa à la porte sans conviction. Elle entra avec un petit plateau en argent sur lequel trônait une pile d'invitations. Sirena prit la première en souriant, puis une autre. Elle avait presque épuisé la pile lorsqu'elle retira un carton couleur crème.

— Je donnerais ma main à couper qu'il s'agit d'une invitation de Sir Stephan Langdon. Eh oui : il souhaite que je l'honore de ma présence demain soir. Il serait enchanté que je l'accompagne à un dîner chez les Fallow.

Rayonnante, Sirena s'empressa de griffonner

sa réponse et tendit le carton à sa gouvernante. La vieille femme trembla légèrement en voyant sa maîtresse danser dans la pièce. Que manigançait la Mevrouw? Elle l'ignorait, mais à coup sûr, cela concernait le Mijnheer.

— Ecoutez-moi, Frau Holtz. Il faut aller porter un autre message. Tyler Sinclair m'a demandé de l'accompagner à Waterford pour que je puisse voir l'usine qu'il souhaite acheter.

« Comme en dehors des bateaux de Regan et des petites goélettes qui prennent des passagers, il n'y a pas de navire qui fasse la traversée, demandez à Jan ou à Willem d'aller au bureau de Tyler pour lui dire que leur vaisseau est prêt à embarquer quelques passagers. Celui qui rendra visite à Sir Tyler se présentera comme le capitaine et prétendra qu'il souhaite se renseigner sur les taxes pratiquées sur la dentelle irlandaise.

Frau Holtz fronça les sourcils à l'idée d'une nouvelle traversée, qu'elle fût courte ou longue. Mais elle y trouva quelque réconfort : elle ne s'était jamais autant ennuyée que depuis leur installation en Angleterre. Quand la Mevrouw et le Mijnheer vivaient ensemble, il y avait toujours quelque chose qui se passait. Comme à son habitude lorsqu'elle avait les idées noires, Frau Holtz songea à Batavia et à sa vie dans les îles. Comme cela lui manquait...

— Jacobus ! appela-t-elle de la fenêtre de la cuisine. La Mevrouw a une commission pour vous.

Elle lui expliqua rapidement de quoi il retournait et vit les yeux du marin s'allumer à l'idée de reprendre la mer. Même si Jacobus prétendait souvent être trop vieux pour quitter désormais la terre ferme, il se languissait d'être à nouveau sur le pont, bercé par le roulis du bateau. Il avait promis de veiller sur la Capitana et Frau Holtz. Et, quoi que cela lui en coûtât, jamais il ne reviendrait sur sa parole.

Plusieurs jours après, Sirena et Frau Holtz montèrent à bord de l'*Esprit des Mers*. Sirena fit un clin d'œil espiègle à Jan qui accueillait ses passagers à bord.

Sirena et son équipage se comportèrent comme s'ils étaient de parfaits étrangers. Willem montra aux nouveaux arrivants leurs cabines confortablement aménagées. Sirena murmura à Willem que Sir Tyler avait tendance à avoir le mal de mer par gros temps.

— Prions pour rencontrer des eaux calmes.

Willem promit de faire de son mieux et pendant qu'il chargeait les bagages, il lui demanda comment elle trouvait Londres.

— Je déteste cette ville, répondit Sirena avec véhémence, le regard orageux. Mais pour une raison qui m'est personnelle, je m'y sens attachée. (Elle scruta le visage de Willem.) J'ai parfois le sentiment que quelque chose va m'arriver. C'est peut-être parce que je n'ai pas de maison ni de racines. Oh, j'ai une maison et il paraît que je suis riche mais... j'ai tout perdu, conclut-elle doucement. Comprenez-vous cela ?

— Oui, Capitana, plus que vous ne l'imaginez.

— Je suis désolée, Willem. Bien sûr, en tant

que marin, vous savez ce que c'est de ne pas avoir de toit. Oubliez ce que je vous ai raconté et conduisez-nous en Irlande. J'espère que ce voyage en mer dissipera mes angoisses.

L'*Esprit des Mers* était parti depuis trois jours et se dirigeait vers Waterford. Sirena marchait sur le pont, Tyler à sa droite, Frau Holtz à sa gauche, l'œil rivé sur l'orage qui couvait. D'ici deux heures, ils se trouveraient au cœur de la tourmente. Ses mains la démangeaient : elle aurait tant voulu prendre le gouvernail...

Plus tard, accoudée au bastingage, Sirena regardait l'*Esprit* se lever et retomber sur les vagues avec grâce et assurance. Le vaisseau montrait qu'il était davantage que le bois et les clous qui le composaient. Le rugissement du vent dans son gréement était une véritable ovation. Il filait à travers les flots et les bourrasques, tanguant plus que gîtant, comme s'il savait qu'il était le plus beau navire du monde.

— Voile à l'horizon ! cria soudain une voix du haut du gréement.

— Quelle direction ? demanda Willem tandis que Sirena plissait les yeux pour voir à travers la brume.

— Plein nord ! Et il y a une autre voile pas très loin !

Sirena grimpa sur un appareil de levage et examina la situation :

Un brick battant pavillon britannique était poursuivi par un autre navire, un vaisseau pirate qui convoitait ses marchandises. Inexorablement, les bandits gagnaient du terrain.

Sirena fit un signe en direction de Jan : ils n'interviendraient pas. Les Anglais ne possédaient aucune chance d'échapper au pillage...

— Regardez, s'exclama Tyler, contenant mal son excitation. C'est vraiment un bateau pirate.

Un rugissement brisa l'air et une fumée noire et épaisse s'échappa du brick en feu. L'abordage se préparait.

— Quelle est votre impression ? demanda Sirena. Vous avez toujours envie de devenir pirate ?

D'autres coups de canon retentirent.

— Je donnerais n'importe quoi pour ressembler à ces gens, répliqua-t-il, les yeux pétillants. Je n'ai jamais rien vu de pareil. Mon père me lisait des histoires lorsque j'étais enfant et c'était exactement comme cela, l'orage et tout le reste, précisa-t-il en montrant les éclairs qui déchiraient le ciel. C'est un bateau de Van der Rhys ! cria-t-il soudain, reconnaissant le brick anglais. C'est son pavillon ! Je l'ai vu à quai lors de son chargement le mois dernier.

Les yeux de Sirena lancèrent des éclairs :

— Vous en êtes certain ? s'écria-t-elle alors que le tonnerre déchirait le ciel.

— Sûr et certain ! assura Tyler, les yeux rivés au vaisseau pirate. Si j'avais le butin du cargo Van der Rhys, je n'aurais plus besoin de me rendre dans mon satané bureau. Je serais libre comme l'air ! Libre !

— Le voulez-vous ? proposa-t-elle calmement.

— Je donnerais tout au monde pour l'avoir.

— Alors il sera à vous !

Tyler était tellement captivé par la scène qu'il

ne remarqua pas le départ de Sirena. Quand elle réapparut, elle portait son attirail des mers : la chemise à manches longues nouée sous sa poitrine et ses cuissardes qui mettaient en valeur ses longues jambes.

— Tous sur le pont ! hurla-t-elle, campée solidement sur ses pieds. Nous allons prendre de la vitesse. Le vent a tourné, il vient du sud maintenant.

Tyler considéra Sirena, les yeux exorbités.

— Du nerf ! Nous n'avons pas beaucoup de temps.

Elle regarda Tyler par-dessus son épaule : il était éberlué et elle lui adressa un large sourire.

— Accrochez-vous solidement si vous ne voulez pas passer par-dessus bord et si vous voulez profiter de votre butin !

Chacun des membres de l'équipage savait ce qui lui restait à faire et gagna son poste. L'*Esprit des Mers* pivoterait sur lui-même, à l'abri des vagues à tribord. Sirena devait filer à l'avant et répondre avec le gouvernail au mouvement du bateau au bon moment.

Le moindre faux mouvement et l'*Esprit des Mers* serait à la merci de la mer et du vent. Sirena s'empara du gouvernail : c'était quitte ou double. Les cris des marins pleuvaient dans le vent. Le timon tourna, les focs et les voiles avant se levèrent, claquèrent et se gonflèrent. Les marins à l'avant du bateau donnèrent du ris au foc. L'*Esprit* commença à virer. Le bateau arrogant piqua du nez dans les flots agités et se releva à tribord. Il rencontra un bouillonnement d'eau et d'écume, à bâbord son flanc était exposé à la férocité de la tempête.

Le navire trembla, gîtant dangereusement, pris en étau entre le vent et les flots. Puis le timon changea de position. Répondant aux cris qui venaient de l'avant et de l'arrière, la grand-voile fut étouffée alors qu'à l'arrière les marins hissaient les autres voiles. Le foc fut installé à la proue et au centre du bateau. Le vaisseau plein de grâce grogna, trembla, se leva puis s'envola sur les flots.

— Bien joué ! hurla Jan de l'arrière.

— Willem, prenez le timon, appela Sirena.

— Magnifique, complimenta Willem.

— Nous devons faire plaisir à notre invité, expliqua Sirena en souriant, satisfaite du résultat.

L'*Esprit des Mers* se lança à la poursuite du bateau pirate ; sa course dura plus de deux heures. Quand le navire fut à leur portée, Sirena cria :

— Ecoutez-moi bien ! Nous allons passer à l'assaut de ce vaisseau de brigands et puis nous le pillerons. Aucun scrupule pour ces pirates. Le butin ira à notre hôte, conclut-elle d'une manière emphatique.

— D'accord, Capitana ! approuva l'équipage en préparant les grappins pour l'abordage.

— Il a perdu le combat, intervint Franco. A en juger par la mine de l'équipage, les coups de canon tirés par les Anglais ont atteint leur cible. Si nous ne prenons pas son butin maintenant, il ira au fond de la mer.

Cherchant Tyler, Sirena le retrouva cramponné au mât d'artimon. Il était pâle comme un linge.

— Pauvre Tyler, vous avez le mal de mer.

Sinclair acquiesça de la tête, mais il était incapable d'articuler le moindre mot.

Sirena brandit son couteau et se mit à rire.

— Je vais passer à l'assaut. Dans une heure, vos marchandises seront à bord de l'*Esprit des Mers*, en sécurité. Mais rappelez-vous bien que vous avez dit que vous feriez n'importe quoi pour ce butin. Un jour, je vous demanderai de tenir parole.

— Alors, vous êtes... ce n'est pas possible... Je pensais qu'il s'agissait d'une histoire montée de toutes pièces ! Mais c'est bien la vérité. Vous êtes la Sirène des mers !

— Eh oui, je ne suis pas un mythe.

— Sirena, ces marchandises que les pirates ont volées appartiennent à Regan Van der Rhys.

— Plus maintenant. Désormais elles sont à vous, répondit Sirena en riant. Il n'y a aucun mal à cela : nous n'avons rien volé à Regan, ce sont les pirates ! affirma-t-elle avec assurance.

— S'il l'apprend, il nous tuera, s'exclama Tyler avec un rire nerveux.

— Avez-vous l'intention de crier sur les toits que vous êtes en possession de ses biens ?

— Non... mais...

— Alors il ne saura jamais qui a fait couler le bateau des pirates.

Tyler retrouvait peu à peu ses couleurs.

— Que vais-je faire de la marchandise ?

Sirena haussa les épaules.

— Vous avez plusieurs solutions. Vous pouvez la vendre au marché noir en Irlande ou pire encore, la refiler à Regan. J'imagine qu'il serait prêt à payer cher pour récupérer sa cargaison.

— Avec vos idées, nous pourrions bien nous retrouver bientôt sous les verrous à Newgate ou pendus au mât d'un bateau !

— Si vous ne savez pas tenir votre langue, répliqua Sirena froidement, je vous y aiderai... Mais regardez la situation en face, mon cher : vous êtes aussi coupable que nous tous !

Regan était installé à la taverne *La Blanche Colombe* devant une bouteille de rhum lorsque la nouvelle lui parvint : son bateau avait rebroussé chemin après avoir été attaqué en mer. Il resta immobile, ébahi par le récit des marins. Il tenta de reprendre ses esprits. Sa bouche était pâteuse et il avait du mal à se déplacer sous l'effet de l'alcool. Il agrippa la manche du marin :

— Quel pirate ? Etait-ce une femme ? cria-t-il d'une voix rauque avec un éclair meurtrier dans le regard.

Craignant pour sa propre vie, le marin se dégagea de son emprise et s'écarta.

— Moi, je suis juste venu vous annoncer la nouvelle. Comment je peux savoir s'il y avait une femme à bord ? bougonna-t-il. Allez au quai vous-même. Tout ce que je sais, c'est que votre cargaison a disparu. Et si la nouvelle ne vous est pas parvenue avant, c'est parce qu'il a fallu du temps pour réparer le bateau au large de la Cornouaille avant qu'il puisse regagner Londres.

Regan regardait d'un air féroce les visages amusés autour de lui. Ils le prenaient pour un fou. Comment pouvait-il expliquer à ces individus imbibés d'alcool qui était la Sirène des mers ? Nom d'un chien, c'était sa cargaison la plus importante depuis qu'il avait lancé son entreprise. Et cette marchandise lui aurait rapporté gros. Il reprit soudain ses esprits et quitta la pièce comme s'il avait le diable aux trousses.

Il héla le premier fiacre qu'il aperçut et dit au cocher qu'il lui paierait le double de la course s'il pouvait le conduire le plus vite possible à King Street.

— Je lui romprai le cou, qu'elle aille au diable ! cria-t-il avec hargne dans la nuit froide.

Le trajet en ville ne le calma guère. S'arrêtant devant la maison de Sirena, il courut jusqu'à la porte à deux battants et y donna des coups de pied comme un fou furieux. Frau Holtz, les cheveux dressés sur la tête, ouvrit la porte. Elle recula lorsqu'elle aperçut la méchanceté qui flottait dans les yeux de Regan.

— Où est-elle ? rugit-il.

La vieille femme blêmit et porta ses poings serrés à sa bouche. Exaspéré par son silence, il lui tordit le poignet.

— Répondez-moi, ou je vous brise le bras ! Vos vieux os auront du mal à s'en remettre, menaça-t-il.

— Dans... dans sa chambre. La deuxième porte sur... le palier, murmura Frau Holtz terrorisée.

Sirena était sur le point de lire une lettre

lorsque Regan surgit dans l'embrasure de la porte.

— Restez où vous êtes! s'exclama-t-elle en brandissant la lame du coupe-papier qu'elle avait dans les mains.

Le visage de Regan était déformé par la rage. Il sauta par-dessus un petit tabouret et la gifla. Elle ne put esquiver le coup et perdit l'équilibre quand Regan tenta de l'agripper. Il attrapa ses tresses noires comme l'ébène puis l'attira à lui malgré ses hurlements.

— Vous avez attaqué mon navire, volé ma cargaison. Plus jamais cela! cria-t-il. Je vous aurai avertie. Et cette fois, je pèse mes mots. Vous êtes allée beaucoup trop loin!

Comme il relâchait quelque peu son étreinte, Sirena se dégagea brusquement.

Elle recula, brandissant à nouveau le coupe-papier.

— Grâce à cela, lança-t-elle froidement en agitant la lame, nous sommes à armes égales. Pour quelle raison êtes-vous ici? Vous n'avez rien à y faire. Vous n'êtes plus mon mari, j'ai un papier signé de vous! Sortez d'ici, vous me dégoûtez!

— Je partirai quand je l'aurai décidé. D'abord vous allez me dire où est ma cargaison et quand vous comptez me payer les dommages que vous me devez!

Sirena fit le tour de la pièce, pourchassée par Regan.

— Ecoutez-moi bien, Regan! Je n'ai pas attaqué votre navire. Des pirates s'en sont chargés, pas moi! Vous comprenez? Je n'ai pas pillé votre marchandise.

— Vous mentez! gronda Regan. Vous seriez capable de me mentir avec un livre de prières dans une main et un chapelet dans l'autre. Toute votre vie n'est que mensonge. Tromperie, manigances et assassinat sont votre lot quotidien.

Il se précipita sur elle et immobilisa son fin poignet. Elle tenta avec frénésie de se libérer mais en vain. Alors elle leva brusquement son genou qui vint se ficher dans son bas-ventre. Regan cria de douleur et fut obligé de se reculer tandis qu'elle se saisissait de la lame et l'en frappait au visage. Le sang jaillit.

— J'espère que je vous ai estropié! triompha Sirena en crachant sur le sol. Je vous ai dit que je n'avais pas attaqué votre navire, mais vous croyez toujours ce que vous voulez croire. De la même manière que vous vous êtes persuadé que Mikel était l'enfant de Chaezar. Estimez-vous heureux que je ne vous aie pas tué; ça n'aurait été que justice. Vous avez été incapable d'avoir la décence de m'écouter. Vous espériez sans doute que je subirais votre punition sans broncher? (Sirena le considéra avec dégoût.) Vous empestez l'alcool. Maintenant sortez d'ici. Si vous ne pouvez pas vous lever, j'appellerai les domestiques pour qu'ils vous jettent par la fenêtre.

Regan se redressa douloureusement et plissa les yeux lorsqu'il vit le large sourire qu'arborait Sirena. Elle attrapa agilement un petit miroir en argent et le lui tendit:

— Voyez, vous garderez un petit souvenir de cette nuit.

Regan blêmit quand il se vit dans le miroir.

— Vous me le paierez ! menaça-t-il d'une voix rauque. Si c'est la guerre que vous voulez, vous l'aurez.

— Disons alors que j'ai gagné la première bataille. J'espère que la façon dont j'ai gravé mes initiales sur votre joue vous plaît ! Pensez à la réaction de votre chère fiancée lorsqu'elle passera ses doigts adorables sur votre cicatrice. Vous n'aurez qu'à lui dire que ce S signifie Séduction...

Sirena eut alors ce rire métallique qui faisait grincer les oreilles de Regan.

— Je vous tuerai, murmura-t-il en respirant péniblement.

— Il faudra d'abord que vous m'attrapiez, le défia Sirena. Et à partir de maintenant, vous serez tellement occupé par vos cargos que vous aurez peu de temps à me consacrer. Adios, Regan ! Faites bien attention de ne pas trébucher en sortant.

La douleur qu'il ressentait à l'aine était intense mais pour rien au monde il ne l'aurait montré. Dût-il en mourir, il sortirait de la pièce sur ses deux jambes. Ses oreilles bourdonnaient. Sa mâchoire était tellement crispée qu'il eut l'impression qu'elle allait se déchirer lorsqu'il entreprit de descendre l'interminable escalier. Sa bouche grimaçante épouvanta Frau Holtz. Elle faillit l'aider mais d'un regard, il la cloua sur place.

Il lui restait encore trois marches à franchir

lorsque Sirena l'interpella du haut de l'escalier. Elle avait toujours le coupe-papier à la main. Quand Regan tourna la tête, elle lança la petite arme qui par un étrange hasard vint se planter dans la botte du Hollandais.

— Je n'ai pas attaqué votre bateau. Mais j'ai coulé le vaisseau pirate qui avait volé votre chargement. Par conséquent, le butin m'appartient.

Sirena s'accouda à la rambarde et éclata de rire.

— Frau Holtz, aidez-le. Le pauvre homme a l'air d'être blessé.

Regan garda la maîtrise de lui-même et sortit de la maison, le stylet planté dans sa chaussure épaisse.

— Insupportable bâtard! Si vous le laissez encore entrer ici, Frau Holtz, je vous ferai jeter par-dessus bord! Vous m'avez bien comprise?

Frau Holtz avala sa salive, sachant qu'il était inutile de discuter.

— *Ja*, j'ai compris, Mevrouw.

Puis Sirena se précipita dans sa chambre où elle éclata en sanglots.

Regan rentra chez lui en titubant. Les yeux brûlants de rage, il s'effondra sur le lit. Sa bouche était tordue par la douleur, il respirait difficilement.

Quelle traînée! Il aurait dû l'étrangler, la jeter contre les murs, la réduire en bouillie!

Soudain, il se souvint de l'entaille qu'il avait à la joue et frappa du poing sur le panneau en bois du lit. Un hurlement de rage lui échappa puis il retomba sur le matelas. Il ferma les yeux, submergé par la douleur. Il aurait pu la tuer... Pourquoi s'était-il arrêté à temps comme il l'avait toujours fait avec elle ? Pourquoi l'avait-il laissée le défier et le blesser ? Etait-ce parce qu'il l'avait dans la peau ? Parce qu'il l'aimait ? Quand mettrait-il fin à ses agissements une fois pour toutes ?

Il roula sur le lit. Il fallait qu'il réagît, qu'il prît une décision. Si seulement il avait été plus facile de prévoir ce qu'elle allait faire... Il se sentirait plus... en sécurité.

Il grinça des dents à cette seule pensée : il était un homme tandis qu'elle n'était qu'une femme.

— La chienne ! Chienne de criminelle ! grommela-t-il.

Des heures et une demi-bouteille de rhum plus tard, la souffrance s'estompa et Regan s'assoupit. Il rêva qu'il était pourchassé par Sirena brandissant un couteau...

Il se réveilla plein de détermination : après tout, elle prétendait qu'elle l'aimait, que sa vie n'était rien sans lui. Une fois pour toutes, il la remettrait à sa place et elle resterait auprès de lui.

— J'en ai assez de ce jeu diabolique ! grogna-t-il.

Il était temps que Sirena sût lequel d'entre eux était le plus fort.

14

Les genoux contre le menton, Caleb était assis sur le pont resplendissant du *Rana*. Il observait Lord Farrington et les ouvriers qui exécutaient les ordres du gentleman sémillant. Les équipements de jeu et les décorations nécessaires au salon arrivaient à bord les uns après les autres dans des caisses. Son regard brun et pétillant s'assombrit quelque peu : il imaginait la réaction de Sirena lorsqu'elle verrait ce qu'il avait fait de son bateau. Et Caleb était certain qu'un jour ou l'autre, elle le découvrirait. Lord Farrington ne lui avait-il pas annoncé que les billets d'entrée venaient d'être imprimés et distribués à Londres ?

Lorsqu'il s'accouda au bastingage à l'arrière du bateau, il se sentit comme hypnotisé par le doux clapotis de l'eau contre la coque. Il laissa ses yeux se promener sur le mât d'artimon, regrettant de ne pas se trouver en mer. Il savait que la vie qu'il menait ici n'était pas faite pour lui.

Une mouette tourbillonna près des côtes et reprit son envol, haut dans le ciel... Si seulement il pouvait parler à quelqu'un, quelqu'un d'autre que ce Farrington obsédé par le commerce et les bénéfices. Quand il était fatigué de ces conversations, il se tournait invariablement vers les femmes. Si Jan ou Willem avait été là, ils auraient pu lui raconter des histoires de marins, comme lorsqu'il était encore à Java. Cela faisait si longtemps. Trop longtemps.

Lord Farrington tapota l'épaule de Caleb du bout de sa canne.

— Cal, les hommes m'ont parlé d'un pirate qui sévit sur ces mers. Je crois qu'il serait sage de prendre quelques précautions pour protéger nos bénéfices et nous-mêmes, bien sûr...

L'estomac noué, Caleb le fixa d'un air incrédule :

— Qu'avez-vous dit ?

— La rumeur court qu'un pirate sévit sur la côte sud. Un bateau appartenant à Van der Rhys a été pillé et est revenu au port en piteux état.

Le sang de Caleb ne fit qu'un tour. Un bateau de Regan... Sirena ? Il s'appliqua à ne pas laisser filtrer son émotion et demanda :

— Quel genre de pirate ?

— Comment pourrais-je le savoir ? Un pirate ordinaire, voilà tout.

Caleb soupira de soulagement. S'il s'agissait d'un pirate « ordinaire », il ne pouvait s'agir de Sirena.

— Alors mon garçon, êtes-vous d'accord pour que nous embauchions des gardes ? reprit Aubrey en le taquinant à nouveau de sa canne.

— Retirez cet objet de malheur de mon épaule. Je vous ai déjà dit que je ne le supportais pas ! s'exclama Caleb d'un ton menaçant. (Lord Farrington obéit prudemment.) Et en ce qui concerne votre idée de se protéger contre les pirates, elle est ridicule. Mais je vous donne mon accord pour quelques gardes afin de surveiller la caisse. Avec tous les escrocs qui traînent sur les docks...

— Nous sommes donc d'accord, conclut Lord Farrington très doucement.

Puis il s'éloigna en faisant cogner sa canne sur le pont.

En haut de l'escalier circulaire de la maison des Sinclair sur Pall Mall, la baronne Hélène descendait les marches devant son mari. Elle était indignée, terriblement en colère. Elle ne mâcha pas ses mots :

— Ne prenez pas la peine de vous excuser, Charles. Vous avez eu une bien mauvaise idée d'inviter ce Stephan Langdon à ma soirée !

— Ma chère Hélène, plaida le baron, qu'auriez-vous voulu que je fasse ? Quand Stephan est venu me voir, il savait que les invitations à votre petite soirée avaient été lancées. Il m'a dit que son imbécile de domestique avait peut-être égaré la sienne. Je ne pouvais pas le chasser, quand même.

— Et pourquoi pas ? dit la baronne en regardant le baron par-dessus son long nez. Quand enfin prendrez-vous conscience que ce Langdon est un ignorant de la pire espèce ?

Cherchant à se justifier auprès de son épouse, le baron répliqua innocemment :

— Stephan paraît vraiment s'intéresser à notre adorable Sirena. Et il me semble qu'elle n'y est pas indifférente. Il y a peut-être un mariage dans l'air...

— Il faudra me passer sur le corps, murmura la baronne, les lèvres pincées.

A peine était-elle installée sur un canapé rubis couvert de brocart que la domestique du premier étage annonça Sirena et Sir Stephan Langdon. Elle les fit entrer dans le salon où devant l'âtre rougeoyant de la cheminée, les Sinclair étaient confortablement installés.

Comme l'autre fois, la baronne fut émue par la beauté de Sirena. Ce soir-là, elle portait une robe en soie cuivre qui mettait en valeur sa délicate peau ivoire et ses cheveux bruns brillants. « Pourquoi Tyler ne tombe-t-il pas amoureux d'elle ? » pensa amèrement la baronne qui n'approuvait guère le goût de son fils. Elle soupira au fond d'elle-même : elle savait bien que Tyler n'était pas fait pour la fougueuse Espagnole. Sirena avait besoin d'un homme comme Regan Van der Rhys pour flatter sa beauté et son esprit. Un homme capable de la dominer et de la défier constamment. Comparé à Regan, Tyler n'était encore qu'un enfant. Quel dommage que ce mariage entre le Hollandais et cette créature magnifique fût allé à vau-l'eau.

— Vous êtes vraiment charmante aujourd'hui, dit la baronne avec sincérité, en lui tendant la main.

— Je vous remercie. Votre salon est charmant, madame la baronne.

— Les étoffes proviennent de votre pays natal, Sirena, et j'ai fait venir un marchand de nouveautés d'Espagne pour la décoration. Je suis heureuse que cela vous plaise.

Sirena sourit et accepta le verre de sherry que lui offrait le baron.

— Dites-moi comment s'est passé votre voyage en Irlande ? demanda-t-il.

— Ce fut… intéressant, dit-elle doucement.

— J'aimerais bien voir quelques-unes des dentelles que vous avez rapportées de Waterford, déclara la baronne.

— De la dentelle et du cristal, madame la baronne. En fait, vous allez recevoir en cadeau les verres les plus exquis que j'aie jamais vus. Et pour les dentelles, je me ferai un plaisir de vous les montrer un peu plus tard dans la semaine. Elles sont très délicates et leur dessin est tout nouveau. Je dois féliciter Tyler sur le choix de cet investissement. Une femme n'a jamais assez de rubans et de dentelles.

Le baron Sinclair acquiesça, intéressé par les bénéfices que l'on pouvait tirer de cette dentelle, puis s'adressa à Stephan Langdon :

— Savez-vous que Van der Rhys s'est fait voler sa cargaison par un bateau pirate ?

— Tout le monde en parle, répondit Stephan d'un ton un peu rude. Et quand on pense que cela s'est passé dans les eaux anglaises, c'est intolérable !

— Je me suis laissé dire que le Hollandais était d'une humeur massacrante lorsqu'il a appris la nouvelle. Selon la rumeur, il a même eu une réaction quelque peu étrange : il a demandé si les pirates étaient dirigés par une femme. Avez-vous déjà entendu quelque chose d'aussi ridicule ?

Sirena posa son verre sur une petite table et

fixa le baron Sinclair. Sous ses cils épais et noirs, ses yeux vert émeraude lançaient des éclairs.

— Il y a plusieurs années, on racontait l'histoire d'une femme pirate qui venait des Indes orientales, commença-t-elle. La rumeur disait qu'aucun marin ne l'égalait. Elle se battait et jurait comme un homme et avait la réputation d'être la plus belle femme à naviguer sur ces eaux. Les gens l'appelaient la Sirène des mers. Mais d'après ce que j'ai pu comprendre, la Compagnie hollandaise des Indes orientales et ses actionnaires lui avaient donné d'autres noms. (Sirena eut un sourire froid et énigmatique qui attira l'attention de Stephan Langdon.) Certains prétendent qu'il ne s'agit que d'un mythe, d'autres qu'elle est bien vivante et qu'elle continue à parcourir les mers. J'ai demandé au Mijnheer Van der Rhys, qui vient d'arriver des Indes orientales s'il y avait une quelconque vérité dans cette histoire. Il m'a dit qu'elle n'existait pas, et que si elle avait existé elle était certainement morte maintenant. Sachant cela, je comprends mal qu'il ait posé cette question. Peut-être la rumeur qui lui prête un caractère instable est-elle fondée ?

Tous les yeux se tournèrent vers Sirena. Satisfaite, elle continua son histoire :

— Quand je me suis arrêtée au bureau de Tyler cet après-midi, il m'a fait part d'un bruit qui court : il semble que les pirates aient proposé à Van der Rhys de lui revendre sa propre cargaison pour le double de ce qu'il l'a payée. Ingénieux, n'est-ce pas ?

— C'est le moins que l'on puisse dire,

approuva Langdon en buvant une gorgée de son vin. Cela explique peut-être la mauvaise humeur de Regan lorsqu'il est venu voir Camilla. A en juger par la vilaine cicatrice qu'il porte sur la joue droite, il semble qu'il ait également été victime d'une escarmouche.

— Vous me semblez bien amer, Stephan, dit la baronne d'un ton narquois. A vous entendre, on a l'impression que la fortune de Regan ou son manque de fortune vous touchent comme s'il s'agissait de vous-même.

Puis, haussant le ton, elle demanda :

— Et Camilla ? Comment va cette chère enfant ?

— Elle est très heureuse d'être fiancée. Et comme vous le savez, Hélène, le bonheur de Camilla constitue ma plus grande joie. (Ce fut alors à Stephan Langdon de lancer un regard hautain à la baronne.) Je suis persuadé qu'à la fin de la soirée, elle aura réussi à lui faire quitter son humeur noire. Il est tellement amoureux de ma fille. Il suffit de voir la manière dont il la regarde. Il est fou de cette enfant.

— Cela ne vous ennuie pas que le Hollandais soit presque en âge d'être son père ? Vous, les Anglais, vous avez tendance à vous montrer indulgents avec vos enfants, lança Sirena en riant, le regard amusé.

— Camilla a besoin d'une personne solide auprès d'elle, répondit Stephan avec fermeté.

— Une personne solide ! Mais c'est le rôle d'un père, non ? Une fille n'a pas besoin de deux pères, Stephan. Un mari doit avant tout être un amant, roucoula Sirena.

— Elle a raison, nota la baronne d'un ton acerbe. A quoi pensiez-vous donc pour laisser Camilla s'engager avec ce Hollandais ?

Stephan soupira.

— Une fois qu'elle s'est entichée de lui, reconnaissez que je n'y pouvais plus grand-chose. D'autre part, il a de la fortune. Une pauvre enfant, sans mère, aurait pu faire un plus mauvais choix. Et je vous le répète, ma petite Camilla l'aime vraiment.

« Regan ou son argent ? » songea méchamment Sirena. Elle baissa les yeux et adressa un clin d'œil complice à la baronne que cette dernière lui renvoya.

Le dîner fut réussi. Sirena et Stephan furent rejoints par huit autres couples et tous apprécièrent la généreuse hospitalité des Sinclair.

L'intérêt presque maternel que portait la baronne à Sirena fit que la jeune Espagnole fut accueillie à bras ouverts par la société londonienne. Elle était belle, intelligente et riche ! Son entrée dans les hautes sphères de Londres se révéla un succès.

Beaucoup plus tard, quand la soirée tirait à sa fin, et une fois les invités partis, la baronne et Sirena s'isolèrent dans le salon tandis que le baron et Stephan fumaient dans la bibliothèque.

Les ladies abordèrent un grand nombre de sujets : le temps, la dentelle et les bals à venir. Pus, n'y tenant plus, la baronne l'interrogea brusquement :

— Vous l'aimez toujours, n'est-ce pas ?

— Oui, avoua doucement Sirena en détournant son regard.

— Et vous êtes prête à tout pour qu'il revienne vers vous ?

— Oui.

— Même s'il en aime une autre ?

— Non, pas s'il en aimait vraiment une autre. Il n'aime pas Camilla Langdon. Il m'a aimée, il ne peut pas l'avoir oublié, murmura-t-elle.

L'air sembla soudain alourdi comme si un orage grondait.

— Imaginez un instant que vous vous trompiez, qu'il ne vous aime plus... Que feriez-vous ? demanda la baronne les sourcils froncés.

— Ce que je ferais ? Je crois que j'en mourrais. Sans Regan, il n'y a plus de vie en moi. A mes yeux, nous sommes toujours mariés et nous le resterons jusqu'à ce que la mort nous sépare. Ce n'est pas une loi stupide qui peut nous éloigner l'un de l'autre !

Les yeux que Sirena tourna vers Hélène étaient emplis de chagrin. La baronne en éprouva beaucoup de tristesse.

— Mais ma chère enfant, qu'y pouvez-vous ? Il est impossible de forcer quelqu'un à vous aimer !

— Je vous en prie, madame la baronne, cessez de me poser des questions. Tout ce que je sais, c'est que je dois aller jusqu'au bout. Je suis responsable de ce qui est arrivé entre Regan et moi. C'est à moi d'essayer de réparer cette erreur comme je l'entends.

La baronne considéra Sirena avec une infinie

tendresse. Si seulement Tyler pouvait suffire à cette femme...

— Je comprends, Sirena. Si je peux faire quelque chose pour vous, n'hésitez pas.

— C'est très gentil de votre part, mais je dois m'en sortir seule. Je l'aime, voilà tout.

La baronne se demanda si elle aurait été aussi loin pour Charles. Probablement pas. Tout cela pour un homme... Certes, Charles n'était pas Regan Van der Rhys. Elle haussa les épaules quand les deux hommes entrèrent dans la pièce, suivis de Tyler qui rentrait d'un dîner. A la vue de Sirena, ses yeux noisette s'éclairèrent. Après avoir salué sa mère, il s'inclina très bas devant la jeune femme et lui baisa la main.

— Tyler, comme vous êtes élégant ! dit Sirena en riant. Peut-on savoir le nom de la charmante personne avec qui vous avez dîné ce soir ?

— Une fille fadasse, répondit-il en esquissant une grimace. La mère de la fille m'a littéralement forcé à rester à dîner et, comme la famille fait partie de mes clients, il m'était difficile de refuser.

— Racontez-nous, mon fils, ce que nous avons manqué, demanda sa mère avec un sourire indulgent.

— Comme d'habitude. Une nourriture riche, du vin sans goût et quelques danses. Les musiciens laissaient à désirer. Mais la conversation à table était animée, ajouta-t-il en souriant. Regan Van der Rhys a régalé l'assistance en racontant que les pirates lui proposaient de racheter son chargement le double de ce qu'il l'avait payé.

— Et que compte faire le Hollandais ? relança

la baronne en promenant son regard de son fils à la charmante Espagnole, décelant un regard complice entre les deux.

Tyler mit fin au suspense :

— Il n'a pas d'autre choix que d'accepter, car il doit honorer les contrats de ses clients s'il ne veut pas que sa réputation en souffre. Dans une entreprise d'import-export, il a intérêt à éviter cela à tout prix.

— Le pauvre homme, quel dommage ! soupira Sirena, feignant de compatir. Comment son entreprise survivra-t-elle si de telles attaques se reproduisent ?

Tyler haussa les épaules.

— Qui peut en juger ? Cela dépend du montant qu'il a investi.

Les yeux gris de Sir Stephan Langdon étaient perplexes, et son ton à la limite de la panique :

— Etes-vous en train de me dire que le Hollandais est au bord de la faillite ?

— Non, cela dépend simplement du montant qu'il a investi. Il pourrait avoir beaucoup perdu, tout en étant loin d'être ruiné. Il n'y a que les fous pour mettre tous leurs œufs dans le même panier, et ce Van der Rhys est loin d'être un idiot.

Le visage de Langdon parut soulagé et Sirena aurait aimé le gifler : si Regan avait été sans le sou, il lui aurait arraché la charmante Camilla sans qu'elle eût eu le temps de respirer. « On en revient toujours au volume du compte en banque », pensa-t-elle tristement.

— Si vous voulez bien m'excuser, ma journée a été longue, déclara Tyler.

Il fit un gros clin d'œil à Sirena avant de se retirer.

— Le Hollandais n'aurait jamais dû accepter l'offre des pirates, dit Charles Sinclair d'un ton contrarié. En faisant cela, c'est tout le commerce britannique qu'il met en péril. Mais cela apporte un peu d'animation, n'est-ce pas? demanda-t-il en s'adressant à Stephan.

— Quel dommage, coupa la baronne, nous ne connaîtrons pas la suite de l'histoire avant un moment. Nous partons pour l'Ecosse sous peu. Quelques affaires de famille à régler, précisa-t-elle.

— Avant que vous partiez, Stephan, j'ai quelque chose à vous demander, coupa à son tour le baron Sinclair. (Il en avait assez d'entendre sa femme répéter qu'elle détestait ces barbares d'Ecossais et leur pays hostile.) A mon club cet après-midi, un certain nombre d'entre nous se lamentaient sur le fait que nos fils ne suivent aucun entraînement pour le maniement de l'épée. Aussi nous voudrions créer une sorte d'école d'escrime. Et naturellement, votre nom a été suggéré. Nous avons le sentiment que cela pourrait devenir une entreprise bénéficiaire qui drainerait tous les gens de bonne famille de Londres. Un projet à court terme, en fait. Vous veilleriez à ce que l'enseignement soit de qualité. Comme vous êtes un expert de renom, votre nom attirerait un certain nombre de candidats. Nous pensons que les bénéfices pourraient être significatifs.

— Stephan, il y a encore tant de choses que j'ignore à votre sujet, intervint Sirena. Je ne savais pas que vous étiez un maître en escrime.

— Le meilleur, s'exclama Charles en donnant une tape dans le dos de Stephan. Le meilleur de tous ! A ma connaissance, il n'a jamais perdu un combat.

— J'espère que cela ne vous froisse pas, Sirena ? s'inquiéta Stephan. Certaines femmes n'apprécient guère de telles pratiques.

— Au contraire, je trouve que c'est un sport très viril. Peut-être un jour consentirez-vous à m'enseigner quelques rudiments ? Je me suis laissé dire qu'en France, les femmes pratiquent ce sport.

— Ce sera un honneur pour moi, répondit Stephan avec courtoisie.

Lors du court trajet effectué en calèche pour reconduire Sirena chez elle, un changement semblait s'être produit sur le visage de Stephan. Il paraissait presque absent. Sans doute réfléchissait-il déjà à cette idée d'une académie d'escrime.

Silencieux, il ne parlait que si Sirena lui posait une question. Du coin de l'œil, elle observait cet homme qui était devenu son cavalier en toute circonstance. Il était étonnamment beau et la lune qui filtrait à travers les fenêtres du fiacre se reflétait sur ses cheveux argentés. Son teint était légèrement mat et sa dentition parfaite. Elle avait déjà remarqué sa corpulence athlétique auparavant ; désormais, elle en connaissait l'origine. L'escrime était un sport qui exigeait une condition physique excellente. Elle songea que dans ses jeunes années, il avait dû avoir la réputation d'un séducteur. Certaines fois, quand elle le regardait à l'improviste, elle lisait une certaine exaltation derrière son regard vif. Un regard émoustillé qu'elle trouvait plaisant pour un homme de son rang.

Après avoir été rejetée par Regan, elle se sentait gratifiée qu'un homme séduisant la trouvât désirable. Comme s'il avait lu ses pensées, Stephan passa un bras autour de ses épaules et l'attira à lui. Il posa gentiment son doigt sur son menton et leva son visage afin que leurs regards se croisent.

— Savez-vous à quel point vous êtes belle, Sirena ? demanda-t-il d'une voix rauque.

Lentement et délicatement, il couvrit ses lèvres des siennes pour un très long baiser. Son étreinte se resserra, et Sirena succomba à cette force. Stephan avait beau être un homme très attirant, elle fut cependant surprise par sa propre réaction. Quand il caressa ses seins, elle le laissa faire et fut parcourue d'un petit frisson.

Lorsque le fiacre s'engagea dans l'allée qui menait à sa demeure, Sirena se dégagea de l'étreinte de ses bras. Elle désirait éviter toute ambiguïté : elle ne l'invitait pas à passer la nuit chez elle.

Stephan n'émit aucune protestation, et retomba dans le même silence que précédemment. Sirena le soupçonna de penser à l'argent ou le cas échéant au manque d'argent de Regan. Il l'accompagna sur le seuil de la maison et resta avec elle jusqu'à l'apparition de Frau Holtz. Après lui avoir baisé la main, il la salua. Sirena le regarda partir en faisant la moue.

Regan était assis dans son bureau sans chauffage, absorbé dans ses livres de comptes. Il était tard et sa tête lui pesait. Les chiffres et les colonnes virevoltaient devant ses yeux fatigués. S'il avait disposé de plus de temps, juste un peu plus, il aurait pu bâtir une entreprise florissante, vendre une partie des actions de Sirena pour avoir davantage de liquidités.

Maintenant, il avait Tyler sur le dos qui s'acharnait à lui demander des actions au lieu des livres sterling du contrat de Sirena. N'ayant aucune alternative, il avait été contraint d'accepter.

Il ne pouvait pas à la fois être sur la terre ferme et veiller sur la cargaison de ses navires. La vie avait été si simple à Batavia... Quel démon l'avait persuadé de venir en Angleterre ? Il se languissait des vents chauds et du soleil doré.

Il frotta ses yeux fatigués, troublé par la vision imaginaire de Camilla. Il pouvait toujours avancer la date du mariage et prendre possession de sa dot. Seulement pendant un moment, le temps de rembourser ses dettes. Il le lui expliquerait clairement dès le début. Il était bien résolu à rembourser chaque penny. Il avait retenu la leçon : plus jamais une femme ne l'accuserait de lui avoir volé son argent.

Il ne servait à rien de recommencer ces calculs. Ce n'était pas non plus en les regardant que ces chiffres allaient changer. Pourquoi se mentait-il à lui-même ? Pourquoi ne pas s'avouer qu'il ne voulait pas rentrer chez lui ? Avait-il seulement un « chez lui » ? Il se souvenait de sa belle demeure à Batavia, il la compara à la luxueuse maison de la belle Espagnole. La seule présence de Sirena la transformait en un foyer. Le soin de Frau Holtz en faisait un lieu resplendissant ; rien à voir avec les méthodes douteuses de sa femme de ménage à lui, pensa-t-il.

En un éclair, il déroula le fil de sa vie : il prit brusquement conscience qu'il avait commis une erreur irrémédiable, à moins que... Il pouvait aller trouver Sirena et reconnaître sa faute. Il devrait expliquer à Camilla qu'il renonçait à l'épouser. Il devrait affronter le regard de son fils : Caleb comprendrait que Sirena avait gagné une fois de plus. Il devrait fermer son bureau et admettre que son entreprise s'était soldée par un fiasco... Regan frappa du poing sur la table.

— Non, jamais ! cria-t-il dans l'obscurité.

Il n'abandonnerait pas ! Il ne commettrait pas la même erreur. S'il réussissait simplement à trouver le moyen de transporter sa prochaine cargaison en Ecosse, il pourrait peut-être sauver son entreprise. Caleb l'aiderait. Son fils conduirait sa marchandise à bon port et n'exigerait pas un paiement immédiat. La première chose à faire était de trouver Caleb et de lui soumettre cette offre. Et dans le même temps, il chercherait à vendre quelques actions.

Refermant la porte derrière lui, Regan sortit du bureau avant l'aube ; il faisait gris. Il se sentait les épaules de plus en plus lourdes à mesure qu'il se rapprochait de Lime Street. Le brouillard humide l'enveloppait, ses yeux fatigués étaient amers, sa bouche crispée. La fine marque du S qu'il avait sur la joue était à vif. Il passa doucement son doigt sur la blessure : quelle humiliation... Il passa sa main dans sa barbe naissante et estima le temps qui lui faudrait pour cacher sa disgrâce.

15

Londres s'éveillait. Les camelots haranguaient la foule en vantant leurs marchandises. Devant la résidence de Langdon, deux poissonnières plantureuses se disputaient à coups de carrelets la clientèle des aristocrates.

Camilla était irritée d'avoir à s'habiller et se coiffer elle-même. Elle fronça son joli visage en examinant son reflet dans le miroir, prenant des poses séductrices avec ses longues boucles blondes. Agacée de ne pas réussir à dissimuler son allure de petite fille, elle jeta la brosse à terre. Pourquoi avait-elle ce teint de rose ? se demanda-t-elle en faisant la moue. Pourquoi ne ressemblait-elle pas à cette Espagnole dont son père semblait s'être entiché ? Elle était obligée de se cantonner à un style féminin et fragile tandis que la peau ivoire de Sirena et ses cheveux de jais l'autorisaient à porter une toilette beaucoup plus sophistiquée. Camilla avait remarqué le regard de Regan sur cette femme sensuelle lors du bal des Sinclair. L'idée de le perdre la fit paniquer. En dehors du prince Charles lui-même, Regan était le meilleur parti de la saison.

Camilla ne courrait pas le risque de le laisser à cette beauté aux cheveux d'ébène et aux yeux couleur d'émeraude qui avait au moins cinq ans de plus qu'elle !

Quand Camilla rejoignit Stephan à la table du petit déjeuner, elle était toujours de mauvaise humeur. Elle regarda en se mordant la lèvre la fine tranche de pain et le pot de confitures presque vide : il n'en restait plus suffisamment pour deux. Elle savait que si elle en voulait, il lui fallait réussir à distraire son père.

— Vous avez l'air en pleine forme, père...

Elle frémit en prenant le pot sous son nez. Elle tartina rapidement son pain avec l'épaisse marmelade dorée et lécha la cuiller.

— Avez-vous gagné de l'argent au jeu hier soir ?

— Oui, soupira Stephan, mais une somme ridicule.

— J'espère que ce sera suffisant pour payer la cuisinière. Vous savez qu'elle menace de nous quitter. Elle a dit qu'elle finirait la semaine et que si nous ne lui réglions pas ses gages, elle ne reviendrait pas. (Camilla eut un air méprisant tandis que sa bouche rose grimaçait de dégoût.) J'aimerais bien savoir comment cette vieille harpie parvient à rester si dodue alors que moi je maigris à vue d'œil. Je serais prête à parier qu'elle vole davantage qu'elle ne cuisine pour nous ! Elle est toujours en train de se plaindre que son salaire ne lui suffit pas pour acheter la nourriture, mais elle se porte comme un charme.

Langdon leva les yeux du billet qu'il était en

train de lire et, souriant avec perversité, répliqua :

— Votre minceur, ma chérie, ajoute à vos charmes une touche de mystère.

— Minceur ! C'est d'inanition qu'il faut parler ! s'indigna-t-elle. J'ai dû me contrôler pour ne pas me jeter sur les mets au dîner des Wavrson, hier soir. Pour vous, c'est différent : si un homme mange avec appétit, il reçoit la bénédiction de son hôtesse. Mais une femme, elle, doit se contenter de picorer délicatement et laisser la moitié de son assiette. Je vous le répète, je meurs de faim !

— Mon enfant, le sens de la privation est une qualité.

— Je n'ai pas l'impression que vous vous priviez de quoi que ce soit ! rétorqua Camilla. Vous réussissez à vous faire inviter à dîner tous les soirs tandis que je dois me contenter d'écouter les gargouillements de mon estomac vide. Avez-vous gagné suffisamment pour que nous achetions des œufs et du fromage ?

— Nous pourrons, je pense, acheter quelques denrées de première nécessité. Mais rappelez-vous que je dois garder un peu d'argent en vue du prochain jeu. On ne me fera pas crédit.

— Alors trichez ! cria Camilla sans pitié. Je suis votre enfant et je meurs de faim !

— Cela n'est que temporaire, répondit Stephan avec hauteur.

— Vous dites ça depuis deux ans. Je vous préviens, père, si je ne mange pas à ma faim, je serai trop faible pour aller jusqu'à l'autel avec Regan. Et vous le regretterez.

Se souvenant soudain de quelque chose, Camilla se précipita vers le petit salon. Elle revint avec le réticule qu'elle portait la veille. Elle sortit du petit sac une serviette en lin qui enveloppait... une cuisse de faisan. Faisant fi de la désapprobation de Stephan, elle déchira la chair tendre comme une affamée. Stephan Langdon l'observa croquer la viande à pleines dents, savourant chaque morceau.

— Vous avez pris des risques, Camilla. Que se serait-il passé si quelqu'un vous avait vue?

— Si quelqu'un m'avait vue? Je m'en moque éperdument. J'ai faim et je pourrais avaler douze cuisses de faisan en un éclair, dit-elle en léchant ses doigts, entreprenant à présent de sucer les os.

— Lequel d'entre nous ouvrira la porte au percepteur? demanda Stephan après un silence.

— J'en ai assez de prétendre que je suis la femme de ménage, se plaignit Camilla. A votre tour, père, vous faites un maître d'hôtel très convaincant.

Stephan lui lança un regard exaspéré et retourna à son journal, étudiant les publicités.

— Père, je suis désolée de remettre ce sujet sur le tapis, mais ma couturière réclame son dû et menace d'aller colporter que je suis sans le sou. Il faut vraiment trouver une solution. Votre tailleur vous met lui aussi en garde. J'en ai assez de mentir, demandez au baron Charles qu'il nous consente un autre petit prêt. C'est quand même votre cousin: il ne peut pas refuser si vous lui dites à quel point nous sommes désargentés !

— Hors de question ! Personne ne doit savoir dans quelle situation désastreuse nous nous trouvons. La rumeur viendrait immédiatement aux oreilles de Van der Rhys. Nos affaires sont en train de s'arranger, Camilla. Hier même, le baron m'a demandé mon aide pour une école d'escrime destinée aux jeunes gens de bonne famille. Il n'exige aucun investissement, j'aurai seulement à récolter les bénéfices.

— Mais cela peut prendre des mois ! Si seulement vous me laissiez convaincre Regan de faire avancer la date du mariage. Nous aurions au moins de quoi manger dans cette maison.

— Ma chère enfant, l'apaisa Stephan, j'ai une petite idée. Vous allez rendre visite à Tyler et lui demander une petite avance. Il n'osera pas en parler à ses parents de peur qu'ils ne s'y opposent.

— Je savais bien que vous perdiez la tête ! s'exclama Camilla, empourprée de rage. C'est la pire suggestion que j'aie jamais entendue.

— Je crains que nous n'ayons aucune autre alternative. C'est ça ou mourir de faim, dit-il habilement en l'observant.

Camilla considéra les os rongés et le pot de confitures vide.

— Très bien...

— Il faut y aller aujourd'hui, Camilla, insista Stephan. J'ai regardé votre carnet : vous n'avez aucune invitation pour ce soir. Et moi non plus. Nous pourrions bien sûr passer chez les

Radcliffs au moment du dîner en prétextant je ne sais quoi...

— Nous l'avons déjà fait la semaine dernière, avez-vous déjà oublié ? rétorqua Camilla.

— Cela fait un petit moment que nous n'avons pas rendu visite aux Beckman ou aux Palmer...

— Leur maître d'hôtel nous a déjà fait sentir que nous n'étions pas les bienvenus. Père, si nous continuons comme cela, tout Londres sera au courant de notre situation. Il va falloir que vous deveniez un meilleur joueur ou bien que nous nous mettions à voler.

— Nous n'en sommes pas là, mon enfant. Si vous allez voir Tyler, son argent nous mettra à l'abri pour un moment.

— Combien imaginez-vous qu'il me donnera ? Juste pour quelques jours, et tout recommencera. Nous allons mourir de faim, s'écria-t-elle amèrement. Et pourquoi est-ce moi qui dois toujours me préoccuper de nos finances ? Vous êtes mon père, c'est votre devoir de prendre soin de moi !

— C'est vrai, c'est vrai, ma chère. Mais je dois veiller à ma réputation.

— Quelle réputation ? rétorqua Camilla d'un air méprisant. S'il y a quelqu'un dont la réputation est en jeu ici, c'est bien moi ! J'ai l'impression que vous ne vous rendez pas compte de ce que vous me demandez, dit-elle en se penchant sur la table. Si Tyler décide d'empêcher mon mariage avec Regan, nous serons bien avancés. Nous finirons par nous retrouver à la prison de Newgate ! La bigamie est un délit grave. Et si

Regan découvre que je suis toujours mariée avec Tyler Sinclair, il nous tuera tous les deux.

— Si vous vous inquiétez au sujet de Tyler… je vous ai dit à plusieurs reprises que je pouvais remédier à cette situation. Je serais prêt à faire de vous une veuve.

Camilla blêmit.

— Vous ne feriez pas cela ! Vous avez toujours prétendu que Tyler était notre meilleur atout. Père, revenez sur terre. Notre problème c'est Regan, pas Tyler.

— Ma chère enfant, avez-vous jamais souhaité devenir une veuve riche ? Peut-être avez-vous une aversion pour le noir ? Et pendant que nous parlons de votre situation sociale, avez-vous réfléchi à la manière dont nous pourrions payer ce mariage ?

— Je ne vais tout de même pas me marier à crédit ! répliqua Camilla. Si toutefois quelqu'un consent à nous prêter de l'argent. Mais avec la promesse de rembourser le lendemain, cela devrait être possible.

— Quelle finesse, j'étais justement en train de songer à la même chose. J'imagine que vous garnirez le garde-manger et le tiendrez à portée de main…

— Vous pouvez compter sur moi.

— Dites-moi, ma chère enfant, comment avez-vous réussi à persuader Tyler de garder le silence sur cette affaire ?

— Vous le savez aussi bien que moi. Il ne veut pas être déshérité.

— Je vous avais pourtant prévenue que vous

commettiez une grossière erreur en vous attirant les foudres de la baronne.

— Ce n'est pas à moi qu'était opposée la baronne, mais bien à vous. Mais Tyler n'est pas un imbécile. Il a accepté de ne rien dire et de garder le secret. Il s'est aussi rendu compte que nous avions commis une erreur de nous être enfuis. La baronne ne le lui aurait jamais pardonné.

— Vous pouvez remercier Dieu que Tyler soit toujours amoureux de vous.

— Et vous, où en est votre histoire d'amour avec cette sorcière de Sirena Cordez ?

— Je pense que je l'impressionne. Il est encore trop tôt pour vendre la peau de l'ours. Je souhaite prolonger ma cour. Je me suis penché sur ses affaires et je puis vous assurer qu'elle est bien plus riche que votre Van der Rhys. J'estime que j'ai mes chances avec elle.

Camilla dévisagea son père. Elle avait envie de lui rétorquer que ses chances d'épouser la sensuelle Espagnole étaient inexistantes.

— Il doit bien y avoir quelque chose à manger dans cette maison, dit-elle en se levant. Cette cuisinière de malheur a certainement un garde-manger secret. Elle a intérêt à m'avouer où elle cache la nourriture, sinon c'est elle que je ferai rôtir pour le dîner !

Le temps était au beau fixe. Quand Sirena se leva, elle éprouva un léger sentiment d'ennui dont elle savait qu'il irait en s'accroissant avec la journée. Elle esquissa une grimace. Elle n'était pas habituée à cette vie indolente. Même enfant, elle avait toujours été très active. A Java, il y avait ces promenades à cheval à travers la jungle et le long de la rivière. A bord du bateau, elle faisait travailler ses muscles en hissant le gréement et en tenant le gouvernail. Ici, le nombre des activités que pouvait exercer une femme était restreint. Sirena n'avait aucune envie de passer son temps à recevoir chez elle marchands et colporteurs. Elle aurait eu l'impression de gaspiller ses journées si, comme cela était à la mode à Londres, elle avait dû rester assise des heures tandis qu'une nigaude coiffait ses cheveux et qu'une autre lui présentait coupon sur coupon.

Elle aurait aimé flâner dans St. James Park, mais cela ne se faisait pas dans les hautes sphères de la société. Une lady se promenait en fiacre ou ne se promenait pas. D'autre part, le temps ne permettait pas encore d'aller piqueniquer à la campagne. L'idée de passer une nouvelle journée enfermée la désespérait.

Soudain, ses yeux tombèrent sur un journal qui lui avait été apporté avec son petit déjeuner. Il annonçait l'ouverture de plusieurs boutiques au marché du Royal Exchange. Elle décida qu'elle s'y rendrait le matin même, accompagnée de Frau Holtz.

La gouvernante fit la chambre de Sirena, se réjouissant à l'avance de cette expédition. Comme la plupart des femmes, l'idée de s'attarder dans les magasins, de marchander au « Change » comme on appelait familièrement ce lieu, la rendait toute guillerette. Elle dressa dans sa tête la liste des choses qu'elle souhaitait acheter. L'argent n'était pas un souci pour la gouvernante qui avait reçu des gages importants tout au long de l'année lorsqu'elle travaillait chez les Van der Rhys, où elle avait de plus de petits besoins. A Java, le luxe d'une intendante se limitait à quelques nouvelles robes et une paire de bonnes chaussures par an. Mais ici, les choses étaient différentes : ses quelques excursions au parc lui avaient permis de se rendre compte que les domestiques des gens aisés se mettaient au diapason de leurs employeurs. Elle s'était brusquement lassée de ses robes ternes et avait envie d'une ou deux collerettes pour son col et ses manches.

Sirena admira dans la glace sa parure. Elle portait un nouvel ensemble aigue-marine. Elle avait choisi le velours en pensant à la Méditerranée. La robe allait avec une veste ajustée parée d'ornements dorés sur les revers et les manches longues. Ses cheveux lustrés et ses yeux verts étaient mis en valeur par la couleur pâle de la robe. Même si la coupe était sévère, la teinte délicate rendait le costume très féminin. Sur sa tête, elle plaça un bibi orné de plumes exotiques. Une voilette tombait gracieusement sur son visage. Lorsqu'elle eut enfilé ses gants blancs, Sirena était prête à partir.

— Le fiacre est-il arrivé ? demanda-t-elle avec un sourire, en voyant sa gouvernante se hâter de mettre son chapeau sur ses cheveux gris et son lourd manteau en laine.

— *Ja*, Jacobus nous attend. Il est ravi de jouer au valet de pied pour vous, Mevrouw. (Elle se renfrogna soudain.) Parfois, je préférerais qu'il retourne au bateau : tout ce qu'il sait faire, c'est se pavaner dans la livrée que vous lui avez achetée et mendier des gâteaux à la cuisinière.

Sirena eut un large sourire.

— Je sens une pointe de jalousie...

— *Nein!* Pourquoi devrais-je être jalouse d'un homme de son engeance? Mais je n'arrive pas à m'en débarrasser: il s'est mis dans la tête de veiller sur nous et dès que je tourne la tête, il est là. Et si vous voulez rentrer plus tard qu'il ne l'entend... Ach! Cet homme est un crétin! s'exclama-t-elle en adoucissant toutefois ses yeux.

Le Royal Exchange se trouvait au croisement de Corn Hill et de Threadneedle Street. L'immense bâtiment carré était entouré de cours et de galeries divisées elles-mêmes en petites échoppes. La circulation était difficile autour de cette place de marché.

Après une longue course à travers les rues pavées et de nombreuses disputes avec les cochers, les interminables processions de charrettes emplies de poulets ou de légumes étaient venues à bout de la patience de Jacobus.

— Si seulement nous étions en mer, se plaignait-il.

Mais Sirena savait que si elle le renvoyait sur l'*Esprit des Mers,* Jacobus en aurait le cœur brisé. Il serait perdu s'il n'avait plus à veiller sur les deux femmes.

Quand Sirena et Frau Holtz pénétrèrent dans la grande halle, elles furent assaillies par une myriade d'arômes venant des fourneaux et par le bruit des colporteurs qui installaient leurs étals. Lorsqu'elle monta l'escalier menant à la galerie du haut, étroitement escortée par la gouvernante, elle feignit de ne pas entendre les compliments des galants qui se retournaient sur son passage. Ces manants traînaient dans le Royal Exchange en s'amusant à flirter avec les vendeuses et les femmes sans escorte. Frau Holtz fit la grimace et leur lança un regard courroucé. Intimidés, ils les abandonnèrent alors à leurs emplettes et partirent à la recherche d'autres proies.

Sirena et Frau Holtz flânaient dans les boutiques, s'arrêtant çà et là pour examiner une paire de gants, un coupon de ruban. Sirena était très enthousiasmée par le Change. Elle acheta plusieurs paires de gants de différentes couleurs. La vieille femme, elle aussi séduite par les bonnes affaires, investit dans deux paires de gants noirs.

Les bas, les plumes, les éventails, les boutons, les aiguilles, les épices, les essences exotiques furent entassés dans leurs paniers. Après cette aventure, la Frau avait mal aux pieds et Sirena à la tête, toutes deux étaient passablement énervées par leur bain de foule. Au centre de la cour, des marchands négociaient le prix des chargements qui devaient arriver par bateau.

Elles s'apprêtaient à partir quand elles passèrent devant la boutique Goldsmith. Frau Holtz tomba en arrêt devant une paire de boucles d'oreilles. Sirena les lui offrit. Le bijoutier la regarda avec intérêt : sa robe richement décorée témoignait de sa fortune. Il lui dit à voix basse :

— Si madame s'intéresse aux bijoux hors du commun, elle a trouvé la bonne boutique.

Sirena le dévisagea. Il lui rappelait les vieux juifs fortunés qui venaient rendre visite à son père à Cadix. Elle savait d'instinct qu'elle pouvait faire confiance à ce Goldsmith sur la qualité de sa marchandise. La réputation d'un bijoutier était plus précieuse que ses diamants.

— Si vous aviez l'obligeance de me les montrer, j'en serais très heureuse.

L'expression de l'homme s'illumina. D'un geste rapide, il sortit une boîte de dessous la table. Sirena eut juste le temps d'observer sa kippa brodée d'une couronne. La petite calotte en satin contrastait tellement avec le reste de son habillement misérable que Sirena devina immédiatement que sous ses apparences modestes, elle avait affaire à un riche marchand. Ce commerçant savait qu'il n'était pas sage d'étaler sa fortune aux yeux de tous. Ses mains tremblaient légèrement lorsqu'il souleva le couvercle.

— Cela me vient d'Orient, madame, et quand j'ai vu vos yeux, j'ai tout de suite compris qu'il avait été fabriqué pour vous.

Sirena regardait fixement les bijoux disposés sur le tissu de velours. C'était la plus belle pièce en jade qu'elle eût jamais admirée. Elle avait la forme d'un dragon avec deux rubis scintillants à la place des yeux. Le travail du pendant et de la chaîne en or était extrêmement raffiné.

La robe en soie couleur serpentine qu'elle avait commandée à Mme Wittcomb irait à merveille avec ce bijou.

— Vous avez raison, sir, c'est le plus beau collier que j'aie jamais vu.

Sa voix trahissait un enthousiasme qui rendrait tout marchandage difficile. Elle aurait été prête à payer le triple du prix pour pouvoir le porter avec la robe.

Haletante, elle expliqua au marchand où elle demeurait et l'invita à lui rendre visite. Il se présenta comme étant Salomon Lévi et lui donna sa carte. Quand Sirena replaça le dragon dans sa boîte et quitta la boutique avec Frau Holtz, le marchand sourit de satisfaction. Il en tirerait un très bon prix, se félicita-t-il.

Salomon Lévi était un commerçant très perspicace : comme Sirena n'avait pas parlé de la valeur du bijou, elle avait donc les moyens de payer la somme qu'il lui demanderait.

Replaçant la boîte en sécurité, il se dit que la journée avait été bonne. Il avait pourtant quelques regrets d'avoir vendu le jade de Chine. Parfois la nuit, quand il était seul et à l'abri des regards malveillants, il sortait la boîte en velours et observait le bijou à la lueur d'une bougie. « Mais enfin, se consola-t-il, il sera porté par une créature d'égale beauté. »

Frau Holtz et Sirena, chargées de paquets, sortirent du Change.

— Attendez ici, Mevrouw, déclara la gouvernante. Avec ces rue sales, il ne restera plus rien de vos chaussures. Je vais chercher Jacobus et le fiacre. Moi, je porte des chaussures résistantes.

— D'accord, mais laissez les paquets ici plutôt que de vous en embarrasser. Il ne va pas tarder à pleuvoir, observa-t-elle en levant les yeux au ciel. Nous ferions bien de rentrer le plus tôt possible. J'ai entendu parler de fiacres qui glissent et se renversent.

— *Ja*, je me dépêche.

Debout, seule, Sirena demeura de marbre sous les regards inquisiteurs et les sifflements grivois qui lui étaient adressés. De l'autre côté de Threadneedle, les calèches étaient à la queue leu leu, prêtes à être chargées. Sirena se redressa pour voir si la sienne était parmi elles.

Elle fut parcourue par un frisson qu'elle attribua aux nuages qui cachaient le soleil. Du coin de l'œil, elle aperçut une voiture de louage qui quittait la file d'attente. Les autres conducteurs se répandirent en insultes contre le véhicule qui semblait avoir quelques difficultés.

A ce moment-là, Jacobus arriva derrière elle.

— Je prends ces paquets, Capitana, dit-il doucement en délivrant Sirena de son fardeau. Il va falloir traverser la rue. Corn Hill est impraticable. Il vient d'y avoir un accident.

Jacobus marcha en tête, suivi de Sirena qui avait l'esprit ailleurs, songeant au magnifique dragon royal. Quand elle fut presque de l'autre côté, la voiture de louage s'élança soudain dans la rue et les chevaux, fouettés frénétiquement par le cocher, se mirent au galop. Ils étaient presque sur elle lorsqu'elle les aperçut. Il était trop tard.

Hennissant et s'ébrouant, les coursiers fonçaient sur elle. Allait-elle mourir ?...

Jacobus lâcha ses paquets et se précipita vers sa maîtresse. Il la tira vers lui et la fit tomber à terre. Les roues de la carriole passèrent à quelques centimètres de sa tête.

Il fallut quelques minutes à Sirena et Jacobus pour reprendre leurs esprits et se remettre sur pied. De nombreux badauds les entouraient mais aucun ne leur offrit de l'aide. La robe en velours de Sirena, maculée de boue, était dans un état désastreux. Ses mains, malgré les gants qu'elle portait, étaient écorchées et elle s'était tordu la cheville. Jacobus lui demanda si elle était blessée.

— Ça ira, mon vieil ami. Et vous, rien de cassé ?

— Dans de pareils moments, je suis content de ne pas être encore trop vieux. Vous avez failli y laisser la vie, Capitana ! Je suis prêt à parier qu'il s'agit d'une tentative de meurtre !

— Vous dites n'importe quoi, Jacobus, répliqua-t-elle d'un air renfrogné.

Pourtant, le conducteur de ce fiacre endiablé, qu'elle avait aperçu le temps d'une seconde, lui rappelait quelqu'un...

— Je l'ai vu de mes propres yeux, Capitana.

Embarrassée d'avoir causé un embouteillage, Sirena fut heureuse de voir apparaître son fiacre au bout de la rue qui venait vers eux.

— *Liebchen !* cria Frau Holtz. Que s'est-il passé ? Vieil imbécile, gronda-t-elle en s'adressant à Jacobus. Qu'avez-vous encore fait ?

— Il m'a sauvé la vie, bredouilla Sirena encore sous le choc. Jacobus a été aussi secoué que moi. Poussez-vous, et faites-lui de la place parmi nous.

— *Ja, ja,* acquiesça Frau Holtz qui considérait désormais Jacobus avec respect.

Quand ils se furent installés sur la banquette,

prêts à rentrer, Sirena repensa à ce qui lui était arrivé : elle avait frôlé la mort. Dans cette ville, elle devait se tenir sur ses gardes.

Adossée contre le dossier moelleux, l'image de ce fiacre et de son cocher lui revint à l'esprit. Cette silhouette lui disait quelque chose. Etait-ce la taille de l'homme, ses épaules, ou bien encore son port de tête ? Elle soupira et songea qu'il s'agissait sans doute du fruit de son imagination.

Le trajet de Drury Lane aux bureaux de Tyler sur New Queen Street ne prendrait pas plus d'une demi-heure, Camilla le savait. Mais juste avant de quitter la maison, de gros nuages assombrirent Londres.

Les fiacres et les calèches encombraient les rues. Tout le monde se dépêchait de rentrer chez soi avant l'orage : les canalisations se boucheraient, excréments et ordures flotteraient dans les rues en répandant une odeur nauséabonde. Consultant la petite montre épinglée à sa robe, elle constata que quarante-cinq minutes s'étaient déjà écoulées : il lui restait encore un bon bout de chemin à parcourir avant d'atteindre les bureaux de Tyler.

Dans l'obscurité de la mi-journée, Camilla tentait de se détendre. L'Anglaise savait bien qu'il était inutile de demander au cocher d'accélérer ou de pester contre le mauvais temps. Elle écarta le rideau et regarda à travers la fenêtre maculée de boue. Le ciel noircissait à vue d'œil et la pluie imminente alourdissait l'air. Soudain la voiture s'arrêta, elle se pencha à la fenêtre pour voir ce dont il s'agissait. Une carriole fermée par des barreaux bloquait le passage. A l'intérieur, se trouvait une femme au visage émacié et aux cheveux crasseux. Camilla frémit : la voiture conduisait cette pauvre créature à l'hôpital royal de Bethléem, plus connu sous le nom de Bedlam.

Camilla l'observait, hypnotisée par la souffrance de cette femme. Ses habits en haillons dissimulaient à peine sa silhouette décharnée et des blessures sanguinolentes sur sa poitrine et ses bras osseux. Une enseigne sur le véhicule indiquait qu'il appartenait à Bridewell, une prison-hôpital pour femmes et enfants. Camilla fut prise de panique et de désespoir. L'apathie et le vide dans le regard de cette femme réveillèrent de terribles souvenirs qu'elle croyait enfouis au plus profond d'elle-même.

Quand avait-elle lu ce même regard terrorisé et absent chez sa mère ? Elle était enfant et n'avait guère plus de dix ans.

Elle entendait encore la voix de son père :

— Votre mère est très malade, ma chère enfant. Votre père va la conduire dans un hôpital où on s'occupera d'elle.

— Non, non ! Je vous en prie, père, ne m'enlevez pas ma maman. Je prendrai soin d'elle.

Mais Stephan avait gentiment expliqué à sa petite fille que l'entourage et l'affection de sa famille ne suffiraient pas à Lady Langdon. Elle avait besoin d'être soignée par des experts. Elle recevrait les soins des médecins de l'hôpital royal de Bethléem.

Camilla plissa les yeux et se souvint, comme si la scène venait de se passer sous ses yeux, de cet après-midi où elle avait vu sa mère pour la dernière fois. Elle était entrée dans sa chambre en dépit de l'interdiction de l'infirmière, mais sa mère ne l'avait ni prise dans ses bras ni embrassée.

Quand enfin Stephan Langdon avait conduit Lady Langdon au fiacre, Camilla l'avait détesté. Détesté pour le mal qu'il avait dit de sa femme. Détesté pour les pleurs qui avaient réveillé la petite fille qu'elle était. Et détesté enfin pour avoir été un père attentionné alors qu'il s'était montré cruel envers la douce Lady Langdon.

Lorsque Camilla regarda à nouveau par la fenêtre, son fiacre s'était remis en marche et celui de Bridewell avait disparu. Surprise par les larmes qui ruisselaient sur ses joues, Camilla fouilla dans son sac à la recherche d'un mouchoir. Ces souffrances d'autrefois étaient toujours bien là, au fond d'elle-même. Elle se sentait désemparée.

Camilla aimait son père, comme un enfant aime le seul parent qui lui reste. Elle refusait de voir ses défauts, ne lui tenait pas rigueur de ses colères et lui attribuait toutes les qualités d'un prince de conte de fées. Malgré leurs difficultés financières constantes, elle ne lui reprochait pas son penchant pour le jeu et son manque de sens des responsabilités. Elle le croyait naïvement lorsqu'il invoquait son manque de chance. Même la faim n'avait pas amoindri son amour pour lui. Quand il n'y avait pas assez de nourriture, ils jeûnaient tous les deux. Lorsqu'ils étaient assiégés par leurs créanciers, ils faisaient bloc ensemble. Si un jour ils se retrouvaient à la rue, ils le seraient ensemble. La seule chose sur laquelle elle pouvait compter, c'était sur son affection sincère. Et elle l'en récompensait par sa loyauté.

Toutefois, lorsqu'un souvenir comme celui de Bedlam refaisait surface, Camilla se sentait dévastée par un sentiment de haine à l'égard de Stephan. Rien ni personne ne l'avait forcé à confier sa mère, qui autrefois avait été si belle, à cette institution. Elle était persuadée que son père s'était en fait débarrassé de sa femme.

Fermant les yeux à nouveau, elle revit Lady Langdon dans les bras de son mari, le regard vide. Elle n'avait pas protesté lorsqu'il l'avait conduite jusqu'au fiacre. Sa mère n'était plus que l'ombre d'elle-même : la jeune femme aux yeux pétillants dont le portrait était accroché au-dessus de la cheminée du petit salon, désormais n'était qu'un souvenir. Stephan avait enfin refermé la porte du fiacre et était rentré à la maison. Lady Langdon avait posé un dernier regard sur sa fille en larmes. Pour la première fois depuis des mois, Camilla avait vu sa mère esquisser un geste : elle avait lentement levé sa main squelettique afin de lui dire au revoir.

Stephan s'était alors rendu compte d'un changement d'expression chez Camilla. Il s'était empressé de lui demander :

— Que se passe-t-il ?

Pour une raison qu'elle était toujours incapable de s'expliquer, elle s'était bornée à répondre :

— Rien, père. Je n'ai rien vu.

Puis elle avait suivi la voiture des yeux, espérant voir sa mère se retourner. En vain...

Quand le fiacre de Camilla emprunta New Queen Street, elle avait fait disparaître toute trace de larmes et tiré sur sa robe. Tyler aimait la voir vêtue de couleurs sombres et profondes. La robe qu'elle portait ne manquerait pas de lui plaire.

Il regardait justement par la fenêtre lorsque la voiture de Camilla arriva. Il fut surpris de cette visite alors que des éclairs zébraient le ciel au loin. Elle qui redoutait le tonnerre ! Avec une certaine amertume, il pensa que la seule chose susceptible d'arracher Camilla à son intérieur par une telle journée ne pouvait être que l'argent. Tyler jeta un rapide coup d'œil dans son portefeuille. Compte tenu des bénéfices qu'il avait réalisés en revendant sa cargaison à Van der Rhys, il aurait pu se montrer très généreux. Mais afin de ne pas attirer ses soupçons ni ceux de Stephan, il décida de ne lui donner que dix ou douze livres.

Il l'entendit franchir la porte d'entrée. Il sourit lorsqu'il ouvrit la porte et vit son employé, Whipple, ébahi, balbutiant. Il se comportait toujours de la même façon lorsque Camilla venait au bureau.

— Bonjour, mon chéri, dit-elle en apercevant Tyler. Il ne vous a pas surchargé de travail au moins, monsieur Whipple ? Mon pauvre, vous avez l'air épuisé.

Elle sourit à M. Whipple qui s'empourpra, accentuant encore la rougeur de ses boutons.

Camilla savait l'effet qu'elle faisait à ce clerc maigrelet et elle en profitait.

— Pas le moins du monde, mon ange, répliqua Tyler en la faisant entrer dans son bureau. (Fermant la porte derrière lui, il éclata de rire.) Dites-moi, Camilla, venez-vous ici pour tester vos charmes auprès de Whipple ? Si vous continuez, vous allez le conduire à la crise de nerfs et ses boutons ne partiront jamais.

Camilla se mit à rire comme une petite fille.

— Ne dites pas de sottises... Comment pourrais-je avoir un effet si destructeur ? se moqua-t-elle en faisant la moue, les yeux pétillants.

— Petite païenne, je sais que vous adorez que je vous accuse d'être une femme fatale.

Camilla soupira et déposa un léger baiser sur la joue de Tyler.

— Vous me connaissez tellement bien que je me demande comment vous pouvez continuer à me porter de l'affection.

Tyler la prit brutalement dans ses bras et embrassa fiévreusement sa bouche délicate.

— Maintenant que vous avez obtenu ce que vous êtes venue chercher, partez et laissez-moi à mes comptes, la taquina-t-il.

Peu impressionnée, Camilla passa une main dans ses cheveux et arrangea le bord de son chapeau à fleurs.

— Tyler, vous savez très bien pourquoi je suis ici. Ne le racontez pas sur tous les toits, mais mon père a eu un coup de malchance à la table de jeu et nous sommes sur le point de mourir de faim ! Pouvez-vous me prêter suffisamment pour que nous fassions un bon repas ?

— A en juger par la couleur de vos joues, Camilla, il ne semble pas que vous soyez en train de mourir de faim.

— C'est uniquement parce que je n'en suis pas encore à manger mon maquillage. Le rouge que vous voyez sur mes joues est parfaitement artificiel mais appliqué avec talent. Croyez-moi, Tyler, nous n'avons plus de quoi manger.

— Ne venez pas m'ennuyer avec vos histoires, allez voir le Hollandais.

— Mon chéri, implora Camilla, vous n'allez pas me laisser mendier, n'est-ce pas ?

— Non, mon ange, céda Tyler en soupirant. Dix livres vous suffiront-elles ? C'est tout ce que je peux vous prêter. C'est presque la fin du mois et je ne voudrais pas priver M. Whipple de son salaire.

— Dix livres ? répéta Camilla que le salaire de Whipple ne préoccupait guère. Mais notre garde-manger est vide !

— Alors douze livres.

— Quinze.

En sortant de sa poche un billet de cinq livres supplémentaire, Tyler demanda très sérieusement :

— Mon cœur, obtenez-vous toujours ainsi ce que vous désirez ?

— Toujours, répondit-elle en lui arrachant le billet de cinq livres et en lorgnant sur son portefeuille.

— Vous jetez votre dévolu sur quelque chose et vous l'obtenez, je crois que c'est ce que j'admire le plus chez vous.

— C'est mon père qui me l'a appris, murmura Camilla en disposant les billets dans son réticule. Vous êtes certain de ne pouvoir m'en prêter quelques autres? Ma couturière me demande ses gages à cor et à cri.

— Je suis prêt à payer pour votre nourriture, Camilla, mais pas pour vos vêtements. Dans quelques semaines, Van der Rhys se chargera de tout cela.

— Mon chéri, vous êtes jaloux!

— Bien sûr que je suis jaloux! Si votre cher père n'avait pas autant d'influence sur vous, les choses auraient sans doute été différentes entre nous. Ma mère n'a jamais rien eu contre le fait que vous soyez sans argent, Camilla. C'est le fait que vous soyez une petite intrigante prête à tout pour votre père qui la rebute. Vous seriez même prête à ruiner chacun des membres de la famille Sinclair.

— Pas tous les Sinclair, mon chéri. Même un marchand d'esclaves ne viendrait pas à bout de la baronne, et je doute que le plus habile des brigands puisse dérober la moindre pièce à votre père. Il n'y a guère que de vous dont nous pourrions tirer quelques bénéfices. Je vous imagine très bien traînant dans les rues de Vérone et devenant le gigolo d'une vieille comtesse enfarinée. (Elle entortilla ses doigts dans ses boucles et glousse.) Rappelez-vous, mon chéri, je peux certifier vos talents.

Elle se rapprocha de lui et promena sa main sur la poitrine de Tyler. Son cœur battait la chamade. Soudain il emprisonna sa main et ils se regardèrent droit dans les yeux, en proie à un violent désir.

Un grondement sourd se fit entendre et des éclairs zébrèrent le ciel. Camilla se raidit et vint se réfugier contre le torse de Tyler en le serrant très fort. Il l'entoura de ses bras, sentant sa taille fine. Sous des allures de femme, Camilla n'était encore qu'une enfant. Elle finit par relever la tête, les yeux brillants de larmes. Tyler essuya ses joues. Ils s'embrassèrent, bouillonnant de désir, leurs langues et leurs respirations se mêlèrent. Ils se retrouvaient comme avant.

Tyler conduisit Camilla vers le sofa en cuir qui faisait l'angle de la pièce faiblement éclairée. Il n'avait pas allumé les lampes avant le début de l'orage et le halo gris de lumière qui filtrait à travers les fenêtres donnait une atmosphère d'intimité et de solitude au bureau spacieux.

Entre deux baisers enflammés, Tyler retira sa veste et la légère popeline de Camilla. La jeune femme impatiente fit glisser ses jupes encombrantes, ne gardant que sa chemise et ses jupons.

Réclamant ses lèvres, elle le poussa contre le canapé et s'installa sur ses genoux. Sous la pression chaude de ses cuisses, Tyler sentit le désir le submerger. De sa langue elle dessina le contour humide de la bouche de Tyler avant d'y pénétrer. Un tremblement la parcourut, elle saisit sa main posée sur ses genoux et la porta à ses seins.

Il passa son autre bras derrière son dos et Camilla se cambra vers lui. Quand il lui ôta sa chemise, il fut frappé par la pureté de ses seins et de sa taille. Cela faisait si longtemps qu'ils ne s'étaient pas retrouvés ensemble ainsi. La dernière fois, c'était avant l'arrivée de Regan à Londres. Sa chair était blanche et lumineuse dans la pénombre de la pièce. Doucement, très doucement, malgré son impatience fiévreuse, il se contenta d'effleurer sa peau satinée.

Puis soudain, il prit brutalement le visage de Camilla dans ses mains et l'embrassa avec voracité. Contre son corps, elle sentit l'attente fiévreuse de son amant. Sous les paumes de Tyler, la pointe rose de ses seins se durcit. Une douce chaleur grandit au creux de son ventre.

— Tyler, murmura-t-elle, nous sommes faits l'un pour l'autre. Nous sommes comme l'arbre et l'écorce.

Elle le regarda et lut l'adoration qu'il lui vouait sur son visage. N'y tenant plus, Tyler la fit doucement passer sous lui, couvrit sa bouche de la sienne et ils s'envolèrent jusqu'aux rives sacrées du plaisir...

Il pleuvait à torrents contre les fenêtres. Camilla coiffait ses cheveux et reboutonnait sa veste. Un nouveau coup de tonnerre la fit frémir. Elle n'avait pas très envie de traverser la ville sous ce temps mais elle n'avait pas le choix. Si elle voulait être rentrée à temps chez elle pour payer la cuisinière et faire des provisions, il lui fallait partir immédiatement. Son estomac gargouillait, protestant contre le maigre petit déjeuner qu'elle lui avait offert.

— Etes-vous certaine de vouloir partir si vite, Camilla ? demanda Tyler. Je sais à quel point vous détestez les orages.

— Oui, mais je déteste encore plus avoir faim. Je dois partir... Mon remerciement était-il à la hauteur de votre petit prêt ?

— Plus qu'il ne faut, mon cœur. (La voix de Tyler était claire et calme, mais Camilla sentit une pointe de mépris dans ses mots et le dévisagea.) Vous avez le mérite de toujours payer en retour ce que vous prenez.

Les yeux de Camilla lancèrent des éclairs.

— J'espère que cet après-midi vaut davantage que quinze livres à vos yeux, répliqua-t-elle d'un ton caustique.

— J'aurais pu avoir la même chose pour un shilling à Rotten Row, mentit-il afin de la blesser.

— Alors c'est là que vous allez ? Je vous souhaite d'attraper une bonne vérole ! Que diriez-vous si je touchais deux mots à la baronne sur vos fréquentations dans les maisons closes des taudis ?

Tyler se mit à rire.

— Si j'étais vous, je ne m'y risquerais pas. Ma mère serait capable de vous demander à quel endroit votre père a ouvert un bordel pour que vous exerciez vos talents.

— Vous êtes un porc ! hurla Camilla en le giflant avec force. Peut-être devrais-je révéler à vos chers parents que nous sommes mariés depuis presque trois ans et que vous attendez simplement leur mort pour annoncer notre mariage !

— Et qu'ils me déshéritent ? Camilla, vous me surprenez. Quand j'ai voulu le dire à mes parents, votre père m'en a découragé. Et moi, sot que j'étais, je l'ai écouté. Je pensais que c'était moi qu'il voulait protéger mais nous savons tous les deux que ce n'est pas vrai.

J'aurais été déshérité et votre père se serait retrouvé sur un tas de fumier! Mes parents l'auraient banni de leur cercle d'amis et il aurait été exclu de tous les salons à la mode. On l'aurait fui comme la peste!

« Dans deux ans, j'aurai vingt-cinq ans, j'atteindrai la majorité. Et j'entends bien user de mes droits sur vous. Si entre-temps vous avez épousé ce Van der Rhys, je ferai annuler votre mariage.

— Vous n'oseriez tout de même pas! Vous étiez d'accord pour faire comme si notre mariage n'avait jamais eu lieu. Mon père a payé des milliers de livres pour en effacer la mention au registre de la ville! Il vous sera impossible de prouver quoi que ce soit!

— Mon cœur, vous oubliez le papier que nous avons tous les deux signé et sur lequel figure même la signature de votre père... J'ai conservé ce document et je m'en servirai à bon escient. C'est vous et votre père qui en souffrirez le plus. Je vous ai suppliée de mettre fin à cette farce mais vous avez insisté. Vous refusez de vous heurter à Stephan Langdon. Vous en paierez le prix, Camilla, au moment où vous vous y attendrez le moins.

— Mon père vous tuera avant! (Ses yeux étaient embrasés et sa peau empourprée; pourtant, elle parlait d'une voix douce et maîtrisée.) Pas plus tôt que ce matin, il m'a dit qu'il était prêt à faire de moi une veuve. Tyler, vous savez aussi bien que moi qu'il en est capable...

Tournant les talons avec rapidité, elle quitta son bureau en claquant la porte derrière elle.

Tyler sourit, puis partit dans un grand rire rauque. Les Langdon se faisaient des illusions sur la fortune de Regan. Tout ce qu'il avait réussi à garder des biens de Sirena, il l'avait investi dans son entreprise. De son côté, le Hollandais imaginait que les Langdon possédaient de nombreuses propriétés et des actions. Son rire résonna à nouveau dans la pièce. Quelle tête ils feraient lorsqu'ils apprendraient la vérité sur leurs affaires respectives !

Tyler se rapprocha de la fenêtre et vit Camilla monter dans le fiacre. Il sentit poindre la jalousie en lui. Même si cela semblait parfaitement insensé, il l'aimait.

Et sans doute l'aimerait-il toujours. Pourquoi n'avait-il pas le courage d'aller dire la vérité à ses parents, même s'ils le déshéritaient ?

Malheureusement, s'il se retrouvait sans argent, Camilla ne voudrait pas de lui. La seule satisfaction qu'il tirait de cette situation odieuse, c'était que Camilla épouserait Regan pour son argent.

16

Les arbres de St. James Park furent en boutons, puis en fleurs : l'été s'apprêtait à succéder au printemps. King Street, la rue de Sirena, devint un lieu de passage très fréquenté. Les ladies de Londres sortaient avec des robes plus légères aux couleurs pastel. Les couturières étaient assaillies de commandes. Les fiacres étaient reluisants, leur équipage soigné à la perfection. Londres portait un manteau de soleil et de fleurs, et l'atmosphère était à la fête.

Sirena était de plus en plus connue dans les cercles aristocratiques. Quand Stephan Langdon n'était pas à son bras, c'était Tyler Sinclair. D'autres soupirants recherchaient sa compagnie, mais dès qu'ils lui déclaraient leur flamme, elle les renvoyait bien vite. Elle n'avait aucune envie de s'engager dans une relation avec quiconque. Tyler était seulement un ami et elle avait plaisir à être en sa compagnie. Il s'en contentait et elle lui en était reconnaissante.

Stephan, bien qu'il fût un parfait galant, n'insista jamais pour obtenir ses baisers ni davantage. Il se montrait des plus prudents: le moindre faux pas l'exclurait des cercles de la haute société londonienne.

Il semblait satisfait d'être le cavalier attitré de Sirena. Il était de mieux en mieux considéré mais il ne se faisait guère d'illusions: ce n'était pas lui que l'on invitait aux bals et aux soirées plus intimes, c'était Sirena, la riche protégée de la baronne.

Elle était sollicitée de toutes parts. En retour, elle organisait d'opulents bals et d'élégants dîners qui faisaient la jalousie de tout Londres. Elle ne regardait pas à la dépense, ni pour la nourriture ni pour la musique. Ses robes étaient les plus stylées et les plus belles de la ville.

Tyler surveillait sa liaison naissante avec Langdon d'un œil attentif. Il faillit lui dire ce qu'il savait au sujet de Stephan mais y renonça:

Sirena était capable de prendre soin d'elle-même et aurait certainement mal pris son intervention.

— Plus que neuf jours avant le mariage de Camilla, grommela Tyler entre ses dents.

Pendant un instant, il ressentit de la pitié pour Van der Rhys. Le pauvre homme était le dindon de la farce. Puis il fut submergé par la haine : Regan lui volait Camilla, il partagerait bientôt son lit. Il goûterait à la douceur de ses bras satinés, savourerait ses lèvres délicieuses. Tyler l'aimait toujours, il était inutile de se voiler la face. Mais si ses parents venaient à découvrir son mariage, ils le déshériteraient sans scrupules. Ils étaient prêts à céder à tous ses caprices, sauf celui-ci. Jusqu'à sa majorité, les choses en seraient ainsi.

Les lumières se reflétaient dans les eaux noires de la Tamise tels des milliers de lucioles. C'était au beau milieu du mois de mai et la flotte royale était l'attraction de la saison. Chaque année, comme le voulait la tradition, le roi, sa cour et leurs invités se réunissaient sur le ponton privé de Whitehall où des centaines de barges les attendaient.

Ils embarquèrent pour une croisière sur la rivière au son des cythares des ménestrels. Des torches illuminaient leur passage. Sur les berges, la populace était massée afin d'entrevoir le souverain et ses hôtes. Le convoi passa sous le London Bridge. Les passagers débarquèrent pour un repas en musique, servi sur le pont lui-même.

Les parents de Tyler étant en Ecosse, c'était

grâce à leur carton d'invitation que le jeune Sinclair avait pu s'y rendre, accompagné de Sirena. La brise marine donnait un peu de fraîcheur à l'air. Le roi Charles, se promenant sans escorte, avait accueilli ses invités en personne.

La croisière avait été très gaie et Sirena riait encore d'une remarque ridicule de Tyler tandis qu'ils marchaient le long de la Tamise pour rejoindre l'attelage de Lord Sinclair. Les véhicules s'étendaient sur une longue file indienne. Cela lui rappela l'épisode du marché du Change au cours duquel elle avait failli se faire écraser par un mystérieux fiacre. Cette seule pensée la fit frémir.

— Reviens par ici, fripon! tonna soudain la voix d'un homme en colère au loin.

Tyler serra Sirena contre lui d'un air protecteur. Ce quartier de Londres était tristement célèbre pour ses mendiants et ses voleurs.

Brusquement, une silhouette surgit de l'obscurité tout près d'eux. Sous la lumière des torches, ils purent voir qu'il s'agissait d'un enfant en haillons. Les yeux emplis de terreur, il tentait d'échapper à son poursuivant. Un valet de pied courait derrière lui. Sa livrée brodée d'or et le couteau qu'il brandissait chatoyaient à la lueur de la nuit:

— Tu vas goûter de ma lame, vermine!

Soudain, l'enfant se cogna contre Sirena et s'empêtra dans les robes de la jeune femme. Cette dernière s'aperçut alors que c'était une petite fille qui ne devait pas avoir plus de dix ans. L'enfant chercha frénétiquement à se dégager de ce piège. Sirena la serra contre elle, sentant l'odeur rance de ses cheveux et de ses vêtements sales. La gamine se retourna et se mit à crier en voyant que son assaillant gagnait du terrain.

— S'il vous plaît, madame, laissez-moi partir, il va me tuer.

Sirena entrevit des boucles brunes, un petit visage et de grands yeux écarquillés. Il y avait dans le regard de l'enfant, outre la terreur, une expression frappante de méfiance, de solitude : celle d'un animal traqué. Se débattant, la petite fille partit comme elle était arrivée en courant pieds nus. Le valet en livrée parvint à la hauteur de Tyler, le visage décomposé par la rage.

— Tyler, arrêtez-le ! implora Sirena.

L'idée que ce grand gaillard pouvait faire du mal à cette enfant fragile lui était insupportable. En un instant, Tyler maîtrisa l'homme et l'envoya à terre. Ils luttèrent jusqu'au moment où le domestique se rendit compte que son assaillant appartenait à l'aristocratie.

— Je suis désolé, sir. Pouvez-vous me laisser partir ?

Quand Tyler se releva, le domestique s'empressa de brosser ses habits en grommelant des excuses.

— Cela n'a plus d'importance, répondit Sirena en colère. Je veux savoir pourquoi vous poursuiviez cette enfant.

— Pardonnez-moi de vous avoir dérangée, milady. Mais cette petite vermine se cachait dans le fiacre de mon maître et s'amusait à voler les boutons des coussins des sièges. Quand je l'ai surprise, elle m'a craché au visage. La petite ordure ! s'exclama-t-il, haineux.

— Surveillez votre langage devant cette lady, l'avertit Tyler.

Le valet baissa immédiatement la tête. Il ne servait à rien de s'opposer à la noblesse, il avait appris cette leçon dès son plus jeune âge.

— Et où étiez-vous donc pour que cette enfant ait pu s'installer dans la voiture? demanda Tyler. Je suis prêt à parier que vous traîniez dans un de ces bars.

A la façon de réagir de l'homme, Sirena devina que Tyler avait vu juste.

— J'ai été pris d'une soif terrible, milord, s'excusa le valet. Je voulais simplement que la gamine me rende ces boutons. J'ai une femme et quatre bouches à nourrir. Et ces boutons vont me coûter six mois de gages! Mon maître sera fâché, sir... conclut-il en pleurnichant.

— Donnez-lui cinq livres, Tyler, cela est bien suffisant. Je ne veux pas qu'il reparte à la poursuite de cette enfant dès que nous aurons tourné le dos.

Tyler fouilla sa poche.

— La lady est trop généreuse avec vous. Tenez, prenez cette livre et estimez-vous heureux que je n'aille dire à votre maître quel fainéant vous faites. Maintenant, filez. Avec cette pièce, vous avez plus qu'il ne faut pour acheter de nouveaux boutons.

— Oui, sir, merci à vous, milady, bredouilla-t-il en s'inclinant jusqu'à terre.

Il prit la direction de son fiacre vers Saint Martin's Lane.

Dans la voiture des Sinclair, Tyler observait Sirena. De toute évidence, la scène avec le cocher l'avait profondément irritée. Il l'avait vue se transformer en tigresse pour protéger la misérable enfant.

Sirena savait que Tyler était préoccupé par son silence. Pourtant, il lui était difficile de parler. Les yeux brillants de la petite lui avaient rappelé ceux de Mikel. Mikel, son enfant. En dehors de leur jeune âge, il n'y avait pourtant rien de commun entre cette mendiante aux boucles brunes en désordre et son petit homme dodu aux cheveux blonds. Mais la fillette avait réveillé l'instinct maternel de Sirena, et par là même sa peine.

Elle ferma les yeux et eut toutes les difficultés du monde à dissimuler son chagrin. Elle se souvenait des bras de Mikel autour de son cou, de son sourire lumineux, du parfum chaud de ses cheveux et de la douceur de ses joues rebondies. Son cœur se rebellait contre cette absence, contre cette ignoble injustice qui lui avait ravi son fils bien-aimé...

Heureusement, l'attelage était arrivé. Avant que Tyler sortît du fiacre pour l'aider à descendre, Sirena se précipita hors de la voiture et se rua chez elle. Au bord des larmes, elle était sur le point de se mettre à hurler. Elle grimpa l'escalier à toute vitesse, manquant de trébucher avec sa robe. Dès qu'elle fut seule dans sa chambre, elle put enfin laisser libre cours à sa rage et à ses sanglots.

Jacobus s'installa confortablement sous le sycomore du jardin, et observa de ses yeux imbibés de rhum l'avancée du travail des ouvriers. Il se demanda vaguement s'il devait proposer de leur donner un coup de main, puis jeta un regard sur la bouteille qu'il tenait à la main. Sa décision était prise : pourquoi travailler alors qu'il pouvait boire ? Satisfait de lui-même, il porta la bouteille à ses lèvres et la vida d'un trait.

Des jurons extirpèrent le marin de son demi-sommeil, qui ouvrit un œil trouble et grimaça. « Les cloches de l'enfer, j'y suis ? » songea-t-il. Il écarquilla péniblement l'autre œil. N'était-il pas possible de dormir tranquille dans ce lieu ? Les ouvriers passaient leur temps à se disputer. Il en toucherait deux mots à la Capitana.

Il était ivre, ce n'était pas le moment d'aller voir la Capitana pour lui parler de quoi que ce fût. La seule chose qu'il lui restait à faire était de se boucher les oreilles. Quelle bande de bourricots... Un mouvement de l'épais buisson d'ifs attira son attention. Il plissa les yeux. Etait-ce Frau Holtz qui venait à sa rencontre ? Il lui avait demandé son prénom, mais elle lui avait répondu de se mêler de ses affaires.

Il cligna à nouveau des yeux. Avait-il des hallucinations ? Il se frotta les paupières : il voyait Dick Blackheart devant lui ! Il verrait bientôt des anges dans le ciel jouant de la harpe. La Frau lui avait dit que dès qu'il commencerait à avoir des visions, cela signifierait que l'alcool était en train de lui dévorer l'esprit. Comment cette vieille femme pouvait-elle connaître quoi que ce fût au rhum ?

Marchant péniblement à quatre pattes, la bouteille à la main, il essaya de s'approcher de la haie. Il voyait Dick Blackheart et il brandirait sa bouteille contre ceux qui prétendraient le contraire !

— Sacrebleu. Que faites-vous ici ?

La silhouette le regarda puis disparut dans le buisson. Jacobus contempla la bouteille et la jeta dans la haie. Si la boisson lui donnait des hallucinations, il valait mieux s'arrêter. Il se sourit à lui-même et, posant sa tête contre son bras replié, s'endormit immédiatement.

Pendant ce temps-là, Sirena se promenait aux côtés de Frau Holtz. Elle était satisfaite des préparatifs pour la soirée qu'elle donnerait le jour même.

Le temps s'était maintenu et les riches pelouses étaient desséchées. La bordure de fleurs, qui entourait des massifs d'arbres soigneusement élagués, éclatait de couleurs. Les marguerites d'automne avaient été plantées mais comme il était encore trop tôt dans la saison, elle s'inclinaient ballottées par la légère brise. Les arbres fruitiers et ornementaux avaient revêtu un nouveau feuillage vert. Mais sans doute le plus spectaculaire de tous était-il cet arbre en fleurs dont les feuilles semblables à des plumes d'or accrochaient les rayons du soleil ; on aurait dit l'armure d'un guerrier céleste. Les branches du bas descendaient avec la grâce d'un cygne. C'était ici, sous cette impressionnante tour de garde, que Sirena avait fait construire une estrade pour les musiciens.

De longues tables couvertes de délicates nappes en dentelle étaient alignées le long de la maison. Plus tard, elles seraient chargées de faisans, de dindes, d'agneau, de veau et d'excellentes charcuteries.

— Comme vous le souhaitiez, Mevrouw, j'ai demandé à la cuisinière de mettre l'accent sur les desserts et la muscade, expliqua Frau Holtz en souriant. Le Mijnheer aura l'impression de se retrouver à Java. Même les décorations que vous avez choisies lui rappelleront les Indes orientales. Comme les jardins et les musiciens...

— Vous ne pouvez pas vous imaginer combien j'ai eu de mal à les trouver. C'est Jacobus qui a eu l'idée d'aller aux quais voir les bateaux en provenance des Indes. Il dit que la plupart des marins sont de bons musiciens. Par chance, un navire venait d'arriver avec plusieurs marins de Java et deux de Bali. Ils apporteront une touche d'exotisme à la soirée.

— Inutile de douter que le Mijnheer aura le mal du pays, ronchonna Frau Holtz, indiquant clairement qu'elle ne jugeait pas Regan digne de cet intérêt. Si en Angleterre, les gens se mettaient au travail au lieu de passer leur temps à s'amuser, il n'y aurait pas autant de mendiants dans les rues. Tout ce qu'ils savent faire ici, ce sont des soirées, des bals et des dîners!

Sirena éclata de rire.

— Dois-je comprendre que les bals masqués ne sont pas votre tasse de thé?

— Bah! Comme si ces gens avaient besoin de trouver une excuse pour prétendre être ce qu'ils ne sont pas! Et comment sera déguisé le Mijnheer? En mouton? Et cette enfant qu'il veut épouser, sera-t-elle habillée en bergère?

Frau Holtz regretta d'avoir évoqué Camilla

quand elle remarqua l'expression de douleur dans les yeux de Sirena. Elle avait perdu son sourire.

— Regan l'épousera dans six jours, murmura-t-elle. J'ai longtemps cru qu'il n'irait pas jusqu'au bout, mais hélas... J'ai entendu parler de somptueux préparatifs pour leur mariage. On dit qu'ils ne reculent pas devant la dépense. Cette fois-ci, je l'ai vraiment perdu. A jamais... (Des larmes coulèrent sur les joues de Sirena.) Avant c'était différent, j'avais le désir de me venger. C'est cela qui m'a gardée en vie. Et quand Mikel est né, j'avais quelqu'un pour m'apporter de la tendresse. Maintenant tout cela m'a échappé. Je n'ai plus rien.

— Moi, je serai toujours avec vous, Mevrouw, observa la vieille femme qui tentait de refréner ses larmes. Je pourrai toujours vous réconforter.

— Oui, vous êtes mon amie. Que ferais-je sans vous, Jacobus et les autres ? dit doucement Sirena. J'ai réfléchi : après le mariage de Regan, voudriez-vous retourner à Batavia ? Je n'aurai plus rien à faire ici.

— Mevrouw, je suis une vieille femme mais je sais qu'il est impossible d'échapper à la vie. Vous vous faites du mal. Que deviendrez-vous à Batavia ? Il ne vous reste plus rien là-bas.

— Je pourrai aider à la reconstruction de l'île. Il y a encore beaucoup à faire depuis l'éruption volcanique. Mais vous avez raison, il ne me reste plus rien. Ni nulle part ailleurs. Je suis une vagabonde sans racines ni attaches.

Que vaut tout l'or du monde si l'on ne peut le partager ?

« Même Caleb m'a abandonnée. Il n'est pas venu me voir une seule fois depuis que nous nous sommes quittés en Espagne. Or je sais qu'il est en Angleterre, Jacobus m'a dit que le *Rana* était à quai.

— Peut-être a-t-il peur que sa visite vous soit désagréable ? Mais n'en doutez pas, Mevrouw, Caleb vous aime, l'apaisa la gouvernante.

— Oui, soupira Sirena. Après la façon dont je l'ai traité à bord du *Rana*, je ne peux pas lui en vouloir. (Soudain, les yeux brillants d'émotion, Sirena agrippa le poignet de Frau Holtz.) Tout ce que je voulais, c'est que Regan m'aime ! Mais dites-moi, quand il a eu besoin de moi après la mort de Mikel, l'ai-je vraiment abandonné ?

Frau Holtz prit Sirena dans ses bras en la tapotant gentiment.

— Chut, Mevrouw, si vous n'avez pas toujours agi comme vous auriez dû, le Mijnheer non plus.

— Comment pourrai-je lui faire face à nouveau ? Chaque fois que je le vois, j'en ai le cœur brisé !

La fois où elle l'avait attendu dans sa chambre lui revint en mémoire. Elle savait que si elle se laissait aller au désespoir, elle courait à sa perte.

Frau Holtz sentit Sirena se raidir. Et quand elle examina son visage, sa bouche généreuse et ses yeux émeraude affichaient sa détermination.

— *Ja*, c'est mieux ainsi, approuva la gouvernante. Ce soir vous aurez à le croiser, vous ne devez rien montrer de ce chagrin ! Venez, maintenant, une petite sieste vous fera le plus grand bien.

Sirena eut l'impression d'avoir des jambes en plomb lorsqu'elle traversa la maison jusqu'à sa chambre. Allongée sur le lit, les yeux rivés au plafond, elle attendit que le sommeil l'emportât. Elle rêvassait à d'autres temps, d'autres lieux. Elle vit surgir le visage de Regan et mit son bras sur ses yeux comme pour esquiver un coup.

Puis, de ses bras minces, elle attrapa la lampe qui se trouvait sur la table de nuit et la balança à terre. Le tintement du verre brisé lui rappela cette nuit où Regan était entré dans sa chambre avec fracas.

Cela s'était passé après une soirée chez l'Espagnol Chaezar Alvarez. Il était venu à sa porte, exigeant qu'elle le laissât entrer.

— Je ne vous dirai rien, Regan. Vous êtes ivre ! lui avait-elle répondu.

Le visage de Regan était envahi par le doute. Il s'était précipité sur elle.

— Je vous veux, avait-il murmuré en s'emparant de ses lèvres.

Sirena s'était débattue contre ses bras si forts, mais en vain. Sans se préoccuper de ses protestations, il l'avait prise dans ses bras et bercé contre sa poitrine, lui murmurant des paroles à peine audibles. Presque tendrement, il l'avait allongée sur le lit et avait commencé à lui retirer sa robe. Haletante, Sirena sentait la tête lui tourner.

— Je vous en prie, Regan, ne faites pas cela.

Pour moi comme pour vous. Nous ne pourrons pas nous regarder en face demain matin.

Il l'avait embrassée à nouveau. Ses mains avaient dégrafé sa robe.

— Regan, arrêtez! avait-elle crié d'un ton rude, tentant de le repousser puis roulant sur le lit afin de lui échapper.

Il n'avait rien répondu. Mais son regard disait qu'elle était sa femme et qu'il avait bien l'intention de la posséder.

Ivre, il avait trébuché en s'approchant d'elle. Elle savait que s'il réussissait à l'attraper, elle ne pourrait lutter contre lui. Elle avait battu en retraite, cherchant une arme avec laquelle l'assommer. Elle s'était saisie d'une brosse à cheveux en argent.

— Ne faites plus un pas, avait-elle menacé.

Sirena s'était finalement retrouvée sur le lit, traquée. Regan lui avait lancé un regard furieux puis avait brisé le verre de la lampe de chevet et éteint la flamme avec la paume de sa main.

Il s'était rapproché et avait emprisonné les jambes de Sirena entre ses genoux. Il avait déchiré ses vêtements, la dénudant complètement.

Sirena avait eu beau se débattre, il avait effleuré son corps, passé ses mains dans sa chevelure et ses lèvres s'étaient emparées des siennes. De sa langue il s'était engouffré dans sa bouche chaude.

Il l'avait couverte de baisers: ses lèvres, ses joues, ses yeux, sa gorge. Malgré elle, Sirena avait senti que son propre corps le réclamait. C'était Regan, Regan qui lui avait appris à faire l'amour sur la frégate bercée par les flots. Elle avait fermé les yeux et imaginé l'odeur âcre de la brume.

Sirena s'était alors laissé envahir par une marée de désir. Ses lèvres lui avaient répondu, et son corps s'était cambré contre celui de Regan. Elle avait pressé ses lèvres enflammées contre les siennes.

Des années après, Sirena gardait toujours le goût de sa bouche, la sensation de sa main sur elle. Quand elle étendit ses bras pour attirer son amant à elle et qu'elle ne trouva personne, un immense sentiment de solitude lui déchira le cœur...

Passant le nez par la porte, Frau Holtz vit Sirena en train de se coiffer. Les yeux de la Mevrouw semblaient d'une infinie mélancolie. L'éclat qu'elle avait espéré y retrouver n'y était point.

— Etes-vous prête à enfiler votre robe, Mevrouw? Voulez-vous que je vous aide? dit-elle en prenant un air faussement enjoué.

— Oui, répondit Sirena d'un ton glacial.

Frau Holtz sortit plusieurs larges jupons de l'armoire.

— Combien en voulez-vous Mevrouw, deux? Trois? Quatre?

— Aucun, répliqua Sirena, se préparant aux reproches de sa gouvernante.

— Je suppose alors que votre robe est déjà parée de jupons, déclara Frau Holtz.

— Non, elle n'en a pas. Et gardez vos critiques pour vous. Aidez-moi simplement à enfiler cette robe. Pouvez-vous me donner un coup de main pour cette épingle à cheveux ?

Frau Holtz garda les lèvres serrées. La Mevrouw était rarement d'une telle mauvaise humeur. Elle savait que dans ces moments-là, il était extrêmement dangereux de la contredire. Si la vieille gouvernante ne voulait pas se retrouver sur l'*Esprit des Mers* à faire la cuisine et le ménage pour tout l'équipage, elle avait intérêt à se taire.

Assise devant sa coiffeuse, Sirena passait la brosse aux poils de soie sur les boucles de sa longue chevelure.

Quand Frau Holtz prit le fer à friser pour le faire chauffer à la flamme, Sirena intervint :

— Nous n'aurons pas besoin de cela.

Elle brossa la masse de ses cheveux en arrière de manière sévère. Puis, trempant ses doigts dans un pot de pommade, elle frotta les paumes de ses mains puis lissa ses cheveux. L'huile légère donnait à sa crinière de jais des reflets bleu-noir. La queue de cheval fut torsadée en un chignon puis accrochée à l'aide d'épingles à cheveux. Elle y planta ensuite des bijoux.

— Mevrouw, murmura Frau Holtz, vous ressemblez à une Chineuse !

— Une Chinoise, corrigea Sirena. Si je me suis évertuée à faire ressembler mes jardins aux paysages des Indes orientales, pourquoi s'arrêter en si bon chemin ? Regan a toujours eu un faible pour les Orientales et j'entends bien aiguiser son appétit. Mais gardez votre langue, d'accord ?

En mélangeant les produits qui se trouvaient

dans les jarres et les pots de sa table, Sirena concocta du khôl indien et une petite pointe de fard à joues. Elle souligna ses yeux d'un trait délicat en l'allongeant sur les extrémités. Quand elle eut terminé, l'effet était époustouflant. L'inclinaison naturelle de ses paupières lui donnait les yeux bridés des Asiatiques. Le mélange de poudres, la touche de maquillage espagnol sur les pommettes et le brillant à lèvres créaient l'effet escompté. La délicatesse de ses traits se prêtait parfaitement à son art.

Frau Holtz fut ébahie lorsqu'elle contempla l'image de Sirena dans le miroir.

— Mevrouw, vous ressemblez à...

— Cessez de bredouiller, je sais à quoi je ressemble. C'est exactement ce que je voulais. Je ressemble à l'une de ces Eurasiennes du bordel de Clarice à Java. Comme Regan était un client fidèle de cet établissement, je pense qu'il appréciera cette touche de couleur locale.

Sirena se leva et s'en alla, incapable de croiser le regard de Frau Holtz. Elle sortit la robe que Mme Wittcomb avait confectionnée pour elle. La robe de serpentine en soie tombait sur un satin plus épais d'un vert époustouflant. Quand la vieille gouvernante vit la nouvelle toilette de Sirena, elle en eut le souffle coupé.

— Mevrouw! Avez-vous perdu la tête? Vous allez provoquer un scandale!

— J'y survivrai! répondit Sirena, sarcastique.

— Vous le regretterez, dit la vieille femme en reculant.

— Je m'en moque. Maintenant apportez-moi les chaussures que j'ai commandées au cordonnier. Je vous préviens : vous avez intérêt à tenir votre langue.

Lorsque Frau Holtz s'aperçut que Sirena ne portait rien sous son peignoir en dehors de longs bas en soie tenus par des jarretières ornées de diamants, elle faillit s'évanouir. Elle se garda bien de tout commentaire.

Les chaussures, encore emballées, en harmonie avec la couleur de la robe, étaient à très hauts talons.

— Vous allez vous rompre le cou avec cela, murmura Frau Holtz.

— Occupez-vous de vos affaires, rétorqua Sirena en enfilant les chaussures.

— Vous allez faire tourner la tête à tous les hommes.

Le regard noir de Sirena lui cloua le bec.

Elle leva les bras en l'air pendant que Frau Holtz faisait glisser la robe sur son corps. Le corset était parfaitement ajusté. Son décolleté très bas laissait admirer sa voluptueuse poitrine. Les manches longues et étroites mettaient en valeur la rondeur de ses épaules et ses membres effilés. La jupe en forme de fourreau la grandissait encore et la matière, à l'aspect humide, la faisait ressembler à une sirène. Quand elle marchait, le tissu fendu sur le devant dévoilait ses longues jambes vêtues de soie. Frau Holtz avala sa salive.

— Mevrouw, lorsque vous bougez, on voit le haut de vos jambes nues au-dessus de vos bas.

— Oui, n'est-ce pas, dit Sirena avec indifférence tout en se demandant si elle oserait se montrer ainsi en public.

Chassant cette pensée, elle ouvrit la boîte à bijoux posée sur sa coiffeuse et en sortit le pendentif du dragon royal... Le jade placé sur le haut de ses seins ne manquerait pas d'attirer l'attention... A ses oreilles, elle mit de longues boucles en jade qui allongeaient son cou et faisaient ressortir sa chevelure de jais. Quand elle se retourna vers Frau Holtz afin d'avoir son avis, elle crut que la gouvernante allait lui barrer le passage pour l'empêcher de sortir ainsi. Au lieu de cela, les lèvres pincées, elle regarda le sol d'une mine renfrognée.

— Dès demain, nous quitterons ce satané pays. Après votre apparition dans cette tenue, nous ne pourrons plus marcher la tête haute...

17

La plupart des invités étaient arrivés à la réception organisée par Sirena. Ils marchaient le long des jardins, ou dansaient au son de la musique pendant que d'autres s'affairaient autour des buffets chargés de victuailles. Sirena n'était pas encore apparue et Stephan s'impatientait. Lorsque son regard se porta sur la foule des hôtes, il compta huit bergères, onze cavaliers, neuf soldats de la Couronne, trois serveuses de taverne, deux chevaliers dans leur armure, quatre diseuses de bonne aventure et huit danseurs bohémiens.

— Père, faut-il vraiment que vous attendiez notre hôtesse ici ?

Stephan se retourna et vit Camilla aux côtés du Hollandais. « Comme sa tenue est banale », songea-t-il. Une autre bergère qui faisait monter le nombre à neuf.

— C'est ici ma place, ma chère. Vous êtes vraiment en beauté ce soir.

— Ce n'est pas très original, s'excusa Camilla en jouant avec ses grandes boucles blondes. Mais avec notre mariage, je n'ai guère eu le temps de m'occuper davantage de ma toilette. Ce n'est pas Regan qui me contredira…

Van der Rhys avait l'air de s'ennuyer passablement. Et Stephan n'avait aucun mal à imaginer qu'elle ne lui avait rien épargné des détails fastidieux des préparatifs nuptiaux. Regan était habillé en simple marin : ses manches courtes en lambeaux laissaient apparaître des bras musclés. Il portait sa casquette négligemment sur le coin de l'œil et son haut-de-chausses ajusté s'enfonçait dans des bottes qu'il portait à hauteur des genoux.

— Cela vous va comme un gant, Regan, le complimenta Stephan. Vous ressemblez à un véritable marin. Et permettez-moi d'ajouter que la cicatrice que vous portez à la joue vous rend encore plus crédible.

Regan passa rapidement son doigt sur son ancienne blessure. La colère traversa ses yeux bleu agate lorsqu'il repensa à l'incident. La soirée de Sirena était vraiment le dernier endroit où il aurait souhaité se trouver ce soir-là. Mais Camilla avait insisté : elle adorait tellement les bals masqués. Regan avait une fois de plus cédé à son caprice mais l'avait regretté en découvrant les décorations. Les lanternes chinoises en papier laissaient filtrer une douce lumière sur les bosquets d'arbres. Il vit les cages d'oiseaux tropicaux et entendit les musiciens javanais tapoter sur leurs instruments et battre leurs tambours. Elle avait tout calculé pour lui rappeler Batavia, jusqu'au parfum enivrant du banquet. Malgré lui, Regan devait se rendre à l'évidence : Sirena avait réussi à éveiller chez lui la nostalgie. Elle connaissait ses faiblesses et n'hésitait pas à en jouer. La chienne ! Mais il ne tomberait pas dans la toile qu'elle avait tissée pour lui.

— Ne trouvez-vous pas que père est éblouissant ce soir ? Regan, Regan ? répéta Camilla en tentant de croiser son regard. Regan, je vous faisais remarquer que père est éblouissant. Etes-vous encore en train de penser à vos affaires ? demanda-t-elle en faisant la moue.

Regan eut un sourire indulgent :

— Excusez-moi, mon cœur, je rêvais. Oh oui, il a vraiment un costume très élaboré, acquiesça-t-il en remarquant le déguisement de Langdon pour la première fois. Vous faites un diable très convaincant.

— Dois-je prendre cela pour un compliment ? s'enquit Stephan avec suffisance tout en brossant du revers de la main d'imaginaires poussières sur sa veste noire et en ajustant le manteau de satin rouge qu'il portait sur les épaules.

— Où sont vos cornes, père ? le taquina

Camilla en toute innocence. (Stephan fut le seul à prendre ces paroles pour des sarcasmes.) Et votre queue, ne me dites pas que vous l'avez oubliée ?

— En effet, Stephan, où sont vos cornes? répéta alors une voix derrière eux.

Ils se retournèrent et en eurent tous le souffle coupé. Ils découvrirent Sirena habillée en courtisane chinoise. Le vert de son costume chatoyant était le même que celui de ses yeux embrasés.

Stephan demeura un long moment sans voix. Du décolleté fort échancré à la fente de la jupe qui dénudait ses jambes, il la déshabilla du regard.

Camilla était visiblement étonnée. Elle s'était imaginé que Sirena porterait le costume chaste des Espagnoles avec sa collerette et ses innombrables jupons. Elle passa en revue le moindre de ses accessoires : de sa couronne de cheveux noirs jusqu'aux talons de ses chaussures qu'elle trouva outrageusement hauts. Les diamants de ses jarretières n'échappèrent pas non plus à son examen minutieux. Elle se mit brusquement à rougir : comme elle semblait ridicule et jeune à côté de cette image de la séduction incarnée qu'était Sirena.

Quant à Regan, son regard semblait illuminé d'une mystérieuse flamme et un sourire moqueur flottait sur ses lèvres. Elle était splendide ! S'il ne l'avait connue, il se serait cru au bordel de Clarice, ce lieu qui se vantait d'abriter les plus belles créatures de l'Orient et prétendait satisfaire tous les goûts des hommes. Mais

Clarice n'avait jamais possédé de courtisane du rang de Sirena.

L'admiration de Regan ne laissait aucun doute. Mais pour Sirena, qui prenait le risque de faire scandale, cette attention n'était qu'un maigre tribut.

— Vous ne m'avez pas répondu, Stephan chéri ? Où sont vos cornes ? reprit-elle d'une voix basse et enjôleuse.

Stephan blêmit.

— Je... je... je les ai ici, dit-il en sortant un chapeau avec des cornes rouges. Je me sentais plutôt ridicule en les portant. Je vous l'ai dit, Sirena, je déteste les mascarades.

— Je sais, Stephan. Mais moi j'aime cela. C'est l'occasion de voir ce que les gens rêvent d'être en secret.

— Mon Dieu, j'espère que ce n'est pas le cas, s'exclama Camilla d'une voix mielleuse en jetant un regard sur la tenue de Sirena.

— Et vous, petit Camilla, vous avez l'air tellement charmante en bergère. Où est votre mouton ? (Elle se mit à rire.) Il y a peu de femmes à qui la couleur lavande va bien. En Espagne, si un enfant meurt, on le laisse reposer sur de la lavande. Cela met en valeur le teint de cire de la mort.

Camilla pâlit légèrement mais réussit tout de même à esquisser un sourire.

— Mijnheer, poursuivit Sirena avec un large sourire en présentant sa main à Regan. Quelle bonne idée vous avez eue de venir accompagné de Camilla pour ma petite soirée.

— Petite soirée? répéta Regan en haussant les sourcils.

Avec l'argent qu'elle avait dépensé pour ce bal, il aurait pu faire fonctionner son entreprise pendant trois mois.

— Quand nous serons mariés, nous organiserons un bal comme celui-ci, roucoula Camilla.

— Bien sûr, ma chère enfant. Si l'argent ne vous fait pas défaut, vous pourrez exaucer vos moindres désirs. N'est-ce pas, Mijnheer?

— Il y a des choses, comme des êtres, que l'argent ne peut acheter.

— Tout le monde a un prix, répliqua Sirena avec douceur. On paie avec de l'argent... ou avec autre chose.

La main de Camilla trembla légèrement. Quelle étrange conversation. L'Espagnole harcelait Regan et il était livide. Elle sentait à son bras qu'il était tendu. Quand Regan était dans cet état-là, il lui gâchait la soirée et ce soir elle n'avait aucune envie de le cajoler et de le flatter pour lui être agréable. Tout ce qu'elle voulait c'était manger, manger à s'en rendre malade! De délicieuses odeurs filtraient à travers les portes de la cuisine et Camilla était affamée, près de défaillir. Elle regarda son père avec l'intention de mettre fin à cette conversation entre Sirena et Regan mais ce qu'elle vit la laissa bouche bée.

L'effet de surprise passé, l'attention de Stephan s'était focalisée sur son précieux collier de jade et ses rubis scintillants. L'espace d'un instant, Camilla eut l'impression que son père allait attraper et caresser le bijou. Soucieuse de ne pas attirer l'attention de l'Espagnole ni celle de Regan, elle planta sa canne de bergère dans la chaussure de Stephan. Elle sourit de contentement quand elle l'entendit crier de douleur.

— Cher père, que vous arrive-t-il ?

Stephan garda malgré tout sa contenance.

— Je vais bien, merci. (Il se retourna vers Sirena et Regan.) Comment vont vos affaires, Mijnheer ? Prenez-vous votre envol ? Ou, comme le prétend la rumeur, avez-vous les ailes coupées depuis que ces pirates ont attaqué votre cargaison ? Je vous demande cela parce que j'avais dans l'idée d'exporter un chargement de muscade. Je connais un endroit où en tirer un très bon prix.

— Je suis désolé mais je ne puis vous venir en aide, répondit Regan froidement. J'utilise déjà toutes mes capacités, il m'est impossible d'accepter de nouveaux clients.

— Trop de clients ! Quelle merveille ! (Ses yeux verts comme l'émeraude lançaient des éclairs d'avertissement.) Cela peut hélas changer en un instant. Un voyage... et plus rien... plus de clients...

Regan avait reçu son message. Son expression devint à son tour menaçante.

— Si je me trouvais sans clients, je me verrais dans l'obligation de recourir à d'autres mesures.

Le rire de Sirena lui glaça la nuque.

— On en revient toujours à l'argent : l'argent peut tout acheter.

Regan parla sur un ton nouveau lorsqu'il lui répondit :

— Prenez quelqu'un comme moi par exemple, l'argent ne suffit pas à acheter mes services. Il y a un mot qui résume ce que je suis en train de vous expliquer, c'est le mot *éthique*.

— D'où je viens, nous appelons cela du vol. Et ce forfait est habituellement puni de mort. Pensez-y, Mijnheer. Passez une bonne soirée, dit-elle en se retournant vers Camilla. Je dois m'occuper de mes autres invités. Vous m'accompagnez, Stephan ?

Regan la regarda s'en aller, ses yeux bleu agate brillant de haine. Il la détestait car il savait ce qu'elle pouvait faire de lui. Et il se haïssait tout autant, pour être incapable de l'en empêcher.

Plus tard dans la soirée, l'émoi causé par la tenue de Sirena s'était peu à peu estompé, même si les femmes continuaient à l'observer du coin de l'œil et si les hommes la reluquaient avec envie. S'assurant que tout le monde s'amusait autour d'elle, elle posa son regard sur Stephan Langdon. Il discutait avec une femme aux formes généreuses à qui il offrait un verre de punch. Quand elle vit la femme lancer un regard lancinant à Stephan, elle prit sa décision : elle épouserait Stephan et ainsi pourrait déjouer les plans de Regan. Il n'hériterait pas de la fortune des Langdon par le biais de Camilla. Frau Holtz disait toujours qu'il y avait plusieurs façons de plumer un poulet, et le moment était venu. Regan épouserait Camilla dans quelques jours. Elle avait eu l'espoir qu'il lui reviendrait, mais cet espoir était bel et bien mort. Tous ses stratagèmes avaient échoué. Cette soirée, ce costume, tout n'avait été que gaspillage. Regan se révélait plus fort que prévu, songea Sirena en soupirant tristement. Mais elle ne le laisserait pas remporter la victoire. Jamais elle ne croirait qu'il aimait cette Miss Langdon. Jamais ! Un frisson la parcourut quand elle se souvint de la dernière fois où dans ses bras, ils avaient connu tous deux le sommet de l'extase... Tout, brusquement, devenait clair pour elle : il s'était endurci pour mieux lui résister. Et la meilleure défense qu'il pensait avoir était ses souverains d'or... l'argent des Langdon.

« Et il prétend ne pas avoir de prix ! songea-t-elle, furieuse. Il est décidé à ne pas se livrer à moi cette fois-ci. J'ai beau lui répéter que je l'aime, il prétend qu'il s'agit d'une manigance de ma part. Il a tellement mauvaise conscience que sa culpabilité l'étouffe. Il est incapable d'imaginer que je puisse lui pardonner. Le sot ! Mais s'il veut jouer à ce jeu, il comprendra vite qui est le maître. »

Sirena marcha à grandes enjambées pour rejoindre Stephan. Les regards des hommes la suivaient pas à pas. Lorsqu'il l'aperçut, il se redressa comme un paon, alla au-devant de Sirena et prit sa main dans la sienne.

— Mon cher Stephan, où étiez-vous pendant toute cette soirée ? J'ai attendu que vous m'invitiez à danser. Venez maintenant, dit-elle en caressant sa main.

— Mon ange, s'excusa-t-il, je vous savais prise par vos invités... J'ai attendu ce moment toute la soirée, dit-il en la faisant tournoyer sur la piste de danse.

Le souffle coupé par le quadrille, elle se mit à éclater de rire. Il était vraiment très beau. « Les hommes mûrs ont du style, pensa-t-elle, du charme et souvent un caractère débonnaire. » Saisissant cette opportunité, elle regarda fixement ses yeux gris. Et en battant des cils avec une modestie affectée, elle remarqua d'une voix triste :

— Ces femmes ont vraiment de la chance de rentrer le soir chez elles accompagnées de leurs maris.

Elle lança un regard en biais afin d'observer sa réaction. Stephan eut du mal à avaler sa salive et répliqua nerveusement :

— Le mariage offre beaucoup d'avantages...

C'était la réponse à toutes ses prières. Il devrait s'y prendre délicatement s'il ne voulait pas effrayer Sirena. Combien valait-elle ? Des millions, estima-t-il rapidement, au minimum ! Il faillit crier de joie mais se contint.

— Sirena chérie, si j'avais imaginé que vous puissiez prononcer ces paroles, je vous aurais proposé de partager ma vie. Mais je sais bien qu'une jeune femme pleine de vitalité comme vous n'épouserait jamais un homme aussi âgé que moi.

— Vous ai-je bien entendu, Stephan ? Me demandez-vous de vous épouser ?

Elle le regardait les yeux écarquillés.

— Et si j'avais le courage de vous le demander... vous... ?

— Faites-le, exigea Sirena, agacée par tant d'hésitations.

— Sirena, mon ange, mon cœur, accepteriez-vous... enfin, voudriez-vous...

Il en avait le souffle coupé. Nom d'un chien, lui qui avait si souvent nourri ce dessein, les mots restaient bloqués dans sa gorge.

Sa patience ayant atteint ses limites, Sirena trancha :

— Oui, j'accepte de vous épouser ! Mais quand ?

— Dès que Camilla sera mariée, c'est-à-dire... environ dans une semaine.

— Mon chéri, ce n'est pas possible ! Maintenant que je vous ai trouvé, je ne vous laisse plus partir. Nous allons nous marier avant Camilla. Et ainsi, nous ferons une réception commune. Jusqu'à ce moment-là, gardons-en le secret. Nous nous enfuirons ! Comme ce sera romantique, je vais compter les heures !

Sirena n'en revenait pas elle-même. Comment avait-elle pu faire cela ! Elle était dégoûtée par sa propre attitude. Comment pourrait-elle continuer cette farce alors que son cœur ne réclamait que Regan ? Elle l'aimait toujours et serait incapable d'éprouver les mêmes sentiments pour Stephan Langdon !

Regan, quant à lui, discutait avec plusieurs personnes non loin de l'endroit où se trouvaient Sirena et Stephan. Quelque chose dans cette relation le dérangeait. A chaque fois qu'il la voyait en compagnie de Stephan, il ressentait le besoin pressant d'arracher l'Espagnole à ce gentleman aux cheveux gris qui serait bientôt son beau-père. Ce n'était pas exactement de la jalousie, songea-t-il, il s'agissait sans doute d'un sentiment protecteur. Il éclata soudain de rire, provoquant des regards effarés autour de lui : Sirena avait autant besoin d'être protégée qu'un barracuda !

Il était en train de regarder un des musiciens quand Sirena apporta sa guitare. S'excusant auprès de Stephan, elle se dirigea vers l'estrade et s'assit sur une chaise. Malgré lui, Regan s'approcha de la scène, les yeux rivés sur elle. La lanterne accrochée au-dessus répandait une lumière douce sur la robe sensuelle qu'elle portait et déposait des reflets bleutés sur sa chevelure noire. Il la dévorait des yeux et son cœur battait la chamade. « Qu'elle aille au diable ! N'arriverai-je donc jamais à me débarrasser de cette sirène aux yeux verts ? »

La scène était prête et Sirena pinça légèrement les cordes de sa guitare, tandis que la foule s'avançait vers l'estrade, bousculant Regan satisfait de rester dans l'ombre.

Chacun des gestes de la jeune Espagnole était parfaitement maîtrisé. Elle baissa la tête tandis que ses longues mains fines se promenaient sur les cordes. Son dos était droit et seule la courbe de ses bras et de ses jambes brisait cette linéarité. L'assistance fut enchantée par sa musique mélodieuse. La lanterne pendait gracieusement, lançant des arcs de lumière sur son visage rayonnant.

Regan était totalement ensorcelé par ses chansons. Sa voix l'appelait, tel un murmure transporté par le vent, brisant la glace qui s'était installée entre eux. Elle semblait tisser une toile de soie autour de lui. Il se rapprocha, passant sur les côtés. Il avait perdu conscience du temps, de l'espace : il fallait qu'il fût près d'elle, il voulait la respirer, sentir à nouveau ce parfum frais d'embruns qu'elle portait sur elle. L'étreindre, la caresser, l'écraser contre lui, la dévorer... Il aurait été prêt à mourir pour goûter encore à ses lèvres et entendre son cœur battre à un rythme effréné.

Sirena sentit son regard sur elle et, quand elle releva les yeux, il était là, à portée de main. Désormais elle chantait pour Regan. Elle vit dans ses yeux le reflet de son propre désir. Ignorant les regards interloqués qui les entouraient, Sirena murmura des mots d'amour, caressant chaque syllabe avant de la lui dédier... Ses sens tourbillonnaient, son cœur capitulait : il était prêt à franchir la distance qui les séparait.

La lanterne se réfléchissait sur ses cheveux et y faisait flotter un nuage de lumière dorée.

Elle baissa les yeux sur sa guitare tandis que ses doigts changeaient de corde. Quand elle releva la tête, Regan avait les yeux levés en l'air, et son regard consterné semblait proche de l'horreur...

C'était le balancement de la lumière qui avait attiré son attention : la lanterne avait des mouvements étranges qui ne venaient pas de la douce brise. Il entendit soudain un bruit métallique dans les arbres, puis regarda à nouveau en direction de Sirena, mais il était trop tard. La lanterne tombait : le fil qui la maintenait pendue aux arbres s'était dénoué.

— Sirena ! cria Regan.

Elle se leva immédiatement. En un instant, tout ce qui l'entourait s'enflamma. La lampe s'était abattue sur l'estrade, répandant le liquide inflammable sur sa robe et ses jambes. Sirena était en feu.

Immédiatement, Regan sauta sur la plate-forme mais les planches brûlaient déjà. Les invités terrorisés hurlaient et s'écartaient. Impuissant, il chercha autour de lui quelque chose pour éteindre le feu. Il appela Stephan qui lui aussi avait battu en retraite. La terreur était inscrite sur son visage.

— Votre manteau ! Votre manteau ! hurla Regan.

Sous le choc, Stephan était incapable de réagir. Alors Regan se jeta sur lui et déchira son costume de diable. Puis il en entoura les jambes de Sirena et la porta hors de l'estrade.

D'autres personnes, recouvrant leurs esprits, commencèrent à combattre le feu. Un valet de pied accompagné de deux jardiniers jetèrent de la terre mouillée sur le bois brûlant.

Frau Holtz accourut, le visage dévasté par la peur. Elle avait vu la lanterne glisser et s'était précipitée à travers la foule compacte des invités. En voyant que Regan intervenait, elle s'était sentie soulagée.

— Mijnheer, emmenez-la dans la maison ! Il faut examiner ses blessures !

Sirena se couvrait le visage des mains et se tenait immobile dans les bras de Regan. Frau Holtz retira son tablier blanc et le posa sur les jambes de sa Mevrouw.

En suivant Regan à l'intérieur, la vieille

femme priait en silence. « Mon Dieu je vous en prie, faites qu'elle ne soit pas brûlée ! Qu'elle ne soit pas estropiée ! Je vous en prie ! »

Une fois dans la chambre de Sirena, Frau Holtz ouvrit le lit et Regan la déposa sur les draps. Il regarda la gouvernante retirer le tablier des jambes de la jeune femme. Le mouvement avait dû être douloureux car la jeune Espagnole s'agita avant de s'assoupir contre l'oreiller.

Le bord de sa robe d'un vert éclatant était roussi et ses bas de soie avaient brûlé sur sa peau.

— *Ja*, dit Frau Holtz en constatant les dégâts. Ce n'est pas trop grave, assura-t-elle tandis que Regan s'inclinait sur Sirena.

— Quand je pense à ce qui aurait pu lui arriver, murmura-t-il la voix chargée d'émotion. Quand elle est apparue ce soir, j'ai pesté contre sa tenue légère. Maintenant je remercie Dieu qu'elle n'ait pas porté ses innombrables jupons, ils auraient flambé en un instant. (Il se mit à genoux et prit la main de Sirena.) Comment se fait-il qu'elle soit inerte comme cela ? s'inquiéta-t-il. Vous m'avez pourtant dit que ses blessures n'étaient pas graves !

— Le choc, Mijnheer. Vous me semblez, vous aussi, en piteux état. A présent, rendez-vous utile ou ôtez-vous de mon chemin ! (Regan attendit les ordres de cette vieille autoritaire.) Pendant que je vais chercher des pommades, occupez-vous de lui retirer sa robe et ses bas. Coupez-les si vous ne pouvez faire autrement.

Mais prenez garde avec vos mains maladroites de ne pas lui arracher la peau !

Il s'attela à la tâche. Il tourna délicatement Sirena sur le côté pour atteindre la longue rangée de boutons de sa robe. Il ne lui fallut pas longtemps pour se rendre compte qu'elle était nue dessous. Il se dépêcha de couvrir sa nudité, de crainte que Frau Holtz ne l'accusât d'abuser d'une femme inconsciente. Il dénoua les jarretières en diamants et commença à défaire ses bas en les enroulant. Quelles jambes magnifiques, satinés et musclées !

Un demi-sourire flottait sur ses lèvres : il se souvenait de la première fois où il lui avait fait l'amour. Ils étaient ensemble dans la cabine de la frégate. A l'époque, comme maintenant, il s'était occupé d'elle avec tendresse, pansant la blessure qu'elle avait reçue dans le feu de l'action. Il n'y avait plus d'huile dans la lampe et il se rappelait avoir éteint la flamme vacillante. En essuyant le baume gras de ses doigts, il avait posé son regard sur la femme la plus extraordinaire qu'il eût jamais rencontrée. Elle était allongée sur le ventre sur son étroite couchette. La masse de ses cheveux d'ébène cachait son visage, dévoilant seulement la pointe de son menton et ses sourcils.

Sous ses bras étendus au-dessus de sa tête, se dessinaient les formes voluptueuses de ses seins. La pente douce de ses reins, se relevant sur l'arrondi de ses fesses et se séparant en deux cuisses fermes, avait éveillé le désir en lui. Ce corps l'avait appelé comme les sirènes des légendes. Doucement, il s'était penché sur elle et l'avait embrassée au creux des reins. Dans l'obscurité de la cabine enveloppée de brouillard, il avait senti sa beauté souple sous ses doigts. Puis il avait exploré ses charmes secrets, son délicieux parfum, la texture soyeuse de sa peau. Ses lèvres avaient le goût de la mer. Le plaisir qu'elle avait éprouvé était sincère et sans façon.

Avec innocence, elle lui avait prodigué les caresses les plus sensuelles, exaltée par le plaisir qu'elle suscitait en lui. Et quand elle avait murmuré : « Prenez-moi, prenez-moi maintenant ! », il avait deviné que cette femme unique ferait toujours partie de sa vie...

Frau Holtz réapparut avec une aiguière d'eau et un pot de pommade.

— Donnez-moi un coup de main, ordonna-t-elle en tendant à Regan un morceau de tissu trempé d'eau. Nous devons nettoyer les brûlures.

— Elle a l'air si sereine, murmura-t-il.

— Tant mieux pour nous, rétorqua-t-elle abruptement. Elle n'aura pas mal pendant que nous lavons ses blessures.

— Vous êtes certaine que ce n'est pas trop grave ? insista Regan en rinçant un nouveau morceau de tissu qu'il tendit à la gouvernante.

— Ce n'est presque rien, Dieu merci ! Ce n'est pas plus grave que les brûlures d'une femme de ménage avec un fer à repasser.

Rassuré, Regan déposa un baiser sur la joue de Sirena. Le geste était si tendre que la gouvernante en eut les larmes aux yeux. Si Sirena avait su qu'un incident comme celui-là pouvait faire revenir Regan vers elle, elle aurait trempé ses cheveux dans l'huile et y aurait mis le feu !

— Frau Holtz, avez-vous vu quelqu'un traîner dans les parages de la maison ?

— Quelqu'un traîner... *Nein*, Mijnheer, répondit la gouvernante, étonnée par cette question. (Elle fut soudain effrayée.) Pourquoi donc ? Soupçonnez-vous...

— Non, non, calmez-vous. Mais si je n'avais pas aperçu cette lampe se balancer et si je n'avais pas appelé Sirena, la pensée de ce qui aurait pu se produire me donne le frisson.

Frau Holtz avait le souffle coupé.

— Et selon vous, il ne s'agirait pas d'un accident ? *Nein*, cela n'est pas possible !

Brusquement, la vision de Jacobus et Sirena qui avaient failli être renversés par un fiacre lui revint à l'esprit. Elle était sur le point d'en parler à Regan quand Sirena commença à bouger. La gouvernante sortit une petite bouteille de laudanum du tiroir de la table de nuit.

— Ça va lui faire du bien. Il faut qu'elle dorme, ajouta la vieille Allemande en glissant de force une cuillerée de ce breuvage dans la bouche de Sirena.

Frau Holtz et Regan enveloppèrent en silence les jambes de la jeune femme dans des morceaux de tissu moelleux. Ils retirèrent les épingles de ses cheveux noirs et, pendant que Regan envoyait un domestique chercher de l'eau fraîche, la gouvernante retira le maquillage de courtisane chinoise. Redevenue elle-même, Sirena dormait paisiblement sur son oreiller.

— Ça va aller? demanda Regan préoccupé.

— *Ja*, telle que je la connais, la Mevrouw sera sur pied dès demain, répondit-elle en observant Regan du coin de l'œil.

Il s'agenouilla près du lit. Le regard figé, il pria pour que le diagnostic de Frau Holtz se révélât le bon. Il prit conscience qu'il aurait préféré mourir plutôt que de la voir mutilée. Un frisson le parcourut et il sentit ses mâchoires se contracter. Le visage de Sirena était pâle et ses lèvres exsangues. Cette lanterne aurait pu lui tomber sur la tête, la tuer. Les flammes auraient dévoré ses cheveux et son visage, l'auraient défigurée, l'huile se serait répandue sur son dos, sa poitrine... Chassant ses sombres pensées, Regan regarda en direction des arbres: il avait entendu un bruit. Sans en avoir la preuve, il était persuadé que quelqu'un avait délibérément attenté à la vie de Sirena!

Le corps gracile de la jeune femme s'agita soudain. Elle battit des cils et soupira gravement. Peu à peu, elle ouvrit ses yeux verts engourdis par le médicament. De manière à peine audible, elle murmura:

— Stephan...

Regan tourna son visage afin de suivre le regard de Sirena. Dans l'embrasure de la porte se tenait Langdon. Son expression était nerveuse et l'inquiétude avait assombri ses yeux. Dévoré par la jalousie, Regan prit ses jambes à son cou et quitta la pièce en bousculant Stephan sans ménagement.

Frau Holtz aurait voulu lui expliquer que Sirena, toujours sous l'emprise du somnifère, ne s'était pas rendu compte que Regan était auprès d'elle. Elle avait prononcé le nom de la première personne qu'elle avait reconnue. La vieille gouvernante aurait aimé gifler ce maudit Stephan Langdon. Au lieu de cela, elle sortit précipitamment de la pièce et lui claqua la porte au nez.

18

— Il n'est pas question que je mette ces bas épais! se rebella Sirena devant la paire que lui tendait Frau Holtz.

— Comme vous voudrez, Mevrouw, mais vous le regretterez! rétorqua la gouvernante. Que de manières! Qui pourra bien les voir sous votre robe?

Sirena fit la moue en examinant les collants grossiers. Elle les arracha de la main de Frau Holtz et s'assit sur le lit pour les enfiler. Elle ne s'était toujours pas remise de l'incident qui s'était produit deux jours auparavant; elle s'en voulait de s'être évanouie. La dernière image qui lui restait était celle de Regan se précipitant à son secours et la portant dans ses bras. Après cela, c'était le trou noir. Et, comme pour ajouter à son exaspération, à chaque fois qu'elle demandait à Frau Holtz ce qui s'était passé ensuite, la gouvernante expliquait évasivement qu'elle lui avait administré du laudanum et avait pansé ses blessures.

Frau Holtz soupira et regarda Sirena accrocher les bas tissés à ses jarretières. Sa maîtresse était de mauvaise humeur parce qu'elle refusait de lui dire quoi que ce fût au sujet de Regan.

Il s'était comporté comme un ange et il avait aidé la gouvernante à soigner Sirena. Mais, par la plus grande des malchances, lorsque Sirena avait ouvert les yeux, elle avait aperçu Stephan dans l'encadrement de la porte et avait malencontreusement murmuré son nom. Non, il valait mieux garder tout cela pour elle, autrement sa Mevrouw en aurait le cœur brisé. Frau Holtz savait d'autre part que Regan refuserait de comprendre : elle avait vu son visage s'embraser de rage quand Sirena, encore sous l'effet des somnifères, avait prononcé le nom de son futur beau-père.

— Je vais mettre ma robe couleur bronze. Pourriez-vous aller la chercher dans l'armoire ?

— Mevrouw, je préférerais que vous gardiez le lit aujourd'hui, c'est encore trop tôt. Restez à la maison... *Ja ?*

— Rester à la maison, pas question ! J'ai des affaires à régler, Tyler est prévenu que je viendrai le rejoindre à son bureau.

— Il pourrait venir dîner ici, suggéra la gouvernante.

— Non, il faut que je sorte. (Sa voix cependant s'adoucit.) Ma bonne amie, je sais que vous êtes inquiète pour moi mais je vous assure que je vais très bien. Maintenant aidez-moi, j'ai promis de ne pas tarder. Quelle différence si je suis assise sur la banquette d'un fiacre ou ici ? Je vous promets de ne pas trop marcher.

Il était décidément inutile d'insister. Frau Holtz soupira en aidant Sirena à enfiler sa robe.

Après une agréable promenade à travers la ville, le fiacre de Sirena s'arrêta devant les bureaux de Tyler Sinclair. Jacobus descendit de son perchoir et aida la jeune Espagnole à descendre de la calèche. A la moindre grimace de Sirena, Frau Holtz l'étriperait...

Elle monta doucement l'escalier jusqu'au bureau de Tyler. Elle avait du mal à l'admettre, mais ses brûlures la faisaient souffrir.

Quand elle ouvrit la porte, l'avocat discutait avec M. Whipple. Lorsqu'il la vit, son visage s'éclaira.

— Vous avez l'air en pleine forme, Sirena. Votre gouvernante vous a-t-elle dit que j'avais pris de vos nouvelles lorsque j'ai appris ce qui vous était arrivé ?

— Elle l'a fait et je vous remercie pour ces jolies fleurs.

Il vint vers elle et prit ses mains dans les siennes.

— Je suis content de vous voir, Sirena, très heureux. Puis-je vous offrir un thé ? Un café ?

— Je vous remercie, mais nous avons à parler affaires.

— Cela me semble très sérieux. Entrez dans mon bureau, nous y serons plus à l'aise pour discuter.

Après s'être assise devant son bureau, elle commença en balbutiant :

— Stephan Langdon m'a demandée en mariage et j'ai accepté sa proposition. Nous nous marierons juste avant Camilla et Regan.

Une petite cérémonie intime. En fait, nous avons l'intention de nous enfuir juste après. Vous serez notre témoin.

Tyler la dévisagea, les yeux exorbités... Il devait lui dire ce qu'il savait sur le compte de Stephan. Mais comment le lui révéler sans dévoiler son alliance avec Camilla ?

— Tyler, la nouvelle n'a pas l'air de vous réjouir ? observa Sirena.

Il lui sourit mais son cœur battait la chamade. Il fallait l'avertir d'une manière ou d'une autre en lui donnant l'impression de tirer elle-même les conclusions de cette affaire. Une fois que ce malfaiteur aurait mis la main sur l'argent de Sirena, il serait trop tard. Même si à l'époque, il n'était qu'un enfant, Tyler avait toujours à l'esprit la mort tragique de la femme de Stephan. Il entendait la voix de la baronne comme si c'était hier : elle accusait Stephan de dilapider la fortune de Flora au jeu, elle lui reprochait aussi de lui avoir volé son héritage et d'avoir envoyé la pauvre femme à Bedlam. Le jeune Tyler était parti se cacher sous son lit... Stephan était un homme machiavélique et il regrettait de ne pas avoir prévenu Sirena plus tôt.

— Voilà une décision bien rapide. Vous ne connaissez pourtant pas Stephan depuis très longtemps. Que nous vaut ce mariage ?

— Cela n'a pas beaucoup d'importance. Tyler, je suis venue ici établir un certain nombre de contrats. Premièrement, je souhaite que les trois quarts de mes biens soient répartis entre Frau Holtz, Jacobus et Caleb Van der

Rhys. Tout doit être en leur nom. Bien sûr, ils n'hériteront de tout cela qu'après ma mort. Le reste sera mis au nom de Regan. Et au cas où il arriverait quelque chose à l'une de ces personnes, les biens seraient partagés entre les survivants. Bien entendu, ces richesses devront être administrées de manière que je puisse personnellement y puiser si le besoin s'en fait sentir.

Soulagé, Tyler se détendit : Sirena était loin d'être folle.

— Vous êtes consciente de ce que vous êtes en train de faire ? Vous allez vous marier et vous ne disposerez que de très peu d'argent. Cela risque de vous causer quelques difficultés, dit-il en fronçant les sourcils.

— Je connais bien les lois, Tyler. Si je me dépossède de ma fortune avant mon mariage, cela ne concerne que moi. J'imagine que Stephan agira ainsi de son côté. Regan a réussi à mettre la main sur l'héritage des Cordez mais il n'est pas question que l'héritage des Valdez subisse le même sort.

— Sirena, ce que vous faites n'est pas tout à fait raisonnable. Avez-vous imaginé la réaction de Stephan quand il apprendra que vous avez juste de quoi subvenir à vos propres besoins ?

— Si d'aventure il me fallait plus de liquidités, il vous suffirait de vendre quelques actions. Cela me semble très simple. Pourquoi êtes-vous si réticent ?

— Sirena, la loi anglaise stipule que vous devez obéir à votre mari. Ecoutez ce que j'ai à vous dire.

— Non, c'est à vous de m'écouter. Je vous paie pour gérer mes affaires, pas pour vous mêler de ma vie privée. Si vous continuez, je me verrai dans l'obligation d'engager un autre avocat.

— Très bien, Sirena, mais ne venez pas vous plaindre après, dit-il en lui prenant la main. Je vous parle en ami, il est impossible que vous aimiez Stephan Langdon. Il pourrait être votre père ! Avez-vous pensé à cet aspect des choses ?

La gorge de Sirena se noua. Elle tentait de chasser cette idée depuis qu'elle avait imaginé ce stratagème.

— Je vois à votre expression que vous n'y avez pas songé... Ne vous précipitez pas, cette décision n'est pas à prendre à la légère. Je ne saurais que trop vous recommander d'y réfléchir encore un peu.

Sirena se savait prise au piège. Si elle épousait Stephan, il lui faudrait partager son lit. Pendant un instant, elle fut prête à se rétracter. Puis elle se ravisa : Stephan n'avait jamais été très exigeant : un baiser sur la joue ou sur les lèvres, guère plus. Une fois marié, il ne lui en demanderait sans doute pas davantage.

Voyant qu'elle doutait, Tyler poursuivit :

— Si vous aviez l'intention d'effectuer un contrat pré-marital qui vous autorise à faire chambre à part, il est de mon devoir de vous avertir que la loi anglaise ne prévoit pas cette disposition. Ces détails doivent être réglés par les parties en présence. Stephan n'acceptera jamais une telle chose. Quel homme y serait prêt ? Sirena, dans notre pays, quand vous vous mariez, vous perdez votre indépendance. Votre mari est votre maître et vous devez lui accorder ce qu'il désire. Sur le plan financier comme sur les autres…

Sirena réfléchit un moment.

— En d'autres termes, il garde ce qui lui appartient et ce qui m'appartient devient sa propriété. Cela ne me laisse rien pour moi. Il doit seulement me nourrir, voilà où s'arrêtent ses obligations.

— Exactement, vous avez parfaitement compris. Vous allez peut-être revoir votre décision ?

— Non. Mais ne vous inquiétez pas, je m'arrangerai pour apaiser Stephan…

C'était la fin d'après-midi. Frau Holtz entra précipitamment dans la suite de Sirena, un message serré dans la main.

— Mevrouw, regardez ! Que Dieu nous protège, s'exclama-t-elle. Cela vient de la part de Caleb. Lisez-moi cela !

Sirena arracha la publicité des mains de la gouvernante. Elle était estomaquée.

— Caleb a transformé le *Rana* en maison de jeu ?

— Pas le *Rana*, Sirena, il a appelé son bateau la *Sirène des Mers* ! s'indigna la vieille femme.

— Je n'arrive pas à le croire capable d'une telle chose. Je me demande si Regan n'est pas derrière tout cela. Voilà donc la raison pour laquelle il n'est pas venu me voir : il n'a pas le courage de me regarder en face. (Elle relut le papier.) L'ouverture est prévue pour demain. « Des jeux jusqu'à l'aube, de la nourriture de rois...» C'est Regan qui a tout organisé, j'en suis certaine! Il veut se servir de Caleb contre moi. Il partage certainement les bénéfices avec lui. (Sirena fulminait.) Il ne s'en tirera pas à si bon compte!

— Qu'y pouvez-vous maintenant? soupira Frau Holtz, inquiète. Vous avez offert ce navire à Caleb en lui disant qu'il était libre d'en faire ce qu'il voulait.

— Oui, mais sur l'eau. Pas ainsi... (Les mots lui manquaient.) Pas un lieu de débauche. Et il s'est permis de l'appeler la *Sirène des Mers*! Frau Holtz, il faut que je l'en empêche d'une manière ou d'une autre. Je vais aller voir Regan... Impossible, se reprit-elle aussitôt, il est de mèche avec lui. Il faut que je réfléchisse. (Elle s'assit sur le canapé, les mains appuyées sur les tempes.) Laissez-moi, je dois me concentrer.

— Y a-t-il quelque chose que...

— Je vous appellerai si j'ai besoin de vous, mon amie.

La gouvernante ferma consciencieusement la porte...

Comment Caleb avait-il pu faire une chose pareille? Une maison de jeu flottante! Caleb manquait tellement d'expérience. Il avait grandi parmi des personnes honnêtes qui travaillaient dur. Il ne serait pas de taille face à la malhonnêteté des joueurs et aux intrigues des femmes qui fréquentaient ce genre d'endroits.

«C'est encore vous, Regan, qui êtes responsable de cela!»

Sirena appela Frau Holtz:

— Demandez à Jacobus de préparer la calèche. Je serai prête dans un instant.

Une heure après, vêtue d'une robe fluide en soie rose vif qui traduisait bien son humeur du moment, Sirena pénétrait dans la maison de Regan. Ses yeux lançaient des éclairs et elle tenait la publicité serrée dans son poing.

— Je vais détruire ce bateau, je le ferai couler à quai s'il le faut. Je vais tout y casser et ensuite, j'y jetterai une torche enflammée ! Et si je vous trouve sur mon passage, vous subirez le même sort ! Et Caleb aussi ! cria-t-elle avec véhémence. « J'aurais dû m'en douter, Frau Holtz m'avait pourtant prévenue. Comme vous n'arrivez pas à m'atteindre, vous avez choisi de vous servir de Caleb et du *Rana* ! hurla-t-elle. Comment pouvez-vous laisser votre fils s'engager dans une pareille affaire ?

Regan sentit ses mâchoires se contracter alors que Sirena s'approchait de lui.

— Que fabriquez-vous ici ? Et de quoi parlez-vous ? Est-il arrivé quelque chose à Caleb ? demanda-t-il inquiet.

— Allons donc, jouez les innocents ! Vous n'allez tout de même pas me faire croire que vous n'êtes pas au courant. Vos affaires sont florissantes, avez-vous besoin de gagner de l'argent sur le dos de *votre* fils ! Rien ne vous arrêtera, n'est-ce pas ? Mais je ne vous laisserai pas faire !

Regan saisit le papier et le lut avec attention.

— C'est bien la première fois que j'entends parler de cette salle de jeu.

— Menteur, tricheur ! Je n'en crois pas un mot !

Regan eut un regard amusé.

— Je puis vous assurer que j'ignorais tout de ce projet. Je n'ai pas vu Caleb depuis mon arrivée en Angleterre.

— Je suis certaine que vous êtes derrière tout cela ! J'imagine mal qu'une telle idée ait pu venir de Caleb.

— Ma chère Sirena, il est temps que vous le considériez comme un adulte, répliqua Regan d'une voix traînante. Si cela peut vous réconforter, je suis tout à fait opposé à ce projet. Mais Caleb est libre d'agir à sa guise. Il faudra qu'il apprenne à s'endurcir s'il veut survivre dans ce monde !

— Le *Rana* ne doit pas devenir un lieu de perdition.

— Le *Rana* n'est pas une église mais un navire !

A ce moment, Sirena détesta Regan plus que jamais. Il avait dépassé les bornes. Le *Rana* représentait tellement pour elle. La frégate qui avait été le lieu des plus durs combats qu'elle avait menés dans sa vie ne devait pas être déshonorée.

— Allez au diable, Regan, je sais de quoi je parle ! Arrêtez Caleb avant qu'il ne soit trop tard. Le jeu n'est pas une activité saine. Les joueurs malchanceux s'imaginent floués et cela finit toujours par la mort de quelqu'un.

— Vous avez peut-être raison, répondit Regan sur le ton de la conversation. Caleb a besoin d'un père. Je vais aller le trouver et l'emmener dans le meilleur bordel de l'Angleterre. Je veillerai à parfaire son éducation. D'autre part, vous n'avez aucun besoin de vous inquiéter, aucun joueur ne s'en prendra à lui : Caleb a appris à se défendre grâce à une femme pirate qui l'a pris sous son aile.

— Quoi ? Vous conduiriez votre fils dans une maison close pour qu'il perpétue la bestialité des Van der Rhys ? Si vous faites cela, je vous tue !

— Alors débrouillez-vous toute seule, Sirena. Mais avant de vous lancer dans cette opération, laissez-moi vous dire que votre instinct maternel est quelque peu tardif.

Elle cligna des yeux comme s'il l'avait frappée au visage, et des larmes coulèrent de ses yeux. Avait-elle réellement entendu ces mots ? Comment pouvait-il lui dire une chose pareille ?

— Caleb est votre fils. J'ai eu tort de venir ici, je m'en rends compte maintenant. Je lui ai donné le *Rana* et il a le droit d'en faire ce qu'il veut. J'espère que la sagesse vous guidera dans votre rôle de père, bredouilla Sirena. Je m'excuse, pardonnez-moi d'être venue ici, conclut-elle en essuyant ses yeux humides.

Regan était tendu : elle mijotait quelque chose. Sirena n'avait pas l'habitude de s'excuser. En deux grandes enjambées, il la rattrapa et l'agrippa par le bras. Elle pleurait pour de bon ! pensa-t-il abasourdi. L'espace d'une seconde, il vit dans ses yeux ce qu'il n'aurait jamais imaginer voir : la défaite !

Quand la main de Regan se posa sur elle,

Sirena se raidit. Que signifiait cette expression dans les yeux de Regan ?

— Laissez-moi tranquille, dit-elle en se dégageant de son emprise.

Elle tenta de s'échapper de la pièce mais Regan l'empoigna à nouveau de sa main puissante.

— Que vois-je sur votre visage, Sirena ? demanda-t-il d'un air moqueur. Vous avez peur de moi ? L'impétueuse et la courageuse Sirène des mers a peur d'un homme ?

— Laissez-moi partir, Regan. Je n'apprécie pas beaucoup vos manières.

— Les avez-vous jamais appréciées ? Il y a à peine un instant, vous sembliez prête à me tuer.

Sa voix était aussi douce que le satin et ses yeux brillaient comme de la glace.

— Vous avez raison, je ne vous aimais pas beaucoup à ce moment-là... et maintenant je vous hais ! lança-t-elle d'un ton méprisant en montrant ses dents tel un animal. Je me demande bien ce que j'aime en vous depuis que je vous connais.

— Vous vous le demandez ? (Regan sourit et la saisit par les épaules.) Voulez-vous que je dise ce que vous savez déjà ?

— Regan, lâchez-moi !

— Non, Sirena. Vous êtes venue me voir chez moi. Etait-ce pour me parler de Caleb ou aviez-vous d'autres raisons ?

— Quel autre motif pourrais-je bien avoir ?

Son expression était aussi froide que la mort.

— Peut-être souhaitiez-vous tenter de me séduire à nouveau ? Vous l'avez déjà fait.

Il resserra son étreinte, l'empêchant même de respirer. Sa voix était douce et pourtant teintée de mépris.

— Regan, ne faites pas cela !

— Que je vous fasse quoi, mon amour ? Que je vous prenne dans mes bras ? Vous aimez pourtant ce que je vous fais avec mes mains et ma bouche. Et si vous me chantiez une chanson d'amour, comme la dernière fois que vous êtes venue ici ?

— Vous êtes un porc !

— Mon amour, ce ne sont pas les bonnes paroles. Vous ne vous en rappelez pas. Voulez-vous que je vous aide à vous en souvenir ? Faut-il que je pose mes lèvres à l'endroit secret où naît votre désir ?

Sans attendre de réponse, Regan l'enveloppa dans ses bras et, empêchant sa tête de bouger, couvrit ses lèvres de baisers.

Sirena maintenait sa bouche fermée, tandis que Regan la mordait et tentait avec sa langue de forcer le passage de ses dents.

— Dites-moi ce qui vous plaît en moi, Sirena ? demanda-t-il d'un ton enjôleur en la forçant à se mettre à genoux sur l'épais tapis.

Son visage n'était qu'à quelques centimètres du sien. Tenant ses bras, il la fit rouler à terre et se coucha sur elle.

— Voyons mon amour, aimez-vous quand je vous caresse les seins ? (Sa main s'engouffra dans le décolleté échancré de sa robe et palpa sa chair ferme, faisant se dresser les pointes roses de ses seins.) Dites-moi ce qui vous plaît,

Sirena, murmura-t-il d'une voix soyeuse mêlée de reproche.

Sirena resta silencieuse.

— Vous aimez, n'est-ce pas, que je couvre votre peau de baisers ?

Il baissa la tête et ses lèvres parcoururent sa poitrine. De sa langue, il taquina la pointe de ses seins.

« Cet homme n'est pas Regan », songeait-elle. Il n'était pas celui qui l'avait tendrement conduite au sommet du plaisir. Ce n'étaient pas les mains qui avaient caressé sa peau, l'avaient adorée. C'étaient les mains d'une bête, la bouche du Diable. Quand ses doigts s'engouffrèrent sous ses jupes, Sirena sentit son corps se tendre : elle détestait cette sensation car il se moquait d'elle, n'y prenait aucun plaisir. Il voulait lui faire du mal, la blesser pour finalement la détruire. Cette hostilité filtrait aussi dans sa voix. Ce qu'il faisait était bien pire que la battre ou la tuer, et il le savait. C'était sa revanche, il voulait l'humilier pour ce qu'elle lui avait fait subir. Il ne lui restait plus que la dernière blessure qu'un homme pouvait infliger à une femme : le viol...

Elle aimait trop Regan pour le laisser faire. Cela les anéantirait tous les deux. Il ne se supporterait plus, ne pourrait plus jamais la regarder en face. Les larmes lui montèrent aux yeux et ruisselèrent sur ses joues.

— Je vous en prie, Regan, implora-t-elle d'une voix rauque. Ne faites pas cela... pour moi comme pour vous.

Quelque chose dans sa voix paralysa Regan. Ce moment parut durer une éternité et elle attendit, le souffle coupé. Le corps de Regan sembla s'effondrer et il roula sur le côté.

— Sortez d'ici, Sirena, avant que l'envie ne me prenne de vous tuer! Sortez d'ici au nom de Dieu!

Elle faillit caresser sa chevelure blonde pour le réconforter, mais se retint: jamais il n'accepterait son pardon.

Elle se releva doucement, arrangea ses jupes et son corset avant de se diriger vers la calèche qui l'attendait.

Quand elle se retourna, Regan, debout, lui tournait le dos.

— Sortez d'ici et n'y remettez pas les pieds!

Sirena obéit en essuyant ses larmes. Il lui fallait rentrer chez elle pour donner libre cours à son chagrin.

Une fois dehors elle entendit soudain le cri d'un enfant effrayé qui lui rappela Mikel. Elle aperçut horrifiée une gamine chétive se faisant malmener par un homme qui la tirait sur le pavé.

— Je vous jure que je n'ai rien pris, implorait la petite fille. Je vous ai donné tout l'argent, je n'en ai pas gardé.

Sirena se précipita vers eux.

— Lâchez cette enfant immédiatement! cria-t-elle en menaçant le barbu à la carrure imposante.

Ebahi, le colosse laissa l'enfant qui courut vers la calèche.

— J'exige de savoir pourquoi vous maltraitez cette enfant.

Ses yeux verts étaient emplis de venin et de hargne.

— Elle m'a volé, bredouilla l'autre. Elle a gardé des pièces pour elle... et de toute façon, ce n'est pas vos oignons. Maintenant elle s'est sauvée, vous pouvez être fière de vous. Je vais lui administrer une raclée dont elle se souviendra.

Sirena leva une jambe bottée et lui décocha un coup de pied dans l'aine.

L'homme se courba en deux sous la douleur.

— Si quelqu'un mérite le fouet, ce n'est pas cette enfant mais vous, grossier personnage. Si je vous revois près de cette gamine, je vous enverrai croupir à Newgate. Hors de ma vue!

Elle cracha, tourna les talons en se précipitant vers le véhicule qui l'attendait et prit l'enfant dans ses bras.

Dans quel triste état se trouvait-elle... Pourtant, elle n'était encore qu'une fillette, obligée de travailler dans les rues comme tous ces enfants abandonnés. Doucement, Sirena caressa son visage émacié.

— Je me souviens de toi, lui dit-elle, tu avais chipé une poignée de boutons en or la dernière fois que je t'ai vue.

L'enfant la regarda droit dans les yeux sans un mot.

— Tu n'as pas à avoir peur, nous allons chez moi où tu seras à l'abri. Je te promets que plus personne ne te fera de mal. Tu comprends ce que je te raconte?

La fillette hocha la tête.

— Et vous, hurla Sirena au cocher, expliquez-moi pourquoi vous avez laissé faire ce rustre?

Abasourdi par son ton et le regard menaçant qu'il lisait sur son visage, l'homme se défendit :

— Ce ne sont pas mes affaires, milady. Je n'avais pas envie de prendre un coup pour cette voleuse.

— C'est moi qui vais vous le donner, ce coup ! s'exclama Sirena en lui décochant un coup de pied dans le tibia. (Il étouffa un cri de douleur et elle le frappa sur l'autre jambe.) Je pourrais vous en donner un mieux placé. Si j'étais vous, je grimperais sur mon perchoir et je filerais vite jusqu'à la maison. N'oubliez jamais que cette enfant aurait pu mourir à cause de votre négligence.

— Oh mademoiselle, ce que vous avez fait pour moi est si gentil. Je ne pourrai jamais vous remercier, dit la petite fille en jetant ses bras sales au cou de Sirena. Personne ne m'avait jamais aidée comme vous. C'était toujours « Wren, fais ci, fais ça, où est l'argent, viens te faire fouetter parce que tu n'as pas rapporté assez aujourd'hui. » Merci, mademoiselle, répéta-t-elle en déposant un baiser mouillé sur la joue de Sirena. Je ferai tout ce que vous voudrez. Je serai une si gentille fille que vous serez fière de moi !

La jeune femme berça la petite tête brune contre elle et sourit. « Vous aviez tort, Regan, songea-t-elle, cette enfant sent bien la mère qui est en moi. Qui était en moi, plutôt... » Elle caressa les cheveux de la fillette comme elle l'avait fait pour Mikel. Lorsqu'elle vit ses petits yeux se fermer de fatigue, l'air lui sembla plus léger.

19

— Sirena, ma chérie, il faut absolument que nous soyons présents à l'inauguration de cette maison de jeu, déclara Stephan avec fermeté. Tout le monde y sera, notre absence ferait jaser. J'aimerais tellement tester ces nouvelles tables de jeu. Je suis très étonné que vous manifestiez si peu d'enthousiasme pour m'y accompagner.

— Cela n'a rien d'étrange. Je n'ai simplement pas envie d'aller à ce «gala», comme vous l'appelez. (Sirena sentait la colère monter en elle, Stephan lui parlait comme à une enfant gâtée.) Si cela est si important pour vous, allez-y seul.

— Ah non, pas sans vous. Si vous préférez une soirée calme chez vous, je m'inclinerai. En fait, cela fait longtemps que nous ne nous sommes pas retrouvés seuls tous les deux.

Quand il devint évident que Stephan avait l'intention de passer la soirée avec elle, Sirena changea d'avis: l'idée de l'écouter ressasser les mondanités qu'il avait entendues dans les salons et dans les tavernes ne l'enthousiasmait guère. Pas plus d'ailleurs que le récit de ses exploits au faro, ce jeu de cartes en vogue à Londres, ni que ses envolées lyriques concernant l'école d'escrime.

Stephan avait informé Sirena que sa fille et son futur époux seraient présents sur le bateau.

Or, la dernière personne qu'elle souhaitait voir était précisément Regan. Cela faisait à peine deux jours qu'elle lui avait rendu visite chez lui. Il lui faudrait du temps avant d'oublier ce qui avait failli se passer. Mais si Regan avait l'audace de sortir au bras de Camilla...

— Je viendrai, décida-t-elle, mais je souhaite que nous rentrions tôt.

— Merveilleux! s'exclama Langdon en souriant. Je ferai de mon mieux pour que la soirée vous soit agréable.

Sirena avait l'estomac retourné à l'idée d'aller à bord de ce bateau qu'elle aimait tant, de revoir Caleb, et de découvrir tout cet équipement de jeu. Elle n'était pas certaine de réussir à se maîtriser.

Elle gravit l'escalier à contrecœur afin de se préparer. Elle revêtit une robe couleur or avec un corsage court. Elle épingla une émeraude en forme de V sur sa robe et para ses oreilles de diamants assortis. Sa chevelure brune brillait comme les plumes d'un corbeau. Elle ajouta une touche de maquillage sur ses joues et ses lèvres.

Alors que Stephan attendait que Frau Holtz apportât à Sirena un châle léger, il lui dit:

— Ce soir, vous êtes belle à couper le souffle, ma chère. (Son regard était rivé sur la broche et il l'aurait volontiers arrachée de sa poitrine. Mais de toute façon, songea-t-il avec satisfaction, un jour ou l'autre elle serait en sa possession.) Au fait, ma chérie, je crains bien d'avoir oublié ma bourse. Pourriez-vous m'avancer quelques livres pour que je m'amuse aux tables de jeu. Quelques centaines suffiront.

— Quelques centaines de quoi ? s'étonna Sirena sarcastique. On dirait que vous parlez de poissons.

— Ma chérie, je ne me serais pas permis de vous demander cela mais comme je n'ai pas encore ouvert un compte à la *Sirène des Mers*... Nous pourrions bien sûr nous arrêter chez moi pour que j'aille chercher mon argent.

Des gouttes de sueur perlaient sur le front de Stephan. Si elle ne lui prêtait pas l'argent, il lui faudrait inventer un nouveau mensonge afin de cacher qu'il ne possédait pas le moindre penny.

— Je ne voudrais pas gâcher votre soirée, dit-elle en faisant la moue.

Stephan fit soudain volte-face, sentant une présence derrière lui. La petite Wren était là, debout. Elle regardait Sirena avec admiration de ses yeux bruns et brillants.

— Wren, Frau Holtz aurait dû te mettre au lit depuis longtemps ! Il est très tard. Stephan, je vous présente Wren. Fais la révérence à Lord Langdon, ma chérie, demanda-t-elle avec tendresse.

Gênée, Wren esquissa une petite révérence et lança un coup d'œil à Stephan. La lumière tamisée de la pièce faisait ressortir les joues et les lèvres roses de la fillette, et les boucles de ses cheveux bruns à présent lavés étaient magnifiques. Stephan tendit la main vers elle, rangea les cheveux de l'enfant derrière ses oreilles et, la prenant par le menton, l'examina de près.

— Alors comme cela, tu t'appelles Wren? S'agit-il d'une de vos nièces, Sirena?

— Non. Wren était dans une situation inconfortable lorsque nous nous sommes rencontrées, n'est-ce pas, mon cœur? (A nouveau son ton s'adoucit, ce que Stephan ne manqua pas de remarquer.) Je l'ai prise sous ma protection et nous en sommes toutes les deux très heureuses.

Elle arborait un sourire maternel et protecteur.

— Sirena, vous voulez dire que vous avez ramassé une gamine abandonnée dans la rue et que vous l'avez emmenée chez vous?

Le ton de Stephan irrita Sirena qui demanda à Wren d'aller se coucher. Après le départ de la fillette, Sirena, l'œil brillant, se mit en colère:

— Je vous défends de parler de Wren de cette manière. Je ne l'admettrai pas.

Stephan, qui avait flairé le danger, adopta un profil plus bas:

— Ma chérie, c'est pour votre bien que je vous pose ces questions. Vous me faites parfois l'effet d'être une brebis au milieu de tous ces loups qui rôdent à Londres. Vous ne connaissez pas les travers de cette ville, vous ne vous méfiez pas suffisamment.

— Non, à mon honneur, je dois reconnaître que non. Mais Wren est une enfant adorable et aimante. En fait, j'ai l'intention de l'adopter très bientôt. Et cela suffit pour que vous lui deviez de l'affection ou au moins le respect.

Stephan sentit qu'il marchait sur des braises. Les yeux de Sirena avaient la lueur de l'or en fusion.

— Comme c'est généreux de votre part, ma chérie. Je n'aurais jamais dû vous parler ainsi, pardonnez mon appréhension.

Sirena resta silencieuse. S'enveloppant dans son châle, elle se dirigea vers la porte, attendant que Stephan l'ouvrît pour elle. Quand elle sortit, Stephan aperçut Wren qui le fixait de la balustrade du second étage. Ses yeux perçants emplis de sagesse lui donnèrent le frisson. Longtemps après avoir fermé la porte, Stephan garda le regard pesant de l'enfant en mémoire.

Alors qu'ils prenaient la direction de Rosemary Lane où le bateau de Caleb était amarré, Sirena écoutait d'une oreille distraite les récits de Stephan sur ces salles de jeu et sur les fortunes gagnées par les uns et les autres. Elle était furibonde et en tremblait. Que lui arrivait-il ? Elle se retrouvait dans des cercles civilisés et elle se comportait comme une écolière. La seule vie possible pour elle consistait peut-être à être sur l'eau : être libre de se promener sur le ponton de son bateau, dans la tenue de la Sirène des mers. « J'ai gâché ma vie, pensa-t-elle tristement en sentant que Stephan se rapprochait d'elle sur la banquette du fiacre. Cet homme me dégoûte, et je suis là, assise à côté de lui, je vais l'épouser dans quelques jours. Regan a raison : je dois être folle ! »

L'équipage fit une embardée et s'arrêta. Sirena tomba sur le côté et Stephan l'accueillit dans ses bras. Elle faillit se mettre à pleurer mais se retint. Des rangées de lanternes de toutes les couleurs éclairaient le quai où était amarrée la frégate qu'elle aimait tant. Le nouveau nom peint sur la proue attirait le regard. Des femmes élégantes se promenaient sur les pontons au bras de leur cavalier. Elles riaient et bavardaient, tout excitées de se rendre à la soirée.

Pendant un instant, se rappelant la soirée du bal masqué, Sirena fut effrayée à l'idée de passer sous les lampes qui se balançaient. Mais les jolis rubans et les lanternes qui tapissaient la timonerie détournèrent son attention et lui firent oublier ses peurs. Elle accepta le bras de Stephan pour se rendre dans la salle principale qui, autrefois, avait été les quartiers de l'équipage.

Les tables de jeu avaient été installées dans la partie centrale du navire. Autour d'elle se trouvait un cercle de tables intimes destinées au dîner. Une petite estrade se dressait au coin de la pièce, prolongée par une piste sur les côtés.

Il y avait tellement de monde qu'il était difficile de se mouvoir. Les hommes parlaient à voix feutrée en attendant leur tour aux dés ou au bridge. Sirena remarqua un aristocrate distingué qui allait et venait au milieu de la foule, assurant les invités que l'on s'occuperait d'eux et qu'ils auraient chacun leur chance. Il répétait à tous ceux qu'il croisait que la *Sirène des Mers* serait ouverte toutes les nuits.

Après avoir installé Sirena à une table, Stephan s'assit en face d'elle tout en continuant à suivre la partie de dés qui se déroulait.

— Allez-y Stephan, cela ne me dérange pas de rester seule ici.

— Vous en êtes certaine? demanda-t-il par pure formalité en se levant de sa chaise, le regard avide et enthousiaste.

— Sûre et certaine. Jouez pour moi.

Stephan porta machinalement sa main à la poche de sa poitrine où se trouvait l'argent qu'elle lui avait prêté. Galamment, il se pencha et posa ses lèvres sur sa main, promettant qu'il ne serait pas long.

Il s'écoula un certain temps avant que Sirena n'aperçût Caleb dans la pièce enfumée. Elle fut une fois de plus troublée par sa ressemblance avec Regan. Pourquoi continuait-elle à le considérer comme un jeune garçon? Il était devenu un homme séduisant et, à en juger par la clientèle nombreuse présente sur le bateau, il ne tarderait pas à s'enrichir. Sirena dut reconnaître que Regan avait raison: Caleb avait mûri. Elle admira ses larges épaules musclées alors qu'il se faufilait parmi la foule très gaie de ses invités. Ses yeux bruns rayonnaient de bonheur et il arborait un large sourire en arrivant à sa table.

Quand il se rendit compte de sa froideur, son sourire s'estompa et ses yeux s'assombrirent.

— Je suis heureux que tu sois venue, Sirena. Mon père est dans les parages avec cette jeune femme. Il m'a souhaité bonne chance et j'espérais que tu en ferais de même.

Sa voix semblait avoir changé, elle était douce, grave et séduisante. Il était vêtu d'un costume parfaitement ajusté.

— Bonjour, Caleb, dit-elle doucement. Bien sûr, je te souhaite de réussir. Si j'en crois ce que je vois, tu me parais bien parti. Que feras-tu de ta fortune ?

— J'ai d'abord l'intention de te rembourser ce que je te dois. Ensuite, je partirai pour les colonies américaines. La date dépendra de mon succès sur ce bateau. Et toi, Sirena, comment vas-tu ?

— Si cela t'intéressait, tu m'aurais rendu visite et tu m'aurais sans doute informée de ce que tu avais l'intention de faire avec le *Rana*. Cela m'aurait évité de l'apprendre par une publicité. Tu as hérité d'une bonne partie du caractère de ton père, observa-t-elle froidement.

Caleb s'assit en face d'elle.

— Je ne suis pas Regan, Sirena. Il est temps que tu te mettes cela dans la tête. Je me suis fait la promesse de ne plus me mêler de vos vies, et j'attends la même chose de vous deux. Il se peut bien que j'aie commis une erreur en lançant cette entreprise, mais je ne pourrai m'en prendre qu'à moi-même. Au cas où tu n'en serais pas encore persuadée, je ne suis plus un petit garçon.

— Je sais, répondit Sirena calmement, regrettant le temps où cette jeune tête brûlée montait aux mâts comme un singe. Dis-moi, Caleb, que penses-tu de la fiancée de Regan ?

Caleb s'empourpra et, malgré les lumières tamisées, Sirena ne manqua pas de le remarquer.

— Ils vont bien ensemble, répliqua-t-il en éludant sa question. Je n'ai pas beaucoup eu l'occasion de parler à mon père ce soir. Sirena, qu'as-tu l'intention de faire ? Tu... tu vas rester en Angleterre ?

— T'a-t-il envoyé aux nouvelles ?

— Bien sûr que non. Si je te le demande, c'est que cela m'intéresse.

— Quand j'aurai pris ma décision, je t'en informerai. Maintenant si tu veux bien m'excuser, je crois que je vais aller tester mes talents au jeu.

Elle se leva et s'éloigna, glaciale.

« Elle n'est plus la Sirena d'autrefois », songea-t-il abattu. Il ne l'avait jamais vue si hostile. Tout ce qu'ils avaient réussi à faire, lui et Regan, c'était de lui avoir volé son âme. Il balaya la pièce du regard à la recherche de son père et de Camilla, belle créature blonde qui deviendrait bientôt sa belle-mère.

Regan installa sa fiancée près d'une femme plantureuse qu'elle avait l'air de connaître et se dirigea vers la table de faro. Quelques secondes plus tard, Caleb se précipitait vers Camilla et lui offrit de lui faire découvrir les attractions de la *Sirène des Mers*. Elle rougit et accepta.

Dehors, sous la lueur des lanternes, Camilla observait Caleb.

— Regan ne m'avait jamais dit qu'il avait un fils. Je me demande bien pourquoi, car vous êtes un homme très séduisant.

Le sourire qu'il esquissa ressemblait davantage à une grimace. Regan gardait beaucoup de secrets pour lui, pensa-t-il. Puis, posant son regard sur le visage délicat de Camilla, il comprit que son père rechignait à dire qu'il avait un fils de l'âge de la jeune femme qu'il s'apprêtait à épouser.

— Peut-être père a-t-il peur que je vous enlève à lui ?

Camilla songea que sa ressemblance avec Regan était vraiment frappante. En dehors des cheveux et des yeux que Caleb avaient bruns alors que Regan ressemblait à un dieu du Nord, leurs gestes, leurs pas étaient les mêmes. Ils possédaient les mêmes larges épaules et les mêmes hanches étroites. Mais les yeux bridés de Caleb avaient quelque chose d'exotique.

— Feriez-vous cela, Caleb ?

Elle lui lança un regard langoureux : il était évident qu'il lui plaisait.

— Oui, j'imagine que je l'aurais fait, répondit-il sincèrement.

C'était la créature la plus exquise qu'il eût jamais rencontrée, et il se sentait plus qu'ému en la voyant. Son pouls s'était accéléré.

— Et vous, seriez-vous partie avec moi ?

Pour toute réponse, Camilla le regarda droit dans les yeux. Un torrent d'émotions déferlait en elle. Brusquement, les joues légèrement empourprées, elle détourna son regard comme si elle cherchait à résister à la tentation. Après avoir fait quelques pas, elle s'arrêta et s'accouda au bastingage pour observer la nuit tapissée d'étoiles.

Caleb était déconcerté par sa propre réaction. Il sentait le besoin irrésistible de se rapprocher d'elle. Elle était adorable dans sa robe bleu pâle : elle ressemblait à une fleur du printemps éclairée par les rayons de lune...

Sirena avait froncé les sourcils en voyant Caleb et Camilla quitter la salle principale. Elle avait jeté les dés et, à la stupéfaction de tous les participants, avait abandonné ses gains sur la table, afin de suivre discrètement les jeunes gens sur ce pont qui lui était familier. Elle connaissait chaque planche, chaque trou de ver de ce plancher grignoté par le sel. Leur attitude était si intime qu'elle en fut gênée. Elle s'apprêtait à partir lorsqu'elle vit Caleb caresser le visage de Camilla. La jeune femme appuya sa joue dans la paume de sa main et le regarda droit dans les yeux.

Comme Camilla frissonnait, Caleb retira son frac et le posa délicatement sur les épaules de la jeune femme en la serrant contre lui. Sirena savait que Camilla avait éveillé un instinct protecteur chez Caleb. Sirena, qui n'était pas dupe de ce stratagème féminin, observa la scène. « Caleb, soupira-t-elle en silence, je pensais pourtant t'avoir appris combien les femmes sont rusées ! »

Le souvenir de Caleb lorsqu'il était enfant revint à sa mémoire de manière impromptue. Elle se rappela comment, tout en n'étant qu'un gamin, il avait cherché à la sauver du lubrique marin Wooster. Il avait ce jour-là risqué sa vie pour elle. Il s'était battu au sabre contre l'homme d'équipage au péril de sa vie.

L'inquiétude grandit chez Sirena : Caleb était en train de jouer avec le feu. Si Regan le découvrait, il courait un danger bien plus important que lorsqu'il s'était battu avec ce fripon de Wooster.

Les deux jeunes gens se rapprochaient l'un de l'autre, comme attirés par une force mystérieuse. Caleb posa ses lèvres sur celles de Camilla pour un très long baiser. Les bras laiteux de la jeune femme s'ouvrirent et se refermèrent contre son dos.

Le cœur de Sirena battit la chamade quand elle les vit se diriger vers la cabine du capitaine où Regan et elle avaient fait l'amour, il y avait de cela si longtemps. Quand ils eurent disparu, Sirena, devant l'ironie de la situation, ne put s'empêcher de rire et le son de sa voix résonna sur les flots.

— Vous arrivez trop tard, Regan. Votre fils n'a pas besoin d'aller voir les catins. Tel père, tel fils…

De retour dans la grande salle, Sirena se fraya un passage entre Stephan et Regan. Le Hollandais ne cessait de perdre aux dés. Son futur mari, quant à lui, avait gagné une modeste somme. Elle en fut amusée. A en juger par l'expression de Regan, il était au bord de l'ivresse.

— Mijnheer Van der Rhys, j'imagine que Camilla vous cherche, lança Sirena avec un regard sarcastique. Elle se promenait sur le pont il y a quelques minutes. La pauvre enfant avait l'air perdue, vous devriez veiller sur elle.

Regan lui jeta un regard glacial et quitta la pièce. Stephan la prit par le bras et l'accompagna à la table du dîner.

— Qu'en pensez-vous, Sirena ? Si seulement j'avais eu cette idée de génie ! Le chanceux qui dirige cette entreprise va se bâtir une fortune en deux semaines. Lord Aubrey Farrington possède une partie des parts.

— Vous ignorez donc que votre futur petit-fils par alliance est son partenaire ?

Stephan la fixa, époustouflé.

— Ne saviez-vous pas que Regan avait un fils, Caleb ? Il s'agit de son bateau. Vous devez être content d'avoir deux hommes d'affaires dans la famille !

Stephan Langdon parut très surpris d'apprendre que Regan avait déjà un fils, mais il ne sembla pas mécontent.

— Camilla ne m'en avait jamais parlé.

— Peut-être ne le savait-elle pas elle-même.

Stephan calcula immédiatement les incidences de l'existence de ce fils sur l'héritage que recevrait Camilla. Les pertes seraient négligeables, son visage s'éclaira. Et le jeune Van der Rhys concéderait des prêts à son bienveillant grand-père.

— Quoi qu'il en soit, je suis fier qu'un jeune homme si entreprenant fasse partie de ma famille — de notre famille, se reprit-il aussitôt. Je pourrais peut-être lui donner quelques conseils pratiques. Le premier est de conserver l'exclusivité d'un tel établissement. Oui, je pourrais lui être très utile. J'imagine que Lord Farrington a quelque expérience en la matière mais je crains qu'il ne manque de finesse. Y a-t-il quelque chose qui ne va pas, Sirena ? Vous êtes brusquement si silencieuse.

— Un mal de tête épouvantable, Stephan.

Cela vous dérangerait-il si nous rentrions ? Nous pourrons revenir un autre jour.

— Ma chérie, nous n'avons pas encore vu les danseurs tziganes, déclara Stephan, peu enclin à accepter cette suggestion.

— J'en ai vu des tas en Espagne et je vous répète que j'ai très mal à la tête. Si vous ne souhaitez pas me raccompagner, je vous serais reconnaissante de mettre votre fiacre à ma disposition, répliqua-t-elle agacée.

Stephan se reprit et lui dit chaleureusement :

— Pardonnez-moi, ma chérie, je me suis laissé aller avec cette atmosphère de gala. Je ne peux pas supporter de vous voir souffrir. Pouvez-vous excuser mon manque d'égards ?

— Regardez, Stephan, voici le Hollandais. Il semble qu'il n'ait pas réussi à retrouver votre fille.

— Regan, où est Camilla ? appela Stephan.

Le fiancé se fraya un chemin vers la balustrade et, après avoir regardé Sirena, se tourna vers son futur beau-père.

— Je l'ignore. Elle va avoir de mes nouvelles...

— Je peux peut-être vous aider, proposa Sirena. Je l'ai vue marcher sur le ponton avec un jeune homme très élégant. Et si je me souviens bien, elle l'appelait Caleb.

Il remarqua son inflexion sur le terme « jeune homme ».

— A ce que je vois, cela n'est pas fait pour vous déplaire, rugit-il en l'agrippant violemment par le bras.

— Je vous prie de bien vouloir retirer votre

main, intervint Stephan en élevant la voix. L'ivresse vous va mal. Quand un homme ne supporte pas la boisson, il lui est préférable de s'abstenir.

— Quand un homme n'est pas capable de veiller sur sa fille, il ne devrait pas la laisser sortir en public, rétorqua Regan.

— Dois-je vous rappeler qui a conduit Camilla en ce lieu ? Dois-je aussi vous rappeler que c'est vous qui l'avez laissée seule pour aller jouer ?

— Je savais que ce bateau était maudit, se plaignit Sirena avec ruse. Voici une bonne raison de rentrer. Je ne pense d'ailleurs pas que ce soit un endroit pour une lady. Quant à Camilla, la chère enfant, il a pu lui arriver quelque chose. Cet homme avait l'air robuste.

Stephan se mordit la lèvre : il lui fallait trouver sa fille avant que ce Van der Rhys pensât à remettre leur mariage en cause. Quelle idiote, où se cachait-elle donc ?

— Stephan, c'est le Mijnheer qui a raison, continua Sirena. Camilla a besoin d'une personne à poigne. Et avant leur mariage, c'est à vous qu'incombe cette tâche. Quelqu'un doit veiller sur cette pauvre enfant. Mon Dieu, j'espère qu'il ne lui est rien arrivé de grave...

— Taisez-vous, Sirena ! lui intima Regan.

Stephan se raidit. Il se trouvait dans une situation intenable. Il hésitait à enflammer davantage Regan car cela pouvait avoir des conséquences fâcheuses pour le mariage de Camilla. D'un autre côté, s'il ne voulait pas compromettre ses propres chances avec Sirena, il devait s'interposer et l'empêcher d'injurier sa future épouse.

— Regan, je vous mets en garde de ne pas vous adresser à Sirena de cette manière. Si vous n'étiez pas ivre et fiancé à ma fille, je... je me fâcherais pour de bon !

De fines gouttes de sueur perlaient sur son front.

— Il est parfaitement répugnant, appuya Sirena avec effronterie. Mais Stephan, je vous en prie, je suis si inquiète pour Camilla. S'il est nécessaire d'organiser une battue, je serai la première à proposer mes services.

Le ton de Stephan était empli de méfiance :

— Vous avez dit que vous aviez mal à la tête et que vous vouliez rentrer ?

— Comment pouvez-vous imaginer une seconde que je réussirais à m'endormir en ne sachant pas où est cette enfant ? Pour qui me prenez-vous ? Venez Mijnheer, je vais vous aider à la trouver, dit-elle en prenant le bras de Regan.

Stephan poussa un soupir de soulagement :

— Ce ne sera pas la peine, ma chérie, voici Camilla. Alors jeune fille, où étiez-vous donc pendant tout ce temps ?

— C'est une si jolie soirée que je suis allée me promener pendant que Regan prenait son tour au jeu.

Ce dernier dévisageait Camilla d'un air abasourdi. Sirena se demanda s'il avait remarqué que les lèvres de sa fiancée étaient légèrement enflées. Se penchant vers lui, elle murmura :

— Demandez-lui donc où elle était, et si pour

une raison ou une autre ses explications ne vous convainquent pas, je me ferai un plaisir de vous renseigner.

Puis, d'un geste gracieux, elle prit ses jupes dans sa main et quitta le navire avec Stephan sous le regard courroucé de Regan.

Sirena demeura très silencieuse tout au long du voyage et Stephan tenta en vain d'engager la conversation. Elle ne cessait de penser à la réaction de Regan quand il découvrirait les frasques de Caleb. Elle regretta bientôt de l'avoir appâté avec ses confidences.

Les relations entre le père et le fils étaient tendues. Si Regan apprenait la vérité, cette blessure ne se refermerait jamais. Le manque de loyauté de Caleb et l'infidélité de Camilla ne seraient jamais pardonnés. Elle songea à la complicité qui avait autrefois existé entre les deux hommes et eut la gorge nouée.

Refrénant les larmes qui lui montaient aux yeux de peur d'avoir détruit ces êtres qu'elle aimait plus que tout au monde, elle s'enferma dans un complet mutisme.

Regan aida Camilla à grimper dans le fiacre. Il n'était plus ivre.

— Maintenant, vous allez m'expliquer où vous étiez et avec qui. Vous m'avez fait passer pour un imbécile devant votre père et cette sorcière espagnole.

Camilla laissa couler une larme. Elle n'avait aucune intention de le lui avouer. Elle aurait voulu pouvoir revivre à l'infini cette extase enivrante qu'elle avait ressentie dans les bras de Caleb.

— Mon cher Regan, j'étais si fâchée lorsque vous m'avez abandonnée pour aller jouer aux dés, qu'il fallait que je sorte prendre l'air afin d'épancher ma colère. Un gentleman près de moi fumait un de ces cigares malodorants et me donnait mal à la tête. Alors, quand votre fils m'a proposé de visiter le bateau, j'ai accepté. Il a rapidement été appelé à l'intérieur. Quelle faute ai-je donc commise ? demanda-t-elle doucement en se nichant contre lui.

« Vous êtes jaloux ? Ce n'est pas très élégant de votre part ! dit-elle en gloussant. Mais j'adore vous voir comme cela. Vous n'avez pas à imaginer que l'on puisse vous prendre pour un idiot, cela ne viendrait à l'idée de personne. Vous êtes si fort, si viril. Sirena, quant à elle, serait bien mal placée pour porter un jugement sur quiconque : elle qui s'est si souvent retrouvée dans le lit de mon père, mentit Camilla. Je ne suis pas une enfant, Regan, je sais ce qui se passe autour de moi. Et vous devez me croire lorsque je vous dis que rien ne s'est produit.

Regan sentit un frisson le parcourir. Il retira son bras de l'épaule de Camilla, ses muscles étaient contractés. Camilla poursuivit :

— J'ai l'impression que quelque chose se prépare entre eux deux. Il n'y a qu'à voir la façon dont elle le regarde. Je la soupçonne de vouloir devenir Lady Langdon.

Camilla ennuyait Regan avec son bavardage, il était sur le point de perdre patience. Pourquoi ressentait-il cela ? Après tout, Sirena était libre de mener sa vie comme bon lui semblait. Mais il avait au fond de lui la conviction que Camilla mentait. Qu'elle mentait au sujet de la soirée sur le bateau et de Sirena. Camilla avait été avec Caleb et...

L'équipage s'était arrêté. La jeune femme à la peau diaphane attendit que Regan la reconduisît à la porte de chez elle.

— Regan, mon chéri, si je vous ai négligé, j'en suis désolée. (Elle fit la moue.) Quand nous serons mariés, je serai toujours à vos côtés. Je serai la femme la plus dévouée de toute l'Angleterre.

Elle lui tendit sa joue pour recevoir un baiser et se précipita chez elle.

Regan retourna dans le fiacre : il ne lui restait plus qu'à repartir vers la *Sirène des Mers*. Une bonne correction et Caleb avouerait la vérité...

Il posa les mains sur ses tempes, tentant de se détendre sur le siège. Camilla n'en valait pas la peine, il savait qu'il ne l'aimait pas. Mais la fin justifiait les moyens. Il eut soudain envie de hurler. Sirena avait donc raison : même lui avait un prix. Rien ne fonctionnait comme il l'avait prévu...

Quant à Camilla, elle monta dans sa chambre en dansant et se jeta sur son lit. Ses pensées allèrent à Caleb. Comment pourrait-elle oublier le moment qu'ils avaient passé ensemble ? Pour une fois, elle se moquait de son estomac vide. Une expression rêveuse flottait sur son visage...

Après le départ du dernier client, Lord Farrington s'affaira à compter les bénéfices. Il souriait de temps à autre en faisant des liasses de billets. Caleb le regardait avec des yeux absents. En une nuit, il était devenu un homme d'affaires, avait séduit la fiancée de son père et s'était opposé à Sirena. En l'espace de quelques heures, il avait laissé derrière lui les derniers vestiges de son enfance. Il venait de rencontrer l'amour.

Lorsque Camilla était sortie de la cabine pour rejoindre les tables de jeu, il n'avait éprouvé aucun remords ; au contraire, une totale satisfaction. Tout ce qui s'était passé avant, toutes les femmes qu'il avait connues, cela ne signifiait plus rien.

Il soupirait béatement tandis que Lord Farrington remplissait deux poches de leurs gains en mettant de côté l'argent qui servirait à payer les frais de la soirée.

Lorsque Camilla s'était penchée sur son corps nu en lui promettant qu'elle reviendrait, il avait eu le sentiment d'être mort et d'entrer au paradis. L'agrippant par les bras, il l'avait embrassée avec une ardeur à lui couper le souffle, et l'avait gentiment repoussée.

— A une autre fois, lui avait-il murmuré à l'oreille.

— Non, avait-elle répondu haletante. Encore, encore.

Elle avait laissé glisser sa robe, découvrant une épaule et lui laissant entrevoir sa poitrine laiteuse et la pointe corail de ses seins.

Caleb avait léché ses lèvres sèches et avait réajusté sa robe.

— Une autre fois, avait-il répété avec fermeté.

Il avait eu l'intuition que ce n'était pas le moment d'assouvir leur désir. Après un long baiser fougueux, Camilla s'était rhabillée, avait repris son sac à main et était partie. Mais avant de le quitter, elle lui avait lancé un dernier regard qui en disait long.

— Je compterai les heures et les minutes, avait-elle dit à voix basse.

Caleb arborait un large sourire. Il se força à revenir à la réalité.

— Comment vont nos affaires ? demanda-t-il.

— Avec les recettes de ce soir, nous avons tous les deux de quoi vivre confortablement pendant un bon moment. Et ce n'est pas fini ! Hein mon garçon ? Portons un toast à notre succès ! s'exclama Aubrey Farrington en versant du vin dans deux gobelets. A notre réussite !

Ses yeux embrumés par l'alcool se froncèrent légèrement lorsqu'il remarqua l'expression de Caleb. Il l'avait déjà vu ainsi.

— Laquelle de ces jeunes femmes vous a-t-elle offert ses faveurs ? Inutile de nier mon garçon, c'est écrit sur votre visage.

Caleb haussa les épaules et vida son verre, sans répondre à la question de l'aristocrate.

— Vous allez rapidement découvrir une foule d'admiratrices prêtes à se glisser dans vos draps, reprit le lord. Je vous en prie, mon garçon, laissez-vous faire mais ne vous attachez à aucune d'entre elles. Vous avez encore de belles années devant vous. Et si vous jouez bien vos cartes, votre vie sera très agréable.

Satisfait de cette boutade, Farrington éclata de rire. Caleb, étendant ses longues jambes musclées, l'imita.

Stephan Langdon entra avec fracas chez lui. Il appela Camilla. Jamais il n'avait été si furieux envers elle ! Il lui avait fallu se maîtriser pour ne pas la gifler devant Regan et Sirena. Elle avait failli anéantir ses projets. Ce badinage avec le fils de Regan aurait pu lui coûter son mariage.

Il monta quatre à quatre les marches qui menaient à la chambre de sa fille. La rage avait empourpré ses traits délicats. Il tenta de se contrôler.

— Camilla ! Camilla, petite idiote ! Il faut que je vous parle, ouvrez cette porte.

Elle était allongée, rêvassant à Caleb, bercée par le souvenir de leur ardente étreinte. Elle savait que son père serait en colère et avait espéré qu'il la laisserait tranquille jusqu'au lendemain matin. Caleb était plein de vitalité, audacieux et enthousiaste. Regan, lui, était un homme fort et fascinant, mais si mûr. C'était la seule différence entre les deux, pensa-t-elle. Il n'avait jamais exprimé le désir de la conduire dans son lit. Il la traitait comme si elle n'était qu'une enfant qui n'avait que ses toilettes en tête. Jamais il n'avait cherché à découvrir la femme sensuelle qui sommeillait en elle.

— Camilla, il faut que je vous voie ! Ouvrez cette porte !

Pendant un moment fugace, elle eut peur. Elle n'avait jamais entendu son père dans une telle rage. Abasourdie, elle se souvint de cette voix : cette voix avec laquelle il s'adressait à sa mère puis la laissait en larmes.

— La porte est ouverte, père. Entrez, je vous prie, dit-elle enfin à contrecœur.

Stephan entra et attaqua sur-le-champ.

— A quoi vous êtes-vous amusée ce soir? Etes-vous consciente que vous avez failli faire échouer votre mariage avec le Hollandais?

Il avança vers elle, mais elle était bien décidée à ne pas lui laisser l'avantage. Il ne l'humilierait pas et ne la détruirait pas comme il avait détruit sa mère.

Debout, le menton arrogant, Camilla fit face à son père.

— Calmez-vous, Regan a accepté mes explications. Caleb est son fils, l'ignoriez-vous? Comment pourrait-il soupçonner qu'il puisse s'intéresser à sa fiancée? C'est un homme de principes et il est persuadé qu'il en va de même pour son fils.

Stephan l'attrapa par le bras, la faisant gémir de douleur.

— C'est vous qui le dites! Mais vous n'avez pas vu son visage lorsqu'il est parti à votre recherche et en est revenu bredouille. Il avait un regard meurtrier: je ne pense pas qu'il aurait hésité à tuer son propre fils! Et vous, il vous aurait cassée en deux!

Camilla se libéra de sa poigne. Elle sentait les larmes lui monter aux yeux mais elle trouva la force de répliquer:

— C'est bien possible, mais il n'a pas parlé d'annuler le mariage.

Les assurances de sa fille ne satisfirent guère Stephan.

— Vous ne pouvez pas vous moquer de Regan comme vous l'avez fait avec Tyler

Sinclair. Maintenant, servez-vous de votre tête de serin !

Il ponctua ces paroles en la secouant violemment.

— Lâchez-moi, père. (Camilla parla d'une voix grave et calme.) Puisque je vous répète qu'il ne s'est rien passé entre Caleb et moi ! Cela aurait peut-être été mieux d'ailleurs, je préfère de beaucoup Caleb ! Et lui aussi, il est riche ! Et pour ce qui est de Tyler, vous auriez tort de le sous-estimer. (Elle le repoussa de toutes ses forces.) Si je m'écoutais, je courrais chez lui et je l'implorerais de dire toute la vérité à ses parents. Je suis persuadée que la baronne et le baron m'accepteraient si je leur promettais de ne plus avoir affaire à vous. C'est à vous qu'ils s'opposent, père, pas à moi !

Stephan lui administra une gifle magistrale. Incrédule, elle perdit l'équilibre et ses larmes coulèrent de ses yeux.

— Voilà ce que me vaut d'être un père dévoué ! Je suis bafoué ! Vous êtes comme toutes les femmes, une chienne ! Comme votre mère ! (Son visage était contorsionné de haine.) J'aurais dû me débarrasser de vous comme je l'ai fait avec elle. J'aurais dû savoir que vous deviendriez une femme comme les autres. (En prononçant le mot « femme », il cracha comme s'il s'agissait de la lèpre.) Et en ce qui concerne nos projets, nous les mènerons à exécution à la date que nous nous sommes fixée. Vous épouserez Van der Rhys. Quand nous serons assurés d'hériter de sa fortune, je ferai de vous une adorable jeune veuve. En attendant ce moment-là, veillez à vous comporter correctement !

Il sortit de la chambre, abandonnant Camilla à ses sanglots.

Les yeux mêlés d'horreur et d'étonnement, la jeune femme se jeta sur son lit. C'était la première fois qu'elle avait peur de son père. Elle avait toujours imaginé que les paroles concernant son veuvage n'étaient que des mots. Il avait souvent menacé de se débarrasser de Tyler s'il devenait gênant. Mais ce soir, elle avait soudain pris conscience qu'il ne plaisantait pas. Un frisson la traversa en se rappelant les paroles qu'il avait proférées en parlant de sa mère : « Je me suis débarrassé d'elle. » Elle eut à nouveau cette vision cauchemardesque de sa mère lorsque le fiacre était parti. Ses yeux étaient vides et sans espoir. Elle avait levé la main pour lui dire au revoir.

— Mon Dieu, non, mon Dieu. (Camilla se sentit pétrifiée par un froid glacial.) Elle savait ! Mère savait ce qu'il allait lui faire !

20

Frau Holtz entra dans la suite de Sirena pour l'aider à enfiler sa robe. Il était tôt, le soleil se levait à l'horizon. Le visage pincé de la gouvernante traduisait clairement ce qu'elle pensait de ce mariage avec Stephan Langdon : l'idée la plus insensée qu'avait jamais eue la Mevrouw.

Une idée parfaitement stupide! Frau Holtz détestait Sir Stephan Langdon au plus haut point. A chaque fois qu'elle se trouvait en sa présence, elle n'aspirait qu'à une chose: le chasser d'un coup de balai comme elle l'aurait fait avec une vulgaire araignée.

— Il est temps que vous cessiez de dramatiser la situation, Frau Holtz. Je vous ai expliqué pourquoi j'ai décidé d'épouser Stephan. Le débat est clos, gronda Sirena d'un ton autoritaire. Etes-vous disposée à m'aider ou dois-je appeler Wren?

— *Nein*, la pauvre petite a besoin de dormir. Et je préfère qu'elle ne soit pas là pour vous voir commettre cette idiotie, répondit la Frau d'une manière acerbe.

— Alors, dépêchez-vous de m'apporter mes chaussures, Stephan sera là dans un instant.

Sirena se contempla dans le miroir en remettant ses cheveux en place. La journée promettait d'être longue. Son propre mariage le matin et celui de Regan l'après-midi... Comment réussirait-elle à le supporter? Tout son corps était de glace et elle sentait son pouls battre ses tempes. Elle regarda la gouvernante du coin de l'œil, espérant que la vieille femme l'attacherait au lit et l'empêcherait de quitter la maison avec Stephan. Mais son sort était scellé: elle avait pris cette décision et l'assumerait jusqu'au bout, malgré les nuages noirs qui flottaient au-dessus de sa tête. Elle chassa son appréhension et fit un effort suprême afin d'éclaircir son humeur. Stephan avait plus de cinquante ans, il se montrerait de moins en moins exigeant. Et s'il se révélait être un mari zélé, elle s'arrangerait pour que cela ne durât pas. Elle avait bien l'intention de prendre le dessus.

— Si seulement vous acceptiez que je vous accompagne, Mevrouw. Vous avez besoin d'une femme à vos côtés.

La voix de la gouvernante s'était adoucie, elle était emplie de compassion comme si Sirena se rendait à un enterrement.

Elle saisit le bras de Frau Holtz et répondit sur le même ton :

— Je vous remercie, mais je dois y aller seule, ma bonne amie.

— Où la cérémonie aura-t-elle lieu ? Pourquoi ne pas l'avoir organisée ici ?

— Stephan a un ami qui nous a gentiment proposé de nous prêter sa maison à l'extérieur de la ville. Le clergé nous y attendra. Nous reviendrons juste à temps pour le mariage de Regan et Camilla. (Sirena faillit s'étouffer en prononçant ces mots.) Comme vous le savez, Stephan habitera chez nous. Il a déjà apporté une partie de ses affaires ici. Il laisse la maison de Drury Lane pour Camilla et... son mari.

— Oh ! Mevrouw, je préférerais vous voir affronter les pirates que ce Langdon. Je serais bien incapable de vous expliquer pourquoi, mais quelque chose en lui m'effraie...

En entendant ces paroles qui faisaient écho aux soupçons qu'elle ressentait au fond d'elle-même, Sirena eut un petit rire gêné.

— Vous m'avez vue aux prises avec les pirates. Comment pouvez-vous imaginer que j'éprouve des difficultés face à un homme comme Stephan ?

— Ce Lord Langdon possède plusieurs visages et mon intuition me dit qu'il n'est pas l'homme que l'on croit, répliqua Frau Holtz, les sourcils froncés d'inquiétude.

— Ne vous inquiétez pas pour moi, j'aurai toujours raison de Stephan.

Sa voix était beaucoup moins assurée que sa bravade ne le laissait supposer.

Avant que le valet de pied ne l'annonçât, Sirena entendit la calèche de Stephan arriver. Prenant son réticule brodé de perles, après un dernier regard au miroir, Sirena sortit de la pièce.

— Embrassez Wren pour moi, et dites-lui que je serai bientôt de retour. Je la verrai plus tard dans la matinée.

Stephan l'attendait en bas de l'escalier. Quand il la vit, ses yeux exprimèrent le contentement : Sirena était vraiment une belle femme. Il savait qu'il n'aurait pas éprouvé la même satisfaction en épousant une vieille femme riche qui lui aurait donné un rang social et aurait été pour lui une réserve de fonds sans limites. Stephan découvrait qu'il existe des choses aussi importantes que l'argent.

Sirena descendit les marches avec élégance. Sa robe en soie abricot lui donnait un teint frais et mettait en valeur sa chevelure de jais lustrée. En enfilant ses gants assortis, elle baissa les yeux vers lui et dit en souriant :

— Etes-vous prêt, Stephan ?

— Plus que vous ne pouvez l'imaginer, ma

chérie. (Il prit sa main gantée et la baisa.) Vous devriez porter un châle, Sirena. Il ne fait pas très chaud ce matin.

— J'en ai un, répliqua-t-elle en montrant une grande écharpe couleur sable.

Stephan la plaça sur ses épaules d'une manière possessive qui la fit frissonner. Son instinct lui disait de se sauver et de partir le plus loin possible de cet homme. Pourtant elle suivit Stephan jusqu'au fiacre.

Il était si tôt que la ville n'était pas encore réveillée. Les quelques citoyens qui traînaient dans les rues finissaient la nuit qu'ils avaient passée dans les tavernes et les bars. Rompant le silence, ils entendirent les cloches de l'église St. Paul qui saluaient le jour naissant. Elles furent rejointes par celles de Peter St. Olave, St. Botolph, St. Dunstan et St. Sepulchre, et enfin Barking qui marquait la limite de la ville.

La traversée de Londres désert fut extrêmement rapide. En moins d'une heure, ils arriveraient chez Anthony Webster où les vœux devaient être échangés.

Le silence de Sirena rendait Stephan de plus en plus mal à l'aise. Il la regardait arranger les pans de sa robe de ses doigts nerveux.

— Sirena, êtes-vous en colère parce que j'ai refusé que Tyler Sinclair soit notre témoin? Essayez de comprendre, ma chérie. Anthony Webster est le seul témoin dont nous ayons besoin. Il aurait été ridicule d'obliger M. Sinclair à faire ce long trajet.

Sirena releva la tête.

— Je ne comprends pas vos objections,

Stephan. Il me semble naturel de souhaiter la présence d'un ami pour cet événement si important. J'ai toutefois accepté votre décision, n'en parlons plus.

Son ton était froid et réservé, elle continuait à froisser nerveusement sa robe dans ses mains.

— Vous êtes vraiment une enfant très séduisante, murmura Stephan en passant un bras autour de son épaule.

Il la serra contre lui et l'embrassa. Sirena sentit son sang se glacer. Le repoussant poliment, elle prétexta qu'il pourrait abîmer sa robe et qu'elle voulait être la plus belle possible en ce jour très particulier.

Les yeux de Stephan se transformèrent en éclats de glace et sa bouche, déjà mince, se contracta davantage. Sirena le regarda et se demanda si elle avait déjà lu une telle expression de cruauté sur son visage. Voyant qu'elle l'observait, il plaqua un sourire sur ses lèvres et la lâcha.

— Pauvre enfant, chaque femme a le droit d'être nerveuse le jour de son mariage, dit-il d'un ton apaisant en lui tapotant la main.

Pour toute réponse, Sirena tourna la tête vers la fenêtre et contempla le paysage. Pourquoi diable se trouvait-elle avec cet homme qu'elle n'aimait pas, qu'elle n'aimerait jamais et qu'elle allait épouser ?

Quand le fiacre emprunta une route sinueuse bordée de chênes, Stephan sortit sa montre de la poche de sa veste parfaitement coupée : tout juste huit heures. Le soleil venait de se lever et la journée promettait d'être belle.

— « La mariée sur laquelle brille le soleil sera heureuse », ma chérie, récita Stephan, attendant la réaction de Sirena, perplexe de la voir aussi pensive et distraite.

Ils aperçurent bientôt la maison de Webster. Construite en pierres du pays et en bois taillé, elle possédait un charme rustique. A l'intérieur, l'aspect campagnard cédait le pas à des meubles élégants et à de grandes pièces spacieuses baignées de lumière. L'ami de Stephan les accueillit chaleureusement en fixant Sirena de son regard bovin.

Elle répondit comme elle put à ce sourire et le remercia de leur offrir son hospitalité.

— Inutile de me remercier, Stephan est l'un de mes plus vieux amis.

— J'imagine que vous viendrez avec nous à Londres pour assister au mariage de Camilla, demanda Sirena, soulagée à l'idée de ne pas refaire le trajet inverse seule avec Lord Langdon.

Anthony Webster sembla chercher ses mots :

— Pourquoi... Enfin, il s'agit de...

— Sirena, ma chérie, intervint doucement Stephan, pensez donc à votre propre mariage, non à celui des autres. Anthony a des obligations... politiques, n'est-ce pas, Anthony ?

— Oui, oui. C'est cela même. Je suis désolé d'avoir été contraint de refuser mais cela n'était pas possible. Hum, Justice Tallman nous attend dans le salon.

Le châtelain prit Sirena par le bras et ils suivirent le long couloir qui menait au salon tapissé de fleurs. Webster se tourna vers Stephan.

— J'espère que la décoration vous plaît.

Près du manteau de la cheminée, se tenait un gentleman rond qui les accueillit en souriant. Sirena fut alors prise de panique : elle aurait voulu prendre ses jambes à son cou. Elle se serait enfuie si le châtelain ne l'avait tenue si étroitement.

Les minutes suivantes furent enveloppées de brume. Sirena eut vaguement conscience de signer le contrat de mariage. Elle entendit Justice Tallman réciter les vœux et elle s'entendit répondre. Le doigt auquel Stephan passa une émeraude impressionnante lui semblait lourd et étrangement froid. Quand enfin la cérémonie fut terminée, Stephan l'enlaça. Ses lèvres étaient exsangues, ses yeux embués de larmes et ses mains tremblaient. Qu'avait-elle fait ? Pourquoi avait-elle épousé cet homme ?

Alors qu'ils cheminaient tous deux vers Londres en calèche, il passa son bras autour de ses épaules et insista pour l'embrasser. Lorsqu'elle sentit sa langue forcer le barrage de ses lèvres, elle eut un violent sentiment de dégoût : la langue de Stephan était douce et épaisse, humide comme un ver de terre.

— Stephan, je vous en prie, protesta-t-elle, contrôlez-vous. Vous savez bien que nous devons assister au mariage de Camilla. Voudriez-vous que j'y apparaisse avec une robe froissée ?

— Que Camilla et son mariage aillent au diable, lança Stephan tandis que sa main s'engageait sous les jupes de Sirena. Je vous ai trop attendue, ma belle.

— Stephan, je vous en prie! (Elle le repoussa en feignant de sourire.) Vous ne pouvez pas manquer le mariage de votre propre fille. Que penserait Camilla si j'empêchais son père d'être présent le jour le plus important de sa vie?

Stephan se retira à contrecœur, tirant sur sa veste et rajustant son pantalon.

— C'est entendu pour aujourd'hui. Mais vous êtes la femme la plus désirable que j'aie jamais rencontrée. Je patienterai jusqu'à ce soir, ma chérie, ajouta-t-il comme si cette marque de tendresse lui était venue après coup.

L'expression que Sirena lut dans les yeux de son mari était des plus lubriques. Stephan ne plaisantait pas. Pourquoi n'avait-elle jamais remarqué la manière dont son regard gris brillait? Pourquoi s'était-elle imaginé qu'il ne portait que très peu d'intérêt aux plaisirs de la chair? En fait, jusqu'à ce moment précis, il ne s'était jamais montré pressant auprès d'elle. Elle s'était trompée, horriblement trompée...

— J'ai apporté une surprise pour célébrer notre union, annonça Stephan.

Il retira un panier en osier de sous le siège et en sortit deux verres de cristal et une bouteille de vin blanc. Avec un geste d'expert, il versa le vin.

— A nous, ma chérie!

Il fit teinter les verres l'un contre l'autre et avala le sien d'un seul trait.

Le vin rafraîchit la gorge de Sirena qui le but avidement et demanda même à être resservie.

— Il est délicieux, Stephan.

— Je suis ravi qu'il vous plaise, ma chérie. Je nous réserve une autre bouteille pour ce soir.

En entendant ces mots, Sirena s'étrangla. Elle sentit le vin la brûler au plus profond d'elle-même. Il lui faudrait descendre une bouteille à elle toute seule afin de supporter Stephan. Camilla, elle, passerait sa nuit de noces dans le lit de Regan...

Il sirotait son vin afin de mieux savourer son parfum fruité. Ses yeux, plongés dans ceux de sa nouvelle femme, ne dissimulaient rien du désir qu'il éprouvait pour elle. Comme elle était à jeun, le vin était monté à la tête de Sirena. Elle tenta de passer en revue les raisons qui l'avaient poussée à épouser Stephan. Elles lui semblaient désormais si confuses et absurdes...

Sirena secoua la tête et vida son verre, incapable de penser.

Camilla Langdon, assise devant le miroir, ajoutait une dernière touche à ses boucles d'or. L'horloge posée sur sa table de nuit indiquait presque dix heures. Le mariage entre son père et Sirena devait déjà avoir eu lieu et ils se dirigeaient probablement tous deux vers Londres, s'ils n'avaient pas déjà atteint leur destination. Les Langdon avaient désormais un avenir assuré, pensa-t-elle amèrement. Ou du moins son père. Son sort à elle était encore incertain. Elle allait bientôt avoir deux maris : Tyler et Regan. Et de nombreuses difficultés en perspective...

Camilla ne comprenait pas ce qui s'était récemment produit en Tyler. Il semblait avoir pris de l'assurance comme s'il nourrissait un projet secret. Elle se demandait si sa situation financière s'était améliorée, mais vu les maigres sommes qu'il lui avait accordées, cela ne pouvait être le cas.

Elle repensa au premier jour de son mariage. Elle était si jeune, si jeune et tellement amoureuse comme une jeune fille de seize ans pouvait l'être. Ils avaient passé l'été dans la propriété que les Sinclair possédaient à la campagne. Tyler et elle avaient immédiatement été attirés l'un vers l'autre. Plus qu'attirés, ils s'aimaient à la folie. Stephan avait veillé sur le jeune couple : il les avait laissés se retrouver seuls tous les deux, il avait couvert leurs escapades, fermé les yeux sur leur relation, les avait aidés à s'enfuir avec sa bénédiction. Au début, elle se disait qu'elle avait de la chance de posséder un père aussi compréhensif, mais elle avait fini par comprendre la vérité : Stephan avait jeté son dévolu sur l'argent des Sinclair et la meilleure façon d'atteindre cet objectif consistait à marier sa fille à Tyler.

Son mariage avec Regan était si différent de celui qui, quatre années auparavant, l'avait unie à Tyler. Même si Regan était un des hommes les plus fascinants qu'elle eût rencontrés, elle le trouvait à certains égards effrayant. Il n'était pas un petit écolier facilement influençable. C'était un homme du monde intelligent qui savait ce qu'il voulait. Bien qu'avec elle il se fût toujours comporté courtoisement, elle savait qu'il pouvait se mettre en colère. Elle tremblait encore au souvenir de la nuit à bord de la *Sirène des Mers* de Caleb. Regan ne se laisserait jamais manipuler. Camilla eut la gorge nouée en se rappelant que Tyler l'avait menacée d'aller tout raconter au Hollandais. Elle imaginait les immenses mains de Regan se resserrant sur son cou. Peut-être était-ce la raison pour laquelle Caleb lui plaisait tant : il était aussi séduisant que son père mais plus jeune et plus doux.

Soudain, Camilla éclata en sanglots :

— Allez au diable, Tyler ! Pourquoi cela n'a-t-il pas marché entre nous ? (La tête enfouie dans ses bras sur la coiffeuse, elle se mit à pleurer.) Nous sommes tous les deux trop orgueilleux pour être heureux...

Ce fut l'état dans lequel la femme de chambre la trouva lorsqu'elle lui apporta sa robe de mariée tout juste repassée.

Stephan conduisit Sirena à la porte d'entrée de la maison de Drury Lane. Les très nombreux invités cherchaient la meilleure place pour assister au mariage de Camilla Langdon et de Regan Van der Rhys. Stephan fut soulagé en songeant que la présence d'autant de personnes ne permettait pas de voir le triste état des meubles et des tapis. Lorsqu'il emmena Sirena au salon, plusieurs hommes frappèrent dans leurs mains afin de féliciter le père de la mariée. Il leur répondit par un sourire mais son attention était concentrée sur Sirena qui avait bu un peu trop de vin. Voyant qu'elle trébuchait, il jugea raisonnable de l'asseoir près des portes du jardin, à l'endroit où les fiancés échangeraient leurs vœux.

Balayant l'assistance du regard, il faillit annoncer tout de suite son mariage avec Sirena. Plus tôt il ferait savoir qu'il avait épousé la riche señorita, plus vite sa réputation s'améliorerait.

Sirena laissa Stephan l'installer et essaya de regarder ce qui se passait autour d'elle. Décidément, elle avait trop bu. Elle le savait mais elle ne voyait pas d'autre manière de supporter la journée.

A travers ses yeux embués par l'alcool, Sirena contempla le fond de la pièce : un domestique ouvrait la porte pour faire entrer un nouvel invité. Bien que la tête lui tournât, Sirena se demanda si Stephan avait invité tout Londres alors que Regan s'apprêtait à se ridiculiser en public. Elle plissa les yeux et reconnut Caleb. Il entra, froissant sa cravate d'un air gêné. Sa veste très bien ajustée semblait tendue sur ses larges épaules. Sa première impulsion fut d'aller l'accueillir à bras ouverts. Mais ses pieds lui semblaient s'être transformés en ancres et ses genoux tremblaient à cause du vin. Elle se rassit sur sa chaise, espérant qu'il la remarquerait et viendrait vers elle.

Caleb balaya la foule du regard et aperçut Sirena. Il détourna les yeux, espérant qu'elle ne l'avait pas vu. Il ne voulait pas lui parler ni entendre ses sarcasmes, et encore moins se montrer vulnérable devant elle. Il la soupçonnait d'être au courant de ce qui s'était passé entre lui et Camilla.

Avant d'accepter d'assister au mariage, Caleb avait cherché plusieurs excuses pour justifier son absence. Mais il savait qu'aucune ne suffirait à Regan qui avait exigé la présence de son fils.

Serrant les dents, Caleb prit un verre de vin sur le plateau que lui proposait un domestique. Il en but le contenu en deux gorgées. Puis il se resservit.

Jamais il n'avait désiré une femme comme il avait désiré Camilla et, dans un instant, elle deviendrait sa belle-mère. Il s'était senti vraiment honteux après avoir trahi Regan. Bien pire encore, il laissait son père épouser une femme dont l'infidélité finirait par le détruire. Et pourtant, égoïstement, Caleb avait choisi de se taire. S'il était intervenu, les liens qui l'unissaient à Regan auraient été à jamais détruits. Il détestait la jeune femme pour ce qu'elle était en train de faire. Et pourtant le simple fait de penser à elle faisait naître son désir. Sa chevelure blonde sous les rayons de lune filtrant à travers le hublot de la *Sirène des Mers*. Sa peau blanche comme l'albâtre contre la couleur cuivrée de son propre corps. Son parfum, ses caresses...

Soudain, une main lui agrippa l'épaule. Caleb se tourna et vit un homme séduisant qui le regardait de guingois.

— Alors comme cela, vous êtes venu assister à cette farce ?

Caleb se rendit compte que le gentleman avait déjà avalé quelques verres.

— Que voulez-vous dire par « farce » ? Qui êtes-vous ? le défia Caleb.

— Oh, excusez-moi, ce n'est pas poli de ma part. Je me présente : Tyler Sinclair. J'imagine que vous êtes Caleb Van der Rhys. Le portrait craché de votre père. Vous savez, aujourd'hui j'avais prévu d'être ailleurs, mais je voulais assister à la victoire des manigances des Langdon.

Caleb frémit. Quelle que fût l'idée qu'il se faisait de Camilla, son instinct lui dictait de la protéger, de la défendre.

— Sir, vous semblez oublier que vous parlez de la fiancée de mon père.

— Parfaitement. Et vous feriez bien de vous mettre dans la tête que Camilla est la fiancée de votre père, pas la vôtre.

Tyler était chancelant et son visage empourpré.

Caleb blêmit : combien de personnes étaient au courant de son histoire avec Camilla ?

— Oh, inutile de vous affoler, l'apaisa Tyler. Je connais trop bien notre petit oiseau blond pour deviner ses goûts, Caleb. (Les musiciens entamèrent un morceau.) Voici venir notre petit moineau au bras du plus beau coq de la basse-cour londonienne !

Caleb tourna la tête vers l'escalier. Camilla apparut au bras de Stephan. Elle était l'image de la pureté et de la solitude. Pendant un fol instant, Caleb imagina qu'il était seul dans la pièce et que la jeune femme marchait vers lui d'un pas hésitant. C'était vers lui qu'elle avançait avec ce regard innocent. Ses lèvres lui étaient destinées…

Les yeux de Camilla s'arrêtèrent sur les deux hommes et, l'espace d'une seconde, elle fut parcourue par la peur. Ignorant Caleb, elle tenta de lire les intentions de Tyler. Mettrait-il sa menace à exécution ? Oserait-il interrompre le mariage en déclarant qu'elle était déjà mariée avec lui ? Pendant un moment qui lui parut durer une éternité, son cœur s'arrêta de battre. Puis elle laissa échapper un soupir de soulagement : au lieu d'une résolution enflammée, elle avait décelé dans son regard une lueur d'amusement qu'elle connaissait bien. Tyler garderait le silence aussi longtemps qu'elle le souhaiterait. Le Hollandais lui appartiendrait. Et sa fortune aussi.

Si Sirena vit Camilla descendre l'escalier, elle ne se leva pas. La future jeune mariée était adorable dans son innocente robe de dentelle blanche. Tout le reste lui échappa lorsqu'elle aperçut Regan prendre place près des portes du jardin. Il portait un costume soigné bleu marine tirant sur l'argent. Son doublet à la coupe militaire serré autour de sa taille svelte mettait en valeur ses larges épaules. Son haut-de-chausses dans de hautes bottes en peau de porc laissait voir ses jambes musclées tandis que la touffe de ses cheveux presque blancs contrastait avec ses vêtements sombres. Il était plus beau que jamais. Puis il se retourna et elle distingua la légère cicatrice en S sur sa joue... Regan était en train d'épouser Camilla, Sirena allait le perdre à jamais.

Où était le plaisir qu'elle pensait éprouver en épousant Stephan ? Qu'en était-il de sa victoire ? Abattue, Sirena ferma les yeux : elle ne voulait rien voir de la cérémonie. Comme dans un rêve, Sirena imagina que c'était elle qu'il s'apprêtait à prendre pour épouse. C'était elle qui portait cette robe blanche, pas Camilla. C'était elle que Regan regardait avec adoration en attendant qu'ils se retrouvent seuls pour l'enlacer et l'enivrer de ses baisers. Elle sentirait son cœur battre contre sa bouche, sa douce peau de bronze contre ses mains. Et quand elle s'ouvrirait à lui, le monde ne serait plus qu'un vague et terne souvenir: ils s'envoleraient vers les régions du plaisir avec l'amour pour seul guide...

Une femme assise près de Sirena lui offrit gentiment son mouchoir.

— Je suis comme vous, je ne peux pas m'empêcher de pleurer aux mariages. Tenez, j'en ai apporté plusieurs.

Sirena jusqu'alors ne s'était pas rendu compte que ses joues étaient inondées de larmes.

Tyler et Caleb étaient l'un à côté de l'autre, chacun perdu dans ses propres pensées. Quelques instants avant que les fiancés prêtent serment, Tyler donna un coup de coude à Caleb.

— Que diriez-vous d'aller boire à la santé des nouveaux mariés?

Caleb le regarda et lut dans ses yeux le désespoir qu'il éprouvait lui-même.

— Je vous offre la première tournée, répondit-il avec un petit sourire.

A la surprise des domestiques, ils se tapèrent dans les mains et sortirent de la maison.

Au même moment, Stephan rejoignait Sirena.

— Ma chérie, vous serez dans un triste état si vous continuez à boire du vin.

Pour toute réponse, Sirena prit un autre verre sur le plateau d'un serveur.

— Sirena, dit-il fermement, la journée promet d'être longue et en tant que père de la mariée, j'ai le devoir de rester jusqu'au départ des derniers invités. Il faudra attendre un long moment avant que nous nous retrouvions enfin seuls.

Sirena avala une nouvelle gorgée et lui décocha un regard hostile.

— Je vais annoncer notre mariage pendant que vous êtes encore en mesure de recevoir les félicitations de nos invités.

— Oui, c'est ça. J'ai envie de savoir comment cette nouvelle sera accueillie.

Elle eut du mal à prononcer ces paroles et son discours lui sembla empâté.

Regan observait Sirena par-dessus la tête de Camilla. Il ne l'avait jamais vue ainsi et il eut une pointe de remords en constatant l'effet que cette cérémonie produisait sur elle.

Levant les yeux vers son mari, Camilla suivit son regard vers l'autre extrémité de la pièce. Elle aperçut Stephan qui s'apprêtait à faire tinter une cuiller contre le verre qu'il tenait à la main.

— Venez avec moi, j'ai l'impression que mon père va faire une déclaration. Je lui avais juré d'en garder le secret, c'est pourquoi je ne vous ai pas prévenu.

Quand la cuiller en argent frappa le cristal, Sirena vit Camilla et Regan s'approcher d'eux. Elle le fixait droit dans les yeux quand Stephan se mit à déclamer:

— L'homme comblé que je suis et notre adorable invitée d'Espagne, Sirena Cordez, avons le plaisir de vous annoncer que nous nous sommes mariés ce matin même.

Regan ne comprit pas tout de suite le propos de Stephan mais lorsqu'il le décrypta, il s'effondra presque. Son visage blêmit, il ressemblait à un mort-vivant. Le bleu de ses yeux se transforma en granit. Même si tous les invités avaient formé un cercle autour du couple et que Sirena ne distinguait plus Regan, elle sentait son regard et sa haine.

La journée fut longue. Sirena ne se souciait plus de ce qui se passait autour d'elle. Son verre lui semblait toujours vide et elle se resservait à chaque occasion. Regan garda ses distances vis-à-vis d'elle. Il dansait avec Camilla ou se joignait à la conversation de petits groupes. Quant à Stephan, il était le plus attentionné des hôtes. Il veillait à remplir les verres de ses convives et bavardait sans cesse. Passablement éméchée, Sirena avait l'impression d'assister à une comédie grotesque. Les détails étaient flous et il lui devenait impossible de se souvenir de ce qui se disait. Mais elle se rappellerait de cette tristesse toute sa vie.

La pièce était sombre et calme, pourtant Regan se sentait mal à l'aise dans cet espace confiné. La chambre était petite et sa décoration celle d'une fillette. Les meubles étaient élégants et féminins. Le lit était à peine assez grand pour les accueillir tous les deux. Il avait eu tort de ne pas avoir insisté pour qu'ils passent leur nuit de noces chez lui à Lime Street. Mais il avait cédé à Camilla qui souhaitait faire ce premier pas dans sa vie de femme entourée des témoins de son enfance.

Les airs de musique, tout comme le départ bruyant des derniers invités, troublaient leur intimité. Il entendit derrière le paravent, placé au coin de la pièce, le froissement du taffetas et des éclaboussures d'eau : Camilla se préparait pour le lit nuptial. « Pauvre enfant, pensa-t-il, elle doit être terrifiée. » Il se montrerait le plus attentionné possible, prendrait son temps et l'initierait à l'amour avec douceur. Ce ne serait pas trop difficile car elle ne lui inspirait pas un désir insurmontable.

Une ombre se dessina sur le mur lorsqu'elle sortit de derrière le paravent. Ses cheveux dénoués, lui arrivant à la taille, retombaient sur ses épaules comme un manteau d'or. Il remarqua sa longue chemise de nuit qui recouvrait presque entièrement son corps. Jésus ! Quelques centimètres de tissu en plus et elle aurait pu passer pour une nonne !

Il ne put chasser la vision du corps nu et splendide de Sirena. Il lui fallut presque secouer la tête pour revenir au présent.

Regan s'installa sur le lit et Camilla s'approcha d'un air malicieux, les yeux baissés.

Il la prit tendrement dans ses bras et l'embrassa doucement : comme elle était fragile... Sans un mot, il défit les boutons du haut de sa robe et passa une main à l'intérieur, touchant sa peau chaude.

Répliquant au geste de Regan, Camilla

déboutonna timidement la rangée entière et fit glisser la chemise de nuit sur ses épaules. Puis elle se serra dans ses bras et leurs chairs se rencontrèrent.

Au bas de l'escalier, Stephan enveloppa Sirena dans son châle.

— Il ne faut pas que vous preniez froid, ma chérie, murmura-t-il en l'accompagnant à la porte. Les domestiques se chargeront de tout. Nous avons eu une longue journée et il est temps de rentrer chez nous.

Sirena leva les yeux et se demanda de quoi il lui parlait. Brusquement, elle comprit que désormais elle devait partager sa maison avec Stephan. Tout ce qu'elle possédait lui appartenait, il était maintenant son mari.

Elle avait encore l'esprit embrouillé par le vin. Juste avant de se diriger vers le fiacre qui les attendait à la porte, Sirena regarda vers l'escalier. Regan était avec Camilla dans sa chambre... Ses yeux vert bouteille lancèrent des éclairs en pensant à ce qu'ils devaient être en train de faire.

Elle avait le pied sur la première marche lorsque Stephan la tira vers lui.

— Où allez-vous? interrogea-t-il d'un ton brutal qui la paralysa.

Elle se rendit soudain compte qu'elle était sur le point de monter l'escalier afin de partir à la recherche de Regan. La vision des larges épaules de Regan lui vint à l'esprit. Elle voyait aussi ses cheveux d'argent bouclés derrière la nuque. Combien de fois avait-elle enroulé des boucles rebelles sur ses doigts ? Comme sa peau de bronze lui était familière...

Doucement, elle s'effondra sur le sol, le visage inondé de larmes.

— Debout, grommela Stephan. Vous vous donnez en spectacle devant les domestiques. (Quand elle le regarda, elle lut sur son visage la cruauté et le dégoût.) J'ignorais que vous étiez une ivrogne invétérée. Comment avez-vous réussi à le cacher ?

Son ton était sarcastique, répugnant.

Sirena secoua son bras pour le faire lâcher prise puis, la tête haute, prit la direction du fiacre. Elle garda le silence pendant tout le trajet qui menait à King Street. Stephan, assis en face d'elle, lui lançait des regards furieux.

La demeure de Sirena n'était pas éclairée, à l'exception de quelques lumières laissées par Frau Holtz. Tandis que Stephan fermait la porte de sa nouvelle propriété derrière lui, elle grimpa l'escalier jusqu'à sa chambre. Alors qu'elle ouvrait la porte de sa suite, Stephan arriva derrière elle à pas furtifs. Sa main effleura le bras de Sirena.

— Votre chambre est à côté de la mienne, dit-elle d'une voix grave. Je suis certaine que vous y trouverez tout ce dont vous avez besoin.

— Je vous rejoins dans un instant.

— Ne vous occupez pas de moi, j'ai une forte migraine, il faut que je me repose. Je vous verrai demain matin.

Elle avait tenté de parler d'un ton habituel mais son appréhension était trop forte. A la mine renfrognée qu'il affichait, elle comprit que sa requête avait peu de chances d'être acceptée. Et cela recommencerait la nuit prochaine. La seule idée de partager son lit avec Stephan lui était insupportable.

— Vous ne vous débarrasserez pas de moi si facilement, Sirena, répliqua-t-il d'un ton amer. Vous êtes ma femme et cette maison désormais m'appartient. Je suis le maître ici et tous mes souhaits doivent être exaucés.

Brutalement, il la poussa à l'intérieur de la chambre et claqua la porte derrière eux.

Sirena se retourna vers lui, les doigts repliés comme les serres d'un rapace.

— Si j'étais vous, je ne ferais pas de bêtises, Sirena. Vous oubliez que vous êtes ma femme et qu'aucun des domestiques ne viendra s'immiscer dans notre… harmonie maritale !

— C'est peut-être vrai de vos domestiques, mais pas des miens !

— Alors ils seraient renvoyés le matin même. Est-ce ce que vous souhaitez, Sirena chérie ? (Sa voix était lourde de menaces.) Maintenant préparez-vous pour le lit. Je vous y rejoindrai dans un instant.

Stephan lui jeta un dernier regard sévère avant de passer la porte qui communiquait entre leurs chambres.

Sirena était paralysée par la peur. Il fallait faire quelque chose. Comment pouvait-elle se laisser intimider par Stephan Langdon ? Sa tête était engourdie, ses bras lourds et ses paupières se fermaient, comme si un poids était posé sur chacune d'elles. Sa bouche était sèche et pâteuse. Ses yeux tombèrent sur le plateau en argent qui portait une carafe de whisky ainsi que deux verres. Tremblante, elle se servit deux doigts du liquide ambré et s'assit près de sa coiffeuse. Quelques instants plus tard, Stephan revint et la trouva endormie dans le fauteuil. Les dernières gouttes d'alcool coulaient sur sa robe.

Il lui saisit fermement le bras et la jeta par terre.

— Comment se fait-il que vous ne soyez pas prête pour aller au lit ? s'exclama-t-il.

Haletante, Sirena leva ses yeux embués par l'alcool.

— Levez-vous, traînée ! Retirez vos habits. (Il déchira la délicate étoffe de l'encolure de sa robe. Déséquilibrée par la force de cet assaut, elle tomba en arrière.) Regardez-vous, vous êtes une loque ! Que dira-t-on selon vous de votre comportement au mariage de ma fille ! Les gens se moqueront et penseront que je suis un imbécile pour avoir épousé une ivrogne.

Elle leva la main et lui administra une gifle qui laissa l'empreinte de ses doigts sur son visage.

— Taisez-vous, Stephan ! Vous hurlez comme une poissonnière. (Son ton était glacial. Il la dévisagea, ébahi.) Je n'ai pas à me justifier auprès de vous ni de quiconque ! Maintenant laissez-moi tranquille. Je préférerais dormir dans un nid de vipères qu'avec vous !

Les yeux de Stephan étaient enflammés et le sang lui montait au visage. Sa main, rapide comme l'éclair, s'abattit sur la mâchoire de Sirena et la fit valser à travers la pièce.

Aussitôt il fut sur elle, déchirant ses vêtements, l'emprisonnant sous son corps étrangement fort, la battant et la tirant jusqu'au lit.

Sirena se débattit : elle le frappa de ses poings, lui arracha des cheveux, lui donna des coups de pied. Mais ses mouvements étaient lents, entravés par la quantité d'alcool qu'elle avait absorbée.

Quand il lui eut retiré les derniers lambeaux de vêtements, qu'il découvrit son corps nu et put le caresser, il entendit un bruit étrange flotter à ses oreilles. Il fut horrifié en s'apercevant qu'il s'agissait de ses pleurs.

Sirena refréna l'envie qu'elle avait de le frapper et capitula. Elle espérait ainsi en finir rapidement afin de pouvoir panser ses blessures, tel un animal blessé.

Camilla dormait. Regan se tourna sur le côté : son épouse était une jeune fille adorable et n'importe quel homme aurait été comblé auprès d'elle. « N'importe quel homme, à condition qu'il n'ait pas dormi avec Sirena », songea-t-il chagriné. Jamais Camilla ne pourrait égaler la femme chaleureuse et enflammée qu'était Sirena. Elle avait beau être une créature délicieuse, avec ses cheveux blonds et sa peau rosée, elle l'ennuyait. C'était Sirena avec sa chevelure brune et ses lèvres appétissantes qu'il désirait. Il plissa les yeux à la pensée que son ex-femme partageait le lit de Stephan. La chienne ! Elle avait réussi à épouser ce vieil imbécile pour lui ravir la fortune des Langdon.

Elle aurait toujours le dessus, quel qu'en fût le prix à payer...

Sans raison, Regan eut l'envie frénétique de secouer Camilla. Elle savait que Sirena et Stephan se mariaient avant eux et ne lui en avait rien dit ! La seule fois où Camilla était parvenue à garder un secret... Si seulement il avait su... il ne l'aurait jamais épousée. Pour une fois, il aurait pris Sirena à son propre jeu.

La main de Camilla passa sur son épaule avant de s'installer sur son torse. En plus, le vieux renard qu'il croyait être s'était fait deux fois posséder : Camilla n'était même pas vierge !

21

— Mevrouw, Mevrouw, venez vite ! cria Frau Holtz en proie à l'hystérie. Vite, avant qu'ils n'enfoncent la porte !

— Avant quoi ? demanda Sirena en levant la tête avant de s'affaler à nouveau sur son oreiller, dévastée par la douleur qui lui martelait les tempes. Je vous prie de parler plus bas, Frau Holtz. Oh mon Dieu, ma tête !

— Mevrouw, venez immédiatement. Il y a une file de gens qui attendent dans la rue. Ils veulent se faire payer les lettres de créance de votre mari, dit la gouvernante d'un ton acerbe.

Les yeux ensommeillés de Sirena furent instantanément en état d'alerte. Les effets du vin s'étaient dissipés.

— Il doit s'agir d'une erreur ! Où est Stephan ? s'exclama-t-elle, lançant ses longues jambes agiles hors du lit.

— Il est parti après le petit déjeuner. Il a parlé de la visite d'une école de garçons et a dit qu'il ne rentrerait pas avant l'heure du dîner. Dépêchez-vous, Mevrouw, ou bien ils tueront Jacobus pour entrer dans la maison !

— Il doit s'agir d'une erreur ! répéta Sirena en enfilant une chemise de nuit très sage.

Chacun de ses mouvements lui était douloureux ; elle remarqua plusieurs bleus sur ses bras. Rabattant ses manches afin que Frau Holtz n'en vît rien, elle coiffa ses cheveux en queue de cheval. La gouvernante arriva à la rescousse pour l'aider à mettre les épingles à cheveux.

— Envoyez un valet de pied chercher Tyler. Qu'il vienne ici sur-le-champ.

La vieille domestique aux yeux perçants avait déjà passé la chambre de Sirena au crible. Son regard était fixé sur la robe déchirée que sa maîtresse avait portée la veille. Examinant les accrocs de la robe, elle s'écria :

— Mais cet homme est un monstre ! Il a dû vous faire horriblement mal !

— Ne vous inquiétez pas pour moi, je peux vous assurer que cela ne se reproduira pas.

— *Ja,* marmonna la gouvernante. Et comment espérez-vous y échapper ? Vous êtes sa femme, après tout.

Humiliée, Sirena lui jeta un regard noir.

— Faites appeler Tyler.

Quand Frau Holtz fut partie, elle inspecta les

dégâts de la veille. Ses bras portaient des marques bleues et noires dont la couleur s'accentuerait avec le temps. Les muscles intérieurs de ses cuisses la faisaient souffrir à chaque pas. Stephan avait abusé d'elle avec violence et cela, jamais elle ne le lui pardonnerait !

Elle se passa de l'eau sur le visage et frotta ses dents avec le bord de son gant de toilette. Elle n'avait pas le souvenir de s'être trouvée un jour en si piteux état. Elle enfila en hâte une robe vert pâle bordée de dentelle. Glissant ses pieds dans des chaussons, elle attendit un moment pour se composer un visage de circonstance avant d'affronter la foule des créanciers. Même de sa chambre située à l'autre bout de la maison, elle entendait la clameur des mécontents.

Lorsqu'elle pénétra dans le hall, la petite Wren vint s'enfouir dans ses jupes. Elle avait l'air terrorisée.

— Tu n'as aucune raison d'avoir peur, Wren. Retourne dans ta chambre, Frau Holtz va t'apporter un bon petit déjeuner.

Malgré sa propre appréhension, Sirena réussit à apaiser la fillette qui obéit.

Aussitôt après, Sirena croisa Jacobus. Il avait le teint terreux.

— Faites entrer ces messieurs dans la bibliothèque, je les recevrai les uns après les autres. Attendons de voir ce qu'ils ont à raconter. Ne prenez pas cet air préoccupé, Jacobus, il ne peut s'agir que d'un malentendu. Quand Sinclair arrivera, conduisez-le vers moi immédiatement.

Sirena avait à peine eu le temps de s'asseoir derrière le bureau que le premier créancier fit son entrée. Elle l'écouta patiemment puis entra en fureur devant la liste impressionnante de dettes que l'individu lui présenta.

— Lord Langdon nous a assuré que ses factures seraient réglées après votre mariage.

Elle calcula rapidement le montant époustouflant des dettes et s'enfonça dans son fauteuil.

— Depuis quand faites-vous crédit à Lord Langdon ?

— J'ai l'impression que cela fait des siècles, Lady Langdon, répliqua amèrement le marchand. Ces factures datent de deux ans. Lorsqu'il gagne aux dés, il rembourse une petite partie.

Abasourdie, Sirena prit sa tête entre ses mains.

— Pourquoi avez-vous continué à lui accorder des crédits ?

Le marchand haussa les épaules.

— Il est habituel d'agir ainsi avec la noblesse. Du fait de la filiation de votre mari avec le baron Sinclair, tout lui était accordé. Aucun des commerçants que vous allez recevoir n'avait l'intention de perdre le baron comme client. D'autant plus que de temps en temps, comme à Noël dernier, le bon lord comblait généreusement une partie de la dette de Sir Stephan.

— Je crois comprendre... Puis-je vous demander d'être encore patient pendant un tout petit moment ? Mon avocat est en route. Vous allez obtenir gain de cause, vous en avez ma parole. Auriez-vous l'obligeance d'en informer les autres créanciers qui attendent dehors ?

Sirena gagna la cuisine où Frau Holtz préparait un plateau de petit déjeuner. Son esprit tourbillonnait : Sirena Cordez s'était fait duper ! Elle avait épousé un vieillard criblé de dettes ! Quelle idiote ! Et Regan ! Si Sirena avait épousé un noble désargenté, alors Camilla elle aussi n'avait pas un sou devant elle. Elle rejeta la tête en arrière et se mit à rire en imaginant la foule des créanciers qui sans doute était massée sur Drury Lane, devant le nid d'amour de Regan et Camilla. Ils s'étaient tous les deux comportés comme des imbéciles. Et surtout elle ! Il n'y avait vraiment aucune raison de se dépêcher d'épouser Stephan pour éviter que Regan ne s'emparât de la fortune des Langdon. Et quelle fortune : une pile de factures !

Debout devant les fourneaux, Sirena buvait son café. Elle n'avait pas la force de regarder Frau Holtz en face.

— Désirez-vous encore un peu de café, Mev... Lady Langdon ? s'enquit la gouvernante.

La veille, Stephan lui avait demandé pourquoi elle utilisait ce terme hollandais, et lui avait clairement fait comprendre qu'il n'appréciait guère cette pratique : Frau Holtz devrait à présent utiliser le titre de Sirena.

— Non, je vous remercie. Wren a-t-elle pris son petit déjeuner ?

Sirena était pâle comme la mort. Qu'avait-il bien pu se passer la nuit précédente ? songea Frau Holtz.

— *Nein*, je le lui apporte tout de suite. Pauvre

Liebchen, elle est terrifiée. Et vous qui lui avez promis qu'elle n'aurait plus jamais de raison d'avoir peur !

— Sirena, Sirena !

La voix angoissée de Tyler venait du dehors. Se précipitant vers la porte, elle faillit le renverser. Quand elle vit l'expression de son visage, elle comprit que tout était vrai.

— Pourquoi ne m'avez-vous rien dit ? interrogea-t-elle, le visage empourpré.

— J'ai tenté de vous avertir, Sirena. Mais inutile de revenir là-dessus : la première chose à faire est de payer ces dettes et de voir ce que vous pouvez faire ensuite. Nous allons nous en occuper immédiatement.

A midi, tous les créanciers avaient été payés. Ils quittèrent la bibliothèque le sourire aux lèvres en échangeant des clins d'œil : décidément, Lord Langdon avait épousé une femme qu'il ne méritait pas.

Après leur départ, Sirena se détendit quelque peu.

— Comment avez-vous pu me laisser épouser Stephan en connaissance de cause ? demanda-t-elle à Tyler.

— J'ai essayé de vous en dissuader, j'ai vraiment essayé de vous expliquer mais vous ne vouliez pas m'écouter. Et si je vous avais parlé des dettes de Stephan, cela aurait-il changé quoi que ce soit ?

— Bien sûr que oui, je ne l'aurais pas épousé ! La seule raison qui m'a poussée à devenir sa femme était d'empêcher Regan de mettre la main sur la fortune des Langdon ! Si j'avais su qu'il ne lui restait rien, j'en aurais averti Regan et nous aurions tous les deux évité de commettre cette terrible erreur, s'exclama-t-elle, bouillonnant de colère.

— L'auriez-vous fait ? Je n'en suis pas persuadé, Sirena.

La voix de Tyler était posée. Sirena l'aurait volontiers giflé.

— Qu'insinuez-vous ? Bien sûr que je l'aurais prévenu !

Elle s'avança vers Tyler, et il comprit alors pourquoi on l'avait surnommée la Sirène des mers : tuer un homme ne semblait pas lui faire peur... Sirena leva la main pour le frapper, mais il attrapa son bras et la força à s'asseoir sur une chaise.

— Ecoutez-moi ! Je ne crois pas un mot de ce que vous dites. Et si vous y réfléchissez un instant, vous vous rendrez compte que j'ai raison. Vous n'auriez pas averti Regan ! Vous l'auriez laissé épouser Camilla parce que vous savez qu'il ne l'aime pas. Vous n'auriez jamais pris ce risque avec quelqu'un qu'il aurait pu aimer, vous savez mieux que quiconque que Camilla ne vous remplacera pas auprès de Regan. Non, Sirena, vous n'auriez rien dit à Regan. Quant à votre mariage avec Stephan, il vous donne l'assurance de demeurer en contact avec Regan. Vous auriez épousé Stephan même s'il avait eu la vérole ou s'il lui manquait une jambe. Vous avez pris votre décision en connaissance de cause : ce n'est pas à moi qu'il faut le reprocher !

Ecœurée, Sirena baissa la tête. Tyler avait

raison, elle aurait été prête à payer n'importe quel prix pour ne pas perdre Regan de vue. Il lui fallait rester dans sa vie, même si elle devait se cantonner au rôle de belle-mère...

— Je vous ai expliqué que la loi anglaise laisse peu de droits à la femme. Même si cela vous paraît difficile à accepter, vous êtes à la merci de votre mari. Au moment où vous avez prêté serment, vous êtes devenue son bien. Vous avez le devoir d'honorer ses dettes et il est certainement en train d'en contracter de nouvelles, s'il n'est pas à nouveau sur cette maison de jeu flottante en train de gaspiller votre argent. Vous n'y pouvez rien.

— Comment avez-vous pu laisser faire cela? cria Sirena en colère. Vos explications sont une chose, mais il n'en reste pas moins que vous m'avez trahie, Tyler. J'aimerais bien savoir pourquoi!

— J'ai essayé de vous avertir, vous vous êtes contentée de me demander de prendre soin du reste de votre argent. Si cela peut vous consoler, vous avez bien fait de léguer vos biens à Caleb et à votre gouvernante, et après votre mort à Van der Rhys. Stephan n'a aucun droit sur cet argent.

— Que va-t-il se passer maintenant? s'inquiéta Sirena. Je le déteste, Tyler, et cela ne fait que vingt-quatre heures que je suis sa femme. Cet homme est un monstre!

Tyler haussa les épaules, désolé. Il lui était impossible de lui révéler le sort qu'avait subi la première Lady Langdon, elle n'était pas en état de le supporter.

Sirena leva son visage et regarda Tyler droit dans les yeux.

— Si vous savez quelque chose, murmura-t-elle, il faut me le dire !

— Je pourrais vous raconter ce qui est arrivé à la mère de Camilla... mais il s'agit seulement d'une hypothèse.

— Allez-y ! Je vous en prie, Tyler, il faut que je sache !

— Je ne veux pas vous effrayer inutilement...

— Si vous ne me le dites pas, j'irai voir la baronne et je lui expliquerai comment vous m'avez trahie !

— Epargnez-moi ces menaces, Sirena. Rappelez-vous qu'il ne s'agit que d'une hypothèse.

La voix de Tyler était ferme et grave. Il avait brusquement grimpé dans l'estime de Sirena. C'était finalement un homme de caractère. Elle était bien forcée d'admettre que toutes ses remarques sur elle étaient vraies. Et il ne se laisserait pas intimider par ses menaces. Elle l'écouta parler avec davantage de déférence :

— Stephan Langdon est un homme déterminé, un homme qui possède deux visages. Certaines personnes de ma famille prétendent qu'il s'agit d'un être froid et dangereux. Quand Stephan a épousé ma tante Flora, il était au bord de la ruine. Son propre père avait le vice du jeu : ce qu'il ne perdait pas aux cartes, il le gaspillait dans des affaires troubles. J'ai entendu dire que Flora, folle de lui, l'a épousé contre l'avis de ses parents. Comme elle était d'une nature fragile et sensible, mon grand-père craignait que son refus ne portât préjudice à la santé de sa fille. Au bout du compte, Stephan a réussi à s'approprier l'héritage de ma tante comme plus tard celui de Camilla.

— Quelle histoire terrifiante! murmura Sirena.

— Ce n'est pas fini, ajouta tristement Tyler. Tante Flora, incapable de supporter le déshonneur de sa famille, est finalement tombée... malade. Elle a fini ses jours à Bedlam.

— Bedlam! répéta Sirena épouvantée, ayant entendu parler du fameux établissement pour les fous.

— J'ignore si tante Flora avait effectivement perdu la raison ou si Stephan l'a fait interner de force. En Angleterre, il suffit au mari de jurer que sa femme est folle, de corrompre un médecin et d'apposer sa signature au bas d'un document. Elle est morte là-bas, Sirena.

— Mon Dieu! Si tout ce que vous dites est vrai, Stephan est un démon!

— J'en suis persuadé. Si vous le contrariez, même une seule fois, vous pourriez bien vous retrouver dans la même situation. S'il apprend en particulier que vous lui avez ôté le pain de la bouche avec vos différents legs...

— Camilla est-elle au courant de tout cela?

Sirena se demandait comment elle pouvait être aussi dévouée à un père qui avait détruit sa propre mère.

— J'en doute, répliqua sobrement Tyler. Elle était très jeune à l'époque. Je n'ai pas eu le courage de lui répéter les bruits qui circulaient dans la famille.

— Et Regan, est-il au courant?

— Qui lui aurait dit? Personne en dehors de ma famille ne sait quoi que ce soit. Si cela peut vous réconforter, Regan se trouve dans une situation similaire à la vôtre. Les créanciers de Camilla sont massés devant la porte de Drury Lane, je les ai vus en passant. Vous avez de la chance, il vous reste de l'argent après avoir épongé ces dettes. Ce ne sera pas le cas de Regan.

Sirena éprouva de la compassion pour Regan. Même s'il l'avait blessée, elle n'avait jamais souhaité lui infliger une telle punition.

— Tyler, je vous remercie de m'avoir dit la vérité et d'avoir réglé la question de ces dettes. A présent, je vais me méfier de Stephan et demander à mes domestiques de confiance d'ouvrir l'œil.

— Sirena, avez-vous fait le tour de vos employés depuis que vous avez épousé Stephan? Je sais que la cérémonie ne s'est déroulée qu'hier, mais ses propres valets se sont déjà joints à vos domestiques. Et ils sont venus en nombre! Cela ne m'étonnerait pas qu'ils informent Stephan du moindre de vos gestes. S'il a eu quelques difficultés à se débarrasser de ma tante, quelques serviteurs fidèles ont pu lui faciliter la tâche. Soyez prudente! lui conseilla-t-il en se préparant à quitter la maison.

Pour la première fois de sa vie, Sirena était pétrifiée de peur. Elle avait affronté des pirates, souffert de leur violence, bravé des orages et fait face à la mort, mais jamais elle ne s'était sentie dans un tel état de terreur. En traversant la bibliothèque, elle remarqua que ses mains tremblaient.

Quand Frau Holtz apporta son déjeuner sur un plateau, sa maîtresse était debout près de la cheminée éteinte. Sirena lui expliqua la situation calmement, sans une larme.

— Nous devons tous nous méfier de Stephan jusqu'à ce que je trouve une solution pour nous sortir de ce guêpier. Demandez à Jacobus d'aller chercher Jan et Willem. Dites-lui qu'ils doivent postuler pour du travail chez nous. Ils gagneront la confiance du serviteur de Stephan ainsi que de son nouveau valet de pied. Je n'ai pas d'autre idée pour le moment.

— Je pourrais aller voir le Mijnheer et lui demander de vous aider, plaida Frau Holtz.

— Regan se trouve dans la même situation que nous. Non, Frau Holtz, je me suis mise dans ce bourbier et je m'en sortirai seule. Méfiez-vous des nouveaux domestiques et quoi qu'il arrive, ne vous disputez pas avec Stephan. Comment ai-je pu être aussi naïve et commettre une telle erreur ?

— Vous l'avez fait à cause du Mijnheer, dit la vieille gouvernante avec sévérité.

— Oui, à cause de Regan, acquiesça doucement Sirena, je suis maintenant dans une situation catastrophique ! Oh, si je l'avais sous la main, je lui tordrais le cou.

— Vous ne feriez pas une chose pareille ! s'exclama Frau Holtz, choquée. Vous savez très bien que vous l'aimez toujours.

— Je ne parlais pas de Regan, mais de

Stephan que je tuerais sans le moindre scrupule !

— Je vous aiderais avec plaisir, grimaça la gouvernante.

— Mais pour l'instant, je dois jouer le jeu jusqu'à ce que je connaisse ses plans. Quand il viendra dîner, nous ferons comme si de rien n'était. Je prendrai ma revanche plus tard en le battant avec ses propres armes !

Quelques jours plus tard, Camilla rencontra Stephan à l'entrée de la *Sirène des Mers*.

— Vous n'avez rien perdu de vos bonnes habitudes, père ! observa-t-elle d'un ton sarcastique en levant les sourcils.

— Camilla, mon enfant, votre appétit vorace est-il assouvi, désormais ? Que pensez-vous de la vie maritale ?

Camilla sourit.

— Regan est merveilleux, père. Exactement comme vous l'aviez prédit. Il ne me laisse plus faire un pas hors de sa vue.

Elle termina sa phrase d'un ton aigre que Stephan feignit de ne pas remarquer.

— Il doit vous aimer tendrement. Il ne supporte pas de vous savoir loin de lui.

— Ce qu'il craint, c'est que mes dettes augmentent. Père, si vous l'aviez vu le lendemain du mariage, vous l'auriez pris pour un fou. Il m'a terrifiée. J'imagine que l'Espagnole que vous avez épousée ne devait pas être dans de meilleures dispositions !

— Détrompez-vous, ma chère enfant ! Sirena

sait quelle est sa place. Elle n'a pas dit un mot. Elle sait tenir sa langue, voilà une bonne chose !

— Je crois déceler une note de désenchantement dans votre voix, père ? interrogea Camilla en lui lançant un regard perçant.

— Une petite tension sans doute, le mariage et moi n'avons jamais fait bon ménage, soupira-t-il en brossant une poussière imaginaire sur le revers de sa redingote en brocart.

Camilla se demanda si son père avait regretté d'avoir épousé sa mère et jusqu'où il était allé pour se débarrasser de son encombrante présence.

— Nous avons réussi, jeune lady. (Stephan jubilait.) Finie la pauvreté, nous ne vivrons plus de la charité des autres. Nous avons à nouveau la crédibilité de tous : le monde des riches nous appartient.

— Vous avez épongé vos dettes mais Regan a fermé mes comptes. Avant toute dépense, je dois lui demander l'autorisation. Dieu sait quelle sera sa réaction lorsqu'il apprendra que j'ai acheté de nouvelles tentures et des tapis avant le mariage... Ils devraient être livrés d'un moment à l'autre avec les nouveaux meubles, conclut Camilla en frissonnant.

Stephan lui répondit d'un ton enjoué :

— Au moins, vous ne mourrez pas de faim. Si je me souviens bien, c'est votre principale préoccupation.

— Je n'en attendais guère plus de mon propre père...

— Vous savez, Camilla, vous me rappelez votre chère mère qui nous a quittés. Et permettez-moi de vous dire que cette ressemblance n'est pas flatteuse. Au revoir, ma chérie, saluez le Hollandais pour moi.

De sa canne, il lui donna une tape sur le bras et regagna son fiacre.

Accoudé au bastingage, Caleb regarda Stephan partir et vit Camilla monter sur la passerelle. Son cœur battait dans sa poitrine et ses mains le démangeaient : il avait envie de la serrer contre lui et de promener ses doigts dans sa chevelure. Il serra les dents quand leurs yeux se rencontrèrent. Il ne devait pas, non il ne devait pas !

Camilla était sa belle-mère. Le jour du mariage, Caleb s'était désespéré de cette situation inextricable. La relation qu'il avait avec elle lui donnait mauvaise conscience, il était dégoûté de lui-même. Mais il n'y pouvait rien.

Il était en train de tomber amoureux de cette femme si jeune, si douce. Trop tendre pour être à la merci des mains épaisses de Regan.

— Caleb, oh Caleb, comme je suis heureuse de vous trouver ici !

Elle était sur le point de fondre en larmes.

— Camilla, que se passe-t-il ? Venez dans ma cabine, nous serons à l'abri des regards.

Humblement, Camilla accepta de suivre Caleb. Des larmes inondèrent ses joues et elle passa la main sur son visage pour les essuyer. Ce geste ressemblait tellement à celui d'une enfant que Caleb en eut le cœur retourné.

— Camilla, mon amour, que vous arrive-t-il ?

Soudain elle se jeta dans ses bras et le serra fort.

— Oh Caleb, je suis si malheureuse. C'est la faute de Regan... il est complètement fou! répliqua-t-elle dans un sanglot.

— Que vous a-t-il fait? demanda Caleb qui connaissait le tempérament de son père.

— Il m'a fait peur. Plusieurs marchands sont venus à la maison réclamer que nous payions nos dettes. Oh Caleb, je suis une telle sotte! Je ne comprends rien aux chiffres, je croyais que toutes ces factures avaient été réglées. Mais quand Regan a demandé à voir les reçus, j'ai été incapable de les lui montrer.

Caleb, qui imaginait très bien la scène, était furieux. Elle était si douce et si naïve. Il devait être facile à un marchand peu scrupuleux d'abuser de sa bonne foi.

— Regan a payé les dettes mais maintenant, il ne me permet pas de faire un pas toute seule. C'est un homme horrible, je peux vous le dire! Il ne m'a même pas donné assez pour louer la voiture qui m'a conduite ici. Heureusement que j'ai rencontré mon père qui m'a avancé un peu d'argent. Sinon j'aurais été obligée de vous le demander à vous.

Camilla reniflait et tamponnait ses yeux tout en observant la réaction de Caleb du coin de l'œil. Elle espérait que l'appât fonctionnerait. Même si elle avait beaucoup exagéré, Regan lui avait réellement ordonné de cesser ses dépenses.

— Mon petit amour... Allez, allez, ne pleurez plus, dit-il en mettant de force des guinées en or dans sa main. Gardez cela et utilisez cet argent pour vos trajets. Et s'il vous en faut plus, j'insiste pour que vous veniez me voir. Je ne veux pas que vous soyez prisonnière de l'avarice de mon père.

— Non, non, je ne peux pas, protesta Camilla tout en ouvrant son réticule et en y faisant tomber les pièces.

Elle se remit à pleurer et Caleb se sentit impuissant. Il la serra fort contre lui, oubliant son sentiment de culpabilité. Camilla n'était qu'une enfant, Regan ne méritait pas une personne aussi douce et innocente.

— Oh Caleb, dit-elle en se pressant contre lui. Si seulement c'était vous que j'avais épousé. J'ai besoin de vous, Caleb, j'ai besoin de vous...

Elle lui offrit ses lèvres et il s'en empara avidement, sentant son corps fragile contre le sien. Il voulait la protéger. Il était submergé d'émotion et de désir.

— Aimez-moi, Caleb, murmura-t-elle. Aimez-moi.

Sa bouche était chaude, ses bras enroulés autour de son cou l'attiraient vers elle.

Caleb se baissa et la prit dans ses bras. Il la porta jusqu'à sa couchette et la serra contre lui. Le parfum de sa peau, sa poitrine gonflée de désir lui firent oublier le sentiment mitigé de trahison et de haine qu'il éprouvait à l'égard de son père. Camilla était là, et elle avait besoin de lui...

Lord Farrington ajusta sa cravate et se contempla une dernière fois dans le miroir. Satisfait de son allure d'entrepreneur, il passa devant la cabine de Caleb d'un pas rapide, car il savait que Camilla Langdon partageait la couchette du jeune garçon.

Aubrey sauta lestement de la passerelle sur le quai. Il se rendait chez son tailleur afin de renouveler sa garde-robe. Le tailleur Mathias aurait un coup lorsqu'il apprendrait que Lord Farrington était venu régler une partie de ses dettes. Si tout se déroulait comme prévu, il en aurait payé la totalité dans peu de temps.

— Merci, jeune Caleb, murmura-t-il pour lui-même en flânant le long de Mincing Lane avant d'atteindre White Chapel Street.

Il en avait assez de vivre d'expédients et de voler Pierre pour payer Paul. Il était vraiment tombé dans un pot de miel en rencontrant Caleb Van der Rhys. A partir de maintenant, l'argent coulerait à flots et il pourrait dormir sur ses deux oreilles.

Il tourna au coin de la rue et fit son entrée chez le chemisier, affichant un large sourire rayonnant, sa bourse à la main.

— Mathias, je suis venu payer mes dettes. Apportez-moi votre livre de comptes avant que je change d'avis.

Le tailleur le regarda, éberlué :

— Milord, votre homme m'a payé il y a déjà plusieurs jours. Avez-vous oublié? Regardez! ajouta-t-il en retirant un livre épais de sous le comptoir. Tout a été réglé.

— Mon homme? Que voulez-vous dire par mon homme?

Les sourcils froncés, il prit le grand livre de comptes des mains du commerçant et inspecta les écritures.

— Montrez-moi cela.

— Ici milord, répondit nerveusement le tailleur, montrant du doigt le nom de Farrington.

— Je ne comprends rien à cette histoire, déclara Aubrey. Je n'ai demandé à personne de venir régler mes comptes ! Qui était cet homme qui se prétendait mon serviteur ?

— Je ne saurais vous le dire, milord. Mais il ressemblait à un escroc, ou peut-être était-il estropié ; il semblait en tout cas avoir du mal à se déplacer. Il est juste venu une fois la semaine dernière pour payer vos dettes. J'ai accepté sans soupçonner quoi que ce soit. J'avais entendu dire que votre bateau avait beaucoup de succès...

— Arrêtez de proférer ces idioties ! tonna Farrington.

Il était extrêmement nerveux. Des perles de transpiration apparaissaient sur son cou. Il avait déjà entendu ce genre d'histoires auparavant : il suffisait d'acheter les dettes d'une personne pour la tenir complètement à sa merci. Il s'imagina ruiné à nouveau.

— Cet homme ne vous a pas donné son nom ?

— Je suis désolé, mais je n'ai pas pensé à le lui demander. Vous n'allez tout de même pas me dire que quelqu'un essaie de vous « mettre dedans »...

Le gentleman sentit la panique l'envahir :

— Non, en aucun cas, répliqua-t-il en cherchant à recomposer son visage. Comment ai-je pu oublier quelque chose de si important... Mathias, je viens de me souvenir de quelque chose. Je reviendrai dans quelques jours pour faire des achats... maintenant que je n'ai plus de dettes chez vous.

— Quand vous voulez, milord.

De nouveau dans White Chapel Street, Aubrey regarda autour de lui. Tout avait l'air normal. Personne ne le toisait d'un regard soupçonneux ni ne lui accordait la moindre attention. Pourtant, la peur s'insinuait en lui. Son intuition de joueur lui chuchotait que quelque chose de diabolique se tramait.

Ses soupçons furent confirmés lorsque le bookmaker et le barbier lui apprirent que ses comptes avaient été réglés. Sa peur se transforma en panique quand il pénétra dans un pub à la recherche d'un certain Hawkeye, bookmaker de son état. La dette d'Aubrey à son égard s'élevait à quelques milliers de livres sterling. Quand il leva la tête et salua Aubrey chaleureusement, cette panique tourna en terreur. Avant que le bookmaker n'eût ouvert la bouche, il savait que cette dette-là aussi avait été payée.

Il sortit en trébuchant et, tel un automate, descendit White Chapel et entra au bar *La Dent du Cerf*. Il s'installa à une table vide et commanda du vin pour assouvir sa soif et calmer ses nerfs.

Son soi-disant bienfaiteur pouvait lui demander de rembourser quand il le désirerait. Et si cela se produisait, même la vente de la *Sirène des Mers* n'y suffirait pas. C'était, pour celui qui le voulait, la meilleure façon de ruiner un homme. Cette pratique rare était légale. La personne qui rachetait la dette d'une autre avait le droit d'exiger des intérêts exorbitants. Aubrey avait entendu parler d'intérêts s'élevant à mille pour cent au cours d'un procès. Il secoua sa tête engourdie et s'affala sur la table. Juste au moment où tout se passait si bien... Le bateau du jeune Caleb associé à son intelligence étaient sur le point de faire d'eux des hommes riches. Et maintenant, tout cela était remis en cause.

Un grand homme au teint basané entra dans le pub. Il balaya la pièce du regard et se dirigea vers Lord Farrington, déjà ivre. Les yeux de l'inconnu se plissèrent, sa bouche prit une expression cruelle et suffisante. Avançant avec peine, en se tenant la hanche, l'homme s'assit et commanda une bouteille de rhum.

Quand il paya sa boisson, il ne sembla pas surpris de constater qu'il ne lui restait plus que quelques shillings. Quelques pièces et la liasse des reçus des comptes d'Aubrey... Mais il avait déjà vécu avec moins et était toujours vivant. N'avait-il pas survécu à cette Espagnole et à ses manières sournoises ? « Bah, songea-t-il en crachant par terre, Chaezar est mort depuis longtemps, et si ce que j'ai entendu est vrai, il a péri des mains de la Sirène des mers. »

Il avait été stupide d'écouter Alvarez. Autrefois, il était un pirate respecté et ce bâtard lui avait fait croire qu'il ferait partie de son équipage. A partir du moment où il avait donné son accord, sa vie avait basculé. Et tout cela à cause de cette femme ! Cette chienne ! La Sirène des mers ! Il prendrait sa revanche sur elle, dût-il y consacrer le restant de son existence !

Il vida son verre de rhum et s'en servit un

autre. Il avait tenté de la tuer à deux reprises, sans succès. Il l'avait suivie pendant des journées entières et, quand elle était partie faire des emplettes au Royal Exchange, il avait volé un fiacre et tenté de l'écraser. Une autre fois, lors d'un bal masqué qui se tenait chez elle, il avait détaché la lanterne au-dessus de l'estrade pour envoyer cette maudite femelle en enfer. Cela aussi avait échoué. Il viendrait à bout d'elle sur les flots, sur ce même terrain où elle avait tenté de le tuer. Mais cette fois-ci, ce serait lui le vainqueur.

Il se servit à nouveau. Il avait presque perdu espoir de la retrouver. C'était par pure coïncidence qu'il avait entendu parler d'un bateau de jeu appelé *Sirène des Mers*. Même encore maintenant il se souvenait de son exaltation. Il avait décidé d'utiliser Caleb afin de la faire sortir de sa tanière. Et pour mettre la main sur le fils Van der Rhys, il lui fallait d'abord se servir des dettes de Lord Farrington. S'il jouait ses cartes comme prévu, sa victoire serait assurée.

Un autre verre de rhum puis un suivant... La douleur de son bras s'engourdissait peu à peu. Combien de temps s'était-il écoulé depuis que cette chienne l'avait poussé contre la rambarde en criant: « En garde, en garde ! » De son épée, elle avait touché son arme. La force du coup avait fait voler son bras en arrière. Il s'était remis et avait visé la Sirène à la taille. Avec une grande agilité, elle avait esquivé le coup et l'avait frappé à plusieurs reprises.

— Cela te fait quoi, Blackheart, de voir ton bras en lambeaux ? s'était-elle moquée. Protège-le bien parce que sinon je l'entaillerai jusqu'à l'os.

Elle avait feint de se déplacer sur la droite et son sabre avait frappé le pirate à l'épaule. Le craquement des os avait été accueilli par les cris de joie de l'équipage.

— Je veux t'entendre me supplier, Blackheart ! avait exigé la Sirène. Demande grâce ou je te jette à la mer !

— Jamais ! avait-il murmuré à travers ses dents serrées.

— Il ne te reste plus qu'une seule jambe. Rends-toi, ou bien je n'aurai pas le choix...

Il avait brandi son épée en avant, visant le cœur de la Sirène. Elle avait esquivé son coup et son fleuret était allé se planter dans le ventre de Blackheart. Il s'était effondré sur le ponton.

La douleur avait été insupportable mais il y avait survécu. Et il continuerait à vivre ainsi. Au moins jusqu'à la voir morte. Mais avant, il l'humilierait moralement et physiquement.

Même le rhum ne pouvait atténuer la douleur lancinante de son abdomen. Il grimaça et insulta la Sirène des mers avec véhémence. Qu'elle aille au diable ! Elle le paierait de sa vie !

Lorsque la souffrance s'estompa légèrement, il essuya son front et jura à nouveau. Si elle avait déjà commis l'erreur de ne pas l'achever, elle en commettrait d'autres. Toutes les femmes étaient des idiotes. Si l'un des membres de son équipage n'avait pas réagi à temps, il serait mort. Rolph lui avait raconté plus tard qu'il était resté dans le coma pendant des semaines. Puis, comme par miracle, il s'était remis. Il savait à présent que s'il était encore en vie, c'était grâce à son désir de vengeance.

Ses plans insidieux et ignobles aboutiraient. Maintenant il avait Lord Farrington à sa merci...

Blackheart finit son verre et regarda Aubrey sortir du pub. Une lueur de terreur se lisait dans ses yeux.

— Vous avez de bonnes raisons d'avoir peur, mon ami, marmonna-t-il en suivant le lord.

22

Sirena s'était réveillée fraîche et dispose. Assise sur son lit, sirotant un café fort et brûlant, elle regarda Frau Holtz ouvrir les grandes fenêtres afin de laisser entrer l'air frais du matin et les rayons du soleil. Wren avait accompagné la gouvernante pour l'aider à faire le lit et pour avoir le plaisir d'être en compagnie de sa bienfaitrice.

— Oh mademoiselle, quelle belle journée! s'exclama l'enfant avec exubérance. Est-ce que je pourrais aller aider Jacobus dans le jardin? demanda-t-elle à Sirena avec des yeux emplis d'adoration. Comme cela, je pourrais gagner mon gîte et mon couvert et rester ici avec vous.

— Wren, tu n'as pas besoin de travailler dans le jardin, sauf si tu en as envie. Et je ne veux plus t'entendre parler de gagner ta vie, me suis-je bien fait comprendre? Frau Holtz et moi, nous sommes très contentes que tu sois là.

— Mais mademoiselle, je ne peux pas rester ici. Je dois payer à ma façon. Ma maman m'a toujours dit qu'on ne peut rien prendre sans payer.

Qu'allait-elle faire de cette enfant ? Elle prit le petit corps dans ses bras et le serra contre elle en jetant un coup d'œil à Frau Holtz. La vieille femme secoua la tête et sourit. Elle aussi adorait la fillette.

— Pourquoi ne vas-tu pas plutôt cueillir quelques fleurs dans le jardin ? Nous les disposerons dans des vases pour décorer les pièces de la maison. Vas-y, dit Sirena à la fillette qui contemplait le lit défait, je donnerai un coup de main à Frau Holtz. (Sirena savait que la principale préoccupation de Wren était d'aider la gouvernante dans les tâches ménagères : cette dernière avait raconté à Sirena que la petite insistait pour qu'elle s'assît et se reposât tandis qu'elle terminait son travail.) Allez file, et surveille bien Jacobus !

Sirena regarda l'enfant partir, un sourire sur le visage. Cette polissonne était si jolie et elle lui apportait tant de joie... Wren finirait par devenir une belle femme. Sirena se demandait comment lui offrir le meilleur départ dans la vie.

— Frau Holtz, qu'allons-nous faire de Wren ? Je l'ai arrachée à la seule vie qu'elle connaissait, elle est désormais sous ma responsabilité. Je me suis tellement attachée à elle. Comme vous d'ailleurs. Inutile de le nier, vous la câlinez chaque fois que vous en avez l'occasion.

— *Ja*, Wren a besoin d'amour et d'affection et elle en donne en retour. Si seulement elle savait à quel point elle embellit la vie d'une vieille femme comme moi, elle ne se soucierait pas de mériter son gîte et son couvert, comme elle dit.

Frau Holtz remit les oreillers en place puis borda le lit. La femme de chambre aurait pu s'occuper de la chambre de Sirena mais la vieille gouvernante avait catégoriquement refusé : c'était son domaine.

— Cela répond en partie à notre problème. Nous devrons confier de petits travaux à Wren pour qu'elle se sente utile et désirée. Mais il faut songer à son éducation. Elle a presque dix ans et n'a jamais été à l'école.

— Dix ans ? Elle paraît en avoir sept ou huit ! s'exclama Frau Holtz.

— Les enfants livrés à eux-mêmes dans les rues de Londres et qui manquent de tout ont toujours l'air plus jeunes que leur âge. Avez-vous remarqué comme elle s'est épanouie depuis que vous vous occupez d'elle ? Elle a besoin d'être maternée. Et vous êtes la personne idéale pour cela. Elle vous aime, je le vois dans son regard.

— Bah ! protesta Frau Holtz, visiblement flattée. Je ne connais rien à l'éducation d'une petite fille. Le seul enfant dont je me sois occupé, c'est le Mijnheer. Et regardez comment il a tourné !

— Cette fois-ci, vous apprendrez à élever une fillette. (Le regard de Sirena se riva sur la porte qui communiquait entre sa chambre et celle de Stephan.) Avez-vous vu mon... mari ce matin ?

Le visage de la gouvernante se teinta d'hostilité et elle répondit avec une note de venin dans la voix :

— *Ja*, je l'ai vu en train de boire un whisky, les pieds sur le bureau. En épousant cet homme,

Mevrouw, vous avez commis la plus grosse erreur de votre vie. Il nous conduira à la catastrophe, tous autant que nous sommes, déclara-t-elle d'un air sombre.

— Pour le moment, il faut que je fasse contre mauvaise fortune bon cœur.

— Votre mari souhaite que vous assistiez à son déjeuner, dit-elle d'un ton brusque. J'ai failli oublier de vous le dire, Lady Langdon...

Sirena en eut l'estomac retourné. Mon Dieu, que voulait-il à présent ? Il n'allait pas lui demander... Non, pas en pleine journée. « Il me révolte », pensa-t-elle en se dirigeant vers les grandes portes vitrées qui donnaient sur le jardin. Elle se souvenait comment elle avait utilisé la seule arme à sa disposition : immédiatement après leur nuit de noces, Sirena avait compris que lorsqu'elle restait complètement impassible, sans bouger le moindre muscle, Stephan devenait impuissant. Il semblait que son désir était directement proportionnel à sa combativité à elle. Et même quand il entrait dans la plus grande des fureurs et la maltraitait, elle ne se rebellait pas. Alors Stephan se lassait et repartait dans sa chambre en l'insultant. Elle ignorait ce qui la dégoûtait le plus : la répulsion qu'elle éprouvait à l'égard de Stephan ou bien sa propre passivité. Combien de fois depuis leur mariage avait-elle tempêté contre la loi anglaise qui faisait de la femme la propriété de son mari. L'homme pouvait battre son épouse, même la tuer — la loi serait toujours de son côté.

Quelles étaient les intentions de Stephan ? Une fois ou deux, il lui avait rapporté deux costumes grotesques. L'un, celui d'une serveuse avec un corset en dentelle et une jupe arrivant à la hauteur du genou dont le corsage laissait voir l'intégralité de ses seins. L'autre celui d'une déesse romaine, découvrant la moitié de sa poitrine. A chaque fois, elle avait enfilé le costume après bien des hésitations. Elle était demeurée immobile et froide comme une statue et aucune manifestation de sa cruauté n'avait pu lui arracher une larme. Dieu soit loué, jusqu'à présent sa rage l'avait paralysé.

La voix mielleuse qu'il prenait lorsqu'il essayait de lui faire l'amour et échouait la répugnait. Combien de nuits de torture devrait-elle endurer avant de reprendre les choses en main ?

Quelle était la pire des choses ? Les nuits humiliantes ou ses yeux emplis de haine qui la regardaient fixement à la table du dîner ? La dernière remarque de Stephan l'avait effrayée. Le jour précédent, il l'avait regardée verser de la crème sur ses figues au petit déjeuner :

— Je ne me souvenais pas que vous utilisiez autant de crème, ma chérie. Cela signifie-t-il que vous êtes en train de changer de comportement ?

— Que voulez-vous dire par là ?

— Rien, j'ai seulement remarqué un changement radical en vous, Sirena. Et votre penchant pour le vin ? Vraiment, il faut que vous vous ressaisissiez.

— Si vous faites référence au jour de notre mariage, Stephan, j'en ai assez entendu parler. Je n'ai jamais noyé mon chagrin dans le vin et cela n'est pas près de m'arriver. Mais reconnaissez, mon chéri, dit-elle en utilisant le même ton désapprobateur, que notre mariage était en soi une bonne raison pour boire.

Il feignit d'être touché :

— Je ne peux pas prononcer une parole sans que vous me rejetiez.

— Je préférerais vous égorger !

— Allons, allons, contrôlez-vous, ma chère. Je ne voudrais pas que vous fassiez de bêtises. Peut-être faudrait-il que Smythe et Rathbone vous prennent en main ?

Il faisait référence à son serviteur et à son valet de pied, deux escrocs au regard bestial à qui Sirena n'aurait pas fait laver les cales de son bateau.

— Vous ai-je déjà parlé de la première Lady Langdon ? Triste femme, reprit-il d'une voix douce en caressant la nouvelle broche en diamant qu'il avait achetée avec l'argent de Sirena. Ce fut pathétique : à la fin, j'ai été obligé de l'envoyer à Bedlam. Pour son bien, évidemment, si vous voyez ce que je veux dire...

Trop irritée pour lui répondre, Sirena quitta la table, furieuse de s'être mise dans un tel guêpier. Elle avait désormais peur pour sa vie. Elle le savait : un seul mot de Stephan et ses domestiques le débarrasseraient d'elle.

L'heure du déjeuner arriva trop tôt pour Sirena. Elle s'était changée et avait revêtu sa robe couleur pastèque ornée d'une petite collerette. Ayant remis ses cheveux en place, elle descendit l'escalier afin de rejoindre Stephan. Après cette heure passée en sa compagnie, elle serait débarrassée de sa présence. « Jusqu'au soir », pensa-t-elle, la gorge nouée et la bouche sèche comme du sable.

La table avait soigneusement été dressée par

Frau Holtz. La nappe en dentelle blanche était repassée à la perfection et le service en argent brillait de mille feux. Stephan était déjà assis et plongeait sa fourchette dans sa tranche de bœuf lorsque Sirena pénétra dans la pièce. Il ne releva même pas la tête.

Installée en face de lui, elle le regardait du coin de l'œil. Elle sentit que si elle prenait une nouvelle bouchée, elle allait s'étrangler. Quand se déciderait-il à lui parler ? Il semblait mijoter quelque chose... Son cœur se mit à battre de manière frénétique. Elle avait envie de se lever et de l'égorger. Elle le haïssait.

— Dites-moi, ma chérie, commença-t-il d'une voix traînante, que comptez-vous faire cet après-midi ?

— Je pensais aller en ville rendre visite à mon tailleur, répondit-elle sereinement.

— Il n'en est pas question, ma chérie. Votre tailleur viendra ici. Je ne veux pas que tout le monde voie ma femme se promener de boutique en boutique. Cela ne se fait pas, roucoula-t-il d'une voix doucereuse. (Il marqua une pause.) Je m'étonne que vous ne m'ayez pas demandé comment vont mes affaires à l'académie. J'espérais que vous vous intéresseriez davantage aux activités de votre mari. D'autant plus que l'idée venait de votre cher ami, le baron Sinclair.

Sirena sentait son regard peser sur elle. Bouillonnant de rage contenue, elle s'entendit murmurer :

— Comment va l'académie, Stephan ?

— L'école ouvrira dans une quinzaine de jours. Je donnerai des cours deux après-midi par semaine. Seuls les fils de bonne famille pourront y assister, le coût est exorbitant. J'ai été impressionné par la plaque qui porte mon nom à l'entrée. Le salaire que je recevrai est ridicule, une misère. Mais je n'ai pas besoin d'argent, n'est-ce pas, ma chérie ? C'est très élégant de ma part d'accepter.

— Oui en effet, très généreux de votre part, Stephan. Cela convient à un homme de votre rang.

Ses yeux gris pâle s'agrandirent puis se rétrécirent. Il lui était difficile de savoir ce que Sirena pensait réellement. Il sentit soudain la colère monter en lui : elle était en train de se moquer de ses maigres performances au lit. Eh bien, l'achat qu'il avait réalisé le matin même changerait tout cela.

— Sirena, j'ai un petit cadeau à vous offrir. Quand vous vous retirerez ce soir dans votre chambre, je souhaiterais que vous le portiez pour moi.

Incapable de tenir sa langue, Sirena lui lança :

— Allons-nous encore assister au spectacle de votre impuissance, Stephan ? Qu'avez-vous inventé cette fois-ci ? (Elle se leva de table, ses yeux verts lançaient des éclairs.) Je ne connais aucun instrument qui puisse redonner vie à un homme mort !

Prenant ses jupes dans sa main, elle se précipita hors de la pièce, sous le regard meurtrier de son mari.

Après avoir entendu un bruit qui venait de la cuisine, Stephan tourna la tête et vit Wren qui portait un plat. Apparemment, Frau Holtz lui avait demandé de l'apporter dans la salle à manger. Le sang monta au visage de Stephan lorsqu'il pensa que l'enfant avait tout entendu de la scène qu'il avait eue avec Sirena. L'enfant semblait paralysée, ses grands yeux écarquillés.

— Donne-moi ce plat! commanda-t-il. (Wren ne bougea pas.) Donne-moi cela! ordonna-t-il à nouveau d'une voix forte et rude.

Wren s'approcha doucement. Elle n'aimait pas Stephan, elle avait déjà rencontré des hommes de son espèce dans les rues de Londres. Des méchants qui battaient les prostituées dont ils abusaient. La cruauté avec laquelle il se comportait avec Sirena lui suffisait pour percevoir cela. Elle avait peur de lui et bientôt elle le haïrait.

— Pas là, je ne peux pas l'attraper, ici! rugit-il en prenant, semblait-il, plaisir à terroriser cette enfant.

Wren obéit, faisant bien attention de ne pas renverser le plat sur le tapis nettoyé scrupuleusement par Frau Holtz. Alors qu'elle s'avançait vers lui, Stephan cogna volontairement sa main contre le plat, qui se renversa sur le tablier de Wren.

— Regarde ce que tu as fait, petite maladroite!

Etonnée, horrifiée, Wren resta debout en regardant le liquide dégouliner sur ses chaussures. En état de choc, elle leva les yeux vers son maître, bouche bée, Stephan l'attira à lui et la plaça entre ses genoux.

— Petite idiote! la réprimanda-t-il en essuyant son tablier avec sa serviette.

Wren se trouvait dans la plus profonde des détresses. Elle voulait appeler Frau Holtz et lui dire que ce n'était pas sa faute, mais les mots ne parvenaient pas à sortir de sa gorge. Elle n'aimait pas la façon dont le maître la coinçait entre ses jambes et nettoyait sa robe en s'y attardant. Elle ne savait pas exactement pourquoi ces gestes l'effrayaient, elle savait seulement qu'elle avait envie de se sauver loin de lui, loin de ses doigts blancs et de son haleine vineuse. A la manière des enfant, elle lui tourna le dos d'une manière déterminée.

Stephan l'agrippait par le bras lorsque Frau Holtz fit soudain son apparition dans la salle à manger. Stephan la lâcha immédiatement et la repoussa.

— Regardez ce que cette méchante traînée a fait ! Je ne veux plus la voir ! s'exclama-t-il en se levant de sa chaise, avant de se diriger vers la bibliothèque.

Wren se sauva vers la cuisine et fila dans le jardin. Ses joues étaient toutes rouges et ses yeux gonflés de larmes. Elle le détestait ! C'était lui le méchant, pas elle. Il était sale ! Des larmes ruisselèrent sur ses joues. Elle faillit aller tout raconter à Frau Holtz et Sirena. Mais le maître avait-il finalement raison et peut-être était-elle méchante et maladroite ? Peut-être était-elle une mauvaise petite fille de penser que le maître aimait la toucher ?...

De retour dans sa chambre, les mains tremblantes sur ses hanches, Sirena aperçut le paquet déposé sur son lit. Elle l'envoya valser sur le sol. Il s'agissait de chaînes en or, d'épaisses chaînes.

Elle donna un coup de pied dans la boîte à moitié ouverte et l'une des chaînes s'enroula autour de sa cheville. Alors elle se baissa, l'ôta de son pied et l'envoya contre le mur. Avec une expression de haine sur le visage, elle ramassa les liens brillants et les cacha sous le lit : leur vue la dégoûtait et l'idée que Stephan désirât s'en servir la terrorisait.

— Je vais accepter votre cadeau, Stephan chéri, je l'enroulerai autour de votre cou décharné et je serrerai jusqu'à ce que mort s'ensuive, dit-elle en crachant par terre. Je regarderai vos yeux sortir de leurs orbites, votre langue se gonfler et votre visage bleuir !

La seule personne qu'elle avait autant haï dans sa vie avait été le pirate Blackheart.

Blackheart, songea-t-elle. Violeur, assassin ! Elle se souvenait de ce jour, il y avait très longtemps, quand il était monté à bord de son bateau en détresse au large de Java. Lui et sa bande de pirates sans foi ni loi l'avaient violée et battue à plusieurs reprises et lui avaient ôté toute volonté. Elle avait prié pour mourir. C'était Caleb, le garçon de cabine, qui lui avait redonné le désir de vivre et de se battre.

Blackheart l'avait fait conduire dans ses quartiers. Elle avait eu un mouvement de recul : elle savait très bien ce qu'il comptait lui infliger.

— Vous êtes à moi maintenant, avait-il grommelé. L'équipage n'a plus le droit de vous approcher.

Sirena avait battu en retraite, elle ne voulait pas de ses mains calleuses sur elle. Mais il l'avait attirée et écrasée contre lui. Il avait sauvagement enroulé ses doigts dans les boucles de ses cheveux et les avait tirés au point de lui rompre le cou. Sa bouche épaisse et visqueuse s'était plaquée contre la sienne et il l'avait mordue.

Dégoûtée, elle s'était débattue, tentant d'échapper à sa poigne de fer. Mais il l'avait rattrapée, poussée sur la couchette et s'était jeté sur elle de tout son poids.

Auparavant, les pirates avaient abusé d'elle mais sans rien attendre en retour. Blackheart, lui, s'était évertué à susciter une réponse de sa part. Il avait tenté d'éveiller ses sens, en vain.

— Retirez vos sales pattes de mon corps! avait-elle crié. Laissez-moi tranquille!

Elle avait craché en le repoussant et s'était dégagée de son emprise. Le choc qu'elle avait lu sur son visage grisâtre avait quelque chose de comique.

Sirena s'était dégagée mais à nouveau, Blackheart avait bondi sur elle. Elle avait enfoncé ses ongles dans la chair de ses joues jusqu'au sang. Il l'avait frappée sur la nuque et avait aventuré ses bras sur ses hanches. Leur combat avait été celui de David et Goliath.

— Je vois qu'il te reste encore un peu d'énergie, l'avait-il narguée.

Elle avait craché, grogné, tenté de planter ses dents dans le bras qui la maintenait prisonnière. Il lui avait donné un coup de poing au visage, faisant éclater sa lèvre et ensanglantant toute sa bouche. Avec son genou, il l'avait forcée à écarter les cuisses. De sa main libre, il avait touché ses seins, son ventre, l'intérieur de ses cuisses.

— Tu peux me prendre le matin, le midi et le soir! lui avait-elle lancé d'un air méprisant. Mais je ne t'appartiendrai jamais! Jamais!...

— ... et je n'appartiendrai jamais à Stephan non plus, dit-elle à haute voix dans sa chambre, revenant au présent.

Elle avait finalement réussi à détruire Blackheart. A certains égards, Stephan la dégoûtait encore plus que le pirate, et elle remporterait une nouvelle victoire, décida-t-elle tandis que des larmes coulaient doucement sur son visage...

Tout le long de la journée, Sirena avait semblé absente. Même le bavardage chaleureux de Wren n'avait pu l'arracher à ses pensées. Elle était nerveuse comme un chat. A l'heure du dîner, elle prétexta une migraine afin de ne pas avoir à affronter son mari.

Heure après heure, assise dans sa chambre, elle avait refusé le plateau que Frau Holtz lui avait apporté. La vieille femme la regarda, inquiète, mais n'osa lui poser de questions.

L'horloge du bas carillonna. Neuf heures, puis dix, chaque note mélodieuse ajoutait à l'angoisse de Sirena. Il surgirait d'un moment à l'autre.

A onze heures, Sirena se trouvait dans un état proche de l'hystérie. Elle espérait, priait pour que Stephan ne tardât pas à se retirer dans sa chambre. En finir, vite ! Qu'elle puisse fermer les yeux jusqu'au jour prochain. Elle entendit soudain un bruit venant de la pièce voisine.

Doucement, la porte de communication entre les deux chambres s'ouvrit. Stephan apparut dans l'embrasure. Son visage, du fait de la lampe allumée derrière lui, était dans l'ombre.

— Pourquoi n'êtes-vous pas habillée comme je vous l'avais demandé, Sirena ? Mon cadeau ne vous plaît pas ?

Sa voix était sourde et méprisante.

Sirena jeta un regard vers l'endroit où elle avait caché les chaînes.

— Ah, je comprends : vous m'avez attendu pour vous habiller. Comme c'est charmant de votre part ! dit-il en fermant la porte derrière lui.

Il portait une robe de chambre en brocart et quand il passa devant elle, elle décela une odeur de cognac.

— Retirez vos habits, ma chérie. Voyons voir à quoi vous ressemblez en esclave. (Il tira les chaînes du lit en les faisant tinter.) Je vous ai dit de vous déshabiller. Voulez-vous que je le fasse pour vous ?

Sans le quitter des yeux, Sirena se dévêtit jusqu'à sa chemise.

— Retirez tout ! (Ses yeux rivés aux siens, elle ôta sa chemise et ses jupons.) Laissez les bas ! ordonna-t-il. J'aime le contact de la soie sur ma peau.

Presque complètement nue, Sirena était debout, pétrifiée telle une statue.

Il choisit une chaîne, s'approcha d'elle et l'enroula autour de son cou en la faisant passer entre ses seins, puis la noua sur son dos. Il en prit une autre qu'il drapa autour de sa taille et de ses hanches. Il continua à poser ces liens métalliques jusqu'à la blesser. Sirena resta les bras tendus sans pousser le moindre cri, même quand il tirait sur les chaînes qui meurtrissaient sa chair... On aurait dit un mannequin. Impassible, elle ne se déplaçait que lorsqu'elle en recevait l'ordre.

Quand il eut fini, Stephan se recula pour admirer son œuvre.

— Merveilleux, murmura-t-il, les yeux brillants de désir. Approchez-vous !

D'un pas hésitant, elle obéit. Il attrapa la chaîne enroulée sur ses hanches et la tira brutalement vers lui. Puis il posa ses lèvres sur les siennes, les écrasa tandis que ses mains se promenaient sur sa chair... Soudain, il la repoussa.

— Vous êtes un glaçon, Sirena. Vous avez besoin d'une bonne leçon !

Il lui administra une gifle magistrale. Sans le moindre gémissement, elle se prépara à son prochain assaut.

Stephan fit glisser sa robe de chambre sur le sol, puis brandit à nouveau la main, menaçant. Sirena ne put s'empêcher de se protéger en levant un bras. Il la frappa encore, tirant ses chaînes, et la força à se baisser sur le sol en l'observant.

— Vous pensez que je ne suis pas un homme ? rugit-il. Regardez, chienne, si je ne suis pas un homme !

Elle releva doucement la tête, sachant ce qu'elle allait voir : le corps souple et athlétique de Stephan et l'objet de sa fierté masculine dressé.

— Maintenant, je veux vous entendre dire que je ne suis pas un homme ! Je suis un dieu, je veux l'entendre de votre bouche ! Répétez : « Stephan, vous êtes plus qu'un homme, vous êtes un dieu ! » Répétez, traînée !

Cette situation ridicule finissait par en être drôle. Elle, recroquevillée sur le sol, vêtue des seules chaînes en or et lui, nu comme un ver, clamant qu'il était un dieu ! Elle ne put réprimer un fou rire. Stephan la toisa, les yeux emplis de haine, les poings serrés. En baissant les yeux, elle constata l'effet que cela produisait sur le désir de Stephan.

— Moquez-vous de moi, vous allez voir ce que vous allez voir, chienne !

Il la frappa de ses poings, sur les bras puis sur le ventre. Mais plus il la punissait, plus elle riait. Elle ne pouvait plus se contrôler et pendant un instant, elle se demanda si elle n'était pas aussi folle que lui.

Longtemps après qu'il lui eut lancé un dernier coup de pied avant de regagner ses pénates en claquant la porte, elle resta étendue sur le sol en pouffant. Elle rit jusqu'à ce que les larmes lui montent aux yeux et brouillent son regard.

23

Au fil des semaines, la vie de Sirena était devenue celle d'une prisonnière. Elle était surveillée en permanence. En plus de Smythe et Rathbone, Stephan lui avait imposé deux nouveaux valets qui vivaient dans la grange au-dessus de l'étable. Jan et Willem avaient été engagés en tant que jardinier et garçon d'écurie. Elle les apercevait de temps à autre, ils la saluaient poliment mais, conformément aux instructions de Frau Holtz et de Jacobus, ils ne devaient en aucun cas lui adresser la parole. Il était important qu'ils passent pour des fidèles serviteurs de Stephan.

Chacune des invitations qui arrivait était renvoyée avec les regrets de Stephan Langdon : ce dernier expliquait que l'état de sa femme ne lui permettait pas de se déplacer. Il était bien trop fatigué après ses journées ardues à l'académie et par les soirées passées à la *Sirène des Mers* pour attacher une quelconque importance à ces engagements mondains.

Sirena était soulagée qu'il ne fît plus d'incursion dans sa chambre la nuit, mais elle frémissait dès que Stephan rôdait dans les parages. Elle pensait que du fait de son impuissance, il la laisserait désormais tranquille. Mais, pour une raison qu'elle ignorait, cela l'ennuyait presque autant que lorsqu'il tentait de la prendre contre son gré.

Les journées lui paraissaient de plus en plus longues : elle passait le plus clair de son temps à marcher de long en large dans la maison ou à surveiller les leçons de Wren. Ses yeux hagards étaient soulignés par de grands cernes. Même Tyler Sinclair n'était pas venu la voir depuis un moment. Sirena soupçonnait Stephan d'y être pour quelque chose.

Elle regrettait les vents chauds de l'Est et se languissait du visage de Regan. Elle aurait été prête à vendre son âme pour se retrouver à bord de l'*Esprit des Mers*, sentir les mouvements de la mer et les embruns sur son visage.

— C'est fini. Plus jamais ! dit-elle doucement d'une voix morne.

Elle se dirigea à pas lents vers l'armoire et en ouvrit les portes. Elle passa sa langue sur ses lèvres sèches. Elle savait exactement où se trouvait l'épée qui avait tué Blackheart et blessé Regan.

De manière imperceptible, ses épaules se redressèrent et les muscles de ses jambes se contractèrent. Elle avait besoin de sentir cette lame contre sa peau pour se rappeler qui elle était et de quoi elle était capable. Une « tueuse d'hommes », comme Regan l'avait un jour appelée. Elle fronça les sourcils. Mais elle était surtout sa femme, Sirena Cordez Van der Rhys et le resterait jusqu'à sa mort.

Des larmes inondèrent ses yeux verts. Elle fléchit les jambes, leva son arme et para un coup. Elle déchira les tentures et coupa les rubans. Elle s'attaqua ensuite aux couvertures et les transperça. Elle lança son épée contre la table à repasser en bois. A chaque fois que le métal frappait le bois, elle souriait : la Sirène des mers était revenue à la vie.

Frau Holtz entra, les bras chargés de draps. Constatant le carnage, elle lâcha la pile qu'elle portait.

— Mevrouw, murmura-t-elle d'un ton de reproche. Mon Dieu, qu'êtes-vous en train de fabriquer ? Quand votre mari verra cela, il voudra vous battre.

— Et si vous deviez parier sur le vainqueur, sur qui mettriez-vous votre argent, Frau Holtz ? demanda Sirena en fouettant l'air de son épée.

— Mevrouw, dans ce pays sans foi ni loi, ils pendent les gens pour moins que cela ! Jacobus m'a dit comment sont les prisons. Votre mari a le pouvoir de nous faire mettre sous les verrous, tous autant que nous sommes. Si vous ne pensez pas à vous, pensez au moins à Wren ! La pauvre enfant est déjà terrorisée par Sir Stephan. Il se débarrassera aussi de la pauvre *Liebchen* !

— Pas si je le tue !

— Dieu du ciel, murmura Frau Holtz. Et comment comptez-vous vous y prendre ?

— J'arracherai une page de son livre et la lui enfoncerai dans le gosier. Dites à Jacobus d'aller au port et de faire préparer le bateau. Stephan ne s'aventure jamais dans le jardin, il ne remarquera pas son absence. Allez-y ! ordonna Sirena.

— Ils vous pendront, l'avertit la vieille femme.

Sirena haussa les épaules.

— Il faudra d'abord qu'ils m'attrapent ! Je ne crois pas que je puisse haïr quelqu'un plus que cet homme. J'arracherai sa virilité en riant. J'en ai assez ! hurla-t-elle. Assez !

Elle s'effondra brusquement sur le sol, rattrapée de justesse par sa gouvernante, qui la tint serrée contre elle et la berça comme un enfant. Sirena pleurait à gros sanglots. Frau Holtz savait que sa maîtresse avait déchargé sa colère et qu'il était inutile d'envoyer Jacobus au bateau. Sirena n'irait nulle part.

Les tempes de Regan battaient à vive allure lorsqu'il lut les chiffres qui figuraient dans le gros livre de comptes. Sirena devait bien rire. En y repensant, peut-être pas. Peut-être avait-elle suffisamment d'argent pour éponger les dettes de Stephan, mais en plus il dilapidait sa fortune au jeu. Au rythme où les choses allaient, elle serait ruinée sous peu.

Il alluma un cigare et balança ses bottes sur le bureau. Une fumée gris-bleu envahit la pièce, entourant son visage d'un halo. Dans un mois ou deux, il aurait tout perdu. Les chiffres ne mentaient pas, il lui fallait réagir très vite. Son petit capital fondait à vue d'œil et lorsqu'il avait demandé à Camilla de restreindre ses dépenses, elle s'était mise à rire en disant qu'il ne pourrait la prendre pour une idiote très longtemps. Etant sa femme, elle devait recevoir et s'habiller correctement... Il tenta de maîtriser sa colère : avant la tombée du jour, il lui faudrait trouver une solution.

Il sortit une bouteille de rhum de son bureau et but avidement au goulot. Il reposait l'alcool sur la table lorsque la porte de son bureau s'ouvrit.

— Dykstra ! Que fabriques-tu ici, fils de traînée ? s'exclama-t-il en sautant sur ses pieds et en donnant à son ami une grande claque dans le dos. Jamais je n'aurais imaginé revoir ta face de crapaud ! Qu'est-ce qui t'amène en Angleterre ?

Dykstra rayonnait de bien-être.

— Je suis venu t'apporter les bénéfices des ventes de la récolte de Java. La plantation n'a pas encore d'acheteur mais chaque chose en son temps. C'est une coquette somme et le reste devrait bientôt arriver. Dis-moi, que reste-t-il au fond de cette bouteille ? En as-tu une autre à portée de main, car j'ai une rude soif.

— Il y en a encore plein d'autres. Dykstra, tu te rappelles le jour où je t'ai conduit dans un bordel de Batavia ? Tu te rappelles à quel point j'ai été magnanime de te laisser les deux « vierges » ?

— Des vierges ? pouffa Dykstra. Tu ne t'étais pas moqué de moi : c'étaient les vierges les plus expérimentées que j'aie jamais vues. Elles m'ont appris un certain nombre de choses !

Dykstra vida son verre d'un trait et s'en servit un nouveau ainsi qu'à Regan.

— Et les Anglaises, reprit-il joyeusement, qu'est-ce qu'elles valent ? Sont-elles aussi bien que les filles de Clarice ?

— Dykstra, mon vieil ami, cela me fait de la peine de te dire cela, mais il n'y a pas une femme dans cette ville qui pourrait rivaliser avec les pires filles de chez Clarice. Elles se couvrent d'une vingtaine d'épaisseurs et lorsqu'un homme a fini de les déshabiller, il est déjà fatigué. (Il prit Dykstra par l'épaule et se pencha vers lui.) Elles battent des cils et se pâment, expliqua-t-il en faisant un grand geste de la main et en perdant son équilibre avant d'aller se cogner contre le mur. Et, ajouta Regan indigné, elles sont soit trop maigres soit trop grosses. C'est pour cela qu'elles portent tant de vêtements !

— Alors que va-t-on devenir ? demanda son ami, désolé. J'ai fait tout ce chemin en pensant que tu t'occuperais de moi. J'espérais avoir une femme dans mon lit ce soir !

— Tu l'auras ! décida Regan en éclatant de rire. Je t'en trouverai une même si je dois attaquer son mari au passage. Comment la veux-tu ? Vieille, jeune, maigre ou grosse ?

— J'en voudrais une de chaque catégorie, dit Dykstra avec le hoquet.

Regan serra ses lèvres.

— Je sais où nous pouvons aller. Mon fils Caleb tient une maison de jeu sur un bateau amarré au port. J'y ai déjà vu quelques femmes qui te plairaient sûrement.

— Il nous faut à boire, marmonna Dykstra.

— Tout ce que tu voudras, répliqua Regan en débouchant une autre bouteille et en la tendant au capitaine. Dykstra, si je te trouvais une véritable vierge, saurais-tu quoi en faire ?

— Comment dois-je prendre ta question ? demanda Dykstra sans articuler. J'ai déjà connu une vierge une fois à Sumatra. Des heures, Regan, cela a pris des heures. Mais elle en valait le coup ! dit-il en soupirant profondément.

— Que lui est-il arrivé ?

— C'est à toi qu'il faut le demander, bâtard. Tu me l'as fauchée juste sous mon nez. Tu te rappelles de cette beauté brune ? Celle qui portait plein de bracelets. Celle qui t'a percé l'oreille ! Tu te rappelles ?

— Ça, je ne te l'ai jamais pardonné. Regarde, j'en ai encore la cicatrice, dit-il en montrant son lobe.

— Qu'est-ce qu'une petite cicatrice entre deux amis ? Je l'ai quittée pour te la laisser. Tu devrais me remercier au lieu de râler.

Tandis que Dykstra marchait lentement comme en glissant, Regan toisa son ami et lui sourit.

— Je te pardonne pour la vierge mais pas pour la cicatrice. Ça te va ?

— Maintenant que j'y repense, elle a eu la main leste avec cette aiguille. Au fait, comment va ta femme, mon coquin ?

— Ne demande rien si tu ne veux pas entendre des mensonges, répondit Regan en riant.

— La plus belle femme que j'aie jamais vue ! Tu as une sacrée veine, Regan, grommela-t-il.

— Tu n'y es pas du tout, Dykstra, j'ai divorcé

de Sirena. Et j'ai épousé quelqu'un d'autre qui s'appelle... Bon sang, quel est son nom ?

— Le nom de qui ?

— De la femme que j'ai épousée.

— Comment veux-tu que je le sache ? Je suis incapable de me souvenir de mon propre nom. Polly, peut-être ? Mais j'ai toujours aimé Sirena, poursuivit Dykstra en vidant son verre. Ça, c'était une belle femme ! Pourquoi l'as-tu abandonnée ? Rien que d'y penser, j'ai envie de te casser la figure pour tout le mal que tu lui as fait. Je la revois, ce matin-là, quand tu es parti de Java. Elle a débarqué dans mon bureau comme si elle avait le diable aux trousses. Je n'avais jamais vu une femme aussi heureuse. Elle avait les joues roses et ses yeux brillaient d'amour... Jésus-Christ ! Comment as-tu pu la laisser derrière toi ? Quand je lui ai dit que tu étais déjà parti, je l'ai vue s'effondrer, le cœur brisé. Tu es vraiment un bâtard, Regan.

Regan tenta de s'éclaircir les idées. Sirena lui avait donc dit la vérité. Dieu, qu'avait-il fait ? Il chercha la bouteille à l'aveuglette et Dykstra la lui tendit.

— Tu es pire qu'un bâtard, Regan. Tu es le plus idiot des hommes que j'aie rencontrés ! Il ne peut pas exister une femme aussi splendide que Sirena ! Tu en connais toi, vieux loup de mer ? Ta Polly est-elle aussi belle ?

Regan secoua la tête.

— Je ne connais aucune femme aussi éblouissante, répliqua-t-il en titubant. Et tu sais quoi, fils de traînée ? Elle a dit qu'elle allait me détruire !

— Tu le mérites bien ! rétorqua le capitaine en

tendant la main à Regan pour l'empêcher de tomber. Quiconque a une cicatrice à l'oreille ne mérite pas Sirena! J'espère qu'elle te fera éclater le gosier! Je déteste ce nom, Polly. C'est les perroquets qu'on appelle Polly.

— Un oiseau? Elle n'a pas un appétit d'oiseau, elle a toujours une faim de loup. Et tout ce qu'elle veut, c'est dépenser de l'argent. Allez viens, mon ami, il est temps que je te fasse rencontrer... comment s'appelle-t-elle, déjà? Je te conduis à la maison, comme ça on va pouvoir dessoûler.

Camilla se préparait à sortir quand le heurtoir retentit. Elle ouvrit la porte et recula atterrée.

— Vous êtes complètement soûl! s'exclama-t-elle d'un ton brusque. Dépêchez-vous d'entrer avant qu'on ne vous voie. (Elle attrapa Regan par le bras et l'entraîna à l'intérieur.) Qui est-ce? demanda-t-elle en indiquant du menton le capitaine Dykstra.

— C'est lui qui m'a dit votre nom, répliqua Regan en partant d'un grand rire bruyant.

— Reconduisez-le où vous l'avez trouvé! ordonna-t-elle. Je ne veux pas de deux ivrognes chez moi!

Regan chancela et faillit perdre l'équilibre.

— Tu as entendu ce qu'elle a dit? Il va falloir que je te raccompagne jusqu'à Batavia.

— Bah mes aïeux... marmonna Dykstra en poussant Regan dans un grand fauteuil rembourré. Dans quel bordel sommes-nous tombés? Je ne vois pas de rhum! C'est une honte, clama-t-il en toisant Camilla. Vous ne ferez jamais tourner votre affaire comme cela! C'est elle qui tient l'établissement? chuchota-t-il à Regan.

Ce dernier haussa les épaules.

— Apportez du rhum pour mon ami! ordonna-t-il à Camilla.

— Allez le chercher vous-même! rétorqua-t-elle. Mon Dieu, je n'ai jamais eu aussi honte.

Regan se dressa et sentit ses jambes flageoler sous lui.

— Et moi, alors? J'amène un ami dans cette maison et il imagine que vous tenez une maison close!

Il agita un doigt sous le nez de Camilla et tenta de l'attraper. Elle échappa à son bras avec agilité.

— Vous êtes ivre, lança-t-elle d'une voix sifflante. Père avait raison quand il disait que vous aviez un penchant pour le rhum!

— Regan, vieux renard, tu ne m'avais pas prévenu que c'était une entreprise familiale. Maintenant, sacré Bon Dieu, où sont les femmes et le rhum? demanda-t-il en vacillant.

— Faites-le sortir d'ici, exigea Camilla entre ses dents.

— Le capitaine Dykstra m'apporte de l'argent de Batavia. Il apporte suffisamment d'argent pour payer vos dettes pendant un autre mois. Eh bien, vous voulez toujours le mettre dehors?

Camilla reconsidéra sa décision.

— Très bien, acquiesça-t-elle. Mais arrangez-vous pour qu'il soit parti quand je reviendrai. Amusez-vous bien! ironisa-t-elle en claquant la porte derrière elle.

— Tu es vraiment un bâtard! cria Dykstra. La

seule femme qui passe, tu la laisses filer. Qu'est-ce qu'on va fabriquer maintenant ?

Regan tapa dans le dos de son ami, affichant un large sourire.

— C'est pas un drame, elle était pas à ton goût... ni au mien d'ailleurs. Il vaut mieux dormir un peu pour dessoûler, Dykstra. Dans cet état, on serait bons à rien avec une femme. Viens avec moi, je vais te trouver un lit.

— Parle pour toi, fils de traînée, mugit Dykstra en suivant Regan. Tu es foutu ! Tu es déjà un vieillard ! Tu as perdu une femme jeune et belle et tu vis dans une maison de mauvaise vie tenue par un père et sa fille. Je n'ai jamais rien entendu d'aussi écœurant de toute mon existence !

— La ferme, Dykstra, mêle-toi de tes affaires. Je ne suis pas un vieillard. Et je n'ai pas perdu Sirena. Je n'ai qu'à claquer des doigts et elle reviendra vers moi en courant.

— Et que dira cette... Polly ?

— Eh bien, ça me fera deux femmes. Au cas où tu ne le saurais pas, une oreille percée est un signe de virilité.

— Bâtard, c'est toi qui le dis, répliqua Dykstra en s'affalant sur le lit.

Il s'endormit immédiatement. Regan perdit l'équilibre et s'allongea à côté de son ami. Bientôt, des ronflements bruyants s'échappèrent de la chambre.

Lord Farrington s'amusait à battre les cartes. Son esprit allait aussi vite que ses doigts agiles. Qui le torturait ainsi ? Qui pouvait lui vouloir du mal ? Pour la première fois durant sa vie de joueur, il avait trouvé un refuge et il risquait de tout perdre d'un coup.

Une forte brise souffla et les cartes s'éparpillèrent. S'agenouillant pour les ramasser, il aperçut une fine paire de chevilles. Il leva la tête et aperçut la jeune femme qui demandait à voir Caleb. Avec un regard malicieux, l'aristocrate la conduisit jusqu'à la cabine du propriétaire. Elle le remercia d'un air hautain et entra dans la pièce en lui fermant la porte au visage.

Lord Farrington eut un sourire narquois. Si le jeune garçon ne faisait pas attention, il finirait par se brûler les doigts. Cette jolie créature aux ravissantes chevilles était la femme du père de Caleb et sans doute Regan n'apprécierait guère de savoir que son fils jouait à certains jeux avec son épouse.

Regan se réveilla le premier. Il avait la bouche pâteuse et sa langue lui semblait en coton. Il secoua Dykstra et appela les domestiques pour qu'ils s'occupent d'eux deux. Une heure plus tard, ils descendaient l'escalier, propres et changés. Ils projetaient de passer la soirée sur la *Sirène des Mers*.

— Quelle cuite, dit Dykstra en partant d'un grand rire. Tout ce dont je me souviens, c'est de notre arrivée ici.

Plus tard, dans la calèche qui se dirigeait vers les quais, Dykstra se rappela soudain d'une chose importante :

— Regan, je voulais te le dire avant, mais avec le rhum j'ai complètement oublié. Je ne pourrais pas le jurer, mais je crois bien avoir reconnu Dick Blackheart sur le quai quand j'ai débarqué. Il marche avec une jambe de bois et son bras gauche est blessé. Je serais prêt à jurer que c'était lui. Je me suis dit que malgré ce que lui a fait subir Sirena, il a peut-être réussi à s'en sortir et est revenu dans son pays natal. L'as-tu vu ou as-tu entendu parler de lui ?

Regan était stupéfait.

— J'ai vu la Sirène le tuer de mes propres yeux.

— L'as-tu vu mourir ou as-tu vu la Sirène le blesser et le balancer par-dessus bord ?

— Ni l'un ni l'autre. J'imagine qu'il a pu se sauver du navire. J'espère pour notre salut à tous les deux que tu t'es trompé, Dykstra.

— Moi aussi, marmonna le capitaine.

— Nous y voici ! Qu'en penses-tu ? dit Regan en montrant du doigt les lanternes qui tintaient les unes contre les autres, indiquant la présence du bateau au beau milieu du brouillard.

Le capitaine Dykstra opina du chef.

— Impressionnant ! Caleb a tout fait tout seul ?

Regan fit signe que oui et ils empruntèrent la passerelle pour monter à bord, suivant une longue file de personnes bavardes comme des pies.

— Je ne crois pas que mon estomac supportera le rhum, ce soir. Allons à la table de jeu voir si la chance nous sourit. Que préfères-tu, Dykstra, les cartes ou les dés ?

— Je pense que je vais tenter les dés, répliqua le capitaine en souriant.

— Tu vois l'homme à la mine renfrognée qui tient les cartes là-bas ? C'est le nouveau mari de Sirena, expliqua Regan d'un air dégagé. C'est aussi mon beau-père. (Dykstra eut un sourire narquois mais ne pipa mot.) Il suffit de voir son visage pour savoir qu'il est en train de perdre.

Au milieu de la soirée, les poches vides, Regan revint dans la salle pour étudier la foule des joueurs qui jetaient de l'argent sur la table avec légèreté. Les femmes vêtues de leurs toilettes les plus délicates et dont les bijoux scintillaient à la lumière des lampes poussaient des petits cris aigus de plaisir chaque fois que quelqu'un jetait le dé ou abattait une carte. Son regard revenait invariablement sur Stephan Langdon. Sa chance avait l'air d'avoir tourné. Caleb, qui se tenait près de Stephan, semblait en colère. Il fit un geste vers Lord Farrington et s'éloigna. Regan esquissa un sourire: Langdon était un tricheur aux cartes et Caleb allait en avertir Lord Farrington. Il était curieux de savoir ce qui allait se passer.

Le capitaine Dykstra, lassé par les dés, plaça un verre de vin dans les mains de Regan.

— Combien as-tu perdu? demanda-t-il calmement.

— Suffisamment! répondit Regan sans plus de détails. Regarde, dit-il en montrant Caleb qui murmurait à l'oreille de Lord Langdon.

Même sous les lumières tamisées, il put lire la peur et l'indignation sur le visage de son beau-père. Stephan ramassa son argent et suivit Caleb.

— Et que suis-je supposé regarder?

— Caleb vient juste de surprendre le nouveau mari de Sirena en train de tricher. J'aimerais bien savoir comment mon fils va se sortir de cette situation...

— S'il est intelligent, il lui donnera un premier avertissement et l'informera qu'à compter de maintenant, il sera soumis à une étroite surveillance. A chaque fois que tu te trouves quelque part, il y a toujours une tempête qui couve. Penses-tu que ton fils peut s'en sortir tout seul ou devrons-nous lui prêter main-forte ?

— Laissons-le se débrouiller pour l'instant. S'il est en difficulté, son partenaire l'aidera.

— Alors je t'invite à une partie de faro, dit Dykstra, affable, en montrant une poignée de billets. Garde tes yeux ouverts et déniche-moi une serveuse appétissante.

Regan éclata de rire en balayant la pièce du regard. Il était content de ne pas rencontrer le regard de Sirena. Si elle apprenait l'escapade de Stephan, comment réagirait-elle ? Il fut traversé par une vague d'appréhension en ramassant ses cartes.

Pendant ce temps, Stephan Langdon se tenait debout sur le pont et parlait avec arrogance :

— J'ignore pourquoi vous m'avez demandé de sortir. J'espère qu'il s'agit de quelque chose d'important, ajouta-t-il froidement.

— Ça l'est, répondit Lord Farrington sur le même ton. Caleb vous a surpris en train de tricher avec des cartes cachées dans votre manche.

— Quel mensonge ignoble !

— Et que dites-vous de cela ? intervint Caleb en lui tendant deux cartes identiques.

— Que suis-je supposé en savoir ? Je pourrais vous provoquer en duel pour cette accusation humiliante.

— Cela ne sera pas nécessaire, dit Lord Farrington d'une voix suave. A partir de maintenant, à chaque fois que vous viendrez ici, l'un d'entre nous vous surveillera. Nous avons préféré ne pas intervenir devant vos amis, c'est pourquoi nous vous avons prié de venir sur le pont. Mais la prochaine fois, nous ne nous montrerons pas aussi courtois et nous ferons de vous un exemple devant les autres. Il s'agit seulement d'un avertissement amical. Il serait sage de votre part de partir à présent, et de ne pas revenir avant un bon moment. Il se pourrait bien que Cal ne soit pas le seul à vous avoir vu.

— Votre attitude est abjecte, déclara Stephan d'un ton suffisant. Vous êtes de la pire espèce. Croyez-moi, je ne vous pardonnerai pas cela de sitôt. Une tricherie, voyez donc ! Je suis persuadé que vous essayez de m'utiliser pour couvrir des pratiques illicites.

— Eh bien, allez répéter cela devant le reste des clients, répliqua Caleb d'une voix morne. Alors nous pourrons nous retourner contre vous et vous accuser... Vous avez vraiment commis une erreur.

Stephan se hérissa et regarda les visages impassibles de ses interlocuteurs. Il garda le silence et quitta le vaisseau.

— Vous avez l'œil, Cal, dit Lord Farrington en lui donnant une tape dans le dos. Ça devait arriver un jour ou l'autre. La prochaine fois que Langdon reviendra, l'un d'entre nous devra le surveiller. J'ai déjà vu des joueurs se faire tuer pour avoir triché. Ah, le jeu est une activité honorable. On ne triche pas. Et notre entreprise est trop récente pour que nous puissions nous permettre un scandale. Gardez les yeux grands ouverts, Cal, et tenez-moi informé.

— Nom d'un chien, marmonna Caleb, pourquoi fallait-il que cela tombe sur le beau-père de Regan ?

Comment allait-il expliquer cela à Camilla la prochaine fois qu'il la verrait ? Il haussa les épaules. Après tout, il n'avait rien à lui expliquer...

Il pensa à Camilla en rêvassant puis son visage s'assombrit. Il lui était difficile d'assumer sa liaison avec la femme de Regan. Ce soir, il avait été incapable de regarder son père dans les yeux.

Stephan rentra chez lui en fulminant et se précipita dans la chambre de Sirena. Sans même frapper, il ouvrit la porte et lui ordonna de venir le rejoindre dans la salle de bal.

— Etes-vous devenu fou ? rétorqua Sirena. Il est plus de minuit et je suis fatiguée.

— Je ne le répéterai pas, ma chère, gronda-t-il en se penchant sur le lit. Dépêchez-vous !

— Donnez-moi au moins le temps de m'habiller, dit Sirena en s'extrayant des draps.

— Votre chemise de nuit fera très bien l'affaire. Je vous attends en bas, ne tardez pas !

Sirena regarda autour d'elle en soupirant. Qu'avait-il en tête ? Quelque chose avait dû se produire sur la *Sirène des Mers*. Sirena préféra ne pas envenimer les choses et le rejoignit bientôt. Elle fut terrorisée lorsqu'elle le vit allumer une à une les chandelles de l'immense salle de bal, baignée désormais d'une lueur jaune. Elle retint son souffle quand Stephan lui tendit une épée.

— Je vais vous donner un cours d'escrime, déclara-t-il d'une voix calme mais ferme.

— A cette heure de la nuit ?

Stephan ne prit pas la peine de lui répondre et elle prit l'arme, la tenant mollement dans sa main.

— Ecoutez-moi bien, dit Stephan en pliant la fine lame devant son propre visage. Il n'est pas nécessaire d'avoir beaucoup de force pour manier l'épée. N'importe quel individu qui dispose de bons réflexes et d'une bonne condition physique peut pratiquer cette activité. Vous avez une très bonne coordination, ma chère, j'imagine que vous ne rencontrerez pas de réelle difficulté. Lorsque nous approfondirons, vous comprendrez qu'il est essentiel d'être toujours concentré et de contrôler son corps. Le fleuret pourrait être comparé à un jeu d'échecs qui se jouerait à toute vitesse. Les tactiques sont basées sur l'observation et l'analyse de l'adversaire. Il faut être capable de faire les bons choix aux bons moments.

Sirena fut assaillie par un sentiment de panique. Stephan était si près d'elle qu'elle aurait facilement pu lui trancher la gorge.

— Stephan, je n'arriverai jamais à apprendre ce sport, mentit-elle. Je suis une femme.

A nouveau, il ne répondit pas et poursuivit son monologue :

— La courtoisie fait partie intégrante de cette activité. Chaque combat est précédé d'un salut à l'adversaire. Chaque escrimeur, qu'il soit bon ou médiocre, a toujours quelque chose à apprendre de son adversaire. Personne ne doit jamais prendre sa victoire pour argent comptant. Mon maître disait que l'escrime est l'école de l'humilité, mais je ne suis pas tout à fait d'accord avec cette vision des choses. Au début, vous aurez certainement des courbatures à l'avant-bras et dans les cuisses, mais à force de pratiquer, tous vos muscles vont se détendre et ces tracas disparaîtront.

— Stephan... je...

— Touchez mon épée avec la vôtre et dites « En garde ! »

— Mais Stephan, protesta Sirena, n'est-il pas nécessaire de porter des protections ?

— Vous n'avez pas besoin d'avoir peur, ma chérie. Je ne vous ferai pas de mal et du fait de votre manque d'expérience, il n'y a vraiment aucun risque pour que vous me touchiez. Nous allons faire quelques exercices pour parer les coups et lancer des assauts, et ensuite nous nous reposerons.

Durant l'heure suivante, Sirena manipula l'épée maladroitement sous le regard amusé de Stephan. Elle était curieuse de savoir où il voulait en venir.

— Comprenez-vous ce que j'entends par parfaite coordination ? dit Stephan en riant.

Il souleva sa chemise de nuit de la pointe de l'épée, dénudant la pointe rose de ses seins.

— Si vous vouliez voir mon corps, vous auriez pu venir dans ma chambre au lieu de jouer à ce jeu du chat et de la souris.

En un mouvement, la pointe de l'épée de Stephan se posa sur le cou de Sirena.

— Si j'étais vous, ma chère, je ne bougerais pas et je ne parlerais pas non plus. Je sais très bien que je peux voir votre corps quand je le désire. Vous êtes ici parce que j'en ai décidé ainsi. Et vous allez m'obéir en tout. Me suis-je bien fait comprendre? (Il descendit la pointe de la lame sur sa poitrine.) Répondez-moi Sirena, vous m'avez bien compris?

— Oui, je vous ai parfaitement compris, acquiesça Sirena d'une voix calme et glaciale en baissant les yeux.

— Vous pouvez regagner votre chambre maintenant, ma chère. A moins que vous ne préfériez me rejoindre dans la mienne. Ah, je vois au dégoût que je lis dans vos yeux que vous n'en éprouvez pas le désir.

Il haussa les épaules, leva son épée et, à la stupéfaction de Sirena, trancha sa chemise de nuit, découvrant entièrement ses seins.

— Vous voyez, ma chère, je suis maître dans mon art. Je n'ai pas fait couler une seule goutte de sang. Vous aurez juste une petite éraflure qui disparaîtra sous peu. Bonne nuit, Sirena, dit-il en tournant les talons.

— Bâtard! murmura Sirena en quittant la pièce à son tour.

Caleb traversa la foule de la salle de jeu et remarqua que son père le regardait. Regan lui fit un signe pour qu'il vînt saluer le capitaine Dykstra. Caleb but un verre avec eux. D'une voix posée, il expliqua comment Stephan s'y était pris et l'avertissement que lui et Farrington lui avaient adressé.

— Je sais qu'il s'agit du père de Camilla, mais je ne pouvais pas le laisser continuer ainsi. Nous ne voulons pas entacher notre réputation, vous comprenez? La question que je me pose est de savoir si je dois avertir Sirena. C'est le genre d'hommes à se mettre dans des situations délicates et peut-être vaudrait-il mieux qu'elle en soit prévenue. En plus de cela, il a dépensé des sommes considérables et je suis persuadé que c'est avec l'argent de Sirena qu'il se montre aussi généreux. Qu'en pensez-vous ?

— Je pense qu'il faut l'informer, mais j'imagine qu'elle s'est déjà rendu compte de l'effet que Stephan a sur ses finances. Mais ce n'est pas à moi de te dire ce que tu dois faire, Caleb, tu es en âge de prendre tes propres décisions. En fait, si je suis venu te voir ce soir, c'est pour parler affaires. As-tu du temps ou préfères-tu que je revienne demain matin ?

Caleb jeta un regard autour de lui.

— Parlons-en maintenant. Lord Farrington a la situation bien en main. De quoi s'agit-il ? demanda-t-il en sentant son cœur battre dans sa poitrine.

Regan, sans aucun doute, n'était pas au courant des après-midi que Camilla passait avec lui, puisqu'il souhaitait discuter « affaires ».

— J'aimerais investir dans ton entreprise. Le capitaine Dykstra m'a apporté les bénéfices de la vente de la récolte de muscade à Java. Et je n'ai pas envie de laisser un penny de plus dans mon entreprise de malheur. Quels que soient les termes du contrat que tu définiras, je suis prêt à y souscrire. Dois-tu en parler avec Aubrey Farrington ou pouvons-nous traiter entre nous ?

— Je préfère que cela reste entre nous, répondit Caleb. Ça fera partie de mes actions. (Comment pouvait-il refuser ? Cela lui était impossible, à cause de la culpabilité qu'il éprouvait au sujet de Camilla.) Je suis d'accord à la condition que l'accord stipule que je puisse être le seul à pouvoir racheter cette participation.

Regan sourit : son fils était devenu un homme d'affaires aguerri et il était fier de lui.

— Cela va de soi ! Grâce à ton bateau, je vais pouvoir disposer de liquidités. Je dois t'avouer que je suis pratiquement ruiné.

— Ce n'est pourtant pas la faute de Sirena, ne put s'empêcher de répliquer Caleb. (Il prit plaisir à voir les yeux blessés de Regan.) J'accepte. Je vous communiquerai notre chiffre d'affaires après la fermeture. J'informerai Aubrey, cela me semble normal, et je passerai à vos bureaux demain matin avant d'aller rendre visite à Sirena.

— Parfait. Autre chose, Caleb : Dykstra aimerait bien... enfin...

Caleb éclata de rire et montra une femme du doigt.

— Cela fait un moment qu'elle attend quelqu'un comme vous. Dites-lui de vous servir un verre sur le compte de la maison.

Dykstra se précipita vers une voluptueuse serveuse qui l'accueillit avec un large sourire.

— Maintenant que Dykstra a quelqu'un pour s'occuper de lui, je vais rentrer. Mon épouse m'attend, précisa Regan en riant. Veille sur Dykstra et dis-lui de me rejoindre demain à mon bureau.

Il donna une grande tape dans le dos de Caleb et partit.

Caleb avait les yeux d'un homme torturé. Que ferait Regan s'il découvrait que lui et Camilla... Il eut du mal à avaler sa salive et commença sa ronde, s'arrêtant à chaque table, acceptant et refusant un verre de temps à autre.

Il finit par se retrouver près de Lord Farrington. Il entraîna Aubrey dans un coin et lui expliqua rapidement qu'il avait accepté la proposition de Regan.

Farrington prit mal la nouvelle. Une lueur de colère brillait dans ses yeux et il semblait tendu.

— C'est mon père et il s'agit de mes actions, reprit Caleb. Cela n'aura aucune incidence sur vos bénéfices. Cela risque même au contraire de les augmenter car nous disposerons d'un capital plus important.

— Et vous récompense-t-il en vous prêtant sa femme ? marmonna Aubrey pour lui-même en observant Caleb s'éloigner. J'aimerais bien le savoir...

Wren traversa la pelouse en fredonnant. Une belle journée commençait : le soleil transformait les fleurs de Jacobus en un kaléidoscope de couleurs. Sa longue et jolie robe jaune-orangé était de la même teinte que les soucis du jardin et mettait en valeur ses boucles brillantes et ses immenses yeux bruns.

Wren avait retiré ses bas et ses chaussures en prenant soin de vérifier que Frau Holtz, qui s'évertuait à lui enseigner les bonnes manières, ne rôdait pas dans les parages. La fillette aimait sentir la rosée du matin entre ses doigts de pied et le sol spongieux sous son petit corps.

Elle chercha Jacobus, espérant qu'il la laisserait l'aider à couper des fleurs pour la maison. Le vieil homme n'étant pas là, Wren songea qu'il s'était certainement attardé devant une tasse de café auprès de Frau Holtz. Et tant mieux, pensa l'enfant, heureuse d'avoir le jardin pour elle toute seule. C'était son petit paradis privé. Dans son esprit, ce lieu était aussi vaste que le St. James Park et deux fois plus beau.

Chantonnant un air et s'arrêtant de temps à autre pour caresser le velours d'un pétale ou encore humer la senteur d'une haie de roses, elle ne remarqua pas la silhouette grise qui prenait un chemin parallèle au sien. Arrivée au bout de la haie où les deux sentiers se croisaient, elle tomba nez à nez avec Stephan.

Sa première impulsion fut de courir, courir aussi vite que ses petites jambes le lui permettraient. Mais la main de Stephan se resserra sur sa frêle épaule. Elle fut saisie de panique et se souvint de la scène qui s'était déroulée dans la salle à manger, il n'y avait pas si longtemps de cela. Elle sentit l'écho de son cœur battre dans ses oreilles.

— Une si jolie petite fille dans un si joli jardin, murmura Stephan doucement.

Wren était désormais persuadée que le maître l'avait suivie et avait marché sur la pelouse pour qu'elle ne l'entendît pas.

Stephan leva son menton pour croiser son regard, mais Wren garda obstinément les yeux baissés.

— Je te fais peur, mon enfant? Tu ne devrais pourtant avoir aucune crainte. J'ai déjà eu une petite fille comme toi, maintenant elle est devenue une dame et elle est mariée. Elle s'appelle Camilla.

Wren n'avait jamais entendu son maître mentionner sa fille et devint curieuse:

— Elle était jolie et portait des jolies robes? demanda-t-elle d'une petite voix aiguë qui sembla plaire au maître.

— Oui, elle avait une robe exactement comme la tienne, dit-il en palpant la manche de mousseline du vêtement de Wren. C'était une gentille petite fille, ma Camilla. Et toi, Wren, es-tu une gentille petite fille?

Le visage de la fillette s'empourpra.

— Non, sir, je ne suis pas gentille.

Stephan parut amusé.

— Et pourquoi donc? N'as-tu donc pas tout ce qu'un enfant peut souhaiter?

Wren haussa les épaules d'un geste d'impuissance. Le maître ne lui avait jamais parlé sur ce ton et elle ne savait pas comment réagir. Il semblait différent. Il ne lui faisait pas peur, cette fois-ci. Sa voix était si douce; elle espérait qu'il lui en raconterait davantage sur Camilla.

— C'est parce que je t'ai dit que tu étais maladroite et méchante que tu penses que tu n'es pas une gentille petite fille? Ce jour-là, j'étais en colère. Je ne voulais pas te causer de la peine. Je m'excuse même d'avoir renversé mon assiette sur toi. Tu es contente maintenant?

Sa main avait remonté le long de la manche de Wren jusqu'au cou, et désormais il passait ses doigts sur la peau douce de sa nuque.

Wren secoua la tête.

— Non ce n'est pas pour ça. Regardez, repritelle en montrant ses pieds nus, j'ai retiré mes bas et mes chaussures. Frau Holtz m'a dit qu'une miss bien élevée ne marche pas pieds nus. Mais j'aime tellement bien sentir la rosée sur mes orteils et au moins je n'abîmerai pas mes chaussures.

— Je comprends, répondit Stephan en regardant ses petits pieds potelés et roses. Frau Holtz a raison.

Il semblait ne pas pouvoir détacher les yeux de ses pieds. Wren les cacha sous sa robe, gênée. Pendant toute sa vie, elle avait arpenté les rues de Londres sans chaussures ni bas, mais personne n'avait jamais contemplé ses pieds ainsi.

— Où as-tu mis tes affaires? demanda-t-il. (Wren montra le début du sentier.) Sois gentille, cours les chercher. Je t'aiderai à les mettre. J'ai toujours aidé ma Camilla à mettre ses chaussures quand elle était petite, ajouta-t-il, remarquant une lueur d'intérêt dans les yeux de l'enfant à chaque fois qu'il mentionnait Camilla.

Wren hésita mais comme le maître insistait, elle courut au bout du chemin en bordure de la pelouse. Elle revint immédiatement avec ses souliers et ses bas blancs en fil d'Ecosse.

— Je sais les mettre toute seule, déclara-t-elle, très fière. Ça m'a pris une semaine pour apprendre à les lacer mais maintenant je peux le faire même les yeux fermés!

— J'avais l'habitude d'aider ma petite fille. Quand elle est devenue grande, elle n'a plus eu besoin de moi. C'est triste pour un père que sa fille n'ait plus besoin de lui. Est-ce que je t'ai raconté la première fois où Camilla a été invitée à une fête? Elle ne savait pas quelle robe porter. Comme sa mère était morte, c'est moi qui l'ai aidée à choisir...

Tout en parlant, il l'entraîna vers le banc au bout du sentier. Il appuya doucement sur son épaule pour qu'elle s'assît. Il lui raconta la première sortie de Camilla.

Hypnotisée par sa voix suave et captivée par l'histoire, Wren ne protesta pas lorsqu'il lui prit un des bas de sa main et le glissa sur son pied. Le maître soutenait son regard et poursuivait son récit, tout en promenant ses doigts sur sa jambe. Mais alors qu'elle le regardait, quelque chose devint évident sur le visage de Stephan. Le maître semblait avoir un problème avec sa bouche ; il ne cessait de passer sa langue sur ses lèvres. Soudain, il sembla avoir des difficultés avec le bas. Ses doigts vagabondaient le long de ses jambes. En un instant, il avait remonté la jupe de la fillette en haut des genoux et ses doigts caressaient la peau douce de ses cuisses.

Wren le fixa en fronçant les sourcils. Elle n'entendait plus ses paroles. La voix du maître était devenue grave et il trébuchait sur les mots. Elle eut soudain la chair de poule.

Elle se rappela d'un jour où elle dormait dans une allée quand un couple était arrivé près d'elle. Ils l'avaient réveillée mais elle avait eu la sagesse de ne pas faire de bruit. La femme était appuyée sur un mur et l'homme baladait sa main sur son corps.

Dans l'obscurité, Wren avait vu l'homme s'appuyer contre sa compagne et avait entendu sa respiration s'accélérer et devenir rauque. A la lueur de la lune, elle avait remarqué une étrange expression sur son visage, cette même expression qu'elle lisait maintenant sur le visage du maître.

Juste au moment où les doigts de Stephan s'aventuraient en haut de ses cuisses, Wren sauta du banc et partit en courant vers la maison. Elle n'avait pas fait dix mètres que Langdon l'attrapait par les cheveux.

— Petite idiote, reviens par ici !

— Non ! hurla Wren, terrorisée.

En un éclair, elle réussit à le déséquilibrer. Après avoir tenté de s'accrocher aux cheveux de Wren, Stephan tomba sur le sol.

Sans se retourner, la fillette s'élança vers la maison, laissant derrière elle ses chaussures et ses bas. Elle se moquait bien des remontrances de Frau Holtz. Comme elle aurait voulu entendre la voix de la gouvernante et sentir ses bras protecteurs autour d'elle. Mais quand Wren atteignit la cuisine, elle était introuvable. Alors l'enfant monta l'escalier jusqu'à sa chambre en frissonnant de dégoût.

24

Au fil des jours, Frau Holtz devenait de plus en plus attachée à la fillette. La nuit, elle conduisait l'enfant au lit et lui racontait de merveilleuses histoires.

— Frau Holtz, pouvez-vous encore me dire l'histoire de la Sirène des mers ? C'est ma préférée. Je ne veux pas vous blesser, mais cela fait sept fois que vous me racontez comment vous avez planté les muscadiers. Vous croyez qu'un jour je ressemblerai à la Sirène ? Je me demande bien où elle est maintenant. Vous pensez qu'elle est heureuse ?

— Non, mon petit, je ne pense pas qu'elle soit heureuse où elle vit maintenant. La Sirène des mers aimait un homme mais il ne l'aimait pas en retour.

— Que va-t-il lui arriver, Frau Holtz ? s'inquiéta Wren, toute triste.

— Dieu seul le sait, mon enfant...

— Elle doit être si jolie. Et l'homme qu'elle aimait, il doit être beau. Et votre bon Dieu, comment se fait-il qu'il n'aide pas la Sirène des mers ?

— Peut-être Dieu aide-t-il ceux qui s'aident eux-mêmes, ma chérie, répliqua la vieille femme en serrant l'enfant contre elle pour qu'elle ne vît pas ses larmes. Allez, c'est l'heure de dormir, dit-elle en tapotant son dos et en l'allongeant sur l'oreiller. Tu verras, un jour tu seras aussi belle que la Sirène des mers. Tu as déjà de bonnes joues et tes cheveux brillent comme tes yeux. Quand tu seras grande, tu rencontreras un homme comme celui que la Sirène des mers aimait. Mais toi, tu auras plus de chance, *ja*, car il t'aimera aussi.

— Oh j'espère ! cria Wren en passant ses bras autour du cou de Frau Holtz. J'espère que je vais rêver de la Sirène. Chaque fois que j'en rêve, elle devient plus jolie. Comme mademoiselle. Bonne nuit, Frau Holtz, et merci pour le lait chaud.

Elle s'engouffra sous les couvertures, murmura quelques prières que Frau Holtz lui avait apprises et s'endormit presque aussitôt.

Des heures plus tard, tandis que l'enfant dormait, une ombre se faufila dans la chambre. La silhouette se déplaça furtivement et tira l'épais rideau pour empêcher la lumière de la lune de filtrer dans la pièce. A pas de loup, la forme s'approcha du lit et souleva les couvertures tout doucement.

Un sourire sensuel traversa le visage de l'homme qui regardait l'enfant fixement. Il se mit à genoux et prit le petit corps dans ses bras, ce qui la réveilla. Il posa prestement sa main sur la bouche de la fillette.

— Chut ! Tais-toi, tu as compris ?

Les yeux écarquillés de peur, Wren tenta de le repousser et se débattit, mais en vain. Elle le détestait plus que tout au monde. Il était si fort, si fort. Il rit tout bas d'un air menaçant.

Il pressa sa bouche contre la sienne. Il caressa ses jambes minces et essaya de les ouvrir pour y glisser ses mains. Elle aurait voulu mourir quand elle sentit sa langue contre la sienne. Elle cria et tenta de se libérer en lui donnant des coups de pied. Alors il la lâcha et elle lui échappa.

— Je te préviens, tu n'as pas intérêt à en parler à qui que ce soit. Un mot et Frau Holtz perdra son travail et ta précieuse mademoiselle sera estropiée, menaça-t-il avant de s'éclipser à pas de velours.

Wren eut des haut-le-cœur et alla vomir dans le vase de nuit. Ses épaules et ses bras tremblaient. Elle avait vécu suffisamment de temps dans la rue pour deviner qu'il n'en resterait pas là. Elle avait envie de courir se jeter dans les bras de mademoiselle et de tout lui raconter. Mais elle ne le pouvait pas.

Pendant un moment, elle pensa se sauver. Mais Frau Holtz et Sirena en souffriraient trop... Elle pouvait peut-être demander d'avoir un verrou sur sa porte. Serrant ses jambes sous son menton, la fillette réfléchissait. Frau Holtz voudrait savoir pourquoi elle souhaitait s'enfermer. Que dirait-elle alors ? Qu'elle avait peur des fantômes ? Au fond d'elle-même, elle savait de toute façon que ce n'était pas cela qui arrêterait le maître...

Le lendemain matin, Caleb conduisit le capitaine Dykstra, l'œil glauque mais satisfait, jusqu'au bureau de Regan. Il adressa un clin d'œil à son père et désigna Dykstra.

— Il ne pourra jamais dire que je n'ai pas fait preuve d'hospitalité !

— Pour sûr, pour sûr, acquiesça Dykstra avec un sourire béat.

— Voici, dit Caleb en tendant une feuille à Regan. J'ai établi un contrat à l'amiable. Si vous n'avez pas de rectifications à faire, signez-le et investissez dans ce bateau. J'en ai parlé à Lord Farrington qui s'est montré peu enthousiaste mais il n'avait pas le choix. Avec l'argent que vous allez apporter, nous équiperons l'arrière du navire et nous augmenterons le nombre de nos clients.

Plus tard, Caleb alla sonner à la porte de Sirena et fut surpris qu'elle vînt ouvrir elle-même. Quand elle le vit, son visage s'éclaira et elle le serra chaleureusement dans ses bras.

— Comme c'est gentil d'être venu. (Puis son visage s'assombrit.) Quelque chose ne va pas ?

— Tout va bien, Sirena. Y a-t-il un endroit où nous puissions discuter sans être dérangés ?

Sirena fronça les sourcils et le fit entrer dans la bibliothèque. Elle ferma la porte derrière eux.

Caleb en vint aussitôt au fait :

— Ton mari perd de grosses sommes d'argent, je le soupçonne de dilapider ta fortune. La nuit dernière, je l'ai surpris en train de tricher. Je l'ai discrètement entraîné sur le ponton et avec l'aide de Lord Farrington, je l'ai mis en face de la réalité. Au lieu d'être effrayé par nos menaces, il est devenu agressif. Je suis venu te demander si tu souhaitais qu'il soit admis à bord. Je suis persuadé qu'il continuera à utiliser ses méthodes douteuses. Cela pourrait mal finir, je serai peut-être amené à prendre des mesures radicales contre lui.

— Je ne peux rien y faire, Caleb. Laisse-le agir ainsi. Leurs satanées lois anglaises ne conviennent pas à des gens comme moi. Je serais tellement heureuse que quelqu'un provoque Stephan en duel et le tue ! Mais je suis très contente que tu sois venu me voir. J'ai beau ne pas apprécier ce que tu as fait du *Rana*, un cadeau est un cadeau et je te souhaite bonne chance. Je t'aime beaucoup, Caleb, et ce qui te rend heureux me rend heureuse.

Les portes de la bibliothèque s'ouvrirent alors, et Frau Holtz et Wren apparurent dans l'embrasure. Les yeux de la gouvernante s'éclairèrent lorsqu'elle aperçut Caleb. Elle le serra contre sa poitrine.

Sirena jeta un regard à Wren dont les yeux incrédules étaient aussi grands que des soucoupes.

— Viens par ici, Wren, voici quelqu'un que je désire te présenter. C'est un ami très cher, il vient des îles des Epices comme moi. Il s'appelle Caleb et c'est le fils du Mijnheer Van der Rhys.

— Nous sommes juste venues vous montrer la nouvelle robe de Wren, expliqua Frau Holtz à Sirena. Le rose lui va bien, non ?

Oubliant son vêtement, Wren regardait Caleb fixement. Elle s'approcha de lui et demanda :

— Vous connaissez l'histoire de la Sirène des mers ?

Ses yeux d'ambre brillaient comme des chandelles. Caleb se mit à rire, découvrant deux rangées de dents brillantes.

— Je la connais très bien. C'était une très belle femme. (Il fit un pas en avant et se mit à genoux.) Je pense qu'elle était presque aussi belle que toi, dit-il en prenant sa main et en la baisant.

Elle parla d'un ton posé, qui étonna Frau Holtz et Sirena :

— J'espère que l'homme que la Sirène des mers aimait vous ressemble.

Caleb jeta un regard sur Sirena puis murmura à la petite fille :

— Je l'espère. Je serais fier d'être aimé par quelqu'un comme la Sirène des mers.

— Quand je serai grande, reprit Wren avec un petit rire, je ressemblerai à la Sirène des mers... alors je pourrai... (Elle hésita...) Vous attendrez que je sois devenue grande ?

Caleb éclata de rire.

— Ça se pourrait bien !

— Wren est ma protégée, expliqua Sirena en passant son bras autour des épaules de la fillette. Elle ira bientôt à l'école et quand elle aura terminé ses études, elle sera devenue une vraie jeune femme.

Wren n'arrivait pas à détourner son regard de Caleb, et le jeune homme semblait partager cette fascination.

— C'est l'heure des leçons de Wren, Frau Holtz, dit Sirena. Je souhaiterais parler à Caleb en tête à tête pendant un instant.

— *Ja*, les leçons, murmura Frau Holtz, entraînant Wren malgré elle.

— Caleb, peux-tu rester déjeuner avec moi? Cela fait si longtemps que nous n'avons pas eu l'occasion de discuter ensemble.

— Je peux rester encore un peu, mais je suis obligé de refuser ton invitation. Savais-tu que le capitaine Dykstra était là? Regan l'a amené au bateau hier soir. Assieds-toi, il faut que je te dise quelque chose.

Sirena le sentit tendu.

— J'imaginais bien que tu n'avais pas fait tout ce chemin pour me parler de Stephan. Tu n'avais pas besoin de mon avis. Je ne suis pas une idiote, Caleb.

— Cela ne fait aucun doute. C'est la raison pour laquelle je suis là aujourd'hui...

— Parle, Caleb...

— Comme je te l'ai dit, mon père est monté à bord du bateau la nuit dernière. Il m'a dit que son entreprise s'effondrait et qu'il était dans une situation délicate.

— Comment est-ce possible? s'étonna Sirena. (Elle se mit à rire.) Et qu'est-ce qui te fait penser que ses affaires m'intéressent?

— Inutile de prétendre le contraire, Sirena, tu es ravie de savoir que Regan est au bord de la faillite. L'argent qu'il t'a dérobé ne lui a pas porté chance et cela n'est pas pour te déplaire. Une fois de plus, tu as gagné. S'agit-il d'une victoire amère ou sucrée ?

Sirena se pencha en avant et regarda Caleb droit dans les yeux.

— Tu as bien retenu mes leçons, petit frère. Crois ce que tu veux : j'aime Regan et je l'aimerai toujours. Sans lui, je suis l'ombre de moi-même. Je l'ai perdu et il ne me reste rien que l'humiliation et l'amertume. Maintenant, dis-moi pourquoi tu es venu me voir.

— Pour t'annoncer que j'ai autorisé père à acheter des parts de mon bateau. J'ai signé le contrat ce matin. (Il leva les yeux vers elle en redoutant sa colère, mais ce fut de la tristesse qu'il lut sur son visage.) J'estimais que je devais te prévenir. Je voulais que tu l'apprennes de ma bouche et de nulle autre. Et encore moins de ton... Stephan.

— Il est temps que tu partes, décida Sirena en se dirigeant vers la porte.

— Dis-moi que tu comprends, Sirena, l'implora-t-il.

— Je comprends que tu es en train de faire ce que tu avais juré de ne pas faire : tu choisis ton camp. Je ne crois pas que je pourrai te le pardonner. Tu t'es compromis et je devine pourquoi. C'est à cause de Camilla. (Il était sur le point de nier cette accusation mais elle leva la main pour l'arrêter.) Je vous ai vus tous les deux le soir de l'ouverture. Tu as couché avec elle, n'est-ce pas ?

Caleb était abasourdi et ses mâchoires tremblaient légèrement. Il était soudain redevenu un petit garçon. Il tenta de se justifier mais Sirena à nouveau lui fit signe de se taire.

— J'ai toujours pensé que nous étions liés l'un à l'autre par la corde invisible de ces jours où ensemble nous avons risqué notre vie. Mais je vous ai sous-estimés, Regan et toi, et aujourd'hui je ne sais pas lequel m'a fait le plus de mal. J'en ai soupé, des Van der Rhys. Au revoir, Caleb, et bonne chance !

Elle tourna les talons et monta dans sa chambre. Des larmes coulaient le long de ses joues. Elle avait l'impression qu'on lui avait volé une partie de son cœur.

Une heure avant le retour supposé de Stephan, Sirena alla trouver Frau Holtz à la cuisine.

— Je veux avoir quitté cette maison d'ici quinze jours, déclara-t-elle, résolue. Allez chercher Jacobus, qu'il prévienne l'équipage. Petit à petit, pour que personne ne s'en rende compte, je veux qu'il fasse transporter nos affaires sur le bateau. Qu'il le fasse de nuit si cela est nécessaire, nous ne devons pas éveiller les soupçons de Stephan. Nous rentrons à Batavia. Je vous laisserai tout à l'heure un message que Wren ira porter à Tyler quand Stephan sera parti à l'académie. Pouvez-vous garder le secret ?

— *Ja*, Mevrouw, faites-moi confiance. Et l'enfant ? Elle viendra avec nous ? demanda Frau Holtz, inquiète.

— Bien sûr. Il n'y a personne d'autre pour veiller sur elle. Vous vous installerez tous à Batavia.

La gouvernante s'agita :

— Et vous Mevrouw, où irez-vous ?

— J'ai envie de visiter l'Amérique. Ou bien je naviguerai jusqu'à trouver un endroit qui me plaise. Je n'ai plus aucune racine, Frau Holtz.

— Le Mijnheer, et le Mijnheer ?

— Quoi, le Mijnheer ? rétorqua-t-elle, agacée. Cette période de ma vie est révolue, c'était déjà fini à Batavia. J'ai agi comme une idiote. Mais lorsqu'une chose est terminée, elle est terminée. J'aurais dû m'en apercevoir avant. Regan ne m'appartient pas, Caleb non plus. Je suis seule. Le père et le fils viennent de sceller une alliance et il n'y a pas de place pour moi dans leurs vies. Les seules personnes qu'il me reste c'est vous, Wren et l'équipage.

25

Stephan, d'humeur joviale, parla sans arrêt pendant tout le déjeuner. Sirena n'en avait cure, écoutant sa voix monotone d'une oreille distraite. Elle tentait de se montrer amicale envers lui depuis qu'il la laissait tranquille.

— Quels sont vos projets pour les jours à venir, Sirena ? demanda-t-il en mordillant sa côte d'agneau.

— Comment pourrais-je avoir des projets, Stephan ? Cela fait des semaines que je n'ai pas quitté la maison.

Sa voix, qu'elle s'efforçait de garder neutre, était teintée de mépris.

— Alors vous n'avez rien de prévu, très bien.

Je vais nous organiser une petite sortie, vous devrez être prête dans une demi-heure.

— Dites-moi où nous allons pour que je m'habille en conséquence.

— Ce que vous portez ira très bien, ma chérie, répliqua-t-il de sa voix doucereuse. Le trajet ne sera pas long.

— Ce ne sera pas possible aujourd'hui, mon chéri, expliqua-t-elle en prenant un ton affecté. J'ai une violente migraine.

Stephan lança ses couverts sur une assiette en porcelaine chinoise qui éclata en mille morceaux.

— J'ai dit que je vous attendais dans une demi-heure! Vous n'avez pas le choix, Sirena. Allez vous préparer!

Sirena l'observa: ses mâchoires étaient contractées et ses lèvres pincées. Dieu, combien elle haïssait cet homme!

— Et moi, je vous ai dit que je n'avais pas envie de venir!

Stephan détourna le regard et continua à manger. Mais elle savait qu'il ne s'arrêterait pas là.

— Sirena, ma chérie, j'ai cherché ma montre en or ce matin et je ne l'ai pas trouvée. Avez-vous remarqué si dans votre coffre à bijoux il vous manquait également des objets de valeur? Depuis combien de temps votre stoïque Frau Holtz travaille-t-elle pour vous?

Sirena pâlit soudain. Non, il n'irait pas jusque-là! Ce ne serait pas la première fois qu'un employeur accusait un domestique de vol et l'envoyait en prison.

— Votre stratagème ne fonctionnera pas,

Stephan. Je serais prête à jurer de l'innocence de Frau Holtz. Votre accusation est infondée.

— Ah ma chérie, les femmes sont si loyales et sentimentales. La cour verrait au premier coup d'œil que vous seriez prête à pardonner n'importe quoi à vos domestiques. Mais je crains bien que le système judiciaire ne soit pas basé sur la sentimentalité et, en tant que maître de cette maison, ce sont mes paroles qui seraient entendues.

Sirena se leva brutalement de sa chaise. Dieu soit loué, elle n'avait plus que deux semaines à endurer cette vie d'aliénée. A ce moment-là, l'*Esprit des Mers* serait prêt à partir pour Batavia.

— Où allez-vous, ma chérie ? Vous n'avez pas fini votre déjeuner ?

— Je vais me préparer comme vous me l'avez demandé, rétorqua-t-elle vivement en lui décochant un regard glacial.

Dans le fiacre, Sirena regardait par la fenêtre en silence. Ce n'était pas Jacobus qui conduisait la voiture mais le cocher personnel de Stephan, tandis que Rathbone jouait le rôle de valet de pied. C'était le début de l'été et les Londoniens profitaient du beau temps. Les rues étaient encore plus animées que d'habitude et on entendait les airs entraînants des musiciens par les portes ouvertes des pubs.

La voiture suivait la route qui permettait de s'éloigner du cœur de la cité. Sirena se demandait où Stephan la conduisait. Il avait donné ses instructions au cocher après qu'elle se fut installée sur la banquette et leur destination demeurait encore un mystère pour elle. Après avoir laissé derrière eux Charing Cross, ils longèrent Pall Mall puis Whetstone Park puis empruntèrent High Holborn. Le conducteur tourna brusquement à gauche vers Gray's Inn Lane. Sirena dévisagea Stephan, interloquée. Ils étaient presque en dehors de la ville.

— Si vous vous demandez où nous sommes, ma chérie, nous approchons de Clerkenwell Green.

Il observa attentivement sa réaction pour voir si ce nom lui évoquait quelque chose. Voyant que non, Stephan sourit.

L'équipage s'arrêta devant les portes d'un bâtiment gris. Il y avait une pancarte sur les grilles : Hôpital Royal de Bethléem. Tandis que la voiture s'engouffrait sous l'arche, Sirena tendit le cou afin de lire l'écriteau. Puis elle se retourna vers Stephan qui affichait un sourire amusé. Elle était horrifiée, terrifiée. Bedlam !

Elle se leva soudain, se cognant contre le toit du fiacre. Elle le frappa, elle aurait voulu lui crever les yeux.

Stephan se défendit en attrapant Sirena et lui tordit le bras, la forçant ainsi à rester assise.

— Contrôlez-vous, ma chérie. Sinon, ils vous prendront pour une folle et vous enfermeront dans une cage.

— Laissez-moi partir. Vous êtes un démon !

— Contrôlez-vous, ordonna-t-il. Nous sommes venus faire une petite visite. Rien de plus, je vous le promets. Je viens souvent ici l'après-midi me promener, c'est une distraction qui ne coûte pas cher. C'est la mode à Londres, ne le saviez-vous pas ? Un demi-penny pour l'entrée dans un autre monde, conclut-il avec un rire cruel.

Le véhicule s'arrêta devant de lourdes portes en fer et, quand ils entrèrent dans l'enceinte, Sirena remarqua que le seul loquet se trouvait à l'extérieur. Un garde vint les accueillir et sourit à Stephan qu'il sembla reconnaître. Alors c'était donc vrai : ce monstre venait se distraire en assistant au spectacle de la plus grande misère humaine...

Stephan sortit un mouchoir de lin de sa poche qu'il mit contre son nez, puis il tendit plusieurs pièces au gardien.

L'odeur était putride et Sirena fut assaillie par la puanteur des fruits pourris et des excréments. Au bout du passage sombre dans lequel Stephan l'entraîna, l'odeur devenait plus fétide à chaque pas. Le garde s'arrêta, releva le col de sa chemise sur sa bouche et ses narines. Quand il vit l'expression de Sirena, il rit bruyamment.

— Vous vous habituerez vite, ne vous inquiétez pas...

Alors qu'ils descendaient dans les entrailles de Bedlam, les histoires que l'on racontait à son sujet lui revinrent en mémoire. Elle avait entendu dire que si les fous devenaient trop calmes et se repliaient sur eux-mêmes, les gardiens les taquinaient, les affamaient, les battaient, les violaient jusqu'à ce qu'ils sortent de leur léthargie. Car il fallait qu'ils soient dans un état tourmenté pour satisfaire la foule des spectateurs, paysans et nobles.

Tandis que Stephan la tenait fermement par le bras, Sirena commença à croire toutes ces rumeurs courant sur Bedlam. Elle entendit les hurlements et les gémissements des patients. Les grognements, les grondements, les divagations, les délires étaient insupportables, mais le pire sans doute était ces cellules dans lesquelles régnait un silence de mort. Les pauvres créatures semblaient contaminées par leur propre saleté. On aurait dit des coquilles vides d'êtres humains, comme si leur personnalité avait à jamais disparu.

Les odeurs devenaient encore plus âcres et horribles. La puanteur piquait les narines ; Sirena faillit s'étouffer.

— Cela vous plaît-il, ma chérie ? (Pas de réponse.) Personne n'aime cela au début mais certains s'y font très bien. A condition bien sûr que quelqu'un à l'extérieur donne un pourboire aux gardiens pour qu'ils veillent sur eux.

Sirena demeurait silencieuse. Elle ferma un instant les yeux pour ne plus voir les cages disposées de chaque côté.

Stephan tourna alors sur la droite, l'entraînant avec lui.

— Par ici, Sirena, il y a quelque chose que je souhaiterais vous montrer.

Au bout du couloir, ils passèrent deux portes blindées qu'un gardien leur ouvrit, et se retrouvèrent dans une pièce très haute de plafond, meublée de drôles d'objets. Au premier abord, Sirena ne comprit pas ce dont il s'agissait. Mais lorsque Stephan désigna du doigt plusieurs d'entre eux — des sangles en cuir, des menottes, une camisole de force et des seaux —, elle en eut des haut-le-cœur...

Un fauteuil solide et bas était équipé de menottes et de lanières pour attacher la victime. Fort heureusement, on ne se servait plus de ces instruments de torture, mais à la manière dont

Stephan les décrivait, Sirena se rendit compte qu'il avait déjà dû les voir utiliser.

Incapable de supporter l'endroit un instant de plus, Sirena implora :

— Pouvons-nous partir maintenant ?

— Partir ? répéta Stephan en retirant sa montre de son gilet. Oui, c'est l'heure de partir. Gardien !

Soulagée, Sirena resta près de Stephan et tenta de lui faire accélérer le pas.

— Il y a quelque chose d'autre qui, je pense, vous intéressera. C'est par ici, dit-il en la tirant par le bras. Venez !

Sirena le suivit, espérant que si elle se montrait docile, il la ferait sortir de ce lieu plus rapidement. Ils s'arrêtèrent devant une cellule obscure, tandis que Stephan annonçait :

— C'est ici que la première Lady Langdon a fini ses jours.

Il la fixait de ses yeux perçants, guettant sa réaction.

Soudain il attrapa ses poignets, et les tint fermement. Avant qu'elle comprît ce qui lui arrivait, la clef du gardien résonna contre les grilles de la cellule.

— Stephan ! Non, Stephan, vous ne pouvez pas ! Stephan ! Je vous en prie ! hurla-t-elle.

Ses cris résonnèrent sur les murs de Bedlam. Ils réveillèrent les prisonniers qui firent écho à ses hurlements.

— C'est de la folie, Stephan !

Des mains rudes la renvoyèrent dans l'obscurité au fond de la cellule et elle entendit la porte claquer. La dernière chose qu'elle aperçut fut le visage satisfait de Stephan...

Elle entendit un froissement sur une natte en paille qui se trouvait dans un coin du cachot. Et quand ses yeux se furent accoutumés à l'obscurité, elle constata qu'elle avait été placée avec trois autres prisonnières. A en juger par leur apparence, il devait y avoir longtemps que ces femmes n'avaient pas vu la lumière ni senti l'air frais du dehors.

Elles étaient décharnées, baignant dans leur propre saleté, en haillons et dévorées par les maladies de peau. Elle pria pour quitter ce lieu immédiatement ou perdre la tête le plus vite possible. Les femmes la regardaient malicieusement. L'une d'entre elles eut un rire qui la fit frémir et se posta dans un coin comme un animal sauvage, regardant Sirena les yeux emplis de haine.

Sirena recula et s'installa dans le seul coin libre. La faible lumière qui venait de la torche du couloir lui permettait de surveiller les alentours : des murs de pierre transpirant d'humidité, le sol recouvert de pourriture et d'excréments et un tas de foin imbibé d'urine en guise de lit. Dépitée, elle se demanda combien de temps il lui restait avant de tomber elle aussi dans cet état de déchéance. Chacun des nerfs de son corps était tendu.

Soudain, sans prévenir, l'une des prisonnières sauta sur elle et lui arracha son chapelet. Une autre, apparemment la plus vieille, lui déroba ses chaussures.

La troisième suivit l'exemple des deux autres et déchira la robe de Sirena en émettant des grognements inhumains.

Sans un mot, comme s'il s'agissait d'une

entente préalable, elles bondirent ensuite sur elle toutes les trois. Elles la griffèrent, la battirent et lui tirèrent les cheveux. Sirena se défendit en frappant l'une d'elles sur la tête. La prisonnière se mit à pleurnicher comme un chien battu et se réfugia dans son coin. Mais les deux autres persistèrent. Sirena tapa la suivante qui recula en respirant bruyamment. Privée de la protection des deux autres, la dernière n'osa pas s'aventurer contre elle. Sirena se tenait debout au milieu de la cellule en les regardant fixement. Elle était prête à se battre jusqu'au bout...

En silence, elle s'approcha de chacune, l'une après l'autre, et leur reprit les vêtements qu'elles lui avaient arrachés. Elles ne firent aucune objection — sans doute reconnaissaient-elles implicitement que Sirena était la plus forte.

Il fallut attendre plusieurs heures avant que les gardiens apportent l'eau et le bouillon. Sirena entendit le bruit métallique des petites grilles à travers lesquelles on leur passait du pain trempé dans une sauce douteuse et des tasses en bois remplies d'eau. Les compagnes de Sirena se mirent à saliver.

Heure après heure, Sirena restait tapie contre le mur. Elle n'osait dormir ni bouger, de peur de subir un nouvel assaut. Elle n'avait qu'une seule pensée: sortir de cet asile de fous et s'enfuir le plus loin possible.

Les gardiens apportèrent de nouvelles rations. Elle perçut à nouveau les cris, les hurlements et le son détestable des fers s'entrechoquant. A en juger par les bols de gruau servis, ce devait être le matin. Elle avait passé la journée et la nuit entière éveillée dans le noir, se retournant de temps à autre pour regarder la torche du couloir. Son corps lui faisait mal. Des frissons parcouraient sa colonne vertébrale. Elle était assise et priait en silence dans l'attente d'un miracle.

Comment Stephan expliquerait-il son absence à Frau Holtz ? Il ne pourrait pas la laisser ici. Il ne le pourrait pas ! Les visiteurs ! Elle se mit à compter sur ses doigts. Le lendemain était un samedi ! Les visiteurs curieux viendraient pour payer leur demi-penny. Il y en aurait sûrement un qui la reconnaîtrait. Elle promettrait une récompense à celui qui irait prévenir Frau Holtz. Jan et Willem la feraient sortir d'ici ! Ils le devaient !

Elle fut soudain prise de terreur. Qui la croirait lorsqu'elle dirait son nom alors qu'elle était enfermée dans un asile de fous ? C'était sans issue...

Sirena ferma les yeux, sentant que les trois folles guettaient le moment pour l'attaquer et lui voler ses habits. Elle s'en moquait, plus rien n'avait d'importance. Qu'elles la tuent. La mort serait la bienvenue comparée à la perspective de passer le restant de son existence à Bedlam.

Quand la clef tourna dans la serrure, elle ne l'entendit pas. Soudain, une lumière forte l'aveugla, puis des mains épaisses l'agrippèrent et la mirent debout. Une voix résonna dans le cachot, une voix détestable qu'elle ne connaissait que trop :

— Cela vous suffit-il, ma chérie ? Voulez-vous rentrer à la maison et devenir bonne et obéissante ou bien préférez-vous passer encore quelques jours ici ?

Sirena baissa la tête en signe de soumission.

— Alors... venez. Ne soyez pas offensée mais vous avez vraiment besoin d'un bon bain! J'hésite à vous prendre dans mon fiacre dans cet état. Vraiment, Sirena, vous devez apprendre à vous occuper de vous. Si vous continuez à vous négliger ainsi, il se pourrait bien que je cherche la compagnie d'une autre femme, lança-t-il avec un rire dément.

Plus tard, lorsqu'elle fut rentrée chez elle, Frau Holtz lui prépara un bain. La vieille femme avait les larmes aux yeux mais les retenait en silence. Sirena eut du mal à s'endormir, il lui fallut les bras de sa gouvernante pour pouvoir trouver le sommeil et chasser les cauchemars qui la hantaient.

Stephan avait pris l'habitude de réveiller Sirena au cœur de la nuit et de l'obliger à se prêter à ses cours d'escrime. Elle passait des nuits entières sans sommeil à attendre sa venue. Très souvent, aussitôt avait-elle fermé l'œil que Stephan la tirait du lit en lui disant que c'était l'heure de sa leçon.

Les protestations de Sirena n'allaient jamais au-delà de la grimace. Elle se rappelait trop bien de Bedlam. Stephan ne s'était pas contenté de lui répéter que l'homme régnait en maître suprême, il le lui avait prouvé. Elle était impuissante contre lui.

Elle passait ses journées en faisant les cent pas dans sa suite, indécise. Elle était devenue incapable de choisir entre un œuf et un gâteau pour le petit déjeuner. Le choix entre plusieurs robes lui était impossible. Cette emprise terrifiante que Stephan avait sur elle la déroutait et la faisait pleurer. Sirena était démoralisée, désorientée.

Frau Holtz ne l'avait jamais vue dans un état pareil, même lorsqu'elle était captive de Chaezar Alvarez. Sachant ce que Stephan lui avait fait subir, elle choisit de se montrer patiente. Elle entourait Sirena de son amour et attendait qu'elle se remît de ce traumatisme. Même Wren avait du mal à la sortir de cet état de dépression et à lui faire prononcer une parole.

L'*Esprit des Mers* allait bientôt être prêt, mais lorsque Frau Holtz en parla à Sirena, ses yeux verts la considérèrent avec incrédulité. A chaque fois que la gouvernante cherchait à éveiller son attention en lui parlant de leur fuite, Sirena fondait en larmes et lui serrait la main d'un air désespéré. Frau Holtz craignait qu'à terme, Stephan la fît définitivement interner à Bedlam. Elle était arrivée à la conclusion qu'évoquer ce départ maintenant lui faisait plus de mal que de bien.

Une nuit, Stephan vint chercher Sirena et lui apporta un haut-de-chausses et une chemise d'homme. Obéissant à ses ordres, Sirena enfila la tenue masculine pour la leçon. Les chausses la serraient comme une deuxième peau et la chemise était tellement étroite qu'il était impossible de la lacer sur sa forte poitrine. Des bas en fil d'Ecosse blancs et des chaussures d'enfant complétaient ce costume.

Debout au centre de la salle de bal, Sirena attendit qu'il fît le premier mouvement. La nuit était chaude et il avait ouvert les grandes fenêtres qui donnaient sur la rue et sur le parc.

De temps à autre, on entendait le bruit d'une calèche résonner sur le pavé ainsi que le « Hue » d'un cocher aux prises avec un cheval récalcitrant.

Pendant un moment, Sirena regarda audehors avec un léger sourire. Irrité, Stephan fit un mouvement pour attirer son attention et lui lança l'épée.

— Ne regardez pas aussi bêtement par la fenêtre, je vais finir par en conclure que vous préféreriez être dehors plutôt qu'avec moi. Maintenant, prenez position ! ordonna-t-il brutalement.

Résignée, Sirena serra sa main sur la garde de l'arme et fut saisie une nouvelle fois du désir d'embrocher ce monstre. Elle verrait avec plaisir son sang couler sur le parquet lustré.

— Très bien : c'est cet éclair que je veux voir dans vos yeux, roucoula Stephan. J'espère que vous allez vous montrer à la hauteur ce soir, car jusqu'à présent vous n'avez pas encore réussi à mettre en pratique ce que je vous ai appris.

Sirena le regarda sans un mot et, rejetant la tête en arrière, envoya ses boucles noires et brillantes derrière ses épaules. Elle prit l'initiative de la première offensive, espérant surprendre Stephan. Mais il était le maître, trop rapide. Ses réflexes étaient excellents.

— Vous avez oublié de dire « En garde ! », ma chérie, dit-il avec condescendance. Si je ne vous connaissais pas, j'aurais pu imaginer que vous vouliez me tuer !

Satisfait de lui-même, il inclina la tête en arrière et se mit à rire tout en gardant l'œil sur elle. A plusieurs reprises, Stephan l'attaqua et elle se défendit admirablement.

— J'ai l'impression que vous avez bien profité de vos leçons, ma chérie. Votre agilité m'impressionne.

Feignant d'aller sur la gauche, il la surprit sur la droite et les gardes de leurs armes se mêlèrent. Mais avant que Stephan pût la forcer à lâcher son arme, elle se dégagea de cette emprise d'un geste vers le haut. Libre à nouveau, elle le toucha à la taille sur l'endroit protégé.

Visiblement étonné, Stephan lança une nouvelle attaque. Sirena comprit qu'il cherchait à savoir s'il s'agissait d'un simple coup de chance ou si l'élève avait fait des progrès. Elle eut la sagesse de lui laisser l'avantage cette fois-ci.

Il répéta le même assaut plusieurs fois et à chaque reprise, elle le laissa gagner. Mais son cœur battait de plus en plus vite et un sentiment de triomphe l'envahissait. Elle était finalement contente d'avoir été tirée du lit : Stephan devenait trop sûr de lui-même, trop sûr de sa victoire. En le maintenant en état d'alerte, elle pouvait étudier ses réactions. Des réactions susceptibles de lui être fatales si elle cherchait à le tuer. Pour la première fois depuis des semaines, Sirena espéra à nouveau.

La séance terminée, elle dit qu'elle avait soif. Pendant qu'il rangeait ses chères armes sur le râtelier, Sirena alla dans la cuisine. Ce qu'elle avait appris pendant la leçon la réjouissait au plus haut point, et elle aurait sans doute du mal à trouver le sommeil. Un peu de lait chaud l'y aiderait peut-être.

Alors qu'elle attendait que le liquide chauffât, elle se retourna et fut surprise de voir Wren assise à la table en train de manger une tranche épaisse de gâteau.

— Que fais-tu ici à cette heure? Tu devrais dormir depuis longtemps!

— Je n'arrivais pas à dormir et j'avais faim, mentit l'enfant, car elle passait en fait son temps à se cacher pour que le maître ne la trouvât pas.

Les cheveux de Sirena se dressèrent sur sa nuque quand elle aperçut une ombre s'approcher de la porte. Stephan! Il entra dans la cuisine, un sourire sur les lèvres. Sirena remarqua une expression de terreur dans les yeux de Wren, qui fit tomber son gâteau par terre et retint son souffle. Sirena crut entendre un sanglot étouffé.

— As-tu été élevée dans une porcherie? gronda Stephan en la regardant de haut. Tu as fait tomber ton gâteau. Ramasse-le et mange-le!

— Non, Wren, je vais t'en couper une autre part, intervint Sirena calmement.

Wren et Stephan parurent surpris d'entendre sa voix: elle qui demeurait habituellement silencieuse...

— Non, mademoiselle, ce n'est pas grave, répliqua l'enfant d'une voix étrange en avalant la pâtisserie.

Sirena regarda l'enfant tremblante puis se tourna vers Stephan et fronça les sourcils. Etait-ce lui qui l'épouvantait ainsi? Wren termina son gâteau et se lécha les babines. Sirena plaça le lait chaud devant elle et lui dit de le finir puis de filer au lit. Les grands yeux de l'enfant semblaient l'implorer.

— Que se passe-t-il, Wren ? Tu as fait un mauvais rêve ? Quelque chose te tracasse ? Allez, finis la tasse. Tu peux dormir dans ma chambre pour cette nuit. Nous parlerons jusqu'à ce que tu t'endormes.

Le soulagement qu'elle lut sur le visage de la fillette réveilla l'instinct maternel de Sirena.

Stephan s'approcha. Son ombre imposante recouvrit l'enfant, qui se mit à trembler si violemment qu'elle fut incapable de tenir sa tasse.

« Oh mon Dieu, pensa Sirena, pas cela ! Il n'aurait pas fait cela ? Pas à cette belle et douce enfant ? » Ses yeux émeraude se glacèrent lorsqu'elle croisa le regard moqueur de Stephan.

— Bonne nuit, Stephan, dit-elle avec autorité. Viens, Wren...

— Ce n'est pas bien de faire dormir une enfant de son âge dans votre lit, déclara-t-il froidement. Conduisez-la dans sa propre chambre !

— Allez au diable, Stephan, rétorqua Sirena.

Elle prit Wren par le bras et s'apprêta à quitter la cuisine. Sirena semblait s'être redressée. Stephan pouvait bien la réduire à néant, il n'avait pas le droit de faire subir le même sort à Wren.

— M'avez-vous entendu, Sirena ? dit-il d'un ton suffisant. Conduisez cette enfant dans sa chambre.

Sirena se retourna en un éclair :

— Et m'avez-vous entendu, Stephan ? Je vous ai dit d'aller au diable ! Wren viendra avec moi ! (Elle glissa sa main de l'autre côté de la table et s'empara d'un grand couteau.) Dites-moi, cher mari, où Wren dormira ce soir et où je vous ai demandé d'aller ? Allez, répétez-moi tout cela !

s'exclama-t-elle en pointant la lame sur le cou de Stephan.

Des gouttes de sang écarlates coulèrent sur le col de sa chemise. De manière imperceptible, elle déplaça la lame, traçant presque un cercle autour de son cou. Elle eut un rire frénétique à faire frémir.

— J'attends, Stephan!

La haine bouillait dans ses yeux pâles. Il aurait voulu la tuer.

Doucement Sirena battit en retraite, gardant le couteau brandi devant elle.

— Dormez bien, mon cher. Il ne vous reste peut-être plus que quelques nuits à vivre... murmura-t-elle avant de quitter la pièce.

Stephan passa la main sur son cou et essuya le sang qui maculait ses doigts. Pour la première fois de sa vie, il avait eu peur d'une femme. Il lui faudrait se débarrasser d'elle plus tôt que prévu. Quelque chose l'intriguait: elle s'était déplacée et avait manié le couteau avec une parfaite maîtrise. Il se demanda comment il était possible qu'elle fût si maladroite à l'épée. Un regard amusé traversa ses yeux lorsqu'il se coupa une part de gâteau.

C'était une journée triste et pluvieuse, et les lampes du bureau ne parvenaient pas à chasser cette mélancolie. Tyler Sinclair avait mal aux yeux d'avoir passé tant d'heures à décrypter la petite écriture des documents officiels. De temps à autre, il regardait au-dehors et observait le brouillard qui enveloppait la cime des arbres. Que lui arrivait-il? Pourquoi ce sentiment d'avoir une montagne de travail à accomplir? Il s'agissait de Camilla. Il l'avait vue la veille sur la *Sirène des Mers* au bras de Van der Rhys, et cette rencontre l'avait empli de jalousie.

Il savait qu'elle n'était pas heureuse dans son mariage, mais Camilla avait apparemment une liaison avec Caleb. Il la connaissait mieux que quiconque, il n'y pouvait plus rien maintenant. Pourquoi réagissait-il si tard ? Etait-ce parce qu'au fond de lui-même, il ne souhaitait avoir ni responsabilités ni liens ?

Ses pensées allèrent à Sirena. Personne ne l'avait vue hors de chez elle depuis son mariage. Il fut saisi d'un malaise et se dirigea vers sa table de travail. Un moineau se cogna contre la fenêtre et tomba sur le sol. Tyler eut un pincement au cœur. Pourquoi, comme cet oiseau, avançait-il à l'aveuglette ?

Avant de changer d'idée, il enfila son manteau et quitta le bureau. Il irait parler de tout cela à Camilla. Il la désirait, il ne pouvait continuer à se voiler la face. Et par tous les dieux, il l'aurait !

Tyler fit son entrée dans la maison de Drury Lane et, une fois dans le hall, une domestique alla l'annoncer. Elle le pria de patienter un instant, sa maîtresse le rejoindrait sous peu. Souhaitait-il boire du thé ? Tyler l'en remercia, il n'était pas là pour boire du thé. Aussitôt que la servante eut quitté la pièce, il se précipita dans l'escalier et appela Camilla.

— Par ici, Tyler, répondit-elle avec langueur. (Elle était allongée dans un lit très haut au milieu d'oreillers.) Que dirait Regan s'il vous savait ici ? Il pourrait bien vous jeter dehors !

— Et que dirait-il s'il savait que vous couchez

avec son fils? répliqua Tyler de manière arrogante.

— Comment osez-vous proférer une telle accusation? Quel droit avez-vous de surgir chez moi à l'improviste pour m'insulter? Je n'écouterai rien de ce que vous avez à me dire.

Elle plaça ses mains sur ses oreilles.

— Vous allez m'écouter, que vous le vouliez ou non! cria Tyler en se penchant sur son lit et en écartant ses mains. Rappelez-vous que si je décide de ne pas tenir ma langue, vous vous retrouverez dans une situation très désagréable. Vous savez qu'on lapide encore les femmes infidèles...

— Vous ne me faites pas peur, Tyler: vous seriez aussi perdant que moi.

— C'est vrai, mais à moi cela m'est bien égal. Je suis un homme et vous êtes une femme, cela fait une grosse différence.

— Que voulez-vous? Je demanderai à Regan de vous rembourser l'argent que vous m'avez prêté. Dès aujourd'hui...

— Ce n'est pas cela que je suis venu chercher.

Camilla gloussa.

— Dois-je comprendre que c'est moi que vous voulez? Comme c'est élégant! Je vous ai toujours beaucoup aimé, Tyler, je suis même allée jusqu'à vous épouser.

— C'est vrai. Vous m'avez épousé en pensant à ce que vous pourriez tirer de moi. Vous et votre père étiez persuadés que si je vous épousais avant mes vingt-cinq ans, mes parents fléchiraient en ce qui concerne mon héritage. Mais comme ils ne l'ont pas fait, vous m'avez quitté en me faisant croire que vous m'attendriez. Vous avez menti, Camilla, vous avez toujours menti. Je sais exactement ce que vous valez...

— Et vous voulez toujours de moi? Cela ne vous flatte guère, Tyler. (Sa voix s'adoucit; il vit ses yeux briller et une larme couler sur sa joue.) Vous me connaissez sous mes pires aspects et vous voulez toujours de moi. (Elle leva sa main diaphane, approcha son visage du sien.) Venez, Tyler, laissez-moi vous serrer contre moi.

— Pourquoi ne pas m'avoir attendu encore un peu? grommela-t-il lorsqu'elle posa ses lèvres sur les siennes.

Camilla le regarda dans les yeux. Dans le silence de la pièce, sa respiration semblait lourde.

— Je ne pouvais pas attendre, Tyler. Vous n'êtes pas fait pour moi, nous le savons tous les deux. Vous détestez venir ici, je le lis dans vos yeux. Vous êtes l'homme le plus honnête que j'aie jamais connu et vous vous haïssez de me désirer ainsi. Nous nous sommes tous les deux mis d'accord pour oublier ce mariage.

— Pour que vous puissiez attraper un autre poisson, marmonna-t-il. Mais vous avez raison, je me hais de vous aimer ainsi. Camilla, reprit-il à voix basse en baisant ses lèvres, j'ai besoin de vous et j'aurai toujours besoin de vous.

Il fit glisser la chemise de nuit le long des épaules de la jeune femme et bientôt, ils se retrouvèrent tous les deux nus, l'un à côté de l'autre. Il la dévorait des yeux, la pureté de sa silhouette et sa peau satinée l'émerveillaient. Doucement, il passa les doigts dans sa chevelure d'or. Comme il aimait sentir cette douceur soyeuse sur ses mains et ses joues. Il la serra contre lui pour la sentir plus proche encore. Les seins de Camilla se gonflèrent de désir. Il retint sa respiration, savourant le parfum sucré de sa peau.

Tremblant de sentir son souffle chaud sur sa nuque, elle lui répondit par des petits baisers taquins et lui offrit sa gorge puis ses seins. Ses mains expérimentées explorèrent chaque parcelle de son corps avec sensualité. Elle se surprit à céder à son rythme et eut le sentiment de s'envoler. Toutes les sensations qu'elle avait oubliées l'envahirent lorsqu'elle redécouvrit la force de ses muscles et la douceur de sa peau.

Sous ses mains, son bassin se souleva, entreprenant une série d'assauts sensuels. Frénétiquement, elle cambra son dos pour rejoindre la cadence du plaisir. Des éclairs et des grondements de tonnerre envahirent le ciel au moment où un vertige de jouissance la saisissait. Elle se demanda si l'orage qui s'abattait sur la maison était aussi fort que celui qui grandissait au creux de son ventre...

Une éternité plus tard, appuyé sur un coude, Tyler regardait Camilla dans les yeux.

— Osez dire que vous avez pris davantage de plaisir avec un autre que moi ! Osez dire que mes caresses ne vous ont pas manqué. Vous êtes mienne, Camilla. Vous m'appartenez, grommela-t-il en enfouissant sa tête entre les seins de la jeune femme.

Camilla caressa sa chevelure brune.

— Je n'ai jamais rencontré quelqu'un comme vous, Tyler. Vous le savez. Je vous aime encore et je vous aimerai toujours. Mais je ne veux plus avoir faim. Il y a d'autres choses que j'attends de la vie, Tyler. Des choses que vous ne pourrez jamais m'offrir si vos parents vous déshéritent. Si j'étais sûre de vous avoir, vous et le reste, je vous suivrais sur-le-champ.

Tyler secoua la tête.

— N'y a-t-il que l'argent qui nous sépare ? Je vous donnerai tout ce dont vous rêvez, Camilla.

Sa voix était grave et calme. Elle savait qu'il était sincère.

Appuyant la tête de Tyler contre sa poitrine, elle s'imagina différente. Elle imagina que l'argent ne comptait pas pour elle et que la seule chose importante était d'être avec lui. Mais elle ne se sentait pas assez forte pour cela.

Les doigts de Tyler se promenèrent dans ses boucles blondes.

— Vous serez à moi malgré tout, Camilla. Vous me croyez ?

Pour toute réponse, elle leva son visage et posa sa bouche contre la sienne.

— Faites-moi l'amour, Tyler. Encore et toujours, murmura-t-elle d'une voix rauque.

Quand Sirena se réveilla ce matin-là, elle se sentait bien mieux que d'habitude. Elle se souvenait très précisément de ce qui s'était passé entre Stephan et elle, la veille. Elle était redevenue elle-même, elle avait trouvé la force de lui résister. Il ne pourrait plus abuser d'elle ni la menacer. En se retournant, elle aperçut Wren encore endormie. Mon Dieu, quand elle pensait à ce qui aurait pu arriver à l'enfant. Comment se faisait-il que ni Frau Holtz ni elle n'aient décelé les souffrances de la fillette ?

Elle admira son doux visage reposé et soupira.

Comment diable avait-elle pu être aussi naïve ? Elle savait quel genre d'homme était Stephan. Pauvre petite Wren ! Stephan ne se contentait pas de torturer sa femme, il s'en prenait aux fillettes...

Mais c'était du passé maintenant. Sirena préviendrait ce matin Frau Holtz qu'elle était prête à quitter l'Angleterre. Encore deux jours et Wren, Frau Holtz et elle seraient libérées de l'ignoble Stephan Langdon.

Sirena s'extirpa du lit en faisant attention de ne pas réveiller l'enfant. Elle s'habilla en silence et dressa dans sa tête la liste des objets qu'elle emporterait avec elle quand l'*Esprit des Mers* lèverait l'ancre.

Partirait-elle sans revoir Regan une dernière fois ? Elle devait accepter l'idée de ne jamais le revoir. Quand il découvrirait qu'elle était partie, Caleb lui raconterait sa visite chez elle.

Elle avait mal à la tête et se passa de l'eau de Cologne sur les tempes afin d'atténuer la douleur. Depuis que Stephan l'avait ramenée de Bedlam, elle était devenue sa propre prisonnière. Elle renvoyait les plateaux de nourriture sans les avoir touchés : elle avait maigri et s'était affaiblie. Mais la dernière nuit avait tout changé. Stephan lui avait certes ôté le désir de lutter, mais c'était sans compter sur son instinct maternel pour Wren. Il ignorait qu'elle était prête à se battre comme une tigresse pour protéger l'enfant.

Sirena descendit à la salle à manger et avala son petit déjeuner en un rien de temps. Elle fut soulagée d'apprendre que Stephan était parti donner ses cours à l'académie mais elle savait qu'il la rejoindrait pour le déjeuner.

A peine avait-elle fini son repas qu'elle entendit sonner à la porte d'entrée. Frau Holtz introduisit Tyler Sinclair. La vieille gouvernante, qui ignorait tout de ce qui s'était produit la veille, fut agréablement surprise de constater que l'assiette de Sirena était vide.

Le visage de la jeune femme s'éclaira.

— Tyler, comme c'est gentil de me rendre visite en dépit des ordres de mon mari. Mais quelle triste journée! Je ne sais pas comment vous pouvez supporter ce temps, vous les Anglais. Il y a même des grenouilles en été dans ce pays.

— J'imagine que c'est une question d'habitude. Quand vous ne connaissez rien d'autre...

— Vous devriez visiter les Indes orientales, Tyler. Cela vous plairait tellement que vous ne pourriez plus en partir. Des brises chaudes et douces pendant toute l'année et une eau bleue et claire. Des gens heureux et souriants. Une vie facile et douce. Une atmosphère paisible...

— Sirena, je suis venu ici pour vous parler d'une importante affaire me concernant. Je vous demande de m'écouter attentivement. Voilà, j'ai besoin d'argent, de beaucoup d'argent.

Le visage de Sirena devint perplexe. Elle n'avait pas le souvenir d'une telle gravité chez Tyler. Elle l'observa, incrédule.

— Si vous m'aidez, poursuivit-il, je vous promets que Regan reviendra vers vous. Ne me demandez pas comment je puis vous faire une telle promesse, il m'est impossible de le révéler pour l'instant. En même temps, je me charge de faire en sorte que votre actuel mari ne puisse plus jamais vous causer de tort.

— Tyler, de quoi s'agit-il ? (Elle le considérait avec de grands yeux écarquillés.) Dites-moi ce que vous désirez, demanda-t-elle doucement.

— Je ne sais pas comment vous présenter les choses, bredouilla Tyler. Je veux que nous devenions associés sur les mers. Je veux que nous formions une bande de pirates. C'est la seule façon pour moi de gagner suffisamment d'argent pour ce que... Etes-vous d'accord, Sirena ? Soyez bien persuadée que je ne vous demanderais pas une chose pareille si j'avais le choix.

— Et vous attendez de moi que... Tyler, la piraterie, c'est du vol ! Purement et simplement du vol !

— Exactement ! J'étais certain que vous comprendriez. Etes-vous prête à accepter ma proposition ?

Sirena était troublée.

— Donnez-m'en la raison et je vous répondrai. Vous savez, Tyler, la piraterie n'est pas une chose à prendre à la légère. Les risques sont énormes, vous vous retrouveriez facilement pendu au bout d'une corde. Et tout l'argent et les marchandises du monde ne vous serviraient plus à grand-chose. Moi, je n'ai aucune envie d'y laisser la vie.

— Ne voulez-vous pas faire revenir Regan vers vous ? insista Tyler, les yeux implorants.

— Pouvez-vous vraiment me garantir une telle chose ? (Elle secoua la tête.) Si Regan doit un jour revenir vers moi, j'y parviendrai seule. Non, je ne vois pas comment vous pourriez me venir en aide.

— Sirena, je vous en donne ma parole.

— Tyler, pour qui me prenez-vous ? La piraterie est une activité dangereuse.

— La mer vous manque, vous haïssez votre mari, vous avez peur de lui et vous souhaitez retrouver Regan. Si vous suivez mes plans, tous vos vœux seront exaucés.

Sirena était apitoyée par son regard. Elle aurait bien voulu lui apporter un réconfort.

— Si seulement vous m'expliquiez...

— C'est bien là le problème, je ne peux rien vous dire. Je n'ai jamais mendié de ma vie mais je suis contraint de le faire aujourd'hui. Vous êtes la seule qui puissiez m'aider.

— Inutile de mendier, Tyler. Je vais vous apporter mon soutien mais pas pour les raisons que vous croyez. Je pars dans deux jours pour reconduire ma gouvernante et mon équipage à Batavia. Si vous désirez vous joindre à nous, vous aurez la chance de découvrir les îles des Epices. Et si nous croisons des bateaux qui transportent des marchandises de valeur... conclut-elle en haussant les épaules.

Tyler enroula ses bras autour d'elle et l'embrassa bruyamment sur la joue.

— Je savais que vous m'aideriez. Stephan est-il au courant ?

— Bien sûr que non, et vous ne devez en aucun cas laisser filtrer quoi que ce soit. C'est notre secret.

— Promis juré !

— Bien. Portez vos bagages et soyez à bord après-demain soir à minuit. Si vous n'êtes pas là, vous resterez à quai.

— J'y serai, n'ayez crainte! Merci Sirena, mais Regan...

— Tout cela est terminé. Ne mentionnez plus son nom devant moi, répliqua-t-elle froidement.

— Quoi que vous en pensiez, vous me sauvez la vie, Sirena.

— Ne comptez pas sur moi pour cela, Tyler. Ce voyage pourrait bien être la fin de votre vie. Ne venez pas vous plaindre, je vous aurai averti.

26

Le fiacre qui reconduisait Stephan Langdon chez lui passa devant Drury Lane, chez sa fille Camilla. L'idée de déjeuner avec Sirena ne le réjouissait guère. Son assurance retrouvée l'horripilait, il lui fallait réagir. La veille, pensa-t-il, il aurait dû lui arracher le couteau des mains et lui trancher la gorge. Il blêmit et son visage revêtit un masque de cendre. Il avait peur. Au fond de lui-même, il savait qu'il n'aurait jamais pu lui prendre cette arme, elle l'aurait tué avant. Il parcourut du doigt la petite blessure sur son cou. Où diable avait-elle appris à manier le couteau?

Frappant le toit du fiacre du haut de sa canne afin d'attirer l'attention du cocher, il lui donna l'ordre d'aller à son ancienne demeure sur Drury Lane. Plutôt que de rentrer chez lui, il déjeunerait avec Camilla.

Quelques instants après, Stephan sortait du fiacre. Il actionna le heurtoir à plusieurs reprises, agacé par le temps que mettaient les domestiques à lui ouvrir. Quand une jeune femme de chambre aux cheveux bruns et frisés vint ouvrir la porte, il lui lança un regard sévère et demanda à voir sa fille.

Nerveuse, la domestique le conduisit directement à la salle à manger où Camilla était en train de déjeuner seule. Lorsqu'elle vit son père, elle lui désigna une chaise tout en continuant à manger.

— Camilla, faut-il que vous vous jetiez sur la nourriture comme une cannibale ? Ce n'est pas très élégant !

Camilla lui décocha un regard venimeux. Ils ne s'étaient jamais réconciliés depuis la nuit où elle avait rencontré Caleb. L'hostilité de la jeune mariée était à fleur de peau.

— Au moins, je n'ai pas à me plaindre de manquer de nourriture, ce qui était loin d'être le cas lorsque j'étais sous votre protection.

Elle engloutit une pâtisserie d'un seul coup, gonflant ses joues comme un écureuil gourmand.

— Vous ne m'invitez pas à partager votre repas ? demanda Stephan. J'étais sur le point d'aller rejoindre mon adorable femme quand je me suis dit que cela faisait longtemps que je n'avais eu le plaisir de déjeuner en tête à tête avec vous.

Camilla attrapa la cloche en argent et sonna. La domestique accourut aussitôt.

— Servez mon père, ordonna-t-elle. Reste-t-il des pêches au brandy à la cuisine ?

Stephan grogna d'indignation lorsqu'il vit Camilla déchirer sa truite bouillie.

— Quoi de neuf, ma fille? J'ai l'impression que cela fait des siècles que je ne vous ai vue.

— Si vous insinuez que vous ne m'avez pas vue sur la *Sirène des Mers*, c'est vrai. J'y suis allée, mais comme vous ne levez jamais les yeux de la table de jeu...

— Ne vous énervez pas, mon enfant, cela ne vous va pas. Le bridge est un jeu qui exige de la concentration et je dois reconnaître que j'ai perdu lamentablement. Si je ne me montre pas plus vigilant, je finirai par y laisser ma chemise.

Camilla s'arrêta de mâcher juste le temps de dire :

— Peut-être vous demandera-t-on de retirer votre chemise avant de vous autoriser à jouer. Il semble que le fait de tricher ne suffise pas à vous faire gagner.

— Alors donc, vous continuez à rendre visite à votre petit admirateur, ce Caleb Van der Rhys, n'est-ce pas ? C'est bien à vous de parler de scrupules... Vous est-il venu à l'esprit que cette relation est presque incestueuse ? Vous êtes sa belle-mère, après tout. Vraiment ma chérie, reprit-il de cette voix mielleuse que Camilla détestait, votre comportement n'est pas tout à fait maternel, loin s'en faut.

Camilla jeta ses couverts sur son assiette. Elle en avait assez de son attitude suffisante.

— Et comment une mère doit-elle se comporter ? Comment pourrais-je le savoir puisque vous m'avez enlevé *ma propre* mère ! Je vous ai soupçonné pendant toutes ces années, j'ai même entendu des bruits dans la famille mais je ne voulais pas les croire. A présent, je sais que c'est la vérité : vous avez tué ma mère ! Vous l'avez fait enfermer à Bedlam et elle y est morte !

Camilla s'interrompit, le souffle court. Comment avait-elle pu proférer de telles paroles ? Elle ignorait qu'elle avait de telles pensées sur le cœur.

— Je n'ai pas tué votre mère, répliqua Stephan. Elle est morte de maladie à l'hôpital royal de Bethléem. Elle était très malade.

Son visage s'empourpra et il se mit à bredouiller. Ainsi, Camilla était au courant du sort de sa mère et l'en savait responsable.

— Appelez cela l'hôpital royal de Bethléem si vous voulez, mais Bedlam est un asile d'aliénés. Et ma mère n'était pas folle ! Elle était malade et désespérée, elle avait perdu espoir. C'est vous qui l'avez rendue folle !

Stephan se leva, s'approcha d'elle et la prit par le bras.

— Tenez votre langue, Camilla ! Voulez-vous que les domestiques vous entendent ?

— Même si le monde entier m'entend, je m'en moque ! s'écria-t-elle en le faisant lâcher prise. Vous l'avez tuée !

Stephan la frappa de toutes ses forces. Camilla porta la main à son visage blessé, puis parla d'une voix basse et venimeuse :

— Je vous méprise ! Je vous hais ! Je vous hais pour tout ce que vous m'avez infligé pendant toutes ces années. Vous m'avez d'abord enlevé ma mère, ensuite vous m'avez convaincue de quitter Tyler et vous m'avez offerte comme une vulgaire marchandise dans le seul but de vous enrichir. Vous m'avez vendue à Regan et forcée à m'engager dans un mariage sans amour. Et maintenant, vous vous permettez de me faire la morale parce que je cherche un peu de réconfort auprès de Caleb ! J'en ai assez de tout cela, vous avez eu beaucoup trop d'influence sur ma vie, père. Je n'aime pas la femme que je suis devenue par votre faute. Mais maintenant, c'est terminé ! J'ai décidé de mettre fin à tout cela !

Stephan recula en titubant. Jamais Camilla ne lui avait parlé ainsi. Elle avait toujours exaucé le moindre de ses souhaits. Ils avaient été avant tout des partenaires. Tout ce qu'elle disait était vrai mais de l'entendre de sa bouche l'ébranlait fortement.

— Autre chose, père : je vais régulariser ma situation. D'une part, je vais dire à Regan comment nous l'avons manipulé pour qu'il m'épouse. Et si je ne me trompe pas, il sera bien content de se débarrasser de moi. J'irai du même pas implorer Tyler de bien vouloir me reprendre. Je me moque désormais qu'il soit riche ou pauvre. Je l'aime et je l'ai toujours aimé. (Elle s'empara du chapeau et de la canne de Stephan et les lui tendit.) Une dernière chose : je n'ose pas imaginer quelle sera la réaction du baron lorsqu'il apprendra que vous avez pris part à cette affaire sordide. Vous avez beau avoir épousé une femme riche et avoir de l'argent à ne plus savoir qu'en faire, cela ne vous ouvrira pas les portes de la bonne société.

— Vous feriez cela, n'est-ce pas ? Chienne ! cria Stephan en brandissant sa canne au-dessus de la tête de Camilla.

Elle lui fit face sans broncher, attendant le coup. Mais lorsque Stephan vit son air résolu, il sembla se briser en mille morceaux comme une feuille d'arbre desséchée. Les épaules basses, il paraissait soudain avoir vieilli de vingt ans.

— Allez-y, frappez-moi ! Ça a marché avec ma mère, ça devrait fonctionner avec moi ! (Stephan baissa sa canne qui lui échappa des mains.) Et si vous me croisez un jour dans la rue, je vous conseille de changer de trottoir. Pour moi vous n'existez plus. Je n'ai plus de père...

Camilla monta à bord de la *Sirène des Mers* d'un pas léger, soulevant délicatement ses jupes pour éviter qu'elles ne trempent dans l'eau savonneuse utilisée pour le nettoyage du navire. Elle se précipita vers la cabine de Caleb : elle avait quelque chose de très important à lui dire et il lui fallait garder absolument le contrôle d'elle-même. Ce n'était jamais facile d'admettre que l'on avait eu tort.

Elle frappa doucement sur la solide porte de sa cabine. Il était en train de se raser et avait encore de la mousse sur la moitié du visage. Il sourit, l'invita à entrer, puis retourna devant son miroir.

— Caleb, je suis venue vous parler, commença Camilla en essayant d'attirer son attention.

— Allez-y, je vous écoute.

— Je suis venue vous dire au revoir, Caleb.

Caleb faillit se couper avec son rasoir. Cela signifiait-il que Regan savait ?

— C'est tellement inattendu, Camilla, comment cela se fait-il ? interrogea-t-il, s'attendant au pire.

— Si vous vous demandez si Regan est au

courant, je peux vous rassurer, non. Et il ne le sera jamais.

Caleb sentit ses muscles se détendre.

— Alors vous devez avoir d'autres raisons ?

— Oui, en effet, bredouilla-t-elle. Je voudrais me remettre sur le droit chemin. J'ai abusé de vous, Caleb, et j'ai abusé de Regan de la même façon. Je n'ai jamais aimé aucun d'entre vous. J'en aime un autre et depuis très longtemps. Depuis ma plus tendre enfance. Je vais refaire ma vie avec lui et je peux rendre grâce à Dieu qu'il veuille encore bien de moi.

Elle était presque en larmes, mais ce n'étaient pas ces larmes charmantes et pathétiques qu'il avait déjà vues couler sur son visage. C'étaient les larmes... d'une femme heureuse.

Caleb eut l'impression qu'on lui retirait un poids des épaules. Il avait eu si longtemps mauvaise conscience et éprouvait de plus en plus de difficultés à se trouver en présence de Regan.

— Avez-vous l'intention d'expliquer cela à Regan ? demanda-t-il en se rapprochant d'elle et en prenant sa main. Quelle sera sa réaction ? La loi anglaise rend le divorce très difficile. Avez-vous l'intention de le quitter ?

— Non, non. (Camilla s'empourpra.) Vous ne comprenez pas, Caleb. Je me suis souvent plainte auprès de vous des manières de Regan, mais ce n'était pas la vérité. Nous ne nous sommes simplement jamais aimés et je suis certaine qu'il sera heureux de se débarrasser de moi. (Elle se mit brusquement à sangloter, soulagée de pouvoir dire enfin la vérité.) Le divorce ne sera pas nécessaire, poursuivit-elle en levant ses yeux vers lui. J'étais déjà mariée lorsque j'ai épousé Regan.

— Mariée? (Les yeux de Caleb s'écarquillèrent.) Mariée! Avez-vous été assez folle pour essayer une telle escroquerie avec mon père? Il aurait pu vous casser en deux!

— Je sais...

— Mon Dieu, Camilla, je préfère ne pas songer à ce qu'il ferait s'il vous aimait vraiment! Et avec moi, c'était aussi une farce? Je pensais que vous m'aimiez...

— Oui, je vous aimais sincèrement, Caleb, je vous demande de me croire, implora-t-elle, les larmes aux yeux. Je n'ai jamais voulu vous faire de mal; seulement, il y a quelqu'un que j'aime encore plus que vous. Avec lui je n'ai jamais besoin de faire semblant, il sait exactement qui je suis et ce dont je suis capable. Et il m'aime malgré tout. Je vous en prie, Caleb, essayez de comprendre.

Le chagrin de Camilla était sincère. Caleb caressa gentiment sa main et tenta de l'apaiser par des mots d'encouragement. Puis il songea avec effroi à la situation dans laquelle il se serait trouvé si Camilla avait décidé que c'était de lui dont elle ne pouvait se passer.

— Allons, ma chérie, ne pleurez plus. Je suis certain que si les choses sont comme vous les décrivez, Regan se montrera généreux. Maintenant, pouvez-vous me révéler le nom de l'heureux élu?

Avec un large sourire, Camilla murmura:

— C'est l'homme le plus extraordinaire de la terre, Caleb. Peut-être le connaissez-vous? Il s'agit de Tyler Sinclair.

Caleb se mit à rire. Tyler Sinclair! Il lui semblait très drôle que Camilla pût préférer Tyler à Regan. Puis il se calma soudain, il n'était pas logé à meilleure enseigne que son père.

Il régnait à bord de la *Sirène des Mers* une atmosphère d'excitation. Caleb le sentait, Aubrey Farrington et Stephan Langdon en avaient eux aussi le sentiment. Les joueurs professionnels étaient là par centaines. Très concentrés, le regard perçant, ils semblaient se préparer à engager une bataille.

Un frisson parcourut Caleb. Les bourses emplies de guinées en or étaient disposées sur le tapis vert. Ils s'étaient tous installés à la table de jeu où Stephan jouait contre la maison. Ce dernier se tenait debout, contemplant le tas d'argent qui trônait au centre de la table. S'il savait qu'il jouait contre des professionnels, en tout cas il ne le montrait pas.

Il était près de minuit lorsque Stephan constata que son argent fondait à vue d'œil. Il regarda sa mince liasse et passa la langue sur ses lèvres sèches.

Il était nerveux. La dispute de l'après-midi avec Camilla et celle avec Sirena la nuit précédente l'avaient tendu. Mais il devait garder le contrôle de ses émotions s'il voulait être capable d'une quelconque supercherie. Si ses mains tremblaient, il ferait tomber la carte et tout serait fini pour lui.

Il joua sans arrêt pendant un moment, ses pensées s'entrechoquaient. Allait-il oser sortir la carte de sa manche? Il regarda furtivement en direction de Regan et de Farrington, qui observaient la partie. Ils savaient. S'il lui restait une once de raison, il devait partir... mais son goût maladif pour le jeu allait à l'encontre du bon sens.

Lord Farrington sentit l'inquiétude monter en lui. Pourquoi fallait-il que cet imbécile de Langdon choisît cette soirée pour ses tricheries ! Il jouait contre des professionnels qui avaient le regard aussi aiguisé qu'une hache.

Comme s'il n'avait pas assez de soucis comme cela, avec cet escroc de Blackheart qui l'ennuyait constamment ! Cet homme était un monstre. Que lui voulait-il, cette fois-ci ? Une heure s'était presque écoulée depuis qu'il avait conduit Blackheart à sa cabine avec la promesse de revenir bientôt. Pendant combien de temps l'escroc attendrait-il ? Ferait-il un scandale dans la grande salle ?

Soudain, Stephan Langdon se plia en deux, arborant le masque de la douleur. Le jeu s'arrêta. Regan, qui était le plus proche de lui, chercha à attraper sa main, craignant qu'il n'eût une attaque, mais Stephan se redressa, un sourire narquois sur les lèvres.

— Ce n'est rien, continuons à jouer, dit-il d'une voix feutrée.

Il abaissa son jeu et ce fut le chahut.

— Espèce d'idiot ! Ce truc est vieux comme le monde ! grommela l'un des joueurs.

Tous les jeux s'interrompirent dans la salle. La musique douce aussi.

— Tricheur !

— Menteur !

— Lâchez-moi, voyous ! cria Stephan, apeuré.

Ôtez vos mains immédiatement ou je vous provoque en duel !

Deux joueurs l'avaient pris par la manche et le conduisaient vers la sortie. Le plus grand des deux, son visage coupé au couteau empli de haine, s'exclama bien fort :

— Eh bien, provoquez-moi en duel devant tout le monde !

La peur paralysa Stephan Langdon, qui était incapable d'articuler la moindre parole. C'était le joueur qui aurait le choix des armes. Dieu, et s'il choisissait le pistolet !

— Allez-y, intervint Regan brutalement, vous n'avez pas le choix. Si vous ne le faites pas, vous êtes un homme mort.

Stephan Langdon opina du chef. L'homme qui le tenait lâcha prise et sourit.

— Le pistolet à l'aube, donnez le nom de votre témoin.

Stephan balaya la pièce du regard et sentit l'hostilité et l'animosité autour de lui. Coupable d'avoir triché aux cartes, sa réputation était détruite. En tremblant, il désigna Regan du doigt. Ce dernier le toisa avec un regard assassin. Lui non plus n'avait pas le choix. Il fit oui de la tête.

— Un de mes hommes vous escortera chez vous et surveillera votre maison, reprit le joueur. Nous ne voudrions pas que vous vous perdiez en chemin.

Regan haussa les épaules. Il espérait la mort de Stephan. Sirena alors serait libre... Mais pourquoi diable pensait-il à cela ? Il regarda Langdon et son escorte quitter le navire au milieu des cris de « tricheur ».

D'une voix rassurante, Caleb apaisa l'assistance choquée, et bientôt la pièce retrouva sa gaieté et le vin offert par la maison coula à flots.

Ensuite, Caleb rejoignit le pont, les poings serrés. Il ne donnait pas cher de la peau de Langdon. Que dirait Sirena lorsqu'elle saurait? Quelqu'un devait l'avertir. Langdon lui dirait-il? C'était peu probable. Qui alors? Sinclair. C'était à son avocat de lui annoncer la nouvelle.

Caleb revint à sa cabine et griffonna un court message qu'il confia au garçon de cabine. Le papier devait parvenir à Tyler le plus vite possible. Pauvre Sirena, ne pourrait-elle jamais mener une vie paisible?

Les flots étaient agités et battaient contre les flancs de la *Sirène des Mers* bercée par le roulis. Caleb se tenait debout dans l'obscurité près de la rambarde. Soudain, il entendit des chuchotements. Il tendit l'oreille et se pencha vers l'échelle d'où les bruits semblaient venir. Une des voix était celle de Lord Farrington, et l'autre lui paraissait familière. Il fronça les sourcils mais ne put saisir leurs paroles à cause du clapotis.

Il avait le nom du deuxième homme sur le bout de la langue mais... Il connaissait ce murmure rauque et diabolique. Et pourquoi Lord Farrington se cachait-il comme un criminel? Que mijotait l'aristocrate? Son associé lui avait paru bien nerveux ces derniers temps. Caleb sentit ses cheveux se dresser sur sa tête quand il entendit les mots «tuer... suffisamment souffert... mon droit... Si vous voulez rester en vie, vous n'avez pas le choix».

Caleb s'enfonça dans l'ombre lorsque les silhouettes quittèrent leur cachette. Diable, il ne voyait l'homme que de dos. Il boitait. Qui était-il et où l'avait-il rencontré ? Pourquoi menaçait-il Lord Farrington ? Aussitôt que l'homme fut parti, il attrapa l'aristocrate par le bras.

— Qui est-ce ? demanda-t-il abruptement. Je veux savoir ce qui se trame ici et sur-le-champ.

La peur se lisait sur le visage de Farrington.

— Une histoire sans importance qui ne vous regarde pas, répliqua-t-il d'un ton faussement léger.

— J'ai déjà vu cet homme quelque part et si je ne me trompe pas, cela ne présage rien de bon. Avez-vous des problèmes financiers, Aubrey ? Je peux peut-être vous aider. Notre affaire est désormais devenue prospère et je ne voudrais pas que quoi que ce soit la mette en danger...

Aubrey tapa sur l'épaule de Caleb en souriant.

— Cal, mon garçon, il s'agit d'une affaire personnelle. Cela concerne la réputation d'une femme.

— Vous mentez, Aubrey, ou qu'on me tranche la main.

— Laissez-moi tranquille ! dit Aubrey, soudain menaçant. Je me demande si vous seriez aussi bavard pour me raconter votre liaison avec la femme de votre père ? Ah, je vois que vous m'avez compris. Je n'ai pas envie de parler de mes affaires, voilà tout. Le sujet est clos.

Aubrey Farrington regarda Caleb s'éloigner. Il détestait la situation dans laquelle il se trouvait.

Quand Regan réveilla la blonde Camilla, elle se retourna en gémissant :

— Non, pas ce soir. J'ai une migraine.

— Je n'ai pas envie de votre corps, il faut que je vous dise quelque chose. Réveillez-vous et écoutez-moi ! Votre père a été surpris en train de tricher ce soir à bord de la *Sirène des Mers* et l'un des joueurs l'a provoqué en duel. M'écoutez-vous, Camilla ? Il ne reste plus que quelques heures avant le coucher du soleil. Je serai son témoin. Il se battra au pistolet et nous savons tous les deux que ce n'est pas le point fort de votre père.

Camilla s'assit dans le lit, les cheveux en désordre comme si elle avait passé une nuit agitée. Les yeux qu'elle tourna vers Regan étaient d'un violet profond. Il y lut une expression qu'il n'avait jamais remarquée auparavant : une certaine maturité.

— Stephan est un imbécile, reprit Regan aussi gentiment que possible. Il avait déjà reçu un avertissement et cette fois-ci ce sont des joueurs professionnels qui l'ont pris en flagrant délit. Maintenant, chaque personne qui a perdu un penny contre votre père est en droit d'imaginer qu'elle s'est fait gruger. Même si Stephan réussit à sortir vivant de ce duel — ce qui me semble peu probable —, c'est un homme fini.

— Il ne peut s'en prendre qu'à lui-même, répondit calmement Camilla. Je l'ai averti à de nombreuses reprises. Père commence seulement à payer le mal qu'il a fait aux autres.

Etait-ce Camilla qui parlait ainsi ? Elle avait changé. Pour la première fois, Regan se surprit à apprécier son épouse.

— Je suis désolée que vous soyez impliqué dans cette affaire, Regan. Je ne voudrais pas qu'il vous arrive quelque chose, vous êtes un homme de qualité...

Des larmes emplirent ses grands yeux et coulèrent sur ses joues. Regan essuya l'une de ces gouttes salées du doigt. Camilla avait réellement changé. Auparavant, ses larmes étaient celles d'une enfant capricieuse. Cette fois-ci, c'étaient celles d'une femme.

— Il faut que je parte, Camilla.

— Prenez garde à vous, Regan. Père ne vaut pas une goutte de votre sang.

Sirena se débattait dans son sommeil. Elle rêvait que Mikel l'appelait. Même dans son rêve, elle savait que ce ne pouvait être Mikel. Son fils était mort et il reposait sur le sol javanais.

Elle se mit en boule afin de se réchauffer, en vain! A présent réveillée, elle décida d'aller chercher une couverture légère. Au moment où ses pieds nus touchaient le sol, elle entendit un petit miaulement. Elle n'avait donc pas rêvé! C'était sans doute le chat de la cuisinière. Elle devait le trouver et le porter dans la cuisine avant qu'il réveillât toute la maison.

Elle enfila une robe de chambre et ses mules, prit une lampe et emprunta le couloir. La lumière envoyait des ombres dansantes sur les murs et le plafond.

— Minou, minou, par ici, appela-t-elle.

Arrivée en haut de l'escalier, elle tendit l'oreille. Elle n'avait jamais entendu un chat avoir le hoquet!

Tenant la lampe au-dessus d'elle et sa robe de chambre dans l'autre main, elle dévala les marches et se précipita dans la bibliothèque.

Elle fut abasourdie par la scène qui s'offrait à ses yeux. Wren se tenait debout près de la cheminée éteinte et se cramponnait à sa chemise de nuit, tandis que Stephan tentait de la lui retirer.

Sirena sentit la rage l'envahir et elle lança sa lanterne en direction de Stephan. L'objet alla directement dans l'âtre.

— Sauve-toi, Wren! cria-t-elle à l'enfant.

Stephan s'était écarté, visiblement abasourdi d'avoir été pris sur le fait. Sirena appela Frau Holtz avec un cri à glacer le sang, les yeux toujours rivés sur son ignoble mari.

Les yeux emplis de haine et le mépris sur les lèvres, Stephan se dirigea vers Sirena le fleuret à la main. Frau Holtz arriva en courant dans la bibliothèque et prit l'enfant dans ses bras. En un éclair, elle attrapa une des épées du râtelier et la lança à Sirena.

— Allez-y, Mevrouw. Il ne mérite pas de vivre. Allez-y!

Sirena n'avait pas besoin qu'on le lui répétât. Elle plia la petite lame pour tester sa flexibilité et fouetta l'air. Elle se recula tandis que Stephan la toisait avec un sourire diabolique. Elle profita de ce court laps de temps pour couper sa chemise de nuit au niveau du genou.

— En garde! menaça-t-elle en avançant genou fléchi.

La pointe de son épée érafla la joue de Stephan. Des perles écarlates tachèrent sa fraise blanche. Il cligna des paupières, n'en croyant pas ses yeux.

— Je vais vous tuer pour ce que vous avez essayé de faire à cette enfant, s'exclama-t-elle en brandissant son arme.

Elle le blessa sur le haut du bras. Stephan recula et Sirena avança à nouveau vers lui, sûre d'elle-même. D'un magistral coup d'épée, elle lui arracha son fleuret puis le poussa contre le mur. Les yeux dévastés par la peur, il finit par l'implorer :

— Ne me tuez pas, ne me tuez pas !

Sirena ne l'entendait plus. Froide et sans merci, elle s'approcha de lui jusqu'à ce qu'ils ne soient plus séparés que par quelques centimètres. Ses yeux verts étaient de glace. La seule chose qu'elle percevait était des gémissements d'enfants... Elle lança sa lame contre la poitrine de son mari et le sang pourpre jaillit. Il s'effondra en gémissant.

Sirena lâcha son instrument de mort et se prit la tête entre les mains en se mettant à pleurer. Frau Holtz tenta de la réconforter.

— Vous ne pouviez pas faire autrement, Mevrouw. Des vermines comme ça ne méritent que la mort.

Wren se précipita vers Sirena et entoura sa taille de ses petits bras.

— Mademoiselle, je vais bien maintenant, je vous jure, assura-t-elle. Il ne m'a rien fait...

Titubante, Sirena s'installa dans le fauteuil favori de Stephan. Frau Holtz lui versa un gobelet de rhum et Sirena s'étrangla lorsque l'alcool passa dans sa gorge.

— L'ai-je tué ? demanda-t-elle d'une voix tremblante.

— *Ja*, c'est fini.

— Frau Holtz, que va-t-il m'arriver... Je vais aller en prison ou bien je serai pendue !

— *Nein !* répondit Frau Holtz. Personne n'en

saura jamais rien et ni moi ni Wren ne parlerons. N'est-ce pas, mon enfant ?

Wren se rapprocha de Sirena.

— Je vous aime, mademoiselle. J'aime la Sirène des mers depuis que Frau Holtz m'a raconté son histoire. Je ferai tout ce que vous voudrez.

— Nous allons l'enterrer, Mevrouw. Qui se souciera de sa disparition ? Ne fréquente-t-il pas les tavernes des docks ? On pensera sans doute à une mauvaise rencontre... Je vais chercher Jacobus.

— Mais tout ce sang ! Il y a bien trop de sang. Nous ne pouvons pas demander aux domestiques de le nettoyer. Il faut nous en charger nous-mêmes. Allez chercher un seau d'eau, Frau Holtz.

— Je reviens tout de suite. Restez assise et attendez-moi.

Abasourdie, Sirena acquiesça de la tête. Elle n'arrivait plus à réfléchir.

Frau Holtz revint, traînant derrière elle un Jacobus complètement ivre et un seau.

— Regardez, il est encore soûl, ce bon à rien ! hurla-t-elle. Nous ne pourrons compter que sur nous-mêmes.

— Où allons-nous pouvoir l'enterrer ? Connaissez-vous un endroit sûr, Frau Holtz ?

— Un morceau, par-ci, par-là, en s'éloignant d'ici, proposa Frau Holtz dont l'humour noir fit blêmir Sirena.

— Pour que des chiens errants viennent le déterrer ? Non, cela n'est pas possible.

— Le bateau... Embarquons-le et jetons-le par-dessus bord.

— Le jeter par-dessus bord? répéta Jacobus, ivre comme un cochon.

— Excellente idée, Frau Holtz. (Elle posa ses mains contre ses tempes.) Un tonneau, nous allons le mettre dans un tonneau et le charger parmi la marchandise, c'est la seule façon.

— Le Mijnheer. Je vais aller chercher le Mijnheer! cria Frau Holtz exaltée.

Sirena secoua la tête.

— Vous ne ferez rien de tel. Si Regan apprend cela, il pourrait me jeter par-dessus bord avec son beau-père. Non, pas une seule personne ne doit savoir. Nous allons nous débrouiller, Frau Holtz. Trouvez-moi un fût et tâchez de faire dessoûler Jacobus. Pendant ce temps, je vais m'habiller...

En l'espace d'une heure, Sirena était habillée et, avec l'aide de Frau Holtz, avait réussi à placer le corps de Stephan dans un tonneau et à clouer le couvercle. Personne n'aurait pu les aider dans cette sinistre entreprise. Jan et Willem avaient rejoint l'*Esprit des Mers* depuis quinze jours afin de le préparer.

Des coups violents frappés à la porte firent sursauter Sirena. Qui cela pouvait-il bien être à cette heure de la nuit? Elle entrebâilla les rideaux et regarda au-dehors. Ses yeux s'écarquillèrent. Tyler Sinclair! Quelque chose s'était produit. Quelque chose était arrivé à Regan. Elle ouvrit la porte immédiatement.

— Sirena, vous êtes debout? J'imaginais que je devrais attendre des heures avant que vous m'ouvriez. J'ai quelque chose à vous dire. Asseyons-nous devant un verre, vous en aurez besoin quand vous aurez entendu ce que j'ai à vous dire.

— S'agit-il de Regan ?

— Cela n'a rien à voir avec lui. C'est au sujet de Stephan, il s'est fait prendre en train de tricher sur la *Sirène des Mers*. Caleb m'a envoyé une note : l'un des joueurs l'a provoqué en duel demain matin à l'aube. En fait, dans une heure. Regan sera le témoin de Stephan.

— Vous avez dit à l'aube ?

— Oui, les joueurs ont choisi le pistolet. Stephan a peu de chances de s'en sortir. Si le combat s'était fait à l'épée, j'aurais parié sur Stephan, mais...

Tyler s'arrêta au milieu de sa phrase. Sirena s'était assise et riait aux larmes.

Frau Holtz arriva précipitamment dans le hall d'entrée. Quand elle aperçut Tyler, elle recula d'un pas. Les seaux qu'elle portait lui échappèrent des mains et tombèrent sans bruit sur l'épais tapis.

Sirena réussit à reprendre le contrôle d'elle-même et entraîna Tyler vers la bibliothèque.

— Venez voir, nous avons quelque chose à vous montrer.

Tyler s'approcha du baril, s'attendant à y voir un amas de bijoux et d'or : le trésor de la Sirène des mers. Quand il regarda à l'intérieur, il s'étrangla et faillit s'évanouir.

— Nous allons porter ce tonneau au navire et le jeter à la mer. Clouez le couvercle pour nous, Tyler, il ne nous reste plus beaucoup de temps.

— Oh mon Dieu ! s'exclama Tyler, tandis que Sirena lui mettait le marteau dans les mains.

— Fermez-le bien, Tyler !

Comme un pantin, Tyler saisit les clous que lui tendait Frau Holtz d'un air sévère. Il ferma les paupières en frappant sur le premier clou... et sur ses doigts du même coup.

— Jacobus a-t-il prévenu l'équipage? demanda Sirena à la gouvernante.

— *Ja,* dit la vieille femme en opinant du chef.

— Voulez-vous venir avec moi ou préférez-vous rester à Londres avec Wren? demanda Sirena, connaissant d'avance la réponse de Frau Holtz.

— La petite a déjà mis ses affaires dans le fiacre. Elle attend dehors avec Jacobus.

Sirena sourit et prit la main de sa fidèle amie.

— Je veillerai sur vous et sur l'enfant, promit Sirena. Mais je pense que le mieux pour vous deux serait de gagner l'Espagne. Je vous y rejoindrai quand je serai certaine que tout va bien. Pour l'instant, prenez quelques-uns de mes bijoux. Cela vous aidera à tenir le coup jusqu'à ce que j'arrive avec de l'argent frais.

Sirena regarda Tyler qui venait de s'acquitter de sa tâche peu agréable.

— Qu'allons-nous faire des domestiques? lui demanda-t-elle. Et comment nous débarrasser de Smythe et Rathbone?

— Ne vous inquiétez pas pour eux. La cuisinière et les bonnes iront se plaindre à ma mère que leurs gages ne leur ont pas été payés. La baronne, soucieuse que l'affaire ne s'ébruite pas, leur donnera satisfaction. Quant aux escrocs engagés par Stephan, vous pouvez être certaine qu'ils n'iront pas se plaindre à un avocat: ils s'enfuiront en volant des objets qui valent sans doute vingt fois ce qu'ils pourraient gagner en l'espace d'une vie.

— Vous avez raison. Maintenant, voulez-vous avoir l'obligeance de faire rouler le baril jusqu'à la porte d'entrée ? Jacobus vous aidera à le charger dans le fiacre. Dépêchez-vous, quelqu'un va sûrement venir chercher Stephan s'il ne se présente pas pour son duel.

Quelques minutes après, dans l'obscurité du fiacre, Sirena regardait par la fenêtre.

— Tyler, avez-vous remarqué cet homme qui se tenait debout devant la cour ? L'avez-vous déjà vu ?

Tyler blêmit.

— Je devine de qui il s'agit. C'est l'un des joueurs envoyé par l'homme qui a provoqué votre mari en duel. Au cas où Stephan s'enfuirait.

— Visiblement, il ne soupçonne rien.

— C'est une chance, murmura Tyler.

Jacobus conduisit les chevaux à vive allure dans les rues de Londres. Quand le quai fut en vue, il fit ralentir les animaux. Wren poussa un petit cri aigu et s'accrocha à Frau Holtz quand le fiacre s'arrêta. En l'espace de quelques secondes, tout le monde était à bord. Les premières lueurs de l'aube perçaient lorsque le vaisseau à la coque en cuivre s'élança vers le large.

Regan, exaspéré, frappait à la porte d'entrée. Que diable fabriquait Stephan Langdon ? Pourquoi personne ne venait-il lui ouvrir ? Ses yeux rencontrèrent ceux du joueur qui attendait patiemment.

— Il est à l'intérieur, je l'ai vu entrer et il n'en

est pas sorti. Cassez la porte, proposa-t-il, imperturbable.

Regan tenta d'actionner la poignée et fut surpris de constater qu'elle était ouverte. Il entra avec prudence dans la demeure. Les lampes étaient allumées dans toutes les pièces. Il appela Stephan et ne fut pas étonné de ne pas recevoir de réponse. Quelque chose s'était produit, Regan en avait l'intime conviction. Quand il entra dans la bibliothèque, ce qu'il vit lui coupa le souffle.

Le sol était encore humide; il remarqua instantanément les épées en désordre. En s'approchant, il vit des taches de sang sur les rideaux et des gouttes vermillon sur les papiers du bureau.

Sa gorge se noua et il se précipita au premier étage. Toutes les pièces étaient vides. Il était persuadé que Sirena et Stephan s'étaient battus. Or Stephan était un maître du fleuret. Sa réputation n'était plus à faire. Sirena, qui n'avait pas pratiqué l'épée depuis un moment, avait perdu la main. Il avait certainement eu l'avantage. Sirena! Sirena! Si Stephan avait touché à un seul de ses cheveux, il le tuerait de ses propres mains.

Regan passa toutes les pièces en revue. Il espérait et redoutait en même temps de trouver Sirena. Il pénétra dans sa chambre et trouva la chemise de nuit en lambeaux et son négligé jeté sur le sol. A en juger par l'état du vêtement, c'était ce qu'elle portait lorsqu'elle avait affronté Stephan. S'il l'avait tuée, il n'aurait sans doute pas laissé la preuve de son forfait. Il sourit. Non, c'était au contraire Sirena qui avait tué Stephan.

Elle l'avait tué et devait déjà avoir pris la mer. Il aurait dû y penser avant. Sirena était capable de survivre à tout, avec ou sans lui. Cette pensée le blessa légèrement.

Il descendit l'escalier et rejoignit le joueur.

— Il est parti. Il n'y a personne ici, hormis la cuisinière et un domestique. Vérifiez vous-même.

— Je n'ai vu personne quitter cette maison en dehors de deux femmes, une enfant, un jeune homme et un homme qui boitait. Je sais à quoi ressemble ce Langdon et il n'était pas parmi eux.

— Allez voir et si vous le trouvez, venez me chercher. Je serai à mon bureau. J'ai besoin d'un peu de sommeil, je vous prie de bien vouloir m'excuser.

Regan remonta son col car la matinée était fraîche et humide. S'il ne se trompait pas, un orage couvait sur Londres qui éclaterait avant midi. C'était le temps que Sirena préférait. Mais elle n'avait pas besoin d'attendre les tempêtes : elle savait les déclencher elle-même !

27

La coque en cuivre de l'*Esprit des Mers* fendait les flots agités comme si elle s'élançait vers l'enfer. Sirena se tenait près de la proue, les deux pieds solidement campés sur le pont. Elle ne tarderait pas à prendre le timon.

Son regard se posa un court instant sur le tonneau arrimé au mât de misaine. Il faudrait bientôt le jeter par-dessus bord. Stephan avait ce qu'il méritait. Elle regrettait seulement d'avoir dû le tuer de ses propres mains. Elle qui s'était juré de ne plus jamais attenter à la vie de quiconque...

Ses yeux émeraude scrutaient l'horizon: un orage leur arrivait droit dessus.

Lorsqu'elle prit sa place au gouvernail, le vent commençait à s'engouffrer dans le gréement. Les marins larguèrent les ris alors qu'elle mettait le vaisseau sous le vent.

D'immenses vagues transformées en rouleaux blancs menaçaient de s'abattre sur le pont. Les embruns lui brûlaient la peau alors qu'elle s'agrippait au gouvernail.

Elle devait se concentrer sur la tempête. Les mains cramponnées au timon glissant et rebelle qui était presque aussi haut qu'elle, Sirena semblait défier les éléments déchaînés. Des éclairs sillonnèrent le ciel obscur, illuminant les nuages. Se préparant à l'assaut, Sirena s'arrima au gouvernail.

Les minutes et les heures semblèrent durer une éternité. L'orage était à son paroxysme. Aveuglée par les averses sauvages, Sirena réussit cependant à conserver son cap. Quand la force physique commença à lui manquer, son instinct de survie prit le relais. Rien ne pourrait l'arrêter. Ni la mort de Stephan, ni le rejet de Regan, ni l'alliance scellée entre Caleb et son père. Rien. Elle survivrait grâce à son intelligence et à sa détermination, comme elle l'avait toujours fait.

Tyler Sinclair traversa tant bien que mal le pont pour rejoindre Willem. Ils se dirigèrent vers la proue en s'accrochant au cordage et au gréement.

Une fois arrivés, ils firent basculer le cercueil cylindrique de Stephan Langdon sur le côté. Pendant un instant, le baril leur échappa. Tyler imagina le corps de Stephan sortant du tonneau. Cette vision d'horreur parcourut son esprit au moment même où des éclairs illuminaient le ciel. Le corps glisserait sur le pont, projeté par le vent et la pluie qui lui redonneraient presque vie.

Haletant, avalant l'eau qui frappait son visage, Tyler tint le baril le plus fort possible. Stephan Langdon ne viendrait pas hanter ce bateau, dût-il mourir noyé !

Willem grommela tant le tonneau était lourd. Tour à tour, ils firent rouler le baril jusqu'à la rambarde en pestant contre le temps et leur propre maladresse. Enfin ils soulevèrent un des côtés du fût et le mirent debout. Sans la moindre prière, le tonneau passa par-dessus bord et Stephan Langdon rejoignit le plus profond des eaux, au milieu de la mer démontée et sous un ciel de tonnerre. Les éléments déchaînés constituaient une tombe idéale pour un tel monstre.

Le temps se maintint tandis que l'équipage faisait route vers le port de Waterford, d'où Wren et Frau Holtz gagneraient Cadix pour s'installer dans la maison Valdez de la Via Arpa. En attendant un bateau pour l'Espagne, il fut décidé qu'elles resteraient à Waterford chez des connaissances de Tyler.

Des larmes brillaient dans les yeux de la vieille femme quand elle descendit la passerelle.

Wren lança ses bras autour de la taille de Sirena en étouffant ses sanglots. Sirena s'efforça de demeurer impassible. Elle embrassa rapidement la petite fille sur la joue et lui promit qu'elles se reverraient bientôt.

— Mevrouw, appela Frau Holtz du quai. Quand nous verrons-vous à Cadix ?

Voyant que Sirena ne répondait pas, la gouvernante secoua la tête. Puis elle se retourna et, prenant Wren par la main, suivit Tyler qui se dirigeait vers le bureau du port.

Les yeux de Sirena étaient envahis de tristesse.

— Vous me connaissez trop bien, Frau Holtz, murmura-t-elle tout bas. Je vous remercie d'être partie. Si vous ne l'aviez pas fait, j'aurais sauté par-dessus la rambarde pour vous rejoindre. *Vaya con Dios*, que Dieu veille sur vous, ma bonne amie.

Elle se dirigea vers sa cabine, donnant l'ordre à son équipage de faire les provisions d'eau et de nourriture. Ils quitteraient le port le soir même, au moment de la marée. Les marins s'exécutèrent sans broncher. Une seule chose leur était insupportable : voir des larmes dans les yeux de leur Capitana.

Peu de temps avant le coucher du soleil, Sirena se réveilla d'une courte sieste. Elle mangea avec un appétit d'oiseau le repas que Jacobus lui avait apporté et monta sur le pont. Tyler revenait tout juste de la ville.

— Frau Holtz et Wren sont installées chez des amis de ma famille qui sont très contents de les accueillir. Cela fait longtemps qu'ils n'ont pas eu d'enfant à cajoler. Il y a un bateau pour Cadix cette semaine mais j'ai préféré qu'elles partent sur un paquebot dans dix jours. J'ai pensé que vous préféreriez les savoir en compagnie de missionnaires qui s'en vont en Afrique plutôt qu'avec une horde de mercenaires.

— Je vous en remercie, Tyler, j'aurais fait de même. (Sa voix était grave et rauque.) Nous lèverons l'ancre avec la marée du soir. Il nous faudra trois heures pour quitter les eaux irlandaises.

Ce ne serait jamais assez tôt pour Tyler: il savait, lui, que la justice anglaise s'appliquait à tous les sujets irlandais.

Peu de temps avant neuf heures, l'*Esprit des Mers* quitta son poste d'amarrage. La mer était calme et le navire suivit le chemin éclairé par la lune.

Tard le soir, Tyler monta sur le pont et trouva Sirena penchée sur la poupe. Elle contemplait le sillon du bateau.

— Sirena, appela-t-il doucement, l'arrachant à ses pensées.

Elle se retourna vers lui. A la lueur de ses yeux, il comprit qu'elle avait pleuré.

— Que se passe-t-il, Tyler? J'imaginais qu'à pareille heure vous étiez en train de dormir.

— Je souhaitais discuter avec vous de notre accord. Je me suis rendu compte qu'il était injuste de ma part de vous demander de reprendre la piraterie. D'autre part, je ne pense pas que cela me conviendrait.

Sirena sourit.

— Je m'y attendais, Tyler. En fait, j'étais persuadée que vous changeriez d'avis.

— Alors nous pouvons repartir chercher Frau Holtz et Wren !

— Non, Tyler, je refuse que leur sort soit lié au mien tant que mes affaires concernant Stephan ne seront pas réglées. Elles sont plus en sûreté seules qu'avec moi. Mais si vous voulez, vous pourrez toujours regagner Londres quand nous aurons atteint l'Espagne. Et qui sait, monsieur le corsaire, si la chance est de votre côté nous rencontrerons peut-être des pirates. C'est une race de poisson que je prends dans mes filets sans scrupules.

L'*Esprit des Mers* poursuivit sa route vers le sud et, quelques jours plus tard, peu de temps avant le crépuscule, un cri retentit :

— Voile en vue !

— Où ça ? demanda Sirena en se précipitant près du gouvernail.

— Le bateau vient de l'ouest, lui répondit un marin.

— Gardez le même cap !

Sirena et ses hommes, les yeux rivés vers l'ouest, ne percevaient que la forme du navire qui se découpait sur le ciel assombri.

— Aux armes, dit Sirena doucement. Ce bâtiment ne me plaît guère. Laissez-le passer sans l'attaquer mais tenez-vous prêts.

Sirena et son équipage étaient tendus. Ils savaient tous que ce vaisseau fantôme pouvait très bien être aux mains de pirates. Le silence s'abattit sur le bateau et Jacobus fit le tour du ponton pour s'assurer qu'aucune lanterne n'était restée allumée, afin d'éviter que l'*Esprit des Mers* ne fût repéré.

Le ciel était désormais complètement noir, la nuit était tombée d'un coup.

Bien qu'ils ne pussent voir l'autre navire, ils sentaient sa présence. Jacobus scrutait le ciel, souhaitant que les étoiles éclairent l'horizon et redoutant par là même qu'elles ne révèlent la présence de l'*Esprit des Mers*. Faisant route vers le sud, Sirena espérait qu'elle prendrait son poursuivant de vitesse.

Soudain, ils virent une flamme à une distance d'un mille. Le mystérieux bateau avait trouvé les vents favorables et gagnait du terrain sur l'*Esprit des Mers*. Bientôt, le navire fut si près que Sirena distinguait les traits du marin qui tenait une lampe à la proue du navire.

— Ils nous demandent de virer à tribord, dit-elle, incrédule. Ils pensent sans doute que nous allons nous rendre sans nous battre !

Au moment même où elle prononçait ces mots, un coup de canon gronda.

— Il nous attaque ! Jan, faites feu !

Jan alluma l'amorce et détourna le regard pour ne pas être aveuglé. Quand le coup partit, l'*Esprit des Mers* tangua. Plus rapide que l'éclair, le boulet vint heurter la coque de leur adversaire et brisa son bois à tribord.

Le marin, aidé par Jacobus, rechargea promptement le canon.

— Feu ! commanda Sirena.

Un rugissement assourdissant déchira la nuit et une fumée d'encre s'éleva dans le ciel.

— Nous l'avons touché ! cria Willem.

Il était désormais possible d'identifier le navire : il s'agissait d'un galion.

— Ils se sauvent comme des souris, dit joyeusement Jan, frémissant d'excitation.

Soudain, il fronça les sourcils. Traversant le pont, il alla rejoindre Sirena au timon.

— Capitana, le bateau...

— Bien joué, Jan, vous avez l'œil...

— Regardez, insista-t-il en pointant son grand bras vers le galion. Regardez son pavillon !

Sirena observa le mât de misaine qui était désormais illuminé par les flammes. Il s'agissait du drapeau anglais ! Et juste au-dessous flottait le drapeau de la couronne royale. Il s'agissait donc du navire du roi.

— Capitana, nous avons attaqué le bateau du roi ! Nous avons intérêt à filer au plus vite.

— Trop tard, un autre navire le suit derrière ! cria Jan éberlué.

— Dieu miséricordieux, soupira Sirena, nous n'arriverons jamais à nous échapper. Ils vont nous écraser.

Tyler poussa un grognement et prit sa tête entre ses mains. Sirena le poussa hors de son chemin et s'approcha du bastingage pour mieux voir la scène.

— Le galion est en train de couler mais il peut encore être remorqué. Il a été touché au-dessus de la ligne de flottaison.

— Il ne nous a pas indiqué de virer à tribord, observa Jan, il nous demandait de l'escorter. Sans doute a-t-il tiré sur nous par erreur.

— Capitana, intervint Willem, allez à votre cabine et changez-vous. Votre tenue pourrait nous causer d'autres ennuis. Dépêchez-vous !

Quand Sirena revint sur le ponton, les deux

vaisseaux étaient bord à bord avec l'*Esprit des Mers*.

Descendant d'une chaloupe, un grand officier de la Marine royale monta à bord accompagné de ses hommes. Il portait des cuissardes et des galons en or.

— Qui est le capitaine de ce vaisseau? demanda-t-il. Présentez-moi les papiers du navire.

Jan tendit les documents à l'officier, mais Tyler s'avança et prit la parole:

— C'est moi, dit-il avec autorité.

— Il ment, protesta Willem, écartant Jacobus et Jan d'un geste des épaules, c'est moi le capitaine.

— Menteurs, vous êtes tous des escrocs, rugit Jacobus qui tentait de s'approcher de l'officier de la Marine royale. Il n'y a qu'un capitaine à bord de l'*Esprit des Mers*, c'est moi!

Jan sourit avec ironie.

— Un homme de votre intelligence devinera que ces marins d'eau douce sont incapables de diriger une chaloupe. C'est moi le capitaine.

— Cela suffit! s'exclama l'officier, abasourdi. Bientôt, cette femme prétendra elle aussi être le capitaine.

— C'est pourtant la vérité, dit Sirena froidement. J'ai donné l'ordre de tirer sur le galion et j'en assumerai les conséquences. Mes hommes ont suivi mes ordres. Si vous regardez ces papiers, vous remarquerez qu'ils sont au nom de Sirena Magdelena Esthera Cordez. Langdon, ajouta-t-elle après un instant.

— Madame, en tant que propriétaire de ce

bateau, savez-vous dans quelle situation vous vous trouvez ? demanda le lieutenant anglais.

— Je sais seulement que le galion anglais a foncé sur nous dans l'obscurité. Nous avons vu une lanterne qui nous signalait de virer à tribord et ensuite un coup de canon est parti. Nous avons naturellement cru que nous étions attaqués et nous avons riposté. Ce n'est qu'ensuite que nous avons compris notre erreur.

— Une erreur qui va vous coûter cher, répliqua l'Anglais avec courtoisie.

— Je le sais, je paierai les dégâts. Je vous prie de m'excuser auprès de votre capitaine et du roi.

— Ma chère lady, vous pourrez faire vos excuses de vive voix. On dit que Sa Majesté visite la prison de Newgate une fois par an. Vous aurez tout le temps pour préparer votre discours. Mes hommes vont monter à bord de votre navire et vous conduiront à Londres où vous serez incarcérée jusqu'au jour de votre procès.

Sirena et l'équipage devaient rester sous surveillance jusqu'à Londres. Il n'y eut que Tyler pour protester lorsque les hommes furent conduits sans ménagement dans les cales.

Ils passèrent huit journées dans l'obscurité dans le ventre de l'*Esprit des Mers* tandis que le navire rebroussait chemin vers la Manche. Les Anglais les autorisaient à monter sur le pont pour respirer l'air frais et prendre leur repas. Dans ces moments-là, ils étaient sous la surveillance du lieutenant Fenner, qui était désormais devenu le capitaine du navire.

Par respect pour son sexe, Sirena avait droit plusieurs fois par jour à l'espace privé de sa cabine afin de changer de vêtements. Lorsqu'elle se trouvait sur le pont, elle se débrouillait pour aller voir Fenner au gouvernail. C'était un jeune homme agréable dont le sens du devoir lui plaisait. Comme il se répandait en éloges sur l'*Esprit des Mers*, bien qu'elle fût sa prisonnière, elle finit par éprouver une certaine admiration pour lui.

Un jour de tempête, alors que les falaises de Douvres commençaient à se découper à l'horizon, elle demanda :

— Que deviendra mon équipage, lieutenant ? Nous nous sommes réellement trompés lorsque nous avons tiré sur le galion.

Fenner sourit. Au fil des jours, il avait compris qu'il s'agissait d'une femme étonnante. Elle avait gardé son calme à un moment où d'autres seraient devenues hystériques. Et elle était si belle malgré la tristesse qu'il lisait dans ses yeux vert émeraude…

— Je ne peux pas répondre à cette question, Lady Langdon. Je puis seulement vous suggérer d'emporter avec vous l'argent que vous possédez. Vous en aurez besoin à Newgate si vous voulez être traitée humainement. Malheureusement pour vous, le roi n'a que peu d'estime pour la piraterie, à moins bien sûr qu'elle ne soit exercée par sa propre flotte…

— Vous êtes un homme honnête, lieutenant Fenner, dit chaleureusement Sirena.

Elle appréciait cet officier aux cheveux roux et aux yeux pétillants. C'était le genre d'individu qu'elle aurait aimé avoir à bord de son bateau. Quand elle se retourna pour partir, Fenner toucha doucement son bras.

— Quand mes hommes ont fouillé votre navire, ils n'ont pas trouvé d'argent. N'y en avait-il pas à bord? Cela ne m'étonnerait pas qu'un de vos hommes...

— Non, il n'y en avait pas, répliqua Sirena sincèrement. (Elle avait donné tout ce qui lui restait à Frau Holtz quand ils avaient fait escale à Waterford.) Je reviens d'un rendez-vous d'affaires en Irlande et je reviens les mains vides. Les achats de nourriture et le nouveau gréement ont vidé mes coffres.

Fenner avait l'air désolé.

— Je ne possède pas grand-chose, mais je vous l'offre...

— Je vous remercie mais...

— Prenez cet argent. Vous en aurez besoin jusqu'à ce que votre famille vous vienne en aide, je vous en prie.

— A une condition, dit-elle en souriant. Que vous m'appeliez Sirena. Je suis incapable d'emprunter de l'argent à quelqu'un qui m'appelle Lady Langdon.

— D'accord, Sirena. Vous pourrez me rembourser quand vous serez libérée.

Le huitième jour, Sirena, Tyler et l'équipage étaient dans les cales lorsqu'ils entendirent la coque se cogner contre le poste d'amarrage. Ils savaient qu'ils étaient arrivés à Londres. A travers les flancs du bateau, ils percevaient l'agitation des docks. Quelques instants après, les cales s'ouvrirent et le lieutenant Fenner apparut dans l'embrasure de la porte.

— Debout, messieurs! Sirena, si vous désirez vous restaurer dans votre cabine avant d'aller à terre...

Sirena opina du chef. Depuis la nuit précédente, l'équipage était devenu silencieux. Un silence qui trahissait leur appréhension. Sirena avait imploré leur pardon pour les avoir ainsi menés à la catastrophe. Ils s'étaient tous montrés bienveillants en jurant leurs grands dieux que ce n'était pas de sa faute. Tyler avait été particulièrement éloquent, répétant qu'elle n'était en aucun cas responsable.

Le lieutenant Fenner l'escorta jusqu'à sa cabine. Il était très calme mais Sirena lisait l'inquiétude sur son visage. Lui au moins était convaincu qu'il s'agissait d'une terrible méprise. Avant d'entrer dans sa cabine, elle jeta un regard sur le quai qui grouillait de monde. Elle qui avait espéré ne jamais revenir en Angleterre...

Au fil du voyage, Sirena et son équipage s'étaient mis d'accord sur l'histoire plausible qu'ils raconteraient au sujet de la mort de Stephan : il avait été emporté par la mer. L'heure de leur départ correspondait à celle de la tempête qui sans nul doute avait été consignée dans les registres maritimes. Personne ne pourrait mettre leur récit en doute. Sauf peut-être les domestiques, Smythe et Rathbone... et Camilla ? Elle exigerait certainement une enquête concernant la mort de son père.

— Il faut que vous vous dépêchiez, Sirena, dit le lieutenant, coupant court à ses pensées. Dans quelques instants, le fiacre qui vous conduira à Newgate sera là. Vos hommes seront transportés dans un chariot mais je ne voulais pas que les mendiants vous importunent dans la rue. Alors j'ai loué une calèche pour vous. Un de mes officiers vous conduira pendant que j'irai faire mon rapport au commissaire de la Marine royale. Je plaiderai en votre faveur, je puis vous en assurer.

Sirena prépara un petit baluchon d'habits qu'elle souhaitait emporter à Newgate mais le lieutenant Fenner le lui déconseilla :

— Ils ne vous donneront pas l'autorisation de garder ces vêtements et quelqu'un pourrait bien tenter de vous assassiner pour vous les voler. Le mieux serait de les laisser ici.

Elle le regarda, blême. Quel endroit était donc cette prison de Newgate ?

— Mon navire…

— Je vous promets de veiller sur l'*Esprit des Mers* et quand vous sortirez de prison, vous le retrouverez. Au revoir, Sirena. J'espère que nous nous reverrons bientôt, dans d'autres circonstances.

— Moi aussi, répondit-elle en prenant sa main qu'elle eut du mal à lâcher, comme ce monde qu'elle devait quitter pour l'obscurité de Newgate.

La calèche emprunta la rue de la Tamise, la même route que Frau Holtz et elle avaient prise la première fois qu'elles étaient arrivées à Londres, quelques mois auparavant. Ils s'approchaient du coin de St. Dunstan's Hill où se trouvaient les bureaux de Regan. Quand le fiacre passa devant, elle n'osa regarder au-dehors, craignant de l'apercevoir et d'implorer son aide. C'était trop tard… « C'est trop tard, Sirena ! » Elle entendait encore les paroles de Regan. Elle ferma les yeux, découragée.

Elle ne les rouvrit que lorsque l'équipage s'arrêta. Son compagnon de route lui tendit la main pour descendre mais elle la refusa. Elle devait affronter la vie seule, même pour ces dernières marches.

Une enceinte rectangulaire de granit gris faisait le tour de la cour. A l'emplacement des fenêtres se trouvaient des barres en fer. Elle pensa à l'hôpital de Bethléem où Stephan l'avait fait incarcérer pendant une journée et sentit la terreur l'envahir. Puis elle redressa ses épaules.

Les cellules étaient obscures, humides et incroyablement sales. De la paille était répandue sur le sol crasseux et la seule ouverture de la pièce se trouvait très haut sur le mur. Même si un prisonnier parvenait à l'atteindre, elle était trop étroite pour s'en échapper. Sirena était assise sur une chaise basse, fixant effarée les chaînes qui enserraient ses chevilles et ses poignets. Elles étaient recouvertes de rouille et tachaient sa peau d'une couleur orange. Suivant les conseils du lieutenant Fenner, elle s'était vêtue chaudement et ne le regrettait pas. La lumière du jour et la chaleur du soleil ne pénétraient jamais à l'intérieur de Newgate. Seule une minuscule bougie brûlait faiblement. Sirena se demandait ce qu'elle ferait lorsque la chandelle s'éteindrait et qu'elle se retrouverait dans l'obscurité.

Elle entendit soudain le bruit de clefs s'entrechoquant et quand elle redressa la tête, une grande femme aux traits sévères entrait dans sa cellule. Sa volumineuse poitrine retombait sur son ventre. Sa robe était toute tachée de graisse et de grosses auréoles de sueur autour des bras et de la taille. Ses cheveux bruns étaient noués par des ficelles grasses qui pendaient sur son visage. Ses chaussures étaient épaisses.

— Je suis la femme du geôlier ! annonça-t-elle rudement. J'suis venue voir si z'aviez assez pour payer vot' sortie d'ici.

Comme Sirena la dévisageait avec incrédulité, elle s'exclama :

— Dieu vous z'êtes idiote ? Z'avez pas d'argent pour payer vos repas ? Pour sûr, si vous z'avez commis un crime cont' la couronne, vous devez bien avoir quelque argent. Un peu d'monnaie rendrait vot' séjour plus z'agréable.

— Combien ? demanda Sirena.

— Deux livres et demie, cracha la geôlière en marquant son impatience.

— Et que m'offrez-vous, pour cela ?

— D'un côté, milady, j'vous fais sortir de cette cellule en attendant votre procès, et de l'autre, les conditions sont bien plus z'agréables dans l'autre aile de la prison. Et en plus vous aurez de l'eau fraîche, des biscuits et pas de vers. Et pis vous aurez un lit pour dormir au lieu de coucher sur ce sol crasseux.

En entendant parler d'un lit, Sirena fouilla sous ses jupes et en sortit l'argent que lui réclamait la femme.

— Un autre shilling et j'vous retire vos chaînes. Les menottes seront beaucoup plus légères, je vous l'promets.

Bien que dégoûtée par de telles pratiques, Sirena acquiesça. Elle remercia en pensée le lieutenant de sa générosité.

Suivant la geôlière, Sirena lui demanda :

— Savez-vous quand mon procès aura lieu ?

— Si z'avez de la chance, avant que z'ayez

plus d'argent, répondit la vieille femme en partant d'un grand rire caustique.

Elle fit entrer Sirena dans une cellule où se trouvaient déjà deux autres femmes. Elle lui retira ses chaînes qu'elle remplaça par de plus légères mais qui ne valaient sans doute pas un shilling. Sirena sourit soudain : elle mégotait sur un shilling alors qu'elle en possédait des centaines de milliers. Hélas, Tyler qui veillait sur ses biens était lui aussi en prison.

Avant le départ de la geôlière qui déposa dans la cellule un seau d'eau saumâtre qui de plus fuyait, Sirena lui demanda :

— Comment puis-je faire sortir une lettre d'ici ?

— Ça vous coûtera six shillings plus deux pour le papier et cinq pour la plume d'oie.

— Et combien pour l'encre ? s'enquit Sirena en soulevant ses jupes pour attraper la petite bourse qui contenait tout son trésor.

— Rien ! répondit la femme d'un ton méprisant.

Ses yeux brillèrent avec avidité lorsqu'elle aperçut les pièces dans les paumes de Sirena.

— En y repensant, je vous paierai quand vous m'aurez apporté le papier et la plume, et l'encre ! exigea Sirena.

— Pour qui se prend-elle ? Tout cela parce qu'elle sait lire et écrire ! dit une voix derrière elle.

— Tais-toi, Nell, laisse-la tranquille. Ne te rappelles-tu pas du premier jour que nous avons passé dans ce trou à rats ! protesta une autre voix.

Si le ton était rude, la diction parfaite laissait entendre qu'il s'agissait d'une femme habituée à commander des domestiques. Sirena se retourna et distingua une tête rousse avec les yeux les plus noirs qu'elle eût jamais vus. Quand elle sourit pour la remercier, la femme lui renvoya son sourire.

— Voyons, mon cœur, pourquoi êtes-vous ici ?

— Il s'agit d'un malentendu... commença à expliquer Sirena.

Mais quand elle constata que la femme du geôlier et Nell l'écoutaient, elle se tut.

— Certainement, comment pourrait-il en être autrement ? Je m'appelle Theodora, Theo pour les amis. (Elle leva les yeux vers la geôlière.) Pourquoi restez-vous à nous regarder bouche bée ? Il y a certainement d'autres cellules qui attendent leur ration d'eau stagnante. Allez-y et n'oubliez pas le papier et la plume de cette lady, si vous voulez son argent !

La souillon quitta la cellule en refermant la porte derrière elle. Le ton hautain et impérieux de Theo avait produit l'effet escompté.

— Quelle vieille harpie ! s'exclama Theo. J'ai vu des prostituées infestées par la maladie qui avaient meilleure allure qu'elle.

— Si c'est une vieille sorcière, imaginez un peu à quoi son mari doit ressembler, coupa Nell.

Il semblait qu'elle ne souhaitait pas se mettre sa codétenue à dos. Si Theo aimait la nouvelle, elle devait se montrer gentille avec elle.

— C'est donc la première fois que vous venez à Newgate ? Vous ne m'avez pas dit votre nom, reprit Theo en serrant son manteau vert foncé contre elle pour éviter que le bord ne traînât par terre.

— Sirena.

— Eh bien, Sirena, comment saviez-vous qu'il fallait vous habiller chaudement ? La plupart des nouveaux venus arrivent avec leurs vêtements de saison.

— Un... ami m'a prévenue...

— Votre ami vous a-t-il appris d'autres choses ?

— Il m'a dit aussi que je devrais payer la nourriture.

— Qu'il avait raison ! s'exclama Nell. Dieu seul sait ce que je deviendrai dans une semaine ! J'ai presque plus d'argent et j'ai même plus assez pour de l'eau fraîche.

Sirena lui désigna le seau que la geôlière lui avait laissé.

— Servez-vous. Vous feriez bien de le boire avant que toute l'eau ait fui du sceau.

— Vous voulez dire qu'elle ne vous a pas avertie que pour un penny de plus vous pouviez avoir une gamelle qui ne fuyait pas ? s'étonna Theo. Si vous le versez dans le mien, nous pourrons conserver l'eau qui reste.

Sirena s'exécuta sans plus attendre.

— Voici la preuve que vous êtes nouvelle ici. Si vous n'étiez pas tombée sur moi, vous auriez peut-être perdu votre ration d'eau pour une semaine. Vous avez de la chance, nous partagerons équitablement.

— Je vous remercie... Puis-je savoir pourquoi vous êtes ici, Theo ? interrogea Sirena.

— Comme l'actrice de première classe que je suis ne trouve pas toujours de travail sur les planches, j'exerce mes talents comme prostituée.

Nell se mit à glousser et à tirer nerveusement ses cheveux crasseux sur son visage.

— C'est la plus jolie lady que j'aie jamais vue quand elle joue au théâtre.

Sirena sourit.

— Depuis combien de temps êtes-vous ici toutes les deux ?

— Cette fois-ci ? demanda Theo. Cela doit faire trois mois. Au début, Nell était inquiète pour ses enfants mais cela a fini par lui passer, n'est-ce pas, Nell ?

Les lèvres de Nell se mirent à trembler.

— J'imagine qu'ils sont morts et enterrés, hein, Theo ? Plus la peine de s'inquiéter pour eux.

— Tu as certainement raison, ma vieille Nell. Et l'enfer est plus confortable que ce monde, tu peux me croire.

— Eh bien, Theo, tu crois pas qu'on devrait expliquer à notre Sirena les règles de Newgate ? Raconte-lui, j'aime entendre le son de ta voix.

Sirena écrivit une lettre à la baronne Sinclair, laissant de côté les détails et lui expliquant comment elle et Tyler s'étaient retrouvés enfermés à Newgate. Elle était certaine que le baron userait de son influence pour qu'ils soient libérés le plus tôt possible.

La geôlière leur rendait visite tous les matins, essayant de leur soutirer quelques nouvelles pièces. Theo, Nell et Sirena étaient des prisonnières privilégiées à Newgate. Elles étaient isolées du pavillon des endettées et de celui des assassins.

Nell avait été arrêtée parce qu'elle avait volé

de la nourriture pour ses enfants affamés. Ce n'était pas la première fois qu'elle était condamnée par la justice et cette fois-ci la peine était de deux ans. Sirena et Theo savaient toutes deux qu'elle n'y survivrait pas.

Theo exerçait ses talents de prostituée dans la maison close la plus luxueuse de Londres. Son crime avait été de ne pas donner son argent à la tenancière. En mesure de rétorsion, elle l'avait accusée de vol et comme elle avait plus d'argent qu'elle pour corrompre les juges, elle l'avait fait condamner à six mois de prison. D'autre part, tous ses biens avaient été confisqués, mis aux enchères et rachetés par la tenancière à un prix ridiculement bas.

Theo fit l'éducation de Sirena : elle lui raconta la vie de Newgate dans ses moindres détails. Nell l'écoutait la bouche ouverte, hypnotisée par sa voix théâtrale.

Sirena apprit qu'elle avait eu beaucoup de chance de ne pas se retrouver dans le pavillon surpeuplé des endettées, où une cinquantaine de femmes étaient entassées dans une même cellule. Et comme il n'y avait que vingt lits, les prisonnières devaient dormir à tour de rôle. Il fallait même partager les gamelles.

Theo avait suggéré à Sirena d'utiliser son restant d'eau uniquement pour sa toilette, vu les algues et les débris qui flottaient à sa surface huileuse.

— Il est préférable de dépenser quelques shillings en plus pour de la bière ou de l'hydromel que de se retrouver avec la dysenterie, avait conseillé Theo.

Deux fois par jour, elles avaient l'autorisation

d'aller prendre l'air dans la cour et de vider leurs seaux de déjections. Il leur était difficile d'apprécier ce rare moment de soleil car en se dirigeant vers la citerne, elles longeaient les cellules des hommes condamnés au gibet. Lorsqu'elles empruntaient le couloir étroit, ils les huaient, hurlaient des obscénités et, passant leurs mains à travers les barreaux, tentaient de les agripper.

Un jour, Nell se retrouva prisonnière des mains d'un détenu et il s'écoula un certain temps avant que le gardien n'intervînt en frappant le prisonnier avec un nerf de bœuf. Elle en renversa son seau sur sa robe déjà sale.

Elle s'en sortit avec des bleus sur tout le bras et un œil au beurre noir. Mais pire que tout, Nell fut obligée ensuite de nettoyer ce qu'elle avait répandu par terre sous les cris des hommes.

La robe de Nell était en piteux état. Il n'y avait pas assez d'eau pour laver les salissures et même s'il y avait eu suffisamment de savon, le tissu était si usé que rien n'y aurait fait. Sirena lui offrit généreusement plusieurs de ses jupons et Theo sa veste à manches longues. Nell était ravie de pouvoir porter quelque chose d'aussi fin et elle se pavanait pour que tout le monde la vît.

La femme du geôlier arriva alors à leur cellule en demandant si elles accepteraient d'aller à une soirée donnée par un gentleman dans la taverne de la prison. Elle évita le regard de Nell dont elle savait qu'elle ne ferait pas l'affaire. Nell était plus que décharnée. Elle avait désormais le regard vitreux et sa peau était tendue autour de ses pommettes. Elle avait aussi une toux sèche, elle crachait du sang de temps à autre.

— Il y aura plein de nourriture et assez de vin pour faire flotter un navire. Comme vous z'êtes ce qui ressemble le plus à des ladies à Newgate, j'ai pensé à vous.

— Et combien vous ont-ils payée ? interrogea Theo. Combien nous donnerez-vous en retour si nous y allons ?

La souillon découvrit ses dents noires et menaça :

— Si cette soirée n'est pas à vot' goût, j'peux aussi bien vous arranger un petit séjour au pavillon des endettées.

Theo se savait battue d'avance. Elle se leva et demanda :

— Et cette pauvre Nell ? Un bon repas et du vin lui feraient du bien.

— Comme je vous l'disais, le gentleman cherche des ladies présentables. Et celle-là, reprit-elle en pointant l'index vers Nell, ne vaut pas mieux qu'un sac d'os. Alors vous venez ?

Theo n'était pas prête à se rendre si facilement : elle soupçonnait la geôlière d'avoir reçu une somme confortable pour procurer des ladies de qualité.

— Que valent un morceau de viande et une citerne de vin en comparaison de ce que vous avez obtenu pour cela ? Personne ne remarquera la pauvre Nell dans la foule. Sirena et moi-même assisterons avec plaisir à cette soirée si Nell peut nous accompagner. Ou bien vous serez obligée d'aller chercher deux souillons au pavillon des endettées...

La femme esquissa une affreuse grimace et céda enfin :

— D'accord, qu'elle vienne aussi !

Sirena regarda Theo avec un regard inquiet.

— Beaucoup de gentlemen très comme il faut sont à Newgate, Sirena, expliqua la rousse aux yeux noirs. Le fait qu'ils soient en prison ne signifie pas qu'ils ont perdu leur courtoisie. Venez, je vous assure qu'ils veulent seulement avoir de la compagnie et rien d'autre. Nell, laisse-moi coiffer tes cheveux.

Theo utilisa son propre peigne pour peigner ses cheveux et retirer les nœuds de sa chevelure crasseuse.

— Vous n'avez pas le temps, protesta la gardienne. Et puis qui la regardera ?

— Nell aime être jolie, n'est-ce pas, Nell ? Cela ne prendra qu'une minute. (La femme se tenait debout et regardait Theo en piaffant.) Voilà, c'est fini. N'est-elle pas jolie, Sirena ?

— Plus jolie que jamais, répondit Sirena avec un sourire en tendant la main à Nell.

— Eh bien, profitez-en bien, ajouta la geôlière en jetant un regard méprisant à Theo. Car à mon avis, elle n'en a plus pour très longtemps.

Nell se tourna vers Sirena, ses grands yeux apeurés.

— Ne l'écoute pas, Nell, elle est simplement jalouse. Elle sait bien que la mode est à la minceur.

La taverne était enfumée. Le bois qui brûlait dans la cheminée devait être humide car il dégageait une petite vapeur blanche et une odeur étouffante. A cela s'ajoutait la fumée des pipes car de nombreux prisonniers s'imaginaient que le tabac les protégeait des maladies. Les longs bancs disposés autour de la table en bois étaient occupés par des hommes. Ils mangeaient avec cœur et buvaient à grandes gorgées dans leurs chopes.

Sirena commença à saliver lorsqu'elle vit la nourriture. De la poitrine de bœuf croustillante, des gigots d'agneau, des côtes de porc et des saladiers de fruits frais. Depuis combien de temps n'avait-elle pas planté ses dents dans une orange ? Elle détestait le pain moisi et la viande pitoyable qu'on lui servait d'habitude.

Theo installa Nell à une table éloignée puis lui prépara une grande assiette de différentes viandes et un saladier entier de fruits. Elle emplit plusieurs chopes de vin et les aligna devant l'assiette de Nell en lui recommandant de manger et de boire autant que possible et d'amasser le restant de nourriture dans sa veste, en particulier les fruits.

Quant à Sirena, elle se servit un gobelet de vin qu'elle avala à petites gorgées en savourant son arôme après des semaines de bière amère et d'hydromel.

— Il faut aussi que nous remplissions notre ventre, Sirena, car je ne sais pas quand nous referons un tel festin, dit Theo en l'entraînant vers la table.

Plusieurs hommes s'écartèrent pour leur laisser de la place et posèrent leurs bras sur les épaules des femmes avec une certaine familiarité. Sirena se crispa. S'il fallait payer un prix aussi élevé pour remplir son estomac, elle préférait jeûner.

Theo leur lança un regard glacial jusqu'à ce qu'ils aient retiré leurs bras.

— Je n'ai rien contre vous, gentlemen, dit-elle

poliment, mais vous devriez savoir qu'une jeune femme affamée n'est pas de compagnie très agréable.

Après avoir mangé à satiété et alors qu'elle était sur le point de vider sa chope, Sirena entendit une voix qui lui était familière.

Quand elle tourna la tête, elle aperçut Tyler au bout de la table. A en juger par son attitude, Sirena comprit qu'il était à l'initiative de cette soirée. Elle plissa les yeux pour voir à travers l'écran de fumée qui obscurcissait la pièce. Il n'était pas étonnant qu'elle ne l'eût pas reconnu : il portait désormais une longue barbe noire et ses cheveux étaient plus longs et plus bouclés. Elle se demanda où il avait obtenu l'argent pour organiser un tel banquet. Le baron et la baronne lui étaient-ils venus en aide ? Avaient-ils reçu sa lettre ? Pourquoi n'avait-elle eu aucune nouvelle ?

Essuyant ses mains grasses sur le jupon qu'elle portait sous sa robe, elle se leva et se dirigea vers lui.

— Tyler !

Elle le surprit au milieu d'un grand rire. Il fut véritablement choqué de la voir.

— Sirena ! (Il se leva précipitamment de son banc et la conduisit dans un coin désert de la pièce.) Comment allez-vous ?

— Pas aussi bien que vous, on dirait. Où avez-vous trouvé l'argent pour organiser cette soirée ? Je pensais qu'il ne nous restait plus un penny, je croyais avoir tout donné à Frau Holtz ?

Honteux, Tyler baissa les yeux. Il n'avait pas la force de soutenir son regard. Mais il contre-attaqua :

— Et vous, où avez-vous trouvé assez d'argent pour vous entretenir aussi bien durant toutes ces semaines ?

— Le lieutenant Fenner m'a remis tout ce qu'il possédait jusqu'à son dernier penny. Je me suis sentie coupable d'accepter mais il m'a assuré qu'une femme en avait davantage besoin qu'un homme, répondit-elle sur le ton du reproche. Connaissez-vous la date du procès ? Quand je suis arrivée, j'ai envoyé une lettre à vos parents. Je pensais que vous n'auriez pas d'argent afin de le faire vous-même. Je vois aujourd'hui à quel point je me suis trompée.

— Mes parents ont quitté Londres pour les Pays-Bas. Un cousin de ma mère se marie et...

— Epargnez-moi cela, Tyler ! Qu'allons-nous faire ? Nous mourrons dans ce lieu sordide bien avant notre procès.

— Tout se passera bien, Sirena, dit-il d'une voix confiante. Je m'en suis assuré.

— Comment cela, vous vous en êtes assuré ?

Tyler hésita à nouveau à croiser son regard.

— ... J'ai envoyé une lettre à Regan. (Voyant la colère monter en elle, il se dépêcha de s'expliquer.) Il le fallait ! Je savais que vous ne le feriez jamais, alors j'ai signé de votre nom !

— Signé de mon nom, quel imbécile vous faites ! Vous saviez très bien que Regan est la dernière personne à qui j'aurais demandé de l'aide... Tyler, si je ne me retenais pas je vous tuerais.

Pour donner du poids à ses paroles, elle lui décocha un coup de pied dans le tibia. Tyler réprima un cri de douleur.

— Je vous en prie, Sirena, écoutez-moi.

C'était notre seul espoir ! Et cela fait un certain temps que j'ai envoyé la première lettre.

— Vous en avez envoyé plus d'une ! Avec mon nom, afin qu'il pense que je mendie son aide ?

Elle le frappa à nouveau mais sur l'autre jambe.

— Sirena, pardonnez-moi, supplia Tyler en grimaçant. C'était la seule chose que je pouvais faire !

Debout les mains sur les hanches, Sirena le toisait les yeux plissés.

— Combien d'argent avez-vous, Tyler ?

— Je ne sais pas...

— Inutile de me mentir !

— Cet argent est le vôtre. Croyez-moi, Sirena, j'ai essayé de le garder pour vous le donner. Je n'ai simplement pas eu la chance de pouvoir vous le faire passer. Demandez à Jan et Willem et au reste de l'équipage. J'ai divisé tout ce que j'avais entre nous tous.

Sirena devint aussitôt plus chaleureuse. Elle était terriblement inquiète du sort réservé à son équipage dans cette prison. Maintenant qu'elle les savait chacun en possession d'une petite somme pour améliorer leur quotidien, elle en était reconnaissante à Tyler.

— Vous avez fait cela ? Vous avez partagé avec l'équipage ? Vous devez m'excuser, Tyler. Néanmoins je dois vous avouer que je n'ai presque plus rien dans ma bourse. Combien pouvez-vous me donner ?

— Il me reste quarante livres. Les autres ont eu chacun quinze livres.

Sirena était soulagée. Elle qui était venue à Newgate avec huit livres et les avait partagées avec Nell et Theo. Ses hommes devaient bien se porter.

— Gardez-en quinze pour vous, Tyler, et confiez-moi le reste. Il faut que je veille sur Theo et Nell, mes nouvelles amies.

Tyler retira sa botte et en sortit l'argent qu'elle lui demandait.

— De quand date la dernière lettre que vous avez envoyée à Regan ?

— De deux jours environ. Avec un peu de chance, nous aurons bientôt de ses nouvelles. Je l'ai confiée à un homme qui venait d'être libéré. Je lui ai fait plusieurs faveurs et en retour il m'a promis que Regan recevrait la lettre.

Après le départ de Sirena et de ses amies, Tyler se rendit compte qu'il s'ennuyait. Le vin coulait à flots, la nourriture était abondante et délicieuse en comparaison de celle servie en prison, les invités s'amusaient et pourtant son humeur devenait de plus en plus sombre. Sirena lui en voulait d'avoir adressé cette lettre à Regan. Il l'avait lu dans son regard, entendu à sa voix. Bon sang ! Il enrageait d'être incapable de la faire sortir de Newgate. Le baron et la baronne étaient en voyage et ne pouvaient lui venir en aide. Pour la première fois, le nom de Sinclair n'avait aucun pouvoir.

Newgate et ses murs gris étaient une horreur pour Tyler. Il se souvenait de la première fois où il avait été convoqué à Newgate pour rendre visite à l'un de ses clients. Il avait alors pensé qu'il préférerait mourir que de rester confiné dans cet endroit détestable.

Et pourtant, il était bien là, payant comme tout un chacun afin d'améliorer son quotidien, essayant de tirer le meilleur profit de la situation. Il s'était inquiété pour la santé de Sirena. Mais à en juger par son teint, elle allait assez bien. Sirena s'en sortirait toujours. Elle appartenait à une race particulière : forte et confiante, rien ne lui résistait.

De retour dans sa petite cellule avec trois autres hommes, Tyler s'allongea sur son lit de paille défraîchie et songea à Camilla. Durant ces longues journées et nuits, c'était son visage qui lui avait donné sa force. Il avait pris une nouvelle résolution : dès qu'il serait sorti de Newgate, il dirait toute la vérité à Regan. Camilla lui appartenait. Elle était sa femme et plus rien ne pourrait désormais les séparer. Les jours de sa jeunesse insouciante étaient révolus. Il était désormais prêt à prendre les risques nécessaires pour obtenir ce qu'il chérissait plus que tout au monde : Camilla.

Chaque fois que Sirena entendait les clefs tinter à la ceinture de la geôlière, elle retenait sa respiration, espérant recevoir une réponse de Regan aux lettres de Tyler.

Chaque jour passait lentement. L'argent que Tyler lui avait donné avait été utilisé pour acheter des couvertures usées mais propres. Elle avait aussi dépensé quatre shillings pour une bouteille d'essence de térébenthine afin de chasser les puces qui les démangeaient sans arrêt. Le produit leur brûlait la peau et laissait une pellicule huileuse à l'odeur âcre mais efficace. Elles rinçaient leurs cheveux avec la lotion malodorante, espérant qu'elles n'auraient pas à se raser la tête pour se débarrasser de cette vermine...

Mais l'essence de térébenthine irritait les poumons de Nell. La pauvre fille toussait et crachait, devenant chaque jour plus faible. De grands cernes sombres soulignaient ses yeux battus.

Ce jour-là, lorsque Nell vida son seau de déchets dans la fosse, un des autres détenus la bouscula, et Nell tomba dans la fosse. Elle suffoqua, cria et avala l'eau sale. Il fallut trois gardes pour l'en sortir. Theo leur reprocha d'avoir réagi trop lentement. Sirena rapporta une fine couverture de sa cellule pour envelopper la pauvre Nell toute tremblante.

Avec l'argent de Tyler, Sirena demanda à la geôlière de rapporter de nouveaux habits pour Nell. Cette dernière dut jeter ses jupons et sous-vêtements qui empestaient, mais ne put se résoudre à jeter la veste de Theo. Elle insista pour qu'on la gardât, disant qu'elle la laverait dès qu'elle irait mieux.

Bien qu'assise dans la cour sous le soleil estival, Nell ne parvenait pas à se réchauffer. Theo la regardait avec inquiétude. Elle remonta la couverture sur le cou de Nell d'un geste maternel.

Sirena fouilla à nouveau dans son jupon et paya la geôlière pour qu'elle apportât un brasero et des briques qu'elles firent chauffer et disposèrent autour de Nell. Quand la gardienne regarda leur patiente, elle fit claquer sa langue et secoua la tête. Theo se retourna vers elle en lui lançant un regard haineux.

Toute la nuit et jusqu'au matin, Theo et Sirena s'occupèrent de Nell l'une après l'autre. Quand l'aube se leva au-dessus des murs gris de

Newgate, Nell rendit l'âme. Ses yeux voilés emplis d'admiration remercièrent Theo puis se figèrent, glacials.

La femme à la chevelure rousse lâcha doucement sa main et plaça un dernier baiser sur ses joues creuses. Puis Sirena et elle, assises, récitèrent une prière en se demandant si, quand leur jour viendrait, il y aurait quelqu'un à Newgate pour prier pour elles.

28

Caleb se tenait sur le pont de son bateau de jeu. Il était temps de fermer la *Sirène des Mers* pour repeindre sa coque, changer l'équipement et lui redonner son nom de *Rana* ; il était temps pour lui de reprendre la mer. Tout cela avait assez duré. Il y avait autre chose que l'argent dans la vie. Il passerait l'hiver à Londres, puis engagerait un équipage au début du printemps. Il envisagea de rentrer à Batavia. Mais sans Regan et Sirena, quelle solitude ! Non, il tenterait d'obtenir une lettre de marque du roi et gagnerait l'Amérique.

Et Sirena, où était-elle ? Probablement à Cadix, pensa Caleb. Même Regan semblait ignorer où elle était partie. Tout le monde savait que Stephan Langdon avait fui pour éviter le duel avec le joueur. Lorsque Caleb avait demandé à Regan si Sirena l'avait accompagné, il avait répondu d'une manière évasive :

— D'une certaine manière...

Puis il s'était tu et avait refusé de s'étendre davantage sur ce sujet.

L'autre sujet à ne pas aborder était celui de son mariage avec Camilla. En effet, Regan avait quitté Drury Lane pour s'installer non loin de son bureau de St. Dunstan's Hill.

Caleb savait que l'idée de fermer boutique constituerait un choc pour Lord Farrington. Mais il avait décidé de lui offrir tous les équipements de jeu et de l'aider à recommencer ailleurs. Le *Rana* allait reprendre la mer et il était heureux de ne pas avoir cédé à Aubrey lorsqu'il avait voulu ouvrir l'arrière de la coque pour avoir davantage d'espace.

Ces derniers temps, Lord Farrington se comportait d'une manière étrange. La semaine précédente, il avait semblé sur le point de se confier à Caleb mais, à la dernière minute, il s'était ravisé. Son humeur était passée de la morosité à une attitude agressive pour devenir franchement hostile. Pourtant, les bénéfices de la *Sirène des Mers* avaient dépassé toutes leurs espérances.

Caleb s'étira, tentant d'apaiser la tension qu'il sentait dans son dos. Un mauvais présage pesait sur ses épaules comme un manteau glacial. Il rejeta la tête en arrière pour tenter de se détendre, mais en vain.

Il regarda une mouette prendre son envol et monter dans le ciel. Il s'émerveilla en voyant l'oiseau glisser dans les airs sans le moindre effort. Il aurait aimé lui ressembler : être libre, libre d'aller où il voulait sans entraves. Il vit l'oiseau tournoyer puis s'enfoncer dans la brume qui enveloppait le port. Cette mouette volait-elle par instinct ? Dépendait-elle des autres ou simplement d'elle-même ? Comment pourrait-il, lui, se faufiler dans le brouillard ?

Aubrey Farrington se tenait de l'autre côté du navire. Il aperçut Caleb et grimaça. Il lui devait plus qu'il ne pourrait jamais rembourser. Si seulement il avait pu l'avertir, le mettre en garde que... « Mais je tiens bien trop à la vie pour cela », songea-t-il. Cal avait pour lui la force de la jeunesse, un œil avisé et d'excellents réflexes. Aubrey était un vieil homme sur le déclin. Il n'avait plus suffisamment d'énergie pour se sortir de ce guêpier.

Sa gorge était nouée. Et si Blackheart ne tenait pas sa promesse et le tuait ? Et si le marin revenait quand il aurait pris possession du bateau ?

Aubrey leva les yeux au ciel et sentit que son estomac se contractait davantage. Douze heures et tout serait enfin terminé. Que ferait Regan Van der Rhys quand tout serait fini ? Il réagirait comme un animal sauvage blessé. Aubrey devrait se protéger et de Blackheart et de Regan. Pourrait-il jamais retrouver la quiétude ?

Une heure avant l'ouverture des salles de jeu, Aubrey se plaignit auprès de Caleb de crampes d'estomac.

— Il faudra vous débrouiller sans moi pendant un moment, Caleb. Je vais en ville chercher un médecin. Cette douleur est insupportable, marmonna-t-il en se tenant le ventre.

— Ne vous faites pas de souci pour moi, répondit Caleb avec calme.

Aubrey était incapable de le regarder droit dans les yeux. Bon sang, que se passait-il ?

— Vous feriez bien de vous dépêcher avant de ne plus être en état d'aller chez le docteur.

Farrington se leva.

— Cal... Je vous... souhaite... bonne chance.

— Aurai-je besoin de chance pour les jeux de ce soir? En quoi cette soirée est-elle différente des autres? demanda Caleb, sarcastique.

— En... rien. Il faut que je vous laisse. Ce soir sera une grande nuit.

« A bien des égards », termina-t-il pour lui-même en empruntant la passerelle en bois.

Cette nuit-là, conscient que quelque chose se tramait, Caleb balaya la pièce du regard sans pouvoir s'expliquer cette atmosphère lourde et fiévreuse qui régnait dans la salle de jeu. Satisfait de voir que tout se passait sans anicroche, il sortit sur le pont. Même là, dans le silence, ce sentiment de malaise ne le quittait pas.

Il appela deux hommes de main et leur ordonna de fouiller le navire de fond en comble. Quand ils lui demandèrent ce qu'ils devaient chercher, Caleb se contenta de hausser les épaules. Les sourcils froncés, il gagna ensuite sa cabine.

Il sortit un stylet d'un tiroir et plaça la lame dans sa manche. Puis il remonta sur le pont; il ne pouvait rien faire de plus pour le moment. Ce qui devait arriver arriverait.

Un des hommes de main rejoignit Caleb avec un air éberlué.

— Nous n'avons rien trouvé, seulement des empreintes de pas humides. Quelqu'un a dû passer ici avant nous mais nous avons fait le tour du pont sans pouvoir mettre la main sur l'intrus.

L'ancre est levée, comme si l'ordre de larguer les amarres était sur le point d'être donné. Elle a été graissée il y a quelques heures.

Caleb opina du chef et les renvoya à leur travail. Il avait donc raison. Dans une heure le bateau serait vide, tous les clients et le personnel seraient partis. Il se retrouverait seul avec cette force inconnue qui rôdait à bord de son bateau sans être vue ni entendue.

Alors que les derniers apprentis cuisiniers quittaient le navire, Caleb souffla calmement chacune des lanternes : la *Sirène des Mers* était désormais dans l'obscurité totale.

— Viens me chercher, bâtard ! murmura-t-il dans le silence qui l'entourait.

A pas feutrés, il explora le navire en guettant le moindre mouvement. Il arriva à l'ancre. Les hommes de main avaient raison : quelqu'un l'avait abondamment graissée.

Soudain, il sentit la pointe d'une lame sur son dos.

— Si vous bougez le moindre muscle, je vous transperce les côtes.

La voix était froide, macabre. Il s'agissait de la voix de l'inconnu qui discutait avec Farrington l'autre fois.

— Votre bateau est cerné par mes hommes et vous n'avez aucune chance de vous échapper. Un homme avisé doit savoir se rendre au bon moment s'il veut pouvoir prendre sa revanche un jour. Je suis la preuve vivante de cette leçon de sagesse. Allumez une lanterne, demanda-t-il à une silhouette qui se trouvait à côté de lui.

Quand elle fut allumée, il ordonna à Caleb de se retourner.

— Blackheart ! s'exclama Caleb, stupéfait.

— Exact, Dick Blackheart en personne. (Sa voix était haineuse et méprisante.) Comme vous le constatez, j'ai survécu pour pouvoir enfin me venger. Mais ce n'est pas contre vous que je veux me battre. Vous serez mon appât.

— Bandit ! J'ai vu la Sirène des mers vous tuer de mes propres yeux ! Comment pouvez-vous être vivant ?

— Oui, j'ai failli y laisser ma peau. Il ne se passe pas un jour sans que mon corps me fasse souffrir. Il y a des moments où je préférerais être mort. Maintenant, le moment de la vengeance est enfin arrivé. Œil pour œil, dent pour dent, mon ami, ce n'est que justice...

— Vous êtes un imbécile, Blackheart, si vous vous imaginez que vous obtiendrez quoi que ce soit en me gardant prisonnier. Que voulez-vous ?

— Grâce à vous, je vais abattre la Sirène des mers. Pour quelle autre raison serais-je ici ? Et vous avez tort de dire que je suis un imbécile, c'est vous l'imbécile.

— Ne savez-vous donc pas que la Sirène des mers est morte ? mentit Caleb.

— La Sirène des mers est bien vivante et elle vit actuellement en Angleterre. Cela fait des mois que je la surveille et vos mensonges ne me convaincront pas. Nous allons partir au large et je lui ferai porter un message que vous lui écrirez. Et bien sûr, elle se précipitera à votre secours.

— Jamais je n'écrirai quoi que ce soit, rétorqua froidement Caleb.

— Réfléchissez bien, mon ami. Surtout si

vous voulez que votre père continue à couler une douce existence...

Caleb sentit sa gorge se nouer. Il devait tenter de gagner du temps et de découvrir les plans de Blackheart. Combien de coupeurs de gorges avait-il avec lui ? S'il pouvait se retrouver seul face à ce bâtard, il le tuerait à la première occasion.

Comme s'il lisait dans ses pensées, Blackheart eut un rire diabolique.

— Et n'allez surtout pas vous imaginer que je vous laisserai un instant seul avec moi. A cause de la Sirène des mers, je ne suis plus capable de me servir d'une arme. Un seul faux mouvement, et votre père sera exécuté. Vous serez responsable de sa mort, vous m'avez bien compris ?

— Oui, vous avez gagné cette fois-ci... Mais le jour viendra où...

— Ça suffit ! Allons dans votre cabine écrire ce message pour la Sirène des mers. Savez-vous que c'est le nom de votre bateau de jeu qui m'a mis sur votre piste et sur la sienne ? (Blackheart se mit à rire.) Maintenant avancez ! Et pendant que vous y êtes, vous écrirez aussi un message pour Regan Van der Rhys. Si la Sirène des mers avait quelques hésitations à venir vous aider, votre père l'en convaincra. Il remuera ciel et terre afin de préserver sa chair et son sang.

Caleb passa sa langue sur ses lèvres. Ce pirate sanguinaire avait raison : il n'avait pas le choix.

A l'intérieur de la cabine faiblement éclairée, Blackheart jeta une plume à Caleb et lui demanda d'écrire :

Sirena,

Dick Blackheart a réquisitionné le Rana *et il dit qu'il me tuera si vous ne nous rejoignez pas à Pelee dans les Caraïbes. Blackheart est bien vivant et il mettra sa menace à exécution.*

Caleb

— Maintenant, écrivez à votre père. Cette fois-ci, commencez par : *Si Sirena ne nous rejoint pas à Pelee...*

Caleb leva les yeux vers Blackheart.

— Vous savez que ce bateau n'a pas pris la mer depuis l'ouverture de la salle de jeu. Son calfatage est à refaire et son équipement est trop lourd pour les pontons supérieurs.

— Taisez-vous et écrivez ! Vous me prenez pour un crétin ? Nous conduirons le bateau à Portsmouth où l'on vérifiera son carénage.

Regan était en train de fermer la porte de son bureau lorsque Camilla sortit d'un fiacre. Quand elle le vit, elle lui fit signe de sa frêle main gantée. Regan soupira. En déménageant de Drury Lane, il avait espéré que son épouse lui épargnerait une scène larmoyante. Mais il n'y échapperait sans doute pas.

Elle avait l'air accablée et Regan pensa qu'il s'agissait de Stephan. Pour sa part, Regan avait tout fait pour convaincre la bonne société anglaise que Stephan Langdon avait fui afin d'éviter le duel.

— Regan, Regan ! appela Camilla. Je suis contente de vous trouver ici. Je vous en prie, il faut que je vous parle !

Regan ouvrit la porte de son bureau. Il ralluma les lampes et s'assit à sa table en face de sa femme.

— Camilla, je pensais que vous aviez compris que je ne suis pas prêt à supporter vos scènes. Si vous cherchez à me faire revenir à Drury Lane, n'y comptez pas. Tout cela est fini.

Camilla secoua la tête, faisant rebondir ses boucles blondes.

— Non, ce n'est pas pour cela que je suis venue. Si vous n'étiez pas parti, ce serait sans doute moi qui aurais quitté la maison. Regan, j'ai besoin de votre aide.

— Combien? demanda Regan méprisant en fouillant ses poches.

— Non, je ne veux pas d'argent! Vous avez été très généreux, je vous en remercie... Ah, je ne sais pas par où commencer, bredouilla-t-elle. C'est une histoire si longue et si compliquée...

Regan ne l'avait jamais vue dans cet état. Elle avait l'air réellement en détresse.

— Commencez par le début, Camilla, j'ai toute la nuit devant moi. Prenez votre respiration et racontez-moi tout.

Camilla regarda Regan, les yeux écarquillés. Elle ne lui connaissait pas une telle patience.

— J'ai rencontré Tyler Sinclair il y a très longtemps...

Regan n'en croyait pas ses oreilles. L'histoire de Camilla était sordide. Elle ne lui épargna aucun détail. Elle lui expliqua comment Stephan l'avait incitée à se marier par simple avidité pour l'argent. Il avait agi de même avec Sirena. Mais elle, Camilla, n'avait jamais cessé d'aimer Tyler.

Quand elle eut terminé, ils se mirent à rire en

pensant à la manière dont tous deux avaient espéré que leur mariage leur apporterait la fortune.

Regan songea qu'il devait être fou pour s'être ainsi laissé gruger, mais il était tellement soulagé de savoir que son mariage n'avait aucune existence légale qu'il promit de ne pas se retourner contre Camilla. Puis les yeux de la jeune femme s'emplirent à nouveau de larmes.

— Voici maintenant la raison pour laquelle je suis venue vous voir. J'ai besoin de votre aide, Tyler a disparu. Je suis allée voir les domestiques de la baronne et ils m'ont assuré qu'il n'était pas parti aux Pays-Bas avec ses parents.

— Avez-vous une idée de l'endroit où il pourrait se trouver? demanda Regan.

Il était prêt à parier que Tyler, impliqué dans le meurtre de Stephan, avait quitté Londres en compagnie de Sirena.

— Je n'en ai aucune idée! Et c'est pourquoi je m'inquiète. Tyler ne serait jamais parti sans me prévenir. Je pense qu'il a des ennuis. J'en suis persuadée, oui, persuadée...

Emu par la douleur de Camilla, Regan tapota doucement sa main.

— Allons, allons, ne pleurez pas. Cela ne nous aidera pas à retrouver Tyler.

— Vous avez dit «nous»? Vous êtes donc d'accord pour m'aider?

— Bien sûr. Dites-moi où habite son employé. Je vais lui rendre une petite visite.

Sirena coiffait ses cheveux paresseusement en observant Theo du coin de l'œil. Cela faisait deux jours qu'ils étaient venus chercher le corps de la pauvre Nell. Theo en était terriblement affectée. Elle ne se peignait plus et ne lavait plus son visage. Ses mains étaient grises et une fine couche noire s'était formée sous ses ongles. Sa peau autrefois blanche et saine ressemblait à celle d'une malade. Depuis qu'elle refusait de manger, ses joues s'étaient creusées.

— Je vous en prie, Theo, buvez une gorgée d'hydromel. Il reste aussi un petit bout de viande, mangez-le avant qu'il ne soit plus bon.

Theo regarda Sirena avec des yeux vides. Elle secoua la tête.

— Je ne pense pas que je pourrai l'avaler, Sirena, je vous remercie.

— Allez-vous rester assise ici et vous laisser mourir ?

Sirena perdait patience, son ton était plus rude qu'elle ne l'aurait souhaité.

— Peut-être. De toute manière, cela arrivera un jour ou l'autre. Nous n'avons aucune chance de nous en sortir, pas même vous, Sirena.

— Non, je ne vous crois pas. Ecoutez-moi, Theo, j'ai souvent cru que ma fin était venue mais parce que je me suis battue, je m'en suis toujours sortie.

Une lueur brillait dans les yeux noirs de Theo. Sirena avait réussi à éveiller sa curiosité. Theo avait maintenant le regard de Nell lorsqu'elle attendait que Theo lui racontât des histoires fantastiques sur le théâtre. Les récits de Theo avaient maintenu Nell en vie. C'était à présent au tour de Sirena de faire de même avec Theo.

— Quel sorte d'enfer pouvez-vous bien connaître, vous qui êtes née avec une cuiller en argent dans la bouche ?

— Effectivement, je suis riche aujourd'hui, mais je me suis battue pour survivre. Je sais comment on est tenté parfois de laisser s'éteindre la petite flamme qui brûle en soi, mais moi je voulais vivre et je le voudrai toujours. Même quand mon heure sera venue, je peux vous assurer que je ne me laisserai pas faire.

Theo releva la mèche qui lui tombait sur le visage et Sirena lui jeta le peigne.

— Si vous vous arrangez un petit peu, je vous en raconterai davantage.

Theo passa le peigne dans ses cheveux tout en gardant les yeux rivés sur Sirena. Jusqu'à présent, se contentant de répondre par oui ou non aux questions, elle n'avait rien livré d'elle-même.

— Dites-moi, Theo, avez-vous jamais entendu parler de la Sirène des mers ?

29

Le passage de la femme du geôlier fut annoncé par le tintement de ses clefs. Mais au lieu des jurons qu'elle proférait habituellement, elle adopta cette fois-ci une voix douce et féminine, presque coquette.

— Qui l'a mise dans cet état ? demanda Theo.

— On dirait presque qu'elle a trouvé un flirt, renchérit Sirena en souriant.

Elle se leva soudain de son lit, tira sur ses jupes et frotta son visage pour lui donner de la couleur. Regan, ce devait être Regan. Cela ne pouvait être que lui. Elle connaissait l'effet qu'il faisait sur les femmes. Puis elle entendit une voix grave et tonitruante : elle ne s'était pas trompée.

L'instant après, il était devant leur cellule. Elle se mit sur le côté pour dissimuler son apparence.

— Sirena ? Où êtes-vous ? demanda-t-il à travers le judas.

— Elle est ici, sir, répliqua la gardienne d'un ton enjôleur en contemplant la touffe de ses cheveux blonds. P't'êt qu'elle veut pas que vous voyiez c'qu'elle est d'venue à Newgate ?

Sirena fit un pas en avant.

— Regan, je suis contente que vous soyez venu.

— Pouvez-vous m'ouvrir la porte, demanda-t-il à la geôlière en lui adressant un sourire dévastateur.

La gardienne rejeta ses cheveux gras en arrière, prit le trousseau de clefs qu'elle portait à la taille et s'exécuta.

— Si vous z'avez besoin de que'que chose, n'hésitez pas. Je m'appelle Myrtle.

— D'accord, Myrtle, répondit Regan doucement en la flattant.

Theo passa au crible le visage de cet homme qui avait conquis le cœur de la Sirène des mers. Elle comprenait maintenant pourquoi elle avait traversé toutes les mers pour le retrouver et pourquoi elle avait remué ciel et terre pour qu'il l'aimât à nouveau. A la manière dont Regan regardait Sirena, Theo songea que ce n'avait pas été en vain.

Il s'approcha.

— Je suis venu vous ramener à la maison, Sirena.

— A la maison? répéta Sirena d'un ton querelleur. Où est-ce? Je n'ai pas de maison, Regan!

— Ecoutez-moi, je ne suis pas venu ici pour me disputer avec vous. Mais pour vous sortir d'ici.

— Pas avant que je vous aie expliqué plusieurs choses, protesta Sirena. Ce n'est pas moi qui vous ai envoyé la lettre, c'est Tyler.

— Je sais, ce n'était pas votre signature et qui d'autre que Tyler aurait tenté de me joindre par le biais de son propre employé? Maintenant, arrêtez vos sornettes. J'ai eu suffisamment de peine à obtenir que le roi accepte vos excuses...

— Et mon équipage? Et Tyler?

— Je me suis occupé de tout. Ils ont été libérés il y a quelques heures. Je les ai tous envoyés à votre vaisseau pour qu'ils se préparent à appareiller. Enfin, tous, sauf Tyler. Il a juré de ne jamais remettre le pied sur un bateau.

— Etes-vous en train de me dire que je suis bannie d'Angleterre?

— Vous n'êtes pas bannie mais j'ai besoin de l'*Esprit des Mers*, tous mes navires sont en mer. J'ai besoin de votre équipage et surtout de vous. Caleb a besoin de vous. (L'expression de Regan devint grave et sombre et ses yeux brumeux révélaient son inquiétude.) J'ai reçu un message et, en passant par votre demeure de King Street, j'ai vu que vous en aviez un également. Votre passé est revenu vous hanter, Sirena. Lisez cela, dit-il en sortant la lettre de Caleb de son gilet.

Après cette lecture, Sirena demeura les yeux baissés sans un mot.

— Alors ? demanda Regan.

— J'essaie de réfléchir à ce que je dois faire. Caleb est *votre* fils, pas le mien. Vous vous souvenez du jour où vous me l'avez rappelé ?

Regan eut un mouvement de recul comme s'il avait reçu un coup.

— Je m'en souviens très bien, mais je me souviens aussi des circonstances dans lesquelles j'ai prononcé ces paroles. J'étais en colère et je ne pensais pas ce que je disais.

Regan la regardait droit dans les yeux. Il aurait voulu la prendre dans ses bras et la serrer pour effacer tous ces malentendus.

— Et Mikel était aussi mon fils, Sirena.

— Oui, Regan, il était également votre fils et contrairement à ce que vous pensez, Caleb est plus qu'un fils pour moi. Je vais le retrouver et vous aider à le libérer de ce monstre qui le tient prisonnier. Mais je le ferai pour Caleb, pas pour vous.

— Alors faisons-le pour Caleb ! Mais dépêchez-vous, pour l'amour de Dieu. Avez-vous pris toutes vos affaires ?

Theo se jeta au cou de Sirena et l'entoura de ses bras.

— Au revoir et bonne chance, Sirena.

Sirena serra Theo puis se tourna vers Regan :

— Ne pourrions-nous pas... ?

Regan sortit de la cellule.

— Myrtle ! Myrtle ! Où êtes-vous, ma belle ? Venez ici, j'ai quelque chose pour vous.

La geôlière dévala le couloir et ouvrit la porte de la cellule. Elle était toute rouge. Depuis combien de temps un gentleman ne l'avait-il pas appelée « ma belle » ?

— Qu'est-ce que j'peux faire pour vous, sir?

— Myrtle chérie, j'ai un petit problème et je suis sûr que vous pouvez m'aider. Cette femme bornée, dit-il en montrant Sirena du doigt, a juré de passer le restant de ses jours à Newgate si son amie ne l'accompagne pas. Croyez-vous que nous pourrions trouver un arrangement, vous et moi ?

— Vous voulez que j'vous en débarrasse ?

— Ce ne sera peut-être pas nécessaire... s'empressa de répliquer Regan en ouvrant une bourse emplie de pièces. Regardez, ma chère, la dernière fois que j'ai compté mes pièces, il y avait deux cents livres. Maintenant, si par hasard vous pouviez dire que Theo a... rendu l'âme pendant la nuit, cet argent serait le vôtre.

Myrtle était fascinée par la bourse. Levant les yeux vers Regan, elle eut un large sourire qui dévoila ses dents noires.

— Ben, ça arrive ! Y a une pauv' dame du pavillon des endettées qu'a pas passé la nuit. Elle a pas de famille pour la réclamer. Personne pourra dire qu'c'était pas Theo.

— Personne, j'en suis persuadé, assura Regan en lui mettant la bourse dans la main. Nous partons sur-le-champ.

— Si elle met un foulard pour cacher ses ch'veux du diable, j'vais vous conduire vers les grilles moi-même, ça fait un bout d'temps que j'ai pas pris l'air !

Theo était folle de joie. Elle passa son temps à remercier Sirena et Regan de l'avoir fait sortir de Newgate. Ses yeux noirs avaient retrouvé la vie et ses joues leur rose habituel. Dans le fiacre, Sirena écrivit une lettre pour Tyler qu'elle tendit à Theo.

— Maintenant, promettez-moi que vous irez porter ce billet à l'adresse que j'ai indiquée au dos. Son nom est Sir Tyler Payne Sinclair. C'est lui qui dirige mes affaires. Je lui ai dit de vous donner mille livres. Tout ce que je vous demande, c'est de ne plus jamais vous retrouver à Newgate.

— Mille livres! Mon Dieu, qu'est-ce qu'on peut-y pas faire avec c'te somme!

Elle battit des mains tandis que Sirena riait aux larmes en l'entendant parler le patois londonien.

Après les embrassades de la séparation et la promesse de rester en contact à travers Tyler, Theo descendit du fiacre.

— Grâce à vous, Regan, je vais commencer une nouvelle vie. Si je puis vous être utile d'une quelconque manière, n'hésitez pas, conclut la rousse avant de s'éloigner.

Quand ils se retrouvèrent tous les deux, Sirena sourit à Regan.

— Vous avez été merveilleux pour Theo. Je sais ce que cet argent vous a coûté, votre générosité n'en est que plus estimable.

— C'était seulement de l'argent, Sirena. La vie n'a pas de prix.

Sa voix était grave comme s'il était traversé par quelque souvenir douloureux. Puis il se reprit:

— Il m'était plus facile de donner cent livres à Myrtle que de lui donner un baiser! Quelle sorcière!

Regan et Sirena éclatèrent de rire, le premier rire qu'ils partageaient depuis la mort de Mikel...

Tyler Payne Sinclair descendit doucement du fiacre qui l'avait conduit devant la maison de Camilla sur Drury Lane. Il arrangea ses cheveux et fronça les sourcils en remarquant la pâleur de sa main. La blancheur de la prison. Malgré le traitement de faveur dont il avait bénéficié, ses habits étaient devenus trop larges pour lui. Sa redingote flottait sur sa poitrine.

Plus tôt dans la journée, Regan était venu le voir à Newgate. Il lui avait expliqué en détail comment apaiser la colère du roi et celle du capitaine du galion. Il lui avait aussi raconté la confession de Camilla, l'assurant qu'il ne lui tenait pas rigueur pour cette tromperie. Regan était soulagé d'être libéré d'un mariage sans amour et leur souhaitait tous ses vœux.

Avant de partir, Regan lui avait expliqué qu'il n'avait pas informé Camilla de la mort de Stephan : cette tâche délicate lui incomberait. Il allait de soi que le nom de Sirena ne devait pas être mentionné.

Tyler grimpa les larges marches d'escalier jusqu'à la porte d'entrée et actionna le heurtoir. Il se trouva nez à nez avec Camilla. Ils se regardèrent pendant un instant qui sembla une éternité. Derrière ses longs cils, Tyler remarqua que ses grands yeux bleus tachetés de mauve étaient humides, comme si elle venait de pleurer.

— Tyler, dit-elle dans un murmure.

Elle sentit ses genoux se dérober sous elle et tomba dans ses bras.

Il était heureux de la voir ainsi, de la tenir dans ses bras et de respirer le parfum si délicat de sa peau et de sa chevelure soyeuse. Et quand sa bouche rencontra la sienne, il sentit le même élan chez elle.

Camilla attira Tyler à l'intérieur de la maison et s'adossa contre la porte.

— Je croyais que vous étiez mort, murmura-t-elle. Je pensais que je ne pourrais jamais vous dire tout ce que vous êtes pour moi, combien je vous aime...

Soudain elle se jeta dans ses bras à nouveau. Il l'apaisa en la tenant serrée contre lui.

Quand ils eurent retrouvé le contrôle de leurs émotions, Tyler conduisit Camilla au salon et s'assit à côté d'elle sur le canapé.

— Camilla, mon ange, il faut que je vous dise quelque chose.

Elle le dévisagea de ses yeux immenses, à la fois étonnée et effrayée.

— Vous êtes venu me parler de mon père, n'est-ce pas ?

— Stephan est mort, mon ange. Je... l'ai vu passer par-dessus bord pendant un orage.

— Vous l'avez vu passer par-dessus quoi ? insista Camilla.

— Votre père s'enfuyait pour éviter un duel, Camilla. Il a appris qu'un bateau partait pour l'Irlande. Je passais par King Street quand il m'a supplié de l'accompagner pour que je le présente aux amis de ma famille à Waterford. Je l'ai fait. Mais lors du premier jour de traversée, un violent orage a éclaté. Stephan a été projeté par-dessus la rambarde et emporté par la mer.

Tyler observait son visage, cherchant à lire quelque émotion.

— Je suis contente qu'il soit mort, Tyler, dit Camilla d'une voix à peine audible. Il ne pourra plus faire de mal à personne. C'était mon père mais j'ai toujours été persuadée qu'il était responsable de la mort de ma mère. Je ne veux plus entendre parler de lui, tout ce qui m'importe c'est d'être avec vous, conclut-elle avec un sourire.

Ses bras se resserrèrent autour de Tyler qu'elle attira à elle. Camilla s'offrit à lui, se délectant de son étreinte. Il n'y aurait plus désormais d'autre homme que lui. Seulement Tyler, et pour toujours.

Accoudée au bastingage à l'arrière du navire, Sirena regardait l'équipage monter les provisions à bord. Regan avait calculé que le voyage pour les Caraïbes prendrait environ cinquante jours, s'ils avaient la chance d'être portés par les vents d'est. Jacobus indiquait à Jan où il devait entasser les cageots de poulets vivants et les cochons dont ils se nourriraient pendant la traversée. Les marins embarquèrent également des sacs de viande salée et de céréales ainsi que des tonneaux d'eau dans lesquels on avait mis une pierre à chaux pour garder l'eau douce.

Tandis qu'elle surveillait le bateau en effervescence, Sirena arborait une mine renfrognée. Regan, qui testait le gréement, sauta les derniers mètres et atterrit sur le pont.

— Que se passe-t-il, Sirena ? Avez-vous oublié quelque chose ?

— Je me demandais seulement comment

Blackheart avait eu le temps de faire les provisions nécessaires à un tel voyage. Cela me semble être un trajet extrêmement long pour simplement se venger de moi.

Regan écarquilla les yeux.

— J'aurais dû y penser moi-même, je comprends ce que vous voulez dire. Où sont vos cartes marines ?

— Dans ma cabine.

Regan inspecta les cartes.

— Pelee, murmura-t-il, tirant des traits et calculant les routes. C'est ce que vous imaginiez. La route la plus courte pour Pelee est celle-ci. Blackheart sait très bien que nous n'avons pas l'intention de perdre de temps et il connaît donc le chemin que nous prendrons. Et si par hasard il nous rate, il nous rattrapera à Pelee.

— Et ainsi, il compte nous intercepter en mer, dit Sirena tout excitée. Il n'a jamais eu l'intention d'aller jusqu'aux Caraïbes pour se venger.

— Exact. A moins que je ne me trompe, c'est ici qu'il nous attendra. (La pointe de sa plume s'enfonça au niveau de Douvres.) Il est très facile de cacher un navire sur la côte ouest. Nous partirions devant lui et ne le verrions que lorsqu'il serait trop tard. Ce bâtard est à quatre jours de nous et pas à cinquante ! (Soudain Regan se calma.) Sirena, je ne souhaite pas que vous veniez. Maintenant que nous avons découvert ses plans, je m'en occuperai moi-même.

— Vous m'avez pourtant dit exactement le contraire, hier à Newgate.

— C'est vrai. Je voulais avoir l'équipage et les

combattants les meilleurs. Vous, Sirena, vous êtes tout à la fois…

La voix de Regan était devenue bourrue, comme s'il était gêné d'admettre ces choses.

— Ai-je changé depuis ? Suis-je un moins bon marin ? Ne suis-je plus une combattante courageuse ? Je pars avec vous.

— Non, vous resterez ici à Londres, j'en ai décidé ainsi.

— Vous semblez oublier, Mijnheer Van der Rhys, que ce navire m'appartient. C'est moi qui donne les ordres. Soit je pars avec vous, soit vous trouvez un autre bateau et un autre équipage. C'est mon dernier mot. (Ses joues étaient brûlantes et ses yeux brillaient.) Vous semblez également oublier que vous êtes un homme marié !

Avant qu'il n'ait eu le temps de protester, elle lui tourna le dos et sortit sur le pont.

La marée du soir monta avec la lune et l'*Esprit des Mers* se libéra de ses amarres. Sirena observait Regan au timon. Il guidait le navire le long de la Tamise jusqu'à son embouchure. Il tenait fermement le gouvernail et scrutait l'horizon en étudiant la position des bouées qui marquaient le chenal. Le voir ainsi lui coupait le souffle : il maniait le navire comme il maniait une femme, avec concentration et douceur.

La lueur de la lune déposait une traînée argentée sur ses cheveux. Sa chemise blanche de fine batiste se gonflait avec la brise tandis que son haut-de-chausses moulait ses cuisses musclées. Ses bottes en peau de porc lui donnaient un air militaire. « Il n'a pas changé, pensa

Sirena. Il est aussi beau que lorsque je l'ai rencontré pour la première fois. » Son large torse avait pâli du fait du manque de soleil, mais ses mains fortes et habiles en portaient encore la trace cuivrée. Il possédait toujours en lui la force de ceux qui vivent en harmonie avec la nature.

Il n'avait pas essayé de lui parler depuis qu'elle avait quitté sa cabine précipitamment l'après-midi. Elle se demanda ce qu'il était sur le point de lui dire lorsqu'elle lui avait tourné le dos. Il était peut-être temps qu'ils cessent ce jeu ridicule et se parlent sincèrement. Peu importait qu'il fût marié avec Camilla, Sirena l'aimait. Elle l'avait toujours aimé. Elle avait laissé l'orgueil les séparer, mais il était temps de vivre le présent. Sirena ne voulait pas affronter la mort qui peut-être la guettait sans lui avoir avoué son amour. Le passé était le passé. Maintenant, à l'idée de revoir Blackheart, elle se rendait enfin compte à quel point la vie lui était redevenue précieuse. Et à quel point elle redoutait le combat contre ce démon.

Elle craignait de ne pas savoir se défendre lors de cette nouvelle confrontation avec le pirate. Elle avait fait couler trop de sang. Aurait-elle encore la force de tuer? Avec Blackheart, l'alternative était claire : tuer ou être tuée.

L'*Esprit des Mers* fendait les eaux noires tandis que Sirena regardait les toits de Londres se découper sur le ciel étoilé.

Il était tard dans la nuit et Willem était à présent au gouvernail. Sirena n'avait pas envie de descendre dans sa cabine, elle voulait observer les étoiles et sentir la brise sur sa peau. Elle passa au milieu des cordages pour rejoindre l'avant du navire. Etait-ce le sel qui lui piquait les joues, ou bien étaient-ce des larmes ?

Soudain, elle sentit une présence derrière elle. Elle se retourna et aperçut Regan. Il la prit dans ses bras et la serra contre lui. Elle appuya son visage contre sa poitrine et y déposa un baiser, se sentant submergée d'amour.

Dans ses bras, elle avait le sentiment d'être protégée. Elle pouvait se reposer sur lui en attendant de retrouver son propre courage.

— Dites-moi ce que vous ressentez ? demanda-t-il d'une voix suave.

— J'ai peur...

Il la souleva, s'adossa au bastingage et la berça comme un petit enfant, sans un mot. La douceur de ses caresses, la tendresse de ses lèvres contre ses sourcils résumaient cette silencieuse entente qui régnait entre eux. Jamais elle ne l'avait aimé autant.

La lune dessinait un arc gracieux dans le ciel et Sirena était nichée contre sa poitrine comme si elle était une extension de son propre corps. Elle était au chaud dans ses bras tandis que ses doigts formaient des petits cercles apaisants sur sa peau. Elle se sentait renaître. Sa vie commençait avec Regan et finissait avec lui.

S'ils dormirent, ils ne s'en rendirent pas compte et s'ils bougèrent, elle ne le sentit point. Toute la nuit, ils demeurèrent ainsi. Et quand le ciel commença à s'éclaircir, il appuya ses lèvres contre les siennes et murmura :

— Maintenant mon amour, laissez-moi vous parler de mon mariage avec Camilla.

Elle l'écouta en silence. Et lorsqu'il eut fini

de parler, un sourire plus radieux que le jour nouveau éclairait son visage. Elle était enfin en paix.

Les deux jours suivants furent idylliques. Les hommes d'équipage s'affairèrent à leurs nouvelles tâches en se montrant le plus discrets possible, afin de ne pas gêner les deux tourtereaux. Les jours étaient gais et joyeux, les nuits longues et silencieuses. Ils passèrent chacune d'elles dans les bras l'un de l'autre.

C'était leur dernière nuit : le lendemain, ils verraient les côtes calcaires de Douvres et seraient confrontés à la bestialité de Blackheart.

Regan rejoignit Sirena dans sa cabine où elle se coiffait. Ses bras levés laissaient voir la ligne de sa poitrine sous sa chemise de nuit. La lampe éclairait son visage d'une lueur jaune, donnant à son visage la couleur de l'ivoire.

Jamais il ne l'avait vue aussi belle. Ses traits étaient calmes et sereins, ses yeux brûlaient d'amour pour lui. Sans un mot, il lui prit la brosse et promena la paume de sa main sur ses boucles. Ses cheveux ressemblaient à des fils de soie entre ses doigts.

Quand elle se retourna, ce fut pour lui offrir ses lèvres et son corps. Il y avait, dans ses baisers et dans la façon qu'elle avait d'étreindre son cou, un parfum de désespoir. Regan répondit à son émotion en l'embrassant avec gourmandise.

Ils savaient tous les deux où la confrontation avec Blackheart pouvait conduire. La mort rôdait sur le monde qu'ils avaient tous les deux créé et menaçait de détruire leur amour.

Elle s'écarta de lui et Regan la contempla avec

adoration. Comme s'il cherchait à mémoriser ses traits, ses lèvres, la pointe de son nez. Leurs mains se rencontrèrent et ils se caressèrent longuement, doucement. Ils se redécouvraient : la courbure des lèvres, l'inclinaison d'une paupière, le velours d'un lobe d'oreille.

Avec une infinie tendresse, Regan retira sa chemise de nuit, effleurant de ses lèvres sa nuque et le creux de ses bras. Sa bouche s'attarda, prenant et donnant du plaisir.

Les mains de Sirena exploraient la peau de son dos sous sa chemise et se délectaient de sa chaleur. Il haussa les épaules pour se défaire de son vêtement et de sa bouche, elle couvrit de baisers l'endroit où se rejoignaient son cou et ses épaules. Elle le sentit frémir de délice. Une larme coula le long de sa joue. En la voyant, Regan la lécha, savourant son goût salé qui rappelait celui de la mer.

Si le sort devait les séparer, et si l'un des deux survivait, l'autre pourrait recréer son image en fermant les yeux. Il se souviendrait du goût, du parfum de sa peau et de cette dernière nuit d'amour.

Regan s'écarta et quand ils se caressèrent à nouveau, il était nu comme elle. La magie tendit sa toile et les isola du monde. Ils s'aimaient comme jamais deux êtres ne s'étaient aimés. Les mains de Regan se promenèrent le long du corps de Sirena pour l'emmener vers de nouveaux sommets où les plaisirs de la chair devenaient un don des dieux.

Elle s'offrit à lui, son corps était un écrin sur l'autel de leur amour. Jamais leur amour n'avait été aussi pur. Cette fois-ci, aucun malentendu ne surviendrait. Leurs corps et leurs esprits ne faisaient qu'un. Enlacés, leurs désirs apaisés, ils comprirent qu'ils auraient la force d'affronter n'importe quel danger.

Les yeux de Sirena étaient éclatants et clairs, débarrassés de toute appréhension. Elle ferait face à Blackheart avec courage. Désormais, elle possédait le monde, les étoiles, les cieux. Elle possédait tout : puisque Regan l'aimait.

30

Regan et Sirena se tenaient tous les deux debout devant le gouvernail, les yeux tournés à tribord vers les hautes falaises de Douvres qui se dressaient au loin. Le soleil du matin enveloppait leur surface crayeuse d'une lueur dorée, faisant ressembler ces énormes rochers à des sentinelles gardant la porte de l'océan. Regan glissa sa main autour de la taille de Sirena, qui se retourna pour lui sourire.

Le courant et la marée se conjuguèrent avec les vents et l'*Esprit des Mers* s'élança. Regan et Sirena retenaient leur respiration. Si leur intuition était bonne, Blackheart se cachait à l'ouest des falaises. Dans quelques instants, ils auraient gagné le large. Quand ils quitteraient la Manche, ils ne tarderaient pas à voir le *Rana* sortir de sa cachette et les suivre.

« Mon Dieu, faites que Caleb soit en vie », se répétait Sirena.

Dix minutes après avoir rejoint l'Atlantique, un cri résonna :

— Voile à l'horizon !

— Affaissez les voiles ! ordonna Sirena.

— Un baiser pour que la chance soit avec vous, mon ange, murmura Regan en posant ses lèvres sur les siennes. Allez-y, Sirena, conduisez-le en enfer !

La fine frégate aux trois mâts se rapprochait.

— Préparez-vous à virer et à vous amarrer bord à bord. Willem au timon ! Jacobus dessous !

Le vieil homme était sur le point de protester mais, en lisant la détermination de son regard, il comprit que cela serait vain. Faisant s'entrechoquer les tasses à café, il descendit dans la cuisine où il s'enferma.

— Regan, regardez ! C'est bien le *Rana* ! Jan, donnez-moi la longue-vue.

Ajustant l'instrument à sa vue, elle aperçut une silhouette qui avait les bras noués derrière le dos au mât de misaine.

— Je le vois, Regan, il est vivant !

Regan lui prit la longue-vue des mains.

— C'est bien lui, le gamin. Dieu merci. (Regan balaya le bateau du regard.) Je compte six hommes d'équipage et le vieux Blackheart lui-même. Mon Dieu, Sirena, l'avez-vous vu ? Là, à l'arrière du navire.

Sirena retint sa respiration lorsqu'elle aperçut Blackheart qui avançait en traînant la jambe. Son bras gauche faisait un angle étrange.

— Ça ne m'étonne pas qu'il veuille me tuer, il est terriblement estropié. Quand je pense que c'est moi qui lui ai fait cela...

Regan la prit par les épaules.

— Vous n'avez pas à vous en vouloir pour ce bandit. C'est une créature diabolique. Sirena, n'oubliez pas ce qu'il vous a fait. Rappelez-vous qu'il a assassiné votre oncle et votre sœur. Vous ne pouvez pas revenir en arrière, vous devez aller de l'avant. Ce sera vous ou lui !

Les mots de Regan ravivèrent sa mémoire. Elle avait imaginé que cette partie de sa vie était morte avec Blackheart. Mais elle ne l'était pas. Elle ne romprait jamais avec ce passé tant qu'il respirerait. Mais comment pourrait-il combattre dans de telles conditions ? Le tuer serait pire qu'un meurtre...

Lorsqu'elle songea à Caleb, ses forces lui revinrent. Caleb. C'était grâce à lui qu'elle avait survécu à l'horreur que lui avait infligée l'équipage de Blackheart. Dans cette terrible épreuve, Caleb lui avait apporté son soutien. Sirena réajusta la lunette à sa vue : il était toujours attaché au mât de misaine. Elle se souvint de lui en pareille situation tandis que Blackheart le frappait cruellement de son fouet. Le jeune garçon qu'il était à l'époque n'avait pas pleuré.

Cette dernière journée rejaillit dans son esprit. Elle se rappela le moment où Blackheart l'avait fait venir dans sa cabine. Elle plissa les yeux et gonfla sa poitrine. Elle n'oublierait et ne lui pardonnerait jamais. Elle frissonna en se souvenant des paroles qu'il avait prononcées.

— Maintenant tu es à moi, avait-il marmonné. L'équipage ne t'approchera plus.

Sirena avait reculé, redoutant ses pattes calleuses sur sa peau. Mais elle n'avait pu échapper à ses longs bras. Il l'avait attirée et écrasée contre lui. D'un geste sauvage, il avait passé ses doigts dans ses boucles noires et tiré ses cheveux jusqu'à ce que sa nuque fût sur le point de se briser. Sa bouche épaisse et humide l'avait brûlée lorsqu'il l'avait embrassée, meurtrissant sa chair.

— Sirena !

Elle était tellement perdue dans ses pensées que la voix de Regan la fit tressaillir. Elle en avait oublié que le *Rana* s'était dangereusement rapproché. Blackheart n'avait pas laissé plus de dix pieds entre les coques des deux navires.

Ses yeux verts lancèrent des éclairs, passant au crible le pont du *Rana*. La proie cherchait son chasseur.

— Sirena, êtes-vous prête à sentir la pointe de ma lame ? hurla Blackheart en boitant de côté comme un crabe.

Sa taille imposante semblait diminuée par son handicap. Elle le voyait nettement maintenant. Son visage portait le masque de la vengeance et un éclair de folie meurtrière brillait dans ses yeux.

— Avez-vous remarqué le freluquet attaché au mât de misaine ? Etes-vous venu voir comment je vais l'étriper ? Je lui avais dit que vous viendriez ! Je le savais !

— Je suis là ! (Sa voix claire et forte rebondissait sur les flots.) Et maintenant, que comptes-tu faire ?

— Vous ne vous en doutez pas ? (Il partit d'un grand rire sardonique.) Dois-je venir vers vous ou préférez-vous le contraire ?

— Reste où tu es. Je préfère finir cette histoire où elle a commencé, sur le *Rana*.

Regan la regarda d'un air hésitant lorsqu'elle

lui demanda de lancer une planche entre les deux bateaux, mais il obéit sans protester.

De ses jambes fines et musclées, elle traversa la passerelle de fortune et sauta sur le pont du *Rana*. Elle évita le regard de Caleb.

— Viens me chercher, Blackheart! lança-t-elle en brandissant son épée. Mais sans doute n'en as-tu pas le courage? J'ai peut-être au moins réussi à tuer cela en toi!

— Comme vous pouvez le voir, je ne suis plus tout à fait l'homme que j'étais. Je me suis donc arrangé pour que nous soyons à armes égales.

— Sirena! cria Caleb. Fais attention, il a un pistolet!

Sirena esquiva une balle qui siffla à son oreille. Blackheart se tenait debout, l'arme fumante à la main.

— Tu voudrais me faire croire que tu souhaites en finir si vite après tant de préparatifs? ironisa-t-elle. Et que feras-tu du reste de ton existence? Quelle sera ta raison d'être?

De ses yeux vifs, elle vit sa main trembler. Elle savait que ses paroles l'avaient touché.

Mais son bras vaillant tira un autre pistolet de sa ceinture. Elle entendit un cliquetis lorsqu'il l'arma. Il eut un rire méchant.

— Votre épée ne vous servira pas à grand-chose, Sirena! Je ne vous laisserai pas vous approcher suffisamment de moi. J'aurais dû vous abattre la première fois que je vous ai trouvée sur ce vaisseau. A l'époque j'étais un homme à part entière et j'avais d'autres appétits, vous devez vous en souvenir... Mais avec ce que vous m'avez fait, je suis devenu un mort-vivant. Et les morts appartiennent aux morts, Sirène des mers. Nous resterons ensemble pour l'éternité!

Il rejeta sa tête en arrière en riant, la quittant des yeux pendant un instant.

Comme l'éclair, elle parcourut une partie de la distance qui les séparait. Blackheart se reprit et brandit son arme.

— Il me reste un coup dans ce pistolet et il sera pour vous, Sirène.

Elle vit son doigt jouer avec la gâchette, comme s'il hésitait à tirer.

Etait-ce ainsi que tout cela allait se terminer? pensa-t-elle. Là, sur le pont du *Rana*, sans qu'elle eût la moindre chance de se défendre? Elle, au moins, lui avait donné une... chance.

Elle aperçut soudain une silhouette qui grimpait sur la rambarde de la poupe. Regan! Ses cheveux étaient plaqués sur son visage et ses vêtements étaient trempés. Il avait plongé dans l'eau et nagé jusqu'à la poupe du navire et était remonté jusqu'au pont en se hissant sur la chaîne de l'ancre.

Blackheart remarqua que Sirena fixait un point derrière lui. Il se retourna, vit Regan s'approcher et tira. Le son rompit brutalement le silence de mort.

Sirena se précipita alors vers Blackheart. Personne, pas même le Diable en personne, n'avait le droit de faire du mal à l'homme qu'elle aimait! Tous les scrupules qu'elle avait éprouvés s'évanouirent. En trois grandes enjambées, elle couvrit la distance qui les séparait. Son épée s'enfonça dans les côtes de Blackheart alors qu'il se tournait vers elle pour l'affronter.

L'expression de son visage passa de la haine à

l'incrédulité, puis il tomba à genoux en se tenant la poitrine. Le sang jaillit de sa bouche, tachant le pont de rouge.

Il était allongé sur le sol, plus mort que vivant. Il tentait de murmurer quelque chose. Quand Sirena s'approcha de lui, il s'agrippa à sa botte. Mais sa main n'avait plus de force. Il respirait difficilement, s'étouffant avec son propre sang.

— Vous auriez dû... m'achever... la première fois... Maintenant c'est fait...

Sirena se recula et libéra sa cheville. Il lui fallut un long moment avant de se rendre compte que Blackheart était bien mort.

Regan vint la rejoindre alors qu'autour d'eux le navire était en pleine effervescence. L'équipage de l'*Esprit des Mers* était monté à bord du *Rana*, pistolets et couteaux au poing. Les hommes de Blackheart, qui n'avaient plus le courage de se battre, se rendirent aussitôt.

Regan et Sirena allèrent ensemble jusqu'au mât de misaine où Caleb était toujours attaché. Saisissant le poignard qu'il avait à la taille, Regan coupa ses liens et le serra dans ses bras. Les mots étaient superflus, ils se donnèrent des tapes dans le dos pour exprimer leur émotion. Puis Caleb se tourna vers Sirena avec un regard béat. Il se jeta dans ses bras, et tous deux oublièrent et pardonnèrent les rancunes du passé.

— Capitana ! Dois-je le jeter par-dessus bord ? demanda Willem en montrant le corps inerte du doigt.

Les yeux de Sirena s'assombrirent. D'une voix sévère, elle répondit :

— Qu'on lui offre des funérailles dignes de ce

nom. Portez-le à bord de l'*Esprit des Mers*. Et quand vous direz une prière pour son âme, faites-le avec cœur. Peut-être les anges se rappelleront-ils qu'autrefois, il avait une âme.

Jacobus eut un large sourire édenté et cria joyeusement :

— Pouvons-nous rentrer à Cadix, maintenant ? Wilhelmina doit se faire du souci pour moi !

— Qui cela ? demanda Sirena abasourdie.

— Wilhelmina ! répondit-il. Frau Holtz !

— Est-il sérieux ? s'exclama Regan en riant. Frau Holtz a-t-elle trouvé l'amour de sa vie ?

— J'en ai bien l'impression, dit Sirena rayonnante de bonheur. Même moi je ne connaissais pas son prénom. Si elle l'a révélé à Jacobus, c'est vraiment qu'elle l'aime.

L'équipage transporta le corps de Blackheart sur l'*Esprit des Mers*. Sirena vit Caleb suivre les hommes puis retirer la passerelle entre les deux navires.

— Caleb ! cria Sirena. Où vas-tu ?

— J'imaginais que Regan et toi reconduiriez le *Rana* au port. Vous n'avez pas besoin de moi ! Je repars avec la moitié de l'équipage. Mais si vous voulez que nous vous remorquions...

— Merci fils, ce ne sera pas la peine, n'est-ce pas, Sirena ? demanda Regan la voix chargée d'émotion.

Pour toute réponse, Sirena lui sourit. Caleb leur fit un signe d'au revoir. Regan et Sirena s'étaient retrouvés. Leur union semblait aussi naturelle que le vent dans les voiles ou que les embruns dans l'air.

— Où allons-nous, Capitana ? s'enquit Jan.

Sirena leva les yeux vers Regan, attendant sa réponse. Il lut dans ses prunelles émeraude qu'elle le suivrait n'importe où, dans ce monde ou dans le suivant. Il était son monde à elle.

— A Londres, afin de régler nos affaires, et ensuite nous partirons pour Cadix! Caleb m'a dit que notre famille s'était agrandie. Une petite fille qui s'appelle Wren avec des cheveux noirs et des yeux rieurs! Ensuite nous reprendrons la mer pour rentrer chez nous, à Java!

Sirena et Regan s'esquivèrent et gagnèrent la cabine du capitaine. Quand leurs lèvres se rencontrèrent, ils se rappelèrent dans un silence complice que c'était à bord du *Rana* que leur amour était né. Et c'était là qu'ils le retrouvaient, intact.

Dans les bras de Regan, Sirena se sentait chez elle. Elle était sa femme, il lui appartenait. Regan resserra son étreinte comme s'il avait décidé de ne plus jamais la laisser partir. Sirena avait retrouvé sa raison d'être, elle serait toujours heureuse auprès de lui. Elle aimait être sa prisonnière.

3575

Composition Interligne B-Liège
Achevé d'imprimer en Europe (France)
par Brodard et Taupin à La Flèche (Sarthe)
le 5 novembre 1993. 1127I-5
Dépôt légal nov. 1993. ISBN 2-277-23575-X
Éditions J'ai lu
27, rue Cassette, 75006 Paris
Diffusion France et étranger : Flammarion